राजकमल गौरवग्रंथ

WORLD CLASSICS

रा ज क म ल 7 5 वें व र्ष की ओ र...

गाब्रिएल गार्सीया मार्केस
6 मार्च, 1927
17 अप्रैल, 2014

एकाकीपन के सौ वर्ष

CIEN AÑOS DE SOLEDAD
ONE HUNDRED YEARS OF SOLITUDE

उपन्यास

एकाकीपन के सौ वर्ष

गाब्रिएल गार्सीया मार्केस

स्पैनिश से अनुवाद
मनीषा तनेजा

राजकमल गौरवग्रंथ

यह उपन्यास सर्वप्रथम स्पैनिश में 'CIEN AÑOS DE SOLEDAD' नाम से 1967 में प्रकाशित हुआ।
अंग्रेज़ी में पहली बार 1970 में 'ONE HUNDRED YEARS OF SOLITUDE' नाम से छपा।

ISBN : 978-93-92757-22-8

मूल्य : ₹1295

नए अनुवाद और नई साज-सज्जा में
राजकमल गौरवग्रंथ माला में पहला पुस्तकालय संस्करण : नवम्बर, 2021
दूसरा पुस्तकालय संस्करण : अक्टूबर, 2023

प्रकाशक : राजकमल प्रकाशन प्रा. लि.
1-बी, नेताजी सुभाष मार्ग, दरियागंज
नई दिल्ली-110 002
शाखाएँ : अशोक राजपथ, साइंस कॉलेज के सामने, पटना-800 006
पहली मंजिल, दरबारी बिल्डिंग, महात्मा गांधी मार्ग, प्रयागराज-211 001
1, अनमोल सोराबजी संतुक लेन, धोबी तलाव, मरीन लाइंस, मुम्बई-400 002
वेबसाइट : www.rajkamalprakashan.com
ई-मेल : info@rajkamalprakashan.com

मुद्रक : यश प्रिंटोग्राफिक्स
ग्रेटर नोएडा-201 301 (उत्तर प्रदेश)

EKAKIPAN KE SAU VARSH
Novel by Gabriel García Márquez
Translated by Manisha Taneja

खेमी गार्सीया आसकॉट
और
मारिया ल्यूइसा एलियो को
समर्पित*

---

* गाब्रिएल गार्सीया मार्केस के मित्र जो मैक्सिको में उनके साथ थे और ज़्यादातर समय साथ ही बिताते थे।

प्रकाशकीय

हिन्दी पाठकों को श्रेष्ठ साहित्य उपलब्ध कराना हमेशा से हमारी प्राथमिकता रही है। अपनी इस प्रतिबद्धता के अनुरूप हम हिन्दी के साथ-साथ हिन्दीतर—देशी और विदेशी—भाषाओं की श्रेष्ठ कृतियों के अनुवाद भी निरन्तर प्रकाशित करते रहे हैं। ऐसा नहीं कि विश्व की प्रसिद्ध कृतियों के अनुवाद पहले नहीं हुए, पर इस सदी के पहले वर्ष में जब हमने 'विश्व क्लासिक शृंखला' के अन्तर्गत विभिन्न विदेशी भाषाओं की किताबों के हिन्दी अनुवाद प्रकाशित किए तो इसका व्यापक स्वागत हुआ। इस शृंखला में कथा साहित्य भी था और विचार साहित्य भी। वास्तव में इसके ज़रिए हम पाठकों के समक्ष कालजयी साहित्य का वैश्विक परिप्रेक्ष्य प्रस्तुत करना चाहते थे, जिसमें इसकी परम्परा को निर्मित करने वाली प्रतिनिधि कृतियों के साथ-साथ नई दृष्टि और नए विचारों से इस परम्परा को दिशा और विस्तार देने वाली कृतियाँ भी शामिल थीं। इस पहल के प्रति पाठकों की सकारात्मक प्रतिक्रिया निश्चय ही हमारे लिए उत्साहवर्धक रही।

तब से, दो दशक से अधिक समय गुज़र जाने के बाद भी विश्व क्लासिक शृंखला में लोगों की दिलचस्पी लगातार बनी रही है। नई पीढ़ी की रुचियों और आवश्यकताओं को ध्यान में रखते हुए हमने इस शृंखला को और सुव्यवस्थित तरीक़े से प्रस्तुत करने का निर्णय लिया है। प्रकाशन के 75 वर्षों की गौरवशाली यात्रा की विश्वसनीयता को आगे बढ़ाते हुए हम, अब 'विश्व क्लासिक शृंखला' को 'राजकमल गौरवग्रंथ : विश्व क्लासिक' के रूप में न केवल नए रंग-ढंग में प्रस्तुत कर रहे हैं, बल्कि पुराने अनुवादों को परिष्कृत और प्रस्तुति को संवर्द्धित भी कर रहे हैं। इसमें 'विश्व क्लासिक शृंखला' की पूर्व प्रकाशित किताबों के अभिनव संस्करण तो होंगे ही, वे कृतियाँ भी होंगी जिनका हिन्दी में अब तक अनुवाद नहीं हुआ था।

एकाकीपन के सौ वर्ष 'राजकमल गौरवग्रंथ : विश्व क्लासिक' शृंखला की नई किताब है। यह नोबेल पुरस्कार से सम्मानित कोलम्बियाई लेखक गाब्रिएल गार्सीया मार्केस की ही नहीं, बीसवीं सदी की सर्वाधिक महत्त्वपूर्ण कृतियों में शुमार है। स्पैनिश भाषा में लिखा गया यह उपन्यास—CIEN AÑOS DE SOLEDAD—गत सदी की उन कुछेक किताबों में है, जिन्होंने दुनियाभर के साहित्य पर गहरा असर डाला। माकोन्दो नामक एक शहर और उसके बाशिंदों के बसने और नष्ट हो जाने का यह महाकाव्यात्मक आख्यान दक्षिण अमेरिकी और कैरीबियाई लोगों का ही नहीं, दुनिया के किसी भी हिस्से के जनगण के जीवन-प्रवाह का ऐसा प्रतिबिम्ब बन गया है, जो जितना जादुई है उतना ही यथार्थ भी। इस उपन्यास का एक अनुवाद राजकमल प्रकाशन से *एकान्त के सौ वर्ष* नाम से पहले भी प्रकाशित हुआ था।

आशा है, पाठकों को हमारी यह नवीन प्रस्तुति पसन्द आएगी। आप अपनी राय, अपने सुझाव हमें पत्र या ई-मेल के ज़रिए ज़रूर भेजें। इससे हमें इस 'गौरवग्रंथ माला' को बेहतर ढंग से आगे बढ़ाने में मदद मिलेगी।

अशोक महेश्वरी

1 अक्टूबर, 2021
नई दिल्ली

क्रम

बुएन्दीया-उर्सुला वंश 12

एकाकीपन के सौ वर्ष

मूल पाठ 13

परिशिष्ट

समय-सन्दर्भ 415

उत्तर कथन

मार्केस का संसार : मनीषा तनेजा 427

अनुवादकीय : मनीषा तनेजा 437

बुएन्दीया-उर्सुला वंश

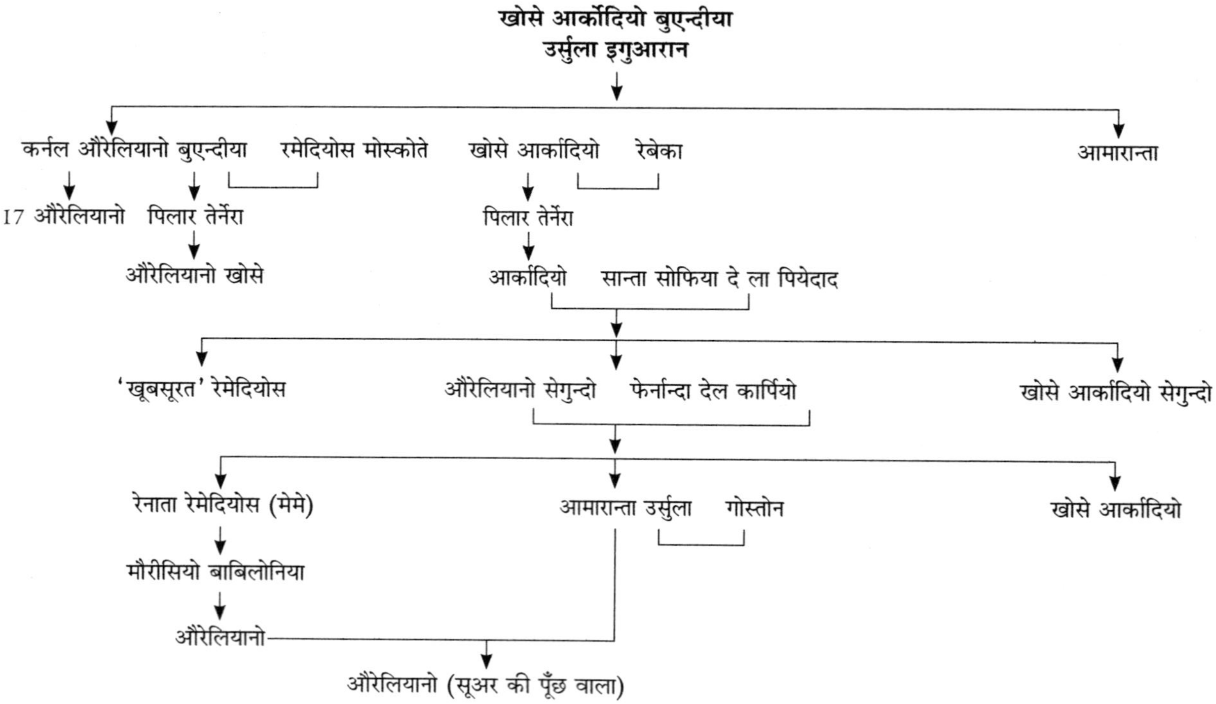

कई साल बाद, गोलीमार दस्ते के सामने खड़े हुए कर्नल औरेलियानो बुएन्दीया[1] को वह दोपहर याद आनी थी जब उसके पिता उसे बर्फ़ दिखाने ले गए थे।[2] तब माकोन्दो[3] गारे और बाँस से बने क़रीब बीस कच्चे मकानों

---

1. औरेलियानो बुएन्दीया : यह नाम आउरेलिएस से बना है जिसका उद्‌भव लैटिन शब्द 'आउरम' से हुआ है। 'आउरम' का मतलब होता है सोना। इकहरे बदन और सादगीपसन्द औरेलियानो का चरित्र जनरल उरिबे पर आधारित है। जनरल उरिबे 1899 में रूढ़िवादियों के ख़िलाफ़ विद्रोह करके कोलम्बिया का शासक बना। एक मिथकीय नायक की तरह औरेलियानो बुएन्दीया का जन्म हुआ। (अपनी माँ के गर्भ में वह रोया था और पैदाइश के वक़्त उसकी आँखें खुली हुई थीं) इकतीस लड़ाइयाँ हारने के बाद भी, वह नायक बना रहता है। जीवन में कई बार उसके ऊपर प्राणघातक हमले होते हैं, और हर बार वह बच जाता है। और जब वह ख़ुद अपने को मारने की कोशिश करने के बाद भी क़ामयाब नहीं होता तो उसका नायकत्व और निखर उठता है। उसके नाम में सन्निहित सोना शब्द, सोने से उसके रिश्ते को परिभाषित करता है, जिससे अन्त में उसकी नियति भी निर्धारित होती है।
2. एक नन्हे बच्चे को बर्फ़ दिखाने के लिए ले जाते एक बुज़ुर्ग का चित्र मार्केस ने ख़ुद अपनी ज़िन्दगी से उठाया है। जब वे छोटे थे, तो आरकाताका में उनके नाना कर्नल मार्केस उन्हें सर्कस दिखाने ले गए थे। दूसरे दिन वे उन्हें बर्फ़ दिखाने के लिए केला कम्पनी ले गए। मार्केस ने अपने बचपन के इन दो चित्रों को एक-दूसरे में समाहित कर अपने उपन्यास के शुरुआती वाक्य की रचना की।
3. माकोन्दो : जिस तरह बुएन्दीया परिवार का इतिहास माकोन्दो के इतिहास का जीता-जागता दृष्टान्त है वैसे ही माकोन्दो (भी) सामाजिक इतिहास का एक जीता-जागता आईना है। इसका इतिहास मानवीय इतिहास का संक्षिप्त रूप है। सामान्य तौर पर किसी भी समाज की तरह इसमें भी उतार-चढ़ाव देखने को मिलते हैं। उपन्यास में यह एक अल्पविकसित समाज का, ख़ासतौर पर लैटिन अमेरिकी समाज का चित्र पेश करता है। इसमें एक पूरे समाज के उद्‌भव से विलोप तक के संसार का ख़ाका खींचा गया है। यह सौ साल का इतिहास अपने में किसी परिपूर्ण सभ्यता की तरह विकास, जन्म-मरण, उत्कर्ष-अपकर्ष समेटे हुए तीसरी दुनिया के ज़्यादातर औपनिवेशिक समाज के विकास के चरणों का ख़ाका हमारे सामने रखता है। फ्रांसीसी, अंग्रेज़ और स्पैनिश उपनिवेशियों की तरह खोसे आर्कादियो बुएन्दीया और उसके 21 सहयोगियों ने बाहर से आकर माकोन्दो की स्थापना की। माकोन्दो की पहली सामाजिक-ऐतिहासिक छवि एक आदर्श पितृसत्तात्मक समाज की तरह है, जहाँ इसके सभी निवासी आर्थिक और सामाजिक→

का एक छोटा-सा गाँव था जो प्रागैतिहासिक अंडों जैसे गोल पत्थरों पर तेज़ी से बहती पारदर्शक-सी नदी के किनारे बसा था। दुनिया इतनी नई थी कि बहुत सी चीज़ों के तो नाम ही नहीं थे और उनके बारे में उँगली से इशारा करके बात करनी पड़ती थी। हर साल मार्च के महीने में ख़स्ताहाल बंजारों[1] की एक टोली

→ स्तर पर बराबर हैं, और जहाँ आपस में परस्पर स्नेह है। बुएन्दीया परिवार बीस मकानों वाले इस छोटे-से गाँव में एक आदर्श परिवार की तरह है। खोसे आर्कादियो बुएन्दीया मकानों की संरचना को तय करता है। हालाँकि उर्सुला और उसके बच्चे बाक़ी परिवारों को तरह फल और सब्ज़ियाँ उगाते हैं। इस समाज में चिड़ियों की लड़ाई पर मनाही है, और थोड़े से समय में ही माकोन्दो एक अति अनुशासित, परिश्रमी शहर बन जाता है, और बिना बाहरी दुनिया से सम्पर्क रखे फंतासी और तिलिस्म में डूबा हुआ एक आदर्श प्रागैतिहासिक समाज बना रहता है। इस समाज में परिवर्तन के पहले लक्षण तब नज़र आते हैं जब उर्सुला कछार से निकलकर बाहर जाती है और माकोन्दो का बाहर की दुनिया से सम्पर्क जोड़ती है। इस मार्ग से अनिवासियों का पहला झुंड माकोन्दो पहुँचता है और कृषि प्रधान, पितृसत्तात्मक समाज को एक उद्यमी समाज में बदल देता है। माकोन्दो के निवासी कारीगर और व्यापारी बन जाते हैं। जैसे कि बुएन्दीया परिवार में युवा औरेलियानो चाँदी का काम सीखता है और उर्सुला मिठाई का व्यवसाय करती है। बाद में आदिवासी शासन-व्यवस्था का स्थान नया शासन तंत्र ले लेता है। दोन अपोलिनार मोस्कोते मजिस्ट्रेट का आगमन होता है। चर्च के प्रतिनिधि के तौर पर फादर निकोनार रेयना आता है। साथ ही शहर में एक पुलिस दस्ते का गठन होता है। थोड़े समय बाद गृहयुद्ध शुरू हो जाता है जो बीस वर्षों तक चलता है। इस दौरान माकोन्दो का विकास ठप हो जाता है। इस गृहयुद्ध के दौरान ही टेलीग्राफ़ के दर्शन होते हैं। युद्ध समाप्ति के साथ ही माकोन्दो में नगरपालिका की स्थापना होती है और शान्ति के पदार्पण के साथ ही माकोन्दो में समृद्धि का आविर्भाव होता है। ट्रेन, बिजली, सिनेमा, ग्रामोफ़ोन और टेलीफ़ोन जैसे विकास के नये चिह्न नज़र आते हैं। कारीगरों और व्यवसायियों का शहर एक औद्योगिक शहर में बदलने लगता है, जहाँ औरेलियानो त्रिस्ते बर्फ़ की फैक्टरी लगाता है, जिसे औरेलियानो सेनतानो आइसक्रीम की फैक्टरी में तब्दील कर देता है। इस समाज में दूसरे ऐतिहासिक परिवर्तन के लक्षण तब दिखाई पड़ते हैं जब उत्तर अमेरिका की केला कम्पनी वहाँ पहुँचती है और माकोन्दो एक विदेशी ताक़त के लिए एक ख़ास तरीक़े का कच्चा माल पैदा करनेवाला उत्पादन केन्द्र बन जाता है। केला समृद्धि और परिश्रम का एकमात्र ज़रिया रह जाता है। समाज के बदलाव के साथ ही पुराने कारीगर, व्यापारी और ज़मींदार वेतनभोगी किसान बन जाते हैं। और माकोन्दो में अनिवासियों का एक और गुट आ पहुँचता है, जिससे कि शहर पूरी तरह से बदल जाता है। इसके साथ शुरू होता है फ़िज़ूलख़र्ची और सामाजिक टकराव का एक नया दौर। कम्पनी के मज़दूर हड़ताल करते हैं। सेना उनके साथ बहुत ही अमानवीय व्यवहार करती है। एक प्राकृतिक आपदा के साथ ही माकोन्दो अपने इतिहास के अन्तिम चरण में प्रवेश करता है। अतिवृष्टि होती है और आर्थिक जीवन का एक तरह से अन्त हो जाता है। केला कम्पनी अपना खोमचा उठाकर चल देती है। एक श्मशान में तब्दील होने के पहले माकोन्दो में धीरे-धीरे ग़रीबी, तबाही, बरबादी छाने लगती है। और अन्त में चक्रवात के साथ ही समाप्त हो जाते हैं कुछ बचे-खुचे लोग और इस तबाही के साथ ही माकोन्दो समाज इतिहास-चक्र को पूरा कर लेता है।

1. बंजारे : एक ख़ानाबदोश जाति जो कहीं टिक कर नहीं रहती। इसके बारे में माना जाता है→

आती, गाँव के पास अपना पड़ाव डालती और पीपे एवं ताशे के बेइन्तहा शोर के साथ अपने नये आविष्कार प्रदर्शित करती। वे पहले एक चुम्बक लाए। अपना नाम मेल्कीयादेस[1] बतानेवाले भारी-भरकम शरीर, बेतरतीब दाढ़ी और गौरैया जैसे हाथ वाले एक बंजारे ने उसका सार्वजनिक प्रदर्शन किया, जिसे वह ख़ुद मिस्र के विद्वान कीमियागरों का आठवाँ अजूबा कहता था। वह चुम्बक की दो सिल्लियाँ लेकर घर-घर गया और यह देखकर सब दहल गए कि कड़ाही, देगची, चिमटे और अँगीठियाँ अपनी जगहों से गिर रहे हैं, और लकड़ियाँ बेबस होकर चरमरा रही हैं, क्योंकि उनमें गड़ी कीलें और पेच निकलकर बाहर आने की कोशिश कर रहे थे और यहाँ तक कि लम्बे अर्से से खोई हुई चीज़ें वहीं से निकलकर आ रही थीं जहाँ उन्हें खोजा गया था और विघटित सैनिकों की तरह सब कुछ मेल्कीयादेस के जादुई लोहे की सिल्लियों के पीछे बेलगाम घिसटा जा रहा था। "हर चीज़ में अपना जीवन होता है," अपनी भारी आवाज़ में बंजारे ने घोषणा की, "सवाल आत्मा को जगाने का है।" खोसे आर्कादियो बुएन्दीया[2] की बेलगाम कल्पनाशीलता हमेशा से प्रकृति के रहस्यों और शायद चमत्कार से परे भी दौड़ती थी।

→ कि यह एशिया महाद्वीप में भारत से आई है। बंजारे अपने रीति-रिवाज़ और परम्पराओं के बड़े पक्के होते हैं। बंजारों का प्रमुख मेल्कीयादेस भारत की प्राचीन भाषा संस्कृत में माकोन्दो का इतिहास लिखता है।

1. मेल्कीयादेस : मेल्कीयादेस शब्द लिया गया है 'मेलकीसादेक' से, जिसका हिब्रू में अर्थ होता है वह देवदूत, जो पहले जोसफ और फिर यीशु के सामने प्रकट हुआ। बाइबल के सन्दर्भ में खोसे आर्कादियो बुएन्दीया, जोसफ का प्रतीक है और मेल्कीयादेस देवदूत का। मेल्कीयादेस के बारे में कहा जाता है कि उसने नोस्त्रेदमस की भविष्यवाणियाँ पढ़ रखी हैं। वह बुएन्दीया परिवार का इतिहास लिखता है। उसने सौ साल पहले ही कह दिया था कि बुएन्दीया परिवार का नामोनिशान मिट जाएगा। उसे मोइसेस और जोसिमस का फार्मूला मालूम है और साथ ही वह कीमियागरी के रहस्य से भी परिचित है। मिथक शास्त्र के हिसाब से केवल कुछ चुनिन्दा लोग ही इसके रहस्य से वाक़िफ़ हैं।
2. खोसे आर्कादियो बुएन्दीया : खोसे हिब्रू शब्द जेहोवाह का स्पैनिश रूपान्तर है। जेहोवाह का अर्थ होता है ईश्वर। जबकि नए टेस्टामेंट में मरिया के पति नाज़ारथ के जोसेफ़ का उल्लेख है। ईसाई धर्म में, शुरुआत में इस शब्द को पुरुषसत्ता (पेट्रियार्क) के साथ जोड़कर देखते हैं। उपन्यास में मार्केस ने खोसे आर्कादियो बुएन्दीया को मानव के आदिरूप में प्रस्तुत किया है। वह न्यायप्रिय और विवेकशील इनसान है जो अपने परिवार के लोगों में भूमि और जल का वितरण करता है। वह एक ऐसे शहर का संस्थापक है, जिसे पावन भूमि का दर्जा हासिल है। वह एक ऐसे परिवार का मुखिया है जो तन-मन से इस भूमि से जुड़ा हुआ है। पाठकों को उसमें आदम के लक्षण भी नज़र आएँगे। आर्कादियो शब्द और ग्रीक आर्कादियो में भी काफ़ी साम्य मालूम पड़ता है। पेलोपेनेस पहाड़ पर बसा, आर्कादियो एक शहर है, जिसे एक आदर्श शहर की संज्ञा दी जाती है।

उसके मन में धरती के भीतर छिपे सोने को निकालने के लिए इस आश्चर्यजनक चीज़ का इस्तेमाल करने की इच्छा उठी। मेल्कीयादेस ने, जो एक ईमानदार इनसान था, उसे आगाह किया, "यह उस काम नहीं आएगा।" लेकिन खोसे आर्कादियो बुएन्दीया को उस समय बंजारों की ईमानदारी पर भरोसा नहीं था। उसने दो चुम्बकों के बदले अपना गधा और दो बकरियाँ मेल्कीयादेस को दे दीं। इन जानवरों की बदौलत अपने ग़रीब परिवार का ख़र्च चलाती उसकी पत्नी उर्सुला इगुआरान[1], उसे ऐसा करने से नहीं रोक सकी। "बहुत जल्द हमारे पास इतना सोना होगा कि हम उससे अपने घर की ज़मीन लीप सकेंगे।" उसके पति ने कहा।

अपने अनुमान को सच्चा साबित करने के लिए उसने कई महीने मेहनत की। चुम्बक हाथ में लिये मेल्कीयादेस का मंत्र ऊँची आवाज़ में बोलते हुए वह उस इलाक़े का चप्पा-चप्पा घूमा, नदी का तट तक नहीं छोड़ा, और अन्ततः उसे मिला भी तो पन्द्रहवीं शताब्दी का एक कवच, जो शायद सिर्फ़ जंग में काम आया था और जो कंकड़ और पत्थरों से भरे बड़े से खोखले कद्दू की तरह आवाज़ करता था। जब अपने चार साथियों के साथ खोसे आर्कादियो बुएन्दीया ने उसे खोला तो उसमें एक कंकाल मिला जिसके गले में ताँबे का लॉकेट था और लॉकेट में किसी औरत की घुँघराली लट।

बंजारे मार्च में फिर लौटे। इस बार वे एक दूरबीन और ढोलक जितना बड़ा आतिशी शीशा लाए। इसे उन्होंने अमस्टरडैम के यहूदियों[2] का नवीनतम आविष्कार कहकर प्रदर्शित किया। उन्होंने एक बंजारन को गाँव के दूसरे सिरे पर खड़ा कर दिया और तम्बू के आगे दूरबीन रख दी। पाँच रेयाल[3] में जनता दूरबीन से उस बंजारन को बाज़ू-भर की दूरी पर देख सकती थी। "विज्ञान ने दूरियाँ मिटा दी हैं,"

---

1. उर्सुला इगुआरान : उर्सुला शब्द की उत्पत्ति लैटिन शब्द 'उर्सा' से है। इस शब्द का मतलब है मादा भालू। मार्केस ने उर्सुला का चरित्र अपनी नानी दोन्या तानकीलीना को सामने रखकर गढ़ा है। मार्केस का अपना बचपन दोन्या तानकीलीना के घर में बीता था। उनकी नानी देखने में तो छोटी थीं लेकिन लम्बे-चौड़े परिवार की देखरेख करती थीं। उपन्यास में उर्सुला का चरित्र भी ऐसा ही दिखाया गया है।
2. स्पैनिश मूल का यहूदी समुदाय जिसका सबसे प्रसिद्ध सदस्य तत्त्वज्ञ स्पीनोज़ा था जिसने ग्रहण विद्या पर काफ़ी काम किया था। Sims, Robert L. (1980), *Narrative Briologe and Myth in García Márquez*, Journal of Spanish Studies : Twentieth Century, VIII, P. 143-159.
3. रेयाल : चाँदी का सिक्का जिसकी क़ीमत 34 पुराने स्पैनिश सिक्कों के बराबर है। कई दक्षिण अमेरिकी देशों में फुटकर करेंसी के रूप में इस सिक्के का चलन है।

मेल्कीयादेस ने ऐलान किया। "कुछ समय में घर से हिले बिना आदमी दुनिया के किसी भी कोने में हो रही घटनाएँ देख सकेगा।" एक दोपहर की चिलचिलाती धूप में उस विशाल आतिशी शीशे से उन्होंने चमत्कृत कर देनेवाला प्रदर्शन किया। बंजारों ने सड़क के बीचोबीच सूखी घास का एक गट्ठर रखा और शीशे द्वारा सूर्य की किरणें केन्द्रित करके उसमें आग लगा दी।

चुम्बक के निष्फल प्रयोग से अभी पूरी तरह से उबर भी नहीं पाए खोसे आर्कादियो बुएन्दीया ने इस आविष्कार को युद्ध-शस्त्र के रूप में इस्तेमाल करने की ठानी। मेल्कीयादेस ने उसे समझाने की बहुतेरी कोशिश की, पर वह नहीं माना। अन्ततः तीन उपनिवेशी सिक्कों[1] और दोनों चुम्बकों के बदले उसने वह शीशा उसे दे दिया। उर्सुला व्याकुल होकर रह गई। वह पैसा सोने के सिक्कों के उस सन्दूक़ से लिया गया था जिसे उसके पिता ने ज़िन्दगी-भर बचत कर मेहनत से इकट्ठा किया था और जिसे सही समय आने पर इस्तेमाल करने के इरादे से उर्सुला ने अपनी खाट के नीचे गाड़ दिया था। खोसे आर्कादियो बुएन्दीया ने तो उसको सान्त्वना तक नहीं दी और एक पागल वैज्ञानिक की तरह, अपनी जान तक की परवाह किए बग़ैर अपनी कोशिशों में जुट गया, इस ख़तरनाक आविष्कार से भयभीत अपनी पत्नी के तमाम प्रतिरोध के बावजूद शत्रु सेना पर शीशे का असर दिखाने की कोशिश में उसने सूर्य की संकेन्द्रित किरणों से अपने आपको इस क़दर जला लिया कि शरीर पर फफोले पड़ गए, जिन्हें ठीक होने में काफ़ी समय लगा। एक बार तो उसके घर को आग लगते-लगते बची। अपने नवीन शस्त्र की सम्भावनाएँ तलाशने की कोशिश में वह घंटों अपने कमरे में जुटा रहता और तब तक जुटा रहा जब तक कि उसने एक अत्यन्त विश्वसनीय और स्पष्ट निर्देश-पुस्तिका संकलित नहीं कर ली। अपने प्रयोगों के अनगिनत वर्णन और कई पेजों के व्याख्यात्मक रेखाचित्रों के साथ उसने यह पुस्तिका सरकार को एक दूत के हाथ भेजी। वह पहाड़ों से होता हुआ, असीम दलदलों में भटकता, तूफ़ानी नदियाँ पार कर निराशा, महामारी और जंगली जानवरों की मार से हताश हो ही रहा था कि उसे वह रास्ता मिल गया जिस रास्ते डाक ले जानेवाले खच्चर जाते थे। हालाँकि राजधानी जाना उस समय लगभग नामुमकिन था लेकिन खोसे आर्कादियो बुएन्दीया सरकार के एक इशारे

---

1. उपनिवेशी सिक्के : स्पेन का करेंसी सिक्का। दक्षिण अमेरिका के अधिकांश देशों को स्पेन ने अपना उपनिवेश बना लिया था। स्पैनिश भाषा, संस्कृति और रीति-रिवाज स्थानीय कला और संस्कृति पर हावी हो गए थे। अधिकांश दक्षिण अमेरिकी देशों में, ब्राजील को छोड़कर, स्पैनिश भाषा बोली जाती है। ब्राजील पर पुर्तगाल का शासन होने के कारण यहाँ पुर्तगाली भाषा का प्रचलन है।

पर वहाँ जाने को तैयार था ताकि वहाँ पहुँचकर वह सेना के अधिकारियों के लिए अपने आविष्कार का प्रदर्शन कर सके और स्वयं सौरयुद्ध की पेचीदा कला में उन्हें प्रशिक्षण दे सके। उसने कई साल जवाब का इन्तज़ार किया। आख़िरकार थककर उसने अपने असफल प्रयास का दुखड़ा मेल्कीयादेस को सुनाया और तब उस बंजारे ने अपनी ईमानदारी का ठोस सबूत दिया।

उसने आतिशी शीशे के बदले दो रेयाल लौटा दिए और साथ में कई पुर्तगाली नक़्शे एवं नौसंचालन के कई उपकरण दिए। अपनी लिखावट में उसने खोसे आर्कादियो बुएन्दीया को मौंक हिरमान[1] के अध्ययन का संश्लेषण दिया ताकि अपनी प्रयोगशाला में वह कम्पास और सेक्सटैंट का इस्तेमाल कर सके। बरसात के लम्बे महीने खोसे आर्कादियो बुएन्दीया ने घर के पिछवाड़े कोठरी बनाकर, उसमें बन्द रहकर काटे, ताकि प्रयोगों में कोई बाधा न डाल सके। अपनी पारिवारिक ज़िम्मेदारियों से एकदम मुँह मोड़कर वह सारी रात आँगन में बैठ तारों की दिशा देखने में गुज़ारता और दोपहर निश्चित करने की सही विधि तय करने की कोशिश में वह लू का शिकार होते-होते बचा। जब वह अपने उपकरणों के प्रयोग में प्रवीण हो गया, तो उसने अन्तरिक्ष की एक काल्पनिक अवधारणा गढ़ ली और अपनी कोठरी से हिले बिना वह अज्ञात समुद्रों के पार जाता, जनशून्य क्षेत्रों में विचरण करता और अनमोल प्राणियों से भेंट करता।

इसी दौरान उसे अपने आप से बात करने की आदत पड़ गई और जब उर्सुला और बच्चे जी-जान से मेहनत करके केले, अरवी और बैगन उगा रहे थे तब वह ख़ुद इन सब ज़िम्मेदारियों से दूर अपनी अलग दुनिया में जी रहा था। फिर एक दिन यकायक बिना किसी पूर्व-सूचना के उसकी तीव्र बेचैनी एक तरह के सम्मोहन में बदल गई। फिर मंत्रमुग्ध-सा धीमे स्वर में, ख़ुद ही न समझ सकनेवाली विचित्र सी बातें ख़ुद से धीमे स्वर में दोहराते हुए उसने कई दिन काट दिए। अतः दिसम्बर के महीने में मंगलवार[2] की एक दोपहर खाने के वक़्त अपनी यातना का सारा बोझ

---

1. मौंक हिरमान का असली नाम हिरमान वोन रिशेनू था, एक जर्मन क्रिस्तान। उसका जन्म 1013 में हुआ था और उसने ज्योतिष विज्ञान पर कई निबन्ध लिखे थे।

2. मंगलवार : इस उपन्यास में कुछ ख़ास दिन और समय का ज़िक्र है। समय दर्शाने के साथ-साथ प्रतीक की तरह भी इनका इस्तेमाल हुआ है। कोलम्बिया की एक पुरानी धारणा के हिसाब से मंगलवार बदक़िस्मत दिन है। (मंगलवार को शादी नहीं करते, मंगलवार को समुद्री यात्रा पर नहीं निकलते, मंगलवार को अपने परिवार से दूर नहीं जाते।) दिसम्बर के इस मंगलवार के दिन कीमियागरी की प्रयोगशाला के रूप में परिवार की तबाही शुरू होती है।

खोलकर उसने अपने बच्चों पर डाल दिया। उन बच्चों को ज़िन्दगी-भर याद रहेगा कि कैसे उनके पिता ने अपने लम्बे संज्ञान और अपनी कल्पना के आक्रोश से टूट जाने के बाद रीतिक अन्दाज़ में अपनी खोज की घोषणा उनके सामने की थी :

"धरती गोल है, सन्तरे की तरह।"

उर्सुला के सब्र की सीमा ख़त्म हो गई। "अगर तुम्हें पगलाना ही है तो अकेले पगलाओ," वह हताश होकर चिल्लाई, "कम-से-कम मेरे बच्चों को अपने ऊलजलूल ख़यालों से बख़्श दो।" निरावेग खोसे आर्कादियो बुएन्दीया के कान पर जूँ तक न रेंगी और उसकी पत्नी ने ग़ुस्से में कम्पास को ज़मीन पर पटककर तोड़ दिया। खोसे आर्कादियो बुएन्दीया ने दूसरा बनाया, गाँव के लोगों को अपनी छोटी-सी कोठरी में इकट्ठा किया और उन्हें वह सिद्धान्त समझाने लगा जो उनकी समझ के परे था। अगर आदमी लगातार पूर्व की ओर चलता जाए तो सम्भवत: वह उसी स्थान पर लौट आएगा जहाँ से उसने चलना शुरू किया था। जब सबको यक़ीन हो गया कि खोसे आर्कादियो बुएन्दीया पागल हो गया है कि तभी मेल्कीयादेस लौटा और उसने स्थिति सँभाल ली। उसने सरेआम उस आदमी की बुद्धिमत्ता की तारीफ़ की, जिसने मात्र खगोलीय अनुमान के आधार पर ऐसे सिद्धान्त की कल्पना कर ली थी जो प्रायोगिक तौर पर सिद्ध हो चुका था लेकिन जिससे माकोन्दो अभी तक अनभिज्ञ था, और अपनी प्रशंसा के प्रतीक के तौर पर उसने एक ऐसा तोहफ़ा दिया जिससे समस्त गाँव के भविष्य पर गहरा असर पड़ना था : कीमियागर की प्रयोगशाला।

तब तक मेल्कीयादेस विस्मयकारक गति से बूढ़ा हो चला था। अपनी पहली कुछ यात्राओं में वह खोसे आर्कादियो बुएन्दीया की उम्र का मालूम पड़ता था। लेकिन जहाँ खोसे आर्कादियो बुएन्दीया की लाजवाब ऊर्जा अब भी बरकरार थी, और अब भी वह घोड़े के कान पकड़कर उसे हाँक सकता था, वहीं यह बंजारा किसी ख़तरनाक बीमारी के शिकंजे में जकड़ा मालूम पड़ता था। असल में यह उन अनगिनत घातक बीमारियों का नतीजा था जिनका शिकार वह दुनिया-भर में घूमते समय हुआ था। जैसा कि उसने ख़ुद खोसे आर्कादियो बुएन्दीया को प्रयोगशाला के निर्माण में मदद करते समय बताया था, मौत हर जगह सूँघती, साये की तरह उसका पीछा कर रही थी। लेकिन शायद वह आख़िरी वार के लिए अभी तैयार नहीं थी। वह एक भगोड़ा था, मानवजाति को हो चुकी हर तरह की महामारी और महाविपत्ति से बचकर भागता हुआ इनसान।

फारस में चर्मग्राह, मलाया द्वीपसमूह में स्कर्वी, अलेक्सेन्द्रीया में कुष्ठ रोग, जापान

में बेरीबेरी, मेडागास्कर में ब्यूबोनिक प्लेग, सिसली में भूकम्प और मालागा के जल डमरूमध्य में पोत-भंग, सब विपदाओं और बीमारियों के बावजूद वह ज़िन्दा था। यह अनोखा इनसान जिसके बारे में मशहूर था कि उसके पास नोस्त्रेदमस[1] की कुंजी थी; हक़ीक़त में एक दुखी प्राणी था, अपने दु:ख की छाया में घिरा, एशियाई शक्ल-सूरत वाला इनसान जो दुनियादारी से बख़ूबी वाक़िफ़ था। वह पंख फैलाकर बैठे कौवे की तरह सिर पर बड़ी काली टोपी और सदियों की गन्दगी से गुज़री रेशमी बनियान पहने हुए था, पर अपनी बेइन्तहा समझदारी और रहस्यमय उदारता के बावजूद एक आम इनसान की तरह वह सांसारिक जीवन की छोटी-छोटी दिक़्क़तों से घिरा हुआ था। बुढ़ापे के रोगों से पीड़ित और मामूली आर्थिक तंगी से परेशान मेल्कीयादेस ने बहुत समय पहले ही हँसना छोड़ दिया था क्योंकि स्कर्वी से उसके दाँत गिर गए थे। उस दमघोंटू दोपहर में जब उस बंजारे ने अपने रहस्य उसे बताए, खोसे आर्कादियो बुएन्दीया को अहसास हुआ कि अब एक गहरी दोस्ती की शुरुआत हो गई है। उसकी आश्चर्यजनक कहानियों से बच्चे मंत्रमुग्ध हो गए। औरेलियानो को, जिसकी उम्र उस समय पाँच वर्ष से ज़्यादा नहीं थी, ज़िन्दगी-भर उस दोपहर की उसकी वह तस्वीर याद रहेगी—खिड़की से आती खनकती, चिलचिलाती धूप में

---

1. नोस्त्रेदमस : सोलहवीं शताब्दी का एक फ्रांसीसी भविष्यवक्ता और चिकित्सक जो जन्म से तो यहूदी था पर बाद में ईसाई बन गया था। उसका पूरा जीवन धर्मान्तरण के आतंक में बीता। उसका जन्म 1507 में सेंट रेनी दे प्रावेंस (फ्रांस) में हुआ था। उसका असली नाम मिशेल द नोत्रदाम था। लैटिन में उसका नाम नोस्त्रेदमस हो गया था। उसका अधिकांश जीवन सीलोन शहर में बीता और यहीं 1556 में ड्राप्सी से उसकी मौत हो गई। उसने पहेलीनुमा कविता के रूप में तक़रीबन 1000 भविष्यवाणियाँ लिखीं और 100-100 के जोड़े बनाकर : 'सेन्तूरियास' (शताब्दियाँ) नामक किताब में संकलित किया। 1555 में यह पुस्तक सबसे पहले प्रकाशित हुई थी और अब तक चली आ रही है। उसने अपने बचाव के लिए भविष्यवाणी को जानबूझकर काफ़ी गूढ़ रूप में पेश किया था। उन दिनों भविष्यवाणी करनेवालों को तिलिस्मी मानकर सज़ा दी जाती थी। उसने फ्रेंच, इतालियन, स्पैनिश और हिब्रू, पुरानी यूनानी और लैटिन जैसी कई भाषाओं के मिश्रण से बनी अनोखी भाषा में अपनी भविष्यवाणियाँ लिखीं। इसके अलावा, वर्ण-विपर्यास का भी प्रयोग वह करता था। जैसे कि पेरिस शब्द को इंगित करने के लिए रेपिस लिखना। अक्सर वह ऐसे शब्दों का प्रयोग करते समय उन्हें मोटे अक्षरों में लिख देता था। उसके लेखन की तरह ही नोस्त्रेदमस की भविष्यवाणियाँ भी टेढ़ी होती थीं। वह अक्सर भविष्यवाणी करने के परम्परागत तरीक़ों के साथ-साथ होरोस्कोप (जन्मकुंडली) के तुलनात्मक अध्ययन को भी अपनी भविष्यवाणी का आधार बनाता था। जैसे कि अतीत में किसी बड़ी घटना के समय ग्रहों की स्थिति का ज़िक्र करते हुए वह कहता कि अगर भविष्य में ग्रहों की स्थिति एक बार फिर ऐसी बनी तो इतिहास अपने आपको दोहराएगा और ऐसी घटना फिर होगी। उपन्यास में कई जगह यह ज़िक्र आता है कि मेल्कीयादेस के पास नोस्त्रेदमस की कुंजी थी। इसका अर्थ है मानव इतिहास के गूढ़ संकेतों का अर्थ समझने और भविष्य को जानने की क्षमता।

बैठा, अपनी भारी आवाज़ से कल्पना की गहराइयों को रौशन करता मेल्कीयादेस, जिसकी कनपटी से गर्मी के कारण पिघलती चर्बी का फौवारा छूट रहा था।

उसका बड़ा भाई, खोसे आर्कादियो, इस ख़ूबसूरत नज़ारे को पुश्तैनी याद के तौर पर अपने वंशजों को देगा। दूसरी तरफ़ उर्सुला के लिए उस मुलाक़ात से बुरी यादें जुड़ी हुई थीं, क्योंकि जिस समय वह कमरे में आई थी उसी समय मेल्कीयादेस ने अपनी लापरवाही से पारे की एक बोतल तोड़ दी थी।

"यह शैतान की गन्ध है," वह बोली।

"बिलकुल नहीं," मेल्कीयादेस उसे टोकते हुए बोला, "यह साबित हो चुका है कि शैतान में सल्फ़्यूरिक विशेषताएँ होती हैं और यह तो बस थोड़ा-सा फूलरस है।"

हमेशा उपदेश देने वाला, वह सिन्दूर की शैतानी विशेषताओं का ब्योरा देने लगा लेकिन उर्सुला ने उसकी तरफ़ ध्यान नहीं दिया और बच्चों को प्रार्थना के लिए ले गई। वह तीखी गन्ध हमेशा उसके ख़यालों में बसी रही, मेल्कीयादेस की यादों से जुड़ी हुई।

उस अधकचरी प्रयोगशाला में एक पुरानी पानी की नली के अलावा अनेक कीप, भभके, काँच के टोंटीदार पात्र, पारस पत्थर की अनुकृति और ख़ुद बंजारों द्वारा बनाया गया आसवन यंत्र था। आसवन यंत्र को ख़ुद बंजारों ने मारिया ला खूदिया के तीन हत्थों वाले भभके के आधुनिक विवरण को ध्यान में रखकर बनाया था। इन सब चीज़ों के अतिरिक्त मेल्कीयादेस ने सात ग्रहों के अनुकूल सात धातुओं के नमूने छोड़े, सोना दुगुना करने के लिए मोइसेस एवं जोसिमस[1] का नुस्ख़ा और ग्रेट टीचिंग्स[2] का एक सेट भी छोड़ा जिसे समझकर कोई भी पारस पत्थर बनाना सीख सकता था। सोना दुगुना करने के नुस्ख़े की सरलता से रोमांचित होकर खोसे आर्कादियो बुएन्दीया ने कई हफ़्ते उर्सुला की जी हुजूरी की ताकि वह ज़मीन में गड़े हुए अपने सोने के सिक्के निकालकर उसे दे दे। हमेशा की तरह उर्सुला अपने पति की हठ के आगे झुक गई। फिर खोसे आर्कादियो बुएन्दीया ने कड़ाही में तीन सोने के सिक्के डाले और उसमें ताँबा, हरताल गन्धक और सीसा मिला दिया। इस मिश्रण को उसने तब तक उबाला जब तक कि एक गाढ़ा और घातक शीरा नहीं

1. मोइसेस एवं जोसिमस : धर्म ज्ञान की दो शाखाएँ : यहूदी और प्राचीन क्लासिकल (यूनानी-रोमन सभ्यता)। यूनानी परम्परा में तीसरी शताब्दी में जोईस्मो नाम के कीमियागर का उल्लेख मिला है।
2. ग्रेट टीचिंग्स : शुद्धि का प्रतीक। उपन्यास में कई जगह पर एक प्रतीक के तौर पर धातु के पारस पत्थर में परिवर्तित होने का ज़िक्र है।

बन गया जो क़ीमती सोने से ज़्यादा एक आम कैरेमल की तरह था। जल्दबाज़ी में उर्सुला की वह क़ीमती विरासत, आसवन के दौरान सात ग्रहीय धातुओं के साथ पिघलकर, वायुरुद्ध पारे और सल्फ़्यूरिक अम्ल में मिलकर, और मूली का तेल न होने की वजह से, सूअर के तेल में दोबारा पकाए जाने के कारण बस भगोने के तले से चिपका एक जला हुआ ढेर बनकर रह गई थी।

जब बंजारे लौटे तो उर्सुला ने गाँववासियों को उनके ख़िलाफ़ भड़का दिया। किन्तु डर से बड़ी थी जिज्ञासा, और चूँकि उस समय बंजारे शहर-भर में कई तरह के बाजों से शोर मचाते घूम रहे थे और एक फेरीवाला नासिओनसेनोस[1] की आश्चर्यजनक खोज की प्रदर्शनी का ऐलान कर रहे थे, इसलिए सभी तम्बू में पहुँचे और मात्र एक सेनतावो[2] देकर पूरी तरह से स्वस्थ, झुर्रियों रहित और नये चमकते दाँतों वाले एक जवान मेल्कीयादेस को देख सके। जिन लोगों को मेल्कीयादेस के स्कर्वी से सड़े मसूढ़े, ढीले गाल और सूखे मुरझाए होंठ याद थे, वे इस बंजारे की अलौकिक शक्ति को देखकर डर से काँप उठे। जब मेल्कीयादेस ने जबड़ों में जड़े अपने दाँतों को एक क्षण के लिए निकालकर दर्शकों को दिखाया तो यह डर आतंक में बदल गया—पल-भर में वह वही बरसों पुराना बूढ़ा आदमी हो गया और उन दाँतों को दुबारा लगाकर जब वह फिर मुस्कराया तो उसकी जवानी वापस लौट आई। खोसे आर्कादियो बुएन्दीया भी मान गया कि मेल्कीयादेस का ज्ञान असीम था और जब मेल्कीयादेस ने केवल उसे अपने नकली दाँतों का राज़ बताया तो उसे उत्तेजना महसूस हुई। यह सब साधारण होने के साथ-साथ उसे इतना आश्चर्यजनक लगा कि एकाएक कीमियागरी में उसकी रुचि ख़त्म हो गई। वह बदमिज़ाजी के एक नये दौर में चला गया। समय से खाना नहीं खाता, और दिन-भर घर में टहलता रहता। "दुनिया में आश्चर्यजनक चीज़ें हो रही हैं," वह उर्सुला से कहता, "वहाँ नदी के दूसरी तरफ़ कई तरह के जादुई उपकरण हैं और हम गधों की तरह ज़िन्दगी को ढो रहे हैं।" जो लोग माकोन्दो की स्थापना के समय से उसे जानते थे, मेल्कीयादेस के प्रभाव की वजह से उसमें आए बदलाव से चमत्कृत थे।

शुरू में खोसे आर्कादियो बुएन्दीया एक तरह से एक जवान पितामह था, जो

1. नासिओनसेनोस : यूनानी सन्त, ग्रेगोरियो नासिओनसेनोस (330-390) के नाम का शहर। उन्हें यूनानी चर्च के पिता के तौर पर जाना जाता है।
2. सेनतावो : निकल और कांस्य का बना दक्षिण अमेरिकी सिक्का जो करेंसी नोट के एक सौवें हिस्से के बराबर होता है।

अपने समुदाय के कल्याण के लिए लोगों को खेती करने, बच्चे पालने और जानवरों की देखभाल करने के तरीक़ों पर सलाह दिया करता था, और शारीरिक कार्यों में भी सबकी मदद करता था। चूँकि शुरू से उसका घर गाँव में सबसे अच्छा था, बाक़ी घर भी उसी की देखादेखी बनाए गए। उसमें एक छोटी रोशनीदार बैठक थी, चौतरे के आकार का रंगीन फूलों से सजा खाने का कमरा, दो सोने के कमरे, एक बड़ा आँगन, पांगर के पेड़ वाला एक व्यवस्थित बग़ीचा और एक बाड़ा जहाँ बकरियाँ, सूअर और मुर्ग़ियाँ मिल-जुलकर रहते थे। लेकिन न केवल उस घर में बल्कि पूरी बस्ती में लड़ाकू मुर्ग़े रखने की सख़्ती से मनाही थी।

उर्सुला की काम करने की क्षमता अपने पति की टक्कर की थी। वह एक फ़ुर्तीली, गम्भीर, छोटी-सी ओजस्वी महिला थी जिसे कभी किसी ने गाना गाते नहीं सुना था। वह सुबह से देर रात तक घर-भर में भागती नज़र आती थी, और उसके साथ रहती थी उसके चमकते हुए कपड़ों में माड़ की सरसराहट। उसकी वजह से उस घर में लिपी ज़मीन, मिट्टी की दीवारें, ख़ुद बनाए गए लकड़ी के फ़र्नीचर हमेशा साफ़ रहते थे और पुराने सन्दूक़ में रखे कपड़ों से तुलसी की भीनी ख़ुशबू आती रहती थी।

नगर के सबसे चुस्त और उद्यमशील आदमी खोसे आर्कादियो बुएन्दीया ने सब घरों की जगह इस तरह निश्चित की थी कि किसी भी घर से नदी जाकर पानी लाने में एक-सी ही मेहनत लगे, और सड़क इस तरह सुनिश्चित की थी कि दोपहर में किसी भी घर में दूसरे घर से अधिक धूप न आए। कुछ ही सालों में तीन सौ निवासियों वाला माकोन्दो गाँव किसी और ज्ञात गाँव से ज़्यादा मेहनती और साफ़-सुथरा हो गया था। वाक़ई, वह एक ख़ुशहाल गाँव[1] था जहाँ किसी की उम्र तीस वर्ष से ज़्यादा नहीं थी और जहाँ किसी की मौत नहीं हुई थी।

स्थापना के समय से ही खोसे आर्कादियो बुएन्दीया ने फन्दे और पिंजरे बनाए थे। कुछ ही समय में उसने न केवल अपना घर बल्कि पूरा गाँव पीतचटकी, केनेरी, रबि, रॉबिन पक्षियों से भर दिया। नाना प्रकार की इन चिड़ियों के गान से उर्सुला अक्सर इतनी परेशान हो जाती कि अपने कानों में मधुमक्खियों वाली मोम भर लेती थी ताकि वे वास्तविकता का संवेदन न खो दें। पहली बार जब सिरदर्द

1. सोलहवीं शताब्दी के स्पैनिश अन्वेषक दक्षिण अमेरिका पहुँचने के बाद अक्सर इन्हीं शब्दों में वहाँ की ख़ूबसूरती बयान करते थे। सबसे पहले क्रिस्टोफर कोलम्बस ने इस 'नई दुनिया' की ख़याली स्वर्ग से तुलना की थी। अपनी तीसरी यात्रा में ही उसे इस बात का यक़ीन हुआ कि यह स्वर्ग इसी ज़मीन पर है।

के लिए काँच की गोलियाँ बेचने के लिए मेल्कीयादेस का समुदाय वहाँ आया था, तो सब हैरान थे कि कच्छ की निद्रा में सोये उस गाँव को इन लोगों ने कैसे ढूँढ़ लिया था। तब बंजारों ने क़ुबूल किया था कि चिड़ियों की चहक से ही वह यहाँ तक पहुँचे थे।

चुम्बक की खींच के बुख़ार में, खगोलीय जोड़-तोड़ में, रूपान्तर के सपने और दुनिया के अजूबों को खोज निकालने की ख़्वाहिश में सामाजिक पहल की यह भावना जल्द ही ख़त्म हो गई। साफ़-सुथरे और मेहनती इनसान से खोसे आर्कादियो बुएन्दीया एक आलसी, मैले-कुचैले इनसान में बदल गया था, जिसकी लम्बी बिखरी दाढ़ी को उर्सुला ने काफ़ी कोशिश से रसोईघर की कैंची से ठीक किया था। कई लोगों का मानना था कि उस पर किसी ने टोटका कर दिया है। पर उसके पागलपन पर यक़ीन करनेवाले ऐसे लोग भी थे जो अपना घरबार छोड़कर उसके साथ हो लिये जब उसने खोदने-खादनेवाले औज़ार लिये और माकोन्दो को दुनिया के अजूबों तक ले जाने के लिए रास्ता बनाने के उद्यम में सबकी मदद माँगी।

खोसे आर्कादियो बुएन्दीया उस क्षेत्र के भूगोल से एकदम अनजान था। उसे मालूम था कि पूर्व में एक अभेद्य पहाड़ था और पहाड़ की दूसरी तरफ़ रियोआचा[1] का प्राचीन शहर, जहाँ पुराने समय में, उसके दादा औरेलियानो बुएन्दीया के मुताबिक़, सर फ्रांसिस ड्रेक[2] तोप लेकर मगरमच्छों का शिकार करने गए थे और भूसे से भरकर उन मगरमच्छों को महारानी एलिजाबेथ[3] को भेंट किया था। अपनी जवानी में खोसे आर्कादियो बुएन्दीया ने अपनी बीवी, बच्चे, जानवर और घर-गृहस्थी के सामान समेत समुद्र का रास्ता ढूँढ़ने के लिए उस पहाड़ को पार करने की गुस्ताख़ी की थी और छब्बीस महीनों के बाद अपनी खोज-यात्रा को त्यागकर उसने माकोन्दो की स्थापना की थी, ताकि उन्हें वापस न जाना पड़े। इसलिए इस रास्ते में उनकी रुचि नहीं थी। यह रास्ता अतीत की ओर ले जाता था। दक्षिण दिशा में सफ़ेद फेन से ढका दलदल था और थी कच्छ की विशाल दुनिया, जिसका बंजारों के मुताबिक़ कोई ओर-छोर नहीं था। यह विशाल कच्छ पश्चिम में एक असीम सागर से मिलता था, जहाँ लुभावनी जलपरियाँ रहती थीं जिनके आश्चर्यजनक स्तनों की माया की

---

1. रियोआचा : कैरेबियाई समुद्र तट पर स्थित एक प्राचीन शहर। समुद्री डाकू यहाँ अक्सर हमला करते थे।
2. सर फ्रांसिस ड्रेक : फ्रांसिस रसैल (1540-95) का दत्तक पुत्र। उसने कई खोजी यात्राएँ कीं, और 1570 से 1572 के बीच दक्षिण अमेरिका में कई लड़ाइयाँ लड़ीं।
3. महारानी एलिजाबेथ : सोलहवीं शताब्दी के उत्तरार्ध में इंग्लैंड की महारानी थीं।

वजह से कई नाविकों की जान चली गई थी। बंजारे इस रास्ते से छह महीने की जलयात्रा के बाद मिट्टी की उस पट्टी पर पहुँचे जहाँ से डाक ले जाने वाले खच्चर गुज़रते थे। खोसे आर्कादियो बुएन्दीया के हिसाब के मुताबिक़ सभ्यता तक पहुँचने का रास्ता सिर्फ़ उत्तर दिशा से था। अतः उसने उन सब आदमियों को औज़ार और हथियार पकड़ा दिए जो माकोन्दो की स्थापना के समय भी उसके साथ थे और अपना कम्पास एक झोले में डालकर वह अपनी दुस्साहसी यात्रा पर निकल पड़ा।

शुरू के दिनों में उनके रास्ते में कोई ख़ास रुकावट नहीं आई। नदी के पथरीले किनारे से होते हुए वे लोग उस जगह पहुँचे जहाँ सालों पहले उन्हें सैनिक का कवच मिला था और वहाँ से जंगली जलेबी के पेड़ों के बीच से होते हुए वे जंगल में जा पहुँचे। पहले हफ़्ते के अन्त में उन्होंने एक हिरन मारकर भूना लेकिन तय किया कि आधा खाकर, बाक़ी पर नमक लगाकर आनेवाले दिनों के लिए रख लेंगे। इस तरह वे ग्वाकामाया[1] खाने से बच जाएँगे जिसके नीले मांस का स्वाद कसैला था। फिर दस से भी अधिक दिन तक उन्होंने सूरज नहीं देखा। ज्वालामुखी की राख की तरह ज़मीन नर्म और गीली होती गई, पेड़-पौधे घने होते गए, चिड़ियों की चहक और बन्दरों की आवाज़ें दूर होती गईं और दुनिया अनन्त उदासी में तब्दील हो गई। खोज-यात्रा पर निकले वे लोग उदासी और चुप्पी के उस भँवर में बाबा आदम के ज़माने की पुरातन यादों में खोते गए जहाँ जूते उबलते तेल में डूबे थे और छुरों से ख़ूनी कमलिनी और सुनहरे सैलामंडर का नाश किया गया था। एक हफ़्ते तक, बिना बोले, निद्राचारियों की तरह, ये लोग शोक की उस दुनिया में आगे बढ़ते रहे जहाँ सिर्फ़ ज्योतिर्मय छोटे-छोटे कीड़ों के प्रतिबिम्ब की रोशनी थी और दमघोंटू ख़ून की गन्ध से उनके फेफड़े फटने लगे थे।

वे लौट भी नहीं सकते थे क्योंकि जो रास्ता वे साफ़ करते थे, वह उनके देखते-देखते पौधों से भर जाता था। "कोई बात नहीं," खोसे आर्कादियो बुएन्दीया कहता, "महत्त्वपूर्ण यह है कि बस हम अपनी दिशा में चलते रहें और हिम्मत न हारें।" अपने कम्पास के ज़रिये वह लगातार अपने साथियों का अदृश्य दिशा की ओर तब तक मार्गदर्शन करता रहा जब तक कि वे सब उस मोहक क्षेत्र से बाहर न निकल आए। ताराविहीन अँधेरी काली रात थी लेकिन अँधेरे को ताजी खुली

---

1. ग्वाकामाया : दक्षिण अफ्रीका में मिलनेवाली चिड़िया—मुर्ग़े के आकार का एक रंगीन तोता जिसकी चोंच ऊपर से सफ़ेद और नीचे से काली होती है, जिसकी कनपटी सफ़ेद, बदन ख़ूनी लाल रंग का और छाती हरे और नीले रंग की होती है। उसके बाहरी पंख भारी और नीले होते हैं और लम्बी लाल पूँछ होती है।

हवा चीर रही थी। लम्बी यात्रा से थककर उन लोगों ने अपने हैमक[1] टाँगे और दो हफ़्तों में पहली बार गहरी नींद सोये। जब आँख खुली तो सूरज सिर चढ़ चुका था। वे मंत्रमुग्ध रह गए। उनके सामने, पर्णांग और ताड़ के पेड़ों के बीच, सुबह की छनती सफ़ेद धूप में श्वेत चूर्णमय-सा एक बड़ा स्पैनिश जहाज़ खड़ा था। दाईं ओर हल्का-सा झुका हुआ। उसके मस्तूल पर पाल के चिथड़े लगे थे और उस पर ऑर्किडों की सज्जा थी। सूखकर पपड़ी बन गई रेमोरा[2] मछली की चिकनी चद्दर और नरम काई से ढका हुआ उसका पेटा पथरीली ज़मीन में अच्छी तरह धँसा हुआ था। ऐसा लगता था, मानो अपनी एक अलग दुनिया में खड़ा हो, एकाकीपन और विस्मृति की दुनिया, जो कि समय की दुष्टता और चिड़ियों की आदतों से बहुत हटकर थी। खोज-यात्री बहुत सावधानी से अन्दर गए। फूलों के घने जंगल के अलावा वहाँ कुछ भी न था।

जहाज़ की खोज से खोसे आर्कादियो बुएन्दीया का हौसला टूट गया, क्योंकि वह समुद्र की निकटता का प्रतीक था। उसे यह मनमौजी क़िस्मत का मज़ाक़ लगा कि अनगिनत त्याग और दिक़्क़तों के बाद भी ढूँढ़ने पर उसे समुद्र नहीं मिल पाया था, और जब वह उसे ढूँढ़ने नहीं निकला था तो वह एक अलंघ्य वस्तु की तरह सामने खड़ा था। कई साल बाद जब वह इलाक़ा डाक का आम रास्ता बन चुका था और औरेलियानो बुएन्दीया उसी क्षेत्र से गुज़रा तो उसे पोस्त के खेत के बीच उस जहाज़ का बस एक जला हुआ ढाँचा मिला। तब उसे अपने पिता की कहानी पर विश्वास हुआ और अचरज भी कि इतना बड़ा जहाज़ वहाँ ज़मीन तक अन्दर कैसे पहुँचा। लेकिन खोसे आर्कादियो बुएन्दीया के मन में तब ऐसा कोई ख़याल नहीं आया था जब जहाज़ से आगे चार दिन और क़रीब बारह किलोमीटर दूर की यात्रा के बाद उसे समुद्र दिखा था। झाग से भरा गन्दा समुद्र, जो यात्रा के ख़तरों और बलिदानों के योग्य नहीं था, जिसे देखते ही उसके सपनों का अन्त हो गया था। उसने भद्दी-सी गाली निकाली और चिल्लाया, "माकोन्दो तो चारों तरफ़ पानी से घिरा हुआ है।"

---

1. हैमक : पेड़ों और दीवारों के बीच खूँटियों से बँधा, हवा में लटकता झूला जिसे बिस्तर की तरह उपयोग में लाया जाता है। साथ ही यह लोगों को एक जगह से दूसरी जगह ले जाने के भी काम आता है।
2. एकेनीस वर्ग की मछली जो समुद्री जहाज़ और शार्क से चिपक जाती है। पहले माना जाता था कि इसके चिपक जाने से जहाज़ की गति धीमी हो जाती है। दूसरी तरफ़, लैटिन में इस शब्द का अर्थ होता है, 'बाधा'। यहाँ उपन्यास में रेमोरा को प्रतीक के तौर पर इस्तेमाल किया गया है। क्योंकि जहाज़ समुद्र की नज़दीकी का संकेत है और समुद्र खोसे आर्कादियो द्वारा माकोन्दो से निकलने के प्रयासों की सबसे बड़ी बाधा।

अपनी खोज-यात्रा से लौटने के बाद खोसे आर्कादियो बुएन्दीया द्वारा बनाए गए नक़्शे की वजह से बहुत समय तक माकोन्दो को एक प्रायद्वीप मानने की धारणा प्रचलित रही। उसने यह नक़्शा ग़ुस्से और कपट से, आवागमन की दिक़्क़तों को अतिरंजित करते हुए बनाया था, मानो वह अपने आपको अपनी दिशाहीनता के लिए दंडित कर रहा हो, जिसके कारण उसने यह जगह चुनी थी। "हम कभी कहीं नहीं जा पाएँगे," विलाप करते हुए वह उर्सुला से बोला, "हम लोग विज्ञान के वरदान से वंचित सारी ज़िन्दगी यहीं सड़ते रहेंगे।" कई महीने अपनी छोटी-सी प्रयोगशाला में इस बारे में सोचते हुए, उसके मन में माकोन्दो को किसी बेहतर जगह ले जाने का विचार आया। लेकिन इस बार उर्सुला ने उसके असन्तुलित विचारों को पहले ही भाँप लिया था। कभी न थकनेवाली छोटी चींटी की तरह उसने गाँव की सारी औरतों को माकोन्दो को कहीं और ले जाने की तैयारी में जुटे अपने पतियों के ख़िलाफ़ पहले ही भड़का दिया। खोसे आर्कादियो बुएन्दीया को पता ही नहीं लगा कि कब और किस वजह से उसका इरादा एक भ्रम बनकर विफलता, निराशा और बहानों के दलदल में धँसता चला गया। उर्सुला उसे अबोध निगाह से देखती और एक सुबह जब उसने पीछे वाले कमरे में उसे अपने इरादों के बारे में बुड़बुड़ाते हुए अपने यंत्र बक्सों में रखते पाया तो उसे उस पर थोड़ी दया भी आई। उसने खोसे आर्कादियो बुएन्दीया को अपना काम पूरा करने दिया। बिना कुछ कहे उर्सुला ने उसे बक्से बन्द करने दिए, उन पर नाम लिखने दिया, यह जानते हुए कि उसके पति को मालूम था कि गाँव का कोई आदमी इस यात्रा में उसका साथ नहीं देगा। (उर्सुला ने उसे ऐसा बुड़बुड़ाते सुना था।) जब उसने दरवाज़ा उखाड़ना शुरू किया तब जाकर उर्सुला ने उससे पूछा कि वह क्या कर रहा है और कुछ खुन्दक में खोसे आर्कादियो बुएन्दीया ने जवाब दिया, "जब कोई यहाँ से नहीं जाना चाहता तो हम अकेले ही जाएँगे।" उर्सुला एकदम शान्त रही।

"हम नहीं जाएँगे," वह बोली, "हम लोग यहीं रहेंगे क्योंकि यहाँ हमारा बेटा पैदा हुआ है।"

"अभी हमारे घर यहाँ पर कोई मृत्यु नहीं हुई है," वह बोला, "जब तक ज़मीन के नीचे कोई दफ़नाया नहीं गया हो, वह जगह पुश्तैनी नहीं होती।"

दृढ़ निश्चय से उर्सुला ने जवाब दिया :

"यदि तुम लोगों को यहाँ रोकने के लिए मुझे जान भी देनी पड़े तो मैं दे दूँगी।"

खोसे आर्कादियो बुएन्दीया अपनी पत्नी के संकल्प की दृढ़ता को भाँप नहीं

पाया था। उसने एक ऐसी आश्चर्यजनक दुनिया का सपना दिखाकर उसे बहकाने की कोशिश की जहाँ ज़मीन पर जादुई पानी छिड़कते ही पेड़-पौधे आदमी की इच्छानुसार फल देने लगते हैं और जहाँ हर तरह के दर्द को दूर करने के यंत्र बहुत सस्ते में बिकते हैं, लेकिन उसकी कल्पना की इस उड़ान का उर्सुला पर कोई असर नहीं हुआ।

"अपने आविष्कारों के पागलपन को छोड़कर तुम्हें अपने लड़कों की चिन्ता करनी चाहिए," वह बोली, "उनकी हालत देखो, वे तो भगवान के आसरे हैं, एकदम गधों की तरह।"

खोसे आर्कादियो बुएन्दीया ने अपनी पत्नी के शब्दों को भगवान का कहा माना। उसने खिड़की के बाहर झाँका और दोनों बच्चों को धूप से भरे घर के बग़ीचे में नंगे पैर घूमते देखा तो उसको ऐसा लगा मानो उर्सुला की कल्पना से वे बच्चे उसी क्षण जीवित हुए थे। उसी क्षण उसके ज़ेहन में कुछ घटित हुआ, कुछ रहस्यमय और निर्णायक जो उसे वर्तमान से उखाड़कर उसकी यादों के अन्वेषित क्षेत्र में ले गया। जहाँ उर्सुला इस विश्वास के साथ उस घर में झाड़ू लगाती रही कि अब ज़िन्दगी-भर यहीं रहना था, वहीं खोसे आर्कादियो बुएन्दीया खोया-सा खड़ा रहा। बच्चों को एकटक देखता रहा जब तक कि उसकी आँखों में आँसू नहीं आ गए और आँसुओं को पोंछते हुए उसने एक हताश गहरी साँस ली।

"ठीक है," वह बोला, "उन्हें कहो कि आकर बक्सों से सामान निकालने में मेरी मदद करें।"

चौदह साल का खोसे आर्कादियो बच्चों में सबसे बड़ा था। उसका सिर चौकोर और बाल घने थे और स्वभाव से वह पिता जैसा उद्यमी था। हालाँकि अपने पिता की तरह उसमें तमाम शारीरिक ख़ूबियाँ थीं लेकिन वह उसके जैसा कल्पनाशील नहीं था। उसका गर्भधारण और जन्म पहाड़ पार करते समय माकोन्दो की स्थापना से पहले हुआ था। उसकी पैदाइश के समय जब उसके माँ-बाप ने देखा कि उसमें जानवर का कोई अंग नहीं था तो उन्होंने ईश्वर को शुक्रिया अदा किया था। माकोन्दो में पैदा होनेवाला पहला इनसान औरेलियानो, मार्च में छह साल का होनेवाला था। वह स्वभाव से शान्त और अन्तर्मुखी था। वह अपनी माँ की कोख में रोया था और पैदाइश के समय उसकी आँखें खुली हुई थीं। जब उसकी नाभि-नाड़ी काटी जा रही थी, कमरे की चीज़ों और चेहरों का मुआयना करने के लिए एक निडर जिज्ञासा से वह अपना सिर इधर-उधर घुमा रहा था। क़रीब आनेवालों के बजाय वह ताड़ के पत्तों की छत को देख रहा था जो बारिश के बोझ तले ढहने को तैयार

लगती थी। उर्सुला को दृष्टि की वह तीव्रता उस दिन फिर याद आई जब तीन साल का औरेलियानो एक दिन रसोईघर में घुसा और उसने उर्सुला को उबलते हुए सूप के कसोरे[I] को मेज़ पर रखते हुए देखा। दरवाज़े पर खड़े होकर वह बेचैनी से बोला, "यह गिरनेवाला है।" कसोरा मेज़ के बीचोबीच ठीक से रखा था पर बच्चे के मुँह से यह शब्द निकलने की देर थी कि मानो किसी अन्दरूनी गतिशीलता से प्रेरित होकर एकाएक कसोरा किनारे सरकने लगा और ज़मीन पर गिरकर टुकड़े-टुकड़े हो गया।

घबराकर उर्सुला ने इस घटना के बारे में अपने पति को बताया लेकिन खोसे आर्कादियो बुएन्दीया ने इसे एक आम घटना माना। वह हमेशा से ऐसा ही था, अपने पुत्रों के अस्तित्व से बेपरवाह क्योंकि वह बचपन को दिमाग़ी अक्षमता का दौर मानता था और शायद कुछ हद तक इसलिए भी क्योंकि वह अपनी स्वप्निल अटकलबाज़ियों में ही मग्न रहता था।

लेकिन उस दोपहर बच्चों को प्रयोगशाला का सामान खोलने के लिए बुलाने के बाद उसने उनके साथ ज़्यादा समय बिताना शुरू कर दिया। उस छोटे-से कमरे में, जहाँ दीवारों पर विचित्र नक़्शे और हैरान करने वाले चित्र लगे थे, उसने उन्हें पढ़ना-लिखना, जोड़ना-घटाना सिखाया और दुनिया के अजूबों के क़िस्से सुनाए, न केवल अपने ज्ञान के बल पर बल्कि अपनी कल्पना शक्ति को हद तक ढकेलते हुए। इस तरह लड़कों को मालूम पड़ा कि दक्षिण अफ़्रीका में लोग इतने बुद्धिमान और शान्तिप्रिय होते हैं कि वे सिर्फ़ बैठकर सोचने में ही समय गुज़ारते हैं, कि सालोनिका तक पहुँचने के लिए एज़ियन सागर को टापू-दर-टापू कूदते हुए पैदल ही पार किया जा सकता है। अपनी माया से मोह लेने वाली बैठकें बच्चों के दिमाग़ में ऐसी बैठीं की कई साल बाद गोलीमार दस्ते के सामने खड़े, गोली चलने के कुछ ही क्षण पहले, कर्नल औरेलियानो बुएन्दीया को मार्च का वह दिन याद आ गया, जब भौतिक विज्ञान पढ़ाते-पढ़ाते, मेम्फिस के विद्वानों की सबसे नवीन और आश्चर्यजनक खोज का ऐलान करते हुए एक बार फिर आ रहे बंजारों के घंटों और बाजों की आवाज़ सुनकर उसके पिता हवा में हाथ उठाए, स्थिर नेत्रों के साथ सम्मोहित-से खड़े रह गए थे।

I. कसोरा : स्पैनिश भाषा में इसे 'ओल्या' कहते हैं। यह मिट्टी का बना एक ख़ास तरह का बर्तन होता है। इसका निचला हिस्सा चौड़ा, गर्दन सुराही की तरह लेकिन मुख चौड़ा होता है। साथ ही इसमें एक या दो हैंडल भी लगे होते हैं। यह बर्तन खाना पकाने के काम आता है।

ये बंजारे नये थे। जवान मर्द और औरतें जो सिर्फ़ अपनी ही भाषा जानते थे। तैलीय त्वचा और बुद्धिमान हाथों वाले अनोखे व्यक्ति, जिनके नाच-गान से गलियों में हर्ष का कोलाहलपूर्ण आतंक-जैसा मच गया था। उनके पास इतालवी गीत गाते अनेक रंगों के तोते थे और डफली की ताल पर सोने के सौ अंडे देनेवाली मुर्ग़ी भी थी, विचारों को बूझ लेनेवाले बन्दर और एक ऐसी अनोखी मशीन भी थी, जो बटन भी लगाती थी और बुख़ार भी उतारती थी, साथ ही उनके पास बुरी यादें भुलानेवाले यंत्र, समय गँवाने का पुलटिस और कई हज़ार असाधारण एवं सुघड़ आविष्कार भी थे। खोसे आर्कादियो बुएन्दीया को उन सब चीज़ों को याद रखने के लिए एक याददाश्त मशीन बनाने की इच्छा तो अवश्य पैदा हुई होगी। एक ही क्षण में बंजारों ने गाँव को बदल दिया। भीड़ के मेले से घबराकर माकोन्दो के निवासी अपनी ही गलियों में खो गए।

खोसे आर्कादियो बुएन्दीया ने बच्चों का हाथ पकड़ा ताकि वे भीड़ में न खो जाएँ और सोने के दाँत वाले कलाबाज़, छह हाथों के बाज़ीगरों से टकराती जूतों और गोबर की दमघोंटू गन्ध से होता हुआ मेल्कीयादेस की तलाश में वह पागलों की तरह इधर-उधर घूमता रहा, ताकि इस दुःस्वप्न के रहस्य का खुलासा कर सके। उसने कई बंजारों से मेल्कीयादेस के बारे में पूछा पर वे उसकी भाषा ही नहीं समझ पाए। अन्त में वह उस जगह पहुँचा जहाँ मेल्कीयादेस अपना तम्बू लगाता था। वहाँ उसे स्पैनिश भाषा में 'अदृश्य होने का शरबत' बेचता एक अल्पभाषी आरमेनियन मिला। वह बंजारा तृणमणि शरबत का एक गिलास पहले ही गटक चुका था। जब उसका तमाशा देख रही भीड़ को चीरते हुए खोसे आर्कादियो बुएन्दीया ने उससे सवाल पूछा तो उसने ग़ायब होने के पहले उसकी तरफ़ हिक़ारत-भरी नज़रों से देखा और बजबजाते कीचड़ और सुलगते अलकतरे में बदल गया, जिस पर उसका जवाब गूँज रहा था : "मेल्कीयादेस मर गया है।" यह ख़बर सुनकर खोसे आर्कादियो बुएन्दीया स्तब्ध रह गया। वह अपने आपको सँभालने की कोशिश करने लगा। इस दौरान दूसरी चीज़ों को देखने के लिए भीड़ भी तितर-बितर हो गई और उस अल्पभाषी आरमेनियन के आख़िरी निशान भी पूरी तरह मिट गए। बाद में दूसरे बंजारों ने उसे यक़ीन दिलाया कि वाक़ई मेल्कीयादेस सिंगापुर में एक बुख़ार की वजह से मर गया था और उसका शरीर जावा के समुद्र में फेंक दिया गया था। बच्चों को इस ख़बर में कोई दिलचस्पी नहीं थी। वे ज़िद कर रहे थे कि उनके पिता उन्हें तम्बू के बाहर विज्ञापित वह अद्भुत वस्तु दिखाने ले जाएँ जिसे राजा

सोलोमन की खोज कहा जा रहा था। उन्होंने इतनी ज़िद की कि खोसे आर्कादियो बुएन्दीया ने तीस रेयाल दिए और उन्हें तम्बू के भीतर ले गया, जहाँ एक भीमकाय मनुष्य एक बड़े से सन्दूक़ की रखवाली कर रहा था। उसकी छाती पर तो बाल थे लेकिन सिर सफाचट था, उसने नाक में ताँबे की बाली और पैरों में लोहे की मोटी चेन पहन रखी थी। जब उस भीमकाय मनुष्य ने सन्दूक़ खोला तो उसमें से एक बर्फ़ीली भाप निकली। उसके अन्दर ढेरों सुइयों से भरा एक पारदर्शी ढाँचा दिखाई दिया जिसकी सुइयों पर डूबते सूर्य की रोशनी कई रंग के सितारों में बदल रही थी। इस बात से विचलित होकर कि बच्चे बेसब्री से उसके बारे में जानना चाह रहे हैं, खोसे आर्कादियो बुएन्दीया धीरे-से फुसफुसाया :

"यह दुनिया का सबसे बड़ा हीरा है।"

"नहीं," बंजारे ने टोका, "यह बर्फ़ है।"

बिना समझे-बूझे खोसे आर्कादियो बुएन्दीया ने अपना हाथ आगे बढ़ाया लेकिन उस भीमकाय मनुष्य ने झटक दिया। "छूने के लिए पाँच रेयाल और लगेंगे," वह बोला। खोसे आर्कादियो बुएन्दीया ने पाँच रेयाल और दिए और अपना हाथ बर्फ़ पर रखा और कई क्षण तक रखे रहा। इस रहस्य के स्पर्श से उसका हृदय भय एवं हर्ष से भर गया। बिना कुछ कहे उसने दस रेयाल और दिए ताकि उसके बेटे भी इस आश्चर्यजनक रहस्य को महसूस कर सकें। छोटे-से खोसे आर्कादियो ने तो छूने से ही मना कर दिया। दूसरी तरफ़ औरेलियानो आगे बढ़ा और छूते ही हाथ वापस खींच लिया। "यह तो उबल रहा है," वह चौंककर बोला। लेकिन उसके पिता ने उसकी ओर ध्यान नहीं दिया। इस चमत्कार से मदहोश, वह उसी क्षण अपनी प्रलापी यात्रा की कुंठा और समुद्री फेन का शिकार हुए मेल्कीयादेस की लाश के बारे में भूल गया। उसने पाँच रेयाल और दिए और अपना हाथ सिल्ली पर रखकर, जैसे कोई धर्मग्रन्थ पर गवाही दे रहा हो, वह बोला :

"यह हमारे समय का सबसे बड़ा आविष्कार है।"

2

जब कुख्यात समुद्री डाकू फ़्रांसिस ड्रेक ने सोलहवीं शताब्दी में रियोआचा पर हमला किया था तब उर्सुला इगुआरान की लकड़दादी ख़तरे की घंटियों और तोप की आवाज़ से इतना डर गई थी कि अपना आपा खो बैठी और जलते हुए चूल्हे पर जा बैठी। छालों ने उसे बाक़ी ज़िन्दगी के लिए एक अयोग्य पत्नी बना दिया। वह सिर्फ़ गावतकियों के सहारे एक ही तरफ़ बैठ सकती थी, और उसकी चाल में ज़रूर ऐसा कुछ विलक्षण बदलाव आ गया था कि वह कभी सबके सामने नहीं चली। उसने सब सामाजिक काम करने छोड़ दिए थे क्योंकि उसको भ्रम हो गया था कि उसके शरीर से जलने की दुर्गन्ध आती है। भोर उसे आँगन में पाती, क्योंकि वह सोने की हिम्मत नहीं जुटा पाती थी। उसे सपने आते थे कि अंग्रेज़ और उनके ख़ूँख़ार कुत्ते खिड़की के रास्ते घर में घुसते हैं और अपनी गर्म लोहे की छड़ियों से उस पर शर्मनाक अत्याचार करते हैं। उसका पति, एक आरागोनी[1] व्यापारी था जिससे उसे दो बच्चे हुए, उसने उसकी दहशत दूर करने के लिए दवा और दूसरे उपाय खोजने में अपनी आधी दौलत लुटा दी। अन्त में उसने अपनी दुकान बेच दी और समुद्र से दूर पहाड़ी आदिवासियों की बस्ती में सपरिवार बस गया जहाँ उसने अपनी पत्नी के लिए एक बिना खिड़कियों वाला शयन-कक्ष बनाया ताकि उसके सपनों के समुद्री डाकू अन्दर न आ सकें।

उस अज्ञात गाँव में तम्बाकू की खेती करनेवाला एक मूल निवासी बहुत समय से रहता था जिसका नाम दोन खोसे आर्कादियो बुएन्दीया था। उर्सुला के परदादा उसके व्यापार में साझीदार बन गए। यह धन्धा इतना फ़ायदेमन्द साबित हुआ कि कुछ ही सालों में उन लोगों ने काफ़ी धन कमा लिया। कई शताब्दियों बाद, उस तम्बाकू बाग़ान मालिक की लकड़पोती ने उस आरागोनी के लकड़पोते

1. आरागोनी : कैरेबियाई द्वीप समूह के प्राचीन शहर आरागोन का निवासी।

से शादी कर ली। इसलिए जब भी उर्सुला अपने पति के बेसिर-पैर इरादों से परेशान होती, वह तीन सौ साल पीछे जाकर उस दिन को कोसती जब फ्रांसिस ड्रेक ने रियोआचा पर हमला किया था। दरअसल उर्सुला का ऐसा सोचना मन को तनिक सान्त्वना देना-भर था क्योंकि दोनों अन्तर्मन में एक ऐसी कचोट के अटूट बन्धन से बँधे थे जो प्रेम से भी ज़्यादा मज़बूत था। वे रिश्ते में चचेरे भाई-बहन थे। दोनों उस गाँव में पले-बढ़े थे जिसे उनके पुरखों ने अपनी मेहनत और ईमानदारी से राज्य के सर्वश्रेष्ठ गाँवों में से एक बना दिया था। हालाँकि उन दोनों की शादी का ऐलान उनकी पैदाइश के समय ही कर दिया गया था, लेकिन जब उन्होंने शादी की इच्छा प्रकट की तो उन्हीं के रिश्तेदारों ने रोकने की कोशिश की। उन लोगों को डर था कि शताब्दियों से आपस में संकरण करनेवाली दो जातियों की इन दो स्वस्थ सन्तानों पर कहीं गोह पैदा करने का कलंक न लग जाए। एक डरावनी मिसाल पहले ही मौजूद थी। उर्सुला की एक रिश्तेदार खोसे आर्कादियो बुएन्दीया के चाचा से ब्याही थी। उसका एक बेटा था, जिसने ढीली पतलून पहने सारी ज़िन्दगी गुज़ार दी। वह 42 साल तक अछूत कौमार्य में जीने के बाद रक्तस्राव से मर गया क्योंकि जन्म से ही उसको पेच के आकार की एक नरम हड्डी वाली पूँछ थी, जिसकी नोक पर बालों का एक छोटा गुच्छा था। एक सूअर की पूँछ, जिसे कभी किसी स्त्री ने नहीं देखा और जिसकी वजह से उसकी जान चली गई क्योंकि एक कसाई दोस्त ने उससे निजात दिलाने के ख़याल से उसे अपने छुरे से काट दिया। उन्नीस साल की मासूम उम्र में अपनी सनक में एक ही वाक्य में खोसे आर्कादियो बुएन्दीया ने इस मुश्किल का हल ढूँढ़ निकाला। "अगर सूअर के बच्चे भी हों तो मुझे कोई फ़र्क़ नहीं पड़ता, बशर्ते कि वे बोल सकते हों।" आख़िरकार, तीन दिन तक चलनेवाली आतिशबाज़ी और नगाड़ों के शोर में उनकी शादी हो गई।

वे शादी के बाद ख़ुश रहते अगर उर्सुला की माँ ने होनेवाले बच्चों के बारे में डरावनी भविष्यवाणी करके उर्सुला को डरा न दिया होता और वह भी इस हद तक कि उसने अपनी बेटी को शादी के बाद पति के साथ सहवास न करने की सलाह तक दे डाली। इस डर से कि कहीं उसका झक्की और बलिष्ठ पति उसके साथ बलात्कार न कर बैठे, उर्सुला सोने से पहले एक अजीब तरह का बेल्ट पहनती थी, जो उसकी माँ ने मोटे कपड़े से बनाया था और जिस पर चमड़े के पट्टे थे जो आगे लोहे के बक्कल में बँधते थे। इस तरह उन्होंने कई महीने गुज़ार दिए। दिन

में खोसे आर्कादियो बुएन्दीया अपने लड़ाकू मुर्ग़ों की देखभाल करता और उर्सुला अपनी माँ के साथ बैठकर कढ़ाई करती। रात में घंटों वे एक सन्तप्त हिंसा में कुश्ती लड़ते मानो वह प्यार का विकल्प हो। धीरे-धीरे लोगों को उनके बीच गड़बड़ी का आभास होने लगा और अफ़वाह फैलने लगी कि शादी के एक साल बाद भी उर्सुला कुँवारी थी क्योंकि उसका पति नपुंसक था। यह अफ़वाह खोसे आर्कादियो बुएन्दीया के कानों तक सबसे आख़िर में पहुँची।

"देखो लोग कैसी बातें कर रहे हैं उर्सुला," शान्त स्वर में वह अपनी पत्नी से बोला।

"उन्हें बकने दो," उर्सुला ने जवाब दिया, "हम दोनों जानते हैं कि इस बात में कोई सचाई नहीं है।"

और अगले छह महीने तक यही सिलसिला तब तक चलता रहा जब तक कि एक मनहूस रविवार को खोसे आर्कादियो बुएन्दीया ने मुर्ग़े की लड़ाई में प्रूदेंसियो आगीलार को हरा नहीं दिया। अपने मुर्ग़े की मौत से उत्तेजित वह खोसे आर्कादियो बुएन्दीया से थोड़ा पीछे खिसका ताकि अखाड़े में हर कोई उसकी बात सुन सके। "मुबारक हो!" वह चिल्लाया, "शायद तुम्हारा यह मुर्ग़ा तुम्हारी पत्नी का कुछ भला कर सके।"

खोसे आर्कादियो बुएन्दीया ने शान्त भाव से मुर्ग़ा उठाया, "मैं अभी आया" उसने सबसे कहा और फिर प्रूदेंसियो आगीलार की ओर मुड़कर कहा :

"तुम घर जाकर कोई हथियार ले आओ, क्योंकि मैं तुम्हें जान से मारनेवाला हूँ।"

दस मिनट बाद वह अपने दादा का खाँचेदार भाला लेकर लौटा। प्रूदेंसियो आगीलार अखाड़े के दरवाज़े पर खड़ा उसका इन्तज़ार कर रहा था। वहाँ आधा गाँव इकट्ठा था। प्रूदेंसियो आगीलार को अपना बचाव करने का समय ही नहीं मिला। साँड़ की ताक़त और उसी अचूक निशाने से, जिससे उसने इस क्षेत्र में चीते मारे थे, खोसे आर्कादियो बुएन्दीया ने उसका गला चीर दिया। उस रात जब अखाड़े में शव रखकर जागरण हो रहा था, खोसे आर्कादियो बुएन्दीया अपने कमरे में पहुँचा। उस वक़्त उसकी पत्नी 'सतीत्व बेल्ट' पहन रही थी। भाला दिखाते हुए वह बोला, "उतारो उसे।" उर्सुला अपने पति का दृढ़ निश्चय देखकर काँप उठी। "होनी के ज़िम्मेदार सिर्फ़ तुम होगे," वह बुदबुदाई। खोसे आर्कादियो बुएन्दीया ने भाला ज़मीन पर फेंक दिया।

"अगर तुम गोह जन्मोगी तो हम गोह पालेंगे," वह बोला, "लेकिन तुम्हारी वजह से इस गाँव में और मौतें नहीं होंगी।"

जून की उस सुहावनी ठंडी एवं चाँदनी रात में प्रेम-क्रीड़ा में मग्न दोनों भोर होने तक जगे रहे, कमरे में आती प्रूदेंसियो आगीलार के रिश्तेदारों के मातम से भरी हवा से बेपरवाह।

प्रूदेंसियो आगीलार की मौत के मामले को प्रतिष्ठा की लड़ाई का नाम देकर ख़त्म कर दिया गया। पर खोसे आर्कादियो बुएन्दीया और उर्सुला के ज़हन में काँटा चुभता रहा। एक रात जब नींद न आने से परेशान, उर्सुला पानी लेने आँगन में गई तो उसे पानी के घड़े के पास प्रूदेंसियो आगीलार दिखाई दिया। वह निराश था, उसके चेहरे पर दु:ख का भाव था और वह अपने गले के छेद को घास के गुच्छे से ढकने का प्रयत्न कर रहा था। उर्सुला को उससे डर नहीं लगा बल्कि तरस आया। कमरे में वापस जाकर जब उसने अपने पति को इस बारे में बताया तो उसने टाल दिया। "इसका मतलब बस इतना है कि हम अपनी अन्तरात्मा का बोझ नहीं उठा पा रहे हैं।" दो दिन बाद उर्सुला ने प्रूदेंसियो आगीलार को बाथरूम में देखा, वह उसी घास से अपनी गर्दन पर जमे ख़ून को धो रहा था। उसने एक रात उसे बारिश में घूमते देखा। अपनी पत्नी के मतिभ्रम से त्रस्त खोसे आर्कादियो बुएन्दीया भाला लेकर आँगन में गया। अपना दुखी चेहरा लिये वह मृत आदमी वहीं पड़ा था।

"भाड़ में जा," खोसे आर्कादियो बुएन्दीया उस पर चिल्लाया, "जितनी बार तुम लौटोगे, मैं तुम्हें उतनी बार मारूँगा।"

न प्रूदेंसियो आगीलार वहाँ से गया और न ही खोसे आर्कादियो बुएन्दीया की हिम्मत भाला फेंकने की हुई। उसके बाद वह कभी चैन से नहीं सो पाया। बरसात में असीम उदासी से उसे निहारते हुए उस मृत आदमी का चेहरा, उसकी जीने की अदम्य लालसा और वह बेचैनी जिससे वह घर-भर में अपनी घास की पट्टी भिगोने के लिए पानी ढूँढ़ता फिरता था, जीवन-भर खोसे आर्कादियो बुएन्दीया को सताते रहे। "वह काफ़ी तकलीफ़ में होगा," वह उर्सुला से बोला, "देखो वह कितना अकेला है।" वह इतनी प्रभावित हुई कि अगली बार जब उसने उस मृत आदमी को बर्तनों का ढेर हटाते देखा तो वह समझ गई कि वह क्या ढूँढ़ रहा है और इसके बाद उसने घर में जगह-जगह पानी के कसोरे रख दिए। एक रात जब खोसे ने प्रूदेंसियो आगीलार को अपने कमरे में अपना घाव धोते हुए पाया तो उससे रहा नहीं गया।

"ठीक है प्रूदेंसियो," उसने कहा, "हम यह गाँव छोड़ देंगे, जितनी दूर हो सकेगा चले जाएँगे और लौटकर नहीं आएँगे। जाओ, तुम्हें शान्ति मिले।"

और इस तरह उन्होंने पहाड़ पार की यात्रा शुरू की। खोसे आर्कादियो बुएन्दीया

की ही तरह जवान, उसके कई दोस्त, इस साहस-कर्म से रोमांचित होकर अपना घर-बार समेट बीवी-बच्चों समेत एक अनजान भूमि की तलाश में निकल पड़े, जिसे उन्हें ख़ुद अपनी मेहनत से हासिल करना था। जाने से पहले खोसे आर्कादियो बुएन्दीया ने उस भाले को आँगन में दफ़ना दिया और एक-एक करके अपने शानदार लड़ाकू मुर्ग़ों की गर्दन क़लम कर दी, इस उम्मीद में कि शायद इससे प्रूदेंसियो आगीलार की आत्मा को कुछ शान्ति मिले। उर्सुला अपने साथ सिर्फ़ अपनी शादी के कपड़े, कुछ बर्तन और एक छोटी सन्दूक़ची में अपने पिता से विरासत में मिले सोने के सिक्के ले गई। उन्होंने यात्रा की कोई निश्चित रूपरेखा तय नहीं की थी। वे रियोआचा की विपरीत दिशा में चलते रहे ताकि कोई निशानी न छूटे और कोई परिचित भी उन्हें न मिले। वह एक निरर्थक यात्रा थी। चौदह महीने बाद, बन्दर के मांस और साँप के दमपुख़्त से दूषित गर्भ से उर्सुला ने इनसानी नैन-नक़्श वाले एक बेटे को जन्म दिया।

उसने आधी यात्रा दो आदमियों के कन्धे पर लटके हैमक में काटी थी क्योंकि सूजन के मारे उसके पैर विरूपित हो गए थे और फैली हुई शिरा बुलबुले की तरह फूल गई थी। हालाँकि बच्चों के पिचके हुए पेट और धँसी हुई आँखें देखकर दिल दहल उठते थे, फिर भी यात्रा के दौरान वे बच्चे अपने माता-पिता से बेहतर साबित हुए और बच्चों ने पूरे समय जमकर मस्ती की। क़रीब दो साल की यात्रा के बाद उस पर्वत श्रृंखला की पश्चिमी ढलान देखनेवाले वे पहले इनसान बने। उस मेघाच्छन्न शिखर से उन्होंने उस विशाल कछार का असीम जल विस्तार दुनिया के दूसरे सिरे तक फैले हुए देखा। पर उन्हें समुद्र कभी नहीं मिला। महीनों कछार में भटकने के बाद, राह में मिलनेवाले मूल निवासियों से बहुत दूर, आख़िरकार एक रात एक पथरीली नदी के किनारे पड़ाव डाला जिसका पानी जमे हुए काँच की बौछार प्रतीत होता था। बरसों बाद दूसरे गृहयुद्ध के दौरान कर्नल औरेलियानो बुएन्दीया ने रियोआचा पर हमला बोलने के लिए वही रास्ता तलाशने की कोशिश की थी लेकिन छह दिन की यात्रा के बाद उसने मान लिया था कि यह पागलपन है। बहरहाल, जिस रात उन्होंने नदी किनारे पड़ाव डाला था, उसके पिता के साथियों के चेहरे से ऐसा मालूम पड़ता था मानो वे मौत से आक्रान्त थे। हालाँकि यात्रा के दौरान उनकी संख्या में काफ़ी इज़ाफ़ा हुआ था लेकिन वे सब बुढ़ापे से मरने को अभिशप्त थे।

उस रात खोसे आर्कादियो बुएन्दीया ने सपने में उसी जगह शीशे की इमारतों वाला एक शहर देखा। शहर के बारे में पूछताछ करने पर उसको जवाब में एक ऐसा नाम मिला जो उसने पहले कभी न तो सुना था, न ही जिसका कोई मतलब

निकलता था, उसको सपने में एक अलौकिक प्रतिध्वनि सुनाई दी : माकोन्दो। अगले दिन उसने अपने सहयात्रियों को विश्वास दिलाया कि उन्हें समुद्र कभी नहीं मिल पाएगा। उसने उन्हें पेड़ काटकर नदी किनारे जगह बनाने का आदेश दिया और तट की सबसे ठंडी जगह पर उन्होंने अपने गाँव की स्थापना की।

खोसे आर्कादियो बुएन्दीया तब तक शीशे की दीवार वाले घर के सपने का अर्थ न समझ सका जब तक कि उसने बर्फ़ नहीं देखी। तब उसे लगा कि वह उसका गूढ़ अर्थ समझ गया। फिर उसने सोचा कि वह पानी जैसी आम चीज़ से बहुत जल्दी ढेर सारी बर्फ़ बना लेगा और फिर उसकी मदद से गाँव में नये मकान भी बन जाएँगे। तब माकोन्दो एक तपती हुई ज़मीन, जहाँ दरवाज़ों की चूलें और कुंडियाँ गरमी की वजह से मुड़ी हुई थीं, न होकर एक शान्त शहर में तब्दील हो जाएगा। लेकिन बेटों की पढ़ाई के प्रति उत्साह की वजह से वह अपनी बर्फ़ की फ़ैक्टरी के सपने को साकार करने में नहीं जुट सका था। ख़ासतौर पर औरेलियानो की पढ़ाई जिसमें कीमियागरी के प्रति एक अजीब अनुराग था। प्रयोगशाला की सफ़ाई कर दी गई थी। मेल्कीयादेस के विवरण का पुनरीक्षण करते हुए, शान्त, बिना किसी जिज्ञासाभाव के, उसने काफ़ी धैर्य से भगोने की तली में चिपके अंशों से उर्सुला के सोने को अलग करने की कोशिश की। छोटे खोसे आर्कादियो ने शायद ही कभी उसमें हिस्सा लिया हो। इधर, बाप जी-जान से अपने प्रयोग में जुटा हुआ था उधर, यह हठीला-पहलौठा जो हमेशा ही अपनी उम्र के लोगों से कहीं ज़्यादा होशियार लड़का था, एक भारी-भरकम किशोर में तब्दील हो गया। उसकी आवाज़ बदल गई। उसके होंठ के ऊपर हल्की मूँछें भी दिखाई पड़ने लगीं। एक रात जब वह सोने के लिए कपड़े बदल रहा था, तो उर्सुला उसके कमरे में घुसी और उसके हृदय में एक साथ शर्म और दया दोनों भाव प्रकट हुए। अपने पति के बाद वह पहला मर्द था जिसे उसने नग्न अवस्था में देखा था। वह जीवन का भोग करने के लिए इतना सक्षम प्रतीत हो रहा था कि असामान्य लगता था। तीसरी बार गर्भवती उर्सुला अपने शादी के शुरुआती दिनों की दहशत से सिहर उठी।

उसी समय एक मस्त, बदज़ुबान, बददिमाग़ महिला घर के काम करने के लिए आई। वह ताश के पत्तों के ज़रिये भविष्य पढ़ने में पारंगत थी। उर्सुला ने उससे अपने बेटे के बारे में बात की। उसे लगता था कि उसके बेटे का विषम आकार उसके रिश्तेदार की सूअर की पूँछ की तरह ही अप्राकृतिक था। उस औरत की ज़ोरदार हँसी टूटे शीशे की बौछार की तरह पूरे घर में गूँज उठी। "बिलकुल नहीं,"

वह बोली, "वह बहुत ख़ुशनसीब होगा।" और अपनी भविष्यवाणी की पुष्टि करने के लिए कुछ दिन बाद वह अपने पत्ते घर लाई और रसोईघर के पास के कोठार में खोसे आर्कादियो के साथ अपने आपको बन्द कर लिया। शान्त भाव से उसने अपने पत्ते बढ़ई के पुराने तख़्त पर रखे और जो जी में आया बोलती गई और वह लड़का बगल में अनमना-सा बैठा रहा। अचानक हाथ बढ़ाकर उसने लड़के को छुआ। "हे भगवान," चौंककर वह बोली। खोसे आर्कादियो को लगा मानो उसकी हड्डियाँ झाग से भर गई हों। उसे हल्का-सा डर लगा और रोने की ज़बरदस्त ख़्वाहिश हुई। उस औरत ने और कुछ नहीं किया। पर खोसे आर्कादियो उसे रात-भर खोजता रहा, क्योंकि उस महिला की काँख से आनेवाली धुएँ की गन्ध उसकी नसों में समा गई थी। वह सारा समय उसके साथ बिताना चाहता था, चाहता था कि वह उसकी माँ[1] हो, और वे लोग कोठार से कभी न निकलें और वह महिला दोबारा "हे भगवान" कहे। जब उससे रहा नहीं गया तो वह उसे ढूँढ़ने उसके घर गया। उस औपचारिक भेंट के दौरान वह बैठक में चुपचाप, बिना कुछ बोले बैठा रहा। उस क्षण उसमें उस औरत के प्रति कोई खिंचाव महसूस नहीं हुआ। उसे वह बदली हुई लगी, उस छवि से एकदम अलग जो उसकी गन्ध की वजह से बनी थी। उसे लगा जैसे वह कोई और हो। उसने अपनी कॉफ़ी ख़त्म की और विषाद से भरा हुआ लौट गया। उस रात, जागृति की डरावनी हालत में, उसमें उस औरत को पाने की पाशविक इच्छा उत्पन्न हुई पर इस बार वह उसे उसके कोठार वाले रूप में नहीं बल्कि उस दोपहर वाले रूप में पाना चाहता था।

कई दिन बाद उस औरत ने अचानक उसे अपने घर बुलाया, जहाँ वह अपनी माँ के साथ अकेली रहती थी और पत्ते दिखाने के बहाने शयनकक्ष में ले गई। फिर उसने उसको ऐसी उन्मुक्तता से छुआ कि शुरुआती थरथराहट के बाद वह अपने होश खो बैठा और आनन्द से ज़्यादा उसे भय की अनुभूति हुई। उस औरत ने खोसे आर्कादियो को रात में आने के लिए कहा। वहाँ से निकलने के लिए उसने हामी भर दी यह जानते हुए कि वह वहाँ जा नहीं पाएगा। पर उस रात अपने जलते हुए बिस्तर में उसे अहसास हुआ कि उस औरत से मिलने तो उसे जाना ही पड़ेगा, भले ही उसकी इच्छा हो या न हो। अँधेरे में टटोलते हुए, अपने भाई की गहरी साँस, बगल वाले कमरे में अपने पिता की खाँसी, आँगन में मुर्ग़ियों के दमे की

---

1. उसकी माँ हो...पूरा उपन्यास ओडीपस कॉम्प्लेक्स (मातृ-मनोग्रन्थि) और कौटुम्बिक व्यभिचार के उदाहरणों से भरा पड़ा है।

आवाज़, मच्छरों की भिनभिनाहट, अपने दिल की धड़कन और एक ऐसी दुनिया की अनियमित हड़बड़ी जिससे वह अब तक अनजान था, सब सुनते हुए वह तैयार हुआ और बाहर निद्रामग्न गलियों में निकल पड़ा। वह सच्चे दिल से चाहता था कि उस औरत के घर का दरवाज़ा बन्द हो और उस औरत के वादों के मुताबिक़ किवाड़ सिर्फ़ भिड़े न हों।

लेकिन दरवाज़ा खुला था। उसने दरवाज़े को हल्के से धकेला तो उसके क़ब्ज़े से एक दुखी और मिमियाती-सी कराह निकली जिससे वह अन्दर तक सिहर उठा। घर में घुसने के साथ ही, किनारे पर चलते हुए उसने पूरी कोशिश की कि कोई आहट न हो। वही चिर-परिचित गन्ध उससे टकराई। अभी वह छोटी बैठक में ही था। वहाँ उस औरत के तीन भाइयों के हैमक इस तरह टँगे थे कि टटोलते हुए उन्हें देख पाना सम्भव नहीं था और अँधेरा इतना था कि अन्दाज़ भी लगा पाना मुश्किल था। वह अँधेरे में रास्ता खोज रहा था ताकि वह कमरे का दरवाज़ा ढूँढ़ सके और सही बिस्तर तक पहुँच जाए। अन्ततः उसकी तलाश पूरी हुई। वह एक ऐसे हैमक की रस्सियों से टकराया, जो उसकी उम्मीद से कहीं ज़्यादा नीची थी। तभी खर्राटे भरते एक आदमी ने करवट ली और नींद में बड़बड़ाया, "बुधवार का दिन था।" जब उसने कमरे का दरवाज़ा खोला तो तमाम कोशिश के बावजूद दरवाज़ा ऊबड़-खाबड़ ज़मीन से रगड़ खा ही गया। अचानक उस घुप्प अन्धकार में, निराशाजनक पुरानी यादों से उसे अहसास हुआ कि वह ख़ुद को पूरी तरह से भूल चुका है। उस छोटे कमरे में एक माँ, उसकी दूसरी बेटी अपने पति और दो बच्चों के साथ सो रही थी। वह गन्ध से रास्ता ढूँढ़ लेता अगर वह गन्ध घर-भर में व्याप्त न होती। उसके शरीर से निकलनेवाली गन्ध की ही तरह यह गन्ध उतनी ही भ्रामक और तीखी थी।

इस बात से आतंकित कि वह एकाकीपन के रसातल में पहुँचा कैसे, वह बहुत देर तक वहाँ से हिल नहीं सका। तभी खुली उँगलियों वाले एक हाथ ने अँधेरे में टटोलते हुए उसके चेहरे को छुआ। उसे कोई आश्चर्य नहीं हुआ, क्योंकि उसे इसी पल का इन्तज़ार था। और फिर उसने अपने आपको उस हाथ के हवाले कर दिया और थकान से चूर खोसे आर्कादियो ने अपने आपको एक ऊबड़-खाबड़ जगह तक खिंचने दिया, जहाँ उसके कपड़े उतार दिए गए और आलू के बोरे की तरह उठाकर उसे एक अथाह अन्धकार में इधर से उधर फेंका गया, जहाँ उसके हाथों का कोई मतलब नहीं था, और जहाँ उस औरत की नहीं बल्कि अमोनिया की गन्ध व्याप्त थी, और जब उसने उसका चेहरा याद करने की कोशिश की तो उसे

उर्सुला का चेहरा याद आया। असमंजस में होने के बावजूद उसे अहसास था कि वह कुछ ऐसा कर रहा है जो बहुत लम्बे समय से करना चाहता था लेकिन कभी सोचा नहीं था कि ऐसा हो पाएगा। वह इस बात से अनजान था कि वह कर क्या रहा था क्योंकि उसे यह नहीं पता था कि उसके पैर कहाँ थे और सिर कहाँ या फिर किसके पैर थे और किसका सिर; उसे अहसास हुआ कि अब वह शायद गुरदे की बर्फ़ीली गड़गड़ाहट और अँतड़ियों की हवा और वहाँ से भागने की उलझन भरी बेताबी और इसके साथ ही उस उत्तेजित मौन और डरावने एकाकीपन में, हमेशा के लिए रहने की सम्भ्रान्त उत्सुकता को अब और रोक नहीं पाएगा।

उस महिला का नाम पिलार तेर्नेरा[1] था। वह उस सामूहिक सफर का हिस्सा थी जो माकोन्दो की स्थापना के साथ ठहर गया था, उसके परिवार वाले उसे ज़बरदस्ती वहाँ लाए थे ताकि उसे उस आदमी से अलग किया जा सके, जिसने चौदह साल की उम्र में उसका बलात्कार किया था और बाईस साल की उम्र तक उससे प्यार करता रहा था लेकिन उस बात को सार्वजनिक करने का साहस वह कभी नहीं कर पाया क्योंकि उसका स्वभाव कुछ अलग था। उसने अपना काम निपटाने के बाद दुनिया के दूसरे कोने तक उसका पीछा करने की क़समें खाई थीं। पिलार तेर्नेरा उसका इन्तज़ार करते-करते थक गई थी। जब भी पत्ते किसी लम्बे, नाटे, गोरे, काले आदमी के तीन दिन, तीन महीने या तीन साल में कहीं से भी आने की बात करते, वह उसकी ही छवि देखती। इन्तज़ार में वह अपनी जाँघों की ताक़त, स्तनों की सुघड़ता और अपने मन की कोमलता खो चुकी थी लेकिन उसने अपने दिल के पागलपन को सहेजकर रखा था। पिलार तेर्नेरा के रूप में एक अनोखे खिलौने को पाकर खोसे आर्कादियो पागल हो गया। कमरे की भूल-भुलैया में खोसे आर्कादियो उसका हर रात पीछा करता। एक बार उसे कमरा बन्द मिला। और उसने कई बार दरवाज़ा खटखटाया, यह जानते हुए भी कि अगर एक बार दरवाज़ा खटखटाने का साहस किया तो फिर उसे आख़िरी बार तक खटखटाना ही पड़ेगा। एक लम्बे इन्तज़ार के बाद पिलार तेर्नेरा ने उसके लिए दरवाज़ा खोला

---

1. पिलार तेर्नेरा : पिलार का अर्थ होता है सहारा देनेवाला और तेर्नेरा का अर्थ है दुधारू गाय। पिलार तेर्नेरा पूरे उपन्यास में एक ऐसी स्त्री के रूप में सामने आती है, जिसका चरित्र उर्सुला के काफ़ी क़रीब है। लेकिन एक कैरेबियाई महिला होने के नाते उसका स्वभाव एंडीस क्षेत्र की महिलाओं की तरह सामाजिक पूर्वाग्रहों से ग्रसित नहीं है। उसने बुएन्दीया वंश को आगे बढ़ाने में मदद की और मानसिक तनाव और संकट के समय उसने बुएन्दीया परिवार के मर्दों को भावनात्मक सहारा भी दिया।

था। दिन में वह सपने देखने के लिए बिस्तर पर लेट जाता और पिछली रात की यादों का लुत्फ़ लेता। लेकिन जब ज़िन्दादिल बातूनी निर्विकार पिलार तेर्नेरा उसके घर आती तो खोसे आर्कादियो को यह भय नहीं सताता था कि उसका भेद खुल जाएगा क्योंकि इस पिलार तेर्नेरा का रूप रात वाली पिलार से बिलकुल बदला हुआ होता था। यह वह पिलार तेर्नेरा नहीं होती जिसकी हँसी से पड़की डर जाते, और जिसने उसे अन्दर से साँस लेना और दिल की धड़कन को नियंत्रित करना सिखाया था, जिसकी बदौलत उसे यह ज्ञान हुआ था कि आदमी मौत से क्यों डरता है और वह अपने आप में इस क़दर खोया रहता था कि उसे इस बात का पता ही नहीं चला कि उसके भाई और पिता धात्विक मलबे को भेदकर उससे उर्सुला का सोना निकाल लेने में सफलता पा चुके थे और इस वजह से पूरा घर ख़ुशी से पागल हो गया था।

वास्तव में कई दिनों की कठोर और जटिल मेहनत के बाद उन्हें यह सफलता मिली थी। उर्सुला ख़ुश थी और उसने कीमियागरी के लिए भगवान का शुक्रिया भी अदा किया। ख़बर मिलते ही गाँव के लोग प्रयोगशाला में आ धमके और जश्न मनाने के लिए उन्हें बिस्कुट और अमरूद का मुरब्बा खिलाया गया और खोसे आर्कादियो बुएन्दीया ने उन्हें दोबारा पाए गए सोने की घड़िया ऐसे दिखाई मानो उसने अभी-अभी उनका आविष्कार किया हो। सब तरफ़ दिखाते हुए वह अपने बड़े बेटे के सामने आ खड़ा हुआ जो पिछले कुछ दिनों से प्रयोगशाला नहीं आया था।

उसने उस सूखे पीले-से ढेर को उसके सामने रखा और उससे पूछा, "यह तुम्हें कैसा लगता है?" खोसे आर्कादियो ने निष्कपटता से जवाब दिया :

"कुत्ते की टट्टी जैसा।"[1]

उसके पिता ने उसे इतनी ज़ोर से झापड़ रसीद किया कि उसकी आँख से ख़ून और आँसू एक साथ निकल पड़े। उस रात पिलार तेर्नेरा ने अँधेरे में बोतल और रूई को टटोलते हुए आरनिका से सूजन की सिंकाई की और उसके साथ

---

1. कुत्ते की टट्टी : दक्षिण अमेरिकी लोगों की तरह गार्सीया मार्केस भी कुछ चीज़ों को बहुत पसन्द करते थे तो कुछ चीज़ों को बहुत नापसन्द। दक्षिण अमेरिकी लोग काफ़ी अन्धविश्वासी होते हैं। गार्सीया मार्केस भी ख़ुद सोने को पाखाना सरीखा समझते थे। उनका मानना था कि पीला रंग भाग्यशाली होता है, लेकिन सोना नहीं। और उपन्यास में यह कथन उनकी इसी धारणा को प्रतिबिम्बित करता है। मार्केस कभी भी सोने की कोई चीज़ नहीं पहनते। उनके घर में सोने की बनी कोई चीज़ नहीं रही। न घड़ी, न चेन, न अँगूठी। दक्षिण अमेरिकी परम्परा में सोने को पृथ्वी की विष्ठा के रूप में माना जाता है और ऐसा विश्वास है कि यह भ्रष्टाचार को बढ़ावा देता है।

वह सब कुछ किया, जो वह करना चाहती थी। बिना उसे परेशान किए, बिना तकलीफ़ पहुँचाए उसने उसे प्यार करने की कोशिश की। वे आत्मीयता की इस हद तक पहुँच गए थे कि बाद में बिना ध्यान दिए वे एक-दूसरे से फुसफुसा कर बात करने लगे।

"मैं तुम्हारे साथ अकेले में रहना चाहता हूँ," उसने कहा, "एक दिन मैं सबको बता दूँगा और फिर हमें इस तरह चोरी-छिपे नहीं मिलना पड़ेगा।"

पिलार तेर्नेरा ने उसे शान्त करने की कोई कोशिश नहीं की।

"यह ठीक रहेगा," वह बोली। "अगर हम अकेले होंगे तो लालटेन जलाएँगे ताकि एक-दूसरे को देख सकें, और बिना किसी की परवाह किए मैं जितना चाहूँ चिल्ला सकूँगी और तुम जो बकवास चाहो मेरे कान में कर सकोगे।"

इस बातचीत और अपने पिता के प्रति कड़वाहट और निरंकुश प्यार की आसन्न सम्भावना ने उसमें एक सहज हिम्मत भर दी। बहुत स्वाभाविक ढंग से, बिना किसी पूर्व तैयारी के, उसने अपने भाई को सब कुछ बता दिया।

पहले तो युवा औरेलियानो को केवल ख़तरे का अहसास हुआ, उस ख़तरे की असीम सम्भावना का जो उसके भाई के जोख़िम में अन्तर्निहित थी। हालाँकि उस पात्र का सम्मोहन वह समझ नहीं पाया था। धीरे-धीरे वह चिन्ता से भरता गया। वह उस ख़तरे पर बारीकी से ग़ौर करता और अपने भाई की तकलीफ़ों और आनन्द से ख़ुद को अभिन्न समझकर ख़ुश होता और डरता भी। वह रात-भर अपने भाई के इन्तज़ार में पलंग पर अकेले पड़ा जगा रहता, उस समय बिस्तर उसे अंगारों का बिछावन लगता, और फिर उठने के समय तक दोनों आपस में बातें करते रहते। अन्ततः दोनों ही एक से उनींदेपन के शिकार हो गए। कीमियागरी और अपने पिता के ज्ञान में दोनों को एक-सी अरुचि हो गई और वे एकाकीपन की शरणगाह में आ गए। "ये बच्चे एकदम सुस्त हो गए हैं," उर्सुला ने कहा। "इनके पेट में ज़रूर कीड़े होंगे।" उसने सानी हुई किर्मल का एक घिनौना घोल बनाया जिसे दोनों ने अनपेक्षित धैर्य के साथ पी लिया, और दोनों दिन में ग्यारह बार एक ही समय पर पाखाने गए। पाखाने में लाल रंग के कीड़े निकले, जो उन्होंने ख़ुशी-ख़ुशी सबको दिखाए ताकि वे अपने उनींदेपन और अन्यमनस्कता का असली कारण उर्सुला से छिपा सकें। तब तक औरेलियानो न केवल सब कुछ समझ गया था बल्कि अपने भाई के अनुभवों को अपना मानकर जीने भी लगा था, क्योंकि एक बार जब उसका भाई प्रेमालाप के बारे में उसे विस्तार से

बता रहा था, तो उसने बीच में टोककर पूछा, "कैसा महसूस होता है?" खोसे आर्कादियो ने तुरन्त जवाब दिया :

"भूकम्प की तरह।"

जनवरी के एक बृहस्पतिवार के दिन रात के दो बजे आमारान्ता[1] पैदा हुई। कमरे में किसी के आने से पहले उर्सुला ने उसे ध्यान से जाँचा-परखा। वह हल्की और निस्तेज थी लेकिन उसके सब अंग आम इनसानों जैसे थे। औरेलियानो को उस नई चीज़ का अहसास तब हुआ जब घर लोगों से भर गया। उस चहल-पहल की आड़ में वह अपने भाई को ढूँढ़ने निकला, जो ग्यारह बजे से अपने बिस्तर से ग़ायब था। बिना इस बात पर ग़ौर किए कि पिलार तेर्नेरा के कमरे से वह उसे बुलाएगा कैसे, ख़ास तरह की सीटियाँ बजाते हुए वह घंटों उसके घर के चक्कर काटता रहा, जब तक कि भोर की आहट ने उसे घर लौटने पर मजबूर नहीं कर दिया। वहाँ माँ के कमरे में, नवजात बहन के साथ खेलते हुए, चेहरे से मासूमियत टपकाता उसे खोसे आर्कादियो मिला।

उर्सुला का चालीस दिनों का आराम ख़त्म हुआ ही था कि बंजारे लौट आए। ये वही कलाबाज़ और बाज़ीगर थे जो बर्फ़ लाए थे। मेल्कीयादेस के समुदाय के विपरीत उन्होंने बहुत जल्द ही दिखा दिया था कि वे प्रगति के अग्रदूत नहीं, बल्कि मनोरंजन के प्रबंधक थे। हालाँकि वे बर्फ़ लाए थे, पर उन्होंने उसका विज्ञापन इनसान के लिए उपयोगी चीज़ की तरह नहीं बल्कि सर्कस में नुमाइशी चीज़ के तौर पर किया। इस बार कई युक्तियों के अलावा वे उड़न-क़ालीन भी लाए थे। लेकिन उन्होंने उसे परिवहन के विकास के मूल हिस्से के तौर पर पेश न कर मात्र मनोरंजन की एक वस्तु क़रार दिया। गाँव के घरों के ऊपर एक फटाफट उड़ान भरने की इच्छापूर्ति के लिए लोगों ने अपनी जमा-पूँजी के आख़िरी सोने के सिक्के तक निकाल दिए। इस सामूहिक अव्यवस्था की आड़ में खोसे आर्कादियो और पिलार तेर्नेरा ने घंटों आनन्द में काटे। भीड़ में वे दो प्रसन्न प्रेमियों की तरह रहते और उन्हें यह भी लगने लगा था कि प्यार उनकी गुप्त रातों के निरंकुश लेकिन क्षणिक आनन्द से कहीं ज़्यादा शिथिल और गहरा अहसास है। खोसे आर्कादियो के उत्साह से उत्तेजित होकर पिलार तेर्नेरा देश-काल का

---

1. आमारान्ता : आमारान्ता शब्द का उद्भव अमारानतीन पौधे से हो सकता है। लेकिन प्रतीक के तौर पर, यह स्पैनिश शब्द आमारागेरा के ज़्यादा क़रीब है, जिसका अर्थ होता है कड़वा। आमारान्ता की ज़िन्दगी में ख़ुशी का अभाव है और वह अपना जीवन अकेले गुज़ारती है।

बोध खो बैठी और एकाएक उसने एक ही झटके में खोसे आर्कादियो की सारी दुनिया हिलाकर रख दी। "अब तुम वाक़ई मर्द हो," वह बोली, और जब उसे कुछ समझ में नहीं आया, तो पिलार तेर्नेरा ने उसे खुलकर बताया।

"तुम बाप बननेवाले हो।"

कई दिनों तक खोसे आर्कादियो की घर से निकलने की हिम्मत नहीं हुई। उसके लिए रसोईघर से पिलार की तूफ़ानी हँसी सुनना ही काफ़ी होता और वह भागकर प्रयोगशाला में आश्रय ले लेता जहाँ उर्सुला की दया-दृष्टि से कीमियागरी की वस्तुएँ एक बार फिर जी उठी थीं। खोसे आर्कादियो बुएन्दीया ने अपने सनकी बेटे को ख़ुशी से अपनाया और उसे पारस पत्थर की खोज में लगा दिया जिसमें वह ख़ुद भी जुट गया था। एक दोपहर, दोनों लड़के प्रयोगशाला की खिड़की की बगल से निकलनेवाले उड़न-क़ालीन से काफ़ी रोमांचित हो गए। यह उड़न-क़ालीन एक बंजारा उड़ा रहा था और उस पर गाँव के कई बच्चे सवार थे, जो मस्ती से हाथ हिला रहे थे। खोसे आर्कादियो बुएन्दीया ने उस तरफ़ देखा तक नहीं। "उन्हें सपने देखने दो," वह बोला, "एक सड़ी-सी चादर के बजाय हम वैज्ञानिक उपकरणों की बदौलत उनसे बेहतर उड़ान भरेंगे।" अपनी झूठी रुचि के बावजूद खोसे आर्कादियो को पारस पत्थर की क्षमता कभी समझ में नहीं आई। वह उसे एक बेढंगी फूली हुई बोतल जैसा लगता था। वह अपनी चिन्ताओं से मुक्त नहीं हो पाया। उसकी भूख ख़त्म हो गई, और नींद भी। वह बदमिज़ाज हो गया, ठीक वैसे ही जैसे उसके पिता अपनी यात्राओं के असफल होने पर हुए थे और उसका इतना बुरा हाल था कि खोसे आर्कादियो बुएन्दीया ने उसे यह सोचकर प्रयोगशाला से छुट्टी दे दी कि उसने शायद कीमियागरी को दिल से लगा लिया। हालाँकि औरेलियानो समझ गया था कि उसके भाई के दु:ख की जड़ पारस पत्थर नहीं है, लेकिन वह भी उसके दिल का राज़ नहीं जान सका। खोसे आर्कादियो अपनी पुरानी सहजता भी खो चुका था। उस जैसा मिलनसार और बातूनी इनसान लोगों से कटा-कटा रहने लगा और चिड़चिड़ा हो गया। एकाकीपन की चाहत में, दुनिया के विरुद्ध एक उग्र विद्वेष से आहत, एक रात वह हमेशा की तरह बिस्तर से उठा लेकिन पिलार तेर्नेरा के घर नहीं गया बल्कि मेले के हुल्लड़ में घूमता रहा। काफ़ी देर तक फ़ालतू घूमने के बाद उसने एक ऐसी चीज़ देखी जो मेले की नुमाइश का हिस्सा नहीं थी। वह एक छोटी बंजारन लड़की थी, लगभग बच्ची जैसी, जो मोतियों के बोझ तले दबी हुई थी। खोसे आर्कादियो ने अपनी

ज़िन्दगी में उससे सुन्दर लड़की नहीं देखी थी। वह उस भीड़ का हिस्सा थी जो उस आदमी का दु:खद नज़ारा देख रही थी जिसे माँ-बाप का कहना न मानने पर साँप बना दिया गया था।

खोसे आर्कादियो ने उस तरफ़ कोई ध्यान नहीं दिया। जब इस साँप बने आदमी की दु:खद पूछताछ चल रही थी, वह भीड़ से होता हुआ आगे पहुँचा जहाँ वह बंजारन लड़की खड़ी थी और उसके पीछे खड़ा हो गया। वह उसकी पीठ से चिपक गया। उस लड़की ने अलग हटने की कोशिश की लेकिन खोसे आर्कादियो और कसकर चिपक गया। तब उस लड़की ने उसे महसूस किया। वह उससे लगकर, डर और आश्चर्य से लजाते हुए, उसकी धृष्टता से सन्न, चुपचाप खड़ी रही। अन्ततः उसने पलटकर उसको देखा और हल्के से मुस्करा दी। उसी पल दो बंजारों ने उस साँप बने आदमी को पिंजरे में डाला और तम्बू में ले गए। तमाशे का संचालन कर रहे बंजारे ने ऐलान किया :

"और देवियो और सज्जनो, अब हम आपको उस औरत का हैरतअंगेज़ तमाशा दिखाएँगे जिसका एक सौ पचास सालों से हर रात सज़ा के तौर पर इस समय सिर कटता है क्योंकि उसने वह देखा जो उसे नहीं देखना चाहिए था।"

खोसे आर्कादियो और उस बंजारन लड़की ने सिर काटने का यह तमाशा नहीं देखा। वे उस लड़की के तम्बू में गए जहाँ उन लोगों ने कपड़े उतारते हुए निर्भीक उत्तेजना से एक-दूसरे को चूमा। उस बंजारन लड़की ने अपनी लेस वाली माड़ लगी चोली उतारी और लगभग नग्न खड़ी हो गई। वह अपने में मस्त छोटी-सी मेढकी सरीखी थी, उसके स्तन अल्पविकसित थे, टाँगें इतनी पतली कि खोसे आर्कादियो की बाँह भी शरमा जाए, लेकिन उसके संकल्प और आवेग ने उसकी सुकुमारिता की भरपाई कर दी थी। फिर भी खोसे आर्कादियो कुछ कर नहीं पा रहा था क्योंकि वे एक ऐसे सार्वजनिक तम्बू में थे जहाँ से बंजारे अपनी चीज़ें लेकर गुज़र रहे थे और अपना सामान इकट्ठा कर रहे थे, और जो कभी-कभी पलंग के बगल में पासे खेलने को भी ठहर जाते थे। बीच खम्बे से लटकी लालटेन पूरे तम्बू में रोशनी कर रही थी। चुम्बन के बीच कुछ क्षण के लिए खोसे आर्कादियो पलंग पर नंगा लेट गया। उसे सूझ नहीं रहा था कि वह क्या करे, हालाँकि वह लड़की उसे रिझाने में जुटी थी। कुछ ही देर में एक तन्दुरुस्त बंजारन एक ऐसे आदमी के साथ वहाँ आई जो उस समुदाय का नहीं था और न ही उस गाँव का था, और दोनों पलंग के आगे खड़े होकर कपड़े उतारने लगे। बिना कुछ सोचे उस औरत ने खोसे आर्कादियो

की तरफ़ देखा और उसके सोये हुए शानदार जानवर[1] को जी-भर कर निहारा।

"बच्चे," वह बोली, "भगवान तुम्हें सदैव ऐसा ही बनाए रखे।"

खोसे आर्कादियो की साथी ने उन्हें अकेला छोड़ देने को कहा और दोनों पलंग के पास ज़मीन पर लेट गए। उन लोगों की कामवासना ने खोसे आर्कादियो के उन्माद को जगा दिया। पहले स्पर्श में ही लड़की की हड्डियाँ डोमीनो के डिब्बे की आवाज़ की तरह, एक विकृत चरमराहट के साथ छिटकती मालूम पड़ीं। उसकी त्वचा पर पीला पसीना छा गया, उसकी आँखें भर आईं और उसके पूरे शरीर से एक दुःखद विलाप और मिट्टी की फीकी गन्ध निकली। लेकिन उसने उस आघात को बड़ी नज़ाकत और हिम्मत से सहा।[2] खोसे आर्कादियो ने ख़ुद को हवा में उठते पाया, एक दिव्य अन्तःश्वसन की तरफ़, और उसके हृदय से प्यार-भरी गालियाँ फूट पड़ीं जो उस लड़की के कान से होते हुए मुँह से उसकी भाषा में अनूदित होकर निकलीं। वह बृहस्पतिवार का दिन था। शनिवार की रात खोसे आर्कादियो ने सिर पर लाल कपड़ा बाँधा और बंजारों के संग निकल पड़ा।

जब उर्सुला को उसकी ग़ैरमौजूदगी का पता चला तो उसने उसे पूरे गाँव में ढूँढ़ा। बंजारों के पड़ाव में कूड़े से भरे एक गड्ढे और धुआँ उगलती राख के ढेर के अलावा कुछ नहीं था। कूड़े में मोती ढूँढ़ रहे एक आदमी ने उर्सुला को बताया कि एक रात पहले उसने उसके बेटे को मेले के हुल्लड़ में साँप बनाए गए आदमी के पिंजरे को ठेले पर धकेलते हुए देखा था। "वह बंजारा बन गया है।" वह अपने पति पर चिल्लाई, जो अपने बेटे के लापता होने पर क़तई चिन्तित नहीं था। "मैं तो मना रहा हूँ कि यह सच हो," खोसे आर्कादियो बुएन्दीया ने अपनी ओखली में वह पदार्थ कूटते हुए कहा, जो हज़ारों बार कूटा जा चुका था और गरम करके फिर कूटा जाता था।[3] "इस तरह वह मर्द बनना सीख जाएगा।"

---

1. किसी भी विकासशील समाज में प्रचलित मिथक माकोन्दो में भी पाए जाते हैं। जैसे कि स्त्री की शारीरिक सन्तुष्टि पुरुष के लिंग के आकार पर निर्भर करती है। किसी भी विकासशील समाज की तरह माकोन्दो में भी यह प्रचलित है कि सबसे शानदार मैथुन क्रिया तब पूर्ण होती है जब पुरुष पूरी तरह से स्त्री को शारीरिक तौर पर अपना ग़ुलाम बना लेता है। यह इस बात का प्रतीक है कि इस समाज में भी पुरुष को स्त्री से ऊँचा दर्जा हासिल है।
2. पिछली व्याख्या की तरह यहाँ भी साफ़ है कि प्रेम में स्त्री की भागीदारी बिना शिकायत किए कष्ट भोगने और पुरुष-शक्ति को झेलने तक ही सीमित है।
3. यह उपन्यास के वृत्तीय आकार का एक उदाहरण है जहाँ हर काम दोहराया जाता है, मानो उधेड़ने के मक़सद से बिनाई करना और बिनाई करने के लिए उधेड़ना।

उर्सुला यह पता लगाने में जुट गई कि बंजारे कहाँ गए थे। वह पूछती हुई निकल पड़ी, बताए गए रास्ते पर चलती हुई, यह सोचते हुए कि वह अब भी उन्हें पकड़ सकती है। वह गाँव से दूर चलती गई। रात आठ बजे अपना पदार्थ कंडों पर सिंकते हुए छोड़ खोसे आर्कादियो बुएन्दीया जब यह देखने गया कि नन्ही आमारान्ता गला फाड़-फाड़कर क्यों रो रही है, तब उसे पता चला कि उसकी पत्नी ग़ायब है। कुछ ही घंटों में उसने अच्छी तरह से लैस आदमियों का समूह इकट्ठा किया, आमारान्ता को एक महिला के हवाले किया जिसने बच्ची की देखरेख करने की ज़िम्मेदारी ली और उर्सुला की खोज में अदृश्य रास्तों में ग़ुम हो गया। औरेलियानो उनके साथ गया। कुछ ऐसे मूल निवासी मछुआरों ने, जिनकी भाषा उसके पल्ले नहीं पड़ रही थी, इशारों से बताया कि उन्होंने किसी को भी वहाँ से गुज़रते नहीं देखा था। तीन दिन की व्यर्थ खोज के बाद वे गाँव लौट आए।

कई हफ़्तों तक खोसे आर्कादियो बुएन्दीया संत्रास में डूबा रहा। उसने एक माँ की तरह छोटी-सी आमारान्ता की देखरेख की। उसे नहलाता और तैयार करता, दिन में चार बार दूध पिलाने उस महिला के पास ले जाता जो दूध पिलाने को तैयार हुई थी और यहाँ तक कि रात को उसे वे लोरियाँ भी सुनाता जो उर्सुला को भी नहीं आती थीं। एक बार, पिलार तेर्नेरा ने उर्सुला के लौटने तक घर का काम सँभालने की इच्छा ज़ाहिर की। लेकिन औरेलियानो को पिलार तेर्नेरा का घर आना पसन्द न था। विपदा की उस घड़ी में उसकी रहस्यमय अन्त:प्रज्ञा काफ़ी जाग्रत हो गई थी और पिलार तेर्नेरा के घर में प्रवेश करते ही उसे एक दैवीय अनुभूति-सी हुई और उसे यक़ीन हो गया कि उसके भाई के भागने और माँ के चले जाने के लिए वही ज़िम्मेदार थी। इस भावना के वशीभूत हो उसने तेर्नेरा को इस क़दर अपने विद्वेषपूर्ण मौन से मारा कि उसने फिर पलटकर उस घर का रुख़ नहीं किया।

समय ने चीज़ों को सहेज दिया। खोसे आर्कादियो बुएन्दीया और उसके बेटे को पता भी नहीं चला कि कब वे प्रयोगशाला लौटे और झाड़-पोंछ करते हुए, पानी की पाइप चालू करके, एक बार फिर कई महीनों से कंडों पर सोई हुई सामग्री के धैर्ययुक्त परिचालन में जुट गए। पारे की वाष्प से भरे उस छोटे कमरे में अपनी टोकरी में लेटी आमारान्ता भी जिज्ञासा से अपने पिता और भाई का दिलचस्प काम देखती। उर्सुला के जाने के कई महीने बाद, अजीबोग़रीब चीज़ें

होने लगीं। बहुत समय से अलमारी में ग़ुम हो गई एक थर्मस इतनी भारी हो गई कि उसे हिलाना मुश्किल हो गया। एक बर्तन में मेज़ पर रखा पानी बिना आग के उबलने लगा और आधे घंटे तक उबलता रहा जब तक कि पूरी तरह भाप नहीं बन गया। खोसे आर्कादियो बुएन्दीया और उसके बेटे ने इन अद्‌भुत घटनाओं को काफ़ी हैरानी से देखा, पर उन्हें कुछ समझ नहीं आया और वे मान बैठे कि चीज़ें भविष्य के बारे में कुछ बताने की कोशिश कर रही हैं। एक दिन आमारान्ता की टोकरी अपने आप घूमने लगी, और उसने पूरे कमरे का एक चक्कर लगाया। विस्मित औरेलियानो उसे रोकने को दौड़ा। लेकिन उसके पिता हैरान नहीं हुए। उन्होंने टोकरी को अपनी जगह पर रखा और मेज़ के पाए से बाँध दिया, इस विश्वास से कि ऐसा कुछ होनेवाला है जो लम्बे अर्से से तय था। यही वह अवसर था जब औरेलियानो ने उसे कहते हुए सुना :

"अगर तुम भगवान से नहीं डरते, तो कम-से-कम धातुओं में उसकी शक्ति से डरो।"

ग़ायब होने के पाँच महीने बाद, उर्सुला अचानक प्रकट हुई। वह नई ऊर्जा के साथ ख़ुश लौटी थी, ऐसे नये कपड़े पहनकर जो उस गाँव में अनदेखे थे। खोसे आर्कादियो बुएन्दीया इस आकस्मिकता के लिए तैयार नहीं था। "यही बात थी," वह चिल्लाया, "मुझे मालूम था ऐसा ही होगा।" और उसे इस बात का पूरा विश्वास था, क्योंकि अपनी लम्बी क़ैद के दौरान पदार्थों की कूटा-कूटी करते समय उसने अपने दिल की गहराइयों में जिस चमत्कार की दुआ की थी वह पारस पत्थर की खोज या धातुओं में जान डालनेवाली साँस या घर के क़ब्ज़े और तालों को सोने में बदलनेवाली शक्ति न होकर वह थी जो अभी पूरी हुई थी : उर्सुला की वापसी। लेकिन उर्सुला ने उसकी भावनाओं की परवाह नहीं की। उसने उसका माथा चूमा मानो केवल एक ही घंटे के लिए ग़ायब हुई हो और उससे बोली :

"दरवाज़े के बाहर देखो।"

सड़क पर जमा भीड़ देखने के बाद खोसे आर्कादियो बुएन्दीया को अपनी उलझन से उबरने में काफ़ी वक़्त लगा। ये बंजारे नहीं थे। वे उनकी तरह के ही इनसान थे, जिनके बाल लम्बे और त्वचा काली थी, जो उनकी भाषा बोलते थे और उनकी ही तरह अपनी तकलीफ़ों की शिकायत भी करते थे। उनके पास खाने की चीज़ों से लदे खच्चर थे, बैलगाड़ियों पर फ़र्नीचर और घर के बर्तन थे,

जिन्हें रोज़मर्रा की चीज़ों का धन्धा करनेवाले दुकानदारों ने बिना किसी तामझाम के बिक्री के लिए रखा था। वे कछार के दूसरे छोर से आए थे, केवल दो दिन की दूरी पर स्थित वे ऐसे शहर के बाशिन्दे थे जहाँ साल के हर महीने डाक आती थी और वे अच्छे जीवन के साधनों से परिचित थे। उर्सुला बंजारों को तो नहीं ढूँढ़ पाई थी, लेकिन उसने वह रास्ता खोज निकाला था जिसे उसका पति महान आविष्कारों की अपनी कुंठित खोज में नहीं तलाश पाया था।

3

पिलार तेर्नेरा के बेटे को पैदा होने के दो हफ़्ते बाद दादा-दादी के घर लाया गया। उर्सुला को एक बार फिर अपने पति की हठ के आगे झुकना पड़ा और उसने अनिच्छा से उसे स्वीकार किया। उसके पति को यह क़तई बर्दाश्त नहीं था कि उसका ख़ून अनाथों की तरह घूमे लेकिन साथ ही उसने यह शर्त भी रखी कि बच्चे को उसकी असली पहचान कभी मालूम न पड़े। उसका नाम वैसे तो खोसे आर्कादियो[1] रखा गया, लेकिन नाम की ग़फ़लत से बचने के लिए उसे सिर्फ़ आर्कादियो कहकर पुकारा जाता था। उस समय गाँव में इतनी हलचल, और घर में इतनी भीड़भाड़ थी कि बच्चों की देखभाल की ज़िम्मेदारी नौकरों पर छोड़नी पड़ी। उनको एक ग्वाखीरा[2] मूल निवासी महिला विसितासिओन के हवाले कर दिया गया, जो अपने भाई के साथ उस अनिद्रा रोग से बचती हुई आई थी जो कई सालों से उनकी जाति को जकड़े हुए था। दोनों ही इतने आज्ञापरायण और काम करने को तत्पर थे कि उर्सुला ने उन्हें घर के काम में मदद करने के लिए रख लिया

---

1. बुएन्दीया परिवार की पहली नाजायज़ औलाद, जिसे बाद में बुएन्दीया परिवार ने एक अभिन्न हिस्से की तरह अपना लिया, लेकिन उसकी माँ जीवनपर्यन्त हाशिये पर ही रही। यह दक्षिण अमेरिकी समाज का एक आईना है, जहाँ नाजायज़ लड़कों को तो अपना लिया जाता है लेकिन माँ को सामाजिक तौर पर स्वीकार नहीं किया जाता। खोसे आर्कादियो का नाम दक्षिण अमेरिकी समाज में नाम रखने की उस परम्परा का प्रतीक है, जहाँ पीढ़ी-दर-पीढ़ी बच्चों के नाम पिता या दादा के नाम पर रखे जाते हैं। इस पूरे उपन्यास में खोसे आर्कादियो और औरेलियानो दो ऐसे नाम हैं जो पुरुष पात्रों के साथ पीढ़ी-दर-पीढ़ी जुड़े दिखाई देते हैं। लेकिन दोनों में थोड़ा-सा फ़र्क़ भी है। आर्कादियो जहाँ वंश को आगे बढ़ाते हैं वहीं औरेलियानो वंश परम्परा को बढ़ाने में सफल नहीं होते। जैसे, सत्रह सन्तानें पैदा करने के बाद भी औरेलियानो का कोई वंशज नहीं बचता।
2. वेनेजुएला की सीमा से सटा हुआ, उत्तर कोलम्बिया का एक हिस्सा है, गर्म दहकती बालू, आदिवासियों, स्मगलरों और जादूगरों की वजह से जाना जाता है।

था। यही वजह थी कि आर्कादियो और आमारान्ता ने स्पैनिश से पहले ग्वाखीरा भाषा सीखी, और उर्सुला की जानकारी के बग़ैर छिपकली का शोरबा पीना और मकड़ी के अंडे खाना सीखा, क्योंकि उर्सुला उस समय जानवरों के आकार वाली मिठाई के अपने फैलते कारोबार को सँभालने में व्यस्त थी। माकोन्दो बदल गया था। उर्सुला के साथ आनेवाले लोगों ने माकोन्दो की उपजाऊ मिट्टी और कछार के पास स्थित होने के फ़ायदों की ख़बर फैला दी थी, जिसके कारण माकोन्दो एक छोटे गाँव से एक बड़े शहर में तब्दील हो गया था।[1] एक ऐसा व्यावसायिक रास्ता, जहाँ ढीली पतलून और कान में बाली पहने अरब आकर मकाआ तोतों के बदले काँच के मोती देते थे। खोसे आर्कादियो बुएन्दीया को एक पल का भी चैन नहीं था। अपनी कल्पना की विशाल क़ायनात से भी ज़्यादा काल्पनिक, प्रत्यक्ष की वास्तविकता से मोहित, वह अपनी कीमियागरी की प्रयोगशाला को भूल गया और उसने महीनों जोड़-तोड़ से दुर्लभ होते पदार्थ को एक तरफ़ रख दिया और पहले की तरह उत्साही और उद्यमशील खोसे आर्कादियो बुएन्दीया बन गया। उसने गाँव के घरों और सड़कों का ऐसा नक़्शा बनाया कि किसी को भी ऐसी कोई सुविधा न मिले जो दूसरों को उपलब्ध न हो। नये आए हुए लोगों पर उसने ऐसी धाक जमा ली कि उससे पूछे बिना न कोई नींव रखी जाती थी न ही कोई दीवार खड़ी होती थी, यहाँ तक कि ज़मीन बाँटने की ज़िम्मेदारी भी उसी को सौंप दी गई। जब वे कलाबाज़ बंजारे अपने आवारा आनन्दोत्सव को भाग्य और दाँवपेच के खेलों[2] के एक विशाल संगठन में बदलकर लौटे, तो उनका स्वागत काफ़ी गर्मजोशी के साथ किया गया, क्योंकि माना जा रहा था कि खोसे आर्कादियो उनके साथ लौटेगा। लेकिन खोसे आर्कादियो नहीं लौटा और न ही वे उस सँपेरे को अपने साथ लाए जिसके बारे में उर्सुला का मानना था कि सिर्फ़ वही उसके बेटे के बारे में बता सकता है। अत: भविष्य में उन बंजारों को गाँव में डेरा डालना तो दूर, पाँव भी नहीं रखने दिया गया, क्योंकि उन्हें कामवासना और कामविकृति का दूत माना जाता था। बहरहाल, खोसे आर्कादियो बुएन्दीया का साफ़ मानना था कि मेल्कीयादेस के पुरातन समुदाय के लिए उस गाँव के दरवाज़े हमेशा खुले रहेंगे क्योंकि उनके सदियों पुराने ज्ञान और

---

1. यह बदलाव समाज के विकास के उस दौर का प्रतीक है, जिसमें एक प्रागैतिहासिक समाज सामाजिक स्तर पर व्यवस्थित होनेवाले पहले समाज में परिवर्तित हो जाता है।
2. यह एक तरीक़े से माकोन्दो में आ रही नई विकृति का प्रतीक है, क्योंकि पहले जहाँ लोगों का ध्यान नये आविष्कारों में लगा रहता था, वहीं, अब उनका मन सस्ते व्यसनों में रमने लगा था।

आश्चर्यजनक आविष्कारों का उस गाँव के विकास में बड़ा योगदान था। पर जैसा कि उन घुमक्कड़ों का कहना था, मेल्कीयादेस की जाति का तो धरती से सफ़ाया हो गया था क्योंकि उन्होंने इनसान के ज्ञान की हद पार कर ली थी।

कुछ समय के लिए स्वैर कल्पना के सन्ताप से मुक्त खोसे आर्क़ादियो बुएन्दीया ने जल्द ही माकोन्दो में काम का नया तरीक़ा लागू किया। उसमें सिर्फ़ एक चीज़ की छूट थी : चिड़ियों को आज़ाद करने की[1], जिन्होंने माकोन्दो की स्थापना के समय से ही अपनी मधुर आवाज़ से समय को गुंजायमान कर रखा था। घर-घर में उनकी जगह संगीतमय घड़ियों ने ले ली। उत्कीर्ण की हुई लकड़ियों से बनी इन अजूबा घड़ियों का सौदा अरबवासियों ने मकाआ के बदले में किया था और खोसे आर्कादियो बुएन्दीया ने इन घड़ियों के बीच इस क़दर तालमेल बैठाया था कि हर आधे घंटे पर गीत के तेज होते स्वर से गाँव आनन्दित हो उठता जब तक कि वह दोपहर में बिलकुल एक सम्पूर्ण नृत्य की तरह चरम पर पहुँच नहीं जाता। खोसे आर्कादियो बुएन्दीया ने ही तय किया कि गाँव में सड़क के किनारे और गलियों में, बबूल के बजाय बादाम के पेड़ लगाने चाहिए, और उसी ने उन्हें हमेशा ज़िन्दा रखने के एक ऐसे तरीक़े की खोज की जिसका उसने कभी खुलासा नहीं किया। कई साल बाद जब माकोन्दो में जस्ते की छत वाले लकड़ी के मकानों की भरमार हो गई तब भी बादाम के पुराने टूटे धूल-भरे पेड़ पुरानी गलियों में खड़े थे हालाँकि किसी को नहीं मालूम था कि उन्हें किसने बोया था। जिस दौरान उसके पिता गाँव की व्यवस्था में जुटे थे और उसकी माँ अपने घर-परिवार की आर्थिक स्थिति मज़बूत करने के लिए दिन में दो बार बालसा लकड़ी की छड़ियों पर टँगकर बिकने जाती मुर्ग़े और मछली के आकार की छोटी-छोटी मिठाइयाँ बनाने के उद्यम में व्यस्त थी, तब औरेलियानो घंटों प्रयोगशाला में अपने प्रयोगों द्वारा चाँदी का काम सीखने में बिताता। वह इस तेज़ी से लम्बा हुआ था कि अपने भाई के छोड़े हुए कपड़े उसे छोटे पड़ने लगे थे और वह अपने पिता के कपड़े पहनने लगा था, हालाँकि विसितासिओन को कमीज़ों में शर और पतलूनों में चुन्नट डालने पड़ते

1. प्रागैतिहासिक समाज के प्रतीक के तौर पर पुराने माकोन्दो में जहाँ जैसे-जैसे प्रागैतिहासिक माकोन्दो समाज के ऐतिहासिक दौर में प्रवेश कर रहा था, वैसे-वैसे कृत्रिमता प्रकृति का और व्यावहारिकता परम्परा का स्थान ग्रहण करती जा रही थी। जैसे कि समय का बोध करानेवाली चिड़ियों की जगह घड़ियों ने ले ली और दक्षिण अमेरिकी समाज में महत्त्वपूर्ण माने जानेवाले बबूल के पेड़ की जगह बादाम के पेड़ ने ले ली।

थे क्योंकि औरेलियानो दूसरों की तरह मोटा नहीं था। किशोरावस्था ने उसकी आवाज़ की मासूमियत ख़त्म कर दी थी और वह एकाकी और ख़ामोश रहने लगा था। लेकिन दूसरी तरफ़ उसकी आँखों में वही तीव्र दृष्टि फिर लौट आई थी जो पैदाइश के समय उनमें थी। वह चाँदी के अपने प्रयोगों में इतना मग्न रहता कि खाने के लिए भी प्रयोगशाला से नहीं निकलता था। उसकी अन्तर्लीनता से चिन्तित, खोसे आर्कादियो बुएन्दीया ने यह सोचकर उसे घर की चाबियाँ और कुछ पैसे दे दिए कि शायद उसे एक औरत की ज़रूरत है। लेकिन औरेलियानो ने उस पैसे से तेज़ाब ख़रीद लिया और चाबी पर सोना चढ़ाकर उसे आकर्षक बना दिया। उसकी अत्युक्तियाँ आर्कादियो और आमारान्ता की तुलना में कम थीं, जिनके दूसरे दाँत निकल रहे थे और अभी भी वे ग्वाखीरा नौकरों के साथ दिन-भर घूमते रहते थे और स्पैनिश न बोलकर ग्वाखीरा भाषा बोलने की ज़िद करते थे। "कुड़कुड़ाओ मत" उर्सुला अपने पति से बोलती, "बच्चों को अपने माता-पिता का पागलपन विरासत में मिलता है।" और जब वह यह सोचकर अपने दुर्भाग्य पर रो रही थी कि उसके बच्चों का जंगली बर्ताव सूअर की पूँछ जितना ही भयंकर था कि तभी औरेलियानो ने उस पर ऐसी नज़र डाली जिससे वह अनिश्चितता के भँवर में घिर गई।

"कोई आनेवाला है।" उसने कहा।

और जैसा कि वह उसकी हर भविष्यवाणी पर करती थी, उर्सुला ने एक आम गृहिणी की तरह ही उसकी बात सुलझाने की कोशिश की। किसी का आना एकदम स्वाभाविक था। ढेरों अजनबी बिना शक जगाए माकोन्दो से रोज़ गुज़रते थे बिना किसी ख़ास इरादे के, फिर भी सब तर्कों के बावजूद, औरेलियानो को अपनी भविष्यवाणी पर पूरा विश्वास था।

"मैं नहीं जानता कौन आएगा," उसने दोहराया, "लेकिन जो भी है वह अपनी यात्रा पर निकल चुका है।"

वस्तुतः उस रविवार रेबेका[1] आ पहुँची। वह सिर्फ़ ग्यारह बरस की थी। उसने

---

1. रेबेका नाम मार्केस की एक पुरानी कहानी *शनिवार के बाद का दिन* (El día después del sábado) से लिया गया है। इस उपन्यास में रेबेका हालाँकि बुएन्दीया परिवार में पैदा नहीं हुई लेकिन खोसे आर्कादियो की तरह वह भी बुएन्दीया परिवार की नियति की भागीदार है। जैसे बाइबल में अब्राहम के बेटे आइज़ेक की पत्नी का नाम रेबेका है, उसी तरह इस उपन्यास में माकोन्दो के संस्थापक खोसे आर्कादियो बुएन्दीया के बेटे खोसे आर्कादियो की पत्नी के रूप में रेबेका सामने आती है।

मानाउरे से माकोन्दो तक एक वर्ष की कठिन यात्रा कुछ व्यापारियों के साथ तय की थी, जिन्होंने उसे एक चिट्ठी के साथ खोसे आर्कादियो बुएन्दीया तक पहुँचाने की ज़िम्मेदारी ली थी, लेकिन वे ये नहीं बता सके कि उन्हें ये ज़िम्मेदारी किसने सौंपी थी। सामान के नाम पर उसके पास एक छोटा सन्दूक़, एक छोटी दोलन कुर्सी—जिस पर हाथ से छोटे-छोटे फूल रँगे गए थे—और एक बोरा था, जिससे खट-खट की आवाज़ आती थी, क्योंकि उसमें उसने अपने माता-पिता की हड्डियाँ रखी थीं। खोसे आर्कादियो बुएन्दीया के नाम गर्मजोशी से भरी यह चिट्ठी एक ऐसे व्यक्ति द्वारा लिखी गई थी जो समय और दूरी के बावजूद उसे चाहता था और मानवीय भावना के वशीभूत होकर वह इस अनाथ बेघर बच्ची को उसके पास भेज रहा था, जो कि उर्सुला की दूर की बहन लगती थी और इस नाते खोसे आर्कादियो बुएन्दीया की रिश्तेदार भी थी, हालाँकि बहुत क़रीबी नहीं। वह एक अविस्मरणीय दोस्त निकोनार उल्योआ और उसकी पत्नी रेबेका मोन्तियेल की बेटी थी, भगवान उनकी आत्मा को शान्ति दे, जिनकी हड्डियाँ लिये बच्ची घूम रही थी, ताकि अच्छे ईसाई की तरह उनका अन्तिम संस्कार हो सके। उल्लिखित नाम और ख़त पर हस्ताक्षर थे लेकिन न तो खोसे आर्कादियो बुएन्दीया और न ही उर्सुला को इस नाम के रिश्तेदारों की याद थी, न ही वे चिट्ठी भेजनेवाले के नाम से परिचित थे और मानाउरे नाम के गाँव का तो उन्हें बिलकुल पता नहीं था। उस लड़की से कुछ भी जान पाना नामुमकिन था। वह जब से आई थी, अँगूठा चूसती हुई अपनी कुर्सी पर बैठी थी और सबको अपने बड़े-बड़े विस्फारित नेत्रों से देख रही थी और उसकी आँखों से मालूम होता था कि उससे जो कुछ भी पूछा जा रहा था, उसकी समझ से परे था। उसने तिरछी धारियों वाली घिसी हुई काली फ्रॉक पहन रखी थी, और पैरों में काले चमड़े के जूते थे। उसके बाल काले रिबन से बँधे हुए थे। उसने एक धार्मिक स्कन्धवस्त्र पहना हुआ था जो पसीने से घिस चुका था और उसकी दाहिनी कलाई पर बुरी नज़र से बचाने के लिए ताँबे का तावीज़ बँधा था जिसमें कई किसी मांसाहारी जानवर का दाँत जड़ा हुआ था। उसकी हरिताभ त्वचा, उसका फूला पेट चुगली खा रहे थे कि उसकी भूख उससे भी बड़ी थी पर जब उसे खाना दिया गया तो बिना कुछ चखे तश्तरी गोद में रखे वह बैठी रही। और जब सबको लगने लगा कि वह गूँगी है तभी मूल निवासी नौकरों ने अपनी भाषा में उससे पानी के लिए पूछा और उसने गर्दन हिलाकर हाँ कहा, और उन्हें ऐसे देखा मानो वह उन्हें पहचानती हो।

और कोई चारा न देख उन्होंने उसे रख लिया। उसे रेबेका बुलाने का फ़ैसला किया गया क्योंकि यही उसकी माँ का भी नाम था और हालाँकि औरेलियानो ने बहुत धैर्य के साथ उसके सामने सब सन्तों के नाम लिये पर किसी एक पर भी उस लड़की की कोई प्रतिक्रिया नहीं मिली। चूँकि माकोन्दो में कोई क़ब्रिस्तान नहीं था, क्योंकि अब तक वहाँ कोई मरा ही नहीं था, उन्होंने एक उपयुक्त जगह दफ़नाने के इरादे से हड्डियों के बोरे को रख लिया। लम्बे समय तक वह बोरा इधर-उधर डोलता रहता था। अक्सर वह बोरा चूज़ों को सँभालती मुर्ग़ी की तरह हमेशा कुटकुटाता हुआ ऐसी जगहों पर मिलता जहाँ कोई सोच भी नहीं सकता था। रेबेका को परिवार का हिस्सा बनने में काफ़ी समय लगा। वह घर के सबसे एकाकी कोने में अँगूठा चूसती अपनी छोटी-सी दोलन कुर्सी पर बैठी रहती। घड़ियों के संगीत के अलावा उसे कुछ भी आकर्षित नहीं करता था। वह हर आधे घंटे पर अपनी डरी हुई आँखों से उसे ऐसी ढूँढ़ती जैसे हवा में कहीं कुछ पाने की उम्मीद हो। वे लोग कई दिन तक उसे खाना न खिला पाए। किसी की समझ में नहीं आया कि वह भूख से मरी क्यों नहीं, और फिर दिन-भर घर-भर में दबे पाँव घूमते नौकरों ने रेबेका को अपने नाख़ूनों से खरोंचकर आँगन की गीली मिट्टी[1] और दीवारों से चूना खाते देखा। ज़ाहिर था कि उसके माँ-बाप ने या जिसने भी उसकी परवरिश की थी, इस आदत के लिए उसे डाँटा था क्योंकि वह यह काम चोरी-छिपे और अपराधबोध से ग्रसित होकर करती थी, साथ ही वह कुछ बचाकर रखने की कोशिश करती थी ताकि उसे तब खा सके जब कोई देख न रहा हो। तब से उस पर कड़ी नज़र रखी जाने लगी। उसकी इस गन्दी आदत को छुड़ाने के लिए आँगन में गाय की पित्त डाली गई और दीवारों पर तीख़ी लाल मिर्च मली गई पर रेबेका हमेशा नये तरीक़ों से उन्हें चकमा देकर कुछ मिट्टी ढूँढ़ ही लेती, जिससे उर्सुला को और कड़े उपाय करने पर मजबूर होना पड़ता। उसने एक तसले में रेवतचीनी और संतरे का रस डालकर रात-भर ओस में रखा और सुबह ख़ाली पेट रेबेका को पिला दिया।

---

1. रेबेका की मिट्टी खाने की आदत बुएन्दीया परिवार का पूर्ण रूप से हिस्सा बनने पर ख़त्म हो जाती है और जहाँ कहीं बुएन्दीया परिवार से दूरी बढ़ती है, वह दोबारा मिट्टी खाने लगती है। मनोविश्लेषण के मद्देनज़र यह इस बात का प्रतीक है कि सामाजिक सुरक्षा मिलते ही उसकी आन्तरिक दुर्बलता ग़ायब हो जाती है। और सुरक्षा का कवच हटते ही वह फिर इस दुर्बलता का शिकार हो जाती है। ख़ुद मार्केस ने कहा है कि इस चरित्र-चित्रण के बहाने वह अपने ही बचपन के (बहुत दु:खद) अनुभवों को दुनिया के सामने रखना चाहते थे। बचपन में उनकी बहन मिट्टी खाती थी। (Mendoza, Plinio Apuleyo. (1982), *El olor de la guayaba,* Barcelona : Editorial Bruguera S.A., p. 9)

हालाँकि उर्सुला को मिट्टी खाने की बुरी आदत छुड़ाने का यह उपाय किसी ने नहीं बताया था फिर भी उसने सोचा कि ख़ाली पेट कड़वी चीज़ खाने से शरीर में कुछ-न-कुछ प्रतिक्रिया तो होगी ही। दुबली होने के बावजूद रेबेका इतनी उद्धत और ताक़तवर थी कि दवाई पिलाने के लिए उसे गाय के बछड़े की तरह बाँधना पड़ा, लात चलाने के साथ-साथ दाँत काटने और थूकने के अलावा उसने ऐसी गालियाँ बरसाईं जो विक्षुब्ध नौकरों के मुताबिक़ उनकी भाषा में सबसे गन्दी और घिनौनी गालियाँ थीं। जब उर्सुला को इस बात का पता लगा तो उसने औषधि के साथ उसे क़रारी मार भी लगानी शुरू कर दी। इस बात का फ़ैसला तो नहीं हो सका कि वह औषधि थी या मार या फिर दोनों ही जिससे फ़र्क़ पड़ा लेकिन सच बात तो यह थी कि कुछ ही हफ़्तों में रेबेका में सुधार आने लगा। वह आर्कादियो और आमारान्ता के साथ खेलने लगी जो उसे बड़ी बहन की तरह मानते थे। क़ायदे से बर्तनों का इस्तेमाल करके वह जी भरकर खाती। बहुत जल्द पता चला कि वह जिस प्रवाह से देसी भाषा बोलती थी, उसी प्रवाह से स्पैनिश भी बोल सकती थी और उसमें काम करने की अद्भुत क्षमता थी। वह घड़ियों का संगीत कुछ ऐसे शब्दों के साथ गा सकती थी जो उसने ख़ुद गढ़े थे। उसे अपने परिवार का सदस्य मानने में उन लोगों को ज़्यादा वक़्त नहीं लगा। उस बच्ची ने उर्सुला को उसके अपने बच्चों से ज़्यादा स्नेह दिया। वह आर्कादियो और आमारान्ता को भाई-बहन, औरेलियानो को चाचा और खोसे आर्कादियो बुएन्दीया को बाबा कहकर बुलाती थी। अतः परिवार के बाक़ी लोगों की तरह रेबेका बुएन्दीया के नाम पर उसका भी हक़ बनता था, ज़िन्दगी में मिलनेवाला एकमात्र नाम जिसकी गरिमा पर उसने अपनी मृत्यु तक आँच नहीं आने दी।

मिट्टी खाने की आदत छूटने के बाद जब रेबेका को दूसरे बच्चों के कमरे में सुलाया जाने लगा, एक रात संयोगवश उनके साथ सोनेवाली नौकरानी की नींद अचानक टूटी तो उसे एक कोने से एक अजीब आवाज़ सुनाई पड़ी जो रुक-रुककर आ रही थी। वह यह सोचते हुए चौंककर उठ बैठी, कि शायद कोई जानवर कमरे में घुस आया है। लेकिन उसे कोने में कुर्सी पर अँगूठा चूसती रेबेका दिखाई दी। अँधेरे में उसकी आँखें बिल्ली की तरह चमक रही थीं। विसितासिओन स्तब्ध रह गई। क़िस्मत की मार से निढाल विसितासिओन ने रेबेका की आँखों में उस बीमारी के लक्षण पहचाने जिसके डर से वह और उसका भाई अपना राज्य छोड़कर यहाँ आ बसे थे, जहाँ वह राजकुमारी थी और उसका भाई राजकुमार। वह अनिद्रा की महामारी थी।

सुबह तक उसका भाई काताउरे घर छोड़कर जा चुका था। विसितासिओन रुकी रही क्योंकि उसका भाग्यवादी दिल कह रहा था कि चाहे वह दुनिया के किसी भी कोने में क्यों न चली जाए, यह घातक बीमारी किसी भी हाल में उसका पीछा नहीं छोड़ेगी। विसितासिओन का भय कोई नहीं समझ पाया। "यदि हम कभी दोबारा नहीं सोएँ तो अच्छा ही है," खोसे आर्कादियो बुएन्दीया ने मज़ाक़ में कहा, "इस तरह हम ज़िन्दगी से ज़्यादा हासिल कर सकते हैं।" लेकिन विसितासिओन ने समझाया कि नींद का न आना अनिद्रा रोग का सबसे भयंकर पहलू नहीं था, क्योंकि इससे शरीर को थकान बिलकुल नहीं होती, बल्कि सबसे ख़तरनाक था उसकी वजह से शरीर में पैदा होनेवाले दूसरे लक्षण, जैसे याददाश्त का ग़ायब होना। उसका मतलब था कि जब बीमार आदमी को लगातार जागते रहने की आदत पड़ जाती है तब बचपन की यादें उसके स्मृतिपटल से मिटने लगती हैं और फिर लोगों के नाम और चीज़ों का बोध और अन्त में लोगों की पहचान, यहाँ तक कि ख़ुद अपने अस्तित्व का अहसास भी ख़त्म होने लगता है, और वह ऐसा जड़बुद्धि हो जाता है कि उसका कोई अतीत नहीं रह जाता। यह सुनकर खोसे आर्कादियो बुएन्दीया का मारे हँसी के बुरा हाल हो गया। उसने सोचा कि यह भी अन्धविश्वास की वजह से आदिवासियों में उपजी कई बीमारियों में से एक बीमारी है। फिर भी, किसी तरह का ख़तरा न उठाते हुए उर्सुला ने रेबेका को बाक़ी बच्चों से अलग कर दिया।

कई हफ़्ते बाद जब विसितासिओन का भय ख़त्म होता दिखा तो नींद न आने की वजह से खोसे आर्कादियो बुएन्दीया ने अपने आपको करवट बदलते पाया। जगी हुई उर्सुला ने उससे पूछा कि क्या बात है तो वह बोला : "मैं दोबारा प्रूदेंसियो आगीलार के बारे में सोच रहा हूँ।" उस रात वे दोनों एक पल भी नहीं सोये लेकिन अगले दिन चूँकि उन्हें बिलकुल भी थकान महसूस नहीं हुई तो वे रात की बेचैनी को भूल गए। दोपहर को खाने के समय औरेलियानो ने अचरज से कहा कि वह बहुत सुकून महसूस कर रहा है, हालाँकि वह रात-भर प्रयोगशाला में एक जड़ाऊ पिन पर सोने का काम करता रहा था जिसे वह उर्सुला को उसके जन्मदिन पर तोहफ़े में देनेवाला था। लेकिन तीसरी रात भी, जब किसी को नींद नहीं आई और उन्हें अहसास हुआ कि वे लोग बिना सोये पचास से भी अधिक घंटे बिता चुके हैं तो वे चौंक गए।

"बच्चे भी जगे हुए हैं," विसितासिओन ने पूरे विश्वास के साथ कहा, "यह महामारी एक बार घर में घुस जाती है तो कोई इससे नहीं बच सकता।"

उन्हें वास्तव में अनिद्रा रोग ने जकड़ लिया था। अपनी माँ से पौधों की

औषधीय उपयोगिता सीखनेवाली उर्सुला ने सबको मोहरों का मध बनाकर पिलाया लेकिन वे लोग सो नहीं पाए और दिनभर जागते हुए सपने[1] देखते रहे। मतिभ्रम की उस अवस्था में उन लोगों ने न सिर्फ़ अपने सपनों के चित्र देखे बल्कि दूसरों के सपनों का भी चित्रण देखा। लग रहा था मानो घर अतिथियों से भरा हो। रसोईघर के एक कोने में अपनी कुर्सी पर बैठी रेबेका ने सपने में सफ़ेद कपड़े पहने हूबहू अपने जैसा एक आदमी देखा, जिसकी कमीज़ पर सोने का बटन टँका था और जो उसके लिए गुलाबों का गुलदस्ता ला रहा था। उसके साथ कोमल हाथों वाली एक औरत थी, जिसने गुलाब का एक फूल निकालकर बच्ची के बालों में लगा दिया। उर्सुला समझ गई कि वह आदमी और औरत रेबेका के माँ-बाप हैं, और हालाँकि उसने उन्हें पहचानने की काफ़ी कोशिश की लेकिन उन्हें पहचान न सकी और उसे यक़ीन था कि उसने उन्हें पहले कभी नहीं देखा था। इस दौरान एक ऐसी भूल हो गई जिसके लिए खोसे आर्कादियो बुएन्दीया ने अपने आपको कभी माफ़ नहीं किया। उसका ध्यान इस ओर नहीं गया कि उसके घर में बनी जानवरों के आकार वाली मिठाइयाँ अब भी पूरे गाँव में बिक रही थीं। बच्चे और बड़े बहुत मज़े से अनिद्रा रोग की गुलाबी मछली, अनिद्रा रोग के मुलायम छोटे-से पीले घोड़े और अनिद्रा रोग के छोटे-छोटे हरे मुर्ग़े खा रहे थे, और फलस्वरूप सोमवार की सुबह पूरा गाँव जगा हुआ था। शुरू में कोई भी नहीं घबराया। उलटे, वे लोग नींद न आने की वजह से ख़ुश थे क्योंकि उन दिनों माकोन्दो में करने को बहुत कुछ था और समय काफ़ी कम। उन्होंने इतना काम किया कि करने के लिए काम ही नहीं बचा और भोर के तीन बजे सारा गाँव हाथ पे हाथ धरे, घड़ियों के संगीत के सुर गिन रहा था। जो सोना चाहते थे, थकान से नहीं बल्कि सपने देखने के लिए, उन लोगों ने अपने आपको थकाने के सब उपाय कर डाले। वे घंटों बातचीत करने के लिए जुटते, बार-बार वही कहानियाँ, वही क़िस्से दोहराते, एक अन्तहीन खेल की तरह, खीज की हद तक खस्सी मुर्ग़े की कहानी[2] को उलझाते जाते। इस खेल में वाचक पूछता कि क्या वे चाहते हैं कि वह उन्हें खस्सी मुर्ग़े की कहानी सुनाए और जब

---

1. अनिद्रा की महामारी के दौरान लोगों के कार्यकलाप उनकी बुनियादी सनक की ओर इशारा करते हैं। जैसे कि खोसे आर्कादियो बुएन्दीया हमेशा पश्चात्ताप की अग्नि में जलता रहता है, औरेलियानो आभूषण बनाने के सपने देखता है और रेबेका अपने माता-पिता के सपनों में खोई रहती है।
2. खस्सी मुर्ग़े की कहानी में उपन्यास के टेम्पोरल स्ट्रक्चर के दर्शन होते हैं। बार-बार अपने को दोहराती हुई वृत्ताकार।

जवाब 'हाँ' में होता तो वाचक कहता कि उसने उन्हें 'हाँ' कहने को नहीं कहा बल्कि यह पूछा था कि क्या वे खस्सी मुर्ग़े की कहानी सुनना चाहते हैं, और जब जवाब 'न' में होता तो वाचक कहता कि उसने 'न' कहने को नहीं कहा बल्कि यह पूछा है कि क्या वे खस्सी मुर्ग़े की कहानी सुनना चाहते हैं और जब वे 'चुप' रहते तो वाचक कहता कि उसने उन्हें 'चुप' रहने के लिए नहीं कहा था और कोई भी उठकर नहीं जा सकता था क्योंकि वाचक कहता था कि उसने उन्हें 'जाने' के लिए भी नहीं कहा बल्कि यह पूछा था कि क्या वह खस्सी मुर्ग़े की कहानी सुनाए, और इस तरह रात-भर वह सिलसिला चलता रहता।

जब खोसे आर्कादियो बुएन्दीया को अहसास हुआ कि महामारी गाँव-भर में फैल गई है तो उसने सभी घरों के प्रमुखों को बुलाया, अनिद्रा की बीमारी के बारे में बताया, और उन लोगों ने उस महाविपत्ति को दूसरे गाँवों में फैलने से रोकने का फ़ैसला किया। उन लोगों ने बकरियों के गले में बँधी, अरबवासियों द्वारा मकाआ के बदले में दी गईं घंटियाँ उतार दीं, और उन घंटियों को गाँव के प्रवेश मार्ग पर रख दिया ताकि उन लोगों को दी जा सकें जो पहरेदारों के अनुनय-विनय और परामर्श की अनसुनी कर माकोन्दो की गलियों से गुज़रने की ज़िद पर अटल रहते। ऐसे सभी अजनबियों के लिए घंटी बजाना अनिवार्य था ताकि बीमारों को मालूम पड़ जाए कि वे लोग स्वस्थ हैं।[1] ऐसे मेहमानों को निवास के दौरान कुछ भी खाने-पीने नहीं दिया जाता था, क्योंकि इसमें कोई शक नहीं था कि यह बीमारी मुँह से फैलती थी और सब खाने-पीने की चीज़ें अनिद्रा रोग से सन्दूषित थीं। इस तरह वे लोग महामारी को गाँव की सीमाओं तक सीमित रख सके। महामारी से बचने के लिए अलगाव का यह तरीका इतना सार्थक था कि समय के साथ आपात स्थिति को स्वाभाविक माना जाने लगा और ज़िन्दगी इस तरह से सुव्यवस्थित कर ली गई कि काम अपनी लय में होने लगा और सोने जैसी बेकार आदत के बारे में किसी को चिन्ता ही नहीं रही।

औरेलियानो ने ही एक ऐसा नुस्ख़ा खोज निकाला जो कई महीनों तक उनकी याददाश्त क़ायम रखने में मददगार साबित हुआ। वह सबसे शुरुआती अनिद्रा-रोगियों में से एक था। उसने चाँदी के काम में महारत हासिल कर ली थी। एक दिन वह छोटा सन्दान ढूँढ़ रहा था जिसे वह धातुओं की परतबन्दी के लिए इस्तेमाल करता

---

1. इतिहास में इस तरह के दृष्टान्त मिलते हैं प्लेग जैसी महामारी फैलने के समय अक्सर बीमार लोग जैसे कि कुष्ठ रोगी अपने आगमन पर घंटियाँ बजाते थे ताकि लोग यह जान जाएँ कि आने वाले लोग छुआछूत की बीमारी से पीड़ित हैं।

था और उसका नाम याद नहीं कर पाया। उसके पिता ने उसे बताया 'अहरन'। औरेलियानो ने काग़ज़ के एक छोटे टुकड़े पर अहरन लिखकर उसे छोटे सन्दान पर चिपका दिया और उसे विश्वास था कि इस तरह वह यक़ीनन भविष्य में यह नाम नहीं भूल सकेगा। उसको यह अहसास नहीं हुआ कि याददाश्त ग़ुम होने का यह पहला वाक़िया था, क्योंकि कठिन नाम होने की वजह से उस चीज़ का नाम याद रखना वैसे भी मुश्किल था। लेकिन कुछ दिन बाद उसे महसूस हुआ कि प्रयोगशाला की लगभग हर चीज़ का नाम याद रखने में उसे दिक़्क़त हो रही थी। अत: उसने हर चीज़ पर उसका नाम लिख दिया और उन्हें पहचानने के लिए उसे सिर्फ़ अभिलेख पढ़ना होता। जब उसके पिता ने उसे बताया कि वह अपने बचपन की महत्त्वपूर्ण घटनाएँ भूलने से परेशान है तो औरेलियानो ने उन्हें अपना नुस्ख़ा बताया और खोसे आर्कादियो बुएन्दीया ने उसे घर-भर में लागू कर दिया, और फिर पूरे गाँव में। स्याही वाले ब्रश से उसने हर चीज़ पर उसका नाम लिख दिया : मेज़, कुर्सी, घड़ी, दरवाज़ा, दीवार, बिस्तर, देगची। वह बाड़े में गया और जानवरों और पौधों पर भी नाम लिख दिये। गाय, बकरी, सूअर, मुर्ग़ी, कासावा, केलेडियम, केला। धीरे-धीरे याददाश्त खोने के अनन्त लक्षणों का अध्ययन करते हुए उसे महसूस हुआ कि हो सकता है कि वह अभिलेख से चीज़ें पहचान तो लेगा लेकिन उनके क्या उपयोग हैं यह किसी को याद नहीं रहेगा। अब अभिलेख और विस्तृत हो गए। गाय के गले में लटका पट्टा इस बात का पक्का सबूत था कि माकोन्दो के निवासी याददाश्त ग़ुम होने से लड़ने के लिए पूरी तरह तैयार थे : "यह गाय है। इसे रोज़ सुबह दूध के लिए दुहना होगा और दूध में कॉफ़ी मिलाकर कॉफ़ी बनाने के लिए उस दूध को उबालना होगा।" इस तरह वे एक ऐसी मायावी वास्तविकता में जीने लगे जो कुछ समय के लिए तो शब्दों में क़ैद थी, लेकिन जब लिखित शब्दों का मोल वे लोग भूल जाएँगे, तब वह अपूरणीय ढंग से ग़ायब हो जाएगी।

कछार की तरफ़ जानेवाली सड़क के शुरू में उन्होंने एक पट्टा लगाया 'माकोन्दो' और मुख्य सड़क पर एक बड़ा पट्टा लगाया, जिस पर लिखा था 'भगवान है।' हर घर में चीज़ों और भावनाओं को याद करने के पर्चे लिख लिये गए थे। पर इस प्रणाली के लिए इतनी सतर्कता और मनोबल चाहिए था कि कई लोग ख़ुद अपनी ही बनाई इस काल्पनिक वास्तविकता के जादू से अभिभूत हो गए, जो हालाँकि उनके लिए यथार्थ से परे थी, फिर भी उन्हें ज़्यादा आरामदेह लगती थी। पिलार तेर्नेरा ने भविष्य पढ़ने की तरह ही पत्तों के ज़रिये अतीत को पढ़ने का ढोंग रचकर

इस ढकोसले का प्रचार करने में सबसे बड़ा योगदान दिया। इस उपाय की आड़ में अनिद्रा रोगी पत्तों से बनी एक अनिश्चित वैकल्पिक दुनिया में जीने लगे, जहाँ पिता को अप्रैल के शुरू में आए एक साँवले आदमी के रूप में याद रखा जाता था और माँ को बाएँ हाथ में सोने की अँगूठी पहने एक साँवली महिला के रूप में और जहाँ एक जन्मदिवस वह बीता हुआ मंगलवार बनकर रह गया, जब कोयल कूकी थी। तब खोसे आर्कादियो बुएन्दीया ने एक याददाश्त मशीन बनाने का फ़ैसला किया। एक बार पहले भी वह बंजारों के अद्भुत आविष्कारों को याद रखने के लिए ऐसी मशीन बनाना चाहता था। इस मशीन का आधार यह था कि हर सुबह, शुरू से अन्त तक ज़िन्दगी-भर प्राप्त किए गए ज्ञान का पुनरवलोकन किया जाए। उसने इस मशीन की कल्पना एक चक्रणनुमा शब्दकोश के रूप में की, जिसे इनसान एक धुरी पर रखकर उत्तोलक की मदद से चलाए, ताकि कुछ ही घंटों में ज़िन्दगी के ज़रूरी भाव आँखों के सामने से गुज़र जाएँ। वह तक़रीबन चौदह हज़ार प्रविष्टियाँ दर्ज़ कर चुका था जब कछार की तरफ़ से अनिद्रा-रोगियों की घंटी, रस्सी से बँधी मोटी अटैची लिये और काले कपड़े से ढकी गाड़ी खींचते हुए एक अजीबोग़रीब बूढ़ा आदमी आया और वह सीधा खोसे आर्कादियो बुएन्दीया के घर गया।

दरवाज़ा खोलने पर विसितासिओन उसे नहीं पहचान पाई और उसने सोचा कि वह कुछ बेचने आया होगा, इस बात से अनजान कि अन्तिम रूप से विस्मृति के दलदल में धँसते जा रहे इस गाँव को भला बेचा भी क्या जा सकता था! वह एक जर्जर बूढ़ा था। हालाँकि उसकी आवाज़ में दृढ़ता नहीं थी और उसके हाथ चीज़ों के वजूद पर शक करते लगते थे, लेकिन इस बात में कोई सन्देह नहीं था कि वह उस दुनिया से आया था जहाँ इनसान अभी भी सो सकते थे, और जिनकी याददाश्त बरकरार थी। खोसे आर्कादियो बुएन्दीया ने उसे बैठक में काली टोपी से ख़ुद को हवा करते और तरस के साथ दीवार पर लगे पट्टों को पढ़ते हुए पाया। वह यह सोचकर उस बूढ़े से काफ़ी गर्मजोशी से मिला कि वह पहले कहीं उससे मिला होगा और अब उसे पहचान नहीं पा रहा है। पर उस अतिथि को खोसे आर्कादियो बुएन्दीया के झूठे दिखावे का अहसास था। उसने अपने आपको भूला हुआ पाया, दिल की लाइलाज विस्मरणशीलता से नहीं बल्कि एक-दूसरे तरह की विस्मरणशीलता से जो कि ज़्यादा क्रूर और अपरिवर्तनशील थी और जिससे वह भली-भाँति परिचित था क्योंकि वह मौत की विस्मरणशीलता थी। तब उसे समझ में आया। अस्पष्ट चीज़ों से भरी अटैची खोलकर उसने बोतलों से भरा एक बैग

निकाला। फिर उसने खोसे आर्कादियो बुएन्दीया को हल्के रंग का पेय दिया और उसकी याददाश्त जाग उठी। इससे पहले कि वह अपने आपको एक ऐसे बेतुके कमरे में पाता जहाँ चीज़ों पर लेबल लगे हों, या फिर दीवारों पर लिखी गम्भीर बकवास से शर्मिंदा होता या नवागन्तुक को आश्चर्य मिश्रित ख़ुशी से पहचान पाता, उसकी आँखें नम हो गईं। वह अतिथि मेल्कीयादेस था।

जब माकोन्दो अपनी याददाश्त लौटने का जश्न मना रहा था, खोसे आर्कादियो बुएन्दीया और मेल्कीयादेस अपनी पुरानी दोस्ती ताज़ा कर रहे थे। वह बंजारा गाँव में रुकना चाहता था। वह सचमुच मौत से दो-चार होकर लौटा था। वह इसलिए लौटा था क्योंकि उससे एकाकीपन बर्दाश्त नहीं हुआ। अपनी जाति से ठुकराए, जीवन के प्रति अपनी निष्ठा की वजह से अपनी क्षमताओं को गँवाने के बाद डैगेरोटाइप की प्रयोगशाला में बची हुई ज़िन्दगी बिताने के लिए उसने अलौकिक दुनिया के उस कोने में आश्रय लेने का फ़ैसला कर लिया था, जहाँ मौत का साया अभी तक नहीं पड़ा था। खोसे आर्कादियो बुएन्दीया ने उस आविष्कार के बारे में कुछ नहीं सुना था। पर जब उसने ख़ुद को और अपने परिवार को सतरंगी धातु पर सदा के लिए छपा हुआ पाया तो वह दंग रह गया। वह फ़ोटो उस दिन का ही था जिसमें खोसे आर्कादियो बुएन्दीया अपने रूखे सफ़ेद बालों में दिखाई दे रहा था, उसकी शर्ट का कॉलर एक ताँबे के बटन से जुड़ा हुआ था और चेहरे पर अचकचायी गम्भीरता छायी थी, जिसे देखकर उर्सुला हँसी से लोट-पोट हो गई और उसे एक डरा हुआ जनरल कहती रही। वाक़ई दिसम्बर की उस निर्मल सुबह जब फ़ोटो खींची गई थी खोसे आर्कादियो बुएन्दीया इस बात से डर गया था कि जहाँ आदमी ख़त्म हो रहे हैं, वहीं उसकी तस्वीर एक धातु की पट्टी पर सदा के लिए अंकित रहेगी। दस्तूर ने अजब पलटी खाई और इस बार उर्सुला ने उसे समझाया। उर्सुला ही थी जिसने बीती बातें भुलाकर फ़ैसला किया कि मेल्कीयादेस उसी घर में रहेगा, हालाँकि उर्सुला ने कभी भी अपनी फ़ोटो उसे नहीं खींचने दी। (उसके अपने शब्दों में) क्योंकि वह अपने पोते-पोतियों की हँसी का पात्र नहीं बनना चाहती थी। सुबह उसने बच्चों को अच्छे कपड़े पहनाए, चेहरे पर पाउडर लगाया और एक-एक चम्मच मज़हा का शरबत दिया ताकि वे मेल्कीयादेस के आश्चर्यजनक कैमरे के सामने दो मिनट बिना हिले-डुले खड़े रह सकें। परिवार की एकमात्र फ़ोटो में औरेलियानो काले शनील के कपड़े पहने आमारान्ता और रेबेका के बीच खड़ा था। उसके चेहरे पर वही उदासीनता और वैसे ही अतीन्द्रीय भाव थे जो बरसों बाद गोलीमार दस्ते के सामने

उसके चेहरे पर होने थे। पर तब उसे अपने भाग्य का पूर्वबोध नहीं था। वह एक माहिर रजत कारीगर था, अपने काम की नज़ाकत के लिए दूर-दूर तक मशहूर। अपनी वर्कशॉप में, जो कि मेल्कीयादेस की प्रयोगशाला भी थी, उसकी साँस तक सुनाई नहीं पड़ती थी। जहाँ वह अपने काम में खोया रहता था, वहीं उसके पिता और वह बंजारा फ़्लास्क और ट्रे के शोर और तेज़ाब गिरने से पैदा हुई मुसीबतों के बीच चिल्लाकर नोस्त्रेदमस की भविष्यवाणियों की व्याख्या करते। अपने काम के प्रति समर्पण और काम की अच्छी समझ की वजह से औरेलियानो ने कुछ ही समय में उर्सुला द्वारा अपनी मिठाई से कमाए गए पैसों से कहीं ज़्यादा पैसे कमा लिये थे। पर सबको अजीब लगता था कि अच्छा-ख़ासा मर्द होने के बावजूद उसका किसी महिला के साथ कोई संसर्ग नहीं था। वास्तव में ही उसका किसी महिला के साथ कोई सम्बन्ध नहीं था।

कई महीनों बाद दो सौ वर्ष का एक घुमन्तू बूढ़ा फ्रांसिस्को एल ओम्ब्रे[1] लौट आया। वह अक्सर माकोन्दो से अपने बनाए गीत गाते हुए गुज़रता था। फ्रांसिस्को एल ओम्ब्रे, मानाउरे से लेकर कछार की सीमा तक अपने रास्ते में आनेवाले गाँवों में घटी घटनाओं के विषय में अपने गानों में विस्तार से बताता था। यदि किसी को कोई सन्देश भेजना हो या कोई ऐलान करना हो तो दो सेनतावो में वह उसे अपने गीत में शामिल कर लेता था। उर्सुला को अपनी माँ की मृत्यु का समाचार इसी तरह तब पता चला जब वह यह सोचकर गीत सुनने गई थी कि शायद आर्कादियो की कोई ख़बर मिल जाए। फ्रांसिस्को एल ओम्ब्रे का असली नाम कोई नहीं जानता था और यह नाम इसलिए पड़ा था क्योंकि उसने तात्कालिक भाषण के मुक़ाबले में शैतान को हराया था। वह अनिद्रा की महामारी के दौरान वहाँ से ग़ायब हो गया था और फिर एक रात अचानक कातारीनो की दुकान में प्रकट हुआ था। नगर के सभी लोग उसे सुनने गए, यह जानने के लिए कि दुनिया में इस बीच क्या हो चुका है। इस बार उसके साथ एक महिला भी थी जो इतनी मोटी थी कि चार मूल निवासी उसे कुर्सी पर बैठाकर लाए थे और दयनीय चेहरे वाली एक किशोर मुलातो लड़की उस औरत के ऊपर छतरी लगाए उसे धूप से बचाए हुए थी। उस रात औरेलियानो कातारीनो की दुकान पर गया। वहाँ उसे

1. इस शब्द की उत्पत्ति लैटिन शब्द फ्रांसिस्कस से हुई है जिसका अर्थ होता है फ्रांसीसी यानी फ्रांस का रहनेवाला। यह शब्द सन्त फ्रांसिस ऑफ़ आसीसी (1182-1226) से भी लिया हो सकता है। बाइबल में 'एल ओम्ब्रे' का ज़िक्र है जिसे ख़ुद यीशु ने पुनर्जीवन दिया था।

फ्रांसिस्को एल ओम्ब्रे एक एकाश्म गिरगिट की तरह दर्शकों से घिरा हुआ बैठा मिला। सर वॉल्टर रेले[1] द्वारा गियाना में दिए गए अपने पुरातन हारमोनियम के साथ बूढ़ी आवाज़ में गाने गा रहा था और शोरे से कटे अपने बड़े-बड़े पैरों से ताल मिला रहा था। पिछवाड़े के दरवाज़े के पास जहाँ से लोग आ-जा रहे थे, वहाँ अपने आपको चुपचाप पंखा झलते हुए कुर्सी वाली मेट्रन बैठी थी। अपने कान के पीछे शनील का लाल फूल लगाए कातारीनो दर्शकों को गन्ने की शराब बेच रहा था और मौक़े का फ़ायदा उठाते हुए आदमियों के पास जाकर वहाँ हाथ रख रहा था, जहाँ उसे नहीं रखना चाहिए था। रात के दूसरे पहर तक गरमी असहनीय हो चुकी थी। औरेलियानो ने अन्त तक ख़बरें सुनीं हालाँकि उसके परिवार के मतलब का उनमें कुछ भी नहीं था। वह घर जाने की तैयारी कर ही रहा था, कि उस मेट्रन ने हाथ से इशारा करके उसे बुलाया। "तुम भी अन्दर जाओ," वह बोली, "केवल बीस सेनतावो लगेंगे।"

महिला की गोद में रखी टोकरी में औरेलियानो ने सिक्का डाला और बिना कुछ बूझे-जाने कमरे में चला गया। कुतिया जैसे स्तनों वाली वह किशोर मुलातो लड़की बिस्तर पर नंगी लेटी थी। औरेलियानो से पहले तिरसठ आदमी उस रात उस कमरे से होकर जा चुके थे। इतने इस्तेमाल और उसाँस और पसीने से गुँथने के बाद कमरे की हवा कीचड़ में बदल गई थी। उस लड़की ने बिस्तर से भीगी हुई चादर उतारी और औरेलियानो को एक तरफ़ से पकड़ने को कहा। चादर कैनवस जैसी भारी थी। इन दोनों ने उसको दोनों तरफ़ से घुमाकर तब तक निचोड़ा जब तक वह पहले जैसी हल्की नहीं हो गई। फिर दरी को पलटा तो दूसरी तरफ़ से पसीना टपका। औरेलियानो मना रहा था कि यह क्रिया कभी ख़त्म ही न हो। वह प्रेम की सैद्धान्तिक प्रक्रिया तो जानता था मगर घुटनों में होती कमज़ोरी की वजह से बहुत देर खड़ा नहीं रह पा रहा था और हालाँकि उसकी जलती त्वचा पर रोंगटे खड़े थे, फिर भी वह अपनी आँत का वज़न निकालने की अत्यावश्यक इच्छा रोक नहीं पा रहा था। बिस्तर ठीक करने के बाद जब लड़की ने उसे कपड़े उतारने के लिए कहा तो औरेलियानो ने उसे एक उलझा-सा जवाब दिया, "उन्होंने मुझे

---

1. एक अंग्रेज़ नाविक और राजनीतिज्ञ (1552-1618) जो ब्रिटेन की महारानी इसाबेल-I का चहेता था, जिसने सन् 1616 में गुयाना को उपनिवेश बनाने में महत्त्वपूर्ण भूमिका निभाई। उपन्यास में उसकी भूमिका कमोबेश सर फ्रांसिस ड्रेक की भूमिका जैसी है। दोनों ही चरित्र उपन्यास के देश और काल से दो सौ साल पहले के समय का प्रतिनिधित्व करते हैं।

अन्दर भेजा। उन्होंने मुझसे कहा कि टोकरी में बीस सेनतावो डालो और जल्दी करो।" लड़की उसकी उलझन समझ गई। "अगर तुम जाते समय बीस सेनतावो और डाल दोगे तो थोड़ी देर और रुक सकते हो," वह धीमे से बोली। औरेलियानो ने कपड़े उतारे, शर्म से सहमा वह यह नहीं भुला सका कि उसकी नग्नता उसके भाई के सामने कुछ भी नहीं थी। लड़की की हर कोशिश के बावजूद वह और ज़्यादा उदासीन और बुरी तरह एकाकी महसूस कर रहा था। "मैं बीस सेनतावो और डाल दूँगा," वह उदास स्वर में बोला। लड़की ने उसे आँखों से शुक्रिया अदा किया। उसकी पीठ छिली हुई थी। उसकी चमड़ी हड्डियों से चिपकी हुई थी और बेहद थकान के मारे साँस भारी थी। वह दो साल पहले, वहाँ से बहुत दूर, मोमबत्तियाँ बुझाये बिना सो गई थी और जब आँख खुली तो वह आग की लपटों से घिरी हुई थी। वह जिस घर में अपनी दादी के साथ रहती थी जिसने उसकी परवरिश की थी, वह घर जलकर राख का ढेर हो गया था। तब से उसकी दादी उसे गाँव-गाँव ले जाती और जले हुए मकान की क़ीमत वसूल करने के लिए बीस-बीस सेनतावो में उसे आदमियों के साथ सुलाती। लड़की के हिसाब के मुताबिक़ अभी उसे सत्तर आदमी प्रति रात के हिसाब से दस साल और लगने थे क्योंकि उसे यात्रा का, खाने-पानी का और कुर्सी उठानेवाले आदमियों का पैसा भी भरना होता था। जब मेट्रन ने दूसरी बार दस्तक दी तो रोने को व्याकुल औरेलियानो चुपचाप बिना कुछ किए वहाँ से चला गया। उस रात वह सो नहीं पाया। कामना और दया के मिले-जुले भावों से उस लड़की के बारे में सोचता रहा। उसके भीतर उसे प्यार करने और उसकी रक्षा करने की अप्रतिरोध्य इच्छा उठ रही थी। भोर होते-होते, अनिद्रा और बुख़ार से थक-हारकर उसने फ़ैसला किया कि वह उस लड़की से शादी करेगा ताकि उसे उसकी दादी की निरंकुशता से आज़ाद कर सके और ताकि वह अकेला कई रातों तक सत्तर आदमियों को मिलनेवाला सुख भोग सके। पर सुबह दस बजे जब वह कातारीनो की दुकान पर पहुँचा तो वह लड़की शहर छोड़कर जा चुकी थी।

समय ने उसके पागल प्रस्ताव को शान्त कर दिया लेकिन इसने उसकी निराशा की भावना को बढ़ा दिया। उसने काम की शरण ली। अपनी अयोग्यता की लज्जा से बचने के लिए उसने ज़िन्दगी-भर स्त्री के बिना रहना स्वीकार कर लिया। इस दौरान मेल्कीयादेस ने अपने पत्तरों पर माकोन्दो की हर छपने लायक वस्तु छाप ली थी और अपनी डैगेरोटाइप प्रयोगशाला खोसे आर्कादियो बुएन्दीया की कल्पना

के लिए छोड़ दी थी, जिसने उसका उपयोग भगवान के अस्तित्व का वैज्ञानिक प्रमाण[1] ढूँढ़ने के लिए करने का फ़ैसला किया था। उसे विश्वास था कि यदि ईश्वर वास्तव में है तो घर की अलग-अलग जगह की तस्वीर लेकर वह ईश्वर की तस्वीर लेने में सफल हो जाएगा, नहीं तो, हमेशा के लिए उसके अस्तित्व के अनुमान की चर्चा को ख़त्म कर देगा। मेल्कीयादेस नोस्त्रेदमस की व्याख्या में ग़ुम होता जा रहा था। वह देर रात तक अपनी पुरानी शनील की गंजी में घुटते हुए जगा रहता, अपने गौरैया जैसे हाथों से लिखते हुए, जिसकी अँगूठियों की चमक अब पहले जैसी नहीं थी। एक रात उसे लगा कि माकोन्दो का भविष्य का पूर्वानुमान उसे हो गया है। वह एक प्रकाशमान शहर होगा, बड़े काँच के मकानों वाला जहाँ बुएन्दीया वंश का कोई नामोनिशान नहीं रहेगा। "यह ग़लत है।" खोसे आर्कादियो बुएन्दीया गरजा। "काँच के नहीं बल्कि बर्फ़ के मकान होंगे बिलकुल ऐसे ही जैसा मैंने सोचा था और बुएन्दीया वंश हमेशा रहेगा।" उर्सुला उस असामान्य परिवार में सहजता बरकरार रखने के लिए जूझती रहती। उसने अपना व्यवसाय भी बढ़ा लिया था। अब वह जानवर के आकार वाली मिठाइयों के साथ रात-भर जलनेवाले तन्दूर से कई टोकरियाँ भरकर ब्रेड, तरह-तरह की पुडिंग, बिस्कुट बनाती जो कि कछार के दूर-दूर के ऊबड़-खाबड़ रास्तों पर हाथ के हाथ बिक जाते। वह उस उम्र पर पहुँच गई थी जहाँ उसे आराम करने का हक़ था फिर भी वह बहुत काम करती थी। वह अपने सफल व्यवसाय में इतनी व्यस्त थी कि एक दोपहर जब विसितासिओन खोया बनाने में उसकी मदद कर रही थी, तो उसने ऐसे ही आँगन की तरफ़ आँख उठाकर देखा और डूबते सूरज की रोशनी में उसे दो अनजान किशोरियाँ लड़कियाँ कढ़ाई करती दिखाई दीं। वे रेबेका और आमारान्ता थीं। जैसे ही उन्होंने अपनी नानी के मातम में लगातार तीन साल तक पहने काले कपड़े बदले, उनके रंगीन कपड़ों से मानो उनका अस्तित्व ही बदल गया हो। उम्मीद के विपरीत रेबेका ज़्यादा सुन्दर थी। उसका रंग साफ़ था। बड़ी-बड़ी शान्त आँखें और जादुई हाथ जो मानो अदृश्य धागों से कढ़ाई के नमूने बना देते हों। आमारान्ता कनिष्ठ और कुछ भद्दी-सी थी

---

1. सभ्यता के विकास के शुरुआती चरण में ईश्वर की अवधारणा पर प्रश्नचिह्न नहीं लगाए जाते थे। यानी ईश्वर का अस्तित्व है, यह मानकर चला जाता था। उपन्यास में अनिद्रा की महामारी के दौरान 'भगवान है' का लगा हुआ बोर्ड इस तथ्य की ओर इशारा करता है, लेकिन प्रौद्योगिकी के विकास के साथ ही ईश्वर की अवधारणा पर भी प्रश्नचिह्न लगने लगे। उपन्यास में ईश्वर की तस्वीर खींचने की कोशिश करने का प्रयास इसी ओर इशारा करता है।

पर उसमें अपनी दिवंगत दादी की तरह जन्मजात अन्दरूनी चुस्ती थी।[1] शारीरिक दृष्टि से अपने पिता जैसा दिखनेवाला आर्कादियो बच्चा लगता था। वह औरेलियानो से चाँदी का काम सीख रहा था, जिसने उसे पढ़ना-लिखना भी सिखाया था। उर्सुला को अचानक महसूस हुआ कि उसका घर लोगों से भर गया है और उसके बच्चे शादी करके ख़ुद माँ-बाप बनने के कगार पर आ पहुँचे हैं और अब जगह कम होने की वजह से उन्हें अलग करना पड़ेगा। उसने कई सालों की कड़ी मेहनत से जमा किए गए पैसे निकाले, अपने ग्राहकों के साथ कुछ बन्दोबस्त किया और घर को बड़ा करने का काम शुरू किया। उसने अतिथियों के लिए बैठक बनवाई, और रोज़ उठने-बैठने के लिए एक दूसरा कमरा, खाने का कमरा जहाँ बारह कुर्सियों वाली मेज़ थी जिस पर पूरा परिवार अतिथियों समेत बैठ सकता था, आँगन में खुलती खिड़कियों वाले नौ शयनकक्ष और एक बड़ी बरसाती बनवाई जिसे गुलाब की बेलें दोपहर की धूप से बचाती थीं और जिसके जँगले पर पर्णांग और बेगोनिया के गमले रखे जा सकते थे। रसोईघर को बड़ा किया गया ताकि वहाँ दो तन्दूर रखे जा सकें। कोठार, जिसमें पिलार तेर्नेरा ने खोसे आर्कादियो का भविष्य पढ़ा था, उसे तोड़कर दुगुना किया गया ताकि घर में कभी खाने की कमी न हो। आँगन में अखरोट के पेड़ की छाया में उसने ग़ुसलख़ाने बनवाए, एक औरतों के लिए और दूसरा मर्दों के लिये, और पिछवाड़े में एक बड़ा अस्तबल, एक मुर्ग़ीख़ाना, दूध देनेवाली गायों के लिए छप्पर और चारों तरफ़ से खुला एक दड़बा जहाँ चिड़ियाँ अपनी मन-मरज़ी से आ-जा सकें, उसने यह सब बनवाया। कई राजमिस्त्री और बढ़ई लिये, जैसे उसे अपने पति का मतिभ्रम लग गया हो, उर्सुला ने अपनी सीमाओं की बिलकुल परवाह किए बिना रोशनी और गर्मी की स्थिति तय की और जगह का बँटवारा किया।[2] संस्थापकों की पुरानी इमारत औज़ारों और सामग्रियों से भर गई और पसीने से लथपथ उन कारीगरों से भी जो हर एक से परेशान न करने की विनती करते और जो हड्डियों के उस बोरे से हैरान-परेशान थे जो अपनी मन्द खड़खड़ाहट लिये उनके पीछे पड़ा रहता। बजबजाते चूने और तारकोल के बीच किसी की समझ

---

1. उपन्यास में आमारान्ता और रेबेका एवं औरेलियानो और आर्कादियो के चरित्र एक-दूसरे के ठीक विपरीत दिखाए गए हैं। लेकिन, इन दोनों स्त्री पात्रों में उस तरह की परस्पर जटिलताएँ नहीं हैं, जितनी कि पुरुष पात्रों में दिखाई गई हैं।
2. यहाँ पर उर्सुला को ईश्वर भाव में दिखाया गया है। एक ऐसे ईश्वर के रूप में जिसकी तस्वीर उसका पति लगातार खींचने की कोशिश करता है। प्रतीकात्मक तौर पर उर्सुला भी ईश्वर की तरह ही उसके कैमरे में क़ैद होने से इनकार करती है।

में नहीं आ रहा था कि कैसे धरती की आँत से नगर का सबसे विशाल ही नहीं बल्कि सबसे ज़्यादा अतिथिप्रेमी और सुन्दर घर खड़ा होगा। सबसे ज़्यादा हैरानी खोसे आर्कादियो बुएन्दीया को थी जो महाप्रलय के बीच दिव्य विधाता को चौंकाने की कोशिशों में जुटा हुआ था। जब नया मकान तक़रीबन पूरा हो गया तब उर्सुला ने खोसे आर्कादियो बुएन्दीया को उसकी काल्पनिक दुनिया से बाहर खींचा, यह बताने के लिए कि उसे आदेश मिला है कि वह घर को सफ़ेद की जगह नीले रंग से रँगे। उर्सुला ने उसे सरकारी काग़ज़ात दिखाए। बिना यह समझे कि उसकी पत्नी क्या कह रही है खोसे आर्कादियो बुएन्दीया ने हस्ताक्षर पढ़े।

"यह कौन है?" उसने पूछा।

"ज़िलाधीश है," उर्सुला निराशा से बोली। "कहते हैं कि सरकार द्वारा भेजा गया अधिकारी है।"

दोन[1] आपोलिनार मोस्कोते, ज़िलाधीश, चुपचाप माकोन्दो आया था।[2] वह होटल जाकोब में ठहरा—जो उन अरबवासियों ने बनाया था जो मकाआ के बदले सामान का सौदा करने आते थे—और अगले दिन उसने एक छोटा कमरा किराये पर ले लिया जो बुएन्दीया के घर से दो गली दूर था। उसने जाकोब से ख़रीदी एक मेज़ और कुर्सी रखी, दीवार पर अपने साथ लाई गणराज्य की ढाल टाँगी और दरवाज़े पर लिखा—ज़िलाधीश। उसका पहला आदेश था कि राष्ट्रीय स्वतंत्रता की वर्षगाँठ के मौक़े पर सब घरों को नीले रंग से रँगा जाए।[3] जब खोसे आर्कादियो बुएन्दीया, हाथ में आदेश की कॉपी लिये पहुँचा तो उसे अपने छोटे-से दफ़्तर में हैमक में सियेस्ता करते पाया। "क्या यह आदेश तुमने लिखा है?" खोसे आर्कादियो बुएन्दीया

---

1. स्पैनिश भाषा में श्रीमान कहने के लिए दो शब्द हैं। सेन्योर और दोन। औपचारिक रूप से सम्बोधित करने के लिए अन्तिम नाम के साथ सेन्योर शब्द को जोड़ते हैं। लेकिन यदि किसी को पहले नाम से बुलाते हैं तो नाम के पहले दोन शब्द का प्रयोग करते हैं।
2. ज़िलाधीश का आना इस बात का प्रतीक है कि अब तक एक प्रागैतिहासिक समाज रहा माकोन्दो अब आधुनिक समाज में परिवर्तित होने को तैयार है, जहाँ एक व्यवस्थित विस्तृत सत्ता-तंत्र होगा। लेकिन सामाजिक स्तर पर मार्केस इस ओर भी इशारा करते हैं कि एक आदर्श समाज में धीरे-धीरे विकृतियाँ आना शुरू हो गई हैं और समाज अध:पतन की ओर अग्रसर है। इस सन्दर्भ में ज़िलाधीश का नाम और उपनाम दोनों ही काफ़ी महत्त्वपूर्ण हैं। ज़िलाधीश का नाम मोस्कोते का अर्थ होता है मक्खी जो गन्दगी का प्रतीक है। जबकि आपोलिनार शब्द का अर्थ शैतान शब्द के क़रीब बैठता है।
3. नीला रंग एक तरह से राजनीति का प्रतीक है क्योंकि आपोलिनार मोस्कोते कंज़रवेटिव पार्टी का प्रतिनिधित्व करता है और इस पार्टी का प्रतीक रंग नीला है।

ने उससे पूछा। प्रौढ़, संकोची, सुस्वस्थ दिखनेवाले दोन आपोलिनार मोस्कोते नाम के उस आदमी ने जवाब दिया, "हाँ।" "किस अधिकार से?" खोसे आर्कादियो बुएन्दीया ने पूछा। दोन आपोलीनार मोस्कोते ने मेज़ की दराज़ से एक काग़ज़ निकालकर उसे दिखाया। "मुझे इस नगर का ज़िलाधीश नियुक्त किया गया है।" खोसे आर्कादियो बुएन्दीया ने उस काग़ज़ की तरफ़ देखा तक नहीं।

"इस नगर में हम काग़ज़ के टुकड़ों पर आदेश नहीं देते," उसने शान्त भाव से कहा, "और तुम अच्छी तरह जान लो, हमें यहाँ न्यायाधीशों की कोई ज़रूरत नहीं है क्योंकि यहाँ ऐसा कुछ भी नहीं है कि न्याय की ज़रूरत हो।"

दोन आपोलिनार मोस्कोते पर नज़र गड़ाए, शान्त स्वर में उसने उसे विस्तार से बताया कि कैसे बिना सरकार को परेशान किए, और किसी की भी दख़लन्दाज़ी के बग़ैर उसने नगर की स्थापना की थी, कैसे उन्होंने ज़मीन बाँटी थी, सड़कें बनाई थीं और ज़रूरतों के अनुसार सुधार किए थे। "हम लोग इतने शान्तिप्रिय हैं कि हममें से कोई प्राकृतिक मौत भी नहीं मरा है।" वह बोला, "जैसा कि तुम देख सकते हो, अभी तक यहाँ कोई क़ब्रिस्तान भी नहीं है।" उलटे, वे ख़ुश थे कि अब तक उन्हें शान्ति से बढ़ने दिया गया था और उन्हें आशा थी कि आगे भी उन्हें उनके हाल पर छोड़ दिया जाएगा, क्योंकि उन्होंने उस नगर की स्थापना इसलिए नहीं की थी कि यहाँ आनेवाला बाहरी आदमी उन्हें आदेश दे। दोन आपोलिनार ने बिना अपनी गरिमा खोए पतलून की तरह ही सफ़ेद अपना डेनिम जैकेट पहना।

"और अगर किसी आम नागरिक की तरह यहाँ रहना चाहते हो तो शौक़ से रहो," खोसे आर्कादियो बुएन्दीया ने यह कहते हुए अपनी बात ख़त्म की, "लेकिन अगर तुम लोगों से उनके घर नीले रँगवाकर अव्यवस्था फैलाने आए हो तो अपना सामान उठा लो और जहाँ से आए हो वहीं लौट जाओ। क्योंकि मेरा घर तो बतख की तरह सफ़ेद ही रहेगा।"

दोन आपोलिनार मोस्कोते का रंग फीका पड़ गया। एक क़दम पीछे हटते हुए होंठ भींचकर वह कड़ाई से बोला,

"मैं तुम्हें चेतावनी देना चाहता हूँ कि मैं हथियारबन्द हूँ।"

खोसे आर्कादियो बुएन्दीया को भी पता नहीं चला कि कब उसके हाथों में वही पुरानी ताक़त लौट आई जिसके बल पर वह घोड़ों को गिरा देता था। उसने दोन आपोलिनार मोस्कोते को गिरेबान से पकड़ा और अपनी आँखों की ऊँचाई तक उठा लिया।

"मैं ऐसा इसलिए कर रहा हूँ," वह बोला, "क्योंकि पूरी ज़िन्दगी तुम्हारी लाश ढोने की जगह मैं तुम्हें ज़िन्दा ढोना पसन्द करूँगा।"[1]

उसी तरह खींचता हुआ वह उसे सड़क के बीचोबीच ले गया और उसे नीचे उतारकर कछार की सड़क पर खड़ा कर दिया। एक हफ़्ते बाद दोन आपोलिनार फिर लौटा। नंगे पैर, फटेहाल, बन्दूक़ों से लैस छह सैनिकों और एक बैलगाड़ी में बैठी अपनी पत्नी और सात बेटियों के साथ। दो बैलगाड़ियाँ बाद में फ़र्नीचर, सामान और गृहस्थी के बर्तन लेकर पहुँचीं। मकान ढूँढ़ने के दौरान उसने अपने परिवार को होटल जाकोब में ठहराया और सैनिकों को साथ लेकर वह दफ़्तर खोलने गया। हमलावरों को निष्कासित करने के इरादे से माकोन्दो के संस्थापक अपने बड़े लड़कों को लेकर खोसे आर्कादियो बुएन्दीया के पास पहुँचे। पर खोसे आर्कादियो बुएन्दीया उसको निकालने के ख़िलाफ़ था। उसने उन लोगों को समझाया कि किसी के परिवार के सामने उसको परेशान करना मर्दानगी नहीं होती।[2] चूँकि दोन आपोलिनार इस बार अपनी पत्नी और बेटियों को साथ लाया था, इसलिए खोसे आर्कादियो बुएन्दीया ने स्थिति को शान्तिपूर्वक सुलझाने का फ़ैसला किया।

औरेलियानो उसके साथ गया। उसी दौरान औरेलियानो ने मोम लगी काली मूँछ रखनी शुरू की थी और उसकी आवाज़ भारी होने लगी थी, जो आगे चलकर युद्ध में उसके चरित्र को सार्थक करनेवाली थी। सैनिकों को नज़रअन्दाज़ करते हुए वह बिना हथियार के सीधे ज़िलाधीश के दफ़्तर पहुँचा। दोन आपोलिनार मोस्कोते बिलकुल उत्तेजित नहीं हुआ। उसने उनका परिचय वहाँ मौजूद अपनी पत्नी और दो बेटियों से कराया। सोलह बरस की अपनी माँ की तरह साँवली आम्पारो, और केवल नौ साल की, साफ़ रंग और हरी आँखों वाली प्यारी-सी, छोटी-सी रेमेदियोस। लड़कियाँ काफ़ी शालीन और शिष्ट थीं। जैसे ही वे लोग अन्दर घुसे, परिचय होने से पहले ही लड़कियों ने कुर्सियाँ आगे कर दीं और ख़ुद दोनों खड़ी रहीं।

---

1. प्रूदेंसियो आगीलार की मृत्यु खोसे आर्कादियो को निरन्तर अन्दर से विचलित करती रहती है।
2. एक इंटरव्यू के दौरान पल्इनियो प्लीनियो पेलायो मेन्दोज़ा ने मार्केस से पूछा, "क्या उपन्यास में कुछ ऐसी चीज़ें हैं जिनको आलोचक नज़रअन्दाज़ कर गए?" जवाब में मार्केस ने कहा, "हाँ," कई ऐसी चीज़ें हैं। आलोचक ख़ुद लेखक के एक बहुत बड़े मानवीय पहलू को समझने में असफल रहे। यह मानवीय पहलू है समाज के कमज़ोर लोगों के प्रति लेखक की सहानुभूति। यह दृश्य भी उसी मानवीय पहलू को दर्शाता है। Mendoza, Plinio Apuleyo. (1982), *El olor de la guayaba*, Barcelona : Editorial Bruguera S.A., p. 27)

"ठीक है मित्र," खोसे आर्कादियो बुएन्दीया बोला, "तुम यहाँ रह सकते हो, इसलिए नहीं कि तुम्हारे पास सशस्त्र सैनिक हैं बल्कि इसलिए क्योंकि हम तुम्हारी पत्नी और तुम्हारी बेटियों का लिहाज़ करते हैं।"

दोन आपोलिनार मोस्कोते परेशान हो गया लेकिन खोसे आर्कादियो बुएन्दीया ने उसे जवाब देने का समय नहीं दिया। "हमारी सिर्फ़ दो शर्तें हैं," वह आगे बोला। "पहली, कि लोग अपने घर जिस रंग में रँगना चाहे, उन्हें रँगने दिया जाए और दूसरी, कि ये सैनिक तत्काल यहाँ से चले जाएँ। यहाँ कोई गड़बड़ी नहीं होगी इसकी हम गारंटी देते हैं।" ज़िलाधीश ने अपनी उँगलियाँ फैलाकर अपना दाहिना हाथ आगे बढ़ाया।

"तुम वचन देते हो?"

"ये तुम्हारे दुश्मन का वचन है," खोस आर्कादियो बुएन्दीया ने कहा और फिर कटु स्वर में आगे बोला, "मैं तुमको एक बात बता दूँ कि तुम और हम अब भी दुश्मन हैं।"

सैनिक उसी दोपहर लौट गए। कुछ दिनों में खोसे आर्कादियो बुएन्दीया ने ज़िलाधीश के परिवार के लिए मकान ढूँढ़ दिया। औरेलियानो को छोड़कर सब लोग फिर पहले की तरह रहने लगे। उम्र में बेटी सरीखी ज़िलाधीश की छोटी बेटी रेमेदियोस की छवि उसके शरीर के किसी हिस्से में तकलीफ़ दे रही थी। कोई शारीरिक उत्तेजना थी, जो चलते वक़्त उसे तकलीफ़ देती थी, जूते में फँसे कंकड़ की तरह।

4

फ़ाख़्ते की तरह सफ़ेद नये घर का उद्घाटन नृत्य के साथ हुआ। उर्सुला को यह ख़याल उस दोपहर आया जब उसको रेबेका और आमारान्ता के नवयुवती हो जाने का अहसास हुआ और उसने इन लड़कियों से मिलने आनेवालों के लिए एक ठीकठाक जगह बनाने की सोची। मकान की भव्यता में कोई कमी न रहे, इसके लिए उर्सुला ने पागलों की तरह काम किया और मरम्मत शुरू होते ही सजावट के लिए ज़रूरी महँगी से महँगी चीज़ें मँगवा लीं। खाने की मेज़ और एक आश्चर्यजनक आविष्कार, जिसको देखकर सारा नगर चकित रह जानेवाला था, और जो नौजवानों को आनन्दविभोर कर देता था—पियानोला।[1] पियानोला हिस्सों में आया, ढेर सारे डिब्बों में बन्द वियानी फ़र्नीचर, बोहमीनी काँच, भारतीय कम्पनी की मेज़, हॉलैंड के मेज़पोश और कई तरह के चिराग़ और मोमबत्तियों और परदों के साथ। पियानोला को जोड़ने और ख़रीदनेवालों को उसकी प्रक्रिया समझाने के लिए, और छह काग़ज़ों पर छपे संगीत पर नाचना सिखाने के लिए आयातकों ने अपने ख़र्च पर इतालवी विशेषज्ञ पियेत्रो क्रेस्पी को भेजा।

माकोन्दो में भूरे बालों वाले पियेत्रो क्रेस्पी जैसा शिष्ट और सौम्य नौजवान कोई नहीं था। जानलेवा गर्मी के बावजूद वह अपनी ज़रदोज़ी की कमीज़ और गाढ़े रंग का भारी कोट पहनकर काम करता था तथा बैठक में बन्द घर के मालिकों से सम्मानजनक दूरी बनाए रखता था। उसका समर्पण काफ़ी कुछ वैसा ही था जैसा औरेलियानो का अपने चाँदी के काम की ओर था। एक सुबह, बिना दरवाज़ा खोले, बिना किसी को यह नया चमत्कार देखने के लिए आमंत्रित किए, उसने पहला खर्रा पियानोला में रखा और यातना देने वाली ठकठक और लकड़ी की धज्जीबन्दी का निरन्तर शोर यकायक एक ख़ामोशी में बदल गया और संगीत की निरन्तरता और

---

1. पियानोला : एक तरह का पियानो।

प्रांजलता से ठिठक गया। सभी बैठक की ओर दौड़े। खोसे आर्कादियो बुएन्दीया को तो मानो साँप सूँघ गया। लय की ख़ूबसूरती की वजह से नहीं, बल्कि पियानोला के परदे की स्वचालित प्रक्रिया से और उसने अदृश्य वादक की फ़ोटो उतारने की उम्मीद में मेल्कीयादेस का कैमरा लगा दिया। उस दिन इतालवी ने उनके साथ खाना खाया। खाना परोस रहीं रेबेका और आमारान्ता उस गोरे-चिट्टे हाथों वाले दिव्य आदमी के खाने के सलीके से अभिभूत थीं। बैठक के बगल वाले कमरे में पियेत्रो क्रेस्पी ने उन्हें नृत्य करना सिखाया। तालमापी से लय की संगति रखते हुए और उर्सुला की चौकस निगरानी में उसने उन्हें बिना छुए नृत्य सिखाया। उर्सुला अपनी बेटियों के पाठ के दौरान एक क्षण के लिए भी बाहर नहीं गई। उन दिनों पियेत्रो क्रेस्पी ख़ास तरह की लचीली और तनी हुई पतलून और नाचनेवाले जूते पहनता था। "तुम्हें इतनी चिन्ता करने की ज़रूरत नहीं है," खोसे आर्कादियो बुएन्दीया ने उर्सुला से कहा, "यह आदमी तो परी जैसा है।"

लेकिन उर्सुला ने अपनी निगरानी तब तक नहीं छोड़ी जब तक लड़कियों की शिक्षा ख़त्म नहीं हो गई और वह इतालवी माकोन्दो से चला नहीं गया, और फिर दावत की तैयारियाँ शुरू हो गईं। उर्सुला ने मेहमानों की सुनिश्चित सूची तैयार की, जिसमें माकोन्दो के संस्थापकों के परिवारवालों को शामिल किया गया था, लेकिन पिलार तेर्नेरा के परिवार को छोड़ दिया। उसकी दो और नाजायज़ औलादें हो चुकी थीं। यह एक उच्चवर्गीय सूची थी और दावत देने के लिए सिर्फ़ दोस्ती को ध्यान में रखा गया था। निमंत्रण पानेवालों में न केवल माकोन्दो की स्थापना के पहले के खोसे आर्कादियो बुएन्दीया के पुराने मित्र थे बल्कि बचपन से आर्कादियो और औरेलियानो के साथ रहे इन लोगों के पोतों और बेटों तथा उनकी उन बेटियों को भी बुलाया गया था जो रेबेका और आमारान्ता के साथ कशीदाकारी करने घर आती थीं।[1] हितैषी अधिकारी दोन आपोलिनार मोस्कोते, जिसकी गतिविधि सिर्फ़ लकड़ी के डंडे लिये दो हवलदारों के साथ काम करने तक ही सीमित रह गई थी, सिर्फ़ नामधारी शासक था। घर ख़र्च में हाथ बँटाने के लिए उसकी बेटियों

1. यह इस ओर इंगित करता है कि माकोन्दो सामाजिक विकास के क्रम में उस वक़्त सामन्तवाद की सीढ़ी पर खड़ा है जहाँ वर्ग विभेद पर न केवल विशेष ज़ोर है बल्कि उसे सायास बनाए रखने की कोशिश भी साफ़ नज़र आती है। समाज का कुलीन वर्ग अपने से निम्न वर्ग से मिलने-जुलने से परहेज़ करता है। यही वजह है कि पिलार तेर्नेरा को और उसके परिवार को दावत में नहीं बुलाया जाता है। साथ ही नये मकान का निर्माण माकोन्दो के इस प्रभुत्वशाली परिवार की सत्ता का भी परिचायक है।

ने सिलाई की दुकान खोल ली थी, जहाँ वह शनील के फूल और अमरूद के स्वादिष्ट व्यंजन बनाती थीं और फ़रमाइश पर प्रेम-पत्र भी लिखती थीं। लेकिन विनयशील और नये पश्चिमी नृत्यों में सबसे निपुण होने के बाद भी नगर की इन सबसे सुन्दर युवतियों को प्रीतिभोज के लिए आमंत्रित नहीं किया गया था।

जब उर्सुला और उसकी बेटियाँ फ़र्नीचर खोल रही थीं, चाँदी के बर्तन-भाँडे चमका रही थीं और राजमिस्त्रियों द्वारा बनाई ख़ाली जगहों पर गुलाब से भरी नाव में सवार युवतियों की तस्वीरें टाँग रही थीं, खोसे आर्कादियो बुएन्दीया ईश्वर के अस्तित्व को भुला, उसकी छाया का पीछा करना छोड़ पियानोला का रहस्य जानने के लिए उसके अंजर-पंजर अलग कर रहा था।[1] प्रीतिभोज के दो दिन पहले, बचे हुए टेकों और घनों की बौछार से अभिभूत, तारों की गड़बड़ के बीच जो एक तरफ़ से खुलकर दूसरी तरफ़ लिपट जातीं, उसने किसी तरह वाद्य के अंजर-पंजर जोड़ लिये। उन दिनों की तरह, पहले कभी इतनी आश्चर्यजनक घटनाएँ और हलचल नहीं हुई थी लेकिन निश्चित दिन और समय पर सब दीये जल गए। घर खोल दिया गया जिसमें रात और गीली पुताई की गन्ध अब भी व्याप्त थी। संस्थापकों के बच्चों और पोतों ने फर्न और बेगोनिया से सजी बरसाती, शान्त कमरे, गुलाबों का सुगन्धित बग़ीचा देखा और सफ़ेद चादर से ढके उस अज्ञात आविष्कार की तरफ़ मुँह किए सब बैठक में इकट्ठा हुए। जो लोग आसपास के दूसरे नगरों में लोकप्रिय इस पियानोला को पहले ही देख चुके थे, कुछ हताश हुए। पर उर्सुला की निराशा तब और बढ़ गई, जब उसने रेबेका और आमारान्ता के नृत्य के लिए पहला खर्रा वाद्य यंत्र पर लगाया लेकिन वे नृत्य नहीं कर सकीं क्योंकि यंत्र चला ही नहीं। तब तक लगभग अन्धे हो चुके, जर्जरता से चूर मेल्कीयादेस ने अपनी शाश्वत अक्लमन्दी से उसे ठीक करने की कोशिश की।[2]

अन्त नें, खोसे आर्कादियो बुएन्दीया द्वारा यंत्र के एक फँसे हुए हिस्से को ग़लती से हिलाते ही संगीत शुरू हो गया, पहले एक झटके में और फिर मिले-जुले सुरों की एक लहर में। किसी तरह से जोड़े गए इस वाद्य यंत्र से बिना किसी सुरताल के आवाज़ें निकलने लगीं। लेकिन समुद्र की खोज में पहाड़ों को पार करनेवाले इक्कीस

---

1. जैसे "हर चीज़ की अपनी ज़िन्दगी होती है" उसी तरह खोसे आर्कादियो बुएन्दीया की नज़र में पियानोला की भी अपनी ज़िन्दगी है जिसे समझा जाना चाहिए जैसे चुम्बक और बर्फ़!
2. मेल्कीयादेस पियानोला को ठीक नहीं कर पाता क्योंकि उसका ज्ञान इस यंत्र के मामले में पुराना पड़ चुका था इसलिए कारगर नहीं हो पाया।

साहसी लोगों के हठीले वंशज रागात्मक गड़बड़ की चट्टान को नज़रअन्दाज़ कर भोर तक नाचते रहे।

पियानोला ठीक करने के लिए पियेत्रो क्रेस्पी लौटकर आया। रेबेका और आमारान्ता ने तार ठीक करने में उसकी मदद की और हँसते हुए स्वरानुक्रम की गड़बड़ी के बारे में बताया। सब कुछ इतना मनोहर और शालीन था कि उर्सुला ने उन पर नज़र रखना बन्द कर दिया। उसकी रवानगी की पूर्वसंध्या पर पियानोला के साथ एक विदाई नृत्य रखा गया और उसने रेबेका के साथ आधुनिक नृत्य का बेहतरीन प्रदर्शन किया। आर्कादियो और आमारान्ता ने भी लालित्य और निपुणता में उन्हें पूरी टक्कर दी। लेकिन प्रदर्शन का क्रम बीच में ही भंग हो गया क्योंकि दर्शकों के साथ दरवाज़े पर खड़ी पिलार तेर्नेरा की एक महिला से लड़ाई हो गई। दोनों ने एक-दूसरे को दाँत से काटा और बाल नोचे, सिर्फ़ इस बात पर कि उस महिला ने यह कहने की हिमाकत की थी कि आर्कादियो के पुट्ठे ज़नाना हैं। आधी रात को एक छोटे-से भावुक भाषण के साथ पियेत्रो क्रेस्पी ने बहुत जल्दी लौटने का वादा करते हुए विदाई ली। रेबेका उसको छोड़ने दरवाज़े तक गई, और फिर घर बन्द करके, दीये बुझाकर अपने कमरे में रोने चली गई। कई दिन तक उसका शोकातुर विलाप जारी रहा, जिसका कारण आमारान्ता को भी मालूम नहीं था। उसकी एकान्तवास अनूठी नहीं थी। हालाँकि वह खुले दिल वाली और स्नेहपूर्ण लगती थी, पर उसका स्वभाव एकान्तवासी था और दिल अभेद्य।[1] वह एक शानदार नवयुवती थी, लम्बी मज़बूत हड्डियों वाली पर अब भी वह अपनी लकड़ी वाली उस छोटी-सी दोलन कुर्सी का इस्तेमाल करने का आग्रह करती, जो टूटने के बाद कई बार बन चुकी थी लेकिन जिसके हत्थे अब भी टूटे हुए थे। किसी को भी पता नहीं चल पाया कि इस उम्र में भी उसे अँगूठा चूसने की आदत थी। इसी वजह से वह ग़ुसलख़ाने में बन्द होने का कोई मौक़ा नहीं गँवाती। उसने दीवार की तरफ़ मुँह करके सोने की नई आदत भी अपना ली थी। बरसात की दुपहरी में सहेलियों के साथ बरसाती पर बैठे कढ़ाई करते हुए, वह उस वक़्त बातचीत का ताना-बाना खो देती और बीते वक़्त की यादों के आँसू की एक बूँद उसके तालू को नमकीन कर देती जब वह गीली मिट्टी की धारियों और बग़ीचे में केंचुओं द्वारा बनाए गए मिट्टी के ढेर देखती। जब वह रोने लगती तो सन्तरे और रेवतचीनी से निष्फल

1. अपने एकान्तवादी स्वभाव की ही वजह से रेबेका उस परिवार का अभिन्न हिस्सा बनी क्योंकि एकान्तवादिता इस परिवार की प्रकृति थी।

किए गए वे गुप्त स्वाद दोबारा अप्रतिरोध्य आवेग से लौट आते। वह दोबारा मिट्टी खाने लगी। पहली बार उसने ऐसा जिज्ञासावश किया, यह सोचकर कि उसका बुरा स्वाद ही उसके इस प्रलोभन का सबसे बड़ा इलाज होगा। और वाक़ई वह मुँह में मिट्टी बरदाश्त नहीं कर सकी। पर अपनी बढ़ती चिन्ता से त्रस्त होकर वह जुटी रही, और धीरे-धीरे उसकी पैतृक प्रवृत्ति, मूल खमीजों का स्वाद और आरम्भिक स्वाद का बेलगाम सन्तोष लौटने लगा।[1] वह अपनी जेबों में मुट्ठी भरकर मिट्टी रख लेती और विलास और भावावेश के उलझे भाव से छुप-छुपकर थोड़ा-थोड़ा खाती रहती। साथ ही अपनी सहेलियों को मुश्किल से मुश्किल कढ़ाई सिखाती और अन्य मर्दों की बातें करती जो इस क़ाबिल नहीं थे कि उनके लिए दीवार का चूना खाया जाए। मुट्ठी-भर मिट्टी की ख़ुराक से वह एकमात्र ख़ास आदमी जो इस अप्रतिष्ठा के योग्य था, कम दूरवर्ती और ज़्यादा निश्चित हो जाता था। मानो जिस ज़मीन पर वह अपने चमड़े के जूते पहनकर चलता था, वह उसके शरीर का वज़न और ख़ून की गर्मी के रस को उस तक संचारित कर रही थी, जो बाद में उसके मुँह में कड़वा स्वाद छोड़ जाती और दिल को शान्ति का तलछट पहुँचाती थी। एक दोपहर आम्पारो मोस्कोते ने बिना किसी ख़ास वजह के घर देखने की अनुमति माँगी। उसके अनपेक्षित आगमन से आमारान्ता और रेबेका ने घबराकर बेमन से उसका स्वागत किया। उन्होंने उसे पुनर्निर्मित भवन दिखाया, पियानोला पर धुन सुनाई और सन्तरे का मुरब्बा तथा बिस्कुट पेश किए। आम्पारो भव्यता, सौम्यता और शिष्टता की मूर्ति थी, जिससे कुछ ही क्षणों के लिए वहाँ मौजूद उर्सुला भी प्रभावित हुए बिना नहीं रह सकी। दो घंटे बाद जब बातचीत क्षीण होने लगी, आम्पारो ने आमारान्ता का ध्यान भंग होने का फ़ायदा उठाते हुए रेबेका को एक पत्र दिया। उस पत्र पर वह आदरणीय कुमारी रेबेका बुएन्दीया लिखा मात्र देख पाई, उसी सुव्यवस्थित तरीक़े से, उसी हरी स्याही से और उसी कोमलता से लिखे हुए जैसे पियानोला के निर्देश लिखे गए थे, और उसने उँगलियों के सिरे से पत्र को मोड़ा और आम्पारो मोस्कोते की ओर अनन्त कृतज्ञता और मृत्यु तक जुड़े रहने का मूक वादा करते हुए अपनी छाती में छिपा लिया।

आम्पारो मोस्कोते और रेबेका बुएन्दीया की नई दोस्ती ने औरेलियानो में एक नई उम्मीद पैदा की। छोटी-सी रेमेदियोस की छवि अभी भी उसे सता रही

1. मार्केस यहाँ पर रेबेका के मनोवैज्ञानिक अपकर्ष की ओर इशारा करते हैं। पैतृक, आरम्भिक और मूल जैसे विशेषण इस अपकर्ष के सन्दर्भ में इस्तेमाल हुए हैं।

थी पर वह उसे देखने का मौक़ा नहीं ढूँढ़ पाया था। जब वह अपने क़रीबी दोस्त मागनिफिको विसबाल एवं खेरिनेल्दो मार्केस[1]—इन्हीं नामों के संस्थापकों के बेटों के साथ शहर में घूमता था तो उत्सुकता-भरी नज़र से उसे सिलाई की दुकान में ढूँढ़ता था, पर उसे वहाँ सिर्फ़ बड़ी बहनें ही काम करते दिखतीं। घर में आम्पारो मोस्कोते की मौजूदगी मानो एक पूर्व सूचना थी। "उसे साथ आना ही होगा," औरेलियानो अपने से बुदबुदाता-बुड़बुड़ाता। "उसे आना ही होगा," यह बात वह इतनी बार और इतने भरोसे से दोहरा चुका था कि एक दोपहर वर्कशॉप में छोटी-सी सुनहरी मछली[2] तराशते समय उसे पक्का यक़ीन हो चला कि रेमेदियोस उसके बुलावे का जवाब ज़रूर देगी। वास्तव में ही, थोड़ी ही देर बाद जब उसने एक नन्ही-सी आवाज़ सुनकर ऊपर देखा तो दरवाज़े पर आरगैंडी की गुलाबी फ्राक और सफ़ेद जूते पहने लड़की उसे दिखाई दी तो उसके दिल ने डर से धड़कना ही बन्द कर दिया।

"तुम वहाँ नहीं जा सकती रेमेदियोस," आम्पारो मोस्कोते ने बैठक से कहा, "वे लोग काम कर रहे हैं।"

पर औरेलियानो ने उसे जवाब देने का समय ही नहीं दिया। उसने मछली को उसके मुँह से निकलती चेन से उठाया और रेमेदियोस से बोला, "आओ।"

रेमेदियोस अन्दर गई और मछली के बारे में उसने कुछ सवाल पूछे जिसके जवाब औरेलियानो नहीं दे पाया क्योंकि उसे अचानक दमे का दौरा पड़ गया था। वह हमेशा के लिए उस गोरी नरम त्वचा, उन हरी आँखों, और उस आवाज़ के पास रहना चाहता था जो आदर से हर सवाल के साथ उसे सेन्योर कहकर पुकारती थी, बिलकुल उसी सम्मान से जो वह अपने पिता को देती थी। एक कोने में मेज़ पर बैठा मेल्कीयादेस अपाठ्य चिह्न बना रहा था। औरेलियानो को उससे नफ़रत-सी हुई। वह रेमेदियोस से सिर्फ़ इतना ही कह सका था कि वह उसे मछली वाली माला उपहार में देगा और वह बच्ची घबराकर उलटे पाँव वहाँ से भाग गई। उस दोपहर औरेलियानो का वह सब्र समाप्त हो गया जिससे उसने रेमेदियोस को देखने का

---

1. मागनिफिको विसबाल और खेरिनेल्दो मार्केस : उपन्यास में विसबाल की भूमिका नगण्य है लेकिन खेरिनेल्दो मार्केस के माध्यम से गार्सीया मार्केस ने अपने परिवार को उपन्यास का हिस्सा बनाया है। खेरिनेल्दो मार्केस की भूमिका औरेलियानो बुएन्दीया के प्रति वफ़ादारी के कारण भी महत्त्वपूर्ण है।
2. सुनहरी मछली : यह विडम्बनापूर्ण है कि यहाँ इसे रेमेदियोस और प्रेम के सन्दर्भ में देखा गया है। उपन्यास के बाद के हिस्से में यही नृशंसता के प्रतीक के रूप में आती है।

इन्तज़ार किया था। उसका अपने काम से मन उचट गया। उसने अपनी इच्छाशक्ति से रेमेदियोस को वापस लाने की काफ़ी कोशिश की पर वह नहीं लौटी। उसकी बहनों की दुकान में, घर के परदों के पीछे, उसके पिता के दफ़्तर में ढूँढ़ा पर उसे वह सिर्फ़ अपनी उस कल्पना में मिली जो उसके निजी और डरावने एकान्त को संतृप्त किए हुए थी। वह घंटों रेबेका के साथ बैठक में पियानोला पर संगीत सुनता। रेबेका यह संगीत इसलिए सुनती क्योंकि पियानोला के इसी संगीत से क्रेस्पी ने उन्हें नृत्य सिखाया था और औरेलियानो सिर्फ़ इसलिए सुनता क्योंकि हर चीज़, यहाँ तक कि संगीत भी उसे रेमेदियोस की याद दिलाता था।

वह घर प्रेम से भर गया।[1] औरेलियानो ने अपने मनोभावों को एक ऐसी कविता में व्यक्त किया जिसका न आदि था और न अन्त। इस कविता को उसने मेल्कीयादेस के दिए पार्चमेंट के कड़े टुकड़ों पर, ग़ुसलख़ाने की दीवारों पर, अपनी हथेली पर लिख डाला। इन सब में उसे साक्षात् रेमेदियोस ही नज़र आती थी। दोपहर के दो बजे उनींदी हवा में रेमेदियोस, गुलाब की कोमल साँस में रेमेदियोस, पतंगों की जलघड़ी के रहस्य में रेमेदियोस, सवेरे की गरमागरम रोटियों में रेमेदियोस, हर जगह रेमेदियोस, हर समय रेमेदियोस। खिड़की पर बैठी कढ़ाई करती रेबेका दोपहर के चार बजे अपने प्रेम का इन्तज़ार करती। उसे मालूम था कि डाकिए का खच्चर हर पन्द्रह दिन पर ही आता है फिर भी वह इस विश्वास के साथ उसका इन्तज़ार करती कि वह ग़लती से ही किसी और दिन आ टपकेगा। लेकिन हुआ इसका उलटा। एक बार खच्चर नियत दिन पर नहीं आया। निराशा से पागल हो रेबेका आधी रात में उठकर बैठ गई और आत्मघाती जुनून में, प्रकोप और दु:ख से विलाप करती, केंचुए चबाती, घोंघे का कवच फोड़ती, बग़ीचे में मुट्ठी भर-भरकर मिट्टी खाने लगी। भोर होने तक वह उल्टी करती रही। विषाद से निढाल होकर वह बेहोश हो गई। उसका हृदय निर्लज्ज सन्निपात की हालत में था। विक्षुब्ध उर्सुला को मजबूर होकर उसका सन्दूक़ खोलना पड़ा जहाँ सबसे नीचे उसे गुलाबी रिबन से बँधे, वे

---

1. औरेलियानो और रेबेका का प्रेम भी एकाकीपन के अभिशाप से ग्रसित है। मार्केस ने ख़ुद कहा है, "बुएन्दीया परिवार के एकान्तवाद का स्रोत क्या है," "मेरे ख़याल से प्रेम का अभाव ही एकाकीपन की जननी है। जैसा कि उपन्यास में चित्रित है, पूरी शताब्दी में सूअर की पूँछ वाला औरेलियानो एकमात्र बुएन्दीया है जिसकी उत्पत्ति प्रेम में हुई थी। अन्यथा बुएन्दीया प्रेम के सर्वथा अयोग्य हैं। प्रेम करने की उनमें काबिलियत ही नहीं है और यही उनके एकाकीपन और कुंठा का मूल कारण है। मेरे विचार में नि:संगता प्रेम का उलट है।" (Mendoza, Plinio Apuleyo. (1982), *El olor de la guayaba,* Barcelona : Editorial Bruguera S.A., p. 73).

सोलह सुगन्धित पत्र, पुरानी किताबों में दबाई गई वे पंखुड़ियाँ और पत्तियाँ और सूखी तितलियाँ मिलीं जो छूते ही पाउडर हो गईं।

केवल औरेलियानो ही उसका एकाकीपन समझ सकता था। उस दोपहर, जब उर्सुला रेबेका को उसके उन्माद के दलदल से निकालने की कोशिश कर रही थी, तब औरेलियानो, मागनीफिको विसबाल और खेरिनेल्दो मार्केस के साथ कातारीनो की दुकान पर गया। दुकान बड़ी हो गई थी और अब वहाँ लकड़ी के कमरों की गैलरी में बासी फूलों की तरह महकती कुँवारी लड़कियाँ रहने लगी थीं। वहाँ एक ग्रुप ढोल और अकॉर्डियन बजाते हुए फ्रांसिस्को एल ओम्ब्रे के गीत गा रहा था जो कई सालों से माकोन्दो से ग़ायब था। तीनों दोस्तों ने गन्ने की शराब पी। मागनीफिको और खेरिनेल्दो औरेलियानो के हमउम्र ज़रूर थे पर दुनिया के तौर-तरीक़ों में निपुण होने की वजह से वे गोद में औरतों को बैठाकर सलीके से शराब पी रहे थे। सोने के दाँत वाली एक कुम्हलाई हुई महिला ने औरेलियानो को छुआ तो वह काँप उठा। उसने उस महिला का प्रणय निवेदन अस्वीकार कर दिया। उसे अहसास हुआ कि वह जितना ज़्यादा पी रहा था, उतना ही वह रेमेदियोस के बारे में सोचता जा रहा था, और साथ ही धीरे-धीरे अपनी यादों की यातना सहने की उसकी शक्ति भी क्षीण होती जा रही थी। उसे पता भी नहीं चला कि वह कब बहकने लगा। उसने अपने दोस्तों को उन महिलाओं के साथ कान्तिमय दीप्ति में, भारहीनता की अवस्था में तैरते देखा। ऐसे शब्द बोलते हुए सुना जो उनके मुँह से निकल ही नहीं रहे थे, और ऐसे रहस्यमय इशारे करते हुए देखा जो उनके भावों से मेल ही नहीं खाते थे। कातारीनो ने उसके कन्धे पर हाथ रखा और कहा, "ग्यारह बजनेवाले हैं" औरेलियानो ने अपना सिर घुमाया, कान के पीछे शनील का फूल लगाए विशाल विरूपित उस चेहरे को देखा और विस्मरणशीलता के दिनों की तरह अपनी याददाश्त खो बैठा। और जब उसकी याददाश्त लौटी, तो उसने ख़ुद को एक बेगानी सुबह और एक पराये कमरे में पाया जहाँ पिलार तेर्नेरा नंगे पैर, बाल खोले, दीया लिये, अविश्वास से भौचक्की खड़ी थी।

"औरेलियानो।"

औरेलियानो ने अपने पैर सँभाले और सिर उठाया। उसे मालूम नहीं था कि वह वहाँ कैसे पहुँचा लेकिन उसे मालूम था कि वह क्यों आया था, क्योंकि बचपन से ही वह उसे अपने हृदय के अलंघ्य घेरे में छिपाए घूम रहा था।

"मैं तुम्हारे साथ सोने आया हूँ।" उसने कहा।

उसके कपड़े मिट्टी और उल्टी से सराबोर थे। अपने दो छोटे बच्चों के साथ अकेली रह रही पिलार तेर्नेरा ने उससे फिर कोई सवाल नहीं पूछा। वह उसे बिस्तर तक ले गई। गीले कपड़े से उसका मुँह साफ़ किया, कपड़े उतारे और फिर निर्वस्त्र होकर मच्छरदानी नीचे कर दी ताकि यदि बच्चे जाग जाएँ तो उन्हें न देख सकें। वह इन्तज़ार करते-करते थक चुकी थी; उस मर्द का जो रुकेगा; उन मर्दों का जो चले गए; उन अनगिनत मर्दों का जो, पते की अनिश्चितता से भ्रमित होकर, उसके घर को आनेवाला रास्ता भूल गए थे। इन्तज़ार के दौर में उसकी त्वचा में झुर्रियाँ पड़ गई थीं, उसके स्तन सूख गए थे और उसके हृदय के अंगारे ठंडे हो चुके थे। उसने अँधेरे में औरेलियानो को टटोला, पेट पर हाथ रखकर उसके गले को ममता से चूमा। "बेचारा बच्चा।"[1] वह बोली, औरेलियानो थरथरा गया। सौम्य कुशलता से, बिना किसी भूल के उसने अपना संचित दु:ख पीछे छोड़ा, और उसे लगा कि रेमेदियोस एक असीम दलदल में बदल गई थी, एक फूहड़ जानवर और हाल में इस्त्री किए कपड़ों की तरह महकती हुई। जब उसे होश आया, वह रो रहा था। पहले बेकाबू और टूटी सिसकियाँ आईं और फिर उन्मुक्त प्रवाह में उसने अपने आपको ख़ाली कर दिया, ऐसे जैसे उसके अन्दर कुछ सूजा और टीसता हुआ फट पड़ा हो। अपनी उँगलियों की पोरों से उसका सिर सहलाती हुई पिलार तेर्नेरा ने उसके मन का वह सारा क्लेश बह जाने दिया जो उसे जीने नहीं दे रहा था। फिर पिलार तेर्नेरा ने उससे पूछा, "कौन है?" और औरेलियानो ने उसे सब कुछ बता दिया। वह ज़ोर से हँसी। कोई और वक़्त होता तो उसकी हँसी से कबूतर सहम जाते लेकिन अभी तो सोते हुए बच्चों पर भी उसका असर नहीं हुआ। "तुम्हें पहले उसे पालना पड़ेगा," उसने व्यंग्य में कहा, लेकिन उस व्यंग्य के पीछे औरेलियानो को सहानुभूति का भंडार दिखाई दिया। जब वह न केवल अपने पौरुष के बारे में सन्देहों बल्कि महीनों से अपने दिल पर छाए पीड़ा के बोझ को भी पीछे छोड़कर उस कमरे से निकल रहा था तो पिलार तेर्नेरा ने बरबस ही उससे एक वादा किया।

---

1. व्यभिचार के क्षणिक दर्शन यहाँ होते हैं। हालाँकि उपन्यास में पिलार तेर्नेरा और उर्सुला अकेले ऐसे चरित्र हैं जो काफ़ी हद तक बचे हुए हैं। पिलार तेर्नेरा का चरित्र-चित्रण काफ़ी हद तक मेल्कीयादेस से मिलता-जुलता है। जहाँ मेल्कीयादेस बुएन्दीया परिवार का एक तरह से 'बौद्धिक जगत' से सम्पर्क बनाए रखता है वहीं तेर्नेरा 'यौन जगत' से उनका परिचय कराती है। उर्सुला की तरह तेर्नेरा भी बुएन्दीया पुत्रों को जन्म देती, माँ समान नज़र आती है और काफ़ी हद कौटुम्बिक व्यभिचार की अनुमति नहीं देती।

"मैं उस लड़की से बात करूँगी," वह बोली, "और देखना मैं कैसे पट्टी पढ़ाकर उसे तुम्हारे लिए तैयार करती हूँ!"

उसने अपना वादा पूरा किया। लेकिन वह समय ही ख़राब था क्योंकि घर बीते दिनों वाली शान्ति खो चुका था। जब आमारान्ता को रेबेका की भावनाओं का पता चला, जिन्हें उसकी चीख़ों के कारण छुपाना मुश्किल था, तो वह ज्वर से तड़प उठी। उसे भी एकाकी प्रेम का काँटा चुभा था। ग़ुसलख़ाने में बन्द होकर वह अपने निराशाजनक मनोवेग के सन्ताप से भावुक पत्र लिखकर ख़ुद को मुक्त करती और उन्हें अपने सन्दूक़ की तह में छिपा देती। उर्सुला में दो बीमार लड़कियों की देखभाल करने का सामर्थ्य नहीं था। लम्बी पूछताछ के बावजूद वह आमारान्ता के विषाद का कारण नहीं जान पाई। आख़िरकार उसने आमारान्ता के सन्दूक़ का ताला तोड़ा और उसे गुलाबी रिबन से बँधी ताज़े फूलों से सजीं और अभी भी आँसुओं से भीगी वो चिट्ठियाँ मिलीं, जो पियेत्रो क्रेस्पी के नाम लिखी गई थीं लेकिन भेजी नहीं गई थीं। ग़ुस्से से तिलमिलाकर उसने लड़कियों का कढ़ाई करना बन्द करवा दिया और बिना किसी मौत के मातम का ऐलान कर दिया जिसे तब तक जारी रहना था जब तक उसकी बेटियों की उम्मीदें ख़त्म नहीं हो जातीं। खोसे आर्कादियो बुएन्दीया की दख़ल बेकार थी। पियेत्रो क्रेस्पी के बारे में अब उसकी राय बदल गई थी और अब वह उसके वाद्य-कौशल का लोहा मानने लगा था। अत: जब पिलार तेर्नेरा ने औरेलियानो को बताया कि रेमेदियोस उससे शादी के लिए तैयार है तो उसे इस बात का अन्दाज़ा था कि इस समाचार से उसके माता-पिता परेशान तो ज़रूर होंगे। बैठक में खोसे आर्कादियो बुएन्दीया और उर्सुला ने दिल कड़ा करके अपने बेटे का फ़ैसला सुना। लेकिन जब खोसे आर्कादियो बुएन्दीया ने उसकी प्रेमिका का नाम सुना तो ग़ुस्से से लाल-पीला हो गया। "प्रेम एक रोग है," वह चिल्लाया, "इतनी अच्छी और ख़ूबसूरत लड़कियों के होते हुए तुम्हें सिर्फ़ हमारे दुश्मन की बेटी से शादी करने की सूझी।" लेकिन उर्सुला को उसकी पसन्द मंजूर थी। उर्सुला ने उन सात मोस्कोते बहनों के प्रति अपने लगाव का इज़हार किया, उसने उनकी सुन्दरता, काम करने की क्षमता, उनके स्वभाव, आचरण और अपने बेटे की समझदारी और विवेक की सराहना की। अपनी पत्नी के उत्साह से हारकर खोसे आर्कादियो बुएन्दीया ने एक शर्त रखी। ज़्यादा योग्य रेबेका की शादी पियेत्रो क्रेस्पी से होगी। समय मिलने पर उर्सुला आमारान्ता को राज्य की राजधानी घुमाने ले जाएगी ताकि और लोगों से मिलकर उसका मन बहल सके। समझौते की ख़बर

सुनते ही रेबेका का स्वास्थ्य ठीक हो गया और उसने अपने मंगेतर के नाम एक प्रमुदित पत्र लिखा और माता-पिता को पढ़ाने के बाद बिना किसी बिचौलिए की मदद के डाक में डाल दिया। आमारान्ता ने यह फ़ैसला स्वीकार करने का नाटक किया और धीरे-धीरे वह अपनी बीमारियों से उबरने लगी लेकिन उसने अपने आप से वादा किया कि रेबेका की शादी उसकी मौत के बाद ही हो सकेगी।[1]

उस शनिवार को खोसे आर्कादियो बुएन्दीया ने अपना गाढ़े रंग का सूट और हिरण के चमड़े के जूते पहने जो उसने जश्न की रात पहली बार पहने थे और अपने बेटे के लिए रेमेदियोस मोस्कोते का हाथ माँगने गया। ज़िलाधीश और उसकी पत्नी ने ख़ुशी और परेशानी के मिले-जुले भावों के साथ उसका स्वागत किया, क्योंकि वे उसके अचानक आ जाने की वजह नहीं जानते थे और फिर उन्हें लगा कि होनेवाली दुल्हन के नाम को लेकर शायद खोसे आर्कादियो बुएन्दीया से कोई भूल हुई है। भूल सुधारने के लिए उसकी माँ ने रेमेदियोस को उठाया और बैठक में ले गई। वह बच्ची अभी भी नींद में थी। उन्होंने उससे पूछा कि क्या यह सच है कि उसने शादी करने का फ़ैसला कर लिया है तो उसने चिढ़कर कहा कि वह बस इतना चाहती है कि वे लोग उसे सोने दें। मोस्कोते परिवार की व्यथा को समझते हुए, खोसे आर्कादियो बुएन्दीया औरेलियानो से सफ़ाई माँगने गया। जब वह लौटा तो मोस्कोते परिवार ने कपड़े बदल लिये थे, घर ठीक कर लिया था, गुलदानों में ताज़े फूल लगा दिए थे और माता-पिता अपनी बड़ी दो बेटियों के साथ इन्तज़ार कर रहे थे। इस मौक़े की अप्रियता से अभिभूत और अपने कड़े कॉलर से परेशान खोसे आर्कादियो बुएन्दीया ने पुष्टि की कि वाक़ई रेमेदियोस ही वह लड़की है। "यह तो बेवकूफ़ी है," दोन आपोलिनार मोस्कोते विस्मय से बोला, "हमारी छह और लड़कियाँ हैं, कुँवारी, विवाह योग्य, जिन्हें आपके मेहनती लड़के की सौभाग्यशाली पत्नी बनने पर गर्व होगा। लेकिन प्रिय औरेलियानो को पसन्द आई भी तो वह जो अभी भी अपना बिस्तर गीला करती है।" निरन्तर पलक झपकाती अपनी उम्र से कम लगनेवाली दोन आपोलिनार मोस्कोते की पत्नी ने उसे उसकी ग़लती पर झिड़का। उन्होंने औरेलियानो के फ़ैसले को स्वीकार कर लिया। बस श्रीमती मोस्कोते ने

1. घृणा और शत्रु-भाव रेबेका और आमारान्ता के रिश्ते को परिभाषित करते हैं। दोनों इस हद तक एक-दूसरे से नफ़रत करती हैं कि एक-दूसरे की मृत्यु का षड्यंत्र करने से भी बाज नहीं आतीं। वैसे दोनों ही अस्वीकरण के तार से भी एक-दूसरे से जुड़ी हैं। दोनों ही पियेत्रो क्रेस्पी के प्रेम-निवेदन को स्वीकार नहीं करतीं।

उर्सुला से अकेले में बात करने की इच्छा ज़ाहिर की। मर्दों के काम में घसीटे जाने पर हैरान उर्सुला ने अपना विरोध जताया लेकिन असलियत में गहरे मनोवेग से जूझते हुए वह अगले दिन उससे मिलने गई। आधे घंटे बाद वह यह ख़बर लेकर लौटी कि रेमेदियोस अभी जवान नहीं हुई थी। औरेलियानो ने इसे कोई बड़ी बाधा नहीं माना। उसने इतना इन्तज़ार किया था कि वह तब तक थोड़ा और रुकने को तैयार था जब तक उसकी दुल्हन गर्भ धारण की उम्र तक नहीं पहुँचती।

सौहार्द का नया माहौल मेल्कीयादेस की मौत से बाधित हुआ। हालाँकि इस बात का अन्देशा पहले से था लेकिन वह इतनी जल्दी चल बसेगा ऐसी परिस्थितियाँ फ़िलहाल नहीं थीं। माकोन्दो लौटने के कुछ ही महीने बाद वह इतनी तेज़ी से बुढ़ाने लगा था कि उसे उन बेकार परदादों की तरह समझा जाने लगा जो साये की तरह पैर घसीटते ऊँची आवाज़ में बीते समय को याद करते हुए कमरों में भटकते और जिनकी तरफ़ कोई ध्यान नहीं देता और जब एक सुबह वे अपने बिस्तर में मरे हुए मिलते तब जाकर लोगों को उनकी याद आती। डैगेरोटाइप की नवीनता और नोस्त्रेदमस की भविष्यवाणी से उत्साहित हो शुरू में खोसे आर्कादियो बुएन्दीया ने उसके काम में मदद की थी। लेकिन धीरे-धीरे उसने मेल्कीयादेस को उसके एकान्त के हवाले कर दिया, क्योंकि उससे संवाद मुश्किल होता जा रहा था। वह देखने-सुनने की अपनी शक्ति खो रहा था, लगता था कि वह जिन लोगों से बात कर रहा है उन्हें वह मानव जाति के आदिम युग का मान रहा है और वह सवालों का जवाब भिन्न भाषाओं की खिचड़ी में देता था। वह हवा को टटोलता हुआ चलता था, हालाँकि वह चीज़ों के बीच एक ऐसी अबोध्य तरलता से निकल जाता था, मानो वह आसन्न पूर्वज्ञान पर आधारित दिशाबोध से सम्पन्न हो। एक दिन वह अपने नकली दाँत लगाना भूल गया जिन्हें उसने रात को सिरहाने रखे पानी के गिलास में छोड़ दिया था और फिर उसने कभी दाँत नहीं लगाए। जब उर्सुला ने घर के विस्तार का कार्य शुरू किया तो औरेलियानो की वर्कशॉप के बगल में घर के शोर-शराबे से दूर, खिड़की के रास्ते आनेवाली रोशनी से भरा एक ख़ास कमरा मेल्कीयादेस के लिए बनवाया गया। किताबों के रैक में उर्सुला ने ख़ुद धूल और कीड़ों से सड़ती किताबें, अपाठ्य चिह्नों से भरे पपड़ीदार काग़ज़ और नकली दाँतों वाला वह गिलास जिसमें अब छोटे पीले फूलों वाले कुछ पौधे उग रहे थे, इत्यादि को क़ायदे से लगाया। नई जगह से मेल्कीयादेस ख़ुश लगा क्योंकि वह फिर घर में कहीं और नहीं दिखा, यहाँ तक कि खाने की मेज़ पर भी नहीं। वह

सिर्फ़ औरेलियानो की वर्कशॉप जाता था जहाँ वह घंटों अपने साथ लाई हुई किसी टूट जानेवाली सूखी वस्तु से बने पार्चमेंट पर रहस्यमय लिखावट करता रहता। वहीं वह विसितासिओन द्वारा दिन में दो बार लाया गया खाना खाता था, हालाँकि आख़िर के दिनों में उसकी भूख ख़त्म हो गई थी और वह सिर्फ़ कुछ सब्ज़ियाँ खाता था। बहुत जल्द उसकी सूरत शाकाहारियों जैसी दयनीय हो गई। उसकी चमड़ी पर काई की पतली सतह जम गई थी, ठीक वैसी ही जैसी उसकी पुरातन बंडी पर विराजमान थी जो वह कभी नहीं उतारता था और उसकी श्वास से सोते हुए जानवर की गन्ध आती थी। कविताएँ लिखने में मस्त औरेलियानो उसको पूरी तरह से भूल चुका था। सिर्फ़ एक बार औरेलियानो को लगा कि वह मेल्कीयादेस के टटोलते एकालापों के कुछ हिस्सों को शायद समझ सकता है और उसने ध्यान से सुनने की कोशिश की। मेल्कीयादेस की बड़बड़ाहट के पथरीले टुकड़ों में वह सिर्फ़ जो चीज़ सुन सका, वह थी विषुव, विषुव, विषुव, शब्द पर उसकी निरन्तर चोट और एलेक्जेंडर वान हमबोल्ट[1] का नाम। आर्कादियो ने औरेलियानो के चाँदी के काम में उसकी मदद करना शुरू की। कभी-कभी मेल्कीयादेस बातचीत की कोशिश का जवाब स्पैनिश भाषा में कई मुहावरे सुनाकर देता था जिनका वास्तविकता से कोई सम्बन्ध नहीं होता था। एक दोपहर, वह एक अप्रत्याशित मनोभाव से प्रदीप्त प्रतीत हुआ। कई सालों बाद गोलीमार दस्ते के सामने खड़े आर्कादियो को वह कँपकँपी याद आई थी जिससे उसने मेल्कीयादेस के दुर्बोध लेख के कई पृष्ठ सुने थे जिसे वह स्वभावतः समझ नहीं पाया था, लेकिन जो ज़ोर से पढ़े जाने पर विश्वकोश के उच्चारण की तरह मालूम होते थे। फिर लम्बे अर्से बाद पहली बार मुस्कराता हुआ मेल्कीयादेस स्पैनिश भाषा में बोला : "जब मैं मरूँ तो तीन दिन तक मेरे कमरे में पारा जलाना।" आर्कादियो ने यह बात खोसे आर्कादियो बुएन्दीया से कही और खोसे आर्कादियो बुएन्दीया ने इस सन्दर्भ में मेल्कीयादेस से और जानकारी हासिल करने की कोशिश की लेकिन उसे एक ही जवाब मिला, "मुझे अमरता मिल गई है।" जब मेल्कीयादेस की साँस से बदबू आने लगी तो आर्कादियो उसे हर बृहस्पतिवार सुबह नदी में नहलाने ले जाने लगा। मेल्कीयादेस बेहतर दिखने लगा। कपड़े उतारकर वह

1. एलेक्जेंडर वान हमबोल्ट : (1769-1859) एक जर्मन भूगोलवेत्ता और प्रकृति-वैज्ञानिक। हमबोल्ट ने मशहूर पुस्तक *Travel to the Equinoctial Regions of the New Continent* लिखी है। पुरातन ज्ञान के रहस्य के बारे में मेल्कीयादेस का शोध-पत्र हमबोल्ट के उष्णकटिबन्धीय अमेरिका के बारे में लिखे शोध-पत्र *Discoverer* पर आधारित है।

लड़कों के साथ पानी में उतरता और थाह लेने के रहस्यमय विवेक की बदौलत ख़तरनाक और गहरे स्थानों से बचा रहता। एक बार वह बोला, "हम पानी से आए हैं।" इस तरह काफ़ी समय बीत गया और वह घर में किसी को दिखाई नहीं दिया, उस रात को छोड़कर जब उसने पियानोला ठीक करने की दयनीय कोशिश की थी, और तब जब वह आर्कादियो के साथ नदी पर जाता, अपनी कखौरी में तौलिए में लिपटा एक घीयातोरी और खजूर तेल का साबुन दबाए। एक बृहस्पतिवार नदी जाने से पहले, औरेलियानो ने उसे कहते हुए सुना, "मैं सिंगापुर के टीले पर बुख़ार से मर गया हूँ।" उस दिन वह एक ख़तरनाक जगह पर पानी में गया और अगले दिन सुबह नदी के प्रवाह में कोसों दूर, एक मोड़ पर उसकी लाश मिली। उसके पेट पर अकेला एक गिद्ध बैठा हुआ था। उर्सुला इस बार अपने पिता की मृत्यु से कहीं ज़्यादा रोई। उर्सुला के विक्षुब्ध विरोध के बावजूद खोसे आर्कादियो बुएन्दीया मेल्कीयादेस को दफ़नाने के ख़िलाफ़ था। "वह अमर है," वह बोला, "और उसने ख़ुद अपने पुनर्जीवन का नुस्ख़ा उजागर किया था।" उसने भूली हुई पानी की पाइप निकाली और पारे की एक केतली शव के पास उबलने के लिए रख दी, जो धीरे-धीरे नीले बुलबुलों से भर गई। दोन आपोलिनार मोस्कोते ने उसे याद दिलाने की कोशिश की कि डूबे हुए व्यक्ति का बेदफ़न शव सार्वजनिक स्वास्थ्य के लिए हानिकारक है। "यह सब बेकार की बातें हैं, वह जीवित है," खोसे आर्कादियो बुएन्दीया का जवाब था। धूप के 72 घंटे बीतते-बीतते शव सुरमई प्रकाश से फटने लगा था, जिसकी मध्यम सीटियों ने एक घातक वाष्प से घर को सराबोर कर दिया था। तब जाकर उसने उन्हें शव दफ़नाने की आज्ञा दी, लेकिन किसी साधारण ढंग से नहीं, बल्कि उस पूरे सम्मान के साथ जो माकोन्दो के सबसे बड़े रहनुमा के लिए आरक्षित था। यह शहर का पहला शव संस्कार था और इसमें जितने लोग शामिल हुए उतने कभी किसी भी शव संस्कार में शामिल नहीं हुए, सिर्फ़ सौ साल बाद बड़ी माँ[1] की शवयात्रा को छोड़कर। उसको क़ब्रिस्तान के लिए निर्धारित जगह के बीच में खोदी हुई क़ब्र में दफ़नाया गया और ऊपर के पत्थर पर सिर्फ़ वही एक चीज़ लिखी गई जो लोग उसके बारे में जानते थे : 'मेल्कीयादेस।' उन्होंने उसके लिए नौ रातों का जागरण किया। आँगन में कॉफ़ी पीने, कहानी-क़िस्से सुनाने, ताश खेलने के लिए इकट्ठा हुई शोरगुल करती भीड़ के बीच आमारान्ता को अपने दिल

1. ज़ाहिर है, यहाँ सन्दर्भ मार्केस की कहानी *बड़ी माँ की अन्त्येष्टि,* (Los funerales de la Mama Grande) का है, जो 1962 में प्रकाशित हुई थी।

की बात पियेत्रो क्रेस्पी से कहने का मौक़ा मिला, जिसने कुछ हफ़्ते पहले ही रेबेका से किया अपना वादा पूरा किया था। माकोन्दो में जहाँ कभी मकाआ के बदले छोटी-छोटी चीज़ें बदलते हुए अरब घूमा करते थे और जिसे लोग तुर्कों की गली कहते थे, वहाँ उसने संगीत वाद्य और मशीनी खिलौनों की दुकान खोली थी। घने काले घुँघराले बालों वाला वह इतालवी जिसको देख औरतें लम्बी साँसें लेने पर विवश हो जाती थीं, उसने आमारान्ता को एक सनकी बच्ची समझकर टाल दिया और उसकी बात अनसुनी कर दी।

"मेरा एक छोटा भाई है," वह बोला, "दुकान में मेरी मदद करने वह आ रहा है।"

आमारान्ता ने अपने आपको अपमानित महसूस किया और ज़हर-भरे ग़ुस्से में पियेत्रो क्रेस्पी से कहा कि वह हर हाल में अपनी बहन की शादी रुकवाएगी चाहे उसके लिए उसे अपनी जान ही क्यों न देनी पड़े। आमारान्ता की धमकी की नाटकीयता से प्रभावित पियेत्रो क्रेस्पी ने रेबेका को सब कुछ बता दिया। और इस तरह उर्सुला की व्यस्तता की वजह से हमेशा टल जानेवाली आमारान्ता की यात्रा एक हफ़्ते के अन्दर ही तय हो गई। आमारान्ता ने बिलकुल विरोध नहीं किया लेकिन रेबेका से विदा लेते समय वह उसके कान में बोली, "अपनी उम्मीदें मत बढ़ाओ। अगर मुझे दुनिया के दूसरे कोने पर भी भेज दिया जाए तो भी मैं तुम्हारी शादी रोकने का कोई-न-कोई तरीक़ा ढूँढ़ ही लूँगी, चाहे उसके लिए मुझे तुम्हारी जान ही क्यों न लेनी पड़े।"

उर्सुला की अनुपस्थिति और कमरों में चुपचाप पैर रगड़ते घूम रहे मेल्कीयादेस की अदृश्य मौजूदगी के चलते घर काफ़ी बड़ा और ख़ाली प्रतीत होता था। रेबेका ने गृहस्थी सँभाल ली और मूल निवासी महिला विसितासिओन ने उर्सुला का कारोबार। शाम को जब चमेली की ख़ुशबू का झोंका और तोहफ़े के तौर पर एक खिलौना लिये पियेत्रो क्रेस्पी आता तो उसकी मंगेतर बैठक की सारी खिड़कियाँ और दरवाज़े खोलकर उसका स्वागत करती ताकि शक की कोई गुंजाइश न रहे। यह सावधानी अनावश्यक थी क्योंकि उस इतालवी का आचरण इतना संयमित था कि साल-भर में उसने अपनी होनेवाली पत्नी का हाथ तक नहीं छुआ था। इन मुलाक़ातों की वजह से घर विशिष्ट खिलौनों से भरता जा रहा था। नाचनेवाली मशीनी गुड़ियाँ, संगीतमय डिब्बे, कलाबाज़ बन्दर, चलते घोड़े, डफली बजाते जोकर। पियेत्रो क्रेस्पी द्वारा लाए गए इन मनोरंजक और शानदार मशीनी जीव-जन्तुओं ने मेल्कीयादेस की मौत

से दुखी खोसे आर्कादियो के ग़म को कम कर दिया और वह फिर कीमियागरी के पुराने दिनों की तरह उसमें जुट गया। उस समय वह निर्जीव जानवरों के स्वर्ग में जी रहा था, उन मशीनों की दुनिया में जो लोलक के सिद्धान्त पर आधारित एक शाश्वत गति के यंत्र के साथ त्रुटिहीन किए जाने की कोशिश में खोल दी गई थीं। दूसरी ओर छोटी रेमेदियोस को पढ़ना-लिखना सिखाने के चक्कर में औरेलियानो अपनी वर्कशॉप पर पूरा ध्यान नहीं दे रहा था। शुरू में उस बच्ची को हर दोपहर आनेवाले उस आदमी के बजाय अपनी गुड़ियाँ ज़्यादा पसन्द थीं जिसकी वजह से उसे अपने खिलौने छोड़ने पड़ते, नहा-धोकर, तैयार होकर बैठक में उसके आगमन के लिए बैठना पड़ता। लेकिन औरेलियानो के सब्र और अनुराग ने उसका दिल यहाँ तक जीत लिया कि वह उसके साथ घंटों पढ़ती रहती और अपनी पुस्तिका में रंगीन पेंसिल से छोटे-छोटे घर, गाय और पहाड़ों के पीछे छिपते पोले किरणों वाले गोल सूरज बनाती।

आमारान्ता की धमकी से रेबेका परेशान थी। वह अपनी बहन का स्वभाव जानती थी, उसके अहंकारी व्यक्तित्व से परिचित थी, और उसके क्रोध के ज़हरीलेपन से डरती भी थी। वह घंटों ग़ुसलख़ाने में अँगूठा चूसती, और बड़ी मुश्किल से अपने आपको मिट्टी खाने से रोकती। अपनी वर्तमान अनिश्चितता से राहत पाने के लिए उसने भविष्य जानने के लिए पिलार तेर्नेरा को बुलाया। पारम्परिक आडम्बर के बाद पिलार तेर्नेरा ने घोषणा की—

"जब तक तुम्हारे माता-पिता को दफ़नाया नहीं जाता, तुम ख़ुश नहीं रहोगी।"

रेबेका के रोंगटे खड़े हो गए। किसी स्वप्न की याद की तरह उसने अपने आपको एक छोटी लड़की के रूप में एक सन्दूक़, छोटी दोलन कुर्सी और एक बोरा लिये घर में घुसते देखा। उस बोरे में क्या था यह वह कभी नहीं जान पाई थी। उसे एक गंजा आदमी याद आया जो सोने के बटन से बन्द कॉलर वाली कमीज़ पहने था। उसे एक जवान और ख़ूबसूरत महिला याद आई जिसके नरम और ख़ुशबूदार हाथ थे, और जो उसके बालों में फूल सजाकर हरी गलियों वाले एक नगर में दोपहर में उसे घुमाने ले जाती थी।

"मुझे कुछ समझ में नहीं आ रहा।" वह बोली।

पिलार तेर्नेरा भी कुछ घबराई-सी दिखाई पड़ी, "मुझे भी कुछ समझ में नहीं आ रहा, लेकिन पत्ते यही कहते हैं।"

रेबेका इस पहेली से इतनी चिन्तित हो गई कि उसने खोसे आर्कादियो बुएन्दीया

को इस बारे में बताया, और खोसे आर्कादियो बुएन्दीया ने पत्तों की भविष्यवाणी में विश्वास करने के लिए तो उसे डाँटा लेकिन ख़ुद चुपचाप हड्डियों के बोरे को ढूँढ़ने में जुट गया। उसने अलमारियों और सन्दूक़ों में खोजा, फ़र्नीचर खिसकाया, बिस्तर उलट डाले, ज़मीन के लकड़ी के फट्टों को हटाया। उसे याद आया कि घर के पुनर्निर्माण के बाद से उसने उस बोरे को नहीं देखा था। उसने चुपचाप मिस्त्रियों को बुलवाया और उनमें से एक ने उसे बताया कि चूँकि वह बोरा हमेशा रास्ते में आता था इसलिए उसने किसी एक कमरे में उस बोरे को चुन दिया था। कई दिनों तक दीवारों से कान लगाकर सुनने के बाद उन्हें एक गहरी खटखट सुनाई दी। दीवार भेदने पर बोरे में हड्डियाँ सुरक्षित मिलीं। क़ब्र पर नाम का पत्थर लगाए बिना मेल्कीयादेस की बगल में उन हड्डियों को उसी दिन दफ़ना दिया गया और खोसे आर्कादियो बुएन्दीया एक बोझ से मुक्त होकर घर लौटा जो एक पल के लिए उसकी अन्तरात्मा पर उतना ही भारी था जितना कि प्रूदेंसियो आगीलार की मौत। रसोईघर में जाकर उसने प्यार से रेबेका का सिर सहलाया।

"अपने दिमाग़ से उलटी-सीधी बातें निकाल दो," वह उससे बोला, "तुम ख़ुश रहोगी।"

रेबेका की दोस्ती ने पिलार तेर्नेरा के लिए उस घर के दरवाज़े खोल दिए जो आर्कादियो के जन्म के बाद उर्सुला ने बन्द कर दिए थे। बकरियों के झुंड की तरह वह किसी भी समय वहाँ आ पहुँचती, और अपनी अगाध ऊर्जा को सबसे कठिन काम में लगा देती। कभी-कभी वह वर्कशॉप में जाती और डैगेरोटाइप प्लेटों को सुग्राह्य बनाने में आर्कादियो की मदद इतनी कुशलता और नफ़ासत से करती कि वह चकरा जाता। वह उस औरत से घबरा उठता। उसकी चमड़ी का गहरा रंग, धुएँ की गन्ध, उसकी अराजक हँसी डार्करूम में उसका ध्यान भटका देती और वह चीज़ों से टकराने लगता।

एक बार जब औरेलियानो चाँदी का काम कर रहा था कि तभी पिलार तेर्नेरा उसके श्रमशील धैर्य की प्रशंसा करने के लिए मेज़ के ऊपर झुकी। ऐसा अचानक हुआ। पिलार तेर्नेरा से आँखें मिलाने के पहले ही औरेलियानो ने यह देख लिया था कि आर्कादियो भी डार्करूम में था। पिलार तेर्नेरा की सोच इतनी साफ़ दिखाई दे रही थी मानो दोपहर की रोशनी से नहाई हुई हो।

"अच्छा ठीक है," औरेलियानो बोला, "बोलो, क्या है।" उदास मुस्कराहट के साथ पिलार तेर्नेरा ने अपना होंठ दबाया।

"तुम युद्ध में अच्छे साबित होगे।" वह बोली, "जहाँ तुम्हारी आँख जाएगी, तुम्हारी गोली भी वहीं लगेगी।"

इस शगुन का सबूत पाकर औरेलियानो ने राहत की साँस ली। वह दोबारा अपना काम करने लगा, ऐसे जैसे कुछ हुआ ही न हो, और उसकी आवाज़ में एक शान्त दृढ़ता थी।

"मैं उसे मान्यता दूँगा," वह बोला, "वह मेरा नाम धारण करेगा।"

खोसे आर्कादियो बुएन्दीया ने आख़िर वह पा लिया जिसकी उसे तलाश थी। उसने घड़ी की मशीन को एक मशीनी गुड़िया से जोड़ दिया और वह गुड़िया अपनी लय में तीन दिन तक लगातार नाचती रही। उसे अपने पहले के अव्यावहारिक कामों से कहीं ज़्यादा ख़ुशी अपनी इस खोज से हुई। उसने खाना छोड़ दिया। सोना छोड़ दिया। केवल रेबेका की चौकसी और देखभाल की वजह से ही वह अपनी कल्पना द्वारा रचित एक अनन्त उन्माद की स्थिति में गिरने से बच पाया, एक ऐसी स्थिति जिससे वह कभी उभर नहीं पाता। खोसे आर्कादियो बुएन्दीया रात-भर तेज़ आवाज़ में लोलक के सिद्धान्त को बैलगाड़ी, पाटा या गतिमान अवस्था में काम आनेवाली किसी भी चीज़ पर लागू करने के उपाय सोचते हुए कमरे में टहलता रहता। अनिद्रा के बुख़ार ने उसे इस क़दर जकड़ लिया था कि एक भोर वह अपने कमरे में आए सफ़ेद बालों और ढुलमुल इशारे करनेवाले बूढ़े को नहीं पहचान पाया। वह प्रूदेंसियो आगीलार था। आख़िरकार जब उसने उसे पहचाना तो वह यह सोचकर चौंक गया कि मृतक भी बूढ़े होते हैं, और खोसे आर्कादियो बुएन्दीया अतीत की यादों से विचलित हो उठा। "प्रूदेंसियो," वह चिल्लाया, "तुम तो बहुत दूर से आए हो।" मृत्यु के कई साल बाद, जीवन जीने की लालसा इतनी तीव्र संगत की आवश्यकता इतनी उत्कट, मौत में ही निहित उस दूसरी मौत की निकटता इतनी डरावनी थी कि प्रूदेंसियो आगीलार अपने सबसे गहरे दुश्मन को ही चाहने लगा था। उसकी तलाश में उसने बहुत समय बिताया था। रियोआचा के मृतकों से, ऊपार घाटी[1] से आनेवाले मृतकों से और दलदल से आनेवालों से पूछा था पर उसे कोई भी माकोन्दो का पता नहीं बता सका था क्योंकि माकोन्दो तो मृतकों के लिए तब तक अनजान था जब तक मेल्कीयादेस वहाँ नहीं पहुँचा और मौत के नक़्शे पर एक छोटे काले बिन्दु से माकोन्दो

1. ऊपार घाटी : कोलम्बिया के उत्तर-पूर्व के उसी इलाक़े में है जहाँ रियोआचा और रियेनाशा स्थित है। मार्केस ने अपनी पुस्तकों और लेखों में अक्सर इस क्षेत्र के लोकप्रिय संगीत की प्रशंसा की है।

को अंकित नहीं कर दिया गया। खोसे आर्कादियो बुएन्दीया ने भोर तक प्रूदेंसियो आगीलार से बातचीत की। कुछ घंटे बाद, रतजगे से थका हुआ वह औरेलियानो की वर्कशॉप में गया और उससे पूछा, "आज क्या दिन है?" औरेलियानो ने उसे बताया कि मंगलवार है। "मैं भी यही सोच रहा था।" खोसे आर्कादियो बुएन्दीया बोला, "पर अचानक मुझे ख़याल आया कि कल की तरह आज तो सोमवार है। आसमान को देखो, दीवारों को देखो, पौधों को देखो। आज भी सोमवार है।" उसकी सनक से वाक़िफ़ औरेलियानो ने उसकी ओर ध्यान नहीं दिया।

अगले दिन, बुधवार को, खोसे आर्कादियो बुएन्दीया वापस वर्कशॉप गया। "यह तो घोर विपत्ति है," वह बोला, "हवा को देखो, सूर्य की भनभनाहट सुनो; कल और परसों की ही तरह है। आज भी सोमवार है।" उस रात पियेत्रो क्रेस्पी ने उसे आँगन में प्रूदेंसियो आगीलार के लिए, मेल्कीयादेस के लिए, रेबेका के माता-पिता के लिए, अपने माता-पिता के लिए और उन सबके लिए रोते हुए पाया जो अब मृत्यु में एकाकी थे। पियेत्रो क्रेस्पी ने उसे तनी रस्सी पर दो टाँगों से चलनेवाला मशीनी भालू दिया लेकिन उसकी सनक से उसका ध्यान नहीं हटा। उसने उससे आदमियों को उड़ने में मदद करनेवाली एक लोलक मशीन बनाने की योजना के बारे में पूछा जो कुछ दिन पहले उसने उसे बताई थी, तो खोसे आर्कादियो बुएन्दीया ने जवाब दिया कि ऐसा नामुमकिन है क्योंकि लोलक किसी भी चीज़ को हवा में तो उठा सकता है पर ख़ुद अपने को उठाने में असमर्थ है। बृहस्पतिवार को वह फिर वर्कशॉप में पुती हुई ज़मीन जैसा चेहरा लेकर लौटा। "समय की मशीन टूट गई है," वह लगभग रोते हुए बोला, "और उर्सुला और आमारान्ता इतनी दूर हैं!" एक बच्चे की तरह औरेलियानो ने उसे डाँटा और खोसे आर्कादियो बुएन्दीया बच्चे की तरह सहम गया। उसने छह घंटे चीज़ों की परख में बिताए। पिछले दिन के मुक़ाबले कोई अन्तर ढूँढ़ने की कोशिश की ताकि समय बीतने का प्रमाण मिल जाए। वह रात-भर प्रूदेंसियो आगीलार, मेल्कीयादेस और अन्य मृतकों को याद करते हुए जगा रहा, ताकि उनकी व्यथा बाँट सके। शुक्रवार को किसी के जागने से पहले वह तब तक प्रकृति को प्रकट होते देखता रहा जब तक कि उसे सोमवार होने का यक़ीन नहीं हो गया। फिर उसने दरवाज़े से सलाख निकाली और एक पागल आदमी की तरह किसी तेज़ और धाराप्रवाह लेकिन एकदम समझ में न आने लायक अपनी असाधारण शक्ति की हिंस्र उग्रता से चिल्लाते हुए कीमियागरी की प्रयोगशाला, चाँदी की प्रयोगशाला, डैगेरोटाइप के कमरे के सब यंत्रों के टुकड़े-टुकड़े कर दिए। जब वह बाक़ी घर का

भी वही हाल करनेवाला था, तब औरेलियानो ने पड़ोसियों की मदद माँगी। उसको पकड़ने के लिए दस आदमियों की ज़रूरत पड़ी, बाँधने के लिए चौदह की और आँगन के बीच लगे अखरोट के पेड़ तक घसीटकर ले जाने के लिए बीस की, जहाँ वह अजीबोग़रीब भाषा में भौंक रहा था और मुँह से हरा झाग निकाल रहा था। उसे उस पेड़ से बाँध दिया गया। जब उर्सुला और आमारान्ता लौटे तब भी वह पेड़ के तने से बँधा था। मासूम-सा, बारिश में भीगा हुआ। उन लोगों ने उससे कुछ कहा लेकिन वह उन्हें अजनबियों की तरह देखता रहा, उसकी बातें उनकी समझ से परे थीं। उर्सुला ने रस्सी के दबाव से छिले हुए उसके हाथ-पैर खोल दिए, और सिर्फ़ कमर से बँधा छोड़ दिया। बाद में धूप और बारिश से उसको बचाने के लिए ताड़ की टहनियों से उन्होंने वहाँ एक छज्जा बना दिया।

5

मार्च की एक दोपहर औरेलियानो बुएन्दीया और रेमेदियोस मोस्कोते का विवाह, फादर निकोनार रेयना द्वारा बैठक में बनाई गई एक वेदी के आगे सम्पन्न हुआ। मोस्कोते परिवार के लिए यह चार हफ़्तों के सदमे की पराकाष्ठा थी, क्योंकि छोटी-सी रेमेदियोस ने बचपन की आदतों से उबरने से पहले ही जवानी में क़दम रख दिया था। हालाँकि यौवनारम्भ में होनेवाले शारीरिक बदलावों के बारे में उसकी माँ ने उसे बताया था, फिर भी वह फ़रवरी की एक दोपहर बैठक में चिल्लाती हुई आई, जहाँ उसकी बहनें बैठी औरेलियानो बुएन्दीया से बातचीत कर रही थीं। उसने उन्हें कत्थई रंग में रँगी अपनी कच्छी दिखाई। एक महीने में ही दोनों की शादी होना तय हुआ। बमुश्किल इतना समय मिला कि उसे अपने आप नहाना, धोना, कपड़े पहनना और घर चलाने का तरीक़ा सिखाया जा सके। बिस्तर गीला करने की आदत छुड़ाने के लिए उससे गर्म ईंटों पर पेशाब कराया गया। उसे पति-पत्नी के शारीरिक सम्बन्धों की पवित्रता समझाने में काफ़ी मेहनत लगी क्योंकि भ्रमित होने के साथ-साथ रेमेदियोस इतनी स्तब्ध थी कि सुहागरात के बारे में वह हर एक से बात करना चाहती थी। काम मुश्किल ज़रूर था पर शादी वाले दिन तक वह बच्ची अपनी बाक़ी बहनों के समान दुनियादारी में निपुण हो गई। दोन आपोलिनार मोस्कोते उसका हाथ थामकर उसे फूलों और गुलदस्तों से सजी गलियों से ले गया। रेमेदियोस ने पटाखों के धमाकों और कई टोलियों के संगीत के बीच हाथ हिलाकर, मुस्कराते हुए, खिड़कियों में खड़े शुभकामनाएँ दे रहे लोगों का शुक्रिया अदा किया। औरेलियानो काले कपड़े और लोहे के बकल वाले वही जूते पहने था जो कई साल बाद वह गोलीमार दस्ते के सामने पहननेवाला था, और जब वह दरवाज़े पर आकर अपनी दुल्हन को वेदी तक ले गया, उसका चेहरा फीका पड़ा हुआ था और गला भरा हुआ था। उस वक़्त वह इतने क़ायदे और सलीके से

पेश आई कि जब उसे अँगूठी पहनाते समय औरेलियानो के हाथ से वह गिर गई तो वह बिलकुल भी परेशान नहीं हुई।[1] मेहमानों की भुनभुनाहट और अस्त-व्यस्तता के बावजूद उसने अपना अँगूठी वाला हाथ तब तक ज्यों-का-त्यों रखा जब तक कि दूल्हे ने अपने पैर से अँगूठी को दरवाज़े के बाहर जाने से रोका और लजाता हुआ वेदी तक लौट नहीं आया। उसकी माँ और बहनें इसी दहशत में बैठी रहीं कि बच्ची कहीं कोई ग़लती न कर बैठे और अन्त में उन्होंने ही उसे गोदी में उठाकर प्यार करने की गुस्ताख़ी कर दी। उस दिन सबको एक नई रेमेदियोस के दर्शन हुए जिसने बड़ी ज़िम्मेदारी, शालीनता और संयम से हमेशा मुश्किलों का सामना किया। वही थी जिसने शादी के केक का सबसे बड़ा टुकड़ा काटा और खोसे आर्कादियो बुएन्दीया को देने गई। अखरोट के तने से बँधे, खजूर के सायबान तले नीचे धूप और बारिश से फीकी पड़ी त्वचा वाला वह विशाल बूढ़ा कृतज्ञता से मुस्कराया और न समझ में आने वाला कोई अबोधगम्य स्तोत्र बोलते हुए उसने उँगलियों से केक का टुकड़ा खाया। सोमवार की भोर तक चलनेवाले इस जश्न में बस एक ही व्यक्ति दुखी था और वह थी रेबेका बुएन्दीया। यह जश्न उसके लिए विलाप जैसा था। उर्सुला के इन्तज़ाम के मुताबिक़ रेबेका की शादी भी उसी दिन होनी थी लेकिन उस शुक्रवार पियेत्रो क्रेस्पी को एक चिट्ठी मिली कि उसकी माँ मरनेवाली है। शादी टाल दी गई और चिट्ठी मिलने के घंटे-भर बाद पियेत्रो क्रेस्पी घर के लिए निकल पड़ा, रास्ते में अपनी माँ की बगल से गुज़रा जो शनिवार की रात ही माकोन्दो पहुँच गई और अपने बेटे की शादी के लिए तैयार किया गाना उसने औरेलियानो की शादी पर गाया। अपनी शादी के लिए समय पर लौट पाने के लिए हालाँकि पियेत्रो क्रेस्पी ने रास्ते में पाँच घोड़े बदले लेकिन वह रविवार की आधी रात ही वापस पहुँच सका और वहाँ उसे सिर्फ़ जश्न की राख मिली। यह कभी पता नहीं चल पाया कि वह चिट्ठी किसने लिखी थी। उर्सुला की पूछताछ से परेशान आमारान्ता रोती रही और वेदी के सामने अपनी बेगुनाही की क़समें खाती रही।

फादर निकोनार रेयना, जिसे दोन आपोलिनार शादी करवाने के लिए कछार की दूसरी तरफ़ से लाया था अपनी पुरोहिताई की सनक की वजह से काफ़ी कठोर बूढ़ा

---

1. किसी शुभ अवसर पर अँगूठी का गिरना अपशकुन का द्योतक है। यह एक तरह से पुराने समय से चला आ रहा अन्धविश्वास है। इस उपन्यास में इस तरह के अन्धविश्वास जगह-जगह दिखाई पड़ते हैं। साथ ही उपन्यास में ये अन्धविश्वास सच होते भी दिखाए गए हैं। ग़ौरतलब है कि दक्षिण अमेरिका के लोग मूल रूप से अन्धविश्वासों में काफ़ी यक़ीन रखते हैं।

हो चला था।[1] उसकी थकी हुई त्वचा से हड्डियाँ झाँकती नज़र आती थीं। उसकी एक बड़ी-सी तोंद थी और चेहरे पर हमेशा एक अच्छे फ़रिश्ते वाले भाव विराजमान रहते थे जो अच्छाई से ज़्यादा सादगी की वजह से थे। वह शादी के बाद अपने गाँव लौट जानेवाला था, लेकिन वह इस बात से हैरान था कि माकोन्दो के लोग बुराई के बीच पनप रहे अपने बच्चों का बपतिस्मा करवाए बग़ैर या बिना किसी धार्मिक अनुष्ठान के, प्रकृति के नियमों के रहमोकरम पर जीवन गुज़ार रहे थे। यह सोचकर कि माकोन्दो से ज़्यादा शायद ही कहीं और ईश्वर के उपदेश की इतनी ज़रूरत होगी उसने एक हफ़्ता और रुकने का फ़ैसला किया ताकि वह ग़ैर-ईसाइयों को ईसाई बना सके, रखैल प्रथा को वैध बना सके और मरनेवालों को परम प्रसाद दे सके। लेकिन किसी ने उसकी ओर ध्यान नहीं दिया। वे कहते कि कई सालों से वे बिना किसी पादरी के रह रहे हैं और अपनी आत्मा का हिसाब-किताब वे सीधे ईश्वर से तय करते हैं और उनके लिए आदि-पाप की बुराई तो पहले ही ख़त्म हो चुकी है।[2] खुले में प्रवचन देते-देते थककर उसने दुनिया का सबसे बड़ा चर्च बनाने का फ़ैसला किया—ईश्वर की आदमकद मूर्तियों और रंगीन काँच की खिड़कियों वाला एक चर्च, ताकि नास्तिकता के शहर में ईश्वर को पूजने रोम तक से लोग आएँ। ताँबे का कटोरदान लिये वह भिक्षा माँगने जगह-जगह गया। लोगों ने दिल खोलकर दिया, लेकिन उसे और पैसों की ज़रूरत थी क्योंकि वह चर्च में एक घंटा लगवाना चाहता था, एक ऐसा घंटा जो डूबे हुए लोगों को पानी की सतह के ऊपर ले आए। उसने धन पाने के लिए इतना ज़्यादा निवेदन किया कि उसका गला बैठ गया। उसकी हड्डियों में आवाज़ें भरने लगीं। एक शनिवार को, जब दरवाज़े बनवाने के लिए पैसे कम पड़ गए तो वह असमंजस में पड़ गया। चौराहे के बीच उसने एक वेदी बनाई और रविवार को घंटी बजाते हुए शहर-भर में घूमा, अनिद्रा रोग के दिनों की तरह, और वहाँ उसने लोगों को बाहरी मिस्सा के लिए आमंत्रित किया। काफ़ी लोग जिज्ञासा की वजह से गए, कुछ पुरानी यादों के चलते और कुछ इसलिए कि कहीं ईश्वर अपने मध्यस्थ के तिरस्कार को अपना व्यक्तिगत अपमान न मान लें। अतः सुबह आठ बजे तक आधा शहर चौराहे पर उपस्थित था; जहाँ फादर निकोनार निवेदन करने के अन्दाज़ में अपनी बैठी आवाज़ में सुसमाचारों

1. फादर निकोनार रेयना का माकोन्दो आना, उस दौरान हुए कई बदलावों में से एक है और उनका आगमन ऐतिहासिक काल की समाप्ति का संकेत है।
2. माकोन्दो उसी तरह से चर्च, जिसके प्रतिनिधि के रूप में फादर निकोनार रेयना सामने आते हैं, की सत्ता को अस्वीकृत कर देता है जिस तरह उसने प्रशासन को नकार दिया था, जिसके प्रतिनिधि के तौर पर आपोलिनार मोस्कोते के दर्शन होते हैं। बाद में दोनों सत्ताएँ एक हो जाती हैं।

(गॉस्पेल) का उच्चारण कर रहा था। अन्त में जब सब उठकर जाने लगे तो सबका ध्यान आकर्षित करने के लिए उसने अपने हाथ उठाए—"एक मिनट," वह बोला, "अब हम ईश्वर की असीम शक्ति का असन्दिग्ध प्रमाण देखेंगे।" मिस्सा के दौरान मदद करनेवाला लड़का, वह उसके लिए गरमागरम चॉकलेट का एक कप ले आया जिसे वह एक ही घूँट में पी गया। फिर बाँह से रूमाल निकालकर मुँह पोंछा, हाथ उठाया और आँखें बन्द कर लीं। तत्पश्चात् वह पादरी ज़मीन से छह इंच ऊपर उठता दिखाई दिया। यह युक्ति कारगर साबित हुई। कई दिनों तक घर-घर जाकर उस पादरी ने चॉकलेट के द्वारा हवा में उठने की प्रक्रिया दोहराई और उसके चेलों ने लोगों से इतना धन इकट्ठा कर लिया कि एक महीने के अन्दर ही चर्च बनाने का काम शुरू हो गया। खोसे आर्कादियो बुएन्दीया के अलावा किसी को भी उसकी दैवी शक्ति पर शक नहीं रह गया था। वह भावहीन ढंग से एक बार फिर चमत्कार देखने के लिए एकत्र होते लोगों को देखता रहा था। जब फादर निकोनार कुर्सी समेत हवा में उठने लगा, तो उसने अपने कन्धे थोड़े से उचकाए और अपने स्टूल पर पसर गया।

"होक ए सिम्पलीसीमम" वह बोला, "होमो इस्ते स्टैटम क्वारटम मातेरीये इनवैनीत।"[1]

फादर निकोनार ने हाथ उठाया और कुर्सी के चारों पाए एक साथ ज़मीन पर लग गए।

"नेगो," वह बोला, "फैक्टम होक एक्सीस्टैनशियम देयी प्रोबात सीन दूबीयो।"[2]

फादर निकोनार की समझ में आ गया कि खोसे आर्कादियो बुएन्दीया लातीनी भाषा में अनाप-शनाप बक रहा है। फादर निकोनार ने इस बात का फ़ायदा उठाया कि वह अकेला ऐसा शख़्स था जो खोसे आर्कादियो बुएन्दीया से सम्पर्क स्थापित कर पाया था और उसने पगलाए खोसे आर्कादियो बुएन्दीया के दिमाग़ में धर्म घुसाने की कोशिश की। रोज़ दोपहर अखरोट के पेड़ के पास बैठकर वह लातीनी में प्रवचन देता लेकिन खोसे आर्कादियो बुएन्दीया आलंकारिक युक्तियों और चॉकलेटी तत्त्वान्तर को अस्वीकार करने पर अड़ा रहा। वह सिर्फ़ ईश्वर की तस्वीर को ही ठोस सबूत मानने को तैयार था। फादर निकोनार उसके लिए कई मेडल और चित्र लाया और यहाँ तक कि यीशु की तस्वीर भी, लेकिन खोसे आर्कादियो बुएन्दीया ने

---

1. "बहुत आसान है," "इस व्यक्ति ने वस्तु के चौथे आयाम का आविष्कार किया है।"
2. "नहीं, मैं सहमत नहीं हूँ। यह ईश्वर के अस्तित्व से जुड़े सन्देहों को स्पष्ट करता है।"

इन सबको बिना वैज्ञानिक आधार की कलात्मक वस्तु क़रार देकर अस्वीकार कर दिया। वह इतना अड़ियल था कि फादर निकोनार ने धर्म प्रचार का अपना इरादा छोड़ दिया और सिर्फ़ मानवीय तौर पर ही उससे मिलने आता रहा। लेकिन अब खोसे आर्कादियो बुएन्दीया ने पहल की और बुद्धिवादी युक्तियों से फादर निकोनार की आस्था को तोड़ने की कोशिश की। एक बार जब फादर निकोनार ने उसे शतरंज खेलने के लिए आमंत्रित किया तो खोसे आर्कादियो बुएन्दीया तैयार नहीं हुआ क्योंकि उसके मुताबिक़ वह ऐसी प्रतियोगिता का मतलब नहीं समझ सकता था जिसमें परस्पर विरोधी किसी एक नियम पर एकमत हों। फादर निकोनार ने कभी खोसे आर्कादियो बुएन्दीया के बताए तरीक़े से शतरंज नहीं खेला था और उसे दोबारा कभी शतरंज खेलने का मौक़ा नहीं मिला। खोसे आर्कादियो बुएन्दीया के बेलागपन से हैरान, फादर निकोनार ने उससे पूछा कि उसे पेड़ से क्यों बाँधा गया था। "होक ए सिम्पलीसीमम" उसने जवाब दिया, "क्योंकि मैं पागल हूँ।"

खोसे आर्कादियो बुएन्दीया की बातों से अपनी धार्मिक आस्था को ख़तरे में देख फादर निकोनार फिर कभी उससे मिलने नहीं आया। वह चर्च बनवाने के काम में जी-जान से जुट गया। रेबेका को अपनी क़िस्मत पुनः जागती नज़र आई। उसका भविष्य चर्च के पूरे होने से जुड़ा हुआ था, क्योंकि एक रविवार जब फादर निकोनार उनके घर खाना खा रहा था और पूरा परिवार बैठा उस भव्यता और महत्ता की बात कर रहा था जो चर्च बनने से धार्मिक कार्यों में आ जाएगी, तो आमारान्ता बोली, "सबसे भाग्यशाली तो रेबेका होगी," और चूँकि रेबेका उसका मतलब नहीं समझ पाई तो एक अबोध मुस्कराहट के साथ उसे समझाती हुई वह बोली, "तुम्हारी शादी से ही तो चर्च का उद्घाटन होगा।" रेबेका ने बात टालने की कोशिश की। जिस हिसाब से चर्च का काम चल रहा था, उसको बनते-बनते दस साल लगने थे। फादर निकोनार इस बात से सहमत नहीं था। धार्मिक प्रवृत्ति वाले लोगों के बढ़-चढ़कर दान देने से फादर निकोनार की उम्मीदें काफ़ी बढ़ गई थीं। ग़ुस्से से तिलमिलाती रेबेका से निवाला नहीं निगला जा रहा था, फिर भी वह मौन रही। उर्सुला को आमारान्ता का सुझाव बहुत पसन्द आया और उसने काफ़ी पैसे दिए ताकि चर्च बनाने का काम तेज़ी से सम्पन्न हो सके। फादर निकोनार का मानना था कि अगर इसी तरह के चन्दे की एक और मोटी रकम मिल जाए तो चर्च तीन साल में बनकर तैयार हो जाएगा। इसके बाद रेबेका को विश्वास हो गया कि आमारान्ता का सुझाव उतना निष्पाप नहीं था, जितना वह जता रही थी, और उसने आमारान्ता

के आगे कुछ भी कहना बन्द कर दिया। "यह तो बहुत कम संगीन काम किया है मैंने।" रात को तीखी नोक-झोंक के दौरान आमारान्ता बोली। "इस तरह तीन साल तक मैं तुम्हें मारने से बच जाऊँगी।" रेबेका ने उसकी चुनौती स्वीकार कर ली।

जब पियेत्रो क्रेस्पी को विवाह के टलने की ख़बर लगी तो वह बेहद निराश हुआ, पर रेबेका ने उसके प्रति अपनी निष्ठा का सबसे ठोस सबूत दिया। "तुम जब कहोगे, हम भाग चलेंगे।" लेकिन पियेत्रो क्रेस्पी में इतनी हिम्मत नहीं थी। वह अपनी मंगेतर की तरह आवेगी नहीं था और किसी को दिए वचन का सम्मान करने को वह एक ऐसी दौलत मानता था जिसे फ़िज़ूल में ख़र्च नहीं किया जाना चाहिए। फिर रेबेका ने कई निर्लज्ज युक्तियों का सहारा लिया। एक दिन एक रहस्यमय हवा ने बैठक के सब दीये बुझा दिए और उर्सुला को दोनों प्रेमी अँधेरे में चूमते हुए मिले। पियेत्रो क्रेस्पी ने उसे मिट्टी के आधुनिक दीयों के ख़राब स्तर के बारे में एक ऊटपटाँग दलील दी और घर को रोशन रखने के लिए बेहतर प्रकाश की एक व्यवस्था करने में उसकी मदद भी की। लेकिन अगली बार जब फिर तेल ख़त्म हो गया या बत्ती ख़राब हो गई तो उर्सुला ने रेबेका को प्रियेत्रो क्रेस्पी की गोद में बैठे पाया। इस बार वह कोई भी बहाना सुनने को तैयार नहीं थी। अब क्रेस्पी के आने पर वह अपनी दुकान की ज़िम्मेदारी नौकरानी को सौंप देती और दोलन कुर्सी पर बैठकर दोनों प्रेमियों पर नज़र रखती और हर उस कोशिश को नाकाम करने के लिए तत्पर रहती जो उसे अपने लड़कपन में भी पुरानी लगा करती थीं। उनकी मुलाक़ातों की बोरियत से उर्सुला को उबासियाँ भरते देख रेबेका दिखावटी सहानुभूति जताते हुए कहती, "बेचारी माँ! जब यह मरेगी तो ईश्वर के सामने इसी दोलन कुर्सी में जाएगी।" अपने प्रेम पर नज़र रखे जाने के तीन महीने बाद, निर्माण की धीमी गति से थककर जिसे देखने वह हर रोज जाता था चर्च पूरा करने के लिए पियेत्रो क्रेस्पी ने ज़रूरी धन फादर निकोनार को देने का फ़ैसला किया। आमारान्ता ज़रा भी परेशान नहीं हुई। दोपहर को अपनी सहेलियों से बातें करती हुई जब वह बरामदे में कढ़ाई करने आती, वह नई चालें सोचती। पूर्वानुमान के गड़बड़ाने से उसकी वह चाल ख़राब हो गई, जिसे वह तुरुप की चाल मान रही थी। चर्च बनकर तैयार होने से ठीक दो महीने पहले आमारान्ता ने रेबेका के शादी के जोड़े से फिनाइल की वे गोलियाँ निकाल दी थीं जिन्हें रेबेका ने जोड़े को सन्दूक़ में रखते समय डाला था। लेकिन रेबेका शादी को लेकर इतनी अधीर थी कि आमारान्ता के अनुमान से पहले ही वह अपना जोड़ा तैयार करने में जुट गई। जब उसने सन्दूक़ खोलकर, पहले काग़ज़ और फिर ऊपर से रखा कपड़ा

हटाया तो उसने कपड़ा, ओढ़नी और बालों में लगानेवाले कपड़े के नारंगी फूलों तक को कीड़ों से खाया हुआ पाया। हालाँकि उसे विश्वास था कि उसने फिनाइल की गोलियाँ डाली थीं, पर यह हादसा इतना स्वाभाविक लगा कि वह आमारान्ता पर दोष लगाने की हिम्मत न कर सकी। शादी में एक महीने से भी कम समय बचा था, लेकिन आम्पारो मोस्कोते ने हफ़्ते-भर में नया जोड़ा बनाने का वादा किया। बरसात की उस दोपहर जब कपड़ों से लदी आम्पारो रेबेका को उसका जोड़ा पहनाकर अन्तिम फ़िटिंग करने घर आई तो आमारान्ता का दिमाग़ घूम गया। वह भौचक्की रह गई और उसकी रीढ़ की हड्डी ठंडे पसीने से भीग गई। महीनों से वह उस पल की सोचकर काँप उठती थी, जब रेबेका की शादी रोकने के उसके सारे हथकंडे निष्फल हो जाएँगे, और उसकी कल्पना के सब दरवाज़े बन्द हो जाएँगे, तब उसे आख़िरी उपाय के रूप में रेबेका को ज़हर देना होगा। उस दोपहर रेबेका का धागों वाले कवच में गर्मी से दम घुटा जा रहा था जो आम्पारो असीम धैर्य से हज़ारों पिन लगाकर उसको पहना रही थी, तब आमारान्ता ने क्रोशिए में कई गलतियाँ कीं और कई बार उसकी उँगलियाँ ज़ख़्मी हुईं। उस पल एक डरावनी निष्ठुरता से उसने तय किया कि वह रेबेका को ज़हर देने का काम शादी से पहले पड़नेवाले आख़िरी शुक्रवार को करेगी। उस दिन उसने कॉफ़ी में अफ़ीम का घोल मिलाने का फ़ैसला किया।

इस बीच एक ऐसा हादसा हो गया जो किसी ने सोचा ही नहीं था। शादी के दिन से एक हफ़्ते पहले, ख़ून की उल्टी में नहाई रेमेदियोस रात में उठी जो उसकी नसों में उबलता हुआ फट पड़ा था और तीन दिन बाद, अपने ही ख़ून के ज़हरीले होने से, पेट में जुड़वाँ बच्चे लिये स्वर्ग सिधार गई। आमारान्ता अपने को माफ़ नहीं कर सकी और अपराध के बोझ तले दब गई। उसने ईश्वर से पूरे मनोयोग से प्रार्थना की थी कि कुछ ऐसा भयानक घट जाए कि उसे रेबेका को ज़हर न देना पड़े। रेमेदियोस की मौत के लिए वह ख़ुद को दोषी मानने लगी। उसने इस हादसे के लिए प्रार्थना नहीं की थी। रेमेदियोस उस घर में ख़ुशी की लहर लाई थी। हाल में पीछे छूटे बचपन की गुड़ियों और खिलौनों से सजाये, वर्कशॉप के बगल वाले कमरे में वह अपने पति के साथ रहने लगी थी। उसका विनोदी तेज़ उस कमरे की चारदीवारों से निकलकर और तन्दुरुस्ती की लहर बनकर बेगोनिया वाली बरसाती तक फैल जाता था। वह भोर से ही गाने लग जाती। एक वही थी जो रेबेका और आमारान्ता में बीच-बचाव करने की हिम्मत करती थी। खोसे आर्कादियो बुएन्दीया की देखरेख के थकानेवाले काम में वह जी-जान से जुटी रहती थी। वह उसके लिए

खाना लाती, उसकी रोज़मर्रा की ज़रूरतों में मदद करती, नहलाती-धुलाती, उसके बालों और दाढ़ी से जूँ और लीख निकालती, उसकी झोंपड़ी को व्यवस्थित करती और उसे तूफ़ानी मौसम में पानी से बचाने वाले तिरपाल से सुदृढ़ करती। अपने आख़िरी महीनों में वह टूटी-फूटी लातीनी भाषा में खोसे आर्कादियो बुएन्दीया से बात करने में भी सफल हो गई थी। जब औरेलियानो और पिलार तेर्नेरा को बेटा हुआ और उसे घर लाया गया और औरेलियानो खोसे के नाम से एक पारिवारिक समारोह में उसका नामकरण किया गया, तो रेमेदियोस ने फ़ैसला किया कि औरेलियानो खोसे उसका बड़ा बेटा माना जाएगा। उर्सुला को उसकी ममता पर आश्चर्य हुआ। जहाँ तक औरेलियानो का सवाल था, रेमेदियोस की वजह से उसमें जीने की चाह पैदा हुई थी। वह दिन-भर वर्कशॉप में काम करता। दिन में रेमेदियोस उसके लिए बिना दूध की कॉफ़ी लाती। हर रात दोनों मोस्कोते परिवार से मिलने जाते। औरेलियानो अपने ससुर के साथ शतरंज खेलता और रेमेदियोस अपनी माँ और बहनों से ज़रूरी चीज़ों के बारे में बातें करती। बुएन्दीया परिवार के साथ बन्धन की वजह से शहर में दोन आपोलिनार मोस्कोते का प्रभुत्व बढ़ गया। राजधानी की निरन्तर यात्राएँ कर उसने सरकार को वहाँ एक पाठशाला खोलने के लिए राज़ी कर लिया ताकि अपने दादा जैसा शैक्षिक उत्साह पानेवाला आर्कादियो उसे सँभाल सके। लोगों को समझा-बुझाकर वह स्वतंत्रता दिवस से पहले ज़्यादातर मकान नीले रंग से पुतवाने में भी सफल हुआ। फादर निकोनार के कहने पर उसने कातारीनो की दुकान पीछे की गली में स्थानान्तरित करवा दी और शहर में पनपती कई बदनाम संस्थाएँ बन्द करवा दीं। एक बार वह छह बन्दूक़धारी सिपाहियों को लेकर लौटा। उसने उन्हें क़ानून-व्यवस्था बनाए रखने की ज़िम्मेदारी सौंपी और तब किसी को भी वह मूल समझौता याद नहीं आया जिसमें बन्दूक़धारियों के शहर आने पर मनाही थी। औरेलियानो को अपने ससुर की कार्यक्षमता काफ़ी पसन्द आई। "तुम भी उनकी तरह मोटे हो जाओगे," उसके दोस्त उससे कहते थे। बिना काम घर पर पड़े रहने से उसके गाल भर गए थे और आँखों में चमक बढ़ गई थी, लेकिन उसका वज़न नहीं बढ़ा और न ही उसके मितव्ययी स्वभाव में बदलाव आया। उलटे उसके चेहरे पर एकान्त चिन्तन और कठोर निश्चय के भाव और प्रबल हो गए थे। दोनों परिवारों में उसके और उसकी पत्नी के लिए इतना गहरा प्रेम था कि जब आमारान्ता ने गर्भवती होने की ख़बर दी थी रेबेका और रेमेदियोस तक ने फिलहाल अपना झगड़ा रोकने का ऐलान कर दिया ताकि वे बच्चे के कपड़े बुन सकें, लड़के के लिए नीला

और लड़की के लिए गुलाबी। कई सा़लों बाद जब आर्कादियो गोलीमार दस्ते के सामने खड़ा था तो उसके ज़हन में आख़िरी तस्वीर रेमेदियोस की ही उभरी थी।

उर्सुला ने शोक का ऐलान कर दिया, जिसकी वजह से घर के सब दरवाज़े-खिड़की बन्द कर दिए गए और अत्यन्त ज़रूरी काम के अलावा बाहर आने-जाने पर पाबन्दी लग गई थी। एक साल तक ज़ोर से बोलना मना था और जहाँ रेमेदियोस का शरीर रखा गया था, वहाँ उर्सुला ने एक काले रिबन के साथ उसकी फ़ोटो और एक तेल का दीया रख दिया था जो हमेशा जलता रहता था। आनेवाली पीढ़ियाँ, जिन्होंने कभी भी उस दीये को बुझने नहीं दिया, स्कर्ट पहने, सफ़ेद जूतों वाली उस लड़की को देखकर काफ़ी हैरान होती थीं और उसकी फ़ोटो को एक आम परदादी की छवि से नहीं जोड़ पाती थीं। आमारान्ता ने औरेलियानो खोसे की ज़िम्मेदारी सँभाल ली। उसने उसे अपने बेटे की तरह अपना लिया ताकि वह उसका एकाकीपन बाँट सके और उसे उस अनैच्छिक अफीम के घोल से राहत दिला दे जिसे उसके पागल प्रेम ने रेमेदियोस की कॉफ़ी में लगभग डाल ही दिया था। सूर्यास्त के समय पियेत्रो क्रेस्पी अपनी टोपी पर काला रिबन लगाए, चुपचाप घर में दाख़िल होता और वह रेबेका से मिलता जो लम्बी बाँहों वाले अपने काले लिबास में, रक्तस्राव से पीड़ित मालूम पड़ती थी। शादी के लिए एक और नई तारीख़ सोचना भी अब इतना अपमान लगता था कि यह मँगनी एक शाश्वत सम्बन्ध में बदल गई, एक क्लान्त प्रेम, जिसकी अब किसी को चिन्ता नहीं थी। लगता था मानो उन प्रेमियों को जो कुछ समय पहले तक एक-दूसरे का चुम्बन लेने के लिए लालटेन को बिगाड़ देते थे अब उन्हें मौत की मर्ज़ी पर छोड़ दिया गया था। रेबेका पूरी तरह से टूट गई और उसने दोबारा मिट्‌टी खाना शुरू कर दिया।

मातम इतना लम्बा खिंचा कि कढ़ाई-बुनाई की बैठकें दोबारा होने लगीं। इस बीच एक दोपहर दो बजे गर्मी की घोर सन्नाटे में किसी ने अचानक ज़ोर से दरवाज़ा खोला। धक्का इतना तगड़ा था कि मकान की नींव इस तरह हिली कि अपनी सहेली के साथ बरसाती में बैठी, कढ़ाई में मशगूल आमारान्ता, शयनकक्ष में अँगूठा चूसती रेबेका, रसोईघर में उर्सुला, वर्कशॉप में औरेलियानो और यहाँ तक कि अखरोट के पेड़ के नीचे अकेले पड़े खोसे आर्कादियो बुएन्दीया को लगा कि भूकम्प से घर ढह रहा है। एक विशाल आदमी का पदार्पण हुआ। उसके कन्धे बमुश्किल दरवाज़े से निकल पाए थे। अपनी बैल जैसी गर्दन में वह 'मिरीयम' का लॉकेट पहने था, उसकी छाती और बाजू पूरी तरह अजीबोग़रीब चीज़ों से गोदे हुए थे और दाहिनी

कलाई पर क्रास के आकार का ताँबे का तावीज़ बँधा था। खुली हवा के खारेपन से उसकी त्वचा पकी हुई थी। उसके बाल छोटे और खच्चर की तरह सीधे थे। उसका जबड़ा लोहे का था और चेहरे पर उदास मुस्कान चिपकी हुई थी। उसने घोड़े के जीन की पेटी से दुगुनी चौड़ी बेल्ट, रोयेंदार एड़ी वाले जूते पहन रखे थे और उसकी उपस्थिति भूकम्पीय झटके का अहसास दिलाती थी। हाथ में कुछ घिसे हुए खुरजी लिये वह बैठक से गुज़रा और बिजली की कड़क की तरह बेगोनिया वाली बरसाती में जा पहुँचा जहाँ आमारान्ता और उसकी सहेलियाँ हाथ में सुइयाँ लिये हक्की-बक्की बैठी थीं। "हैलो," थकी हुई आवाज़ में वह उनसे बोला, उसने मेज़ पर खुरजी फेंकी और घर के पिछवाड़े की तरफ़ चल दिया। "हैलो," वह भौचक्की-सी रेबेका से बोला जिसने उसे अपने कमरे के दरवाज़े से गुज़रते हुए देखा था। "हैलो," अपनी बेंच पर एकदम चौकन्ने बैठे औरेलियानो से उसने कहा। वह किसी के पास नहीं रुका, सीधा रसोईघर गया और दुनिया के दूसरे कोने से शुरू हुए अपने सफ़र के अन्त में वहाँ पहली बार रुका। "हैलो," वह बोला, उर्सुला एक क्षण को मुँह खोले खड़ी रह गई। उसकी आँखों में देखा, चिल्लाई और ख़ुशी से चीख़ती, रोती उसके गले से लिपट गई। जिसमें आदमी खोसे आर्कादियो था। वह अब भी उतना ही ग़रीब था जितना कि यहाँ से जाते समय था, इस हद तक कि घोड़े के किराए के लिए उर्सुला ने उसे दो पेसो दिए। वह ऐसी स्पैनिश में बोला जिसमें नाविकों की एक बोली मिली हुई थी। उन लोगों ने उससे पूछा कि वह कहाँ ग़ायब हो गया था तो वह बोला, "दूर, बहुत दूर।" उसने अपने कमरे में हैमक टाँगा और तीन दिन तक सोता रहा। उठने पर, उसने सोलह कच्चे अंडे खाए और सीधा कातारीनो की दुकान पर जा पहुँचा। वहाँ उसके विशाल शरीर से औरतों में कुतूहल का तूफ़ान आ गया। उसने अपने ख़र्च से सबके लिए गाने और गन्ने की शराब का ऑर्डर दिया। वह एक साथ पाँच आदमियों से कुश्ती लड़ सकता था। "ऐसा हो ही नहीं सकता," ताक़त के जादुई करतबों में विश्वास नहीं रखनेवाले कातारीनो ने उससे बारह पेसो की शर्त लगाई कि वह काउंटर नहीं हिला पाएगा। खोसे आर्कादियो ने काउंटर उखाड़ा, सिर के ऊपर तक उठाया और बाहर सड़क पर रख दिया। उसे वापस रखने के लिए ग्यारह आदमियों को मशक्कत करनी पड़ी। जश्न के जोश में उसने मधुशाला में अपनी अनोखी मर्दानगी दिखाई, नीले और लाल रंग में कई भाषाओं के गुँथे हुए शब्दों से गुदे अपने शरीर का जमकर प्रदर्शन किया, और मिन्नतें कर उसे लुभाने में लगीं औरतों से पूछा कि कौन उसे सबसे ज़्यादा पेसो

देगी। जिस औरत के पास सबसे ज़्यादा पेसो थे, उसने बीस पेसो बढ़ा दिए। तब उसने प्रस्ताव रखा कि अगर वे एक बार के दस पेसो अदा करने को तैयार हैं तो वह उनके नाम की लॉटरी निकालेगा। यह सौदा काफ़ी महँगा था क्योंकि वहाँ की सबसे आकर्षक महिला रात के आठ पेसो ही कमा पाती थी, लेकिन वे सब तैयार हो गईं। उन्होंने अपने नाम काग़ज़ के चौदह टुकड़ों पर लिखे, एक टोपी में डाले और हर एक महिला ने एक-एक टुकड़ा उठाया। जब केवल दो ही टुकड़े बचे, तो पता चल गया कि वे किसके हैं।

"दोनों से पाँच पेसो और लूँगा" खोसे आर्कादियो ने कहा, "और मैं तुम दोनों के साथ अपने आपको बाँट लूँगा।"

इस तरह वह अपनी रोज़ी-रोटी कमाने लगा। वह पैंसठ बार दुनिया घूम चुका था और देश के नाविकों की सूची में उसका नाम था। उस रात कातारीनो की दुकान में जो औरतें उसके साथ हमबिस्तर हुई थीं, वे उसे नाच वाले कमरे तक नंगा लेकर आईं ताकि सब लोग देख सकें कि आगे-पीछे, सिर से पाँव तक उसके शरीर पर एक इंच भी, कोई ऐसा हिस्सा नहीं बचा था जो गोदा हुआ नहीं हो। वह परिवार का हिस्सा नहीं बन पाया। वह पूरा दिन सोता और अपनी ताक़त पर शर्त लगाते हुए बदनाम इलाक़े में रात बिताता। कभी-कभार जब उर्सुला उसे खाने की मेज़ पर बैठा पाती, तो उसका स्वभाव बिलकुल बदला होता। बड़े विनोदी अन्दाज़ में वह दूर के देशों से जुड़े अपने अनुभवों की चर्चा करता। उसने बताया कि कैसे जहाज़ टूट जाने के बाद उसने जापानी समुद्र में दो हफ़्ते बिताए और लू की वजह से मरे अपने उस साथी की लाश तक खाई जिसका नमकीन गोश्त तेज़ धूप से पककर मीठा और दानेदार हो गया था। बंगाल की खाड़ी में, दोपहर की तेज़ गर्मी में, उसके जहाज़ ने समुद्री परदार साँप मारा था, जिसके पेट में उन्हें एक धर्मयोद्धा का टोप, बकसुए और शस्त्र मिले थे। कैरेबियाई क्षेत्र में उसने समुद्री डाकू विक्टर ह्यूज[1] के जहाज़ का भूत देखा था, जो मौत की हवाओं से टूटे पाल, और समुद्री कीड़ों द्वारा खा लिये गए मस्तूल के बावजूद अभी भी गुआदालोपे का रास्ता तलाश रहा था। उर्सुला मेज़ पर बैठी रोती रहती जैसे कि उसने वे पत्र पढ़े हों जो कभी उस तक पहुँचे ही नहीं और जिनमें खोसे आर्कादियो ने अपने कामों और दुर्घटनाओं का बखान किया था। वह सिसकते हुए कहती, "और यहाँ कितना कुछ था तुम्हारे लिए

1. आलेखो कारपेन्तियेर की किताब *रोशनी की शताब्दी* (El siglo de las luces) (1962) का एक पात्र।

मेरे बेटे," वह रो-रोकर कहती, "और कितना खाना सूअरों को फेंक दिया गया।" पर अन्दर ही अन्दर वह यह नहीं मान पाती कि जिस लड़के को बंजारे ले गए थे, वह यही गँवार था जो आधा सूअर खा जाता है और जिसकी वात फूलों को मुरझा देती है। ऐसा ही कुछ बाक़ी परिवार को भी लगता था। आमारान्ता उसकी पाशविक डकार के प्रति अपनी घृणा नहीं छिपा पाती थी। अपने रिश्ते के रहस्य से अनजान आर्कादियो बमुश्किल खोसे आर्कादियो के उन सवालों का जवाब देता था जो वह साफ़ तौर पर आर्कादियो से दोस्ती बढ़ाने के लिए पूछता था। औरेलियानो ने उस समय को फिर से ताज़ा करने की कोशिश की जब वे दोनों एक ही कमरे में सोते थे, बचपन के तालमेल को लौटाने की कोशिश की लेकिन खोसे आर्कादियो यह सब भूल चुका था क्योंकि समुद्र में बिताई ज़िन्दगी ने उसकी याददाश्त को बहुत सारी याद रखनेवाली चीज़ों से संतृप्त कर दिया था। केवल रेबेका उसके प्रथम संघात से अभिभूत हुई थी। जिस दिन उसने खोसे आर्कादियो को अपने कमरे के आगे से गुज़रते देखा था, उसने सोचा कि घर-भर में गूँजती ज्वालामुखी जैसी साँस वाले इस आदर्श मर्द के सामने पियेत्रो क्रेस्पी कोई चिकना-चुपड़ा छैला लगता है। वह किसी भी बहाने से उसके नज़दीक जाने की कोशिश करती। एक बार खोसे आर्कादियो ने उसके जिस्म को निर्लज्जता से देखा और उससे बोला, "तुम तो एक औरत हो, बहना।" रेबेका अपना आपा खो बैठी। वह दोबारा पहले जैसी उत्कंठा से मिट्टी और दीवार का रोगन खाने लगी और बेचैनी में इतना अँगूठा चूसने लगी कि उस पर छाले पड़ गए। उसने हरे रंग की उल्टी की जिसमें मरे हुए जोंक थे। वह बुख़ार से थरथराती उन्माद से लड़ती रात-भर जागती रहती और भोर का इन्तज़ार करती, जब खोसे आर्कादियो की वापसी से घर हिलने लगता। एक दोपहर, जब सब सिएस्ता[1] फ़रमा रहे थे,उससे रहा नहीं गया और वह उसके कमरे में चली गई। वह नेकर पहने, हैमक में लेटा था जो उसने जहाज़ खींचने वाले एक तार के ज़रिये शहतीर से टाँगा था। उसकी रंग-बिरंगी विशाल नग्नता पर उसका मन इस क़दर डोल गया कि उसे लौटने की इच्छा हुई। "माफ़ करना" वह बोली, "मुझे मालूम नहीं था कि तुम यहाँ हो," जानबूझकर वह धीमी आवाज़ में बोली ताकि कोई उठे नहीं। "यहाँ आओ," वह बोला। रेबेका मान गई। ठंडे पसीने से भीगी वह हैमक के पास जाकर खड़ी हो गई और खोसे आर्कादियो ने बुदबुदाते हुए अपनी

1. सिएस्ता : स्पेन और दक्षिण अमेरिका में तेज़ गर्मी के दिनों में दोपहर बाद सोने का रिवाज़ है। इस दौरान पूरा समाज थम-सा जाता है।

उँगलियों से उसकी एड़ियाँ सहलाईं, फिर पिंडलियाँ और फिर जाँघें, तो उसके पेट में मरोड़ें पड़ने लगीं। "ओह, बहना, प्यारी बहना।" और जब एक नियंत्रित चक्रवाती शक्ति से उसने रेबेका को कमर से पकड़कर उठाया और छोटी-सी चिड़िया की तरह दबोचकर उसकी इज़्ज़त लूटी, तो रेबेका को ज़िन्दा रहने के लिए अलौकिक कोशिश करनी पड़ी। हैमक के वाष्पीय दलदल में छटपटाती, जिसने सोख्ते की तरह ख़ून के विस्फोट को चूस लिया था, रेबेका ने विलास के असह्य दर्द में होश खोने से पहले अपनी पैदाइश के लिए ईश्वर का शुक्रिया अदा किया।

तीन दिन बाद, पाँच बजे के मिस्सा में रेबेका और खोसे आर्कादियो की शादी हो गई। एक दिन पहले खोसे आर्कादियो पियेत्रो क्रेस्पी की दुकान पर गया था। वह उस समय सितार सिखा रहा था। उसने वहीं बात कर ली। "मैं रेबेका से शादी कर रहा हूँ," खोसे आर्कादियो उससे बोला। पियेत्रो क्रेस्पी पीला पड़ गया, उसने सितार एक शिष्य को दिया और पाठ वहीं समाप्त कर दिया। जब वे संगीत-वाद्यों और मशीनी खिलौनों से भरे कमरे में अकेले थे, पियेत्रो क्रेस्पी बोला :

"वह तुम्हारी बहन है।"

"मुझे कोई फ़र्क़ नहीं पड़ता," खोसे आर्कादियो ने जवाब दिया।

पियेत्रो क्रेस्पी ने चमेली के इत्र से भीगे रूमाल से अपना माथा पोंछा।

"यह तो प्रकृति के ख़िलाफ़ है," वह बोला, "और तो और यह शादी क़ानून के भी ख़िलाफ़ है।"

खोसे आर्कादियो बेचैन हो गया, बहस से कम और पियेत्रो क्रेस्पी के पीलेपन से ज़्यादा। "प्रकृति की ऐसी-तैसी," वह बोला, "और मैं तुम्हें कहने आया हूँ कि रेबेका से कुछ पूछने की ज़हमत मत उठाना।"

लेकिन जब उसने पियेत्रो क्रेस्पी की भरी आँखें देखीं तो वह थोड़ा नरम पड़ा।

"सुनो," वह कुछ बदले स्वर में बोला, "अगर तुम्हें यह परिवार बहुत पसन्द है तो तुम्हारे लिए आमारान्ता है।"

रविवार के प्रवचन के दौरान फादर निकोनार ने खुलासा किया कि रेबेका और खोसे आर्कादियो रिश्ते में भाई-बहन नहीं हैं। उर्सुला ने आदर के इस अभाव को कभी माफ़ नहीं किया और जब वह नवविवाहित जोड़ा चर्च से लौटा तो उसने उन्हें घर में पैर तक रखने की अनुमति नहीं दी। उसके लिए वे मर चुके थे। अत: उन्होंने क़ब्रिस्तान के सामने एक छोटा-सा मकान किराये पर ले लिया और वहाँ रहने लगे। उनके पास खोसे आर्कादियो के हैमक के अलावा और कुछ नहीं था। सुहागरात

को एक बिच्छू ने रेबेका के पैर में डंक मार दिया। उसकी ज़ुबान सटक गई। पर यह हादसा भी उन्हें लज्जाजनक सुहागरात बिताने से न रोक पाया। पड़ोसी एक रात में आठ बार और दोपहर में तीन बार आनेवाली चीख़ों से विस्मित थे और उन्होंने प्रार्थना की कि हे भगवान, ऐसी कामवासना से शहर के मुर्दों की शान्ति भंग न हो।

केवल औरेलियानो को उनकी परवाह थी। उसने उन्हें कुछ फ़र्नीचर ख़रीदकर दिया और जब तक खोसे आर्कादियो को जीवन की सचाई का अहसास नहीं हुआ, और उसने घर के आँगन से लगी ज़मीन पर काम करना शुरू नहीं किया, तब तक उसने उन्हें कुछ पैसे भी दिए। दूसरी तरफ़ आमारान्ता रेबेका के प्रति अपने विद्वेष को भुला नहीं पाई हालाँकि ज़िन्दगी ने उसे एक ऐसा सन्तोष दिया था, जिसकी उसने कभी कल्पना भी नहीं की थी। उर्सुला को समझ नहीं आ रहा था कि वह कैसे इस कलंक को धोए। उसके कहने पर पियेत्रो क्रेस्पी अपनी हार से ऊपर उठकर हर मंगलवार को पहले की तरह खाने पर आता रहा। परिवार के आदर में वह अब भी अपनी टोपी पर काला रिबन लगाता था, और उर्सुला के लिए आकर्षक तोहफ़े लाता था—पुर्तगाली सारडीन, तुर्की गुलकन्द और एक बार तो मनीला की शॉल। यह सब लाकर अपना प्रेम दिखाने में उसे ख़ास आनन्द मिलता। आमारान्ता ने अनुराग भरी तत्परता से उसका ध्यान रखा। वह उसकी इच्छाओं का पूर्वानुमान लगा लेती, उसकी कमीज़ की बाजू से निकलते धागे हटा देती। उसने उसके जन्मदिन पर उसके नाम के अक्षर से एक दर्जन रूमाल काढ़ लिये थे। मंगलवार को, दोपहर के खाने के बाद वह बरसाती में बैठकर कढ़ाई करती और वह उसके साथ ख़ुशी से समय बिताता। पियेत्रो क्रेस्पी के लिए वह औरत, एक नया अनुभव थी, जिसे उसने हमेशा बच्ची समझा था, हालाँकि उसके स्वभाव में लालित्य की कमी थी फिर भी उसमें दुनियादारी को समझने की अद्भुत क्षमता थी और साथ ही एक छिपी हुई नज़ाकत भी। एक मंगलवार जब किसी को सन्देह नहीं रह गया था कि ऐसा तो कभी न कभी होना ही था, पियेत्रो क्रेस्पी ने उससे शादी का प्रस्ताव रखा। उसने अपना काम नहीं रोका। उसने अपनी लज्जा की लालिमा को क्षीण होने दिया और कहा, "निस्सन्देह क्रेस्पी, पर पहले हम एक-दूसरे को अच्छी तरह जान तो लें। इन सब मामलों में जल्दबाज़ी अच्छी नहीं होती।"

उर्सुला परेशान थी। पियेत्रो क्रेस्पी के प्रति सम्मान के बावजूद वह यह तय नहीं कर पा रही थी कि नैतिक दृष्टि से रेबेका के साथ इतनी लम्बी और जगज़ाहिर मँगनी के बाद उसका फ़ैसला ठीक था या ग़लत। लेकिन उसने उस फ़ैसले को पूर्ण सत्य मान

लिया क्योंकि उसकी दुविधा बाँटनेवाला कोई नहीं था। उस घर के स्वामी औरेलियानो ने अपनी पेचीदा और निर्णायक सलाह से उसे और चकरा दिया :

"यह शादियों के बारे में सोचने का समय नहीं है।"

उर्सुला को उसकी बात कई महीनों बाद समझ आई। हक़ीक़त में औरेलियानो युद्ध के अलावा शादी समेत हर चीज़ के बारे में उस समय सिर्फ़ यही सलाह दे सकता था। वह ख़ुद गोलीमार दस्ते के सामने खड़ा उन सूक्ष्म लेकिन अपरिवर्तनीय घटनाओं के सिलसिले को नहीं समझ पाया जिसने उसे उस मुकाम पर लाकर खड़ा कर दिया था। रेमेदियोस की मौत से उसमें निराशा की भावना पैदा नहीं हुई थी जिसकी उसे आशंका थी बल्कि रोष की मन्द भावना उपजी थी जो धीरे-धीरे एकाकी एवं सहनशील कुंठा में घुलकर रह गई। ठीक वैसी ही जैसी उसे तब महसूस हुई थी जब उसने स्त्री के बिना रहना स्वीकार कर लिया था। वह अपने काम में दोबारा डूब गया, हालाँकि अपने ससुर के साथ शतरंज खेलने का सिलसिला उसने जारी रखा था। शोक से संतप्त उस घर में उनके बीच रातों में होनेवाली बातचीत ने उनकी मित्रता को और मज़बूत कर दिया। "तुम दोबारा शादी कर लो, प्रिय औरेलियानो," उसका ससुर उससे कहता, "मेरी छह और बेटियाँ हैं, तुम उनमें से किसी को भी पसन्द कर लो।" एक बार चुनाव की संध्या पर दोन अपोलीनार मोस्कोते अपनी नित्य की यात्रा से देश के राजनैतिक हालात के बारे में चिन्तित लौटा। उदारवादी लड़ाई पर उतारू थे। चूँकि उस समय तक औरेलियानो को रूढ़िवादियों और उदारवादियों के बीच का अन्तर साफ़ तरह से मालूम नहीं था, इसलिए उसके ससुर ने उसे एक संक्षिप्त पाठ पढ़ाया। उदारवादी, उसने बताया, आज़ाद ख़याल के बुरे लोग होते हैं जो पादरियों को मारना चाहते हैं। विवाह और तलाक़ की रजिस्ट्री प्रारम्भ करना चाहते हैं; वे नाजायज़ औलादों को जायज़ औलादों के बराबर हक़ दिलाना चाहते हैं और देश को संघीय आधार पर बाँटना चाहते हैं, जिससे सर्वोच्च सत्ता के अधिकार कम हो जाएँ। दूसरी तरफ़ रूढ़िवादी वे हैं, जिन्हें अधिकार सीधे ईश्वर से मिले हैं, वे पारिवारिक सदाचार और लोक-व्यवस्था स्थापित करने के पक्षधर हैं, ईसाई धर्म के रक्षक हैं, प्राधिकार के सिद्धान्तों के लिए और इस बात के लिए तैयार नहीं हैं कि देश छोटे-छोटे स्वाधीन सत्ता-केन्द्रों में बँट जाए।[1] प्रकृति की सन्तानों के

---

1. स्पेन की प्रभुसत्ता को जड़ से उखाड़ फेंकने के मुद्दे पर एक होने के बावजूद कोलम्बिया के स्थानीय नेताओं में राष्ट्र-राज्य की संरचना के मुद्दे पर मतभेद था। आज़ादी के बाद नई सत्ता का स्वरूप संघीय हो या फिर केन्द्रीकृत, इस मुद्दे पर शुरू में ही दो परस्पर विरोधी ख़ेमे बन गए थे। बाद में चर्च और राज्य के सम्बन्ध पर मतभेद और गहरा गए। इन दोनों ही वैचारिक गुटों के बीच सत्ता-संघर्ष चलता रहा। इस वैचारिक विभेद की शुरुआत 1810 में हुई थी और 1850 में उदारवादी→

अधिकार के मुद्दे पर अपने मानवतावादी स्वभाव के कारण औरेलियानो उदारवादियों से सहमत था फिर भी वह यह नहीं समझ पा रहा था कि कैसे लोग उस चीज़ के लिए लड़ाई लड़ने की हद तक पहुँच जाते हैं जिसे वह हाथ से छू नहीं सकते। उसको यह अतिरंजना लगी कि उसके ससुर ने चुनावों के लिए एक सार्जेंट के अधीन छह सशस्त्र सैनिक उस शहर में बुलवा भेजे जहाँ कोई राजनैतिक उत्साह था ही नहीं। वे न केवल शहर में आए बल्कि उन लोगों ने शिकार में प्रयुक्त होनेवाले हथियार, छुरे और यहाँ तक कि रसोईघर की छुरियाँ भी लोगों से बरामद कर लीं, और फिर इक्कीस साल की उम्र से ऊपर के नौजवानों को उन्होंने रूढ़िवादी उम्मीदवार के नाम वाले नीले मतपत्र और उदारवादी उम्मीदवार के नाम वाले लाल मतपत्र बाँटे। चुनावों की संध्या पर दोन आपोलिनार मोस्कोते ने ख़ुद एक राजाज्ञा पढ़ी, जिससे नशीले पेय की बिक्री पर रोक लगा दी गई। एक परिवार के न होने पर तीन से ज़्यादा आदमियों के एक जगह इकट्ठा होने पर भी रोक थी। चुनाव बिना किसी हादसे के पूरे हो गए। रविवार को सुबह आठ बजे चौराहे पर छह सैनिकों की निगरानी में लकड़ी की एक मतपेटी रख दी गई। मतदान एकदम निष्पक्ष था जैसा कि औरेलियानो ख़ुद प्रमाणित कर सकता था, जिसने पूरा दिन अपने ससुर के साथ यह सुनिश्चित करने के लिए बिताया था कि कोई दो बार मत न डाले। दोपहर चार बजे ढोलों की गड़गड़ाहट ने मतदान के अन्त का ऐलान किया और दोन आपोलिनार मोस्कोते ने अपने हस्ताक्षर वाले एक लेबल से मतपेटी को बन्द कर दिया। उस रात, जब आपोलीनार मोस्कोते औरेलियानो के साथ शतरंज खेल रहा था तब मतों की गिनती करने के लिए उसने सार्जेंट को सील तोड़कर मतपेटी खोलने का आदेश दिया। मतपेटी में तक़रीबन उतने ही लाल मतपत्र थे जितने कि नीले, लेकिन सार्जेंट ने केवल दस लाल मतपत्र रखे और गिनती बराबर करने के लिए उतने ही नीले मतपत्र डाल दिए। फिर एक नये लेबल से मतपेटी दोबारा बन्द कर

→ पार्टी (लिबरल पार्टी) और रूढ़िवादी पार्टी (कंजरवेटिव पार्टी) का औपचारिक रूप से गठन हुआ था। तब से 1980 के दशक तक यही दोनों पार्टियाँ कोलम्बिया के राजनीतिक पटल पर छाई रहीं। उदारवादी स्वभावत: उपनिवेशवाद के ख़िलाफ़ कोलम्बिया को एक आधुनिक राज्य बनाना चाहते थे। मुक्त बाज़ार के समर्थन के साथ-साथ ये कृषि को राज्य के एकाधिकार से छुटकारा दिलाना चाहते थे। उदारवादी कम-से-कम अधिकारों वाली कार्यपालिका की वकालत करते आए हैं। ये चाहते थे कि राज्य और चर्च एक-दूसरे के मामलों में दख़ल न दें, स्वतंत्र प्रेस हो, शिक्षा पर ज़ोर हो और मृत्युदंड का प्रावधान भी ख़त्म हो। दूसरी तरफ़ रूढ़िवादी शुरू से ही स्पेन की औपनिवेशिक विरासत के रूप में रोमन कैथोलिक परम्परा और अधिनायकवाद को सँजोए रखने के पक्षधर थे। ये चर्च और राज्य को अलग करने की बजाय दोनों के बीच एकता, ग़ुलाम प्रथा को जारी रखने, व्यक्ति की स्वतंत्रता को कम करने और अधिनायकवादी राज्यसत्ता की वकालत करते थे।

दी और अगले दिन सुबह मतपेटी राज्य की राजधानी ले जाई गई। "उदारवादी लड़ाई छेड़ देंगे," औरेलियानो बोला। दोन आपोलिनार खेल पर ध्यान लगाए रहा। "यदि तुम मतपत्र बदलने की वजह से कह रहे हो तो भूल जाओ," वह बोला, "हमने कुछ लाल पत्र भी छोड़ दिए हैं ताकि वे शिकायत न कर सकें।" औरेलियानो विपक्ष में होने की ख़ामियाँ समझने लगा। "यदि मैं उदारवादी होता," वह बोला, "मैं इन मतपत्रों के कारण लड़ाई छेड़ देता।" उसके ससुर ने चश्मे के ऊपर से उसे देखा।

"अरे प्रिय औरेलियानो," वह बोला, "यदि तुम उदारवादी होते तो तुम मेरे दामाद होने के बावजूद मतपत्रों की यह अदला-बदली नहीं देख पाते।" शहर में रोष चुनाव के परिणामों को लेकर नहीं, बल्कि इसीलिए था कि सैनिकों ने हथियार नहीं लौटाए थे। कुछ महिलाओं ने औरेलियानो से बात की ताकि वह अपने ससुर से उनकी रसोई के चाकू उन्हें वापस दिला दे। दोन आपोलिनार मोस्कोते ने उसे बात अपने तक ही रखने की हिदायत देते हुए कहा कि हथियार इस बात के सबूत के तौर पर ले लिये गए थे कि उदारवादी लड़ाई की तैयारी में लगे हैं। इस बात की कटुता से औरेलियानो चौकन्ना हो गया। वह कुछ नहीं बोला लेकिन एक रात जब खेरिनेल्दो मार्केस एवं मागनीफिको विसबाल अन्य दोस्तों से छुरियों की घटना के बारे में बात कर रहे थे, उन्होंने उससे पूछा कि वह उदारवादी है या रूढ़वादी। औरेलियानो ज़रा भी नहीं हिचकिचाया।

"यदि मुझे कुछ होना ही है तो मैं उदारवादी हूँ," वह बोला, "क्योंकि रूढ़िवादी कपटी हैं।"[1]

अगले दिन, दोस्तों के ज़ोर देने पर, वह जिगर के तथाकथित दर्द का इलाज करवाने के लिए डॉक्टर आलीरियो नोगेरा के पास गया। वह इस चालबाज़ी का मतलब भी नहीं समझ पाया था। डॉक्टर आलीरियो नोगेरा कुछ साल पहले बेस्वाद गोलियों का एक सन्दूक़ लिये हुए माकोन्दो आया था और उसके पास एक चिकित्सकीय आदर्श वाक्य था जिसका असली मतलब कोई नहीं जानता था। "एक कील दूसरी कील को खींचती है।" दरअसल वह एक झोलाछाप हकीम था। डॉक्टर के मासूम चेहरे के भेष में छिपा हुआ उग्रवादी जो अपने बूटों से उन निशानों को छिपाए रखता था जो पिछले पाँच सालों से उसके पैरों पर पड़े हुए थे। पहले संघीय आन्दोलन में

1. औरेलियानो विचारधारा से प्रभावित होकर उदारवादी होने की बात नहीं करता है। दरअसल, उसकी कसौटी है—नीतिशास्त्र, जिस पर वह उदारवादियों को रूढ़िवादियों की तुलना में बेहतर पाता है।

उसे बन्दी बना लिया गया था, लेकिन वह कुराज़ाओ भागने में सफल रहा था, एक ऐसे वस्त्र में छिपकर जिससे उसे सबसे ज़्यादा घृणा थी : चोग़ा। एक लम्बे निर्वासन के बाद, कैरेबियन से कुराज़ाओ आए निर्वासितों की उत्तेजक ख़बरों से उत्साहित होकर वह एक तस्कर व्यापारी के स्कूटर में निकल पड़ा और चीनी की गोलियों की शीशियाँ लेकर रियोआचा जा पहुँचा। उसके पास लेईपज़िग विश्वविद्यालय का एक डिप्लोमा भी था जो उसने ख़ुद तैयार किया था। उसने निराशा के आँसू बहाए थे। वह संघीय सरगर्मी, जिसकी कल्पना निर्वासितों ने किसी भी समय फटनेवाले बारूद के पीपे के रूप में की थी, एक धुँधले भ्रम में विघटित होकर रह गई थी। विफलता से चिड़चिड़ाए उस झूठे होम्योपैथ ने बुढ़ापे के इन्तज़ार के लिए सुरक्षित जगह की तलाश में माकोन्दो में शरण ली। चौराहे के एक तरफ़ किराए पर लिये, शीशियों से भरे, उस छोटे-से कमरे में कई साल तक वह उन निराश मरीज़ों की बदौलत जीता रहा जो हर तरह के इलाज से हारकर अपने आपको चीनी की गोलियों से सन्तुष्ट कर लेते थे। जब तक दोन आपोलिनार मोस्कोते वहाँ नाममात्र का शासक था उसकी उत्पाती वृत्ति दबी रही। उसने अपना समय पुरानी यादों और साँस की बीमारी से लड़ने में बिताया। चुनाव का आगमन वह धागा था जो एक बार फिर उसे विद्रोह के लच्छे तक ले गया। उसने शहर के उन नौजवानों से सम्पर्क किया जिन्हें राजनैतिक समझ नहीं थी और उन्हें भड़काने का अपना गुप्त अभियान शुरू किया। मतपेटी में पाए जानेवाले लाल मतपत्र जिसे दोन आपोलिनार मोस्कोते ने युवाओं की जिज्ञासा भर माना था, उसकी ही योजना का हिस्सा थे। उसने अपने अनुयायियों द्वारा मत इसलिए डलवाया था ताकि वह साबित कर सके कि चुनाव एक ढोंग है। "सिर्फ़ एक चीज़ सार्थक है," उसका कहना था, "और वह है हिंसा।" औरेलियानो के ज़्यादातर दोस्त रूढ़िवादी सत्ता को जड़ से उखाड़ने के हक़ में थे लेकिन अपनी उस योजना में उसे साझीदार बनाने की हिम्मत उसमें न केवल इसलिए नहीं थी कि औरेलियानो के ज़िलाधीश से गहरे सम्बन्ध थे, बल्कि इसलिए कि उसका स्वभाव एकाकी और दुर्ग्राह्य था। ऊपर से, सबको मालूम था कि अपने ससुर के कहने पर उसने नीला मत डाला था। अत: यह महज़ संयोग था कि उसने अपनी राजनैतिक सोच का खुलासा किया और यह केवल एक जिज्ञासा या एक सनक के वशीभूत था कि वह एक ऐसे दर्द का इलाज करवाने उस डॉक्टर के पास जा पहुँचा था जो उसे था ही नहीं। उसने कर्पूर छिड़के जालों से महकते उस तहख़ाने में ख़ुद को एक प्रकार के धूसर गोह के सामने पाया जिसके फेफड़े से साँस लेते समय सीटी जैसी

आवाज़ आती थी। कोई भी सवाल पूछने से पहले डॉक्टर उसे खिड़की के पास ले गया और उसकी निचली पलक की जाँच की। "वहाँ नहीं है," औरेलियानो बोला, उसने वैसा ही किया जैसा उसे बताया गया था। उँगलियों से फेफड़े दबाते हुए औरेलियानो ने कहा, "यहाँ पर मुझे वह दर्द होता है जिसकी वजह से मैं सो नहीं पाता।" फिर डॉक्टर नोगेरा ने तेज़ धूप होने के बहाने से खिड़की बन्द की और सरल शब्दों में उसे समझाया कि रूढ़िवादियों की हत्या करना उसका कर्तव्य था। कई दिन तक औरेलियानो अपनी जेब में गोलियों की छोटी शीशी लिये घूमता रहा। हर दो घंटे पर वह उस शीशी को निकालता, हथेली पर तीन गोलियाँ रखता और तड़ाक से मुँह में डाल लेता जो धीरे-धीरे उसकी जीभ पर पिघल जातीं। दोन आपोलिनार मोस्कोते होम्योपैथी में उसके विश्वास का मज़ाक़ उड़ाता था। लेकिन जो लोग योजना के हिस्सेदार थे, वे पहचान जाते थे कि वह उनका आदमी है। संस्थापकों के तक़रीबन सभी बेटे उस षड्यंत्र में हिस्सेदार थे हालाँकि किसी एक को भी पूरी तरह से नहीं पता था कि योजना क्या है। जिस दिन डॉक्टर ने औरेलियानो को अपना रहस्य बताया औरेलियानो ने षड्यंत्र की पूरी जानकारी उससे हासिल कर ली। उस समय वह रूढ़िवादी सत्ता ख़त्म करने की ज़रूरत का कायल था, लेकिन उस योजना से वह भी भयभीत हो उठा। डॉक्टर नोगेरा की योजना रहस्यपूर्ण व्यक्तिगत हत्याओं से भरी थी। उसकी योजना व्यक्तिगत कार्रवाइयों को एक मुख्य कार्रवाई में समन्वित करने की थी जिसके तहत एक अत्यन्त चतुर युक्ति से राष्ट्र-भर में शासन के सभी अधिकारियों को उनके निजी परिवारों समेत मार डालना शामिल था, ख़ासतौर से बच्चों को, ताकि रूढ़िवादिता जड़ से ख़त्म हो जाए। यह कहना अनावश्यक था कि दोन आपोलिनार मोस्कोते, उसकी पत्नी और उसकी छह बेटियों का नाम भी इस सूची में था। "तुम कोई उदारवादी या ऐसे कुछ नहीं हो," औरेलियानो ने शान्त भाव से नोगेरा से कहा, "तुम कुछ नहीं, बस एक कसाई हो।"[1]

"तो ठीक है," डॉक्टर ने उसी सहज भाव से जवाब दिया, "वह शीशी मुझे लौटा दो। तुम्हें उसकी ज़रूरत नहीं है।" औरेलियानो को छह महीने बाद पता चला कि डॉक्टर ने उससे उम्मीद काफ़ी पहले ही छोड़ दी थी, क्योंकि उसकी नज़र में वह एक नाकारा एवं एकाकी स्वभाव का भावुक प्राणी था जिसका कोई भविष्य नहीं था।

---

1. डॉक्टर नोगेरा यहाँ अराजकता का प्रतीक है। जिस तरह पहले खोसे आर्कादियो बुएन्दीया सरकार और धर्म को नकार देता है उसी तरह औरेलियानो बुएन्दीया रूढ़िवाद और अराजकता को नकार देता है।

वे लोग हमेशा उसके आसपास रहने की कोशिश करते थे, इस डर से कि कहीं वह षड्यंत्र का पर्दाफ़ाश न कर दे। औरेलियानो ने उन्हें भरोसा दिलाया कि वह अपनी ज़ुबान नहीं खोलेगा, लेकिन जिस रात वे लोग मोस्कोते परिवार की हत्या करने गए वह उन्हें वहाँ दरवाज़े की रखवाली करता मिला। उसका इरादा इतना पक्का मालूम पड़ता था कि उन लोगों ने अपना हत्या का इरादा अनिश्चित समय के लिए स्थगित कर दिया। और यही वह समय था जब उर्सुला ने पियेत्रो क्रेस्पी और आमारान्ता की शादी के बारे में उसकी राय जाननी चाही थी और उसने जवाब दिया था कि यह समय शादियों के बारे में सोचने का नहीं है। एक हफ़्ते से वह अपनी कमीज़ में एक पुराने ढंग की पिस्तौल छिपाए घूम रहा था। वह अपने दोस्तों पर नज़र रखे हुए था। दोपहर को नई गृहस्थी बसा रहे रेबेका और खोसे आर्कादियो के यहाँ कॉफ़ी पीने जाता था और सात बजे से अपने ससुर के साथ शतरंज खेलता था। एक दोपहर को खाने के समय जब वह गबरू जवान लगते आर्कादियो से बात कर रहा था, तो उसने आर्कादियो को लड़ाई की सम्भावना से काफ़ी बेचैन पाया। उस स्कूल में जहाँ आर्कादियो से भी बड़ी उम्र के लड़के और अभी ठीक तरह से बोलना सीख नहीं पाए छोटे बच्चे एक साथ रहते थे, वहाँ उदारवाद का बुख़ार फैल चुका था। फादर निकोनार को मारकर, चर्च को स्कूल में बदलकर, खुले प्यार को स्थापित करने की चर्चा ज़ोरों पर थी। औरेलियानो ने उसकी उत्तेजना को शान्त करने की कोशिश की। उसने आर्कादियो को सावधानी और विवेक से काम लेने की सलाह दी। उसकी सलाह और वास्तविकता को नज़रअन्दाज़ करते हुए आर्कादियो ने सरेआम दुर्बल व्यक्तित्व के लिए उसकी भर्त्सना की। औरेलियानो इन्तज़ार करता रहा। अन्त में, दिसम्बर के शुरू में उर्सुला वर्कशॉप में एकदम घबराई हुई दाख़िल हुई।

"लड़ाई छिड़ गई है।"[1]

वास्तव में, लड़ाई तीन महीने पहले छिड़ गई थी। देश-भर में सैनिक शासन लागू था। दोन मोस्कोते को यह बात तुरन्त मालूम पड़ गई थी, लेकिन जिस फ़ौजी पलटन को शहर में डेरा डालना था, उसके आने की ख़बर उसने अपनी पत्नी तक को नहीं दी थी। खच्चरों से दो हल्की तोपें खींचते हुए सैनिकों ने भोर से पहले पूरी ख़ामोशी से शहर में प्रवेश किया और स्कूल में अपना मुख्यालय स्थापित किया। छह

1. जिस लड़ाई का ज़िक्र यहाँ और आगे के पन्नों में है हक़ीक़त में उसकी प्रेरणा मार्केस को 1899-1902 के बीच कोलम्बिया में हुई लड़ाई से मिली जिसे 'हज़ार दिन की लड़ाई' के नाम से जाना जाता है।

बजे कर्फ़्यू लागू हो गया। घर-घर जाकर पहले से भी ज़्यादा सख़्ती से तलाशी ली गई और इस बार वे खेती के औज़ार तक ले गए। उन्होंने डॉक्टर नोगेरा को बाहर निकाला, चौराहे पर एक पेड़ से बाँधा और बिना किसी क़ानूनी कार्यवाही के गोली मार दी। फादर निकोनार ने फ़ौजी अधिकारियों को हवा में उठने जैसे चमत्कार से प्रभावित करने की असफल कोशिश की लेकिन एक सिपाही की बन्दूक़ की नली से उसका सर फट गया। उदारवादी बुख़ार एक ख़ामोश दहशत में तब्दील हो गया। निस्तेज, रहस्यमय औरेलियानो, अपने ससुर के साथ शतरंज खेलता रहा। उसकी समझ में आ गया था कि ज़िलाधीश कहलाने के बावजूद, दोन आपोलिनार मोस्कोते एक बार फिर सिर्फ़ नाम का अध्यक्ष रह गया है। सारे फ़ैसले वह फ़ौजी कप्तान लेता था जो हर सुबह सार्वजनिक सुव्यवस्था के नाम पर मनमाना कर वसूलता था। उसकी कमान के चार सैनिकों ने पागल कुत्ते द्वारा काटी गई एक महिला को उसके परिवार से छीनकर अपनी बन्दूक़ की नली से मार दिया।[1] एक रविवार, औरेलियानो खेरिनेल्दो मार्केस के घर में दाख़िल हुआ और अपने स्वाभाविक रूखेपन से उसने बिना चीनी की कॉफ़ी का एक प्याला माँगा। जब वे दोनों रसोईघर में अकेले थे, औरेलियानो बड़े अधिकारपूर्ण अन्दाज़ में बोला, जैसे पहले कभी किसी ने उसे इस तरह बोलते नहीं सुना था। "लड़कों को तैयार करो।" "हम लोग लड़ेंगे।" खेरिनेल्दो मार्केस को उसकी बात पर विश्वास नहीं हुआ।

"किन हथियारों से?" उसने पूछा।

"उनके हथियारों से," औरेलियानो ने जवाब दिया।

मंगलवार की रात, एक उग्र अभियान के तहत औरेलियानो की कमान में तीस वर्ष से कम उम्र के नौजवानों ने[2] खाने की छुरियों और लोहे के औज़ारों से लैस, रक्षक सेना पर हमला बोल दिया, उनके हथियार छीन लिये और उस महिला को मारनेवाले चारों सैनिकों और कप्तान को बरामदे में मौत की नींद सुला दिया।

उसी रात जब गोलीमार दस्ते की आवाज़ें सुनाई पड़ रही थीं, आर्कादियो को शहर का नागरिक एवं फ़ौजी नेता घोषित कर दिया गया। शादीशुदा विद्रोहियों के पास अपनी पत्नियों से अलविदा कहने का भी समय नहीं था। उनको उन्होंने उनके

---

1. इस घटना ने शान्तिप्रिय औरेलियानो के व्यक्तित्व को बदल दिया। अन्याय और अत्याचार ने उस जैसे सीधे-सादे इनसान को बग़ावत के लिए मजबूर कर दिया।
2. एक तरह से इतिहास ने अपने आपको दोहराया है। औरेलियानो का पिता खोसे आर्कादियो भी 21 आदमियों के साथ पहाड़ों से होता हुआ समुद्र की खोज में निकला था। इन्हीं आदमियों की मदद से आर्कादियो ने माकोन्दो की स्थापना की थी।

हाल पर छोड़ दिया। जब भोर के समय वे क्रान्तिकारी जनरल विक्तोरिया मेदिना की फ़ौज में शामिल होने के लिए निकले जो आख़िरी समाचार मिलने तक मानुआरे की ओर निकल पड़ा था, तब आतंक से मुक्त जनता ने जमकर उनकी हौसला अफ़जाई की। जाने से पहले, औरेलियानो ने दोन आपोलिनार मोस्कोते को एक अलमारी से बाहर निकाला। "परेशान न हों ससुर जी," उससे कहा, "नई सरकार आपके परिवार की सुरक्षा का वचन देती है।" दोन आपोलिनार मोस्कोते को पहचानने में दिक़्क़त हुई कि ऊँचे बूट पहने, कन्धे पर बन्दूक़ टाँगे यह षड्यंत्रकारी वही इनसान है जो रात नौ बजे तक उसके साथ शतरंज खेला करता था।

"यह पागलपन है प्रिय औरेलियानो," उसने कहा।

"पागलपन नहीं," औरेलियानो ने कहा, "यह युद्ध है। और आइंदा मुझे औरेलियानो कहकर मत पुकारना। अब मैं कर्नल औरेलियानो बुएन्दीया हूँ।"

6

कर्नल औरेलियानो बुएन्दीया ने बत्तीस सशस्त्र विद्रोहों का नेतृत्व किया और सब हार गया।[1] सत्रह अलग-अलग औरतों से उसे 17 लड़के हुए और सबसे बड़े लड़के के पैंतीस साल की उम्र तक पहुँचने से पहले ही एक ही रात में एक के बाद एक उसके सब बेटों को ख़त्म कर दिया गया। चौदह क़ातिलाना हमले, 73 घात और एक गोलीमार दस्ते के बावजूद वह जीवित रहा। अपनी कॉफ़ी में कुचला-सत की वह मात्रा भी बर्दाश्त कर गया जो एक घोड़े को मारने के लिए पर्याप्त थी। उसने गणतंत्र के राष्ट्रपति द्वारा दिया गया 'ऑर्डर ऑफ़ मेरिट' भी ठुकरा दिया। वह ऐसी क्रान्तिकारी सेना का प्रधान सेनापति बना, जिसका एक सीमान्त से दूसरे सीमान्त तक क्षेत्राधिकार और आधिपत्य था और सरकार सबसे ज़्यादा उससे डरती थी लेकिन उसने कभी भी अपनी फोटो नहीं खिंचने दी। उसने लड़ाई के बाद प्रस्तावित पेंशन स्वीकार नहीं की और बुढ़ापे तक अपनी रोज़ी-रोटी उन छोटी सोने की मछिलयों से कमाता रहा जो वह माकोन्दो में अपनी वर्कशॉप में बनाता था। हालाँकि उसने हमेशा अपने सैनिकों के आगे रहकर लड़ाई लड़ी थी लेकिन उसके शरीर पर सिर्फ़ एक ही घाव का निशान था। यह वह निशान था जो उसने नेएरलान्दिया[2] की सन्धि पर हस्ताक्षर करने के बाद ख़ुद को दिया था। इस सन्धि से बीस साल का गृहयुद्ध ख़त्म हो गया था। उसने पिस्तौल से अपनी छाती में गोली मारी थी और गोली किसी प्राणाधार अंग को क्षति पहुँचाए

---

1. मार्केस ने औरेलियानो बुएन्दीया का चरित्र 'हज़ार दिन की लड़ाई' के उदारवादी नेता जनरल राफेल उरिबे-उरिबे को सामने रखकर गढ़ा है। जनरल उरिबे की ही तरह औरेलियानो को कभी जीत नसीब नहीं हुई।
2. नेएरलान्दिया : उपन्यासकार ने यहाँ नेएरलान्दिया नाम जस का तस उठाकर रख दिया। इसी जगह पर 24 अक्टूबर, 1902 को उदारवादी नेता जनरल उरिबे ने रूढ़िवादी नेता जुआन बी तोबार के सम्मुख समर्पण-सन्धि पर दस्तख़त किए थे।

बिना उसकी पीठ के पार निकल गई थी। उसकी बस एक ही निशानी बची थी और वह थी माकोन्दो में उसके नाम की एक सड़क। फिर भी बुढ़ापे से मरने के कुछ वर्ष पहले उसने कहा कि जब वह जनरल विक्तोरिया मेदिना की टुकड़ी में शामिल होने निकला था तब उसने इस सबकी उम्मीद नहीं की थी।

"हम माकोन्दो तुम्हारी हिफ़ाज़त में छोड़कर जा रहे हैं," जाने से पहले उसने आर्कादियो से बस इतना ही कहा था "हम इसे अच्छी हालत में तुम्हारे पास छोड़ रहे हैं, हो सके तो हमारी वापसी तक इसे बेहतर बनाना।" आर्कादियो ने इन हिदायतों को एक व्यक्तिगत रंग दिया। मेल्कीयादेस की एक किताब के चित्रों से प्रेरित होकर उसने फीते और स्कन्धिका वाली मार्शल की वर्दी ईजाद की और मारे गए कप्तान की सुनहरे फुँदनों वाली तलवार अपनी कमर में लटकाई। शहर के प्रवेश-द्वार पर उसने दो तोपें खड़ी कीं, अपने प्रचंड भाषण से उत्तेजित पूर्व शिष्यों को वर्दी पहनाई और उन्हें गलियों में सशस्त्र घूमने दिया ताकि बाहरी व्यक्तियों को उसकी अपार ताक़त का अहसास हो जाए। उसकी यह तरक़ीब काफ़ी हद तक क़ामयाब रही, क्योंकि दस महीनों तक सरकार की उस जगह पर हमला करने की हिम्मत नहीं हुई लेकिन जब हमला हुआ तो आधे घंटे में ही विद्रोह का नामोनिशान मिट गया। अपने शासन के पहले दिन से ही आर्कादियो ने राजाज्ञा में ख़ासी दिलचस्पी दिखाई। दिमाग़ में आनेवाली हर बात को लागू करने के लिए वह एक दिन में चार-चार आदेश तक जारी कर देता था। उसने अठारह वर्ष से ऊपर के नौजवानों के लिए सैन्य सेवा अनिवार्य कर दी, गलियों में शाम छह बजे के बाद घूमनेवाले सभी जानवरों को सार्वजनिक सम्पत्ति घोषित कर दिया और बुज़ुर्गों को बाजू पर लाल फीते बाँधने का आदेश दिया। उसने मृत्युदंड की धमकी देकर फादर निकोनार को पेरिश घर में नज़रबन्द कर दिया और उनके मिस्सा पढ़ने या घंटियाँ बजाने पर तब तक पाबन्दी लगा दी जब तक कि वे प्रार्थनाएँ उदारवाद की विजय के लिए न की गई हों। किसी को उसके इरादों की कठोरता पर शक न हो, इसलिए उसने चौराहे पर एक गोलीमार दस्ता खड़ा करने का आदेश दिया और उनसे एक बिजूके पर गोली चलवाई। पहले तो किसी ने उसे गम्भीरता से नहीं लिया। आख़िरकार वे बच्चे ही तो थे, जो बड़े होने का खेल खेल रहे थे। लेकिन एक रात जब आर्कादियो कातारीनो की दुकान पर गया और वहाँ के बिगुलवादक ने इतनी गर्मजोशी से उसका स्वागत किया कि सब ग्राहक हँसने लगे तब शासन के प्रति निरादर दिखाने के जुर्म में आर्कादियो ने उसे गोलियों से भुनवा दिया। जिन

लोगों ने विरोध प्रकट किया उन्हें पानी और ब्रेड देकर, स्कूल में गड़ी टिकठियों में उनके पैर जकड़वा दिए।

हर बार जब उर्सुला उसके किसी निरंकुश कार्य के बारे में सुनती तो वह उस पर चिल्लाती, "ख़ूनी! जब औरेलियानो को पता चलेगा तो वह तुझे गोली मार देगा और मुझे सबसे ज़्यादा ख़ुशी होगी।" लेकिन उस पर कोई असर नहीं पड़ता। आर्कादियो अनावश्यक सख़्ती से, शिकंजा कसता चला गया और वह माकोन्दो का सबसे क्रूर शासक बन गया।[1] "अब उन्हें फ़र्क़ पता चल रहा है," एक बार दोन आपोलिनार मोस्कोते बोला "यही तो उदारवादी स्वर्ग है।" आर्कादियो को इसका पता चल गया। एक गश्ती टुकड़ी के साथ वह उसके घर आ धमका, फ़र्नीचर तोड़ा, उसकी बेटियों को कोड़े लगाए और दोन आपोलिनार मोस्कोते को बाहर घसीट लाया।[2] जब शहर-भर में कोसने और ग़ुस्से में डामर लगी चाबुक भाँजते हुए उर्सुला मुख्यालय के आँगन में दाख़िल हुई तो आर्कादियो दस्ते को गोली चलाने का आदेश देने ही वाला था।

"तेरी इतनी हिम्मत!" उर्सुला चिल्लाई।

इससे पहले कि आर्कादियो सँभल पाता उसने कोड़े से पहला प्रहार कर दिया। "ख़ूनी, तेरी इतनी हिम्मत," वह चीख़ी "और मुझे भी मार दे, कुकर्मी माँ के बेटे।[3] ताकि मैं शर्म के आँसू रोने को ज़िन्दा नहीं रहूँ कि मैंने तुझ जैसे शैतान को पाला।" बिना किसी दया के वह उसे मारती हुई आँगन के पीछे तक ले गई जहाँ आर्कादियो खोल में छिपे घोंघे की तरह सिमट गया। दोन आपोलिनार मोस्कोते उस खम्भे से बँधा बेहोश पड़ा था जहाँ पहले वह बिजूका बँधा था जिसे मस्ती में चलाई गोलियों ने चिथड़े-चिथड़े कर दिया था। इस डर से कि उर्सुला कहीं उन्हें भी न पीट दे दस्ते के लड़के इधर-उधर भागने लगे। लेकिन उसने उनकी तरफ़ देखा तक नहीं। आर्कादियो को उसकी फटी वर्दी में दर्द और ग़ुस्से से चिल्लाता छोड़ उर्सुला ने दोन

---

1. आर्कादियो के विषय में ऐसे विशेषण का प्रयोग कर उपन्यासकार दरअसल माकोन्दो पर टिप्पणी करना चाहता है। वह दिखाना चाहता है कि कैसे एक आदर्श समाज एक निरंकुश राज्यसत्ता में परिवर्तित हो जाता है।
2. आर्कादियो का यह व्यवहार खोसे आर्कादियो बुएन्दीया के व्यवहार से एकदम विपरीत है।
3. यह प्रसंग इस बात का परिचायक है कि उर्सुला को इस बात का पक्का यक़ीन था कि कोई बुएन्दीया इस तरह की हरकत नहीं कर सकता। वह कहना चाहती है कि आर्कादियो की क्रूरता बुएन्दीया परिवार के संस्कारों से मेल नहीं खाती। और वह आर्कादियो को अपने परिवार से बेदख़ल कर देती है।

आपोलिनार मोस्कोते के बन्धन खोले और उसे घर ले गई। मुख्यालय से निकलने से पहले उसने टिकठियों से सभी क़ैदियों को आज़ाद कर दिया।

उस समय से शहर में उर्सुला का शासन था।[1] उसने रविवार का मिस्सा दोबारा शुरू करवाया, बाजू पर लाल फीते बाँधना बन्द करवाया और सभी अनर्गल आदेश रद्द कर दिए। पर अपनी शक्ति के बावजूद वह अपनी बुरी क़िस्मत पर रोती थी। वह अपने आपको इतना एकाकी महसूस करने लगी[2] कि उसे अखरोट के पेड़ तले विस्मृत पड़े पति के निरर्थक सान्निध्य की चाह होने लगी। "देखो क्या हाल हो गया है," जब जून की बारिश होती झोंपड़ी के ध्वस्त हो जाने का ख़तरा रहता तो वह उससे कहती, "यह ख़ाली घर देखो, हमारे बच्चे दुनिया में बिखरे हुए हैं और हम दोनों दोबारा अकेले, जैसे शुरू में थे।" अनभिज्ञता के रसातल में डूबा खोसे आर्कादियो बुएन्दीया उसके विलाप के आगे बहरा था। पागलपन की शुरुआत में अपनी ज़रूरतें वह तत्काल लातीनी वाक्यांशों के ज़रिये बतलाता था। तत्काल के क्षणिक आवेग में जब आमारान्ता उसका खाना लाती वह उसको अपनी तकलीफ़ों के बारे में बताता और बड़े विनीत ढंग से उससे गिलास ले लेता था। लेकिन जिस समय उर्सुला अपना रोना लेकर उसके पास गई थी उस समय वह वास्तविक जगत से सारे नाते तोड़ चुका था। जब उर्सुला उसे धीरे-धीरे नहलाती और परिवार का हाल सुनाती वह स्टूल पर बैठा रहता। "औरेलियानो चार महीने पहले लड़ाई में गया था और अब तक उसकी कोई ख़बर नहीं मिली है," साबुन वाले ब्रश से उसकी पीठ रगड़ते हुए वह कहती "खोसे आर्कादियो बड़ा होकर लौट आया है। तुमसे लम्बा और गोदने से भरा हुआ, लेकिन हमारे लिए वह सिर्फ़ बदनामी लाया है।" जब उसे महसूस हुआ कि बुरी ख़बर सुनकर उसका पति उदास हो जाता था तो उसने उससे झूठ कहने का फ़ैसला किया। "तुम मानोगे नहीं," बेलचे से उठाने के लिए उसकी मल पर राख फेंकते हुए वह बोलती, "ईश्वर चाहता था कि खोसे आर्कादियो और रेबेका की शादी हो और अब वे बहुत ख़ुश हैं।" वह अपने छल में इतनी निष्कपट हो गई थी कि अपने झूठ से ख़ुद को सान्त्वना देने लगती। "आर्कादियो अब एक संजीदा इनसान हो गया है," वह बोलती, "वह बहादुर अपनी वर्दी और तलवार के साथ बहुत अच्छा दिखता है।" सब तरह की चिन्ताओं से ऊपर उठ चुके आर्कादियो बुएन्दीया से बात करना किसी मुर्दे से बात करने के समान था। पर वह डटी रही। वह

1. एक बार फिर माकोन्दो पर मातृसत्ता हावी हो गई जो इस उपन्यास के मूल तत्त्वों में से एक है।
2. अब तक उर्सुला एकाकीपन के अभिशाप से मुक्त थी जिससे पूरा परिवार अभिशप्त था।

हर चीज़ से परे इतना शान्त लगता था कि उर्सुला ने उसे आज़ाद करने का फ़ैसला किया। पर वह अपने स्टूल से हिला तक नहीं। वहीं बैठा रहा, धूप और बारिश में ऐसे जैसे रस्सियों की ज़रूरत ही नहीं थी और दिखाई पड़नेवाली बेड़ियों से बढ़कर किसी दैवी सत्ता ने उसे अखरोट के पेड़ से बाँध रखा हो। अगस्त में जब जाड़ा अपनी मौजूदगी दर्ज कराने लगा तब उर्सुला ने आख़िरकार उसे एक ऐसी ख़बर सुनाई जो सच मालूम पड़ती थी। "क्या तुम मानोगे कि अब भी भाग्य हम पर मेहरबान है?" वह उससे बोली, "आमारान्ता और पियानो वाला इतालवी शादी कर रहे हैं।"

वास्तव में आमारान्ता और पियेत्रो क्रेस्पी की दोस्ती काफ़ी घनिष्ठ हो गई थी। इस बार उर्सुला ने उन पर नज़र रखना ज़रूरी नहीं समझा। उनकी मुलाक़ातें झुटपुटे में होतीं, काज में इत्र लगाए वह इतालवी शाम ढले आता, और आमारान्ता के लिए पेटराच की कविताओं का अनुवाद करता। ओरेगानो और गुलाब की दमघोंटू सुगन्ध में वे बरसाती में बैठे रहते, लड़ाई की बुरी ख़बरों से बेपरवाह वह पढ़ता रहता और आमारान्ता कढ़ाई करती रहती, जब तक कि मच्छर उन्हें बैठक में जाने पर मजबूर न कर देते। आमारान्ता की संवेदनशीलता, उसकी विवेकी लेकिन घेर लेने वाली कोमलता ने उसके मंगेतर के चारों ओर एक अदृश्य जाल बुन दिया था, जिसे उसे दैहिक रूप से अपनी पीली अँगूठी रहित उँगलियों से मन मारकर हटाना पड़ता था ताकि वह आठ बजे वहाँ से जा सके। उन्होंने पियेत्रो क्रेस्पी के लिए इटली से आए पोस्टकार्डों से एक शानदार एलबम तैयार किया। इन पोस्टकार्डों में सुनसान बग़ीचों में प्रेमियों, बाणों से बिंधे दिलों की गुलकारी, और सुनहरे रिबन पकड़े लड़की के चित्र थे। "मैं फ्लोरेंस में इस बग़ीचे में गया था," कार्ड देखते हुए पियेत्रो क्रेस्पी कहता, "कोई भी अपना हाथ आगे करता तो वहाँ चिड़ियाँ दाना चुगने आ जाती थीं।" कभी-कभी वेनिस का चित्र देखने पर वह अतीत की गहराइयों में खो जाता और तब मिट्टी और नहरों के सड़ियल घोंघों की बदबू, फलों की ताज़ा सुगन्ध में बदल जाती। आमारान्ता गहरी साँसें लेती, खिलखिलाती और बच्चों जैसी भाषा बोलनेवाले रमणीय इनसानों और ख़ूबसूरत औरतों के स्वदेश के सपने देखती जहाँ प्राचीन शहरों की बीती भव्यता का अब सिर्फ़ मलबा शेष था, जिसके बीच अब सिर्फ़ बिल्लियाँ ही घूमती थीं। प्रेम की तलाश में जिसने समुद्र पार किया था, जो रेबेका के शारीरिक प्रेम को असली प्रेम समझने की भूल कर बैठा था उसी पियेत्रो क्रेस्पी ने अन्ततः सच्चा प्यार ढूँढ़ लिया था। सुख के साथ-साथ समृद्धि आई। उस समय उसका गोदाम एक बड़े भू-खंड में फैला हुआ था और वह उसकी

कल्पनाओं का शीशमहल था, जिसमें घंटे-वाद्यों के संगीत से समय बतानेवाले फ्लोरेंस के घंटाघर की अनुकृतियाँ, सोरेंटो के संगीतमय डिब्बे और खोले जाने पर पाँच सुरों के गीत गाते चीन के डिब्बे और हर उस तरह के नखलिस्तान वाद्य और मशीनी खिलौने जिनकी कल्पना की जा सकती थी, सब मौजूद थे। उसका छोटा भाई, ब्रूनो क्रेस्पी, दुकान सँभालता था क्योंकि पियेत्रो क्रेस्पी के पास संगीत विद्यालय के चलते और कुछ करने का समय नहीं था। उसकी वजह से तुर्कों की गली अपनी नुमाइशी चीज़ों की चकाचौंध करनेवाली सजावट से एक सांगीतिक नखलिस्तान बन गया जहाँ आर्कादियो के पागलपन और लड़ाई के दु:स्वप्न को भुलाया जा सकता था। जब उर्सुला ने रविवार के मिस्सा को दोबारा शुरू करने का आदेश दिया तो पियेत्रो क्रेस्पी ने एक जर्मन का हारमोनियम चर्च को दान दे दिया।

उसने संगीत में रुचि रखनेवाले बच्चों का समूह तैयार किया और फादर निकोनार के शान्त धार्मिक अनुष्ठान में उसके बनाए भजनों ने अद्‌भुत समा बाँध दिया। सबको यक़ीन था कि आमारान्ता के लिए वह एक अच्छा जीवनसाथी सिद्ध होगा। अकारण अपनी भावनाओं को न बहकाकर उन दो प्रेमियों ने अपने आपको दिल के सहज प्रवाह में बहने दिया और एक ऐसे मोड़ पर पहुँच गए कि उसके बाद सिर्फ़ शादी की तारीख़ तय करना ही शेष रह गया था। उन्हें किसी बाधा का सामना नहीं करना पड़ा। उर्सुला अन्दर ही अन्दर रेबेका की शादी लगातार स्थगित करके उसकी क़िस्मत बिगाड़ने के लिए ख़ुद को ज़िम्मेदार मानती थी और अब और पछतावा अपने खाते में नहीं जोड़ना चाहती थी। लड़ाई के संताप, औरेलियानो की अनुपस्थिति, आर्कादियो की क्रूरता और खोसे आर्कादियो एवं रेबेका के निष्कासन की वजह से रेमेदियोस के मातम की सख़्ती को भुला दिया गया था।

शादी नज़दीक आते देख पियेत्रो क्रेस्पी ने इशारा किया कि औरेलियानो खोसे, जिसके प्रति उसके मन में पितृवत स्नेह था उनका बड़ा बेटा माना जाएगा। आमारान्ता को अहसास होने लग गया था कि अब उसकी ज़िन्दगी सुख और शान्ति से बीतेगी। लेकिन रेबेका के विपरीत उसके मन में कोई बेचैनी नहीं थी। जिस सब्र से वह मेज़पोश की रँगाई करती, लेस बनाती और मोरों की कढ़ाई करती थी उसी सब्र से उसने पियेत्रो क्रेस्पी की बर्दाश्त की हद टूटने का इन्तज़ार किया। अक्टूबर की अशुभ बरसात[1] में उसका इन्तज़ार पूरा हुआ। उसकी गोद

1. मार्केस की कृतियों में अक्टूबर की बरसात का ज़िक्र अक्सर होता है। 'नो वन राइट्स टू द कर्नल' में भी प्रमुख पात्र इस बरसात से पीड़ित है।

से सिलाई वाली टोकरी उठाकर पियेत्रो क्रेस्पी ने कहा, "हम लोग अगले महीने शादी कर लेंगे।" वह उसके बर्फ़ीले हाथों के स्पर्श से भी नहीं काँपी। एक भीरु जानवर की तरह उसने अपना हाथ वापस खींचा और दोबारा अपने काम में लग गई। "इतने भोले मत बनो, क्रेस्पी," वह मुस्कराई, "मैं मरने के बाद भी तुमसे शादी नहीं करूँगी।"

पियेत्रो क्रेस्पी अपना आपा खो बैठा। वह दहाड़ मार-मारकर रोया, निराशा में अपनी उँगलियाँ क़रीब-क़रीब तोड़ ही बैठा, लेकिन उसका इरादा नहीं बदल पाया। "अपना समय बरबाद मत करो," आमारान्ता बस इतना ही बोली, "और यदि तुम मुझसे इतना ही प्यार करते हो तो इस घर में दोबारा क़दम मत रखना।" उर्सुला को लगा कि वह शर्म से मर जाएगी। पियेत्रो क्रेस्पी ने उसे हर तरह से मनाने की कोशिश की। एक पूरी दोपहर वह उर्सुला की गोद में सिर रखकर रोता रहा। उसे सान्त्वना देने के लिए उर्सुला उस समय अपना ईमान भी बेचने को तैयार थी। बरसात की रातों में वह एक छाता लिये, घर के आसपास आमारान्ता के कमरे में रोशनी का इन्तज़ार करता हुआ भटकता रहता। उन दिनों वह पहले से कहीं ज़्यादा सजा-धजा रहता था। उसके प्रतापी सिर ने एक उत्पीड़ित सम्राट की अजीबोग़रीब आकृति पा ली थी। आमारान्ता के साथ बरसाती में बैठकर सिलाई करनेवाली उसकी सहेलियों से उसने आमारान्ता को मनाने की विनती की। वह अपने काम की उपेक्षा करने लगा। दुकान के पिछवाड़े बैठकर प्रेमपत्र लिखता जिसे वह फूलों की पंखुड़ियों और सूखी तितलियों के साथ आमारान्ता को भेजता, और जिसे वह बिना खोले ही लौटा देती। वह घंटों कमरे में बन्द रहकर सितार बजाता रहता। एक रात वह गाने लगा। पूरा माकोन्दो एक दिव्य व्यामोह में देवताओं के समारोह लायक़ सितार-वादन के स्वर से जाग उठा। एक ऐसे गायन से जिससे सबको विश्वास हो गया कि ऐसा प्रेम किसी और के दिल में हो ही नहीं सकता। उस दिन भी पियेत्रो क्रेस्पी को आमारान्ता की खिड़की को छोड़कर शहर की हर खिड़की में रोशनी दिखाई दी। दो नवम्बर को ऑल सोल्स डे के दिन[1] जब उसके भाई ने दुकान खोली तो उसने सब दीये जले हुए पाए, तमाम म्यूज़िक बॉक्स खुले हुए थे, सारी घड़ियों में अनन्त समय की घंटियों का शोर व्याप्त था और इस पागलपन के बीच उसने पियेत्रो क्रेस्पी को पिछवाड़े की मेज़ पर बैठे

---

1. ऑल सोल्स डे : इस दिन ईसाई समुदाय के लोग अपने प्रियजनों की आत्मा की शान्ति के लिए प्रार्थना करते हैं। वे अपने प्रियजनों की क़ब्र पर फूल चढ़ाते हैं और ईश्वर से दुआ माँगते हैं।

पाया। उसकी कलाइयाँ उस्तरे से कटी हुई थीं और उसका हाथ बेनज़ॉइन के टब में डूबा हुआ था।[1]

उर्सुला ने अपने घर में जागरण का आदेश दिया। फादर निकोनार इस बात के ख़िलाफ़ थे कि क्रियाकर्म और अन्तिम संस्कार किसी प्रतिष्ठित ज़मीन पर हो। उर्सुला उनसे भिड़ गई। "एक तरह से तो आप और हम ये कभी नहीं समझ सकते कि यह आदमी सन्त था," वह बोली, "इसलिए आपकी इच्छा के विरुद्ध मैं इसे मेल्कीयादेस की क़ब्र के बगल में दफ़नाऊँगी।" उसने पूरे शहर की मदद से उसकी शानदार शवयात्रा निकाली। आमारान्ता अब भी अपने कमरे से नहीं निकली। अपने बिस्तर से उसने उर्सुला का विलाप, आने-जानेवाले हज़ारों लोगों के क़दमों की आहट, शोक करनेवालों का रोना सुना, और फिर सुना एक गहरा सन्नाटा जिसमें कुचले हुए फूलों की महक थी। अर्से तक शाम के वक़्त उसे पियेत्रो क्रेस्पी की चमेली साँस की ख़ुशबू आती रही जो उसे रह-रहकर विचलित कर देती थी लेकिन उसने अपने आपको सँभाला और सन्निपात के भँवर में डूबने से बचा लिया। उर्सुला ने उसे उसके हाल पर छोड़ दिया।[2] उसने उस वक़्त भी उसकी तरफ़ पलटकर नहीं देखा जब एक दोपहर आमारान्ता रसोईघर में गई और चूल्हे के कोयले में अपना हाथ डाल दिया और तब तक बाहर नहीं निकाला जब तक कि दर्द का अहसास ख़त्म नहीं हो गया और उसकी जगह अपने ही जले हुए मांस के अनिष्ट की बदबू नहीं आने लगी। यह अपने पछतावे का बेवकूफी भरा उपचार था। कई दिनों तक वह अंडे की सफ़ेदी से भरे एक लोटे में अपना हाथ डाले घर-भर में डोलती रही, और जब फफोले ठीक हो गए तब ऐसा मालूम पड़ता था मानो दिल के घाव भी अंडों ने भर दिए हैं। इस दुःखद घटना की एक ही निशानी बची थी और वह थी उसके जले हुए हाथ पर काली पट्टी जो उसने मरने तक नहीं उतारी।

आर्कादियो ने असाधारण उदारता का परिचय देते हुए पियेत्रो क्रेस्पी के लिए राजकीय शोक का ऐलान किया। उर्सुला को लगा कि सुबह का भूला शाम को लौट आया है। पर यह उसकी भूल थी। आर्कादियो को उसने तब नहीं खोया था जब उसने सेना की वर्दी पहनी थी बल्कि वह तो बहुत पहले, बचपन से ही उसे

1. जिस तरह से उपन्यास नाना प्रकार के एकाकीपन को खोजने की कोशिश करता है, उसी तरह से यह कई तरह की मृत्यु का भी वर्णन करता चलता है। प्रेम में आत्महत्या ऐसा ही एक दृष्टान्त है।
2. बुएन्दीया परिवार के सदस्य की तरह व्यवहार न करने की वजह से उर्सुला ने आमारान्ता के साथ भी वैसा ही सलूक किया जैसा आर्कादियो के साथ किया था।

खो चुकी थी। उर्सुला का मानना था कि उसने बिना किसी भेदभाव के आर्कादियो को बेटे की तरह पाला था, जैसे रेबेका को पाला था लेकिन अनिद्रा की महामारी के दौरान, उर्सुला की उपयोगितावादी सरगर्मी के दौरान, खोसे आर्कादियो बुएन्दीया के पागलपन में, औरेलियानो के एकान्तवास में और रेबेका एवं आमारान्ता की तीखी नोक-झोंक के बीच आर्कादियो सहमे हुए एकाकी बच्चे की तरह पला-बढ़ा था। औरेलियानो ने उसे पढ़ना-लिखना ज़रूर सिखाया था लेकिन वैसे ही जैसे किसी अजनबी को दूसरी चीज़ों के बारे में सोचते हुए सिखाता था। वह अपने कपड़े उसे तब देता जब वे फेंकने लायक़ हो जाते, और जिन्हें विसितासिओन थोड़ा-बहुत ठीक कर देती। आर्कादियो ज़रूरत से ज़्यादा बड़े जूतों, अपनी पैबन्द लगी पैंट और अपने स्त्रीनुमा नितम्बों से तंग रहता था। वह विसितासिओन और काताउरे से उनकी मूल भाषा में बात करने के अलावा किसी और से बातचीत नहीं कर पाता था। केवल एक मेल्कीयादेस था जो उसकी फ़िक्र करता था, उसे अपने अभेद्य पाठ सुनाता और डैगेरोटाइप का हुनर सिखाता। कोई सोच भी नहीं सकता था कि मेल्कीयादेस की मृत्यु पर वह एकान्त में कितना रोया था और मेल्कीयादेस को पुनर्जीवित करने के लिए उसने कितनी बेसब्री से उस बंजारे के काग़ज़-पत्तर पढ़े थे।[1] उस स्कूल ने, जहाँ लोग उसका ध्यान रखते और उसका आदर करते थे, और फिर अनगिनत असीमित आदेशों और भव्य वर्दी की ताक़त ने उसकी पुरानी कड़वाहट का बोझ हल्का कर दिया था। एक रात, कातारीनो की दुकान में किसी ने उससे कहने की गुस्ताख़ी की, "तुम अपने उपनाम के लायक़ नहीं हो।" सबकी उम्मीदों के विपरीत आर्कादियो ने उस पर गोली नहीं चलवाई।

"यह मेरी ख़ुशक़िस्मती है," वह बोला, "कि मैं बुएन्दीया नहीं हूँ।"

जिन लोगों को उसके पितृत्व के रहस्य के बारे में जानकारी थी उन्हें लगा कि उसे भी यह बात मालूम है, लेकिन हक़ीक़त में उसे कुछ पता नहीं था।[2] पिलार

---

1. उर्सुला के परित्याग और 'हरामी' और 'नीच माँ की औलाद' होने के बावजूद आर्कादियो बुएन्दीया परिवार की दो ख़ासियतों का वाहक था। एक, आम बुएन्दीया की ही तरह वह गूढ़ लिपि के अर्थ ढूँढ़ने को उत्सुक रहता था। (आर्कादियो की भाषा समझने की कोशिश, गूढ़ भाषा के गुरु मेल्कीयादेस से उसका रागात्मक सम्बन्ध, और ख़ानाबदोश लोगों की भाषा को जानने की उसकी अदम्य इच्छा) दो, कौटुम्बिक व्यभिचार के प्रति उसकी सहज प्रवृत्ति।
2. पहली नज़र में ऐसा लग सकता है कि उसे इस बात का अन्दाज़ था कि वह बुएन्दीया नहीं है। लेकिन हक़ीक़त में वह यह ऐलान विद्वेष के वशीभूत होकर कर रहा था। यह सोचना ग़लत होगा कि वह अपने को बुएन्दीया वंश से अलग समझता था, या अलग होना चाहता था।

तेर्नेरा, अँधेरे कमरे में उसके दिल की धड़कन तेज़ करनेवाली अपनी माँ पर वह उतना ही पागल था जितनी कि तेर्नेरा पहले खोसे आर्कादियो और फिर औरेलियानो के लिए थी। वक़्त के साथ आकर्षण और भव्य हँसी ख़त्म हो जाने के बावजूद आर्कादियो उस पर फ़िदा था और उसकी धुएँ की गन्ध से उसने उसे ढूँढ़ निकाला था। लड़ाई से कुछ समय पहले एक दोपहर जब वह अपने छोटे बेटे को स्कूल से लेने निश्चित समय से थोड़ी देर में आई, आर्कादियो उस कमरे में उसका इन्तज़ार कर रहा था जहाँ वह आराम करता था और जहाँ बाद में उसने टिकठियाँ जड़वा दी थीं। बच्चा आँगन में खेलता रहा और इस अहसास से कि पिलार तेर्नेरा वहाँ से गुज़रेगी आर्कादियो बेचैनी से थरथराता अपने हैमक में उसका इन्तज़ार करता रहा। वह आ पहुँची। आर्कादियो ने कलाई पकड़कर उसे हैमक में खींच लिया। "नहीं, नहीं," वह डरते हुए बोली, "तुम सोच भी नहीं सकते तुम्हें ख़ुश करना मुझे कितना अच्छा लगेगा, पर ईश्वर की सौगन्ध, यह मैं नहीं कर सकती।" आर्कादियो ने अपनी अपार पुश्तैनी शक्ति से उसकी कमर पकड़कर अपनी ओर खींचा। आर्कादियो को उसके शरीर के स्पर्श से ऐसा लगा मानो दुनिया ही ख़त्म हो गई हो। "सन्त होने का नाटक मत करो," वह बोला, "आख़िर सबको मालूम है कि तुम एक रंडी हो।" अपनी बुरी क़िस्मत से उपजी घृणा पर पिलार ने किसी तरह क़ाबू पाया।

"बच्चों को पता चल जाएगा," वह धीरे से बोली, "बेहतर होगा कि तुम आज रात दरवाज़े की कुंडी मत लगाना।"

उस रात उत्तेजना से छटपटाते आर्कादियो ने अपने हैमक में उसका इन्तज़ार किया। वह पिलार के इन्तज़ार में जागता रहा, भोर के अन्तहीन घंटों में उत्तेजित झींगुरों को और पनमुर्गियों द्वारा वक़्त के कठोर कथन को सुनते हुए हर पल उसका विश्वास बढ़ता ही गया कि उसके साथ धोखा हुआ है। और जब उत्तेजना रोष में बदल गई तो दरवाज़ा खुला। कुछ महीनों बाद, गोलीमार दस्ते का सामना करते हुए आर्कादियो को फिर स्कूल की कक्षा की ओर बढ़ते क़दम, बेंचों से टकराना और अन्ततः अँधेरे कमरे में जिस्मों का अम्बार और उस श्वास का स्पर्श याद हो आया जो उसके शरीर से न निकलकर किसी और के शरीर से निकली थी। उसने अपना हाथ बढ़ाया तो उसे अँधेरे में भटकने को उद्यत दो अँगूठियों वाली उँगली का हाथ छू गया। उसने नसों की बनावट को महसूस किया और उनके दुर्भाग्य की धड़कन को भी तथा उस गीले हाथ को थाम लिया जिसकी जीवन-रेखा मौत के पंजे ने अँगूठे की जड़ से काट दी थी। तब उसे अहसास हुआ कि यह वह औरत

नहीं थी जिसका उसे इन्तज़ार था क्योंकि उसके शरीर से धुएँ की गन्ध नहीं फूलों की ख़ुशबू आ रही थी और उसके छिपे स्तन भरे हुए थे, जिनके स्तनाग्र आदमी के स्तनाग्र जैसे थे, गरी जैसे पथरीले और गोल, उत्तेजित अनुभवहीनता की अस्त-व्यस्त नज़ाकत-सी। वह एक कुँआरी लड़की थी और सान्ता सोफ़िया दे ला पियेदाद[1] जैसा अनोखा नाम था उसका। यह काम करने के लिए पिलार तेर्नेरा ने उसको अपनी ज़िन्दगी की आधी कमाई, पचास पेसो भेंट की थी। आर्कादियो ने उसे कई बार अपने माँ-बाप की राशन की दुकान में काम करते देखा था लेकिन कभी ध्यान नहीं दिया था क्योंकि उसमें यह असाधारण ख़ासियत थी कि वह उपर्युक्त समय के अलावा पूरी तरह से अपनी मौजूदगी कभी भी दर्ज़ नहीं कराती थी। लेकिन उस दिन से वह बिल्ली की तरह उसकी काँख में सिमट गया। दोपहर के समय अपने माता-पिता की अनुमति से वह स्कूल जाती, जिन्हें पिलार तेर्नेरा ने अपनी बचत का बाक़ी हिस्सा दिया था। बाद में, जब सरकारी सैनिकों ने उन्हें उस जगह से भगा दिया जहाँ वे प्यार करते थे, वे दुकान के पिछवाड़े, तेल के डिब्बों और मक्की के बोरों के बीच प्रेम करने लगे।

जिन रिश्तेदारों को इसके बारे में पता था, वे थे खोसे आर्कादियो और रेबेका जिनसे आर्कादियो के अच्छे सम्बन्ध थे। यहाँ ख़ून के रिश्ते से ज़्यादा सहभागिता का रिश्ता था। खोसे आर्कादियो विवाहित जीवन के बन्धन में बँध गया था। रेबेका के दृढ़ स्वभाव, पेटूपन और अड़ियल महत्त्वाकांक्षा ने उसके पति की विस्मयकारी शक्ति को सोख लिया था। औरतों के पीछे भागनेवाला एक आलसी आदमी, एक आश्चर्यजनक कामकाजी जानवर में बदल गया था। उनका घर साफ़-सुथरा रहता। सुबह-सुबह रेबेका घर के दरवाज़े और खिड़कियाँ खोल देती और क़ब्रिस्तान की तरफ़ से हवा खिड़कियों से अन्दर आती और आँगन के दरवाज़े से पार निकल घर की चूना पुती दीवारों और फ़र्नीचर को मृतकों के शोरे से ताम्र बना जाती।[2] मिट्टी की भूख, माँ-बाप की हड्डियों की खटखट, पियेत्रो क्रेस्पी की निष्क्रियता के आगे अपने ख़ून की बेचैनी, सब कुछ उसकी यादों की अटारी में समा गए थे। लड़ाई के भय से अन्यमनस्क, वह दिन-भर खिड़की पर बैठी तब तक बेलबूटे काढ़ती

1. सान्ता सोफ़िया दे ला पियेदाद : इस नाम का अर्थ होता है सन्त, शहीद। शुरुआत में उसका नाम उसके चरित्र के बिलकुल विपरीत दिखाई पड़ता है। आर्कादियो से उसका परिचय वासना की पुतली के रूप में हुआ था। लेकिन बाद में उसका सन्त स्वभाव उभरकर सामने आता है। वह कभी भी किसी भी चीज़ की शिकायत नहीं करती।
2. ऐसा क़ब्रिस्तान और किराये के मकानों के आसपास होने की वजह से होता था।

रहती, जब तक कि अलमारी में रखे चीनी मिट्टी के बर्तन हिलने-डुलने नहीं लगते और खरसैले शिकारी कुत्तों के पीछे दुनाली बन्दूक़ टाँगे उस भारी-भरकम आदमी के आने से कुछ पहले वह खाना गर्म करने उठती, जो कभी अपने कन्धे पर हिरण और अक्सर ख़रगोश या जंगली बतखें लादे आता था। एक दोपहर, अपने शासन की शुरुआत में आर्कादियो उनके यहाँ अचानक आ धमका। घर छोड़ने के समय से वे उससे नहीं मिले थे लेकिन वह इतना स्नेही और घनिष्ठ मालूम पड़ता था कि उन्होंने उसे खाने का आमंत्रण दे दिया।

खाने के बाद कॉफ़ी पीते समय ही आर्कादियो ने अपने आने के कारण का खुलासा किया। उसे खोसे आर्कादियो के ख़िलाफ़ शिकायत मिली थी। कहा जा रहा था कि अपनी ज़मीन की जुताई करने के बाद वह अगल-बगल की ज़मीन में घुस गया था और अपने बैलों की मदद से बाड़ें और इमारतें गिराते हुए तभी रुका था जब आसपास की अच्छी ज़मीनें उसके क़ब्ज़े में आ गई थीं। वह उन किसानों से हफ़्ता लेता था। ज़मीन में उसकी कोई दिलचस्पी नहीं थी, वह हर रविवार अपने शिकारी कुत्तों और बन्दूक़ के साथ हफ़्ता वसूलता था। उसने कभी इस बात से इनकार नहीं किया। उसकी अपनी दलील थी। वह कहता था कि हड़पी हुई ज़मीन स्थापना के समय खोसे आर्कादियो बुएन्दीया ने बाँटी थी और उसे लगता था कि यह साबित करना मुमकिन था कि उसके पिता तब से ही पागल थे क्योंकि उन्होंने पुश्तैनी ज़मीन बाँट दी थी। यह आरोप वैसे भी व्यर्थ था क्योंकि आर्कादियो वहाँ न्याय करने के मक़सद से नहीं आया था। उसने रजिस्ट्री का दफ़्तर बनाने का प्रस्ताव रखा ताकि खोसे आर्कादियो की हड़पी हुई ज़मीन क़ानूनी तौर पर वह अपने नाम कर सके, और इसके बदले में हफ़्ता वसूलने का अधिकार शासन को दे दे। उनका समझौता हो गया। सालों बाद, जब कर्नल औरेलियानो बुएन्दीया ने ज़मीन के काग़ज़ात का मुआयना किया तो पाया कि उसके भाई के नाम उस पहाड़ी, जिस पर उसका आँगन था, से लेकर क्षितिज तक, क़ब्रिस्तान तक की सारी ज़मीन पंजीकृत थी। उसने यह भी पाया कि अपने ग्यारह महीने के शासन में आर्कादियो ने न केवल हफ़्ता वसूला था बल्कि खोसे आर्कादियो की ज़मीन में अपने रिश्तेदारों को दफ़नाने का जुगाड़ भी कर लिया था।[1]

जो बात सबको पता थी उसे जानने में उर्सुला को कई महीने लग गए। लोगों ने उससे यह बात इसलिए छिपाई कि उसका दर्द और न बढ़ जाए। पहले उसे शक हुआ।

1. यह अंश दक्षिण अमेरिकी समाज में व्याप्त भ्रष्टाचार की ओर इशारा करता है।

"आर्कादियो मकान बना रहा है," चम्मच से पति को कद्दू का शीरा पिलाने की कोशिश करती हुई वह झूठे गर्व से बोली। वह एकाएक गहरी साँस लेकर बोली, "पता नहीं क्यों मुझे दाल में कुछ काला लगता है।" बाद में जब उसे पता चला कि आर्कादियो ने न केवल घर बनवाया है बल्कि वियेना का फ़र्नीचर भी मँगवाया है तो उसका शक यक़ीन में बदल गया कि वह सार्वजनिक कोष के पैसे का दुरुपयोग कर रहा है। "तुम हमारे ख़ानदान के नाम पर कलंक हो," एक रविवार की दोपहर उसने आर्कादियो को अपने नये घर में अफ़सरों के साथ ताश खेलते देखकर कहा। आर्कादियो ने उसकी तरफ़ ध्यान नहीं दिया। और तब ही उर्सुला को पता चला कि उसकी छह महीने की बेटी थी और बिना शादी के साथ रह रही सान्ता सोफ़िया दे ला पियेदाद, फिर से माँ बननेवाली थी। उसने कर्नल औरेलियानो बुएन्दीया को ख़त लिखने का फ़ैसला किया, चाहे वह जहाँ कहीं भी हो, ताकि उसे हालात से अवगत करा सके। लेकिन उन दिनों के तेज़ी से बदलते हालात ने न केवल उसके इरादों को नाकाम कर दिया बल्कि उसको ऐसा सोचने के बदले में पश्चात्ताप करने पर भी मजबूर कर दिया। लड़ाई जो तब तक सिर्फ़ एक अस्पष्ट ख़याल और ज़िक्र करने के लिए एक शब्द-भर थी, अब एक ठोस और आकस्मिक यथार्थ बन गई थी। फ़रवरी महीने के अन्त में विवर्ण चेहरे वाली एक बुढ़िया झाड़ुओं से लदे एक गधे पर बैठकर माकोन्दो आई। वह इतनी निरापद लगती थी कि सन्तरियों ने उसे दूसरे शहरों से आनेवाले फेरी वालों में से एक समझकर बिना पूछताछ के अन्दर घुसने दिया। वह सीधे बैरक पर गई। आर्कादियो उससे वहाँ मिला जहाँ पहले कक्षाएँ चलती थीं और वह कमरा उस समय एक हुक से लटके हैमक, कोने में दरियों के ढेर और ज़मीन पर बिखरी बन्दूक़ों और कारबाइनों की वजह से एक तरह का चन्द्रावल शिविर जैसा लगता था। अपना परिचय देने से पहले बुढ़िया ने उसे सलामी दी :

"मैं कर्नल ग्रेगोरियो स्टीवेंसन हूँ।"[1]

वह बुरी ख़बर लाया था। जैसा कि उसका कहना था, उदारवाद विरोध के चन्द बचे हुए अड्डे अब ख़त्म होने की कगार पर थे। रियोआचा के पास पीछे हटते

---

1. कर्नल ग्रेगोरियो स्टीवेंसन : मारियो वार्गास ल्योसा के मुताबिक़ यह नाम 'हज़ार दिन की लड़ाई' के उदारवादी फ़ौजी जनरल मैक एलिस्टर को सामने रखकर गढ़ा गया है। कुछ अन्य लोगों के मुताबिक़ यह नाम 'द ट्रेजर आईलैंड' के अंग्रेज़ लेखक रॉबर्ट लुई स्टीवेंसन (1850-1894) को सांकेतिक श्रद्धांजलि भी हो सकती है। Vargas Llosa, Mario. (1971), *Gabriel García Márquez : Historia de un deicidio,* Barcelona : Barral Editors, (P. 489).

हुए कर्नल औरेलियानो बुएन्दीया ने आर्कादियो के लिए सन्देश भेजा था कि वह बिना विरोध के शहर समर्पित कर दे और इसके बदले उदारवादियों की जान और जायदाद बख़्श दी जाएगी। आर्कादियो ने उस अजीब दूत को तरस-भरी निगाहों से देखा, जिसे भगोड़ी दादी समझने की ग़लती की जा सकती थी।

"स्वाभाविक है कि तुम लिखित में कुछ लाए होगे," वह बोला।

"स्वाभाविक है," उस दूत ने जवाब दिया, "मैं ऐसा कुछ नहीं लाया हूँ। यह तो ज़ाहिर है कि हालात को देखते हुए कोई भी आदमी अपनी जान जोख़िम में डालनेवाली कोई चीज़ लेकर नहीं चलेगा।"

बोलते-बोलते उसने कुर्ती में हाथ डाला और एक छोटी सुनहरी मछली निकाली। "मेरे ख़याल से यह काफ़ी होगा," वह बोला। आर्कादियो ने पहचान लिया कि यह कर्नल औरेलियानो बुएन्दीया द्वारा बनाई गई छोटी सुनहरी मछली थी। लेकिन उसे तो लड़ाई छिड़ने से पहले ख़रीदा या चुराया भी जा सकता था और सुरक्षित पारपत्र के रूप में इसका कोई महत्त्व नहीं था। अपनी पहचान पर यक़ीन दिलाने के लिए उस दूत ने फ़ौजी भेद का खुलासा करने की ज़रूरत तक महसूस की। उसने बताया कि वह कैरेबियन द्वीप समूह से प्रवासियों को भरती करने और साल के अन्त में दोबारा हमला बोलने के लिए पर्याप्त शस्त्र और सामान जमा करने के लिए कुराज़ाओ जा रहा था। इस योजना की कामयाबी के लिए कर्नल औरेलियानो बुएन्दीया उस समय फ़ालतू में कोई रक्तपात नहीं चाहते थे। लेकिन आर्कादियो अपनी ही ज़िद पर अड़ा रहा। अपनी पहचान का ठोस सबूत पेश करने तक उसने उस दूत को बन्दी बनाकर टिकठी में डलवा दिया और मरते दम तक शहर की रक्षा करने का प्रण किया।

उसे ज़्यादा इन्तज़ार नहीं करना पड़ा। उदारवादियों की हार की ख़बर और पुख़्ता होती गई। मार्च के अन्त तक, समय-पूर्व बरसात शुरू होने से पहले कारनेट की भयंकर आवाज़ और चर्च की मीनार उड़ा देनेवाले तोप के गोलों से पिछले हफ़्तों की बेचैन शान्ति अचानक भंग हो गई। वास्तव में विरोध करने का आर्कादियो का फ़ैसला पागलपन था। उसके पास सिर्फ़ पचास आदमी थे और वे भी पूरी तरह हथियारबन्द नहीं थे। हर एक के पास सिर्फ़ बीस गोलियाँ थीं। जबकि उन लोगों में ऊँची उद्घोषणाओं से उत्तेजित उसके पूर्व विद्यार्थी भी थे जो एक हारे हुए आन्दोलन के लिए जान न्योछावर करने को कृतसंकल्प थे। जूतों की धब-धब, परस्पर विरोधी आदेशों, धरती हिला देनेवाले तोप के गोलों और बेलगाम गोलीबारी के बीच तथाकथित कर्नल स्टीवेंसन आर्कादियो से बस इतना

कह पाया, "कम-से-कम ये जनाने कपड़े पहने टिकठी में मरने के अपमान से तो मुझे बचा लो," वह बोला, "अगर मुझे मरना ही है तो मुझे मैदान-ए-ज़ंग में मरने दो।" आर्कादियो ने उसकी बात मान ली। उसने आदेश दिया कि उसे एक हथियार और बीस गोलियाँ दे दी जाएँ और पाँच सैनिकों के साथ उसे मुख्यालय की रक्षा करने के लिए छोड़कर वह ख़ुद सैनिकों के साथ मुक़ाबले का नेतृत्व करने निकल पड़ा। पर वह दलदल की ओर जानेवाली सड़क तक भी नहीं पहुँच पाया। मोरचे तोड़े जा चुके थे और सैनिक खुलेआम सड़कों पर लड़ रहे थे। पहले उन्होंने अपनी गोलियाँ ख़त्म कीं। फिर राइफ़ल का मुक़ाबला पिस्तौल से किया और अन्त में हाथों से लड़े। हार निकट देख कुछ औरतें हाथ में डंडे और छुरियाँ लेकर सड़कों पर उतर आईं। उस अफ़रातफ़री में आर्कादियो ने पागलों की तरह उसे इधर-उधर ढूँढ़ते हुए नाइटी पहने और हाथ में खोसे आर्कादियो बुएन्दीया की दो पिस्तौलें लिये आमारान्ता को देखा। उसने अपनी बन्दूक़ एक निहत्थे अफ़सर को दे दी और आमारान्ता को लेकर पास वाली गली से निकलकर घर आ गया। बगल के घर में छेद कर देनेवाली तोपों की आवाज़ से तटस्थ उर्सुला दरवाज़े पर खड़ी इन्तज़ार कर रही थी। बारिश धीमी हो गई थी लेकिन सड़कें पिघले साबुन की तरह रपटीली और चिकनी थीं और अँधेरे में ही रास्ता ढूँढ़ना पड़ रहा था। आमारान्ता को उर्सुला के पास छोड़कर उसने एक कोने से तेज़ गोलीबारी कर रहे दो सैनिकों का मुक़ाबला करने की कोशिश की। कई सालों से दराज़ में रखी दोनों पिस्तौलें नहीं चलीं। अपने शरीर की आड़ देते हुए उर्सुला ने आर्कादियो को घर में खींचने की कोशिश की।[1]

"ईश्वर के लिए अब चलो," वह चिल्लाई, "बहुत पागलपन हो चुका है।" सैनिकों ने उस पर निशाना साधा।

"उस आदमी को जाने दीजिए, महोदया," उनमें से एक ने कहा, "नहीं तो हम ज़िम्मेदार नहीं होंगे।" आर्कादियो ने उर्सुला को घर में धकेला और आत्मसमर्पण कर दिया। कुछ समय बाद गोलीबारी रुक गई और घंटियाँ बजने लगीं। विद्रोह आधे घंटे से भी कम समय में ख़त्म हो गया था। आर्कादियो का एक भी आदमी ज़िन्दा नहीं बचा था। लेकिन मरने से पहले उन्होंने तीन सौ सैनिकों को मार गिराया था। आख़िरी गढ़ बैरक थे। हमला होने से पहले तथाकथित कर्नल स्टीवेंसन ने सब

---

1. उर्सुला अन्त में आर्कादियो के प्रति अपने मन के विद्वेष को भुला देती है। यह एक तरह से परिवार के पुनर्मिलन का भी प्रतीक है।

क़ैदियों को रिहा कर दिया था और अपने आदमियों को सड़क पर जाकर लड़ने का आदेश दिया था। उसकी आश्चर्यजनक गतिशीलता और जिस अचूक निशाने से उसने अपनी बीस गोलियाँ दागी थीं, उससे ऐसा लग रहा था कि बैरक पर क़ब्ज़ा करना आसान नहीं होगा लेकिन हमलावरों ने उसे तोप के गोलों से उड़ा दिया। इस कार्यवाही को अंजाम देनेवाले कप्तान को परित्यक्त मलबे में कच्छा पहने एक ही आदमी की लाश देखकर आश्चर्य हुआ जो अब भी उस हाथ में बन्दूक़ थामे हुआ था जो पूरा कट चुका था। उसके बाल औरतों जैसे लम्बे और गले की चेन में एक सोने की मछली थी। जब उसने अपने जूते से लाश को पलटकर उसके चेहरे पर रोशनी डाली तो वह भौचक्का रह गया। "हे ईश्वर," वह बोला। बाक़ी अफ़सर भी वहाँ आ गए। "देखो यह कहाँ मिला," कप्तान बोला, "यह तो ग्रेगोरियो स्टीवेंसन है।"

भोर में, एक संक्षिप्त फ़ौजी अदालती कार्यवाही के बाद, क़ब्रिस्तान की दीवार के सामने आर्कादियो को गोली मार दी गई। अपने जीवन के अन्तिम दो घंटों में उसे यह समझ में नहीं आया कि वह डर जो उसे बचपन से सता रहा था, अब कहाँ ग़ायब हो गया था। निरावेग, अपनी हाल की बहादुरी का बखान किए बिना उसने इल्ज़ामों का अन्तहीन अभियोग सुना। उसने उर्सुला के बारे में सोचा, जो उस समय अखरोट के पेड़ तले खोसे आर्कादियो बुएन्दीया के साथ कॉफ़ी पी रही होगी। उसने अपनी आठ महीने की बेटी के बारे में सोचा, जिसका अभी नामकरण भी नहीं हुआ था और उस बच्चे के बारे में जो अगस्त में पैदा होनेवाला था। उसने सान्ता सोफ़िया दे ला पियेदाद के बारे में सोचा, जिसे वह पिछली रात अगले दिन के खाने की तैयारी में हिरण पकाता छोड़ आया था, उसे उसके कन्धों पर लहराते बाल, उसकी वे पलकें जो नकली लगती थीं—सब कुछ याद आया। उसने अपने आदमियों के बारे में बिना किसी भावुकता के सोचा और अपनी ज़िन्दगी के बन्द होते खाते का मुआयना करते हुए उसे अहसास हुआ कि वह उन लोगों को कितना चाहता था, जिनसे वह सबसे ज़्यादा नफ़रत करता था।[1] फ़ौजी अदालत के अध्यक्ष ने जब अपना अन्तिम भाषण शुरू किया तो आर्कादियो को अहसास हुआ कि दो घंटे बीत चुके हैं। "अगर प्रमाणित इल्ज़ाम इस लायक़ नहीं भी होते," अध्यक्ष बोल रहा था, "तो भी जिस ग़ैरज़िम्मेदाराना और आपराधिक दुस्साहस से इस मुलजिम ने अपने अधीनस्थ सैनिकों को एक व्यर्थ मौत की ओर धकेला वह उसे मृत्युदंड दिलाने के लिए काफ़ी है।" उस छिन्न-भिन्न पाठशाला में जहाँ उसे पहली बार

1. यह इस ओर इंगित करता है कि आर्कादियो के अन्दर मृत्यु का भय ख़त्म हो चुका था।

सत्ता के डर का अहसास हुआ था, उस कमरे से कुछ क़दम दूर जहाँ उसने प्रेम की अनिश्चितता को महसूस किया था, वहाँ आर्कादियो को मौत की औपचारिकता हास्यास्पद लगी। मौत उसके लिए मायने नहीं रखती थी लेकिन ज़िन्दगी के मायने थे इसलिए जब फ़ैसला सुनाया गया तो उसे जिस भावना का अहसास हुआ वह भय नहीं था। वह थी अतीत की याद। जब तक उसकी आख़िरी ख्वाहिश नहीं पूछी गई वह कुछ नहीं बोला।

"मेरी पत्नी से कहना," वह सहज भाव से बोला, "कि मेरी बेटी का नाम उर्सुला रखे।" वह रुका और फिर बोला, "उर्सुला, उसकी दादी की तरह। और उससे कहना कि यदि होनेवाला बच्चा लड़का हो तो उसका नाम खोसे आर्कादियो रखा जाए, उसके ताऊ पर नहीं, दादा के नाम पर।"

मृत्युदंड की दीवार तक ले जाने से पहले फादर निकोनार उसके पास आया। "मुझे कोई पछतावा नहीं है।" आर्कादियो बोला और बिना दूध की एक कप काली कॉफ़ी पीने के बाद वह मौत का वरण के लिए तैयार हो गया। दस्ते की अगुआई फौरी मृत्युदंड देने में माहिर एक अफ़सर कर रहा था जिसका नाम महज़ संयोग नहीं था : कप्तान रोके कारसिनेरो।[1] इस नाम का मतलब था कसाई। क़ब्रिस्तान की तरफ़ बढ़ते हुए निरन्तर बूँदाबाँदी के बीच, आर्कादियो ने एक चमकीला बुधवार क्षितिज से उगते देखा। उसकी अतीत की यादें कुहरे के साथ ग़ायब हो गईं और अपनी जगह एक असीम उत्सुकता छोड़ गईं। जब उसे दीवार की तरफ़ पीठ करने का आदेश मिला तब उसने रेबेका को देखा। गीले बाल, गुलाबी फूलों वाली पोशाक पहने दरवाज़ा खोलती हुई। उसने पूरी कोशिश की कि वह उसे पहचान ले। रेबेका ने दीवार की तरफ़ सरसरी निगाह दौड़ाई और विस्मय से जड़ी रह गई। बहुत मुश्किल से उसके शरीर में हरकत हुई और आर्कादियो को विदा करने के लिए उसने बड़ी मुश्किल से हाथ हिलाया। आर्कादियो ने भी उसी तरह जवाब दिया। उस क्षण बन्दूक़ों की धुएँदार नलियाँ उस पर निशाना साधे हुए थीं। उस पल अक्षरश: उसे मेल्कीयादेस के सार्वभौम पत्र सुनाई पड़े और उसे कुँवारी सान्ता सोफ़िया दे ला पियेदाद के भूले हुए क़दमों की आहट पाठशाला में सुनाई पड़ी और अपनी नाक में उसे उसी बर्फ़ीली कठोरता का अहसास हुआ जिसने रेमेदियोस की लाश में उसका ध्यान आकर्षित किया था। "मैं कहना ही भूल

1. रोके कारसिनेरो : कारसिनेरो का अर्थ है कसाई। भाषा के माध्यम से आदमी के चरित्र-चित्रण का एक उदाहरण, जो मार्केस की ख़ासियत है।

गया कि यदि लड़की हो तो उसका नाम रेमेदियोस रखा जाए।" और फिर उसे नाख़ून के किनारों में संचित उस भय का अहसास हुआ जिसने उसे ज़िन्दगी-भर सताया था। कप्तान ने गोली चलाने का आदेश दिया। आर्कादियो के पास मुश्किल से इतना वक़्त था कि वह छाती निकालकर सिर उठा सके बिना यह समझे कि उसकी जाँघें जलानेवाला गर्म तरल पदार्थ कहाँ से बह रहा है।

वह चिल्लाया, "हरामी के पिल्लो, उदारवादी पार्टी ज़िन्दाबाद!"

7

मई में लड़ाई ख़त्म हो गई। विद्रोह शुरू करनेवालों को कड़ी से कड़ी सज़ा देने के वायदे का सरकार द्वारा आधिकारिक ऐलान फिर जाने से दो हफ़्ते पहले ही कर्नल औरेलियानो बुएन्दीया पकड़ा गया। उस समय वह एक ओझा का रूप धरकर पश्चिमी सीमा तक पहुँचने ही वाला था। उसके साथ लड़ाई के लिए निकले इक्कीस आदमियों में से चौदह युद्धभूमि में ख़त्म हो गए थे, छह घायल थे और पराजय के अन्तिम क्षणों में उसके साथ सिर्फ़ एक ही आदमी बचा था : कर्नल खेरिनेल्दो मार्केस। माकोन्दो में उसके बन्दी होने की ख़बर का ऐलान एक ख़ास इश्तिहार के ज़रिये किया गया। "वह ज़िन्दा है," उर्सुला अपने पति से बोली, "भगवान करे उसके दुश्मन उसके प्रति कुछ दया दिखाएँ।" तीन दिन रोने के बाद एक दोपहर जब वह रसोईघर में खड़ी खोआ बना रही थी, उसे अपने बेटे की आवाज़ साफ़-साफ़ सुनाई पड़ी। "वह औरेलियानो था," अपने पति को बताने के लिए अखरोट के पेड़ की ओर दौड़ती हुई वह चिल्लाई, "मुझे नहीं मालूम यह चमत्कार कैसे हुआ, लेकिन वह ज़िन्दा है और बहुत जल्द हम उसे देखेंगे।" उसे इस बात पर पूरा यक़ीन था। उसने घर का फ़र्श रगड़-रगड़कर साफ़ करवाया और फ़र्नीचर की सजावट बदली। एक हफ़्ते बाद, हवा में उड़ती एक अफ़वाह ने इस पूर्वानुमान को नाटकीय ढंग से पुष्ट किया। कर्नल औरेलियानो बुएन्दीया को मौत की सज़ा हुई थी और वह सज़ा माकोन्दो में दी जानी थी ताकि वहाँ की जनता को सबक़ सिखाया जा सके। एक सोमवार, सुबह साढ़े दस बजे, जब आमारान्ता औरेलियानो खोसे को तैयार कर रही थी, उसे दूर से फ़ौज और कॉर्नेट के धमाके की आवाज़ सुनाई दी और अगले ही क्षण उर्सुला उसके कमरे में दाख़िल हुई, "वे उसे ला रहे हैं, अभी।" सैनिकों ने उमड़ती भीड़ को राइफ़ल के कुन्दों से सँभालने की भरसक कोशिश की। उर्सुला और आमारान्ता नुक्कड़ तक भागे गए, भीड़ को

धक्का देते हुए आगे बढ़े और तब उन्हें वह दिखाई दिया। वह भिखारी लग रहा था। कपड़े फटे हुए थे, बाल और दाढ़ी उलझे हुए थे और वह नंगे पैर था। चलते समय उसे जलती हुई धूल का अहसास नहीं था, उसके हाथ पीठ पीछे एक रस्सी से बँधे हुए थे, जिसे एक घुड़सवार अफ़सर अपने घोड़े के सिर से बाँधे हुए था। उसके साथ, उतने ही बुरे हाल में कर्नल खेरिनेल्दो मार्केस को लाया जा रहा था। वे दुखी नहीं थे। ज़्यादा परेशान वे फ़ौज को गालियाँ देती भीड़ से लग रहे थे।

उस शोर के बीच उर्सुला चिल्लाई, "मेरा बच्चा।" और जिस सिपाही ने उसे रोकने की कोशिश की, उर्सुला ने उसे एक थप्पड़ जड़ दिया। अफ़सर का घोड़ा बिदका। तभी, कर्नल औरेलियानो बुएन्दीया काँपता हुआ रुक गया। अपनी माँ की बाँहों से बचते हुए उसने उसकी तरफ़ कड़ी नज़रों से देखा।

"घर जाओ माँ," वह बोला, "अधिकारियों से इजाज़त लेकर मुझसे जेल में मिलने आना।"

उसने आमारान्ता की ओर देखा जो उर्सुला से दो क़दम पीछे अनिश्चित-सी खड़ी थी और मुस्कराकर उससे पूछा, "तुम्हारे हाथ को क्या हुआ?" "जल गया," वह बोली और उर्सुला को घोड़ों की टापों से बचाती हुई वहाँ से ले गई। फ़ौज चली गई। एक ख़ास रक्षक क़ैदियों को घेरकर जेल तक ले गया।

शाम में उर्सुला कर्नल औरेलियानो बुएन्दीया से जेल में मिलने गई। उसने दोन आपोलिनार मोस्कोते के ज़रिये इजाज़त हासिल करने की कोशिश की थी लेकिन फ़ौजी ताक़त के सामने उसकी कोई हैसियत नहीं रह गई थी।[1] फादर निकोनार टाइफाइड के मारे पलंग पर पड़ा था। कर्नल खेरिनेल्दो मार्केस को मौत की सज़ा नहीं हुई थी और उसके माता-पिता ने उससे मिलने की भरसक कोशिश की लेकिन उन्हें बन्दूक़ों के कुन्दों से मारकर भगा दिया गया। जब हस्तक्षेप करनेवाला कोई नहीं मिला, और इस बात से क़ायल कि पौ फटते ही उसके बेटे को गोली मार दी जाएगी, उर्सुला ने उसके लिए चीज़ें बाँधी और अकेली जेल की ओर चल दी।

"मैं कर्नल औरेलियानो बुएन्दीया की माँ हूँ," उसने कहा।

सन्तरियों ने उसका रास्ता रोका। "मैं हर हाल में जाऊँगी," उर्सुला ने उन्हें

---

1. जिस देशकाल की पृष्ठभूमि में यह उपन्यास लिखा गया है वह दरअसल कोलम्बिया के इतिहास का वह कालखंड है, जिसमें असली सत्ता सेना के हाथ में थी और नागरिक प्रशासन महज़ दिखावा था। उपन्यास का यह प्रसंग इसी तस्वीर को सामने रखता है। दोन आपोलिनार मोस्कोते सिर्फ़ कहने को प्रशासक था, असली हुकूमत सेना की थी।

चेतावनी दी, "इसलिए यदि तुम्हें गोली चलाने का आदेश है तो शुरू हो जाओ।" उनमें से एक को धक्का देकर वह उस कक्ष में गई जहाँ कभी बच्चों को पढ़ाया जाता था[1] और अब जहाँ अर्धनग्न अवस्था में सैनिक अपने हथियारों में तेल लगा रहे थे। औपचारिक स्वभाव, सुस्वस्थ चेहरा, मोटा चश्मा पहने एक वर्दीधारी अफ़सर ने सन्तरियों को वहाँ से हटने का संकेत दिया।

"मैं कर्नल औरेलियानो बुएन्दीया की माँ हूँ।" उर्सुला ने दोहराया।

"तुम्हारा मतलब," भीनी मुस्कराहट के साथ उसे टोकते हुए अफ़सर ने कहा, "कि तुम श्री औरेलियानो बुएन्दीया की माँ हो!"

उसके बोलने के दिखावटी अन्दाज़ में पहाड़ के लोगों के सुस्त लय वाले ढंग को वह पहचान गई।

"जैसा आप कहें, श्रीमान," वह बोली, "मैं तो सिर्फ़ उससे मिलना चाहती हूँ।"

ऊपर के आदेश थे कि मृत्युदंड प्राप्त क़ैदियों से किसी को न मिलने दिया जाए, लेकिन उस अफ़सर ने अपनी ज़िम्मेदारी पर उर्सुला को पन्द्रह मिनट की मुलाक़ात की अनुमति दे दी। उर्सुला ने अपनी पोटली का सामान उसे दिखाया : साफ़ कपड़े, वह बूट जो उसके बेटे ने अपनी शादी पर पहने थे और वह रबड़ी जो पहली बार उसके लौटने की उम्मीद जगने पर उसने बनाई थी। कोठरी की तरह इस्तेमाल होनेवाले कमरे में उसने कर्नल औरेलियानो बुएन्दीया को काँख में फोड़े होने की वजह से एक चारपाई पर हाथ फैलाए लेटे देखा। उन्होंने उसे दाढ़ी बनाने दी थी। ऐंठी घनी मूँछों की वजह से उसका चेहरा और उभर आया था। उर्सुला को वह पहले से ज़्यादा कमज़ोर, कुछ लम्बा और पहले से कहीं ज़्यादा एकाकी लगा। उसको घर की सब ख़बरें पता थीं : पियेत्रो क्रेस्पी की आत्महत्या, आर्कादियो का स्वेच्छाचारी काम और उसकी मौत, अखरोट के पेड़ के नीचे बैठे खोसे आर्कादियो बुएन्दीया का जीवट। उसे मालूम था कि आमारान्ता ने अपना कुँवारा वैधव्य औरेलियानो खोसे को पालने में समर्पित कर दिया था और उस बच्चे में विवेक के लक्षण नज़र आ रहे थे और उसने बोलने के साथ ही लिखना

---

1. यहाँ उदारवादियों और रूढ़िवादियों में एक अद्भुत साम्य दिखाई देता है। जैसे औरेलियानो बुएन्दीया लड़ाई के लिए जाते समय खोसे आर्कादियो को शहर की रखवाली की ज़िम्मेदारी सौंप गया था और खोसे आर्कादियो ने स्कूल को जेल में तब्दील कर दिया था, वैसे ही रूढ़िवादियों ने भी शक्तिशाली बनने के बाद स्कूल को जेल में बदल दिया। इस पूरे उपन्यास में जगह-जगह ऐसे उदाहरण सामने आते हैं कि विचारधारा के दो ध्रुवों पर खड़े होने के बाद भी व्यावहारिक ज़मीन पर दोनों के बीच फ़र्क़ अक्सर मिट जाता है।

और पढ़ना सीख लिया था। कमरे में घुसने के समय से ही उर्सुला को अपने बेटे की प्रौढ़ता और उसके रोम-रोम से टपक रहे आधिपत्य के तेज़ से थोड़ा संकोच हुआ। उसकी जानकारी पर उसको आश्चर्य हुआ। "तुम्हें तो मालूम ही है कि मैं विलक्षण हूँ," उसने मज़ाक़ किया और फिर संजीदा होकर बोला, "आज सुबह जब वे मुझे यहाँ लाए तो मुझे लगा कि मैं पहले ही इस सबसे गुज़र चुका हूँ।" और वाक़ई जब उसके आसपास भीड़ चिल्ला रही थी, वह अपने ख़यालों में खोया हुआ इस बात से चकित था कि वह शहर कितना बूढ़ा हो गया था। बादाम के पेड़ों की पत्तियाँ टूटी हुई थीं। पहले नीले और फिर लाल रँगे मकानों का रंग अब उचट गया था।

"तुमने क्या सोचा था?" उर्सुला ने गहरी साँस लेते हुए कहा, "समय तो आगे बढ़ता रहता है।"

"वह तो है," औरेलियानो ने माना, "लेकिन इतनी तेज़ी से नहीं।"

और इस तरह जिस बहुप्रतीक्षित मुलाक़ात के लिए दोनों ने ढेरों सवाल सोचे थे और उनके जवाबों का भी पूर्वानुमान किया हुआ था, एक बार फिर रोज़मर्रा की बातचीत में तब्दील हो गई। जब सन्तरी ने आकर कहा कि मिलने का समय समाप्त हो गया है तो औरेलियानो ने अपनी चारपाई के नीचे से सीले हुए काग़ज़ों का एक गट्ठर निकाला। वे उसकी कविताएँ थीं। रेमेदियोस से प्रेरित वो कविताएँ जो वह जाते समय अपने साथ ले गया था और वे भी जो उसने युद्ध के दौरान मिले चन्द ख़ाली क्षणों में लिखी थीं। "वादा करो कि इन्हें कोई नहीं पढ़ेगा," वह बोला, "आज रात ही इनसे चूल्हा जला लेना।" उर्सुला ने उससे वादा किया और विदाई चुम्बन लेने के लिए खड़ी हो गई।

"मैं तुम्हारे लिए रिवाल्वर लाई हूँ," वह फुसफुसाई।

कर्नल औरेलियानो बुएन्दीया ने देखा कि कहीं सन्तरी ने कुछ देखा तो नहीं। "यह मेरे किसी काम नहीं आएगी," वह धीरे-से बोला, "पर मुझे दे दो कहीं बाहर जाते समय तुम्हारी तलाशी न हो," उर्सुला ने अपनी कुर्ती से रिवाल्वर निकाला और चारपाई के गद्दे के नीचे रख दिया। "और अलविदा मत कहना," ज़ोर देकर शान्त भाव से वह बोला, "किसी के आगे गिड़गिड़ाना मत। सोच लेना कि मुझे बहुत पहले ही गोली मार दी गई थी।" उर्सुला ने रुलाई रोकने के लिए होंठों को दाँतों तले दबाया।

"इन फोड़ों पर गर्म पत्थर रख लेना," वह बोली।

वह पलटकर कमरे से निकल गई। सोच में डूबा कर्नल औरेलियानो बुएन्दीया दरवाज़ा बन्द होने तक वहीं खड़ा रहा। फिर वह हाथ फैलाकर लेट गया। किशोरावस्था के प्रारम्भ से जब उसे अपने पूर्वाभासों का मान होने लगा था, उसे लगता था कि मौत की सूचना एक सुनिश्चित, साफ़-साफ़ अटल संकेत के ज़रिये मिलेगी लेकिन उसके मरने में कुछ ही घंटे बाक़ी थे और अभी तक उसे मौत की आहट के संकेत नहीं मिले थे, जैसे उस वक़्त आभास हुआ था जब एक बार एक बहुत ही ख़ूबसूरत महिला तुकुरिंका में उसके पड़ाव में आई और सन्तरियों से उससे मिलने की इजाज़त ली। सन्तरियों ने उसे जाने दिया क्योंकि वे उन माँओं के पागलपन से वाक़िफ़ थे जो अपनी नस्ल को बेहतर बनाने के लिए अपनी बेटियों को नामी योद्धाओं के कमरों में भेजती थीं।

उस रात जब वह लड़की उसके कमरे में आई तब कर्नल औरेलियानो बुएन्दीया अपनी वह कविता पूरी कर रहा था, जो बारिश में ग़ुम हुए आदमी के बारे में थी। उसने ताले वाली दराज़ में अपनी कविताएँ रखने के लिए लड़की की तरफ़ पीठ की। और तभी उसे मौत का आभास हुआ। अपना सिर घुमाए बिना उसने दराज़ में रखी पिस्तौल पर पकड़ मज़बूत की और कहा :

"कृपया गोली मत चलाना," उसने कहा।

जब वह अपनी पिस्तौल लिये घूमा, तो हतप्रभ लड़की ने अपनी पिस्तौल नीचे कर ली। उसकी समझ में नहीं आया कि वह आगे क्या करे। इसी तरह वह ग्यारह में से चार जानलेवा हमलों से बचा था। ऐसे ही एक बार एक ऐसा आदमी जो कभी पकड़ा नहीं गया, मानुआरे में क्रान्तिकारी फ़ौज के मुख्यालय में घुस आया और उसके क़रीबी दोस्त कर्नल मागनिफिको विसबाल[1] की चाकू मारकर हत्या कर दी, जिसे औरेलियानो ने बुख़ार से ठीक होने के लिए अपनी चारपाई सोने के लिए दे दी थी, और ख़ुद उसी कमरे में कुछ ही दूरी पर लटके हैमक पर सो गया था। उसे इस हादसे की भनक तक नहीं लगी थी। वह अक्सर अपने पूर्वाभासों को क्रमबद्ध करने की कोशिशें करता लेकिन उसे सफलता नहीं मिलती थी। वे अक्सर एक क्षणिक और निर्बाध आवेग की तरह, दैवी शान्ति की तरंग में अचानक प्रकट होते जिनका बोध करना असम्भव होता। कभी-कभी वे इतने स्वाभाविक होते कि

1. यद्यपि मागनिफिको विसबाल के चरित्र को उपन्यास में ज़्यादा विस्तार नहीं दिया गया है लेकिन वह इस मायने में महत्त्वपूर्ण है कि उसने औरेलियानो का स्थान ग्रहण कर उसकी ज़िन्दगी बचाई।

उनके होने के बाद वह उन्हें पूर्वाभास मान लेता। अक्सर वे और कुछ नहीं बस सामान्य अन्धविश्वास साबित होते। लेकिन जब उसे मृत्युदंड सुनाया गया और उसकी आख़िरी इच्छा पूछी गई तो अपने जवाब के पूर्वाभास को पहचानने में उसे ज़रा भी हिचकिचाहट नहीं हुई।

"मैं चाहता हूँ कि यह दंड मुझे माकोन्दो में दिया जाए," वह बोला। फ़ौजी अदालत का अध्यक्ष नाराज़ हो गया।

"चालाकी मत करो, बुएन्दीया," वह उससे बोला, "यह और समय पाने के लिए सिर्फ़ एक चाल है।"

"अगर तुम पूरी न करना चाहो तो वह तुम्हारी मर्ज़ी," कर्नल बोला, "लेकिन मेरी अन्तिम इच्छा यही है।"

तब से उन पूर्वाभासों ने उसका साथ छोड़ दिया था। जिस दिन उर्सुला उससे जेल में मिलने आई थी, बहुत सोचने के बाद वह इस नतीजे पर पहुँचा था कि शायद इस बार मौत का कोई संकेत नहीं आएगा क्योंकि अब उसकी मौत संयोग नहीं रह गई थी बल्कि उसके वधिकों की मर्ज़ी पर निर्भर थी। वह रात-भर फोड़ों के दर्द से तड़पता हुआ जागता रहा। पौ फटने से कुछ पहले कमरे के बाहर उसने क़दमों की आहट सुनी। "वे आ रहे हैं," वह अपने आपसे बोला और बिना किसी वजह उसे खोसे आर्कादियो बुएन्दीया का ख़याल आया जो उस समय अखरोट के पेड़ के नीचे उदास भोर में उसके बारे में सोच रहा था। उसे न तो डर लगा और न ही पुरानी यादों का अहसास हुआ। लेकिन यह सोचकर उसकी अँतड़ियों में मरोड़ें उठ रही थीं कि इस अप्राकृतिक मौत की वजह से वह ऐसी कई चीज़ों का अन्त नहीं देख पाएगा जो उसने अधूरी छोड़ी थीं। दरवाज़ा खुला और कॉफ़ी का प्याला लिये एक सन्तरी अन्दर आया। अगले दिन, इस समय वह वही कर रहा होगा जो तब कर रहा था, काँखों के दर्द से तड़पता और वही हुआ। बृहस्पतिवार को उसने सन्तरियों के साथ अपनी रबड़ी बाँटी, अपने नये, कुछ तंग कपड़े, और अपने चमड़े के जूते पहने। शुक्रवार को भी वे लेने नहीं आए।

वस्तुतः सज़ा को लागू करने की उनकी हिम्मत नहीं हो रही थी। इस उद्धत शहर को देखकर फ़ौजियों को लगता था कि कर्नल औरेलियानो को मृत्युदंड देने के न केवल माकोन्दो बल्कि सम्पूर्ण कछार क्षेत्र में गम्भीर राजनीतिक परिणाम निकल सकते हैं, इसलिए उन्होंने राज्य की राजधानी के आला अफ़सरों से सलाह माँगी थी। शनिवार की रात जब वे जवाब का इन्तज़ार कर रहे थे, कप्तान रोके कार्निसेरो

कुछ अफ़सरों के साथ कातारीनो की दुकान पर गया। काफ़ी डराने-धमकाने के बाद सिर्फ़ एक औरत उसे अपने कमरे पर ले जाने को राज़ी हुई। "यहाँ की औरतें ऐसे आदमी के साथ नहीं सोना चाहतीं जो उनकी जानकारी के मुताबिक़ मरनेवाला है," उसने कहा। "कोई नहीं जानता उसको मौत कैसे आएगी लेकिन सब लोग कह रहे हैं कि जो अफ़सर कर्नल औरेलियानो बुएन्दीया को गोली मारेगा उसे और उसके दस्ते के हर सिपाही को एक-एक करके ख़त्म कर दिया जाएगा, आज नहीं तो कल, चाहे वे दुनिया के किसी भी कोने में क्यों न छिप जाएँ।" कप्तान रोके कार्निसेरो ने यह बात दूसरे अफ़सरों को बताई जिन्होंने अपने वरिष्ठ अधिकारियों को बता दी। रविवार के दिन हालाँकि ऐसा कुछ भी नहीं कहा गया था, और उन दिनों फ़ौज ने शहर की तनावपूर्ण शान्ति को किसी भी तरह नहीं छेड़ा था, लेकिन पूरे शहर को पता था कि वे अफ़सर सज़ा पूरी करने की ज़िम्मेदारी से बचने के लिए कोई भी बहाना बनाने को तैयार थे। सरकारी आदेश सोमवार को पहुँचा : सज़ा के आदेश का पालन अगले चौबीस घंटों के भीतर हो। उस रात उन अफ़सरों ने एक टोपी में काग़ज़ के सात टुकड़े डाले लेकिन, दुर्भाग्य ने कप्तान रोके कार्निसेरो का साथ नहीं छोड़ा और चुने गए काग़ज़ पर उसी का नाम निकला। "बुरी क़िस्मत में छेद नहीं होता," वह कटुता से बोला, "मैं हरामी की औलाद पैदा हुआ और हराम की मौत मरूँगा।" सुबह पाँच बजे उसने चिट्ठी डालकर टोली चुनी, आँगन में सिपाहियों को इकट्ठा किया और आगाह करने वाला एक वाक्य बोलकर कर्नल औरेलियानो को उठाया।

"चलो बुएन्दीया," वह बोला, "हमारा समय आ गया है।"

"ओह, तो यह बात है," कर्नल ने जवाब दिया, "मैं सपना देख रहा था कि मेरे फोड़े फट गए हैं।"

जब से रेबेका बुएन्दीया को पता लगा था कि औरेलियानो को गोली मारी जानी है, तब से वह सुबह तीन बजे उठती। खोसे आर्कादियो के खर्राटों से हिलते बिस्तर पर वह अँधेरे में आधी खुली खिड़की से क़ब्रिस्तान की दीवार देखती रहती। उसने पूरे हफ़्ते इसी गोपनीय दृढ़ता से इस पल का इन्तज़ार किया था जैसे किसी और समय में पियेत्रो क्रेस्पी के पत्रों का किया था। "वे लोग उसे यहाँ क़ब्रिस्तान में नहीं मारेंगे," खोसे आर्कादियो ने उससे कहा, "वे लोग उसे आधी रात को बैरक में मारकर वहीं दफ़ना देंगे ताकि किसी को पता नहीं चले कि सैनिक टुकड़ी में कौन-कौन था।" रेबेका इन्तज़ार करती रही। "वे लोग मूर्ख हैं और उसे यहीं

मारेंगे," वह बोली। उसे इस बात का इतना पक्का विश्वास था और उसने यह भी तय कर लिया था कि वह किस तरह दरवाज़ा खोलकर उसे अलविदा कहेगी।[1] "वे उसे सड़क के रास्ते नहीं लाएँगे," खोसे आर्कादियो बोला, "छह डरे हुए सैनिक ऐसी मूर्खता नहीं करेंगे जो ये जानते हैं कि यहाँ लोग कुछ भी कर सकते हैं।" अपने पति के तर्क से अप्रभावित रेबेका खिड़की के पास डटी रही।

"तुम देखना, वे ऐसे ही मूर्ख हैं," उसने कहा।

मंगलवार, सुबह पाँच बजे, जब खोसे आर्कादियो अपनी कॉफ़ी पीकर कुत्तों को बाहर छोड़ चुका था, रेबेका ने खिड़की बन्द की और गिरने से बचने के लिए पलंग पकड़ लिया। "देखो, वे उसे ला रहे हैं," कहकर उसने लम्बी साँस ली, "वह कितना ख़ूबसूरत है।" खोसे आर्कादियो ने खिड़की से बाहर झाँका और भोर की रोशनी में उसे काँपता हुआ पाया। कर्नल की पीठ दीवार की ओर थी और उसके हाथ कमर पर थे क्योंकि काँख की जलती गाँठें उन्हें नीचे नहीं होने दे रही थीं। "आदमी अपनी ही ज़िन्दगी तबाह कर लेता है," कर्नल औरेलियानो बुएन्दीया बोला, "इतना चौपट कर लेता है कि छह कमज़ोर परियाँ उसे मार सकती हैं और वह कुछ नहीं कर सकता।" उसने इतने रोष से इस बात को दोहराया कि लगा मानो आग निकल रही हो। कप्तान रोके कार्निसेरो को लगा कि वह प्रार्थना कर रहा है और वह द्रवित हो गया।

जब उस दस्ते ने निशाना साधा, तब तक उस रोष ने एक कटु और द्वेषपूर्ण रूप ले लिया था जिसने उसकी जीभ को सुला दिया और उसकी आँखें बन्द करवा दीं। और तब भोर की एलुमिनियम-सी अरुणिमा लुप्त हो गई और कर्नल ने अपने आपको फिर से हाफ पैंट में, गले में टाई पहने हुए देखा और उसका हाथ पकड़कर उस शानदार दोपहर को तम्बू में ले जाते हुए अपने पिता को देखा और वह बर्फ़ देखी। जब उसने एक ज़ोर की आवाज़ सुनी तो उसने सोचा कि वह दस्ते को दिया गया आख़िरी आदेश है। उसने गोलियों की बौछार का सामना करने की उम्मीद और जिज्ञासा के स्फुरण से आँखें खोलीं, लेकिन उसने पाया कि कप्तान रोके कार्निसेरो हाथ ऊपर उठाए हुए था और खोसे आर्कादियो हाथ में अपनी ख़तरनाक बन्दूक़ लिये सड़क पार कर रहा था।

---

1. मार्केस की लेखन-शैली की ख़ास बात यह है कि वे घटनाओं और घटनाक्रमों को रह-रहकर दोहराते रहते हैं। यह दृश्य उनकी इस शैली का एक बेहतरीन उदाहरण है। आर्कादियो को गोली मारे जाने के वक़्त जिस तरह के दृश्य और रेबेका के मनोभावों का वर्णन किया गया था बिलकुल उसी की पुनरावृत्ति यहाँ औरेलियानो को गोली मारे जाने के समय होती है। एक मायने में औरेलियानो को गोली मारे जाने का दृश्य आर्कादियो को गोली मारे जाने के दृश्य की कार्बन कॉपी है।

"गोली मत चलाना," कप्तान ने खोसे आर्कादियो से कहा, "तुम तो फ़रिश्ते हो।"[1]

वहीं दूसरी लड़ाई शुरू हो गई। कप्तान रोके कार्निसेरो और उसके सिपाही कर्नल औरेलियानो बुएन्दीया के साथ जनरल विक्तोरिया मेदिना को छुड़ाने चल पड़े जिसे रियोआचा में मौत की सज़ा सुनाई गई थी। उन्होंने हिसाब लगाया कि यदि वे उस रास्ते जाते हैं जिस रास्ते चलकर खोसे आर्कादियो बुएन्दीया माकोन्दो पहुँचा था तो उन्हें पहुँचने में कम समय लगेगा, लेकिन एक हफ़्ते के अन्दर ही उन्हें विश्वास हो गया कि यह काम असम्भव था।[2] अत: वे लोग ऊबड़-खाबड़ ख़तरनाक रास्ते से होते हुए गए। उनके पास सिर्फ़ उतनी ही युद्ध सामग्री बची थी जितनी गोलीमार दस्ते के पास थी। वे लोग शहरों के पास पड़ाव डालते और उनमें से एक आदमी, हाथ में छोटी सुनहरी मछली लिये, भरी दोपहरी में भेष बदलकर उन निष्क्रिय उदारवादियों से सम्पर्क करने जाता जो अगले दिन शिकार पर निकल पड़ते और फिर लौटकर न आते। जब पहाड़ों की ओट से उन्हें रियोआचा दिखाई पड़ा, तब तक जनरल विक्तोरिया मेदिना को गोली मारी जा चुकी थी। कर्नल औरेलियानो बुएन्दीया की फ़ौज ने उसे कैरेबियन तट की क्रान्तिकारी फ़ौजों का नेता बनाकर जनरल क़रार दिया। उसने ज़िम्मेदारी तो क़बूल की लेकिन जनरल कहलाने से इनकार कर दिया और कहा कि जब तक रूढ़िवादी सत्ता रहेगी तब तक वह यह पद क़बूल नहीं करेगा। तीन महीनों में उन लोगों ने एक हज़ार से अधिक सैनिक अपनी फ़ौज में भर्ती कर लिये थे फिर भी उन्हें बहुत बुरी हार का सामना करना पड़ा। बचे हुए सैनिक किसी तरह पूर्वी सीमा तक पहुँचे। और अगली बार जब ख़बर आई तो पता चला कि वे लोग आनतील्येस के छोटे द्वीपों से होकर काबो दे ला वेला[3] पहुँच गए थे। उधर सरकार की तरफ़ से सब ओर तार भेज दिए गए और उल्लसित सूचनाओं में कर्नल औरेलियानो बुएन्दीया की मौत का ऐलान कर दिया गया। पर दो दिन बाद

---

1. मौत के मुँह से बच निकलने का यह प्रसंग कर्नल औरेलियानो बुएन्दीया की ज़िन्दगी और उसके स्वभाव में एक नाटकीय मोड़ साबित होता है। कर्नल औरेलियानो बुएन्दीया, विद्वानों के मुताबिक़, बिलकुल बदल जाता है। वह अपने आपको गृहयुद्ध में पूरी तरह से झोंक देता है और उसमें सामान्य मानवीय भावनाओं का अकाल दिखाई पड़ने लगता है।
2. इस प्रसंग की तुलना दूसरे अध्याय के 'कई साल बाद...' से कीजिए। यह बदलते समय का प्रतीक है कि जो चीज़ मिथकीय काल में सम्भव थी वह ऐतिहासिक समय में सम्भव नहीं रह गई थी।
3. लिटोरल कोप ऑफ़ कोलम्बिया।

पहले तार के साथ-साथ पहुँचे एक-दूसरे तार ने दक्षिणी क्षेत्र में एक और विद्रोह का समाचार दिया और इस तरह चारों तरफ़ कर्नल औरेलियानो बुएन्दीया की दन्तकथाएँ[1] शुरू हुईं। उसके बारे में समकालिक और परस्पर-विरोधी ख़बरें आती थीं : विल्यानुएवा में उसकी जीत की, गुआकामायाल[2] में हार की, आदिवासियों द्वारा भक्षण की, कछार के एक गाँव में मौत की और उहमीता में दोबारा विद्रोह की तैयारी की। उस समय सत्ता में हिस्सेदारी के लिए बातचीत चला रहे उदारवादी नेताओं ने उसे दुस्साहसिक क़रार दिया जिसका पार्टी से कोई लेना-देना नहीं था। राष्ट्रीय सरकार ने उसे डाकू करार दिया और उसे पकड़वाने के लिए पाँच हज़ार पेसो इनाम देने का ऐलान किया। सोलह बार हारने के बाद कर्नल औरेलियानो बुएन्दीया ने दो हज़ार शस्त्रों से लैस आदिवासी और नगर रक्षक सैनिकों के साथ ग्वाखीरा से रियोआचा के लिए कूच किया। रियोआचा की सो रही सेना इस अचानक हमले से घबराकर मैदान छोड़ भाग खड़ी हुई। उसने वहाँ अपना मुख्यालय स्थापित किया और सरकार के ख़िलाफ़ जंग का ऐलान कर दिया।[3] सरकार की ओर से धमकी-भरा पहला सन्देश आया कि अगर वह फ़ौज समेत पूर्वी सीमा पर वापस नहीं लौटा तो 48 घंटों के भीतर कर्नल खेरिनेल्दो मार्केस को मार दिया जाएगा। कर्नल रोके कार्सिनेरो, जो तब कर्नल औरेलियानो बुएन्दीया का 'वज़ीर-ए-आज़म' था, ने भारी घबराहट के साथ कर्नल औरेलियानो बुएन्दीया को तार भेजा लेकिन कर्नल औरेलियानो बुएन्दीया ने उस तार को अप्रत्याशित हर्ष से पढ़ा।

"वाह!" उसने कहा, "इसका मतलब अब माकोन्दो में तार घर है।"

उसने निर्णायक जवाब दिया। उसे विश्वास था कि तीन महीनों में वह माकोन्दो को अपना मुख्यालय बना लेगा। और यदि उस समय उसे कर्नल खेरिनेल्दो मार्केस ज़िन्दा नहीं मिला तो वह जनरलों से शुरू करते हुए बन्दी बनाए गए सभी अफ़सरों को अन्धाधुन्ध गोली मार देगा और अपने सैनिकों को भी आदेश देगा कि बाक़ी लड़ाई में वे भी ऐसा ही करें। तीन महीने बाद, जब वह माकोन्दो में विजयी

---

1. युद्ध की सर्वव्यापकता अन्त में कर्नल औरेलियानो बुएन्दीया की सर्वव्यापकता बन जाती है।
2. इस स्थान का ज़िक्र मार्केस के कहानी संग्रह *बड़ी माँ की अन्त्येष्टि* (Los funerales de Mamá Grande) की दो कहानियों—*ग्वाकामायेल की वेश्याएँ* (Prostitutas de Guacamayal) और *बीते समय के समुद्र* (El Mar de los tiempos perdidos) में भी मिलता है।
3. अपनी ही पार्टी से निकाले जाने के बाद औरेलियानो पूरे सरकारी तंत्र के ख़िलाफ़ जंग का ऐलान कर देता है। यह इस बात की ओर इशारा करता है कि उसका संघर्ष किसी संकीर्ण ध्येय के लिए नहीं था बल्कि वह अन्याय के ख़िलाफ़ लड़ रहा था।

के रूप में दाख़िल हुआ तो सबसे पहले कर्नल खेरिनेल्दो ने उसे गले लगाया।

घर बच्चों से भरा था। उर्सुला ने सान्ता सोफ़िया दे ला पियेदाद, उसकी बड़ी बेटी और आर्कादियो को गोली मारे जाने के पाँच महीने बाद पैदा हुए जुड़वाँ बच्चों को अपने घर में पनाह दी थी। मरनेवाले की आख़िरी इच्छा के विपरीत उसने लड़की का नाम रेमेदियोस रखा। "मुझे यक़ीन है कि आर्कादियो भी यही चाहता था," वह बोली, "हम इसे उर्सुला कहकर नहीं पुकारेंगे क्योंकि इस नाम के लोग बहुत दुःख पाते हैं।" जुड़वाँ बच्चों के नाम खोसे आर्कादियो सेगुन्दो और औरेलियानो सेगुन्दो रखे गए। आमारान्ता उन सबको सँभालती थी। बैठक में लकड़ी की कई छोटी कुर्सियाँ रखकर और पड़ोस के बच्चों को लेकर उसने एक बालकक्ष (नर्सरी) खोल लिया था। घंटियों और पटाखों के शोर के बीच जब कर्नल औरेलियानो लौटा तो बच्चों ने उसका स्वागत गीतों से किया। अपने दादा की तरह लम्बे और क्रान्तिकारी अफ़सर की वर्दी पहने औरेलियानो खोसे ने उसे सलामी दी।

सब ख़बरें ख़ुशगवार नहीं थीं। कर्नल औरेलियानो के जाने के एक साल बाद, खोसे आर्कादियो और रेबेका, आर्कादियो द्वारा बनाए घर में रहने गए। कर्नल औरेलियानो बुएन्दीया की मौत की सज़ा रोकने में खोसे आर्कादियो की भूमिका का किसी को अन्दाज़ा भी नहीं था। उन दोनों ने चौराहे के पास वाले नुक्कड़ पर, बादाम के पेड़ की छाया में जिस पर गौरैया के तीन घोंसले थे, बसे नये घर में एक सत्कारशील गृहस्थी बसाई जिसमें अतिथियों के आगमन के लिए एक बड़ा दरवाज़ा और सूर्य देवता के लिए चार खिड़कियाँ थीं। रेबेका की पुरानी सहेलियों ने जिनमें अभी तक अविवाहित चार मोस्कोते बहनें भी थीं, फिर से सिलाई-कढ़ाई करने का वही दौर शुरू कर दिया जो कई साल पहले बेगोनिया वाली बरसाती में छूट गया था। खोसे आर्कादियो को क़ब्ज़ाई हुई ज़मीन से अब भी मुनाफ़ा हो रहा था, जिसका दावा रूढ़िवादी सरकार ने स्वीकार कर लिया था। हर दोपहर अपने शिकारी कुत्तों के साथ बन्दूक़ पर कई ख़रगोश लटकाए वह घुड़सवारी करता दिखाई पड़ता। सितम्बर की एक दोपहर वह तूफ़ान की आशंका से अन्य दिनों की अपेक्षा जल्दी घर लौट आया। उसने बाहर रेबेका को आवाज़ लगाई, कुत्तों को आँगन में बाँधा, ख़रगोशों को पकने के लिए रसोईघर में टाँगा और कपड़े बदलने अपने कमरे में चला गया। बाद में रेबेका का कहना था कि जब उसका पति कमरे में आया था उस वक़्त वह ग़ुसलख़ाने में थी और उसे कुछ सुनाई नहीं पड़ा था। उसकी बात का विश्वास करना काफ़ी मुश्किल था। लेकिन दूसरा कोई और था ही नहीं और

फिर रेबेका के पास ऐसा कोई कारण भी नहीं था कि वह उसी आदमी को मार दे जिसने उसे दुनिया-भर की ख़ुशियाँ दी थीं। शायद माकोन्दो में यही एक ऐसा रहस्य था जो कभी सुलझ नहीं पाया। जैसे ही खोसे आर्कादियो ने कमरे का दरवाज़ा बन्द किया, गोली चलने की आवाज़ पूरे घर में गूँज उठी। दरवाज़े के नीचे से ख़ून की एक धार निकली, बैठक से होती हुई बाहर सड़क तक पहुँची, एक सीधी लकीर की तरह, ऊँची-नीची छतों से होकर, सीढ़ियों से उतरती, ढालू छतों पर चढ़ती हुई, तुर्कों की गली से गुज़री, दाईं ओर मुड़ी, फिर बाईं तरफ़, बुएन्दीया निवास से समकोण बनाती हुई, बन्द दरवाज़े के नीचे से अन्दर गई, बैठक से होकर, दीवारों से लगे-लगे अन्दर के कमरे में पहुँची ताकि चटाइयाँ ख़राब न हों, खाने की मेज़ बचाने के लिए थोड़ा घूमी, बेगोनिया वाली बरसाती से होती हुई और बिना किसी की नज़र में आए औरेलियानो खोसे को गणित पढ़ा रही आमारान्ता की कुर्सी के नीचे से होते हुए रसोई भंडार को पार करती रसोईघर में जा पहुँची जहाँ उर्सुला ब्रेड बनाने के लिए छत्तीस अंडे तोड़ने की तैयारी में थी।[1]

"हे ईश्वर!" उर्सुला चिल्लाई।

उसने ख़ून की धारा की दिशा में चलना शुरू किया और उसके स्रोत की खोज में वह रसोई भंडार से गुज़री, बेगोनिया वाली बरसाती से होती हुई जहाँ औरेलियानो खोसे अलाप रहा था कि तीन और तीन छह होता है और छह तीन नौ, खानेवाले कमरे से निकली और कमरों से होती हुई बैठक से निकलकर बाहर सड़क पर सीधी चलती गई, पहले दाहिने और फिर बाएँ मुड़ी, तुर्कों की गली की तरफ़, उसे यह भी ध्यान नहीं था कि उसने एप्रन और रबर की चप्पलें पहनी हुई थीं, वह चौराहे तक पहुँची और एक ऐसे घर में घुसी जहाँ वह पहले कभी नहीं गई थी और उसने कमरे के दरवाज़े को धकेलकर खोला तो जले हुए बारूद की गन्ध से उसका दम घुटने लगा। उसने पाया कि खोसे आर्कादियो अपनी उतारी हुई पतलून पर मुँह के बल पड़ा था और फिर उसने उस ख़ून की धारा का उद्गम देखा। उसके दाहिने कान से ख़ून का बहना अब बन्द हो गया था। उसके शरीर पर उन्हें और कोई घाव नहीं मिला और न ही वे कोई शस्त्र ढूँढ़ पाए और लाश से बारूद की महक भी नहीं

1. यह दृश्य मार्केस की लेखन-शैली की एक झलक प्रस्तुत करता है। तथ्यों, घटनाओं का सिलसिलेवार ब्योरा और अतिरंजना, अचेतन में जीवन का संचार, यथार्थ और चमत्कार का मेल मार्केस की लेखन-शैली की ये कुछ विशेषताएँ हैं। साथ ही यह प्रसंग खोसे आर्कादियो का अपनी मृत्यु में अपने परिवार की ओर लौटने का भी प्रतीक है।

मिटा पाए। पहले उसे साबुन और ब्रुश से धोया, फिर नमक और सिरका मला और उसके बाद राख, नीबू और आख़िर में सज्जीदार पानी में डालकर उसे छह घंटे तक छोड़ दिया। उन्होंने उसे इतना रगड़ा कि उसके गोदनों के निशान ख़त्म होने लगे। जब उन्होंने उसे काली मिर्च, जीरे और सुलताना-चम्पा के पत्ते लगाकर धीमी आँच पर पूरे दिन पकाने की सोची तब तक वह सड़ने लगा था और उन्हें उसे फटाफट दफ़नाना पड़ा। उन्होंने उसे लोहे की पट्टियों से जुड़ी और स्टील के बोल्ट से बन्द सात फ़ीट लम्बे और चार फ़ीट चौड़े ऐसे ताबूत में बन्द किया जिसमें हवा भी नहीं घुस सकती थी। इसके बावजूद शवयात्रा जब सड़कों से गुज़री, तो उस गन्ध को महसूस किया जा सकता था। फादर निकोनार ने अपने बढ़े हुए और ढोलक जैसे कड़े ज़िगर की वजह से पलंग पर पड़े-पड़े ही उसे आशीर्वाद दिया।[1] हालाँकि आनेवाले महीनों में उन्होंने क़ब्र के चारों ओर दीवार बना दी जिसके बीच उन्होंने राख, भूसी और चूना डाला, फिर भी क़ब्रिस्तान से कई सालों तक बारूद की महक तब तक आती रही जब तक कि केला कम्पनी वाले इंजीनियरों ने सीमेंट से क़ब्र ढक नहीं दी। जैसे ही शव को घर के बाहर ले जाया गया रेबेका ने घर के दरवाज़े बन्द कर लिये और अपने आपको तिरस्कार की एक ऐसी मोटी चादर तले ज़िन्दा दफ़न कर लिया, जिसे फिर कोई सांसारिक प्रलोभन नहीं तोड़ सका। जब वह बहुत बूढ़ी हो गई थी, सिर्फ़ तब वह एक बार पुरानी चाँदी के से रंग के जूते पहने, छोटे फूलों से बनी टोपी लगाए, सड़क पर निकली थी। उस दौरान घुमन्तू यहूदी शहर से गुज़रा था और गरमी की ऐसी भीषण लहर लाया था कि कमरों के अन्दर घुसने के लिए चिड़ियों ने खिड़कियों के शीशे तोड़ डाले थे।[2] आख़िरी बार उसे तब ज़िन्दा देखा गया था जब उसने दरवाज़े से घुसने की कोशिश करते एक चोर को गोली मारी थी। उसके बाद उसकी नौकरानी और विश्वासपात्र आरखेनीदा के अलावा, किसी और से उसका कोई सम्पर्क नहीं था। एक बार पता चला कि वह बिशप को रिश्ते में अपना भाई बताती थी और उसे चिट्ठियाँ लिख रही थी, लेकिन यह कभी पता नहीं चल सका कि उसे कभी जवाब मिला या नहीं। उस शहर ने भी उसे भुला दिया।

---

1. फादर निकोनार की असफलता का दूसरा उदाहरण। टाइफाइड की वजह से बिस्तर पर पड़े होने के कारण वह एक बार पहले भी उर्सुला की मदद नहीं कर पाया था।
2. मार्केस ने उपन्यास का यह अंश एक सच्ची घटना से प्रेरित होकर लिखा है। 1925 में प्रशान्त महासागर से उठकर उत्तर से दक्षिण दिशा में आनेवाला एल-नीन्यो तूफ़ान एक क्षेत्र में हम्बोल्ट की लहरों से जा टकराया जिसकी वजह से इक्वाडोर और कोलम्बिया के समुद्री तटों पर भारी संख्या में चिड़ियों की मौत हुई थी।

विजयी लौटने के बावजूद कर्नल औरेलियानो बुएन्दीया हालात से ख़ुश नहीं था। सरकारी फ़ौज ने बिना किसी मुक़ाबले के समर्पण कर दिया जिससे उदारवादी जनता में विजय का भ्रम पैदा हो गया था। यह भ्रम तोड़ना ठीक नहीं था, लेकिन क्रान्तिकारियों को सच मालूम था और कर्नल औरेलियानो बुएन्दीया को तो सबसे ज़्यादा। हालाँकि उस समय उसके पास पाँच हज़ार सैनिक थे और उसका दो तटीय क्षेत्रों पर शासन था, तो भी उसे समुद्र के किनारे फाँस लिये जाने की आशंका थी। यह एक ऐसी विचित्र स्थिति में फँसने का अहसास था कि जब उसने तोप के गोलों से टूटी, चर्च की मीनार को दोबारा बनाने का हुक्म दिया तो अपनी रोग-शैया से फादर निकोनार ने टिप्पणी की थी : "यह पागलपन है, यीशु के धर्म की रक्षा करनेवाले चर्च तोड़ते हैं और उदारवादी उसे दोबारा बनाने का आदेश देते हैं।"[1] बचाव का रास्ता ढूँढ़ने के चक्कर में दूसरे शहरों के सेनापतियों से परामर्श करते हुए वह घंटों तारघर में बिताता, और हर बार इसी दृढ़ राय के साथ बाहर निकलता कि लड़ाई अब गत्यावरोध में फँस गई है। जब उदारवादियों की नई जीत की ख़बर आती तो जोशीले ऐलान के साथ उसकी खुशी मनाई जाती लेकिन वह जीत को मानचित्र पर देखता तो उसे अहसास होता कि उसकी फ़ौजें मलेरिया और मच्छरों से अपने को बचाती हुईं असली ठिकानों के विपरीत दिशा में बढ़ती हुई जंगलों में फैलती जा रही हैं। "हम लोग समय बरबाद कर रहे हैं," वह अपने अफ़सरों पर बरस पड़ता, "हम लोग समय बरबाद कर रहे हैं और पार्टी के हरामख़ोर सत्ता में हिस्सेदारी की भीख माँग रहे हैं।" उसी कमरे में हैमक पर लेटे, जहाँ कभी उसने मौत का इन्तज़ार किया था, रात को जागते हुए वह काले कपड़े पहने उन वकीलों के प्रतिबिम्ब का आह्वान करता जो सुबह की बर्फ़ीली ठंड में राष्ट्रपति भवन से निकलते, कानों तक कॉलर उठाकर हाथ मलते, खुसुर-फुसुर करते, सुनसान ढाबों पर चाय की गर्मी में शरण लेते हुए यह अन्दाज़ लगाने की कोशिश करते कि राष्ट्रपति के हाँ कहने का क्या तात्पर्य था, या ना कहने का क्या मतलब था, और यह सोचने के लिए कि कुछ अलग कहते समय राष्ट्रपति ने क्या सोचा था, कर्नल औरेलियानो बुएन्दीया ने इन सब

1. उपन्यास के सन्दर्भ में इस घटना को पागलपन कहना ठीक नहीं है। हालाँकि यथार्थ में यह नियमित जीवन का ठीक उलटा है लेकिन उपन्यास ऐसे उदाहरणों से भरा पड़ा है। जैसा कि हम पहले ही देख चुके हैं कि उदारवादियों और रूढ़िवादियों के बीच की वैचारिक दीवार पहले ही ढह चुकी है और उदारवादी होने के बावजूद औरेलियानो कट्टरपंथी उदारवादियों के ठीक विपरीत खड़ा दिखाई देता है।

चित्रों की कल्पना 95 डिग्री तापमान में मच्छर मारते हुए की, उस डरावनी भोर के आगमन का अहसास करते हुए जब उसे अपने आदमियों को समुद्र में कूदने का आदेश देना पड़ेगा।

अनिश्चय की एक रात जब पिलार तेर्नेरा आँगन में सैनिकों के साथ गीत गा रही थी, कर्नल औरेलियानो बुएन्दीया ने उससे अपना भविष्य पढ़वाया। "अपने मुँह से सावधान रहना," तीन बार कोशिश करने के बाद वह बस इतना ही बता पाई, "मैं नहीं जानती इसका मतलब क्या है, पर यह एकदम साफ़ दिख रहा है कि तुम अपने मुँह के प्रति सावधान रहना।" दो दिन बाद किसी ने एक अर्दली को काली कॉफ़ी का एक प्याला दिया और उस अर्दली ने वह प्याला किसी और को दे दिया, उसने किसी और को और ऐसे एक हाथ से दूसरे हाथ होता हुआ वह प्याला कर्नल औरेलियानो बुएन्दीया के दफ़्तर पहुँचा। हालाँकि उसने कॉफ़ी माँगी नहीं थी, लेकिन चूँकि वह आ गई थी, सो कर्नल ने पी ली। उसमें इतना कुचला मिला था कि एक घोड़ा तुरन्त मर जाता। जब वे उसे घर ले गए तो उसका शरीर एकदम अकड़ा हुआ था और जीभ दाँतों के बीच चिपक गई थी। उर्सुला उसके लिए मौत से भिड़ गई। उल्टी कराने वाली औषधियों से उसका पेट साफ़ करने के बाद उसने उसको गर्म कम्बलों में लपेटा और दो दिन तक उसे तब तक अंडे की सफ़ेदी खिलाती रही जब तक कि उसके क्षत-विक्षत शरीर का तापमान सामान्य नहीं हो गया। चौथे दिन वह ख़तरे के बाहर था। उर्सुला और अपने अफ़सरों के दबाव में, न चाहते हुए भी वह एक हफ़्ते और बिस्तर पर पड़ा रहा। और तब उसे पता चला कि उसकी कविताएँ जलाई नहीं गई थीं। "मैं कोई जल्दबाज़ी नहीं करना चाहती थी," उर्सुला ने उसे समझाया, "उस रात जब मैं चूल्हा जलाने गई तो मैंने सोचा कि बेहतर होगा कि तुम्हारी लाश लाए जाने तक रुक जाऊँ।" स्वास्थ्य लाभ की उलझन में, रेमेदियोस की धूल-भरी गुड़ियों से घिरे कर्नल औरेलियानो बुएन्दीया अपनी कविता पढ़ते हुए अपने अस्तित्व के निर्णायक बिन्दुओं को छूता चला गया।

उसने दोबारा लिखना शुरू किया। घंटों भविष्यहीन लड़ाई की आकस्मिक उद्विग्नता को साधते हुए उसने तुकान्त छन्दों में मृत्यु तटों के अपने अनुभवों को उकेरा। फिर विचार इतने स्पष्ट हो गए कि वह उन्हें अन्दर-बाहर समझ सकता था। एक रात उसने कर्नल खेरिनेल्दो मार्केस से पूछा :

"एक बात बताओ, मित्र; तुम लड़ क्यों रहे हो?"

"और क्या वजह हो सकती है?" कर्नल खेरिनेल्दो मार्केस ने जवाब दिया। "अपनी महान उदारवादी पार्टी के लिए।"

"तुम ख़ुशक़िस्मत हो कि तुम्हें कारण मालूम है," वह बोला, "जहाँ तक मेरा सवाल है, मुझे अभी अहसास हुआ कि मैं सिर्फ़ अहंकार के वशीभूत होकर लड़ रहा हूँ।"[1]

"यह तो बुरा है," कर्नल खेरिनेल्दो मार्केस ने कहा।

उसके संत्रास पर कर्नल औरेलियानो बुएन्दीया को हँसी आई। "ज़ाहिर-सी बात है," वह बोला, "पर हर हाल में लड़ाई का कारण न जानने से तो यही बेहतर है।" उसे एकटक देखते हुए, मुस्कराकर वह आगे बोला, "या तुम्हारी तरह एक ऐसी चीज़ के लिए लड़ने से, जिसका कोई अर्थ ही नहीं हो।"

अपने अहंकार की वजह से उसने तब तक देश के भीतरी क्षेत्रों में सशस्त्र गुटों से कोई सम्पर्क नहीं स्थापित किया था और उसका कहना था कि वह ऐसा तब तक नहीं करेगा जब तक कि पार्टी के नेता उसे लुटेरा क़रार देने वाली घोषणा में संशोधन नहीं कर देते। उसे मालूम था कि जैसे ही वह यह झिझक छोड़ेगा, वह लड़ाई के दुश्चक्र को तोड़ देगा। आराम के दौरान उसे सोचने का समय मिला और फिर उसने उर्सुला को मना लिया कि वह अपना छिपा हुआ ख़ज़ाना और अपनी ठोस बचत उसे दे दे। उसने कर्नल खेरिनेल्दो मार्केस को माकोन्दो का राजकीय और सैन्य अध्यक्ष घोषित कर दिया और भीतरी इलाक़ों के विद्रोही गुटों से सम्पर्क स्थापित करने निकल पड़ा।

कर्नल खेरिनेल्दो न केवल कर्नल औरेलियानो बुएन्दीया का सबसे क़रीबी दोस्त था बल्कि उर्सुला ने उसे अपने परिवार के सदस्य की तरह अपना लिया था। वह दुर्बल, संकोची और शिक्षित तो था लेकिन शासन से ज़्यादा वह लड़ाई के लिए उपयुक्त था। उसके राजनीतिक सलाहकारों ने उसे सैद्धान्तिक भूल-भुलैया में फँसा दिया। फिर भी माकोन्दो में वह आदिम शान्ति क़ायम करने में क़ामयाब रहा जिसकी कर्नल औरेलियानो बुएन्दीया ने कल्पना की थी ताकि वह बुढ़ापे में मरने तक छोटी-छोटी सोने की मछलियाँ बना सके। वह अपने माँ-बाप के साथ रहता था, फिर भी हफ़्ते में दो या तीन बार दोपहर का खाना उर्सुला के यहाँ खाता। उसने

1. औरेलियानो का वह संवाद कहीं इस ओर इशारा तो नहीं कर रहा है कि अन्याय के ख़िलाफ़ उसको लड़ने के लिए प्रेरित करनेवाली उसकी चेतना का स्थान अहंकार जैसी मानवीय दुर्बलता ने तो नहीं लेना शुरू कर दिया है।

औरेलियानो को आग्नेयास्त्र चलाना सिखाया, सैनिक शिक्षा दी, और उर्सुला की रज़ामन्दी से कई महीनों के लिए बैरक में रखने ले गया ताकि वह मर्द बन जाए। सालों पहले, जब वह बच्चा ही था, खेरिनेल्दो मार्केस ने आमारान्ता के लिए अपने प्यार का इज़हार किया था। उस समय आमारान्ता पियेत्रो क्रेस्पी के प्रति अपने एकाकी प्रेम में इतनी उलझी हुई थी कि वह उस पर हँस दी थी। खेरिनेल्दो इन्तज़ार करता रहा। एक बार उसने जेल से आमारान्ता को ख़त लिखकर अपने पिता के नाम के अक्षर से मलमल के एक दर्जन रूमाल काढ़ने की गुज़ारिश की। उसने आमारान्ता को पैसे भी भेजे थे। एक हफ़्ते बाद आमारान्ता एक दर्जन रूमाल और पैसा वापस लेकर जेल आई और तब वे लम्बे समय तक बीते वक़्त की बातें करते रहे। "जब मैं यहाँ से बाहर निकलूँगा तो तुमसे शादी करूँगा," जब वह जाने लगी तो खेरिनेल्दो मार्केस ने उससे कहा था। आमारान्ता ने बात हँसी में टाल दी थी लेकिन बच्चों को पढ़ाते समय वह उसके बारे में सोचती रही और पियेत्रो क्रेस्पी के प्रति अपने किशोर अनुराग में फिर प्राण फूँकने की कोशिश करती रही। क़ैदियों से मिलने का दिन शनिवार होता था। वह खेरिनेल्दो मार्केस के माँ-बाप के घर रुकती और उनके साथ उससे मिलने जाती। उन्हीं में से एक शनिवार के दिन उर्सुला यह देखकर हैरान रह गई थी कि आमारान्ता रसोईघर में बिस्कुट के पक जाने का इन्तज़ार कर रही है ताकि वह उनमें से सबसे अच्छे पके बिस्कुट उस रूमाल में लपेट ले जो उसने ख़ास उस मौक़े के लिए काढ़े थे।

"उससे शादी कर ले," उर्सुला बोली, "ऐसा लड़का ढूँढ़ने पर भी नहीं मिल पाएगा।" तब आमारान्ता ने बुरा मानने का नाटक किया।

"मुझे लड़के ढूँढ़ने की ज़रूरत नहीं है," उसने जवाब दिया। "मैं यह बिस्कुट खेरिनेल्दो के लिए इसलिए ले जा रही हूँ क्योंकि मुझे उस पर दया आती है। आज नहीं तो कल उसे गोली मार दी जाएगी।" यह उसने बिना सोचे-समझे कहा था, लेकिन इसी समय सरकार ने ऐलान किया कि अगर विद्रोही फ़ौजों ने रियोआचा नहीं छोड़ा तो कर्नल खेरिनेल्दो मार्केस को गोली मार दी जाएगी। दोनों की मुलाक़ातें बन्द हो गईं। अपराधबोध से ग्रसित आमारान्ता ने अपने आपको कमरे में बन्द कर लिया और रोती रही, ठीक वैसे ही जैसे रेमेदियोस की मौत के समय अपराधबोध ने उसे सताया था मानो उसके लापरवाह शब्द एक और मौत के लिए ज़िम्मेदार हों। उसकी माँ ने उसे सान्त्वना दी। उर्सुला ने आमारान्ता को विश्वास दिलाया कि कर्नल औरेलियानो बुएन्दीया इस मौत को रोकने का कोई-न-कोई उपाय ढूँढ़ लेगा

और वादा किया कि लड़ाई के बाद खेरिनेल्दो मार्केस को उसकी ओर आकर्षित करने की ज़िम्मेदारी भी वह निभाएगी। उसने अपना वादा काफ़ी जल्दी पूरा कर दिया। जब खेरिनेल्दो मार्केस राजकीय और सैन्य अध्यक्ष बनकर उस घर में लौटा, तो उर्सुला ने बेटे की तरह उसका स्वागत किया, उसका ध्यान केन्द्रित करने के लिए ख़ुशामद की और दिल-ओ-जान से प्रार्थना की कि उसे आमारान्ता से शादी करने का अपना इरादा याद हो। मानो उसकी प्रार्थना ईश्वर ने सुन ली। जिन दिनों कर्नल खेरिनेल्दो मार्केस उर्सुला के घर दोपहर का खाना खाने आता वह खाने के बाद बेगोनिया वाली बरसाती में बैठकर आमारान्ता के साथ चाइनीज़ चैकर्स खेलता। उर्सुला उन दोनों के लिए दूध की कॉफ़ी और बिस्कुट लाती और बच्चों को वहाँ से ले जाती ताकि दोनों अकेले में बात कर सकें। आमारान्ता ने अपने दिल में तरुण प्रेम की बुझी हुई आग को दोबारा जलाने की बहुतेरी कोशिश की। बढ़ती असहनीय बेचैनी से खाने के उन दिनों का, चाइनीज़ चैकर्स की उन दोपहरों का इन्तज़ार किया। उस योद्धा की संगति में जिसके हाथ मोहरे हिलाते समय हिलते थे समय जैसे उड़ जाता था। लेकिन जब कर्नल खेरिनेल्दो मार्केस ने उससे शादी करने की इच्छा दोबारा ज़ाहिर की, आमारान्ता ने उसे ठुकरा दिया।

"मैं किसी से शादी नहीं करूँगी," वह बोली, "और तुमसे तो बिलकुल नहीं। तुम औरेलियानो को इतना चाहते हो कि मुझसे शादी इसीलिए करना चाहते हो क्योंकि उससे नहीं कर सकते।"

कर्नल खेरिनेल्दो मार्केस बहुत धैर्यवान था। "मैं लगातार इज़हार करता रहूँगा," वह बोला, "और आज नहीं तो कल तुम्हें राज़ी कर ही लूँगा।" उसने घर आने का सिलसिला जारी रखा। अपने कमरे में बन्द, आँसू पीती हुई, आमारान्ता उस समय अपने कानों में उँगलियाँ घुसा लेती जब वह उर्सुला को लड़ाई की ताज़ा ख़बर दे रहा होता था ताकि उसे अपने चाहनेवाले की आवाज़ न सुनाई दे। हालाँकि वह उससे मिलने को तड़पती थी, फिर भी वह अपने पर संयम रखती और उससे मिलने बाहर न जाती।

उन दिनों कर्नल औरेलियानो बुएन्दीया हर दो हफ़्ते में विस्तृत विवरण भेजता था। लेकिन सिर्फ़ एक बार, वहाँ से जाने के क़रीब आठ महीने बाद उसने उर्सुला को ख़त लिखा था। एक ख़ास दूत बन्द लिफ़ाफ़ा घर लाया जिसमें कर्नल की बारीक लिखावट में एक परचा था : पापा का ख़याल रखना क्योंकि वह मरनेवाले हैं। उर्सुला घबरा गई। "अगर औरेलियानो का ऐसा कहना है तो इसका मतलब सही होगा,"

वह बोली। और फिर सब लोगों की मदद से वह खोसे आर्कादियो बुएन्दीया को उसके कमरे में ले गई। वह हमेशा की तरह वज़नी तो था ही, और ऊपर से उसने इच्छानुसार वज़न बढ़ाने की तरक़ीब भी सीख ली थी, इस हद तक उसने अपना वज़न बढ़ा लिया था कि सात आदमी मिलकर उसे नहीं उठा सके थे और उसे खींचकर अन्दर ले जाना पड़ा था। धूप और बारिश से तपे उस विशाल आदमी की साँस से अन्दर की हवा कोमल कुकुरमुत्तों, काठ की खुमी और बाहर की पुरानी तेज़ महक से तर हो गई। अगली सुबह वह अपने बिस्तर में नहीं था। सब कमरों में ढूँढ़ने के बाद उर्सुला ने उसे अखरोट के पेड़ के नीचे पाया। अपनी अथक ऊर्जा के बावजूद खोसे आर्कादियो बुएन्दीया अपने आपको रोक नहीं पाता था। उसके लिए तो सब बराबर था। अगर वह अखरोट के पेड़ के नीचे वापस गया तो इसलिए नहीं कि वह वहाँ जाना चाहता था, बल्कि इसलिए कि वह अपने शरीर की आदत से मजबूर था। उर्सुला उसकी देखभाल करती थी, खिलाती-पिलाती थी, औरेलियानो की ख़बर लाती थी। पर असल में अगर वह किसी के साथ लम्बे समय से सम्पर्क में था तो वह था प्रूदेंसियो आगीलार। उस समय मौत की जर्जरता से लगभग चूर हो गया प्रूदेंसियो आगीलार दिन में दो बार उससे बातचीत करने आता था। वे लड़ाकू मुर्ग़ों की बातें करते थे। उन्होंने एक-दूसरे से आला दर्जे के पक्षियों के लिए एक केन्द्र बनाने का वादा किया, उनकी लड़ाई की जीत का लुत्फ़ उठाने के लिए नहीं, जिसकी उन्हें तब ज़रूरत ही नहीं थी बल्कि इसलिए कि मौत जैसे नीरस रविवारों को कुछ करने के लिए रहेगा। प्रूदेंसियो आगीलार उसे नहलाता-धुलाता, खिलाता और एक अनजान आदमी की आश्चर्यजनक ख़बरें सुनाता जिसका नाम औरेलियानो था और जो सेना में कर्नल था। जब वह अकेला होता, तो खोसे आर्कादियो बुएन्दीया अनन्त कमरों की कल्पना से अपने को सान्त्वना देता। उसकी कल्पना थी कि वह बिस्तर से उठकर दरवाज़ा खोल रहा है। ठीक वैसे ही दूसरे कमरे में दाख़िल हो रहा है जहाँ पहले कमरे जैसा हूबहू पिटवाँ-लोहे के सिरहानेवाला पलंग था और ठीक वैसी ही खपच्ची वाली कुर्सी और पीछे वाली दीवार पर मरियम का चित्र टँगा था। उस कमरे से वह दूसरे में जाता जो बिलकुल पहले जैसा था, और इसका दरवाज़ा एक ठीक वैसे ही दूसरे कमरे में खुलता जिसका दरवाज़ा एक हूबहू वैसे ही अन्य कमरे में खुलता और फिर एक और वैसा ही कमरा और ऐसे अनन्त कमरे थे। उसे एक कमरे से दूसरे में जाना अच्छा लगता, जैसे समानान्तर शीशों की वीथी में घूमना, जब तक प्रूदेंसियो आगीलार उसे कन्धे पर नहीं छूता। और फिर वह एक कमरे से

दूसरे कमरे में वापस जाता, जिस रास्ते आया था उसी रास्ते से लौटता और यथार्थ के कमरे में उसे प्रूदेंसियो आगीलार मिलता।[1] लेकिन एक रात, उसे अन्दर ले जाने के दो हफ़्ते बाद, प्रूदेंसियो आगीलार ने बीच के कमरे में ही उसे टोक दिया और उसे वास्तविक कमरा समझकर वह हमेशा के लिए वहीं रह गया। अगली सुबह जब उर्सुला उसका नाश्ता ला रही थी उसने सामने बैठक से एक आदमी को आते देखा। वह नाटा और गठीला था, काला सूट पहने और एक काली बड़ी-सी टोपी लगाए जो उसकी ख़ामोश आँखों को ढके हुए थी। "हे ईश्वर," उर्सुला ने सोचा, "मुझे तो वाक़ई लगा कि यह मेल्कीयादेस है।" वह कातुआरे था, विसितासिओन का भाई, जो अनिद्रा रोग से बचने के लिए घर से भागा था और जिसकी कभी कोई ख़बर भी नहीं आई थी। विसितासिओन ने उससे पूछा कि वह क्यों लौटा है और अपनी गम्भीर भाषा में उसने जवाब दिया :

"मैं राजा की अन्त्येष्टि के लिए आया हूँ।"[2]

फिर वे खोसे आर्कादियो बुएन्दीया के कमरे में गए, उसको ज़ोर से हिलाया, उसके कान में चिल्लाए, उसके नथुनों के आगे शीशा रखा, लेकिन उसको जगा नहीं सके। कुछ समय बाद जब बढ़ई ताबूत के लिए नाप ले रहा था, उन्होंने खिड़की से नन्हे पीले फूलों की बारिश देखी।[3] एक शान्त तूफ़ान की तरह वे फूल रात-भर पूरे शहर पर बरसते रहे और सारी छतें उनसे ढक गईं, दरवाज़े जाम हो गए, और बाहर सोये जानवरों की साँसें रुक गईं। आसमान से इतने फूल गिरे कि लगता था जैसे सड़कों पर फूलों के गद्दे बिछ गए हों और शवयात्रा निकालने के लिए उन फूलों को बेलचों और पाँचों से हटाना पड़ा।

1. खोसे आर्कादियो के सपनों का जगत, एक तरह से उपन्यास के पाठक का भी जगत है। जिस तरह से उपन्यास के दृश्य और घटनाक्रम एक-दूसरे को दोहराते हैं उससे पाठक को पूरा उपन्यास अनन्त कमरों का मायाजाल महसूस होता है।
2. दरअसल, माकोन्दो के संस्थापक की मृत्यु एक बार समय के चक्र को अतीत के उस मुहाने पर ला खड़ा करती है जब माकोन्दो की स्थापना हुई थी। प्रूदेंसिया आगीलार के भूत का प्रकट होना, कातुआरे का आविर्भाव इस तथ्य की ओर इंगित करता है। यह एक तरह से माकोन्दो की स्थापना के वृत्तान्त-चक्र का समापन है।
3. कुछ विश्लेषकों का मानना है कि खोसे आर्कादियो बुएन्दीया की मृत्यु के समय पीले फूलों की बारिश का दृश्य खींचकर मार्केस यीशु के बलिदान की ओर ध्यान आकर्षित करना चाहते हैं। क्योंकि पीले फूलों की बारिश मुक्ति का प्रतीक है। साथ ही बाइबल के सन्दर्भ में प्रूदेंसियो आगीलार के लौटने को प्राचीन यूरोप के यीशु से जुड़ाव का प्रतीक माना जा सकता है।

8

अपना कामधाम छोड़ खपची वाली दोलन कुर्सी में बैठी आमारान्ता, झाग से सनी अपनी दाढ़ी पहली बार बनाने के लिए हाथ में उस्तरा लिये तैयार औरेलियानो खोसे को देखे जा रही थी। सुनहरी रोएँदार मूँछ सँवारने की कोशिश में उसके दोनों गालों से ख़ून निकल रहा था और ऊपर वाला होंठ भी कट गया था। दाढ़ी बनाने के बाद भी वह पहले जैसा ही दिख रहा था, लेकिन उसे यह मुश्किल काम करता देखकर आमारान्ता को उसके मर्द होने का अहसास हुआ।

"तुम बिलकुल औरेलियानो जैसे दिखते हो, बिलकुल वैसे ही जैसे वह तुम्हारी उम्र में दिखता था," वह बोली, "अब तुम बड़े हो गए हो।"

मर्द तो वह काफ़ी पहले हो गया था। उस समय से जब आमारान्ता उसे बच्चा समझकर ग़ुसलख़ाने में उसके सामने कपड़े उतारती थी, जो वह तब से करती आ रही थी जब से पिलार तेर्नेरा ने औरेलियानो खोसे को परवरिश के लिए उसे सौंपा था। पहली बार जब औरेलियानो खोसे ने आमारान्ता को बिना कपड़ों के देखा था तो उसका ध्यान सिर्फ़ स्तनों के बीच की गहराई पर गया। वह इतना मासूम था कि उसने आमारान्ता से पूछा कि उसे क्या हुआ है और आमारान्ता ने उँगलियों से स्तन दबाने का नाटक करते हुए जवाब दिया था, "मुझे बहुत गहरी चोट लगी थी।" पियेत्रो क्रेस्पी की आत्महत्या से उबरने के बाद आमारान्ता दोबारा औरेलियानो खोसे के साथ नहाने लगी। अब उस बच्चे का ध्यान स्तनों के बीच की गहराई की तरफ़ नहीं जाता था, लेकिन भूरे स्तनाग्र वाले उसके उत्तेजक स्तन को देखकर वह एक विचित्र सिहरन महसूस करता था।[1] वह उसे परखता रहा, इंच-इंच करके

1. उपन्यास में कई तरह के कौटुम्बिक व्यभिचार के उदाहरण मिलते हैं, बिलकुल उसी तरह जैसे उपन्यास में मृत्यु और एकाकीपन के कई रूपान्तर देखने को मिलते हैं। आमारान्ता औरेलियानो खोसे की रिश्ते में बुआ लगती है। आमारान्ता एक तरह से उसकी दत्तक माँ भी है क्योंकि उसने औरेलियानो खोसे को बचपन में बेटे की तरह पाला भी था।

उसके शरीर के चमत्कार को अनुभव करता रहा और जब वह यह सोचता कि आमारान्ता की त्वचा पानी छूने पर कैसे झनझनाती होगी, तो उसकी ख़ुद की त्वचा झनझना जाती। बचपन से ही उसकी आदत थी कि रात को अपना हैमक छोड़कर वह आमारान्ता के पास सोने चला जाता था, क्योंकि उसके स्पर्श से वह अँधेरे के डर को भूल जाता था। लेकिन जिस दिन से उसे अपनी नग्नता का अहसास हुआ था, उस दिन से वह अँधेरे के डर से नहीं बल्कि भोर के समय आमारान्ता की गर्म साँस को महसूस करने के लिए उसकी मच्छरदानी में जाता था। जिस समय आमारान्ता ने कर्नल खेरिनेल्दो मार्केस के रिश्ते को ठुकरा दिया था, उन्हीं दिनों एक सुबह जब वह उठा तो उसे लगा उसका दम घुट रहा है। छोटी-छोटी इल्लियों की तरह आमारान्ता की गर्म और उत्सुक उँगलियाँ उसका पेट टटोल रही थीं। सोने का नाटक करते हुए उसने करवट बदली ताकि आमारान्ता का हाथ आसानी से उस तक पहुँच सके और फिर उसने बिना काली पट्टी वाले हाथ को अपने कुतूहल के शैवाल में एक अन्धी मछली की तरह तैरते हुए महसूस किया।[1] हालाँकि जो बात दोनों को पता थी, उसे दोनों ही नज़रअन्दाज़ करने का नाटक करते, पर उस रात से दोनों एक अलंघ्य सह-अपराध के बन्धन में एक साथ बँध गए थे। जब तक बारह बजे बैठक की घड़ी का घंटा नहीं सुन लेता, औरेलियानो खोसे सो नहीं पाता था और वह प्रौढ़ अविवाहित कुमारी, जिसकी त्वचा म्लान होने लगी थी, उसको भी तब तक एक पल चैन नहीं पड़ता था, जब तक वह उस निद्राचारी को अपनी मच्छरदानी में घुसते हुए महसूस नहीं कर लेती, जिसे उसने पाला था, यह जाने बिना कि उसके एकाकीपन को बाँट लेगा।[2] कुछ समय बाद, वे न केवल एक-दूसरे से भरपूर प्यार करते हुए एक साथ नंगे सोने लगे थे, बल्कि एक-दूसरे को घर के कोनों में दौड़ाते और दिन के किसी भी समय कमरों में घोर उत्तेजना की चिरस्थायी अवस्था में अपने को बन्द कर लेते। उर्सुला ने तो एक दोपहर उन्हें लगभग पकड़ ही लिया था जब वह कोठार में उस समय पहुँची जब वे एक-दूसरे को चूमने ही वाले थे। "क्या तुम अपनी बुआ को बहुत प्यार करते हो?" उसने मासूमियत से औरेलियानो खोसे से पूछा। औरेलियानो खोसे ने हामी भरी। "यह तो

1. औरेलियानो खोसे को कामक्रीड़ा से परिचित कराने के इस दृश्य का मार्केस ने अपने ख़ास अन्दाज़ में वर्णन किया है। शैवाल और मछली के रूपक का प्रयोग मार्केस ने आमारान्ता और औरेलियानो खोसे की उस क्षण की मानसिक अवस्था का चित्रण करने के लिए किया है जो इस ओर भी इशारा करता है कि दोनों के बीच यह नया रिश्ता सामाजिक दृष्टि से स्वीकार्य नहीं है।
2. स्त्रियोचित एकाकीपन का कामरूप।

बहुत अच्छी बात है," उर्सुला ने कहा, और ब्रेड बनाने के लिए मैदा लेकर रसोईघर चली गई। उस घटना से आमारान्ता के होश ठिकाने आ गए। उसे अहसास हुआ कि वह हद से आगे निकल गई थी और एक बच्चे के साथ वह सिर्फ़ चुम्बन का खेल नहीं खेल रही थी, बल्कि उम्र की ढलान पर कामवासना में गोते लगा रही थी, जो बेहद ख़तरनाक था और जिसका कोई भविष्य नहीं था। एक ही झटके में उसने इस खेल को ख़त्म करने का निश्चय कर लिया। औरेलियानो खोसे, जो कि उस समय अपना सैनिक प्रशिक्षण ख़त्म करने को था, आख़िरकार वास्तविकता से परिचित होकर बैरक में सोने लगा। शनिवार को वह फ़ौजियों के साथ कातारीनो की दुकान पर जाता। अपने अकस्मात् एकाकीपन[1], अपनी समयपूर्व तरुणाई के लिए वह मुरझाए हुए फूलों-सी महकती औरतों में सहानुभूति तलाशता जिन्हें वह अँधेरे में आदर्श रूप में देखता और अपनी जिज्ञासु कल्पना से आमारान्ता बना लेता था।

कुछ ही समय बाद लड़ाई की परस्पर विरोधी ख़बरें आने लगीं। जहाँ सरकार ख़ुद विद्रोही सेना की बढ़त स्वीकार कर रही थी, वहीं माकोन्दो के अधिकारियों को बातचीत द्वारा तय शान्ति की सम्भावना की विश्वस्त ख़बरें मिली थीं। पहली अप्रैल को एक विशेष दूत कर्नल खेरिनेल्दो मार्केस के सामने प्रस्तुत हुआ। उसने इस बात की पुष्टि की कि पार्टी के नेताओं ने वाक़ई में सुदूर इलाक़ों में लड़ रहे बाग़ी नेताओं से सम्पर्क स्थापित कर लिया था और उदारवादियों के लिए तीन मंत्री पद, कांग्रेस में अल्पसंख्यक प्रतिनिधित्व और हथियार डालनेवाले विद्रोहियों के लिए आम माफी की शर्त पर वे युद्धविराम की घोषणा करने के लिए तैयार थे। वह दूत कर्नल औरेलियानो बुएन्दीया का एक अति गोपनीय सन्देश लाया था। कर्नल औरेलियानो बुएन्दीया इस समझौते के पक्ष में नहीं था। खेरिनेल्दो मार्केस को अपने पाँच बेहतरीन आदमी चुनने थे और उनके साथ देश छोड़कर जाने की तैयारी करनी थी। इस आदेश का पालन पूरी गोपनीयता से होना था। समझौते के ऐलान से एक हफ़्ता पहले, विवादास्पद अफ़वाहों के कोलाहल के बीच, कर्नल औरेलियानो बुएन्दीया, कर्नल रोके कार्सिनेरो और दस विश्वस्त अफ़सर, आधी रात के बाद चुपचाप माकोन्दो में दाख़िल हुए। गेरिसन[2] को सेवामुक्त किया, उनके हथियार दफ़ना दिए और सब लिखित प्रमाणों को नष्ट कर दिया। भोर होने तक वे

---

1. आमारान्ता का एकाकीपन औरेलियानो खोसे में भी उतरने लगा और इस तरह वह भी परिवार की नियति का साझीदार हो गया।
2. गेरिसन : नगर या भवन में उसकी रक्षा के लिए रह रही सेना।

खेरिनेल्दो मार्केस और उसके पाँच अफ़सरों के साथ शहर छोड़कर जा चुके थे। यह अभियान इतना तेज़ और गोपनीय था कि अन्तिम समय तक उर्सुला तक को इस बात की भनक नहीं लगी। उसे तब पता चला जब उसकी खिड़की पर खटखटाकर किसी ने फुसफुसाकर कहा, "अगर तुम कर्नल औरेलियानो बुएन्दीया को देखना चाहती हो तो इसी वक़्त दरवाज़े पर आ जाओ।" उर्सुला बिस्तर से कूदकर रात के कपड़ों में ही सीधे दरवाज़े पर गई और वह बस उन घुड़सवारों को एक नज़र देख पाई जो धूल के मूक बादल में सरपट शहर छोड़कर जा रहे थे। और अगले दिन जाकर उसे पता चला कि औरेलियानो खोसे अपने पिता के साथ चला गया था।

लड़ाई ख़त्म करने के लिए सरकार और विरोधी दल द्वारा जारी संयुक्त विज्ञप्ति के दस दिन बाद पश्चिमी सीमा पर कर्नल औरेलियानो बुएन्दीया के नेतृत्व में हुए पहले हथियारबन्द विद्रोह की ख़बर मिली। उसकी छोटी-सी लस्त-पस्त सशस्त्र सेना हफ़्ते-भर में छिन्न-भिन्न हो गई। लेकिन उस साल जब रूढ़िवादी और उदारवादी पार्टियाँ देश को अपने आपसी मेल के बारे में विश्वास दिलाने की कोशिश में लगी थीं, उसने सात विद्रोह और किए। एक रात उसने गैरिसन को नींद से जगाकर, रियोआचा पर स्कूनर से बमबारी की, और प्रतिशोध के तौर पर सबसे ज़्यादा जाने-माने चौदह उदारवादियों को गोली मार दी। उसने दो हफ़्ते तक सीमा की एक सीमाशुल्क चौकी पर क़ब्ज़ा जमाये रखा और देश के नाम लड़ाई का सन्देश भेजा। एक बार राजधानी के बाहरी इलाक़ों पर धावा बोलने के लिए उन लोगों ने एक हज़ार मील से ज़्यादा के अनजाने रास्ते पार करने की कोशिश की थी। इस अभियान में उसकी एक टुकड़ी तीन महीने तक जंगल में भटकती रही। एक बार तो वह माकोन्दो से पन्द्रह मील से भी कम दूरी पर था। लेकिन सरकारी गश्त की वजह से उसे पहाड़ों में छिपने पर विवश होना पड़ा था, जहाँ कई साल पहले उसके पिता को स्पैनिश जहाज़ का टुकड़ा मिला था।

लगभग उसी समय विसितासिओन चल बसी। अनिद्रा रोग के डर से राजसिंहासन त्यागने के बाद उसे स्वाभाविक मृत्यु का सुख प्राप्त हुआ था। उसकी अन्तिम इच्छा थी कि उसके पलंग के नीचे दबाई गई उसकी बीस साल की तनख़्वाह निकालकर कर्नल औरेलियानो बुएन्दीया को भेज दी जाए ताकि वह लड़ाई जारी रख सके। लेकिन उर्सुला ने उसे खोदने की ज़हमत नहीं उठाई क्योंकि उन दिनों अफ़वाह उड़ रही थी कि कर्नल औरेलियानो बुएन्दीया को राज्य की राजधानी के पास की चौकी में क़त्ल कर दिया गया है। दो साल के अन्दर उसकी मृत्यु की इस चौथी सरकारी घोषणा को छह महीने तक माकोन्दोवासियों ने सच माना, क्योंकि इस बीच उसकी

कोई ख़बर नहीं आई थी। इस ख़बर के मिलते ही उर्सुला और आमारान्ता ने अपनी पुरानी शोक अवधि में अभी कुछ और समय जोड़ा ही था कि अचानक अनपेक्षित ख़बर आ पहुँची कि कर्नल औरेलियानो बुएन्दीया ज़िन्दा है, लेकिन दिखाने के लिए उसने अपनी सरकार को परेशान करना बन्द कर दिया है और कैरेबियन के दूसरे गणराज्यों के विजयी संघवाद का हिस्सा बन गया है। अलग-अलग नाम धारण करके वह अपने देश से दूर और दूर, प्रकट होता। बाद में मालूम पड़ा कि उस समय उसके मन में जो ख़याल था, वह था मध्य अमेरिका की संघीय शक्तियों को एकत्र करके अलास्का से पातागोनिया तक रूढ़िवादी शासन को ख़त्म करना।[1] उसके जाने के कई साल बाद, उर्सुला का उससे सीधा सम्पर्क एक फटे-चिटे ख़त के ज़रिये हुआ जो कई हाथों से गुज़रकर सैनतियागो, क्यूबा[2] से आई थी।

"हम उसे हमेशा के लिए खो चुके हैं," चिट्ठी पढ़ने के बाद वह बोली, "अगर वह इसी राह पर चलता रहा तो धरती के दूसरे कोने पर क्रिसमस मनाएगा।"

उर्सुला ने वह ख़त सबसे पहले लड़ाई की समाप्ति के समय से माकोन्दो के मेयर रूढ़िवादी जनरल खोसे राकेल मोन्कादा को दिखाया। "यह औरेलियानो," जनरल मोन्कादा ने टिप्पणी की, "कितने अफ़सोस की बात है कि वह रूढ़िवादी नहीं है।" वह वास्तव में कर्नल औरेलियानो का सम्मान करता था। कई रूढ़िवादी नागरिकों की तरह खोसे राकेल मोन्कादा ने अपनी पार्टी की तरफ़ से लड़ाई में हिस्सा लिया था और युद्ध के मैदान में जनरल का ख़िताब हासिल किया था। हालाँकि व्यवसाय से न तो वह फ़ौजी था और न ही अपनी पार्टी के दूसरे सदस्यों की तरह सेना का पक्षधर। वह फ़ौजियों को चरित्रहीन, आवारा, महत्त्वाकांक्षी और षड्यंत्रकारी मानता था जो दंगों के समय ख़ुद की ख़ुशहाली के लिए आम जनता को दबाने में काफ़ी माहिर थे। बुद्धिमान, सौम्य, गोलमटोल चेहरे वाला और मुर्ग़ा खाने और लड़ाने का शौक़ीन वह आदमी कभी कर्नल औरेलियानो बुएन्दीया का सबसे ख़ौफ़नाक दुश्मन हुआ करता था। वह लम्बे तटीय क्षेत्र में फ़ौजी अफ़सरों पर अपना हुक्म जमाने में क़ामयाब रहा था। एक बार जब सामरिक परिस्थितियों से विवश होकर उसे अपना गढ़ कर्नल औरेलियानो बुएन्दीया को समर्पित करना पड़ा

1. यहाँ औरेलियानो बुएन्दीया के स्वप्न और सिमोन बोलिवर के स्वप्न में अद्भुत साम्य नज़र आता है।
2. कुछ आलोचकों का मानना है कि मार्केस को इस घटना की प्रेरणा 26 जुलाई, 1953 में सैनतियागो, क्यूबा की मोन्कादा फ़ौजी छावनी पर फिदेल कास्त्रो के हमले से मिली। यह महज़ इत्तेफ़ाक़ नहीं लगता कि रूढ़िवादी जनरल का नाम खोसे राकेल मोन्कादा है।

तो उसने उसके नाम दो ख़त छोड़े थे। उनमें से जो काफ़ी लम्बा था, उसने कर्नल औरेलियानो बुएन्दीया को लड़ाई को ज़्यादा मानवोचित बनाने के लिए आमंत्रित किया था।[1] दूसरा ख़त उदारवादी क्षेत्र में रहनेवाली उसकी पत्नी के नाम था, और उसने आग्रह किया था कि वह ख़त अपने गन्तव्य तक पहुँचा दिया जाए। तब से, भीषण से भीषण जंग में भी, दोनों सेनापति युद्धविराम का ऐलान कर देते थे ताकि युद्धबन्दी बदले जा सकें। इन विरामों के दौरान उत्सव का माहौल होता, जिसका फ़ायदा जनरल मोन्कादा ने कर्नल औरेलियानो बुएन्दीया को शतरंज सिखाने के लिए किया। वे गहरे मित्र बन गए। उन दोनों ने फ़ौजियों और पेशेवर राजनीतिज्ञों को दरकिनार कर अपनी पार्टियों के लोकप्रिय तत्त्वों के बीच समन्वय स्थापित करने की सम्भावना और दोनों की विचारधाराओं के सर्वोत्तम तत्त्वों को अंगीकार कर एक मानवीय सत्ता की स्थापना की परिकल्पना तक कर ली थी।[2] युद्ध समाप्ति के बाद जहाँ कर्नल औरेलियानो बुएन्दीया स्थायी विनाश के संकीर्ण पथ पर छिपता हुआ घूम रहा था, वहीं जनरल मोन्कादा को माकोन्दो का मजिस्ट्रेट नियुक्त किया गया था। उसने अपनी वर्दी त्याग दी, सैनिकों की जगह निहत्थे पुलिसकर्मी तैनात किए, सर्वेक्षण के नियम लागू किए और लड़ाई में मारे गए कुछ उदारवादियों के परिवारों की मदद की। वह माकोन्दो को नगरपालिका का दर्ज़ा दिलाने में क़ामयाब रहा। शहर का पहला मेयर भी वही बना, और उसने माकोन्दो में विश्वास का वातावरण क़ायम किया, जिससे लोगों को लड़ाई अतीत का एक निरर्थक दु:स्वप्न लगने लगी। टाइफाइड से पीड़ित फादर निकोनार की जगह फादर कोरोनेल ने ले ली थी जिसे एल काचोरो[3] कहा जाता था। वह प्रथम संघीय लड़ाई का पुराना सिपाही था।

---

1. उपन्यास में कर्नल औरेलियानो बुएन्दीया और रूढ़िवादी जनरल खोसे राकेल मोन्कादा के बीच मित्रता एक बार फिर इस तथ्य की पुष्टि करती है कि उपन्यास लिखते समय मार्केस के मन-मस्तिष्क पर 'हज़ार दिन की लड़ाई' काफ़ी हावी थी। 'हज़ार दिन की लड़ाई' में भी जनरल उरिबे-उरिबे और शत्रु पक्ष व रूढ़िवादियों के नेता जनरल नेल आसपिना के बीच दोस्ती के प्रमाण मिलते हैं। नवम्बर 1900 में कारोजल से अपनी सेना के पीछे लौटते समय जनरल उरिबे-उरिबे ने जनरल नेल असपिना को एक पत्र लिखा था। इसी तरह दोनों के बीच एक और पत्र का हवाला मिलता है जिसमें जनरल उरिबे-उरिबे ने ओसपिना को लिखा था कि "हमें क़ायदे-क़ानून के हिसाब से युद्ध लड़ने के प्रयास से पीछे नहीं हटना चाहिए।"
2. यह इस बात का प्रमाण है कि हालाँकि औरेलियानो अपने अहं की तुष्टि के लिए एक के बाद एक लड़ाई लड़ता रहा लेकिन उसने लड़ाई की शुरुआत वैचारिक कट्टरता से ऊपर उठकर न्याय की भावना से वशीभूत होकर की थी।
3. स्पैनिश भाषा में इसका अर्थ है 'कूड़ा-करकट,' अंग्रेज़ी में इसका अनुवाद किया गया है— 'पिल्ला' जबकि गार्सीया मार्केस के एक-दूसरे उपन्यास 'ला नोजारास्को' में इस नाम का पात्र है।

ब्रूनो क्रेस्पी की शादी आम्पारो मोस्कोते से हुई थी। उसकी खिलौनों और संगीत वाद्यों की दुकान लगातार उन्नति कर रही थी, और उसने एक थियेटर बनवाया था जहाँ स्पैनिश मंडलियाँ अपने कार्यक्रम पेश करती थीं। इस विशाल खुले थियेटर में लकड़ी के ढेरों बेंच लगे थे। यूनानी मुखौटों वाला शनील का पर्दा टँगा था और टिकट-बिक्री के लिए शेर के सिर के आकार के तीन टिकटघर बनवाए गए थे। लगभग इसी दौरान स्कूल भी दोबारा बनाया गया। इसकी ज़िम्मेदारी दोन मेलचोर एसकालोना को सौंपी गई जिसे कछार के उस पार से बुलाया गया था। वह एक वृद्ध शिक्षक था जो अपने आलसी शिष्यों को उनके माँ-बाप की इजाज़त से चूने से पुते आँगन में घुटनों के बल चलाता और कक्षा में बात करनेवालों को लाल मिर्च खिलाता था। सान्ता सोफ़िया दे ला पियेदाद के जुड़वाँ बच्चे औरेलियानो सेगुन्दो एवं खोसे आर्कादियो सेगुन्दो, अपनी स्लेट, चॉक और अपने नाम से अंकित चाँदी के अपने कप लिये कक्षा की पहली पंक्ति में बैठते थे। रेमेदियोस जिसने अपनी माँ की निर्मल सुन्दरता पाई थी, 'ख़ूबसूरत' रेमेदियोस के नाम से जानी जाने लगी थी। उर्सुला ने बीतते समय, ओढ़ी हुई शोकावधि और अपने संचित रोगों के बावजूद बूढ़ा होने से मना कर दिया था। सान्ता सोफ़िया दे ला पियेदाद की मदद से उसने अपने मिठाई के कारोबार में नई जान डाल दी थी और कुछ ही सालों में न केवल वह सम्पत्ति वापस कमा ली जो उसके बेटे ने लड़ाई में गँवा दी थी, बल्कि एक बार फिर कमरे में गड़े तुम्बों को सोने से भर दिया। "जब तक ईश्वर की दया से मैं ज़िन्दा हूँ," वह कहती, "इस पागलख़ाने में हमेशा पैसे रहेंगे।" और यही वह समय था जब औरेलियानो खोसे ने निकारागुआ में संघीय फ़ौज छोड़कर जर्मन समुद्री जहाज़ पर कर्मीदल की नौकरी की और फिर एक दिन अचानक अपने घर के रसोईघर में प्रकट हुआ। घोड़े जैसा तन्दुरुस्त, अमेरिकी आदिवासियों जैसे लम्बे बालों और आमारान्ता से शादी करने की गोपनीय इच्छा के साथ।

हालाँकि वह उस वक़्त कुछ भी नहीं बोला था, जब आमारान्ता ने उसे अन्दर आते देखा था, फिर भी उसे उसी पल यह अहसास हो गया था कि वह क्यों लौटा है। लेकिन लौटने के दो हफ़्ते बाद, उर्सुला की मौजूदगी में उसने उसे एकटक देखा और बोला, "मैं तुम्हें बहुत याद करता था।" आमारान्ता उससे बचकर रहती थी। संयोगवश होने वाली मुलाक़ातों को लेकर चौकस रहती थी। वह पूरी कोशिश करती कि वह 'ख़ूबसूरत' रेमेदियोस से अलग न हो। वह इस बात से लज्जित थी कि जब उसके भतीजे ने उससे पूछा कि वह कब तक हाथ पर काली पट्टी बाँधे

रखेगी तो उसका चेहरा शर्म से लाल हो गया था, क्योंकि उसने समझा कि वह उसके कुँवारेपन की ओर इशारा कर रहा था। औरेलियानो खोसे के आने के बाद से आमारान्ता अपने दरवाज़े पर कुंडी लगाकर सोती थी। लेकिन कई रातों तक जब उसने बगल के कमरे से औरेलियानो खोसे के शान्त खर्राटे सुने तो वह सावधानी बरतना भूल गई। एक सुबह, उसके लौटने के क़रीब दो महीने बाद आमारान्ता ने कमरे में औरेलियानो खोसे के आने की आहट सुनी। तब पूर्वयोजना के हिसाब से भागने या उस पर चीख़ने के बजाय उसने अपने आपको शिथिलता के कोमल अहसास से सन्तृप्त हो जाने दिया। उसने औरेलियानो खोसे को बचपन की तरह मच्छरदानी में घुसते हुए महसूस किया, और जब उसे उसकी नग्नता का अहसास हुआ तो वह अपना ठंडा पसीना और दाँतों का कटकटाना नहीं रोक पाई। "चले जाओ," बेचैनी से घुटते हुए वह फुसफुसाई। "चले जाओ नहीं तो मैं चिल्लाऊँगी।" लेकिन औरेलियानो खोसे को मालूम था कि उसे क्या करना है, क्योंकि अब वह बच्चा नहीं था, बैरक का जानवर बन चुका था। उस रात से उन धीमी, महत्त्वहीन लड़ाइयों का सिलसिला एक बार फिर शुरू हुआ जो रात से लेकर भोर तक चलती रहतीं। "मैं तुम्हारी बुआ हूँ," थककर आमारान्ता कहती। "मैं तुम्हारी माँ के समान हूँ, अपनी उम्र की वजह से ही नहीं बल्कि इसलिए कि मैंने तुम्हें बस अपनी कोख से जन्म नहीं दिया लेकिन बेटे की तरह पाला-पोसा है।" औरेलियानो भोर होते-होते चला जाता और अगले दिन आधी रात के बाद फिर लौटता, इस बात से और ज़्यादा उत्तेजित कि आमारान्ता ने दरवाज़े में कुंडी नहीं लगाई थी। एक क्षण के लिए भी आमारान्ता के लिए उसकी चाहत कम नहीं हुई थी। जीते गए शहरों के अँधेरे कमरों में वह उसे ढूँढ़ लेता था, घायलों की पट्टियों के सूखे ख़ून की गन्ध में उसको पा लेता था। मौत की तात्कालिक दहशत में, हर समय और हर जगह वह उसे खोज लेता था। उसे अपने दिलो-दिमाग़ से निकालने के प्रयास में ही वह उससे दूर भागा था; केवल दूरी क़ायम करके ही नहीं, बल्कि अपने मतवाले क्रोध के ज़रिये भी, जिसे उसके सहयोगी साहस मानते थे। लेकिन लड़ाई के घेरे में आमारान्ता की छवि जितनी डूबती जाती लड़ाई उतनी ही आमारान्ता सदृश नज़र आती और इसी तरह वह तब तक निर्वासन में तड़पता रहा, अपनी मौत के साथ उसकी याद ख़त्म करने के तरीक़े ढूँढ़ता रहा, जब तक कि उसने एक बूढ़े से उस आदमी के बारे में नहीं सुन लिया, जिसने अपनी बुआ से शादी की थी, जो रिश्ते में उसकी बहन भी लगती थी और जिसका बेटा ख़ुद उसका दादा बन गया था।

"क्या कोई अपनी बुआ से शादी कर सकता है?" उसने चौंककर पूछा था। "इतना ही नहीं," एक सैनिक ने उसे जवाब दिया, "हम यह लड़ाई पुरोहितों के ख़िलाफ़ लड़ ही इसलिए रहे हैं ताकि अगर कोई चाहे तो अपनी माँ से भी शादी कर सके।"

दो हफ़्ते बाद वह फ़ौज छोड़कर भाग गया। उसने आमारान्ता को अपनी यादों से भी ज़्यादा झुर्रीदार, ज़्यादा उदास और दुर्बोध पाया और वाक़ई आमारान्ता अब प्रौढ़ता के कगार पर थी। फिर भी अपने कमरे के अँधेरे में पहले से ज़्यादा कामुक और अपने प्रति विरोध की आक्रामकता में पहले से कहीं ज़्यादा दृढ़। उसकी उत्तेजना से तंग आकर वह कहती, "तुम बहुत ख़राब हो, एक बेचारी बुआ के साथ तुम तब तक ऐसा नहीं कर सकते जब तक कि तुम्हारे पास 'पोप' का ख़ास विधान न हो।" औरेलियानो ने रोम जाने का वादा किया। उसने वादा किया कि वह घुटनों के बल चलकर यूरोप के पार जाएगा, और पोप के पैर चूम लेगा, बस वह अपने चारों तरफ़ बनाई हुई दीवार गिरा दे।

"केवल इतना ही नहीं है," आमारान्ता ने पलटकर जवाब दिया, "अगर बच्चे हुए तो उनकी सूअर की पूँछ होगी।"

औरेलियानो खोसे के आगे सब तर्क बेकार थे।

"अगर वह आर्माडिलो भी पैदा हो तो मुझे कुछ फ़र्क़ नहीं पड़ता,"[1] विनीत स्वर में वह बोला।

एक सुबह, अपने दमित पुरुषत्व की असह्य पीड़ा से परास्त वह कातारीनो की दुकान पर गया। वहाँ उसे ढीले स्तनों वाली एक स्नेही और सस्ती महिला मिली, जिसने कुछ समय के लिए उसकी कामवासना शान्त कर दी। उसने आमारान्ता के प्रति तिरस्कार के साथ पेश आने की कोशिश की। उसे वह बरसाती में सिलाई की मशीन चलाते हुए देखता और उससे बात तक नहीं करता। आमारान्ता को ऐसा लगता मानो एक बोझ उतर गया हो, और वह ख़ुद नहीं समझ पाती कि क्यों उस समय उसने फिर कर्नल खेरिनेल्दो मार्केस के बारे में सोचना शुरू कर दिया था, क्यों चाइनीज़ चैकर्स की वे दोपहरें उसे याद आती थीं और क्यों वह अपने कमरे में कर्नल खेरिनेल्दो मार्केस की उपस्थिति चाहती थी। उस रात जब उदासीनता का ढोंग उसकी बर्दाश्त के बाहर हो गया तो औरेलियानो खोसे आमारान्ता के कमरे में जा घुसा। तब तक औरेलियानो खोसे को अपनी हार का अहसास नहीं था।

---

1. मार्केस की चक्रीय लेखन शैली का एक और दृष्टान्त। यह औरेलियानो के जन्म के समय के वृत्तान्त की पुनरावृत्ति है।

आमारान्ता ने उसे अटल और सुस्पष्ट दृढ़ता से अस्वीकार कर दिया और हमेशा के लिए अपना कमरा बन्द कर लिया।

औरेलियानो खोसे के लौटने के महीनों बाद, चमेली का इत्र लगाए एक समृद्ध महिला पाँच साल का एक बच्चा लिये घर आई। उसने कहा कि वह बच्चा कर्नल औरेलियानो बुएन्दीया का बेटा है और वह उसे उर्सुला के पास नामकरण के लिए लाई है। उस अनाम बच्चे के वंश पर किसी को शक नहीं था। वह ठीक वैसा ही दिखता था जैसा कर्नल तब दिखता था जब वह पहली बार बर्फ़ देखने गया था। उस औरत ने बताया कि जब वह पैदा हुआ था तो उसकी आँखें खुली हुई थीं। लोगों को बड़ों की नज़र से आँकते हुए, और बिना पलक झपकाए चीज़ों को घूरने की उसकी आदत से वह डर गई थी। "यह तो बिलकुल वैसा ही है," उर्सुला बोली, "बस अगर किसी चीज़ की कमी है तो केवल नज़र से कुर्सी हिलाने की ख़ूबी की।" उन्होंने उसका नाम औरेलियानो रखा और उपनाम के लिए माँ का नाम दे दिया क्योंकि क़ानूनी तौर पर जब तक पिता उसकी पहचान न कर ले, उसका नाम नहीं जोड़ा जा सकता था। जनरल मोन्कादा उस बच्चे का धर्मपिता बन गया। हालाँकि आमारान्ता बच्चे की माँ पर ज़ोर डालती रही कि परवरिश की ख़ातिर वह बच्चे को उसे सौंप दे पर बच्चे की माँ नहीं मानी।

उस समय तक उर्सुला को पता नहीं था कि कुँवारी लड़कियों को योद्धाओं के कमरों में भेजने का उसी तरह रिवाज़ है, जिस तरह मुर्ग़ियों को उत्कृष्ट मुर्ग़ों के साथ खुला छोड़ देने का। पर उसी साल उसे इस रिवाज़ का पता चल गया। कर्नल औरेलियानो के नौ और बेटों को नामकरण के लिए लाया गया। अजीब साँवला हरी आँखों वाला, सबसे बड़ा लड़का अपने पिता के परिवार से एकदम अलग दिखता था और वह दस साल से ऊपर का था। कई उम्र और रंग के बच्चे लाए गए। सभी लड़के थे और उनकी आँखों का एकाकीपन देखकर उनकी रिश्तेदारी पर किसी ने किसी प्रकार का शक नहीं किया। एक, जो अपनी उम्र से बड़ा दिखता था, उसने गमलों और चीनी मिट्टी के बर्तनों को चकनाचूर कर दिया क्योंकि उसके हाथों में ऐसा विलक्षण तेज था कि चीज़ें उसके स्पर्श मात्र से टूट जाती थीं।

एक-दूसरे लड़के के हल्के रंग के बाल थे, और माँ की तरह चंचल आँखें। उसके बाल औरतों की तरह लम्बे ओर घुँघराले थे। वह बेतकल्लुफ़ी से घर में दाख़िल हुआ, जैसे वह वहीं पला-बढ़ा हो और सीधे उर्सुला के कमरे में सन्दूक़ के पास गया और बोला, "मुझे वह नाचनेवाली मशीनी गुड़िया चाहिए।" उर्सुला चौंक

गई। उसने सन्दूक़ खोला और मेल्कीयादेस के ज़माने से बचे हुए पुराने धूल-भरे सामान में गुड़िया खोजने लगी। उसे मोज़ों के एक जोड़े में लिपटी एक मशीनी गुड़िया मिली जो पियेत्रो क्रेस्पी कभी लाया था और जिसे सब भूल चुके थे। क़रीब बारह सालों में उर्सुला ने औरेलियानो के नाम और उनकी माँओं के उपनाम से उन सत्रह बच्चों का नामकरण किया जिन्हें लड़ाई के रंगमंच पर ऊपर से नीचे तक कर्नल ने छोड़ा था। शुरू में उर्सुला उनकी जेबें पैसों से भर देती और आमारान्ता उन्हें वहीं रोकने की कोशिश करती। लेकिन बाद में वे धर्म, माँ बनकर उन्हें तोहफ़े देने से ही सन्तोष करने लगीं। "नामकरण करके हमने अपना कर्तव्य पूरा कर दिया है," एक खाते में उनकी माँ का नाम और पता और बच्चे की पैदाइश की तारीख़ और जगह लिखते हुए उर्सुला कहती, "औरेलियानो को बच्चों के बारे में क़ायदे से रखे गए विवरणों की ज़रूरत होगी ताकि लौटने पर वह इनके बारे में तय कर सके।" खाने के दौरान, घबरा देनेवाले इस प्रजनन के विषय में जनरल मोन्कादा से बात करते हुए, उर्सुला ने इच्छा जताई कि कर्नल औरेलियानो बुएन्दीया एक दिन घर लौटे और अपने सब बेटों को घर में इकट्ठा करे।

"घबराओ मत दोस्त," जनरल मोन्कादा रहस्यमय ढंग से बोला, "वह बहुत जल्दी आएगा, इतनी जल्दी कि तुमने सोचा भी नहीं होगा।"

जनरल मोन्कादा खुलासा नहीं करना चाहता था कि कर्नल औरेलियानो बुएन्दीया अब तक के सबसे दीर्घ, उग्र और ख़ूनी विद्रोह का नेतृत्व करने निकल पड़ा था।

हालात फिर उतने ही ख़राब हो गए जितने पहली लड़ाई के शुरुआती महीनों में थे। ख़ुद मेयर द्वारा शुरू की गई मुर्ग़ेबाज़ी रोक दी गई। ग़ैरिसन के सेनापति कप्तान आकिलेस रिकार्दो ने नगरपालिका के अधिकार ले लिये।[1] उदारवादी उसे ख़तरनाक मानते थे। "कुछ बुरा होनेवाला है," उर्सुला औरेलियानो खोसे से कहती, "शाम में छह बजे के बाद बाहर मत जाया करो।" उसका अनुरोध बेकार था। खोसे आर्कादियो की तरह औरेलियानो खोसे उससे बहुत दूर जा चुका था। मानो उसकी घर वापसी। अपनी रोज़मर्रा की चिन्ता किए बिना बने रहने की सम्भावना ने उसमें अपने चाचा खोसे आर्कादियो का आलसी और लम्पट स्वभाव जागृत कर दिया था। आमारान्ता के लिए उसका आवेग बिना कोई निशान छोड़े बुझ

---

1. जैसे आपोलिनार मोस्कोते के समय सत्ता का हस्तान्तरण हुआ था वैसे ही इस वक़्त भी होता है।

गया था। वह बेमतलब इधर-उधर घूमता, पूल खेलता, कभी-कभार महिलाओं से एकाकीपन दूर करता हुआ उन जगहों को लूटता जहाँ उर्सुला पैसे रखकर भूल गई थी। वह सिर्फ़ कपड़े बदलने घर आता। "सब एक जैसे हैं," उर्सुला विलाप करती, "पहले तो अच्छे-ख़ासे होते हैं, बात सुनते हैं, कहना मानते हैं और मक्खी मारने के क़ाबिल भी नहीं लगते, लेकिन जैसे ही दाढ़ी आनी शुरू होती है, पागल हो जाते हैं।"[1] आर्कादियो, जिसे अपने असली वंश का कभी पता नहीं चला था, के विपरीत औरेलियानो खोसे को मालूम पड़ गया था कि वह पिलार तेर्नेरा का बेटा था। पिलार तेर्नेरा ने उसके लिए एक हैमक टाँग रखा था ताकि वह उसके घर में सिएस्ता कर सके। माँ-बेटे के रिश्ते से ज़्यादा वे एकाकीपन में एक-दूसरे के साथी थे।[2] तेर्नेरा उम्मीद के सारे रास्ते भूल चुकी थी। उसकी हँसी अब एक बेसुरे वाद्य के स्वर जैसी थी, उसके स्तन निरन्तर प्रेमस्पर्श की थकान से परास्त हो चुके थे। उसका पेट और उसकी जाँघें एक बाज़ारू औरत की कभी न बदलनेवाली क़िस्मत के ग़ुलाम सरीखे थे, फिर भी उसके बूढ़े होते दिल में कोई कड़वाहट नहीं थी। उस मोटी, बातूनी, बदनाम महिला ने पत्तों की निर्जीव माया त्याग दी और दूसरे लोगों के प्रेम में शान्ति और सान्त्वना खोजने लगी। जिस कमरे में औरेलियानो खोसे सिएस्ता करता वहाँ पड़ोस की लड़कियाँ अपने आकस्मिक प्रेमियों से मिलती थीं। "मुझे अपना कमरा थोड़ी देर के लिए दे दो पिलार," अन्दर घुसते ही वे कहतीं। "बेशक," पिलार जवाब देती। और अगर कोई वहाँ मौजूद होता तो समझाती :

"मुझे यह जानकर ख़ुशी होती है कि लोग बिस्तर में ख़ुश हैं।"

वह इसके बदले कभी पैसे नहीं लेती थी और अगर कोई देता तो वह कभी मना भी नहीं करती थी जैसे वह उन अनगिनत आदमियों को भी मना नहीं करती थी जो बुढ़ापे में भी उसके पास आते थे, और यदा-कदा शारीरिक सुख के अलावा वे उसे न पैसा देते और न ही प्यार। उसकी पाँच बेटियों ने उसका तपता बीज पाया था और ज़िन्दगी के उपमार्गों में किशोरावस्था में ही खो गई थीं। उसने जिन दो बेटों की परवरिश की थी उनमें से एक कर्नल औरेलियानो की फ़ौज में लड़ते हुए

---

1. बुएन्दीया वंश की मातृसत्ता की प्रतीक उर्सुला परिवार के आनुवंशिक नियम का प्रतिपादन करती है।
2. हालाँकि पिलार तेर्नेरा को उर्सुला बुएन्दीया परिवार का हिस्सा मानने से इनकार करती है लेकिन तेर्नेरा भी परिवार की आनुवंशिक बीमारी, एकाकीपन से पीड़ित है और इस तरह बुएन्दीया परिवार की सदस्य जैसी ही है।

ख़त्म हो गया था और दूसरा चौदह साल की उम्र में कछार के एक शहर में मुर्ग़ियों की पेटी चुराते समय ज़ख़्मी हालत में पकड़ा गया था। एक तरह से, औरेलियानो खोसे ही वह लम्बा-साँवला नौजवान था, जिसका वादा पान के बादशाह ने आधी सदी से उससे किया था। पत्तों द्वारा भेजे गए सब आदमियों की तरह वह भी उसके पास तब पहुँचा था जब उस पर मौत की मुहर लग चुकी थी। पिलार तेर्नेरा ने पत्तों में ऐसा देखा था।

"आज रात बाहर मत जाओ," वह उससे बोली, "कार्मेला मोन्तियेल मुझसे यह कह-कहकर थक गई है कि तुम्हें उसके कमरे में सुलाऊँ। तुम यहीं रहो और यहीं सो जाओ।"

औरेलियानो खोसे उस प्रस्ताव में छुपे विनय के गहरे मनोभाव को भाँप नहीं पाया।

"उससे कहना कि आधी रात को मेरा इन्तज़ार करे," वह बोला। वह थियेटर गया जहाँ एक स्पैनिश टोली 'एल पुन्याल देल ज़ोरो'[1] नामक नाटक का मंचन कर रही थी जिसे वास्तव में ज़ोरिल्या ने लिखा था और जिसका शीर्षक कप्तान आकीलेस रिकार्दो के आदेश पर बदल दिया गया था, क्योंकि उदारवादी रूढ़िवादियों को गोदो कहते थे। दरवाज़े पर अपना टिकट देने के बाद ही उसे अहसास हुआ कि कप्तान आकीलेस रिकार्दो और उसके दो हथियारबन्द सैनिक दर्शकों की तलाशी ले रहे थे।

"होशियार रहना, कप्तान," औरेलियानो खोसे ने उसे सावधान किया। "मुझे हाथ लगानेवाला आदमी अभी पैदा नहीं हुआ है।" कप्तान ने ज़बरदस्ती उसकी तलाशी लेने की कोशिश की और निहत्थे औरेलियानो खोसे ने भागना शुरू कर दिया। सैनिकों ने गोली चलाने का आदेश मानने से इनकार कर दिया। "वह बुएन्दीया है," उनमें से एक ने कहा। गुस्से से पागल कप्तान ने सैनिकों से राइफ़ल छीनी, सड़क के बीच में खड़ा हुआ और निशाना साधा।

"डरपोक," वह चिल्लाया, "काश कि यह कर्नल औरेलियानो बुएन्दीया होता।"

जब गोली की आवाज़ गूँजी तो बीस साल की कुँवारी कार्मेला मोन्तियेल, सुगन्धित पानी से तुरन्त नहाकर निकली थी और पिलार तेर्नेरा के पलंग पर

---

1. इसका अनुवाद है 'लोमड़ी का छुरा'। स्पैनिश में गोदो का अर्थ होता है रूढ़िवादी। नाटक का असली नाम है 'गोदो का छुरा'।

फूल डाल रही थी। कार्मेला मोन्तियेल के साथ औरेलियानो खोसे का वह सुख भोगना, सात बच्चे पैदा करना और उसकी बाँहों में बुढ़ापे से मरना बदा था जिससे आमारान्ता ने उसे वंचित रखा था। लेकिन पीठ से घुसकर छाती चूर करनेवाली गोली पत्तों की ग़लत व्याख्या का नतीजा थी। असलियत में मौत तो कप्तान आकीलेस रिकार्दो की नियति थी, और वह मरा भी, औरेलियानो खोसे के मरने से चार घंटे पहले। जैसे ही गोली की आवाज़ गूँजी, उसी क्षण कप्तान को ढेर करनेवाली दो गोलियाँ चलीं जिनके बारे में कभी पता नहीं चला कि वे कहाँ से आई थीं और गूँजती आवाज़ों से रात काँप उठी। "उदारवादी पार्टी ज़िन्दाबाद! कर्नल औरेलियानो बुएन्दीया ज़िन्दाबाद!"

औरेलियानो खोसे की मृत्यु रात बारह बजे हो चुकी थी और कार्मेला मोन्तियेल ने पाया कि उसका भविष्य दिखानेवाले पत्ते कोरे थे। तब तक चार सौ से ज़्यादा आदमी थियेटर से होकर गुज़र चुके थे और अपनी बन्दूक़ों की गोलियाँ कप्तान आकीलेस रिकार्दो की लावारिस लाश में दाग चुके थे। उस लाश को उठाने के लिए गश्ती टोली को एक पटियादार ठेले का इन्तज़ाम करना पड़ा क्योंकि वह लाश सीसे के वज़न से भारी हो गई थी और उठाने पर पानी से भीगी ब्रेड की तरह बिखर गई थी।

सरकारी फ़ौज के अत्याचार से तंग आकर जनरल खोसे राकेल मोन्कादा ने अपने राजनैतिक प्रभाव का इस्तेमाल करके दोबारा वर्दी पहनी और एक बार फिर माकोन्दो का नागरिक और फ़ौजी नेता बन बैठा। हालाँकि उसे उम्मीद नहीं थी कि उसकी दोस्ताना कोशिश होनी को टाल पाएगी। सितम्बर में परस्पर विरोधी ख़बरें आईं। जहाँ सरकार ने ऐलान किया था कि देश-भर में उसका शासन बरकरार था, वहीं सुदूर इलाक़ों में उदारवादी गुटों को हथियारबन्द विद्रोह की गोपनीय ख़बरें भी मिल रही थीं। शासन ने तब तक लड़ाई की बात नहीं मानी जब तक कि सैनिक मुक़दमे में कर्नल औरेलियानो खोसे की ग़ैरमौजूदगी में ही उसे मौत की सज़ा नहीं सुना दी गई। उसको पकड़नेवाली टुकड़ी को आदेश दिया गया कि वह मृत्युदंड के इस आदेश का पालन करे। "इसका मतलब वह वापस आनेवाला है," ख़ुशी से फूलकर उर्सुला ने जनरल मोन्कादा से कहा। लेकिन जनरल को इसके बारे में कुछ भी मालूम नहीं था।

असल में, कर्नल औरेलियानो एक महीने से देश में ही था। उसके आने से पहले परस्पर विरोधी अफ़वाहें आई थीं, एक ही समय दो अलग-अलग इलाक़ों में

उसकी मौजूदगी की ख़बरें। जनरल मोन्कादा को भी उसकी वापसी पर तब तक यक़ीन नहीं आया था जब तक उसे औपचारिक सूचना नहीं मिली कि वह दो तटीय राज्यों पर क़ब्ज़ा कर चुका है। "मुबारक हो, दोस्त," उर्सुला को तार दिखाते हुए वह बोला, "अब बहुत जल्द वह तुम्हारे पास होगा।" पहली बार उर्सुला चिन्तित हुई। "और तुम क्या करोगे?" उसने पूछा। जनरल मोन्कादा ने भी यही सवाल कई बार अपने आप से पूछा था।

"जो वह करता, मेरे दोस्त," उसने जवाब दिया, "मैं अपने कर्तव्य का पालन करूँगा।" पहली अक्तूबर की भोर में कर्नल औरेलियानो बुएन्दीया ने हथियारों से लैस एक हज़ार सैनिकों को अन्तिम समय तक डटकर मुक़ाबला करने का आदेश दिया। दोपहर को जब जनरल मोन्कादा उर्सुला के साथ खाना खा रहा था, विद्रोहियों का एक गोला वहाँ आकर गिरा। उसकी आवाज़ पूरे शहर में गूँजी, और नगर राजकोष के सामने की दीवार मिट्टी में मिल गई। "वे हमारी तरह ही हथियारों से लैस हैं," जनरल मोन्कादा ने गहरी साँस लेकर कहा, "इसके अलावा वे इसलिए लड़ रहे हैं क्योंकि वे लड़ना चाहते हैं।" दोपहर को दो बजे, जब दोनों तरफ़ की गोलीबारी से धरती काँप रही थी, उसने उर्सुला से इस विश्वास के साथ विदा ली कि मानो वह हारी हुई लड़ाई लड़ रहा हो।

"मैं ईश्वर से प्रार्थना करता हूँ कि औरेलियानो आज रात तुम्हारे पास घर न आए," वह बोला, "अगर ऐसा होता है तो मेरी तरफ़ से उसे गले लगाना, क्योंकि मुझे उम्मीद नहीं है कि मैं उसे फिर कभी देख पाऊँगा।"

उस रात कर्नल औरेलियानो बुएन्दीया को एक लम्बा ख़त लिखने के बाद जब जनरल मोन्कादा भागने की कोशिश कर रहा था तो पकड़ा गया। इस पत्र में उसने कर्नल औरेलियानो बुएन्दीया को लड़ाई को मानवतावादी बनाने के एक-दूसरे के समान इरादों की याद दिलाई और कामना की कि वह सैनिकों के भ्रष्टाचार और दोनों पार्टियों के राजनीतिज्ञों की महत्त्वाकांक्षा पर विजय प्राप्त करेगा। अगले दिन कर्नल औरेलियानो बुएन्दीया ने उसके साथ उर्सुला के यहाँ खाना खाया, जहाँ उसे तब तक बन्दी रखा जा रहा था जब तक कि क्रान्तिकारी फ़ौजी अदालत उसकी क़िस्मत का फ़ैसला न कर दे। यह एक दोस्ताना पार्टी थी। लेकिन जहाँ दोनों प्रतिद्वन्द्वी लड़ाई को भुलाकर बीते समय की बातें कर रहे थे, वहीं उर्सुला को निरानन्द अहसास हुआ कि उसका बेटा उस घर में घुसपैठिया बनकर आया था। उसे ऐसा तब से लग रहा था जब से उसने अपने

बेटे को शोर मचाते सैनिक घेरे में अन्दर आते देखा था। सैनिकों ने कमरे को तब तक उलटा-पलटा जब तक उन्हें विश्वास नहीं हो गया कि फ़िलहाल कोई ख़तरा नहीं है। और यह सब कर्नल औरेलियानो बुएन्दीया की इजाज़त से हुआ था। उसने सख़्त आदेश भी दिया था कि उससे कम-से-कम दस फ़ीट की दूरी रखी जाए। यहाँ तक कि उर्सुला भी उसके क़रीब न आए। उसकी टोली के सदस्यों ने घर के चारों ओर सुरक्षा गार्ड खड़े कर दिए थे। कर्नल औरेलियानो बुएन्दीया ने सादा डेनिम की वर्दी और मिट्टी और ख़ून से लथपथ काँटेदार ऊँचे बूट पहन रखे थे। उसकी कमर पर होल्स्टर लटका था, जिसका पल्ला खुला था और हमेशा बन्दूक़ के कुन्दे पर रहनेवाला उसका हाथ वैसा ही चौकस और तनावपूर्ण लग रहा था जैसा भाव उसके चेहरे पर था। गंजा होता सिर, ऐसा लगता था मानो धीमी आँच पर सिंका हो। कैरेबियन के खारे पानी के असर से उसका चेहरा लोहे की तरह कठोर लग रहा था। सुनिश्चित बुढ़ापे में वह एक ऐसी तेजस्विता से भरा था जो उसकी भीतरी उदासीनता से जुड़ी हुई थी। वह पहले से लम्बा, कमज़ोर और दुबला लग रहा था और पुरानी यादों में जाने से अपने आपको रोकने की कोशिश कर रहा था। "हे ईश्वर," उर्सुला ख़ुद से बोली, "तो ऐसा लगता है कि यह कुछ भी कर सकता है।" और वह कर भी सकता था।[1] आमारान्ता के लिए लाई गई वह आज़टेक शॉल, खाने के दौरान पुरानी यादों का सिलसिला, मज़ेदार क़िस्से जो उसने सुनाए, सब एक ज़माने के उसके मिज़ाज के बचे हुए अंश थे। मृतकों को एक ही क़ब्र में दफ़नाने का आदेश पूरा होते ही उसने कर्नल रोके कार्निसेरो को फ़ौजी अदालतों की कार्यवाही शुरू करने की ज़िम्मेदारी सौंपी और ख़ुद आमूलचूल सुधार लागू करने में जुट गया। ऐसे सुधार जिनसे पुन:स्थापित रूढ़िवादी शासन का कोई नामोनिशान न रहे। "हमें पार्टी के राजनीतिज्ञों से आगे निकलना है," वह अपने सहयोगियों से बोला। "जब उनका वास्तविकता से सामना हो तो उन्हें सम्पादित कार्य दिखे।" और तब ही उसने सौ साल पुराने, ज़मीन के दस्तावेज़ों का पुनरीक्षण करने का फ़ैसला किया और उसे पता चला कि उसके भाई खोसे आर्कादियो ने कितने क़ानूनी अत्याचार किए थे। क़लम की एक लकीर से उसने वे तमाम पंजीकरण

1. लड़ाई की वजह से औरेलियानो बुएन्दीया के चरित्र में आए बदलाव का प्रतीक। शारीरिक कमज़ोरी के बावजूद उसके तेज़ में कमी रंच मात्र भी दिखाई नहीं पड़ती बल्कि ऐसा लगता है कि वह कुछ भी करने में सक्षम है।

रद्द कर दिए। शिष्टाचार के आख़िरी तकाज़े के रूप में अपने व्यस्त समय से एक घंटा निकालकर वह रेबेका से मिलने गया, और उसे अपने फ़ैसलों के बारे में भी बताया।

अपने घर के अँधेरों में, वह एकाकी विधवा जो एक समय कर्नल औरेलियानो बुएन्दीया की अन्तरंग मित्र थी, जिसे वह अपने दमित प्रेम के क़िस्से सुनाता था, और जिसकी ज़िद ने उसकी जान बचाई थी, उँगलियों तक काले कपड़े से ढकी, अतीत से निकली प्रेत मालूम पड़ती थी। उसका दिल अब राख हो चुका था, और उसे लड़ाई के बारे में कुछ भी मालूम नहीं था। कर्नल औरेलियानो बुएन्दीया को ऐसा लगा मानो उसकी हड्डियाँ उसकी त्वचा के नीचे टिमटिमा रही हों और वह सन्त ऐलमो की आग के दायरे में हो, एक निश्चल हवा में जीती हुई जिसमें अब भी बारूद की गन्ध छिपी थी। उसने रेबेका को शोक-वेदना कुछ कम करने की सलाह देने के साथ बातचीत की शुरुआत की, घर को हवा लगाने को कहा और यह निवेदन भी किया कि वह खोसे आर्कादियो की मौत के लिए दुनिया को माफ़ कर दे। लेकिन रेबेका हर क़िस्म के दिखावे से ऊपर उठ चुकी थी। मिट्टी के स्वाद, पियेत्रो क्रेस्पी की सुगन्धित चिट्ठियों और अपने पति के झंझावाती बिस्तर में शान्ति ढूँढ़ने में नाकाम रहने के बाद उसे शान्ति उस घर में मिली थी जहाँ यादें कल्पना की शक्तिशाली उड़ान का सहारा लेकर इनसानों की तरह छोटे कमरों में फिरा करती थीं। अपनी कुर्सी में बैठकर कर्नल औरेलियानो बुएन्दीया को देखते हुए ऐसा प्रतीत हुआ मानो वह अतीत से आया कोई भूत हो। रेबेका को यह सुनकर कोई फ़र्क़ नहीं पड़ा कि खोसे आर्कादियो द्वारा हड़पी गई ज़मीनें उनके वास्तविक मालिकों को लौटाई जाएँगी।

"तुम जो चाहोगे औरेलियानो, वही होगा," उसने लम्बी साँस ली, "मुझे हमेशा लगता था और अब साबित हो गया है कि तुम विश्वासघाती हो।" ज़मीन के दस्तावेज़ों के सुधार के साथ ही कर्नल खेरिनेल्दो मार्केस के नेतृत्व में फ़ौजी अदालतों की कार्यवाही हुई, और अन्त में अदालत के आदेश पर क्रान्तिकारियों द्वारा बन्दी बनाए गए सरकारी फ़ौज के अधिकारियों को गोली मार दी गई।[1] आख़िरी मुक़दमा खोसे राकेल मोन्कादा का था। उर्सुला ने हस्तक्षेप किया। "माकोन्दो में अब तक का सबसे अच्छा शासन उसका था।" उसने कर्नल औरेलियानो बुएन्दीया से कहा, "तुम्हें उसकी ख़ूबियों के बारे में, या हमारे

1. लड़ाई के इस दौर में न्याय और क्रूरता के अजब मेल के दर्शन होते हैं।

लिए उसके दिल में प्यार के बारे में बताने की कोई ज़रूरत नहीं है, क्योंकि तुमसे बेहतर और कौन जानता होगा।" कर्नल औरेलियानो बुएन्दीया ने उसे सरसरी निगाह से देखा।

"मैं न्याय-संचालन का काम नहीं कर सकता," उसने जवाब दिया, "अगर तुम कुछ कहना चाहती हो तो अदालत से कहो।"

उर्सुला ने न केवल ऐसा ही किया बल्कि माकोन्दो में रहनेवाली, क्रान्तिकारियों की माँओं को गवाही देने के लिए भी ले आई। एक-एक करके शहर की स्थापना में भागीदार उन बूढ़ी महिलाओं ने, जिनमें से कइयों ने पहाड़ पार करने के ख़तरनाक काम में हिस्सा लिया था, जनरल मोन्कादा की प्रशंसा की। उर्सुला आख़िर में बोली। उसकी उदास गरिमा, उसके नाम का महत्त्व और उसके बयान की तर्कपूर्ण ओजस्विता ने न्याय के तराज़ू को पल-भर के लिए हिला दिया। "तुम लोगों ने इस बीभत्स खेल को संजीदगी से ले लिया है और तुम्हें सफलता भी प्राप्त हुई है क्योंकि तुम लोग अपना कर्तव्य निभा रहे हो।" उसने अदालत के सदस्यों से कहा, "लेकिन यह मत भूलो कि जब तक ईश्वर ने हमें जीवन बख़्शा है, तब तक हम लोग माँ ही रहेंगी, और तुम चाहे कितने भी बड़े क्रान्तिकारी क्यों न हो जाओ, निरादर की पहली गन्ध मिलते ही पैंट उतारकर तुम्हारी धुनाई करने का हमारा अधिकार अक्षुण्ण रहेगा।"[1] और बैरक में तब्दील हो गए इस स्कूल में इन शब्दों की गूँज के बीच अदालत अपना फ़ैसला तय करने के लिए बर्ख़ास्त हो गई। आधी रात को जनरल खोसे राकेल मोन्कादा को फाँसी की सज़ा सुना दी गई। उर्सुला के उग्र प्रत्यारोप के बावजूद कर्नल औरेलियानो बुएन्दीया ने सज़ा माफ़ करने से इनकार कर दिया। भोर होने से थोड़ी देर पहले वह उस अभिशप्त आदमी से मिलने गया।

"याद रखना मित्र," वह उससे बोला, "तुम्हें मैं नहीं मार रहा हूँ। तुम्हें क्रान्ति मौत के घाट उतार रही है।" उसे अन्दर आता देखकर भी जनरल मोन्कादा चारपाई से नहीं उठा।

"भाड़ में जाओ मित्र," उसने जवाब दिया।

कर्नल औरेलियानो बुएन्दीया ने वापसी के बाद से उस क्षण तक जर्नल मोन्कादा को अपने दिल की गहराई से नहीं देखा था। यह देखकर वह चौंक गया कि जनरल मोन्कादा कितना बूढ़ा हो गया था, कैसे उसके हाथ काँप रहे

---

1. मातृसत्ता के आधिपत्य को बरकरार रखने को कटिबद्ध उर्सुला।

थे और किस सत्यनिष्ठा के साथ वह मौत का इन्तज़ार कर रहा था, और फिर उसे अपने आप से घृणा हुई जिसे उसने दया के आवरण में छिपा लिया। "मुझसे बेहतर तुम जानते हो कि फ़ौजी अदालतें एक दिखावा होती हैं। हक़ीक़त में तुम दूसरों के पापों की सज़ा भुगत रहे हो, क्योंकि इस बार हम किसी भी क़ीमत पर यह लड़ाई जीतेंगे। क्या मेरी जगह तुम भी ऐसा नहीं करते?" कर्नल औरेलियानो बुएन्दीया बोला।

अपनी कमीज़ से अपना मोटा चश्मा पोंछते हुए जनरल मोन्कादा उठा। "सम्भवत:," वह बोला, "लेकिन मुझे इस बात से कोई तकलीफ़ नहीं है कि तुम मुझे गोली मारोगे, क्योंकि आख़िरकार हम जैसे लोगों का अंजाम यही होना है।" उसने अपना चश्मा खाट पर रख दिया और अपनी घड़ी और चेन उतारी। "मुझे जिस बात की तकलीफ़ है," वह आगे बोला, "वह यह है कि फ़ौज के प्रति इतनी घृणा और उनसे इतना लड़ने, और उसके बारे में इतना सोचने के बाद तुम भी उतने ही बुरे हो गए हो और ज़िन्दगी का कोई भी आदर्श इस नीचता के समकक्ष नहीं हो सकता।" उसने अपनी शादी की अँगूठी और मरियम का लॉकेट[1] उतारा और घड़ी और चश्मे के साथ रख दिया।

"इस रफ़्तार से," उसने अन्त में कहा, "तुम न केवल हमारे इतिहास के सबसे निरंकुश और ख़ूनी तानाशाह बनोगे, बल्कि अपने अन्त:करण को शान्त करने के लिए तुम मेरी प्यारी मित्र उर्सुला को भी मार दोगे।"[2]

कर्नल औरेलियानो बुएन्दीया वहीं भावशून्य खड़ा रहा। फिर जनरल मोन्कादा ने उसे अपना चश्मा, लॉकेट, घड़ी और अँगूठी दी और अपना स्वर बदला।

"लेकिन मैंने तुम्हें डाँटने के लिए नहीं बुलाया था," वह बोला, "ये चीज़ें मेरी पत्नी तक पहुँचाने का उपकार चाहता था मैं।"

कर्नल औरेलियानो बुएन्दीया ने उन्हें जेब में रख लिया।

"क्या वह अब भी मानाऊरे में है?"

---

1. लॉकेट जहाँ एक तरफ़ औरेलियानो को उसकी पत्नी रेमेदियोस से जोड़ता है वहीं दूसरी तरफ़ यह माकोन्दो के इतिहास की भी याद ताज़ा कर देता है। माकोन्दो लौटने पर खोसे आर्कादियो के गले में भी रेमेदियोस का लॉकेट लटक रहा था।
2. "मैं मानता हूँ कि सर्वोच्च सत्ता सर्वोत्कृष्ट और मानवीय उपलब्धि है और इसलिए यह मनुष्य के परिष्कार और उसके अपकर्ष का मूल तत्त्व है।" कर्नल बुएन्दीया की सत्ता और अध:पतन दरअसल मार्केस के अपने मूल विचारों का प्रतिबिम्ब है। (Mendoza, Plinio Apuleyo. (1982), *El olor de la guayaba,* Barcelona : Editorial Bruguera S.A., P. 66).

"हाँ, वह अब भी मानाऊरे में है," जनरल मोन्कादा ने पुष्टि की, "चर्च के पीछे उसी घर में जहाँ तुमने चिट्ठी भेजी थी।"

"मुझे ख़ुशी होगी, खोसे राकेल," कर्नल औरेलियानो बुएन्दीया बोला।

जब वह कोहरे की नीली हवा में बाहर निकला तो अतीत की किसी दूसरी भोर की तरह उसका चेहरा फिर नम हो गया और तब उसे अहसास हुआ कि उसने आदेश दिया था कि सज़ा क़ब्रिस्तान में नहीं आँगन में दी जानी चाहिए। दरवाज़े के बाहर खड़े गोलीमार दस्ते ने उसे एक राज्याध्यक्ष को दी जाने वाली सलामी दी। "उसे अब बाहर लाया जा सकता है," कर्नल औरेलियानो बुएन्दीया ने आदेश दिया।

9

कर्नल खेरिनेल्दो मार्केस को लड़ाई के खोखलेपन का अहसास सबसे पहले हुआ। माकोन्दो के सैनिक एवं नागरिक नेता की हैसियत से वह हफ़्ते में दो बार तार के ज़रिये कर्नल औरेलियानो बुएन्दीया से बात करता था। शुरुआत में यह बातचीत रक्तरंजित लड़ाई की दिशा निर्धारित करती थी, जिसकी सुनिश्चित रूपरेखा से किसी भी क्षण वे जान सकते थे कि लड़ाई कहाँ हो रही है और उसका नतीजा क्या होगा। हालाँकि कर्नल औरेलियानो बुएन्दीया बातचीत में कभी भी औपचारिकता की सीमा नहीं लाँघता था, यहाँ तक कि ख़ास दोस्तों के साथ भी नहीं, फिर भी उसकी आवाज़ में एक तरह का अपनापन झलकता था जिससे तार की दूसरी तरफ़ उसको पहचानना सम्भव। कई बार वह यह बातचीत अपेक्षित समय से आगे चलने देता और उन्हें घरेलू बातों पर टिप्पणी करने देता। धीरे-धीरे, जैसे-जैसे लड़ाई और तीव्र और व्यापक होती गई, वैसे-वैसे कर्नल औरेलियानो बुएन्दीया की छवि ख़यालों की दुनिया में गुम होती गई। उसकी बोली की विशिष्टता दिन-प्रतिदिन ग़ायब होने लगी और उसमें ऐसे शब्दों का समावेश होने लगा जो धीरे-धीरे अपना अर्थ खो रहे थे। कर्नल खेरिनेल्दो मार्केस केवल सुनता रहता और उसके मन में यह भावना प्रबल होती गई कि वह किसी दूसरी दुनिया के अजनबी से बात कर रहा है।

"मैं समझ गया, औरेलियानो," वह अन्त में कहता, "उदारवादी पार्टी ज़िन्दाबाद।"

अन्ततः लड़ाई से उसके सब नाते ख़त्म हो गए। एक समय जो कर्नल खेरिनेल्दो मार्केस के लिए एकमात्र यथार्थ था, जो जवानी की सबसे बड़ी सनक थी, अब सिर्फ़ एक उल्लेख-भर रह गया था : एक ख़ालीपन। आमारान्ता का सिलाई वाला कमरा उसका एकमात्र शरणस्थल था। वह हर दोपहर उससे मिलने

जाता। मशीन पर घेरेदार स्कर्ट में चुन्नट लगाते आमारान्ता के हाथ देखना उसे अच्छा लगता था। 'ख़ूबसूरत' रेमेदियोस मशीन चलाती रहती। वे घंटों एक-दूसरे से बात नहीं करते, बस एक-दूसरे के साथ से ही सन्तुष्ट रहते, लेकिन जहाँ आमारान्ता मन-ही-मन इस बात से ख़ुश होती कि उसके अन्दर अनुराग की ज्वाला भड़क रही है, वहीं कर्नल खेरिनेल्दो मार्केस को उस अबूझ दिल के इरादों की भनक तक नहीं थी। जब उसके लौटने की ख़बर आई थी तो आमारान्ता चिन्ता से हताश हो गई थी। लेकिन जब उसने कर्नल औरेलियानो बुएन्दीया की शोर मचाती टोली के बीच घर में घुसते देखा, और देखा कि निर्वासन की कठोरता ने उसके साथ कैसा बुरा सलूक किया है, कि उम्र और ग़ुमनामी ने उसे बूढ़ा कर दिया है, धूल और पसीने से गन्दा, गल्ले की तरह महकता हुआ, बदसूरत, गलपट्टी में बायाँ हाथ लटकाए, तो मोहभंग होने से उसे मूर्च्छा आने लगी। 'हे ईश्वर' उसने सोचा, "यह तो वह आदमी नहीं है जिसका मुझे इन्तज़ार था।" लेकिन अगले दिन वह दाढ़ी बनाकर, मूँछों में चमेली का इत्र लगाकर और गलपट्टी उतारकर, सज-सँवरकर आमारान्ता से मिलने आया। वह उसके लिए मोतियों से सजी प्रार्थना-पुस्तक लाया था।

"कितने अजीब होते हैं आदमी," तब आमारान्ता ने कहा था क्योंकि उसकी समझ में नहीं आ रहा था कि वह क्या बोले। "वे अपनी ज़िन्दगी पादरियों के ख़िलाफ़ लड़ने में बिता देते हैं और फिर तोहफ़े में प्रार्थना-पुस्तक देते हैं।"[1]

और फिर दोनों की मुलाक़ातों का सिलसिला शुरू हो गया। लड़ाई के सबसे नाज़ुक क्षणों में भी वह दोपहर में आमारान्ता से मिलने जाता। कई बार जब 'ख़ूबसूरत' रेमेदियोस नहीं रहती तो वह सिलाई मशीन का चक्का चलाता। आमारान्ता उस आदमी के अध्यवसाय, निष्ठा और विनम्रता से परेशान होती। उसके पास बेइन्तहा ताक़त थी फिर भी वह अपने हथियार बैठक में छोड़कर सिलाई वाले कमरे में निहत्था जाता। चार साल तक वह अपने प्यार का इज़हार करता रहा और हर बार आमारान्ता बिना उसे ठेस पहुँचाए, कोई-न-कोई बहाना ढूँढ़कर उसका प्रणय-निवेदन ठुकरा देती। हालाँकि वह उससे प्यार नहीं करती थी लेकिन उसके बिना रह भी नहीं सकती थी। 'ख़ूबसूरत' रेमेदियोस जो हर चीज़ से विरक्त प्रतीत होती थी और जिसे

---

1. उपन्यास परस्पर विरोधी सन्दर्भों से भरा पड़ा है। यह इसका एक और उदाहरण है। उदारवादी जीवन-भर वैचारिक स्तर पर चर्च से लड़ते रहे लेकिन तोहफ़े में दी प्रार्थना-पुस्तक।

मन्दबुद्धि समझा जाता था, इस निष्ठा और अनुराग को देखकर उदासीन नहीं रह पाई और उसने कर्नल खेरिनेल्दो मार्केस का पक्ष लिया। एकाएक आमारान्ता को अहसास हुआ कि जिस बच्ची की उसने परवरिश की थी वह अब किशोरावस्था की चौखट पर खड़ी थी, और माकोन्दो में अब तक की सबसे सुन्दर लड़की थी।[1] उसे अपने दिल में फिर वैसी ही जलन का अहसास हुआ जैसी बीते दिनों में रेबेका के प्रति होती थी और उसने ईश्वर से प्रार्थना की कि वह उसे 'ख़ूबसूरत' रेमेदियोस की मौत की कामना करने के पाप से बचा ले। आमारान्ता ने उसे सिलाई वाले कमरे से बेदख़ल कर दिया। लगभग इसी समय कर्नल खेरिनेल्दो मार्केस लड़ाई से ऊबने लगा था। उसने आमारान्ता का दिल जीतने के लिए अपनी पूरी तर्कशक्ति झोंक दी और अपने अगाध दमित प्रेमभाव को उड़ेल दिया। उसने यहाँ तक कहा कि वह आमारान्ता के लिए मान-सम्मान तक त्यागने को तैयार है जो उसे ज़िन्दगी के बेहतरीन सालों के बलिदान के बाद मिला था। लेकिन वह उसे नहीं मना सका। अगस्त की एक दोपहर, अपने प्रेमी को अन्तिम जवाब देने के बाद आमारान्ता ने, अपनी ज़िद के असहनीय बोझ तले दबकर मौत के इन्तज़ार में रोने के लिए, अपने आपको कमरे में बन्द कर लिया।

"हमें एक-दूसरे को हमेशा के लिए भूल जाना चाहिए," वह उससे बोली, "इन सब चीज़ों के लिए हम लोगों की उम्र निकल चुकी है।"

उस दोपहर कर्नल खेरिनेल्दो मार्केस के लिए कर्नल औरेलियानो बुएन्दीया का तार आया। वह एक रूटीन बातचीत थी जिसका लड़ाई पर कोई प्रभाव नहीं पड़ना था। अन्त में, कर्नल खेरिनेल्दो मार्केस ने सूनी सड़कों और बादाम के पेड़ पर पानी की बूँदों को देखा और अपने एकाकीपन में खो गया।[2]

"औरेलियानो," उसने उदास होकर कहा, "माकोन्दो में बारिश हो रही है।" काफ़ी देर तक दूसरी तरफ़ से कोई जवाब नहीं आया। अचानक कर्नल औरेलियानो के कठोर शब्दों से मशीन हिल गई।

---

1. उपन्यास में महिला चरित्रों को दो वर्गों में बाँटा जा सकता है। एक वे जो परम्परा की वाहक हैं। अपने परिवार को जतन से सँभालने में जीवन गुज़ार देती हैं, जिसकी सबसे सशक्त प्रतिनिधि है उर्सुला इगुरान। दूसरा वर्ग 'ख़ूबसूरत' रेमेदियोस, मेमे बुएन्दीया और आमारान्ता जैसी महिलाओं का है जो यथार्थ से परे सौन्दर्य की दुनिया में जीती हैं।
2. जैसा कि कहा जा चुका है कि खेरिनेल्दो मार्केस का स्वागत घर के सदस्य की तरह किया गया था। यहाँ स्पष्ट होता है कि वह भी उस परिवार की नियति से बच नहीं सका। एकाकीपन ने उसके जीवन को भी अभिशप्त कर रखा था।

"गधे जैसी बात मत करो, खेरिनेल्दो," तार में लिखा था, "अगस्त में बारिश होना तो स्वाभाविक है।"

वे दोनों लम्बे समय से एक-दूसरे से नहीं मिले थे फिर भी कर्नल खेरिनेल्दो मार्केस इस तीख़े जवाब से नाराज़ हो गया। लेकिन दो महीने बाद जब कर्नल औरेलियानो बुएन्दीया माकोन्दो लौटा तो कर्नल खेरिनेल्दो मार्केस की नाराज़गी विस्मय में बदल गई। उर्सुला तक यह देखकर हैरान रह गई कि कर्नल औरेलियानो बुएन्दीया कितना बदल चुका था। वह चुपचाप आया, बिना किसी अंगरक्षक के, गर्मी के बावजूद मोटा कम्बल ओढ़े, तीन रखैलों के साथ जिन्हें उसने उसी घर में रखा। वह वहीं हैमक में लेटा रहता। फ़ौजी कार्यवाही की सूचना देनेवाली तारें वह न के बराबर पढ़ता था। इस दौरान एक बार जब कर्नल खेरिनेल्दो मार्केस ने सरहद पर, उस जगह को ख़ाली कराने की आज्ञा माँगी थी, जहाँ लड़ाई के अन्तर्राष्ट्रीय रूप ले लेने का ख़तरा था, तब उसने ज़ोर से कहा था :

"मुझे छोटी-छोटी बातों से परेशान मत करो," उसने आदेश दिया, "जाओ ईश्वर की सलाह लो।"

लड़ाई का यह शायद सबसे नाज़ुक दौर था। पहले जो उदारवादी ज़मींदार क्रान्ति के पक्षधर, अब रूढ़िवादी ज़मींदारों से मिल गए थे ताकि ज़मीन की मिल्कियत के सुधारों को रोक सकें। लड़ाई के लिए धन देनेवाले, प्रवासी राजनीतिज्ञों ने सार्वजनिक रूप से कर्नल औरेलियानो बुएन्दीया के इरादों की निन्दा की थी, फिर भी अपनी सत्ता की इस अवहेलना से उस पर कोई फ़र्क़ पड़ता दिखाई नहीं दिया था। उसने अपनी कविताओं को भी दुबारा नहीं पढ़ा था जो पाँच जिल्दों में, सन्दूक़ में उपेक्षित पड़ी थीं। रात में या दोपहर में आराम करने के समय वह अपनी किसी रखैल को अपने हैमक पर बुलाता और अपनी वासना पूरी करके सब चिन्ताओं से मुक्त गहरी नींद सो जाता। उस समय केवल उसे पता था कि उसका दिग्भ्रमित मन अस्थिरता के लिए सतत अभिशप्त था। शुरू में अपनी वापसी के गुणगान और असाधारण सैनिक कामयाबियों से मदहोश हो उसने महानता के सागर में ख़ूब गोते लगाए। उसे अपनी दाहिनी ओर अपने युद्ध-गुरु मालबोरो के ड्यूक को खड़ा रखने में बहुत मज़ा आता था जिसके जानवरों की खाल के कपड़े और शेर के नाख़ूनों के पंजे बड़े-बुज़ुर्गों में आदर और बच्चों में विस्मय पैदा करते थे। और तब फ़ैसला किया गया कि सब लोग, यहाँ तक कि उर्सुला भी उससे कम-से-कम दस फ़ीट का फ़ासला रखें। वह अपने सहायकों द्वारा खड़िया

से खींचे गए घेरे[1] के बीचोबीच रुकता, जिसमें केवल वही खड़ा हो सकता था, और संक्षिप्त आदेशों से दुनिया की क़िस्मत का फ़ैसला करता। जनरल मोन्कादा की मौत के बाद जब वह पहली बार मानाऊरे आया तो वह मरनेवाले की अन्तिम इच्छा पूरी करने गया और उसकी विधवा ने अपने पति का चश्मा, लॉकेट, घड़ी और अँगूठी तो ले ली लेकिन कर्नल औरेलियानो बुएन्दीया को दरवाज़े के अन्दर पैर नहीं रखने दिया।

"तुम अन्दर नहीं आ सकते, कर्नल," वह उससे बोली, "तुम अपनी फ़ौज के आलाकमान होगे, लेकिन अपने घर की आलाकमान मैं हूँ।"

कर्नल औरेलियानो बुएन्दीया को उस वक़्त तो ज़रा-सा भी ग़ुस्सा नहीं आया लेकिन उसकी आत्मा को शान्ति तब मिली जब उसके अंगरक्षकों ने उस विधवा का घर तहस-नहस करने के बाद जलाकर राख कर दिया। "अपने दिल को सँभालना, औरेलियानो," कर्नल खेरिनेल्दो मार्केस ने तब उसे सलाह दी थी, "तुम ज़िन्दा सड़ रहे हो।" लगभग उसी समय उसने विद्रोही सेनापतियों की दूसरी बैठक बुलाई। उसे सब तरह के लोग मिले : आदर्शवादी, महत्त्वाकांक्षी, दुस्साहसी, समाज से नाराज़ और यहाँ तक कि आम अपराधी भी। उनमें एक रूढ़िवादी कार्यकर्ता भी था जिसने गबन करने के दंड से बचने के लिए विद्रोह की शरण ले ली थी। उनमें से कइयों को तो यह भी पता नहीं था कि वे क्यों लड़ रहे हैं। उन बहुरंगी लोगों के बीच जिनके मध्य नैतिक मूल्यों के विवाद कभी भी एक अन्दरूनी विस्फोट को जन्म दे सकते थे, उस भीड़ में एक उदास व्यक्ति बिलकुल अलग दिखता था : जनरल तेयोफीलो वार्गास। वह एक मूल निवासी था। जंगली, अनपढ़, अपने सहयोगियों में एक विक्षिप्त मतान्धता उत्पन्न करनेवाला विद्रोही। कमानों को राजनीतिज्ञों के छल-कपट के ख़िलाफ़ एकजुट करने के लिए कर्नल औरेलियानो बुएन्दीया ने बैठक बुलाई। जनरल तेयोफीलो वार्गास ने अपने इरादे साफ़ कर दिए। चन्द घंटों

---

1. पालेंसिया-रॉथ के मुताबिक़ खड़िया से खींचे गए घेरे कर्नल औरेलियानो के एकाकीपन को रेखांकित करते हैं। सिगमंड फ्रॉयड के 'शेटम और टैबू' के सिद्धान्त की नज़र से देखें तो बात थोड़ी और साफ़ होती है। इसके मुताबिक़ शक्तिशाली लोगों से सम्पर्क काफ़ी ख़तरनाक होता है। शक्तिशाली लोगों यानी सत्तासीन लोगों को आम आदमी यानी जनता से दूर रखना चाहिए। इसी तरह आम आदमियों को भी सत्ताधारी लोगों से बचाए रखने की ज़रूरत होती है। फलस्वरूप बहुधा दोनों के बीच एक दीवार खड़ी हो जाती है जो सत्ताधारी लोगों को चारों तरफ़ से घेरे रहती है। (Palencia-Roth, Michael. (1983), *Gabriel García Márquez. La linea, el círculo y las metamorfosis del mito,* Gredos, Madrid.

में ही उसने योग्यतम सेनापतियों के गठबन्धन को तोड़कर सारी कमान अपने हाथ में ले ली। "इस जंगली जानवर पर नज़र रखनी चाहिए," तब कर्नल औरेलियानो बुएन्दीया ने अपने अफ़सरों से कहा था, "यह आदमी हमारे लिए युद्धमंत्री से भी ज़्यादा ख़तरनाक है।" अपने संकोची स्वभाव के लिए मशहूर एक नौजवान कप्तान ने धीरे-से उँगली उठाई।

"बहुत साफ़ है कर्नल," उसने सुझाया, "उसे ख़त्म करना होगा।"

कर्नल औरेलियानो बुएन्दीया इस सुझाव से कहीं ज़्यादा इस बात से परेशान हो गया कि कैसे क्षण-भर में उसके मन की बात ताड़ ली गई थी।

"मुझसे ऐसे निर्देश की उम्मीद मत करना," उसने कहा।

और वाक़ई उसने ऐसा कोई आदेश नहीं दिया। लेकिन दो हफ़्ते बाद जनरल तेयोफीलो वार्गास के शरीर के टुकड़े मिले। उस पर चाकू से हमला किया गया था। उसकी मृत्यु के बाद कर्नल औरेलियानो बुएन्दीया ने असली कमान अपने हाथ में ले ली। जिस रात सब विद्रोही गुटों ने उसकी प्रभुसत्ता स्वीकार की, उस रात कम्बल ओढ़ने के लिए वह चौंककर नींद से जाग उठा। अन्दरूनी ठंडक ने उसकी हड्डियाँ चूर कर दी थीं जो उसे सूरज की तेज़ गर्मी में भी सताती थी। उस ठंडक ने उसे कई महीनों तक सोने नहीं दिया और फिर उसे जागने की आदत-सी पड़ गई। बेचैनी की लहरों तले सत्ता का नशा टूटने लगा। ठंडक के इलाज की खोज में उसने उस नौजवान कप्तान को गोली मरवा दी जिसने जनरल तेयोफीलो वार्गास की मौत का सुझाव दिया था। उसके कहने, यहाँ तक कि उसके सोचने के पहले ही उसके आदेश पूरे होने लगे और जितना उसने सोचा होता, उससे ज़्यादा ही उनका पालन होता। अपार सत्ता के अकेलेपन में खोया वह अपनी दिशा खोने लगा। पड़ोस के गाँव में अपनी जय-जयकार करनेवालों से वह परेशान हो जाता और कल्पना करता कि ऐसे ही वे शत्रु की भी जय-जयकार करते होंगे। हर जगह उसे नौजवान मिलते जो उसे उसकी ही आँखों से देखते, उसकी ही आवाज़ में उससे बोलते, उसी सन्देह से उससे मिलते, जिससे वह उनसे मिलता और कहते कि वे उसके बेटे हैं। वह अपने आपको बिखरा हुआ सा महसूस करता, कई टुकड़ों में बँटा, और पहले से कहीं ज़्यादा एकाकी।[1] उसे यक़ीन हो गया था कि उसके अफ़सर उससे झूठ बोल रहे

1. मार्केस रह-रह कर उपन्यास के मूल बिन्दु 'एकाकीपन' की तरफ़ लौटते हैं और लगातार पाठक का ध्यान इसकी तरफ़ से भटकने नहीं देते हैं। यह इस उपन्यास के सबसे महत्त्वपूर्ण आयामों में से एक है।

हैं। उसने मालबरो के ड्यूक से लड़ाई कर ली। "आदमी का सबसे अच्छा दोस्त वह है," उस समय कर्नल औरेलियानो बुएन्दीया का कहना था, "जो अभी-अभी मरा है।" वह अनिश्चय से निढाल था, उस अनन्त लड़ाई के दुश्चक्र से जिसमें वह हमेशा एक ही जगह पर होता—पहले से ज़्यादा निढाल, बूढ़ा और उसके पास क्यों, कैसे, कब जैसे तमाम सवालों के जवाब होते। उस खड़िया के घेरे के बाहर हमेशा कोई-न-कोई होता। कोई जिसे पैसे की ज़रूरत होती, कोई जिसके बेटे को कुकुरखाँसी होती, या ऐसा कोई जो हमेशा के लिए सोना चाहता था क्योंकि उसको लड़ाई का बेकार स्वाद बर्दाश्त नहीं था और इसके बावजूद वह सावधान की मुद्रा में खड़ा होता और उससे कहता, "सब कुछ ठीक-ठाक है, कर्नल।" यथास्थितिवाद उस कभी न ख़त्म होनेवाली लड़ाई का सबसे ख़ौफ़नाक पहलू था : कभी कुछ होता ही नहीं था। अकेला, अपने पूर्वबोध द्वारा परित्यक्त, उस ठंडक से भागता हुआ जो मौत तक उसके साथ रहनेवाली थी, कर्नल औरेलियानो बुएन्दीया ने आख़िरी शरण अपनी पुरानी यादों की गर्मी में माकोन्दो में ढूँढ़ी। उसकी अकर्मण्यता इतनी गम्भीर थी कि जब लड़ाई के गतिरोध के बारे में बात करने आए उसकी पार्टी के आयोग के आगमन की ख़बर उसे दी गई तो बिना पूरी तरह से जगे उसने करवट बदली और बोला, "उन्हें रंडियों के पास ले जाओ।"

कोट और टोपी पहने वे छह वकील नवम्बर के प्रखर सूरज को दृढ़ विरक्ति से झेल रहे थे। उर्सुला ने उन्हें अपने घर में ठहराया। दिन में ज़्यादातर समय उन लोगों ने कमरे में बन्द रहकर विचार-विमर्श में बिताया और शाम को एक एस्कार्ट और कुछ संगीतज्ञों की माँग की और कातारीनो की दुकान पर क़ब्ज़ा कर लिया। "उन्हें रहने दो," कर्नल औरेलियानो बुएन्दीया ने आदेश दिया। "आख़िरकार मैं जानता हूँ कि उन्हें क्या चाहिए।" दिसम्बर की शुरुआत में वह बहुप्रतीक्षित साक्षात्कार शुरू हुआ जिसके बहुत लम्बा खिंचने की उम्मीद कई लोगों ने लगा रखी थी, पर वह मुलाक़ात एक घंटे के अन्दर ही निपट गई।

इस बार कर्नल औरेलियानो बुएन्दीया गर्म बैठक में, सफ़ेद चादर से ढके पियानोला के बगल में अपने सिपाहियों द्वारा खींचे गए खड़िया के घेरे के अन्दर नहीं बैठा। ऊनी कम्बल ओढ़े वह अपने राजनैतिक सलाहकारों के बीच कुर्सी पर बैठा और चुपचाप दूतों के सुझाव सुनता रहा। उन्होंने पहले कहा कि उदारवादी ज़मींदारों का समर्थन फिर हासिल करने के लिए वह भूमि क़ानून सुधार वापस ले ले। फिर उन्होंने कहा कि ईसाइयों का समर्थन पाने के लिए वह चर्च के ख़िलाफ़

अपनी लड़ाई छोड़ दे। अन्त में उन लोगों ने उससे कहा कि वह जायज़ और नाजायज़ सन्तानों के बीच बराबरी लाने के अपने मक़सद को त्याग दे ताकि घर की अखंडता बनी रहे।

"इसका मतलब," उनकी बात ख़त्म होने पर कर्नल औरेलियानो बुएन्दीया मुस्कराते हुए बोला, "कि हम लोग सिर्फ़ सत्ता के लिए लड़ रहे हैं।"

"ये रणनीतिक बदलाव हैं," एक प्रतिनिधि ने कहा, "अभी सबसे अहम बात है लड़ाई के जनाधार को बढ़ाना, बाद में फिर सोचेंगे।"

कर्नल औरेलियानो बुएन्दीया के एक राजनैतिक सलाहकार ने बीच में बोलने की कोशिश की।

"ये तो परस्पर विरोधी बातें हैं," वह बोला, "यदि ये परिवर्तन अच्छे हैं तो इसका अर्थ है कि रूढ़िवादी सरकार अच्छी है। अगर आपके कहने पर हम उनके साथ लड़ाई का जनाधार बढ़ाने में सफल होते हैं तो इसका मतलब है कि सरकार जनता में काफ़ी लोकप्रिय है। संक्षेप में इसका सीधा अर्थ है कि पिछले बीस सालों से हम राष्ट्र की इच्छाओं के ख़िलाफ़ लड़ रहे हैं।"

वह आगे अभी कुछ और बोलनेवाला था कि कर्नल औरेलियानो बुएन्दीया ने इशारे से उसे रोक दिया। "अपना समय बरबाद मत करो डॉक्टर," वह बोला, "महत्त्वपूर्ण चीज़ यह है कि अब से हम लोग सिर्फ़ सत्ता के लिए लड़ेंगे।" अभी भी मुस्कराते हुए उसने प्रतिनिधियों से काग़ज़ात लिये और उन पर हस्ताक्षर करने को हुआ।

"जब ऐसा है तो," वह बोला, "हमें ये शर्तें मानने में कोई एतराज नहीं है।"

उसके आदमी एक-दूसरे को विस्मय से देखने लगे।

"माफ़ करना कर्नल," कर्नल खेरिनेल्दो मार्केस धीरे-से बोला, "पर यह तो विश्वासघात है।"

कर्नल औरेलियानो बुएन्दीया ने क़लम हवा में रोक दी और उसके ख़िलाफ़ अपने अधिकारों का पूरा इस्तेमाल किया।

"अपने हथियार सौंप दो," उसने आदेश दिया।

कर्नल खेरिनेल्दो मार्केस खड़ा हुआ और अपनी पिस्तौल मेज़ पर रख दी।

"बैरक जाओ," कर्नल औरेलियानो बुएन्दीया ने उसे आदेश दिया, "तुम्हें क्रान्तिकारी अदालत के सामने पेश होना होगा।"

फिर उसने घोषणा-पत्र पर दस्तख़त किए और काग़ज़ात उन दूतों के हवाले

करते हुए कहा, "ये रहे तुम्हारे काग़ज़ात, सज्जनो! मैं उम्मीद करता हूँ कि तुम इनसे कुछ फ़ायदा उठा सकोगे।"

दो दिन बाद, घोर देशद्रोह का इल्ज़ाम लगाकर कर्नल खेरिनेल्दो मार्केस को मौत की सज़ा सुना दी गई। अपने हैमक में लेटा, कर्नल औरेलियानो बुएन्दीया उसे माफ़ करने को राज़ी नहीं था। मृत्युदंड की पूर्वसंध्या पर उसके आदेशों का उल्लंघन करके उर्सुला उसके कमरे में गई। काले कपड़ों से ढकी, एक असाधारण गम्भीरता से भरी, उस तीन मिनट के साक्षात्कार के दौरान वह खड़ी रही। "मैं जानती हूँ कि तुम खेरिनेल्दो की हत्या करनेवाले हो," वह शान्त स्वर में बोली, "और मैं उसे रोकने के लिए कुछ नहीं कर सकती। पर मैं तुम्हें सावधान किए देती हूँ : जैसे ही मैं उसकी लाश देखूँगी, माँ-बाप की क़सम, खोसे आर्कादियो बुएन्दीया की यादों की क़सम, ईश्वर की क़सम तुम जहाँ कहीं भी छिपे होगे मैं तुम्हें खींचकर निकाल लूँगी और अपने दोनों हाथों से तुम्हारी जान ले लूँगी।" कमरे से निकलने से पहले, बिना किसी जवाब का इन्तज़ार किए उसने अपनी बात पूरी की, "यह तो वैसे ही है जैसे कि तुम सूअर की पूँछ लिये पैदा हुए हो।"

उस कभी न ख़त्म होनेवाली रात में जब कर्नल खेरिनेल्दो मार्केस आमारान्ता के सिलाई के कमरे में बिताई गई दोपहरों के बारे में सोच रहा था, कर्नल औरेलियानो बुएन्दीया घंटों अपने एकाकीपन की दीवार तोड़ने का प्रयास करता रहा।[1] वह दोपहर जब उसके पिता उसे बर्फ़ दिखाने ले गए थे, उसके बाद से उसकी ज़िन्दगी के ख़ुशी के कुछ पल सिर्फ़ उस वर्कशॉप में गुज़रे थे, जहाँ उसने सोने की छोटी-छोटी मछलियाँ बनाने में वक़्त बिताया था। उसे बत्तीस लड़ाइयाँ शुरू करनी पड़ी थीं, और मौत के साथ हुए समझौतों का उल्लंघन करना पड़ा था और यश के गोबर में सूअर की तरह मज़ा लेना पड़ा था ताकि तक़रीबन चालीस साल बाद वह सादगी के सौभाग्य को समझ सके।

रात-भर के चिन्तन से थककर, सुबह मृत्युदंड के एक घंटे पहले वह कक्ष में दाख़िल हुआ। "तमाशा ख़त्म हो गया है, दोस्त," उसने कर्नल खेरिनेल्दो मार्केस से कहा, "इससे पहले कि यहाँ के मच्छर तुम्हें ख़त्म कर दें, आओ यहाँ से बाहर चलें।" उसके इस रवैये को देखकर अपने अन्दर उत्पन्न नफ़रत के भाव को कर्नल खेरिनेल्दो मार्केस दबा नहीं पाया।

---

1. उपन्यास एक बार फिर अपनी मूल आत्मा 'एकाकीपन' को रेखांकित करता है।

"नहीं औरेलियानो," उसने जवाब दिया, "तुम्हें एक तानाशाह बनते देखने से तो मौत बेहतर होगी।"

"तुम्हें यह नहीं देखना पड़ेगा," कर्नल औरेलियानो बुएन्दीया ने कहा, "जूते पहनो और इस बेहूदा जंग को ख़त्म करने में मेरी मदद करो।"

जब उसने यह कहा तो उसे यह बोध नहीं था कि लड़ाई शुरू करना उसे ख़त्म करने से कहीं ज़्यादा आसान होता है। सरकार से विद्रोहियों को मंज़ूर शान्ति की शर्तें प्रस्तावित करने के लिए उसे लगभग एक साल अथक और रक्तरंजित प्रयास करना पड़ा। फिर अपने साथियों को ये शर्तें स्वीकार करने से होनेवाली सहूलियतों के बारे में समझाने में एक साल और लग गया।[1] इन शर्तों का विरोध करनेवाले अपने अफ़सरों को दबाने के लिए उसे कल्पनातीत क्रूरता का सहारा लेना पड़ा। अन्त में बाग़ियों की कमर तोड़ने के लिए शत्रु सेना की मदद भी लेनी पड़ी।

इससे पहले वह कभी इतना अच्छा योद्धा साबित नहीं हुआ था। इस भरोसे ने उसके दिल को अपार जोश से भर दिया कि वह अपनी मुक्ति के लिए लड़ रहा है, न कि अमूर्त आदर्शों, या नारों के लिए जिन्हें राजनीतिज्ञ अपनी सुविधानुसार दाएँ-बाएँ ढाल लेते हैं। विजय के लिए जिस विश्वास और निष्ठा से कर्नल खेरिनेल्दो मार्केस कभी पहले लड़ा था, उसी विश्वास और निष्ठा से पराजय के लिए लड़ रहा था। वह कर्नल औरेलियानो बुएन्दीया को उसके व्यर्थ दुस्साहस के लिए उलाहना देता। "चिन्ता मत करो," वह मुस्कराते हुए कहता, "मौत इनसान की सोच से कहीं ज़्यादा मुश्किल होती है।" उसके लिए तो यह बात एकदम सच थी। मौत के इस सत्य ने उसे एक निश्चित समय के लिए अमरता प्रदान कर दी थी, एक रहस्यमय प्रतिरक्षा जिसकी वजह से लड़ाई के ख़तरे अब उसे क़तई विचलित न कर पाते। और अन्त में उसने एक ऐसी हार को जीत में बदल लिया जो विजय से कहीं ज़्यादा मुश्किल, रक्तरंजित और बहुमूल्य थी।

---

1. मार्केस यहाँ ऐतिहासिक सत्य को काल्पनिक सत्य में आरोपित करते हैं। यहाँ कर्नल औरेलियानो बिलकुल उसी तरह व्यवहार करता है जैसे कि जनरल राफेल उरिबे-उरिबे ने किया था। इस बात का क़ायल होने के बाद कि अन्ततः उदारवादी क्रान्ति को असफल होना ही है, उरिबे-उरिबे शान्ति की खोज में लग गया था। उसे इसमें कोई शक नहीं रह गया था कि शत्रु पक्ष के समर्पण का सीधा अर्थ था पार्टी की तबाही। उसने तब कहा था कि शान्ति समझौते के ज़रिये गरिमामय तरीक़े से लड़ाई बन्द हो जानी चाहिए। उसके मुताबिक़ शान्ति समझौते में पराजित लोगों के अधिकार भी सुनिश्चित होने चाहिए (Mercado Cardona, Homero. (1971), *Macondo, una realidad llamada ficción*, Ediciones Universidad del Atlantico: Barranquilla, P. 98).

लड़ाई के क़रीब बीस वर्षों के दौरान कर्नल औरेलियानो बुएन्दीया कई बार अपने घर गया था, लेकिन जिस महत्त्व से वह आता था, जिस फ़ौजी तामझाम से हमेशा घिरा रहता, किंवदन्ती के जिस आभामंडल से उसकी उपस्थिति दमकती रहती और जिससे उर्सुला भी वाक़िफ़ थी, उस वजह से वह अपने घर में भी अजनबी बनकर रह जाता था। पिछली बार जब वह माकोन्दो में था तो उसने अपनी तीन रखैलों के लिए मकान लिया था और उसे सिर्फ़ दो या तीन बार ही अपने घर में खाना खाते देखा गया था। 'ख़ूबसूरत' रेमेदियोस और लड़ाई के दौरान पैदा जुड़वाँ बच्चे उसे पहचानते तक नहीं थे। आमारान्ता सोने की छोटी-छोटी मछलियाँ बनाने में किशोरावस्था गुज़ार देनेवाले अपने भाई तथा अपने और दुनिया के बीच दस फ़ीट का फ़ासला रखनेवाले इस मिथकीय योद्धा के बीच साम्य नहीं बिठा पाती थी। लेकिन जब युद्ध-विराम की बात होने लगी, और सबको लगा कि अब वह अपने लोगों के बीच एक आम इनसान बनकर लौटनेवाला है। ऐसे में बहुत समय से सुप्त पड़ा पारिवारिक स्नेह एक बार फिर फूट पड़ा जो इस बार पहले से ज़्यादा गहरा था।

"एक बार फिर हमारे घर में एक गृहस्वामी होगा," उर्सुला ने कहा।

सबसे पहले आमारान्ता को शक हुआ था कि वे उसे हमेशा के लिए खो चुके हैं। युद्ध-विराम से एक हफ़्ता पहले, वह, दो अर्दलियों के पीछे आया, अर्दलियों ने आँगन में उसका बचा हुआ सामान, खच्चर का जीन और कविताओं का सन्दूक़ रखा। वह घर में बिना सुरक्षागार्डों के घुसा था, तब आमारान्ता ने सिलाई वाले कमरे के सामने से गुज़रते देख उसे आवाज़ दी थी। लेकिन कर्नल औरेलियानो उसे पहचान नहीं पाया था।

"मैं आमारान्ता हूँ," उसकी वापसी से ख़ुश वह हँसते हुए बोली, और उसे काली पट्टी से बँधा अपना हाथ दिखाया।

"देखो।"

कर्नल औरेलियानो बुएन्दीया उसे देखकर वैसे ही मुस्कराया जैसे उस बीती हुई सुबह मुस्कराया था जब मृत्युदंड पाने के बाद वह माकोन्दो लौटकर आया था और पहली बार उसके हाथ पर पट्टी देखी थी।

"उफ़," वह बोला, "समय कैसे गुज़रता है!"

फ़ौज को घर की सुरक्षा करनी पड़ी। माकोन्दो में उसे अपमान झेलना पड़ा, उस पर थूका गया, इल्ज़ाम लगाया गया कि ऊँची क़ीमत वसूलने के लिए उसने लड़ाई को लम्बा खींचा था। वह बुख़ार और जाड़े से ठिठुर रहा था और एक बार

फिर उसकी काँख में फोड़े हो गए थे। छह महीने पहले जब उर्सुला ने युद्ध-विराम की ख़बर सुनी थी तो यह सोचकर उसने बड़ा कमरा खोलकर साफ़ कर दिया था, और कोनों में कपूर जलाई थी। कि वह रेमेदियोस की पुरानी गुड़ियों के बीच बूढ़ा होने के लिए आएगा, लेकिन वास्तव में पिछले दो सालों में वह जीवन की सभी ज़िम्मेदारियों से ख़ाली हो चुका था, यहाँ तक कि बूढ़ा होने की ज़िम्मेदारी से भी। जब वह चाँदी की वर्कशॉप के सामने से गुज़रा, जिसे उर्सुला ने ख़ास शौक़ से तैयार किया था तब उसका ध्यान तक इस तरफ़ नहीं गया कि ताले में चाबी लगी हुई थी। अपनी यादों को ताज़ा रखनेवाले इनसान को समय बीतने के साथ घर में हुए उस सूक्ष्म और उग्र ध्वंस का अहसास तक नहीं हुआ, जो लम्बी ग़ैरमौजूदगी के बाद वापस लौटे इनसान को विनाश सरीखा लगना चाहिए था। दीवारों के झड़ते चूने, कोनों के गन्दे मोटे जालों, बेगोनिया पर जमी धूल, मकान की बुनियाद पर अतीत की यादों से मिलती किसी दीमक की बनाई घाटियाँ, क़ब्ज़ों पर जमी काई[1] या फिर मकड़जालों से उसे कोई दु:ख नहीं हुआ। अपने कम्बल में लिपटा, जूते पहने, मानो बादल छँटने का इन्तज़ार कर रहा हो, वह आँगन में बैठ बेगोनिया पर पानी पड़ते देखता रहता। उर्सुला समझ गई कि वह बहुत दिनों तक घर में ठहरनेवाला नहीं है। "यदि लड़ाई नहीं," उसने सोचा, "तो फिर मौत ही हो सकती है।" उसे यह अनुमान इतना स्वाभाविक लगा, इतना विश्वसनीय कि उसने उसे पूर्वाभास मान लिया।

उस रात, खाने के समय, तथाकथित औरेलियानो सेगुन्दो ने दाएँ हाथ से ब्रेड तोड़ी और बाएँ हाथ से सूप पिया। उसके जुड़वाँ भाई, तथाकथित खोसे आर्कादियो सेगुन्दो ने बाएँ हाथ से ब्रेड तोड़ी और दाएँ हाथ से सूप पिया। उनका तालमेल इतना सुन्दर था कि वे एक-दूसरे के सामने बैठे दो भाई न लगकर आईने का कोई छलावा प्रतीत हो रहे थे।[2] यह तमाशा दोनों ने तब तैयार किया था जब उन्हें अहसास

---

1. इस घर की अपनी अलग ज़िन्दगी है अर्थात बुएन्दीया परिवार एक चक्र है जिसमें उपन्यास घूमता रहता है और इस घर रूपी चक्र के बिना ख़ुद बुएन्दीया परिवार का अस्तित्व अकल्पनीय है। उपन्यास के सन्दर्भ में कहें तो कभी-कभी यह लगता है कि 'उपन्यास' 'घर' है और 'कहानी' इस घर की कहानी है।
2. आवृत्तीय लेखन शैली का अद्भुत नमूना। औरेलियानो सेगुन्दो और खोसे आर्कादियो सेगुन्दो जुड़वाँ भाई हैं। समरूप, एक-दूसरे में ख़ुद को दोहराते हुए। खाने की मेज़ पर दोनों इस तरह व्यवहार करते हैं जैसे कि वे दो न होकर एक ही हों और बीच में शीशे की वजह से दूसरा पहले का ही प्रतिबिम्ब नज़र आ रहा हो। अर्थात दूसरा यानी कि प्रतिबिम्ब, पहले को दोहरा रहा है, या फिर दूसरी तरह से सोचें तो पहला दूसरे को दोहरा रहा है।

हुआ था कि वे हूबहू एक-दूसरे की तरह हैं, और वे हर आनेवाले के स्वागत में यह प्रदर्शन करते थे। लेकिन कर्नल औरेलियानो ने उनकी तरफ़ ध्यान तक नहीं दिया। वह हर चीज़ से इतना दूर मालूम होता था कि उसने 'ख़ूबसूरत' रेमेदियोस तक को नहीं देखा जब वह वहाँ से होकर अपने कमरे तक नंगी गई। केवल उर्सुला में ही उसकी सोच को भंग करने की हिम्मत थी।

"यदि तुम्हें फिर जाना है," खाना खाते समय वह बोली, "तो कम-से-कम आज की रात याद रखना।"

और तब बिना किसी आश्चर्य के कर्नल औरेलियानो बुएन्दीया को अहसास हुआ कि केवल उर्सुला ही उसके दु:ख को जान पाई थी और कई सालों में पहली बार उसने उसके चेहरे की तरफ़ नज़र उठाकर देखा। उसकी त्वचा चीमड़ हो चुकी थी, दाँत सड़े हुए थे, बाल सफ़ेद थे और आँखों में ख़ौफ़ था। अपनी याददाश्त की सबसे पुरानी छवि से, उसने अबकी उर्सुला को उस दोपहर की छवि से मिलाया, जब उसे पूर्वाभास हुआ था कि उबलते सूप का कसोरा मेज़ से गिरनेवाला है। उसने पाया कि उर्सुला अन्दर से बुरी तरह टूट गई थी। एक क्षण में उसे पचास साल की रोज़मर्रा की ज़िन्दगी द्वारा उस पर छोड़े गए दाग़, खरोंचें, चोट, घावों और फोड़ों के निशान दिखाई पड़े और उसे महसूस हुआ कि इतनी टूट-फूट देखने के बाद भी उसके मन में करुणा पैदा नहीं हुई। और फिर उसने अपने दिल में वह जगह ढूँढ़ने का एक अन्तिम प्रयास किया जहाँ उसका स्नेह सड़ रहा था लेकिन वह उसे ढूँढ़ नहीं पाया। किसी और दिन उसे उस वक़्त अजीबोग़रीब-सी शर्म महसूस हुई जब अपनी त्वचा पर उसे उर्सुला की गन्ध का अहसास हुआ, और कई बार अपने ख़यालों में उसने उर्सुला के ख़यालों को अड़चन डालते पाया। पर लड़ाई ने यह सब कुछ ख़त्म कर दिया था। यहाँ तक कि उसकी पत्नी रेमेदियोस भी एक धुँधली-सी छवि मात्र रह गई थी, जो उसकी बेटी भी हो सकती थी। वे अनगिनत औरतें, जिन्हें वह प्यार के रेगिस्तान में मिला था और जिन्होंने उसका बीज पूरे किनारे में फैला दिया था, वे भी उसके दिल में बची नहीं रह गई थीं। उनमें से अधिकतर अक्सर अँधेरे में उसके कमरे में आई थीं और दिन निकलने से पहले ही चली गई थीं और अगले दिन उसके लिए एक शारीरिक थकान से ज़्यादा उनका और कोई वजूद नहीं रह गया था। युद्ध और समय के बावजूद अगर कोई स्नेह उसमें बचा था, तो वह था अपने भाई खोसे आर्कादियो के लिए बचपन का स्नेह, जो प्यार नहीं, बचपन का बन्धन था।

"मुझे माफ़ करना," उसने उर्सुला के अनुरोध से बचते हुए कहा, "क्या करूँ, इस लड़ाई ने सब कुछ ख़त्म कर दिया है।"

आनेवाले दिनों में वह इस दुनिया से अपने सब चिह्न मिटाने में जुट गया। उसने चाँदी की वर्कशॉप एकदम ख़ाली कर दी और केवल वही चीज़ें वहाँ रहने दीं जो वैयक्तिक नहीं थीं—अपने कपड़े अर्दलियों को दे दिए, अपने हथियार प्रायश्चित्त के उसी भाव से आँगन में दफ़ना दिए, जिससे उसके पिता ने वह भाला दफ़नाया था जिससे प्रूदेंसियो आगीलार की मौत हुई थी।[1] उसने अपने पास सिर्फ़ एक पिस्तौल रखी जिसमें सिर्फ़ एक गोली थी। उर्सुला बीच में कुछ नहीं बोली। उसने सिर्फ़ एक बार उसे टोका था, जब वह बैठक में रखी रेमेदियोस की तस्वीर को नष्ट करने को हुआ जिसके आगे हमेशा दीया जलता रहता था। "यह तस्वीर तो बहुत पहले तुम्हारी नहीं रही थी," वह बोली, "यह तो परिवार की यादगार है।" युद्ध-विराम के पूर्व जब घर में ऐसी कोई चीज़ नहीं रह गई जो उसकी याद दिला सके, तो वह अपनी कविताओं से भरा सन्दूक़ लेकर बेकरी तक गया जहाँ सान्ता सोफ़िया दे ला पियेदाद चूल्हा जलाने जा रही थी।

"इससे जला लो," पीले पड़े काग़ज़ों का पहला गट्ठर पकड़ाते हुए कर्नल औरेलियानो बुएन्दीया ने कहा, "ज़्यादा आसानी से जलेंगे क्योंकि बहुत पुराने काग़ज़ हैं।"

सान्ता सोफ़िया दे ला पियेदाद, ख़ामोश रहनेवाली, सौजन्य की प्रतिमूर्ति, किसी को पलटकर कुछ नहीं कहती थी, अपने बच्चों तक को नहीं। उसे ऐसा लगा मानो यह कोई वर्जित काम हो।

"ये ज़रूरी काग़ज़ात हैं," वह बोली।

"ऐसा कुछ नहीं है," कर्नल बोला, "ये बस कुछ ऐसे शब्द हैं जो आदमी ख़ुद को लिखता है।"

"ऐसी बात है," वह बोली, "तो तुम ख़ुद जला लो कर्नल।"

उसने काग़ज़ात आग में झोंकने के साथ-साथ एक कुल्हाड़ी से सन्दूक़ को भी तोड़कर आग के हवाले कर दिया। कुछ घंटे पहले, पिलार तेर्नेरा उसे मिलने आई थी। इतने सालों के बाद कर्नल औरेलियानो बुएन्दीया यह देखकर चौंक गया कि

---

1. एक बार फिर आवृत्तीय संरचना के दर्शन होते हैं। औरेलियानो अपने पिता के क्रियाकलाप को दोहराता है—"खोसे आर्कादियो बुएन्दीया ने उस भाले को आँगन में दफ़ना दिया..." (अध्याय-दो)

वह कितनी बूढ़ी और मोटी हो गई है और उसकी हँसी की चमक ख़त्म हो गई है। लेकिन उसे यह देखकर भी आश्चर्य हुआ कि पत्तों के ज़रिये भविष्य पढ़ने की कला में वह किस हद तक पारंगत हो गई थी। "अपने मुँह का ध्यान रखना," उसने आगाह किया। कर्नल औरेलियानो बुएन्दीया ने सोचा कि एक बार पहले भी जब वह अपनी कीर्ति के शिखर पर था, उसने ऐसा ही कहा था। उसने सोचा कि कहीं वह क़िस्मत की किसी प्रत्याशित दृष्टि की तरफ़ इशारा तो नहीं कर रही है। कुछ समय बाद जब उसके निजी डॉक्टर ने उसके घावों की मरहम-पट्टी कर दी तो उसने बेमन से पूछा कि उसके दिल की ठीक-ठीक जगह क्या है? डॉक्टर ने अपने आला से उसके दिल की धड़कन सुनी और आयोडीन में डूबी रूई से छाती पर एक गोला बना दिया।

युद्ध-विराम के दौरान एक तप्त और बरसाती मंगलवार को कर्नल औरेलियानो बुएन्दीया पाँच बजे से पहले ही रसोईघर में आ पहुँचा और हमेशा की तरह उसने बिना दूध और शक्कर की कॉफ़ी पी। "तुम ऐसे ही दिन पैदा हुए थे[1]," उर्सुला ने उसे बताया, "तुम्हारी आँखें खुली देखकर सब हैरान रह गए थे।" उसने कोई ध्यान नहीं दिया क्योंकि वह सैनिकों की पदचाप, लड़ाई की दुन्दुभि और भोर को चकनाचूर करते सैनिक आदेशों की आवाज़ें सुन रहा था। हालाँकि लड़ाई के इतने सालों बाद उसे ये आवाज़ें जानी-पहचानी लगनी चाहिए थीं लेकिन इस बार उसे पैरों में वही कमज़ोरी और बदन में वही सनसनाहट महसूस हुई जो जवानी में एक नंगी औरत की उपस्थिति में महसूस हुई थी। अन्ततः अतीत की यादों की चपेट में दिग्भ्रमित हो उसने सोचा कि यदि उसने उससे शादी की होती तो शायद इस समय वह एक ऐसा मर्द होता जिसने कोई युद्ध नहीं लड़ा, जिसकी कोई कीर्ति नहीं है, एक अनाम कारीगर होता, एक ख़ुशहाल जानवर। हल्की सिहरन ने उसके नाश्ते में कड़वाहट घोल दी। सुबह सात बजे, विद्रोही अफ़सरों के साथ जब कर्नल खेरिनेल्दो मार्केस उसे लेने आया तो उसने कर्नल को पहले से ज़्यादा चुप, ज़्यादा विचारमग्न और ज़्यादा एकाकी पाया। उर्सुला ने उसको नया कम्बल ओढ़ाने की कोशिश की। "सरकार क्या सोचेगी," वह बोली, "वो सोचेंगे कि तुम्हारे पास नया कम्बल ख़रीदने तक के पैसे नहीं, इसलिए समर्पण कर दिया।" लेकिन वह उसे लेने को तैयार नहीं था। फिर भी दरवाज़े पर, उसने अपने सिर पर खोसे आर्कादियो बुएन्दीया की पुरानी टोपी उर्सुला को पहनाने दी।

---

1. नेएरलान्दिया की सन्धि पर 24 अक्टूबर, 1902 को दस्तख़त हुए थे। यह तारीख़ जनरल उरिबे-उरिबे का जन्मदिन भी था। इसी तरह उपन्यास में इस सन्धि पर हस्ताक्षर कर्नल औरेलियानो बुएन्दीया के जन्मदिन पर ही हुए थे। ("तुम ऐसे ही दिन पैदा हुए थे..." उर्सुला ने उसे बताया।)

“औरेलियानो,” तब वह उससे बोली, “वादा करो कि अगर तुम पर बुरा वक़्त आया तो तुम अपनी माँ को याद करोगे।”

हाथ हिलाते हुए वह हल्का-सा मुस्कराया, और बिना कुछ कहे नारों, गालियों और उस शोर-शराबे के बीच घर से निकल पड़ा जिसने शहर छोड़ने तक उसका पीछा किया। उर्सुला ने दरवाज़ा बन्द कर दिया और ज़िन्दगी-भर उसे न खोलने का दृढ़ निश्चय किया। “हम लोग यहीं सड़ जाएँगे,” उसने सोचा, “बिना मर्दों वाले इस घर में हम लोग राख हो जाएँगे, लेकिन इस सड़े शहर को अपने आँसू देखने का मौक़ा नहीं देंगे।” उसने पूरी सुबह घर के अदृश्य कोनों में अपने बेटे की यादें ढूँढ़ने में बिता दी, लेकिन वे उसे नहीं मिलीं।

समारोह माकान्दो से पन्द्रह मील दूर एक विशाल सीबा वृक्ष के नीचे हुआ, जहाँ बाद में नेएरलान्दिया शहर बनना था। सरकार और पार्टी के प्रतिनिधियों और समर्पण करने आई विद्रोहियों की टुकड़ी का स्वागत शोर मचाते श्वेत वस्त्रधारी नौसिखिया युवकों के एक दल ने किया जो बरसात से भयाक्रान्त फ़ाख़्तों जैसे लग रहे थे। कर्नल औरेलियानो बुएन्दीया कीचड़ से सने खच्चर पर आया। उसने दाढ़ी नहीं बनाई थी, अपने सपनों के टूटने से ज़्यादा वह घावों के दर्द से परेशान था क्योंकि सपनों के पूरा होने की उम्मीद वह पूरी तरह से खो चुका था। वह यश और महिमा के पार जा चुका था। उसकी इच्छा के अनुसार न वहाँ कोई संगीत बजा, न घंटियों की घनघनाहट हुई, न आतिशबाज़ी, और न ही किसी प्रकार की जय-जयकार की गई। इसके अलावा भी ऐसा कुछ नहीं किया गया था जिससे समझौते का मातमी वातावरण बदलता। एक फ़ोटोग्राफ़र ने उसकी एक फ़ोटो खींची ताकि उसे सुरक्षित रखा जा सके लेकिन बिना फ़ोटो बनाए ही उसे नष्ट करने पर मजबूर कर दिया गया।

समारोह केवल हस्ताक्षर करने भर तक ही चला। सर्कस के पैबन्द लगे तम्बू के बीच रखी पुरानी मेज़ के चारों ओर कर्नल औरेलियानो बुएन्दीया के वफ़ादार अफ़सर बैठे थे। हस्ताक्षर लेने से पहले, गणराज्य के राष्ट्रपति के व्यक्तिगत प्रतिनिधि ने समर्पण के अधिनियम को ज़ोर से पढ़ने की कोशिश की लेकिन कर्नल औरेलियानो बुएन्दीया ने उसे ऐसा करने से मना कर दिया। “औपचारिकताओं में वक़्त बरबाद करने की ज़रूरत नहीं है,” वह बोला और बिना पढ़े ही काग़ज़ों पर हस्ताक्षर करने को हुआ। तब उसके एक अफ़सर ने तम्बू की ख़ामोशी तोड़ी।

“कर्नल,” वह बोला, “कृपया सबसे पहले हस्ताक्षर न करके हम पर एहसान करो।”

कर्नल औरेलियानो बुएन्दीया ने उसकी बात मान ली। जब मेज़ के चारों तरफ़ सबको काग़ज़ात थमा दिए गए, वहाँ ऐसा घोर सन्नाटा छा गया कि क़लम की आवाज़ से हस्ताक्षर वाले के नाम का अन्दाज़ा लगाया जा सकता था, हालाँकि पहली पंक्ति तब भी ख़ाली पड़ी थी। कर्नल औरेलियानो बुएन्दीया उसे भरने को हुआ।

"कर्नल," उसके एक अफ़सर ने कहा, "तमाम चीज़ों को ठीक करने के लिए अब भी समय है।"

कर्नल औरेलियानो बुएन्दीया ने चेहरे के भाव बदले बिना, पहली कॉपी पर दस्तख़त किए। अभी वह आख़िरी कॉपी पर हस्ताक्षर करने ही वाला था कि एक विद्रोही कर्नल दो सन्दूक़ों से लदे खच्चर लेकर दरवाज़े पर प्रकट हुआ। भरा-पूरा जवान होने के बावजूद उसके सूखे चेहरे पर धैर्य की रेखाएँ साफ़ नज़र आ रही थीं। वह माकोन्दो क्षेत्र में क्रान्ति का कोषाध्यक्ष था। भूख से मर रहे खच्चर को खींचते हुए उसने छह दिन की कड़ी यात्रा की थी ताकि वह युद्ध-विराम के दिन समय पर पहुँच सके। नागवार लगने वाली कंजूसी से सन्दूक़ उतारे, उन्हें खोला और एक-एक करके मेज़ पर सोने की 72 ईंटें रख दीं। हर कोई इस ख़ज़ाने के बारे में भूल चुका था। पिछले साल केन्द्रीय कमान के तितर-बितर होने और क्रान्ति के नेताओं के एक-दूसरे के ख़ून के प्यासे हो जाने के बाद पैदा हुई अव्यवस्था के बीच किसी भी तरह की ज़िम्मेवारी सुनिश्चित करना नामुमकिन था। मिट्टी से ढककर रखी हुई सोने की ईंटों पर किसी का भी नियंत्रण नहीं था। कर्नल औरेलियानो बुएन्दीया ने सोने की 72 ईंटों को समर्पण की सूची में शामिल करवाया और किसी भाषण के बग़ैर ही समारोह समाप्त कर दिया। उसके सामने खड़ा वह गन्दा-सा नौजवान अपनी शान्त आँखों से उसको देखता रहा।

"और कुछ?" कर्नल औरेलियानो बुएन्दीया ने उससे पूछा। जवान कर्नल ने अपना मुँह भींचा। "रसीद," वह बोला।

कर्नल औरेलियानो बुएन्दीया ने हाथ से रसीद लिख दी। फिर उसने एक गिलास नीबू पानी पिया, नौसिखिया युवकों द्वारा बाँटे जा रहे बिस्कुट का टुकड़ा खाया और फिर अपने तम्बू में आराम करने चला गया। वहाँ उसने अपनी कमीज़ उतारी और चारपाई के कोने पर बैठ गया। दोपहर के सवा तीन बजे उसने अपनी पिस्तौल निकाली और अपने घरेलू डॉक्टर द्वारा छाती पर बनाए गए आयोडीन के गोले के बीच गोली दाग दी। माकोन्दो में ठीक उसी क्षण जब उर्सुला ने यह जानने

के लिए कि दूध उबलने में इतना वक़्त क्यों लग रहा है चूल्हे पर रखे भगोने का ढक्कन हटाया तो भगोने को कृमियों से भरा पाया।

"उन्होंने औरेलियानो की हत्या कर दी," वह चिल्लाई।

जब उसने अपने एकाकीपन की आदत से मजबूर होकर आँगन की तरफ़ देखा तो उसे बारिश में दुखी और भीगा, खोसे आर्कादियो बुएन्दीया दिखाई दिया। वह अपनी मौत के समय से भी ज़्यादा बूढ़ा नज़र आ रहा था। "उसे पीठ में गोली मारी गई," उर्सुला ने सुस्पष्ट ज़ोर देते हुए कहा, "और किसी ने उसकी आँखें तक बन्द करने की ज़हमत नहीं उठाई।" शाम को भरी आँखों से उसने प्रदीप्त बिम्बों[1] को उच्छ्वास की तरह आसमान पार करते देखा। उसने सोचा कि यह मौत का संकेत है। अपने पति के पैर पकड़कर रोती हुई, अभी वह अखरोट के पेड़ के नीचे ही थी कि सूखे ख़ून से सख़्त हो गए कम्बल में लिपटे हुए कर्नल औरेलियानो बुएन्दीया को लाया गया। उसकी आँखें ग़ुस्से से खुली हुई थीं।

वह ख़तरे से बाहर था। गोली इतनी सफ़ाई से अन्दर घुसी थी कि डॉक्टर ने आयोडीन में भीगी बत्ती छाती से अन्दर डाली और पीठ से निकाल दी। "यह मेरा बेहतरीन काम था," वह सन्तोष के साथ बोला, "यही एक ऐसी जगह थी जहाँ से गोली किसी महत्त्वपूर्ण अंग को नुकसान पहुँचाए बिना निकल सकती थी।" कर्नल औरेलियानो बुएन्दीया ने अपने आपको धर्म में नये-नये दीक्षित लोगों से घिरा पाया जो उसकी आत्मा की शान्ति के लिए प्रार्थना कर रहे थे और तब उसे अफ़सोस हुआ कि उसने पूर्व योजना के अनुसार मुँह में गोली क्यों नहीं मारी, भले ही उसने यह योजना पिलार तेर्नेरा की भविष्यवाणी का मज़ाक़ उड़ाने के लिए ही क्यों न बनाई थी!

"यदि अब भी मेरे पास सत्ता होती," उसने डॉक्टर से कहा, "मैं तुम्हें तुरन्त गोली मरवा देता। मेरी जान बचाने के लिए नहीं बल्कि मुझे बेवकूफ़ बनाने के लिए।"

उसकी मौत की विफलता ने कुछ ही घंटों में उसकी खोई हुई प्रतिष्ठा वापस लौटा दी। जिन लोगों ने अफ़वाह उड़ाई थी कि उसने सोने की ईंटों की दीवार वाले कमरे के लिए क्रान्ति को बेचा था, अब उसकी आत्महत्या की कोशिश को महान कृत्य बता रहे थे और उन्हीं लोगों ने उसे शहीद क़रार दिया।

फिर, जब कर्नल ने गणराज्य के राष्ट्रपति द्वारा प्रदान किया गया 'सम्मान'

---

1. प्रदीप्त बिम्बों का ज़िक्र उपन्यास में आगे भी है। यह मृत्यु या फिर अन्त का सूचक है।

भी ठुकरा दिया तो उसके सबसे कट्टर शत्रु भी उससे मिलने आए और युद्ध-विराम ठुकराकर उससे नई लड़ाई शुरू करने की गुज़ारिश करने लगे। हरज़ाने के तौर पर भेजे गए तोहफ़ों से घर भर गया था। आख़िरकार अपने पुराने साथियों के समर्थन से प्रभावित कर्नल औरेलियानो बुएन्दीया ने उनके आग्रह को मान लेने की सम्भावना से इनकार नहीं किया। उलटा, कुछ समय तो वह नई लड़ाई के ख़याल से इतना उत्साहित लगने लगा कि कर्नल खेरिनेल्दो मार्केस को लगा कि कहीं वह लड़ाई शुरू करने का बहाना तो नहीं खोज रहा था। हक़ीक़त में बहाना मिला भी था, जब राष्ट्रपति ने पुराने सैनिकों को चाहे वे उदारवादी हों या रूढ़िवादी तब तक ठीक फ़ौजी पेंशन देने से इनकार कर दिया, जब तक कि एक आयोग हर मामले की जाँच पूरी न कर ले और कांग्रेस उसे मंजूरी न दे दे।[1] "यह तो बेहूदापन है," कर्नल औरेलियानो बुएन्दीया चिल्लाया, "सब के सब डाक का इन्तज़ार करते-करते बुढ़ापे से मर जाएँगे।" उसके आराम के लिए उर्सुला द्वारा लाई दोलन कुर्सी से वह पहली बार उठा और कमरे में चहलक़दमी करते हुए राष्ट्रपति के नाम एक कड़ा सन्देश लिखवाया। उस तार में, जिसे कभी सार्वजनिक नहीं किया गया, उसने नेएरलान्दिया की सन्धि के पहले उल्लंघन की तीख़ी निन्दा की और चेतावनी दी कि अगर दो हफ़्तों के अन्दर पेंशन का मामला नहीं निपटाया गया तो दोबारा लड़ाई छेड़ दी जाएगी। उसका व्यवहार इतना सटीक था कि उसे पूर्व रूढ़िवादी सैनिकों से भी समर्थन मिलने की उम्मीद थी। लेकिन सरकार ने उसके जवाब में उसकी सुरक्षा के बहाने उसके द्वार पर कुछ और सुरक्षाकर्मी खड़े कर दिए और आने-जानेवालों पर बन्दिशें लगा दीं। देश-भर में ऐसे सभी नेताओं के साथ यही व्यवहार किया गया जिनसे सरकार को ख़तरा हो सकता था। सरकार की यह योजना इतनी समयानुकूल, कारगर और सफल सिद्ध हुई कि युद्ध-विराम के दो महीने बाद, जब कर्नल औरेलियानो बुएन्दीया पूरी तरह से स्वस्थ हो गया तब तक उसके सबसे निष्ठावान साथी या तो मर चुके थे या निर्वासित हो चुके थे या फिर हमेशा के लिए लोक प्रशासन का हिस्सा बना लिये गए थे।

---

1. 24 अक्टूबर, 1902 में हुई नेएरलान्दिया की ऐतिहासिक सन्धि में क्रान्तिकारियों को कई सहूलियतें दी गई थीं। इस सन्धि के तहत युद्धबन्दियों को रिहा कर दिया गया था, राजनीतिक बन्दियों और उन तमाम लोगों को जिन्होंने हथियार त्याग दिए थे, को पासपोर्ट और सुरक्षित घर वापसी की गारंटी दी गई थी। साथ ही यह भी क़रार हुआ था कि उन पर मुक़दमा नहीं चलेगा। लेकिन सन्धि में क्रान्तिकारियों को फ़ौजी पदवी और पेंशन देने का प्रावधान नहीं था जैसा कि उपन्यास से पता चलता है।

कर्नल औरेलियानो बुएन्दीया दिसम्बर में कमरे से निकला।[1] और उसके लिए इतना ही काफ़ी था कि वह बरसाती को देख भर ले ताकि मन में घुमड़ रहे लड़ाई के ख़याल थम जाएँ। अपनी उम्र के हिसाब से कई गुना ज़्यादा ऊर्जा से उर्सुला ने पूरे घर को दोबारा नया कर दिया था। "अब सबको पता चलेगा कि मैं कौन हूँ," जब उसे लगा कि उसके बेटे को दोबारा ज़िन्दगी मिल गई है तो वह बोली, "इस पागलख़ाने से बेहतर और ज़्यादा उदार घर पूरी दुनिया में नहीं होगा।" उसने पुताई कराई, फ़र्नीचर बदला, बग़ीचा ठीक किया, नये फूल लगाए और दरवाज़े-खिड़कियाँ खोल दीं ताकि गर्मी की चकाचौंध धूप सब कमरों में आ सके। उसने सब तरह के मातम को ख़त्म करने का आदेश दिया और ख़ुद पुराने कपड़ों की जगह नये बेहतर कपड़े पहने। पियानोला के संगीत ने एक बार फिर घर को संगीतमय कर दिया। जब आमारान्ता ने सुना तो उसे पियेत्रो क्रेस्पी का ख़याल आया, और याद आया उसकी शाम की गार्डेनिया की, उसकी चमेली की सुगन्ध और फिर उसके कुम्हलाए हृदय की गहराइयाँ दर्द से भर उठीं जिन्हें समय ने पाक-साफ़ कर दिया था। एक दोपहर जब वह बैठक ठीक करने की कोशिश कर रही थी, उर्सुला ने घर की रखवाली कर रहे सैनिकों से मदद माँगी। उस टुकड़ी के जवान अफ़सर ने उन्हें इजाज़त दे दी। धीरे-धीरे, उर्सुला ने उन्हें नये काम देने शुरू कर दिए। वह उन्हें खाने के लिए बुलाती, पहनने को कपड़े और जूते देती और उन्हें पढ़ना-लिखना सिखाती। सरकार द्वारा सुरक्षाकर्मियों को वापस बुला लिये जाने के बाद भी, उनमें से एक वहीं घर पर रुक गया और कई सालों तक उसकी सेवा करता रहा। नये साल के दिन, 'ख़ूबसूरत' रेमेदियोस की अस्वीकृतियों से विचलित हो सेना का वह जवान अफ़सर उसकी खिड़की के नीचे मरा हुआ मिला।[2]

1. दिसम्बर महीने का ज़िक्र एक बार फिर ऐतिहासिक सन्धि की तारीख़ को पुष्टि करता है।
2. यहाँ से कहानी में आर्कादियो और सान्ता सोफ़िया दे ला पियेदाद की बेटी रेमेदियोस की सुन्दरता के कारण घटी दुर्घटनाओं का चक्र जुड़ जाता है।

10

बरसों बाद, मृत्यु-शैया पर पड़े औरेलियानो सेगुन्दो को जून की वह बरसाती दोपहर याद आई जब वह अपने पहले बेटे को देखने कमरे में गया था। हालाँकि बच्चा कमज़ोर और रोंदू था और बुएन्दीया होने के कोई लक्षण उसमें दिखाई नहीं देते थे, फिर भी उसका नाम रखने में उसे देर नहीं लगी।

"इसका नाम खोसे आर्कादियो रखेंगे," वह बोला।

औरेलियानो सेगुन्दो से पिछले साल ब्याही ख़ूबसूरत फेर्नान्दा देल कार्पियो[1] ने भी हामी भर दी। लेकिन उर्सुला अपने मन में उठी आशंका को छिपा नहीं सकी। परिवार के लम्बे इतिहास में नामों की आग्रही पुनरावृत्ति ने उसे कुछ बातों का विश्वास दिला दिया था। सारे औरेलियानो ग़ैर-मिलनसार लेकिन सधे दिमाग़ के थे। उधर, सब खोसे आर्कादियो भावुक और उद्यमशील थे लेकिन शायद अभिशप्त भी। अगर किसी पर यह पैमाना फ़िट नहीं बैठता था तो वह थे खोसे आर्कादियो सेगुन्दो और औरेलियानो सेगुन्दो।[2] बचपन में दोनों इतने शरारती थे कि ख़ुद सान्ता सोफ़िया दे ला पियेदाद

---

1. मध्यकालीन स्पेन में वीर रस के गाने गानेवालों के इस तरह के नाम हुआ करते थे।
2. उर्सुला की समझ की आलोचकों ने अपनी-अपनी तरह से व्याख्या की है। लेकिन औरेलियानो और आर्कादियो के फ़र्क़ को सबसे बेहतर तरीक़े से स्पष्ट किया है ख़ुद मार्केस ने। प्लीनीओ आपुलेयो मेन्दोसा ने मार्केस से पूछा, "मैं आपसे वह नहीं जानना चाहता जो आपसे अक्सर पूछा जाता है कि उपन्यास में इतने ढेर सारे औरेलियानो और आर्कादियो क्यों हैं? मैं जानता हूँ कि लैटिन अमेरिकी परम्परा में हम सभी के नाम हमारे पिता और दादा के नाम पर रखे गए हैं। लेकिन कोई तो ऐसी चीज़ होगी जो औरेलियानो और आर्कादियो के बीच फ़र्क़ करती होगी? वह क्या है?" मार्केस ने कहा, "बहुत आसान है। खोसे आर्कादियो नाम के चरित्र वंश बढ़ाते हैं जबकि औरेलियानो नाम के पात्र ऐसा नहीं करते। उसका सिर्फ़ एक अपवाद है, वह है खोसे आर्कादियो सेगुन्दो और औरेलियानो सेगुन्दो। शायद इसलिए कि एक जैसे होने की वजह से बचपन में ही उनमें घालमेल हो गया।" (Mendoza, Plinio Apuleyo. (1982), *El olor de la guayaba,* Barcelona : Editorial Bruguera S.A.,).

उनमें फ़र्क़ नहीं कर पाती थी। उनके नामकरण के दिन आमारान्ता ने उनकी कलाई पर उनके नामों के ब्रेसलेट डाल दिए थे और अलग-अलग रंगों के कपड़े पहनाए थे जिन पर उनके नामों के अक्षर कढ़े हुए थे। लेकिन जब उन्होंने स्कूल जाना शुरू किया तो वे अक्सर ब्रेसलेट और कपड़े बदलकर एक-दूसरे को दूसरे के नाम से बुलाते थे। उनका अध्यापक मेलचोर एस्कालोना, जो खोसे आर्कादियो सेगुन्दो को उसकी हरी कमीज़ से पहचानता था, उस समय सनक गया जब उसने पाया कि खोसे आर्कादियो सेगुन्दो ने औरेलियानो सेगुन्दो का ब्रेसलेट पहन रखा था और वह जो अपने आपको औरेलियानो सेगुन्दो बता रहा था हालाँकि उसने सफ़ेद कमीज़ पहन रखी थी लेकिन उसने खोसे आर्कादियो सेगुन्दो के नाम का ब्रेसलेट पहना हुआ था। उसके बाद से वह कभी उन दोनों में फ़र्क़ नहीं कर पाया। जब वे बड़े हो गए, और ज़िन्दगी ने उन्हें अलग-अलग बना दिया, तब भी उर्सुला सोचती थी कि कहीं अपने उलझन-भरे इस पेचीदा खेल में उससे कहीं, किसी क्षण कोई ग़लती तो नहीं हो गई और वह हमेशा के लिए बदल गए हों। किशोरावस्था की शुरुआत तक वे दो लयबद्ध मशीनों जैसे थे। दोनों, एक ही समय उठते थे, एक समय पर ही पेशाब करना चाहते थे, एक-सी बीमारियाँ झेलते थे और सपने भी एक से देखते थे। घर में, सभी यही सोचते थे कि वे सब इस तरह की हरकत केवल दूसरों को परेशान करने के लिए करते हैं, और किसी को तब तक अहसास नहीं था कि वास्तविकता क्या है जब तक कि एक दिन सान्ता सोफ़िया दे ला पियेदाद ने एक को नीबू पानी दिया और जैसे ही उसने चखा, दूसरे ने कहा कि चीनी कम है। वाक़ई चीनी डालना भूल गई सान्ता सोफ़िया दे ला पियेदाद ने यह बात उर्सुला को बताई। "ये सब ऐसे ही हैं," वह बिना चौंके बोली, "जन्म से ही पागल।" समय के साथ उलझन कम हो गई। गड़बड़झाले के इस खेल से जो औरेलियानो सेगुन्दो के नाम से निकला वह अपने पूर्वजों की तरह भारी-भरकम था और जिसका नाम खोसे आर्कादियो सेगुन्दो था, वह कर्नल की तरह ज़िद्दी था, और दोनों के बीच जो चीज़ सामान्य थी वह थी परिवार की एकाकी भंगिमा। शायद क़द-काठी, नाम और स्वभाव के प्रतिकूल होने से ही उर्सुला को सन्देह था कि ये बच्चे बचपन में ही ताश के पत्तों की तरह बदल गए थे।

दोनों में बुनियादी अन्तर लड़ाई के दौरान सामने आया जब खोसे आर्कादियो सेगुन्दो ने कर्नल खेरिनेल्दो मार्केस से किसी को मृत्युदंड मिलते देखने की इच्छा प्रकट की थी। उर्सुला की राय के ख़िलाफ़ उसकी इच्छा पूरी हुई थी। जबकि औरेलियानो सेगुन्दो मृत्युदंड के नाम-भर से काँप गया था। उसे घर रहना बेहतर

लगा था। बारह बरस की उम्र में उसने उर्सुला से पूछा कि बन्द कमरे में क्या है। "काग़ज़," उसने जवाब दिया। "मेल्कीयादेस की किताबें और अजीबोग़रीब चीज़ें जो उसने अपने आख़िरी सालों में लिखी थीं।" शान्त करने के बजाय उर्सुला के जवाब ने उसकी उत्सुकता बढ़ा दी। उसने इतनी विनती की, वादा किया कि किसी भी चीज़ को ख़राब नहीं होने देगा तब कहीं उर्सुला ने उसे कमरे की चाभी दे दी। मेल्कीयादेस का शव निकालने के बाद कोई भी दोबारा उस कमरे में नहीं गया था और कमरे पर एक ताला लगा दिया गया था। ताला भी अब तक ज़ंग से जर्जर हो चला था। लेकिन जब औरेलियानो सेगुन्दो ने खिड़कियाँ खोलीं तो एक जानी-पहचानी सी रोशनी अन्दर आई जो हर दिन कमरे को रोशन करने की आदी मालूम होती थी। वहाँ धूल या मकड़जालों का नामोनिशान नहीं था, हर चीज़ साफ़-सुथरी थी, मेल्कीयादेस की अन्त्येष्टि वाले दिन से भी ज़्यादा साफ़, और दवात में स्याही सूखी नहीं थी, न ही ऑक्सीकरण से धातुओं की चमक कम हुई थी, पानी की पाइप के नीचे के अंगारे भी नहीं बुझे थे जहाँ खोसे आर्कादियो ने पारे का वाष्पन किया था। गत्ते जैसी किसी चीज़ में बँधी किताबें अलमारी में रखी थीं और पांडुलिपि एकदम ठीक-ठाक थी। कई सालों से बन्द होने के बावजूद इस कमरे की हवा बाक़ी घर की तुलना में ज़्यादा ताज़ा मालूम होती थी। सब कुछ इतना नया था[1] कि कई हफ़्तों बाद, जब उर्सुला पानी की बाल्टी और झाड़ू लेकर कमरा धोने गई, तो उसके लिए वहाँ करने को कुछ था ही नहीं। औरेलियानो सेगुन्दो किताब पढ़ने में डूबा हुआ था। हालाँकि किताब का मुखपृष्ठ ग़ायब था और किताब का नाम भी कहीं नहीं लिखा था। उस लड़के को मेज़ पर बैठी महिला की कहानी बहुत पसन्द आई जो पिन से केवल चावल के दाने खाती थी, और उस मछुआरे की कहानी भी जिसने अपने पड़ोसी से जाल के लिए वज़न उधार लिया था, और जब उसने बाद में अदायगी के तौर पर उसे वह मछली दी तो उसके पेट से हीरा निकला था, और इच्छाएँ पूरी करनेवाले चिराग़ की कहानी और उड़नेवाली क़ालीनों की कहानी। विस्मय से उसने उर्सुला से पूछा कि क्या यह सब सच था और उर्सुला ने उसे बताया कि हाँ यह सच था। कई साल पहले बंजारे जादुई चिराग़ और उड़नेवाली क़ालीन माकोन्दो लाए थे। "हो यह रहा है," वह लम्बी साँस लेकर बोली, "कि दुनिया धीरे-धीरे ख़त्म हो रही है। और अब ऐसी चीज़ें यहाँ आती ही नहीं।"

---

1. मेल्कीयादेस के कमरे में वक़्त ठहर गया था। यह समय था उद्भव का "जब दुनिया इतनी नई थी कि बहुत सारी चीज़ों के नाम भी नहीं रखे गए थे।"

कई कहानियाँ अधूरी थीं क्योंकि पन्ने ग़ायब थे, जब उसने वह किताब ख़त्म कर ली, तो औरेलियानो सेगुन्दो ने पांडुलिपियों का अर्थ खोजने का काम शुरू कर दिया। यह काम नामुमकिन था। अक्षर रस्सी पर लटके कपड़ों की तरह मालूम होते थे जो दिखने में लिखावट से ज़्यादा स्वरलिपि लगते थे। एक गरम दुपहरी, जब वह मेल्कीयादेस की पांडुलिपि में डूबा हुआ था, उसे प्रतीत हुआ कि वह कमरे में अकेला नहीं है। खिड़की से आती रोशनी के आगे, घुटनों पर हाथ धरे मेल्कीयादेस बैठा था। वह उम्र में चालीस बरस से भी कम लग रहा था और वही पुरानी गंजी और कौए के पंख जैसी पुरानी टोपी पहने था, और उसकी विवर्ण कनपटियों पर गर्मी से पिघलकर बालों से निकलती चिकनाई बह रही थी। वह बिलकुल वैसा ही था जैसा औरेलियानो और खोसे आर्कादियो ने बचपन में उसे देखा था। औरेलियानो सेगुन्दो ने उसे तुरन्त पहचान लिया, क्योंकि पुश्तैनी याददाश्त पुश्त-दर-पुश्त आगे बढ़ी थी और मेल्कीयादेस की याददाश्त उसे अपने दादा की याददाश्त से मिली थी।

"हैलो," औरेलियानो सेगुन्दो ने कहा। "हैलो, नौजवान," मेल्कीयादेस ने जवाब दिया।

उसके बाद, सालों तक, लगभग हर दोपहर वे एक-दूसरे से मिलते थे। मेल्कीयादेस उससे दुनिया-भर की बातें करता, अपना ज्ञान तक उसे प्रदान करने की कोशिश की, लेकिन पांडुलिपि का अनुवाद करने से उसने साफ़ इनकार कर दिया। "जब तक कि ये सौ बरस के न हो जाएँ किसी को भी इनका मतलब मालूम नहीं होना चाहिए," उसने समझाया। औरेलियानो ने इन मुलाक़ातों के बारे में कभी किसी को नहीं बताया। एक बार तो उसे लगा कि उसकी अपनी दुनिया ही ख़त्म हो गई है, क्योंकि उर्सुला उस समय कमरे में आ पहुँची जब मेल्कीयादेस वहाँ था। लेकिन वह उर्सुला को दिखा ही नहीं।

"तुम किससे बात कर रहे थे?" उर्सुला ने उससे पूछा।

"किसी से नहीं," औरेलियानो सेगुन्दो ने कहा।

"तुम्हारे परदादा भी यही करते थे," उर्सुला ने कहा, "वे भी अपने आप से बातें करते थे।"

इस दौरान खोसे आर्कादियो सेगुन्दो ने गोलीकांड देखने की अपनी तमन्ना पूरी कर ली थी। ज़िन्दगी-भर उसे एक साथ चली छह गोलियों की सुरमई कौंध और गोली दागने की गूँज याद रहनी थी, जैसे वह पहाड़ों से टकराकर टूटी हो, और

सीधे खड़े गोली खानेवाले की उदास मुस्कराहट और उसकी व्याकुल आँखें, जब उसकी कमीज़ ख़ून से भीग रही थी। और वह तब भी मुस्करा रहा था जब उसे खम्भे से खोलकर चूने से भरे डिब्बे में डाल दिया गया था। "वह ज़िन्दा है," उसने सोचा। "उसको ज़िन्दा ही गाड़ देंगे।" उस पर इसका इतना गहरा असर हुआ था कि तब से उसे फ़ौजी तौर-तरीक़ों और लड़ाई से घृणा हो गई थी—मृत्युदंड से नहीं बल्कि दोषी को ज़िन्दा गाड़ने के रिवाज़ से। किसी को ठीक से पता नहीं था कि कब उसने चर्च में घंटियाँ बजानी शुरू की थीं और कब से वह एल काचोरो के उत्तराधिकारी फादर आन्तोनियो इसाबेल[1] की मदद और पैरिश के आँगन के लड़ाकू मुर्ग़ों की देखभाल करने लगा था। जब कर्नल खेरिनेल्दो मार्केस को पता चला तो उसने उसको उदारवादियों द्वारा मना किए गए काम सीखने के लिए ज़ोर से डाँटा।[2] "बात यह है," उसने जवाब दिया कि "मैं तो रूढ़िवादी हूँ।" उसे पूरा विश्वास था कि यही उसकी क़िस्मत में लिखा था। विक्षुब्ध, कर्नल खेरिनेल्दो मार्केस ने उर्सुला को ये बात बताई।

"यही ठीक है," उर्सुला ने सहमति जताते हुए कहा, "ईश्वर करे वह पादरी बन जाए और आख़िरकार ईश्वर इस घर में आए।"

बहुत जल्द पता लगा कि फादर आन्तोनियो इसाबेल उसे उसके पहले प्रभुभोज के लिए तैयार कर रहा था। अपने मुर्ग़ों की गर्दन से पर साफ़ करते हुए वह उसे सवाल-जवाब के रूप में धर्म शिक्षा देता। विचारमग्न मुर्ग़ियों को उनके दड़बों तक पहुँचाते हुए, सहज उदाहरणों के ज़रिये उसने समझाया था कि कैसे सृष्टि की रचना के दूसरे दिन ईश्वर को सूझा था कि अंडे के अन्दर चूजे बनेंगे। तब से उस स्थानीय पुरोहित में सठियाने के लक्षण दिखाई देने लगे थे, जिसकी वजह से कई सालों बाद उसने कहा था कि सम्भवतः शैतान ईश्वर के ख़िलाफ़ अपनी बग़ावत में विजयी रहा होगा, और शैतान ही था जो अपना परिचय ज़ाहिर किए

1. गार्सीया मार्केस की कहानी *शनिवार के बाद का दिन* (El día después del sábado) में फादर आन्तोनियो के दर्शन होते हैं। उनका पूरा नाम है 'आन्तोनियो इसाबेल देल सानतीसीमो साकरामेंतो दे आलतार कास्तानेयोदा ई मोनतेरो'—पैरिश का पादरी जिसके बारे में कहा जाता है कि उसने 94 साल की उम्र में तीन शैतान देखे थे।

2. यह प्रसंग अपने आप में काफ़ी महत्त्वपूर्ण है क्योंकि यह इस आदर्श समाज के अन्त की शुरुआत की ओर इशारा करता है। विदित हो कि माकोन्दो के संस्थापक खोसे आर्कादियो बुएन्दीया ने चर्च की सत्ता को नकार दिया था। उसने न केवल अपने घर बल्कि पूरे गाँव में मुर्ग़ों की मुर्ग़ेबाज़ी पर रोक लगा दी थी। लेकिन यहाँ पर खोसे आर्कादियो बुएन्दीया द्वारा सत्तातंत्र के उल्लंघन के प्रथम संकेत मिलते हैं।

बिना ऊपर स्वर्गलोक में राज कर रहा था ताकि वह बेख़बर मासूम लोगों को फाँस सके। अपने गुरु के ज़ोर देने पर जोश में आकर खोसे आर्कादियो सेगुन्दो कुछ ही महीनों में शैतान को उलझाने के धार्मिक दाँव-पेचों में उतना ही माहिर हो गया जितना कि वह अखाड़े के दाँव-पेचों में निपुण था। आमारान्ता ने उसके लिए कॉलर और टाई वाला लिनन का एक सूट बनाया, एक जोड़ी सफ़ेद जूते ख़रीदे और मोमबत्ती के रिबन पर सुनहरे अक्षर में उसका नाम लिखा। प्रभुभोज से दो रात पहले, फादर आन्तोनियो इसाबेल पापों की सूची लेकर ख़ुद उसके साथ पूजा घर में बन्द हो गया। उसके पाप स्वीकार की सूची इतनी लम्बी थी कि छह बजे सोने का आदी वह बूढ़ा पादरी पाप स्वीकार ख़त्म होने से पहले ही अपनी कुर्सी पर सो गया। खोसे आर्कादियो सेगुन्दो को यह साक्षात्कार आत्मज्ञान के समान लगा। उसको आश्चर्य नहीं हुआ जब पादरी ने उससे पूछा कि उसने औरतों के साथ बुरी चीज़ें की थीं या नहीं, और उसने ईमानदारी से उसका जवाब भी दिया था, लेकिन जब उससे यह पूछा गया कि उसने ऐसा ही जानवरों के साथ किया था या नहीं तो वह परेशान हो गया। जिज्ञासा से उत्पीड़ित मई महीने के पहले शुक्रवार को उसका पहला प्रभुभोज हुआ। बाद में जब उसने घंटाघर में रहनेवाले उस बीमार से दिखनेवाले चमगादड़ खाने के लिए मशहूर पेतरोनियो से इस बारे में पूछा, तो पेतरोनियो ने उसे जवाब दिया, "कुछ भ्रष्ट ईसाई हैं जो गधियों के साथ अपनी कामवासना शान्त करते हैं।" खोसे आर्कादियो सेगुन्दो की जिज्ञासा तब भी शान्त नहीं हुई और उसने उससे ढेर प्रश्न पूछ डाले कि पेतरोनियो परेशान हो गया। "मैं हर मंगलवार की रात वहाँ जाता हूँ," उसने खुलासा किया। "और अगर तुम वादा करो कि तुम यह राज़ किसी को नहीं बताओगे तो अगले मंगलवार मैं तुम्हें वहाँ ले चलूँगा।" और वाक़ई, अगले मंगलवार एक लकड़ी का स्टूल लिए जिसका इस्तेमाल अभी तक किसी को मालूम नहीं था पेतरोनियो घंटाघर से नीचे उतरा, और खोसे आर्कादियो सेगुन्दो को पास के एक चरागाह में ले गया। उस लड़के को ये रात्रिकालीन क़वायदें इतनी भा गईं कि लम्बे समय तक वह कातारीनो की दुकान पर नहीं गया। वह मुर्ग़ेबाज़ बन गया। "इन जानवरों को यहाँ से ले जाओ," शानदार लड़ाकू मुर्ग़ों के साथ उसे पहली बार देखकर उर्सुला ने आदेश दिया। "मुर्ग़े पहले ही इस घर में बहुत दुःख ला चुके हैं कि अब तुम इन्हें फिर यहाँ ले आए हो।" कुछ कहे बिना खोसे आर्कादियो सेगुन्दो मुर्ग़ों को पिलार तेर्नेरा के घर ले गया, जो उसे अपने घर में रखने के बदले में सब कुछ न्योछावर

करने को तैयार थी, और वहाँ उनकी खेती करता रहा। फादर आन्तोनियो इसाबेल के सिखाए गुरुमंत्र की बदौलत उसने बहुत जल्दी अखाड़े में अपना सिक्का जमा लिया, और इतना पैसा कमाया कि अपने मुर्ग़ों की देखभाल के साथ-साथ जिस्मानी तौर पर ख़ुद को ख़ुश रखने में उसे कोई तकलीफ़ नहीं हुई। उर्सुला उस समय उसकी तुलना उसके भाई से करती और यह नहीं समझ पाती कि बचपन में एक जैसे दिखनेवाले दो जुड़वाँ इतने अलग कैसे हो गए थे। उसकी उलझन बहुत जल्द ख़त्म हो गई, क्योंकि बहुत जल्द ही औरेलियानो सेगुन्दो में आलस्य और दुराचार के लक्षण दिखने लगे। जब वह मेल्कीयादेस के कमरे में बन्द था, वह ख़ुद में सिमटा हुआ था, जैसे कर्नल औरेलियानो बुएन्दीया अपनी जवानी में था। लेकिन नेएरलान्दिया की सन्धि के कुछ समय बाद संयोग के एक झटके ने उसे अपने आप से बाहर निकाला और दुनिया की वास्तविकता के सामने ला खड़ा किया। एक दिन अकॉर्डियन की लॉटरी के नम्बर बेच रही एक नवयुवती उससे बड़ी आत्मीयता से मिली। औरेलियानो सेगुन्दो को कोई आश्चर्य नहीं हुआ क्योंकि अक्सर उसे उसका भाई समझ लिया जाता था। लेकिन उसने अपनी तरफ़ से उस नवयुवती की ग़लतफ़हमी दूर करने की कोशिश नहीं की। तब भी नहीं जब उस लड़की ने आँसुओं से उसका दिल पिघलाना चाहा, और वह उसे अपने कमरे पर ले गई। उस पहली मुलाक़ात में उसे वह इतना पसन्द आया कि उसने ऐसा इन्तज़ाम कर दिया कि हमेशा वही लॉटरी जीतता। दो हफ़्तों में औरेलियानो को पता चला कि वह युवती उसे आर्कादियो सेगुन्दो समझकर उसके साथ थी, फिर भी उसकी ग़लतफ़हमी दूर करने के बजाय उसने यह सिलसिला जारी रहने दिया। वह फिर मेल्कीयादेस के कमरे में लौटकर नहीं गया। उर्सुला की आपत्ति के बावजूद अकॉर्डियन बजाने का प्रयास करते हुए, वह अपनी दोपहर आँगन में ही बिताता था। उर्सुला ने शोक की वजह से घर में संगीत मना कर रखा था और इसके अलावा उसे अकॉर्डियन से भी सख़्त नफ़रत थी, क्योंकि उस वाद्य यंत्र को वह केवल फ्रांसिस्को एल ओम्ब्रे जैसे आवारा लोगों के लायक़ मानती थी। फिर भी औरेलियानो सेगुन्दो अकॉर्डियन बजाने में माहिर हो गया और शादी करने, बच्चे पैदा करने और माकोन्दो के इज़्ज़तदार लोगों में शामिल होने के बाद भी उसने अकॉर्डियन बजाना नहीं छोड़ा।

क़रीब दो महीनों तक वह अपने भाई की जगह उस महिला के साथ हमबिस्तर होता रहा। वह अपने भाई पर नज़र रखता, उसके कार्यक्रम में खलल डालता, और

जब उसे विश्वास हो जाता कि खोसे आर्कादियो सेगुन्दो उस रात अपनी रखैल से मिलने नहीं जा रहा है, तो वह उसके पास चला जाता। एक सुबह उसे पता लगा कि वह बीमार है। दो दिन बाद उसने अपने भाई को ग़ुसलख़ाने में फ़र्श से चिपका, पसीने से लथपथ, और आँसू बहाते हुए पाया। उसके भाई ने उसे बताया कि उस महिला ने उसे यह कहकर भगा दिया था कि उसकी वजह से उसे कीड़े-मकोड़ों की बीमारी लग गई थी। उसने यह भी बताया कि कैसे पिलार तेर्नेरा ने उसका इलाज करने की कोशिश की थी। औरेलियानो सेगुन्दो ने चोरी-छिपे परमैंगनेट के ज्वलित घोल और मूत्रवर्धक जल से इलाज करवाया और दोनों तीन महीनों के गोपनीय कष्ट के बाद रोगमुक्त हो गए। खोसे आर्कादियो सेगुन्दो फिर कभी उस महिला के पास नहीं फटका। जबकि औरेलियानो सेगुन्दो ने उससे अपने किए के लिए माफ़ी माँगी और जीवन-भर उसके साथ रहा।

उसका नाम पेत्रा कोतेस[1] था। वह लड़ाई के दौरान लॉटरी के सहारे जीवनयापन करनेवाले अपने अवसरवादी पति के साथ माकोन्दो आ पहुँची थी, और जब वह आदमी मर गया तो उसने भी वही काम जारी रखा। वह साफ़-सुथरी पीली बादामी आँखों वाली जवान मुलातो महिला थी। उसके चेहरे पर तेंदुए जैसी चमक दिखाई देती थी लेकिन वह दिल से नरम थी और उसमें प्रेम की अपार क्षमता थी। जब उर्सुला को पता चला कि खोसे आर्कादियो सेगुन्दो मुर्ग़ेबाज़ी करता है और औरेलियानो सेगुन्दो अपनी रखैल की शोर-शराबा भरी पार्टियों में अकॉर्डियन बजाता है, तो उसे लगा वह पागल हो जाएगी। लगा मानो परिवार के सभी अवगुण उन दोनों में आ गए हों और गुण एक भी नहीं। तब उसने तय किया कि किसी का भी औरेलियानो या आर्कादियो नाम नहीं रखा जाएगा। लेकिन जब औरेलियानो सेगुन्दो का पहला बेटा हुआ तो वह उसकी मर्ज़ी के ख़िलाफ़ नहीं जा सकी।

"ठीक है," उर्सुला बोली, "लेकिन एक शर्त पर। इसकी परवरिश मैं करूँगी।"

हालाँकि उसकी उम्र सौ साल हो चली थी और मोतियाबिन्द की वजह से वह क़रीब-क़रीब अन्धी हो चुकी थी फिर भी उसकी शारीरिक ऊर्जा, चरित्र की ईमानदारी और दिमाग़ी सन्तुलन में कोई कमी नहीं आई थी। उससे ज़्यादा योग्य और कोई नहीं होता जो उसे एक ऐसा गुणी नौजवान बना सके जो वंश की प्रतिष्ठा को पुनः स्थापित करे। एक ऐसा नौजवान जिसने कभी लड़ाई के बारे में न सुना

---

1. गार्सीया मार्केस की नानी का नाम था त्रांकीलिना इगुआरान कोतेस। उपन्यास में कोतेस उपनाम यहीं से लिया गया लगता है।

हो, न ही लड़ाकू मुर्ग़ों के बारे में या फिर बुरी औरतों या पाशविक ज़िम्मेदारियों के बारे में। साथ ही उन चार विपत्तियों के बारे में भी नहीं सुना हो, जिनसे उर्सुला के मुताबिक़ वंश की दुर्गति हुई थी। "यह पादरी बनेगा," उसने दृढ़तापूर्वक कहा, "और यदि ईश्वर मुझे ज़िन्दगी देता है तो एक दिन यह पोप होगा।" उसकी बातें सुनकर घर में मौजूद औरेलियानो सेगुन्दो के उद्दंड दोस्त समेत सभी लोग हँस दिए, और बुरी यादों की अटारी में पड़ी हुई लड़ाई को शैम्पेन की खुलती बोतलों के साथ पल-भर के लिए याद किया गया।

"पोप की सेहत के नाम," औरेलियानो सेगुन्दो ने जाम लगाया। मेहमानों ने भी उसका साथ दिया। फिर घर के सबसे बड़े मर्द ने अकॉर्डियन बजाया, आतिशबाज़ी हुई और नगाड़ों के बजने के साथ शहर-भर में इस घटना का जश्न मनाया गया। शैम्पेन के नशे में धुत्त मेहमानों ने सूर्योदय के समय छह गायों की बलि चढ़ाई और उन्हें जनसमूह के लिए सड़क पर छोड़ दिया। कोई भी नाराज़ नहीं हुआ। जब से औरेलियानो सेगुन्दो ने घर की ज़िम्मेदारी सँभाली थी, इस तरह के उत्सव आम हो गए थे, और इसके आयोजन के लिए पोप के जन्म जैसे बहानों की ज़रूरत भी नहीं पड़ती थी। कुछ सालों में, बिना किसी प्रयास के उसने कछार के इलाक़े में अपने जानवरों के असाधारण प्रजनन की बदौलत शायद सबसे ज़्यादा दौलत कमाई थी। उसकी घोड़ियों को तीन बच्चे होते, उसकी मुर्ग़ियाँ दिन में दो बार अंडे देतीं और उसके सूअर इतनी जल्दी मोटे होते कि उनकी अनियमित प्रजनन शक्ति के बारे में कोई क्या कहता सिवाय इसके कि शायद यह काला जादू होगा। "अभी कुछ बचा लो," उर्सुला अपने जंगली परपोते से कहती, "यह क़िस्मत ज़िन्दगी-भर तुम्हारा साथ नहीं देगी।" लेकिन औरेलियानो सेगुन्दो उसकी एक न सुनता। वह अपने दोस्तों को जितना खिलाता-पिलाता उतना ही तेज़ी से उसके जानवर बच्चे पैदा करते[1] और उसका विश्वास और प्रबल हो जाता कि उसके सितारे उसके कर्मों की वजह से नहीं बल्कि उसकी रखैल पेत्रा कोतेस के प्रभाव से प्रबल थे, जिसके प्यार में उत्तेजक प्रकृति का सद्गुण था। उसे इतना विश्वास था कि उसके सौभाग्य का वही कारण

---

1. उपन्यास का यह हिस्सा 'बेल-इपॉक' काल का प्रतिनिधित्व करता है। फ्रांसीसी राष्ट्र 'बेल-इपॉक' साहित्य के समृद्ध काल का सूचक है। उपन्यास में भी इस जगह पर सर्वत्र समृद्धि के दर्शन होते हैं, जीवन आमतौर पर ख़ुशहाल जान पड़ता है। यह समाज के उत्तरोत्तर विकास का काल है। यहाँ बुएन्दीया परिवार के प्रतिनिधि सत्ता के प्रतीक न होकर धन-समृद्धि के प्रतीक के तौर पर सामने आते हैं। अर्थात यह काल बुएन्दीया परिवार के बुर्जुआ होने का द्योतक है।

है कि उसने कभी भी पेत्रा कोतेस को अपने जानवरों की प्रजनन भूमि से दूर नहीं रखा और यहाँ तक कि शादी और बच्चे होने के बाद भी फेर्नान्दा की सहमति से वह उसी के साथ रहता रहा। अपने दादा-परदादा की तरह हट्टा-कट्टा, लेकिन उनके विपरीत ख़ुशमिज़ाज और जीवन के प्रति उल्लास से भरे औरेलियानो सेगुन्दो के पास अपने जानवरों की देखभाल के लिए भी समय नहीं होता था। उसे बस इतना करना होता कि वह पेत्रा कोतेस को अपनी ज़मीन पर ले जाता और उसे पूरे क्षेत्र में घुड़सवारी कराता ताकि उसके चिह्न से दाग़े हुए जानवर प्रजनन की महामारी के शिकार हो जाएँ।

उसकी लम्बी ज़िन्दगी में होनेवाली सभी अच्छी चीज़ों की तरह उस ज़ोरदार सौभाग्य का स्रोत भी संयोग ही था। लड़ाई के अन्त तक पेत्रा कोतेस अपना ख़र्चा लॉटरी की कमाई से चलाती रही और औरेलियानो सेगुन्दो बीच-बीच में उर्सुला के ख़ज़ाने पर हाथ साफ़ करता रहा। उनकी हरकतें छिछोरों जैसी थीं। उनके जीवन में सिवाय रात को हमबिस्तर होने के और सवेरे तक मस्ती करने के और कोई चिन्ता नहीं थी; निषिद्ध दिनों में भी उनका यही हाल था। "इस औरत ने ही तेरा सर्वनाश किया है," जब उसे घर में एक निद्राचारी की तरह आता देखती तो उर्सुला उस पर चिल्लाती, "उसने तुझ पर ऐसा जादू किया है कि एक दिन तू पेट के दर्द से ज़मीन पर लोटता हुआ मिलेगा और तेरे पेट में मोटा मेढक होगा।" खोसे आर्कादियो सेगुन्दो को अपने प्रति की गई अपने भाई की धूर्तता को पकड़ने में काफ़ी समय लगा था। वह अपने भाई की कामवासना को समझ नहीं पा रहा था। उसके अनुभव में पेत्रा कोतेस एक साधारण महिला थी, बिस्तर में काफ़ी आलसी और कामक्रीड़ा में कमज़ोर। उर्सुला की दुहाई और भाई के तानों से बेपरवाह, औरेलियानो सेगुन्दो को उस समय केवल एक ऐसा काम ढूँढ़ने की धुन सवार थी, जिससे वह पेत्रा कोतेस के साथ घर बसा सके और एक कामुक रात में उसके साथ मरे, उसके ऊपर और उसके नीचे। अन्ततः बुढ़ापे की शान्त भव्यता के लोभ में पड़कर, जब कर्नल औरेलियानो बुएन्दीया ने दोबारा अपनी वर्कशॉप खोली, तब औरेलियानो सेगुन्दो को लगा कि उसके लिए सोने की छोटी मछलियाँ बनाने के काम में जुटना अच्छा होगा। उस गर्म कमरे में, उसने कई घंटे यह देखते हुए बिताए कि कर्नल के मोहभंग के अकल्पनीय धैर्य की वजह से धातु की कठोर चादरें, धीरे-धीरे कैसे सुनहरे शल्कों में बदल रही थीं। वह काम उसे इतना श्रमसाध्य लगा और पेत्रा कोतेस का ख़याल इतना चिरस्थायी

और अत्यावश्यक कि तीन हफ़्तों बाद ही वह वर्कशॉप से ग़ायब हो गया। इस बीच पेत्रा कोतेस को ख़रगोशों की लॉटरी निकालने का विचार आया। ख़रगोश इतनी जल्दी पैदा होते और बड़े हो जाते कि लॉटरी का टिकट बेचने के लिए भी समय नहीं बच पाता था। पहले तो औरेलियानो सेगुन्दो ख़रगोशों की प्रजनन की इस भयानक गति से बेख़बर था। लेकिन एक रात, जब ख़रगोशों की लॉटरी से आजिज आकर शहर का कोई भी आदमी उस बारे में और कुछ भी सुनना नहीं चाहता था, उसे आँगन के दरवाज़े पर एक शोर सुनाई पड़ा। "घबराओ मत," पेत्रा कोतेस बोली, "केवल ख़रगोश हैं।" जानवरों के शोरगुल के कारण वे सो नहीं पाए, पौ फटने पर जब औरेलियानो सेगुन्दो ने आँगन का दरवाज़ा खोला तो भोर की रोशनी में वहाँ नीले ख़रगोश ही ख़रगोश नज़र आए थे। पेत्रा कोतेस, पेट पकड़कर हँसते हुए उसे चिढ़ाने से अपने आपको नहीं रोक सकी थी।

"ये तो वे हैं जो कल रात पैदा हुए हैं," वह बोली।

"हे ईश्वर," उसने कहा, "तुम गायों की लॉटरी क्यों नहीं निकालती?"

कुछ दिन बाद, आँगन साफ़ करने की ग़रज़ से पेत्रा कोतेस ने ख़रगोशों के बदले गाएँ ले लीं, गायों ने दो महीने बाद तीन बच्चों को जन्म दिया। और एक नया सिलसिला शुरू हो गया। रातोरात औरेलियानो सेगुन्दो खेत और पशुधन का मालिक बन गया और उसके पास इतना समय नहीं था कि वह अपने सूअर-बाड़े और भुसौरे को और बड़ा कर सके। नई समृद्धि ने उसे पागल कर दिया था, वह अपनी ख़ुशी का इज़हार करने के लिए पागलों जैसी हरकतें करने से भी बाज़ नहीं आता था। "रुको गायो, ज़िन्दगी छोटी है," वह चिल्लाता। उर्सुला सोचती कि वह किस चक्कर में फँस गया है। क्या वह चोरी करता है या फिर पशुचोर बन गया है, और जब-जब वह उसे अपने सिर पर शैम्पेन के झाग का मज़ा लेने के लिए बोतल खोलते देखती तो उसे फ़िज़ूलख़र्ची के लिए डाँटती और चिल्लाती। इससे वह इतना खीज गया था कि एक सुबह जब औरेलियानो सेगुन्दो का मूड ठीक था उसने पैसों से भरा सन्दूक़ उठाया, लेई का एक डिब्बा और एक ब्रश लिये और फ्रांसिस्को एल ओम्ब्रे की तरह ऊँची आवाज़ में गाते हुए वहाँ आया और पूरे घर में अन्दर-बाहर, ऊपर-नीचे सब तरफ़ एक पेसो के नोट चिपका दिए। वह पुरानी कोठी, जिसकी पियानोला लाने के समय पुताई की गई थी मस्जिद की तरह लगने लगी। परिवार के कुतूहल, उर्सुला का विक्षोभ और सड़कों पर उसकी फ़िज़ूलख़र्ची की सनक का मज़ा लेती भीड़ के बीच औरेलियानो सेगुन्दो ने मकान के आगे से

लेकर रसोईघर तक, ग़ुसलख़ाने और शयनकक्ष समेत सब जगह नोट चिपका दिए और जो नोट बचे उन्हें आँगन में फेंक दिया।

"और अब," वह बोला, "मैं उम्मीद करता हूँ कि इस घर में कोई मुझसे पैसों की बात नहीं करेगा।"

और यही हुआ। उर्सुला ने सूखे चूने की पपड़ियों से चिपके हुए सारे नोट उतरवाए, और घर को नये सिरे से सफ़ेद रंग से रँगवाया। "हे ईश्वर," उसने मन्नत माँगी, "हमें पहले की ही तरह दोबारा ग़रीब बना दो, जैसे हम इस शहर की स्थापना के समय थे ताकि इस फ़िज़ूलख़र्ची का हिसाब तुम हमसे अगली ज़िन्दगी में न लो।" उसकी प्रार्थना का असर उलटा हुआ। दीवारों से नोट उतारते हुए एक कारीगर लड़ाई के आख़िरी दिनों में वहाँ छोड़ी गई सन्त जोसफ की मूर्ति से टकराया, और वह खोखली मूर्ति ज़मीन पर गिरकर चूर-चूर हो गई। वह मूर्ति सोने के सिक्कों से भरी हुई थी। किसी को भी याद नहीं था कि वह आदमक़द मूर्ति कौन लाया था। "तीन आदमी लाए थे," आमारान्ता ने बताया, "उन्होंने कहा था कि बरसात ख़त्म होने तक इसे यहाँ रख लें और मैंने उन्हें उस कोने में रखने को कहा था ताकि कोई इससे टकराए नहीं, और उन्होंने बहुत सावधानी से उसे वहीं रख दिया, और तब से वह मूर्ति वहीं पड़ी हुई थी क्योंकि फिर उसे कोई लेने ही नहीं आया था। बाद में, उर्सुला ने उसके सामने मोमबत्तियाँ जलाकर उसे साष्टांग प्रणाम करना शुरू कर दिया। उसे इस बात की ख़बर तक नहीं थी कि वह एक सन्त की जगह चार सौ पाउंड सोने को पूज रही थी। अपने इस विधर्म के सबूत ने उसको परेशान कर दिया था। उसने सिक्कों के शानदार ढेर पर थूका, उनको तीन बोरों में भरा और इस उम्मीद से कि देर-सवेर वे तीन अजनबी यह रकम वापस लेने आएँगे ही, एक गुप्त स्थान पर गाड़ दिया। काफ़ी समय बाद, बुढ़ापे के मुश्किल दिनों में उर्सुला घर आनेवाले सभी यात्रियों को बातचीत के दौरान टोकती और उनसे पूछती कि कहीं उन्होंने लड़ाई के दौरान बरसात ख़त्म होने तक सुरक्षित रखने के लिए सन्त जोसफ की कोई मूर्ति तो वहाँ नहीं छोड़ी थी।

इस तरह की ढेरों चीज़ें, जो उर्सुला को भौचक्का कर देती थीं, उन दिनों आम हो गई थीं। माकोन्दो चमत्कारिक ख़ुशहाली से सराबोर था। माकोन्दो की स्थापना करनेवालों के कच्ची ईंटों के मकानों की जगह अब पक्की ईंट, लकड़ी के परदे और सीमेंट के फ़र्श वाले मकान बन गए थे, जिनमें अब दोपहर दो बजे की दमघोंटू गर्मी पहले से कम लगती थी। कुल मिलाकर, उस समय, वहाँ खोसे आर्कादियो

बुएन्दीया के ज़माने के बादाम के पेड़ ही बचे थे, जो मुश्किल से मुश्किल हालात का प्रतिरोध करने के लिए अभिशप्त थे, और बची थी निर्मल जल की वह नदी, जिसके प्रागैतिहासिक पत्थर उस वक़्त खोसे आर्कादियो सेगुन्दो के प्रचंड हथौड़ों से चूर हो गए थे जब उसने नदीतल में नाव का रास्ता बनाना शुरू किया था। उसके परदादा के सपनों के मुक़ाबले यह सपना एक पागलपन लगता था, क्योंकि पथरीले नदीतल और पानी के तेज़ बहाव ने, माकोन्दो से समुद्र तक के नाव के सफ़र को असम्भव बना दिया था। लेकिन खोसे आर्कादियो सेगुन्दो, उतावलेपन के अप्रत्याशित दौरे में अपनी धुन पर अड़ा रहा। तब तक उसने कल्पनाशीलता का परिचय नहीं दिया था। पेत्रा कोतेस के साथ उसके दुस्साहसिक रिश्ते के अलावा, उसका किसी महिला से कोई सम्बन्ध नहीं था। उर्सुला मानती थी कि उसके वंश में उससे ज़्यादा शान्त स्वभाव का और कोई पैदा नहीं हुआ था, वह मुर्ग़ेबाज़ी तक नहीं देख सकता था। जब कर्नल औरेलियानो बुएन्दीया ने उसे उस स्पैनिश जहाज़ की कहानी सुनाई, जिसका कोयला बन चुका ढाँचा उसने समुद्र से आठ मील दूर ज़मीन पर, लड़ाई के दौरान ख़ुद देखा था और सालों तक जो कहानी लोगों को अजूबा लगती थी, वह खोसे आर्कादियो सेगुन्दो के लिए एक घटना समान थी। उसने नीलामी में सबसे ज़्यादा बोली लगानेवालों को अपने मुर्ग़े दे दिए, आदमी भर्ती किए, औज़ार ख़रीदे, और नहर खोदने और जलपोत तक सजाने के विस्मयकारी काम में जुट गया। "यह सब तो मुझे ज़बानी याद है," उर्सुला चिल्लाती, "यह तो ऐसा है मानो समय का चक्र पीछे घूम गया हो और हम लोग फिर से वहीं पहुँच गए हों जहाँ से शुरू हुए थे।"[1] जब खोसे आर्कादियो सेगुन्दो ने सोचा कि नदी नौवहन के लायक़ है, तो उसने अपने भाई को अपनी योजना की विस्तृत रूपरेखा बताई। जब उसके भाई ने योजना पर अमल करने के लिए उसे पर्याप्त पैसे दिए तो वह एक लम्बे समय के लिए ग़ायब हो गया। लोगों का कहना था कि नाव ख़रीदने की उसकी योजना और कुछ नहीं, बस अपने भाई का पैसा हड़पने की एक चाल थी। उसके जाने के काफ़ी समय बाद एक दिन यह ख़बर आई कि एक अजीब वाहन शहर की ओर चला आ रहा है। तब तक खोसे आर्कादियो बुएन्दीया की विशाल योजनाओं को भूल चुके माकोन्दो के निवासी नदी के तट की तरफ़ भागे और जब उन्होंने उस शहर में आनेवाली पहली और आख़िरी

1. उर्सुला का यह संवाद एक बार फिर उपन्यास के मूल संरचनात्मक तत्त्व की ओर इंगित करता है जिसके तहत घटनाएँ पीढ़ी दर पीढ़ी चक्रीय क्रम में एक-दूसरे को दोहराती जाती हैं। फिर वही बादाम के पेड़, पारदर्शी नदी और डूबा जहाज़।

नाव को आते देखा तो उनकी आँखें अविश्वास से फटी की फटी रह गईं। लट्ठे के बेड़े के अलावा वह कुछ नहीं था, जिसे मोटी रस्सियों से बाँधकर बीस आदमी नदी के किनारे खींच रहे थे। नाव के अगले हिस्से में, आँखों में सन्तोष की चमक लिए खोसे आर्कादियो सेगुन्दो उस दुष्कर काम को संचालित कर रहा था। उसके साथ ही शानदार महिलाओं का एक जानदार समूह भी आ पहुँचा जो भड़कीले छातों के नीचे अपने को दहकते सूरज की तपन से बचा रही थीं। उन्होंने कन्धों पर बढ़िया रेशम के दुपट्टे डाल रखे थे और उनके गालों पर लाली, बालों में फूल, हाथों पर सुनहरे साँप और दाँतों में हीरे लगे थे। यह लट्ठे का बेड़ा ही एकमात्र ऐसा वाहन था जो खोसे आर्कादियो सेगुन्दो माकोन्दो तक ला सका था और वह भी केवल एक बार, लेकिन उसने अपनी हार स्वीकार नहीं की, उलटा वह अपने इस काम को अपनी इच्छाशक्ति की जीत बतलाता। उसने अपने भाई को पाई-पाई का हिसाब चुका दिया और बहुत जल्द मुर्ग़ेबाज़ी के काम में दोबारा जुट गया। उस दुस्साहसी कार्य की एक ही निशानी बची थी और वह थी फ्रांस की उन महिलाओं द्वारा लाई गई आधुनिकता की हवा। उनकी अप्रतिम कला ने प्यार के पारम्परिक ढंग को बदल दिया था और उनकी सामाजिक कल्याण की परिभाषा ने कातारीनो की पुरानी दुकान को ख़त्म कर दिया और सड़कों को जापानी लालटेन और बीते वक़्त की याद दिलाने वाले वाद्यों के बाज़ार में तब्दील कर दिया था। वे प्रेरक थीं उस ख़ूनी उत्सव[1] की जिसने तीन दिन के लिए माकोन्दो को उन्माद में डुबो दिया, और जिसकी वजह से औरेलियानो सेगुन्दो को फेर्नान्दा देल कार्पियो से मिलने का अवसर मिला।

'ख़ूबसूरत' रेमेदियोस को रानी घोषित कर दिया गया। उर्सुला, जो अपनी परपोती की बेचैन करनेवाली सुन्दरता देखकर सिहर उठती थी, वह भी इस चुनाव को नहीं रोक सकी। तब तक वह उसे घर के अन्दर रखने में सफल रही थी। उसे केवल आमारान्ता के साथ मिस्सा के लिए जाने की छूट थी और वह भी काली शॉल से मुँह ढककर। नास्तिक से नास्तिक आदमी, और वे लोग भी जो पादरियों के भेष में कातारीनो की दुकान पर देवद्रोही मिस्सा पढ़ते थे, केवल इस इरादे से चर्च जाया करते थे कि चाहे क्षण-भर के लिए ही सही, 'ख़ूबसूरत' रेमेदियोस का वह चेहरा देख सकें जिसकी सुन्दरता के चर्चे दूर-दूर तक थे। और वे लोग जो बहुत कोशिश के बाद उसकी एक झलक पा सके उनके लिए यही बेहतर था कि

1. माकोन्दो विकास के उस दौर में पहुँच गया है जहाँ उच्छृंखलता, फ़िज़ूलख़र्ची, अपव्यय और प्रचुरता समाज की पहचान बन जाती है। ऐसे में यह उत्सव अतिरेक के उत्सव के रूप में सामने आता है।

वे उसे नहीं देखते क्योंकि उसको देखने के बाद उनकी रातों की नींद हमेशा के लिए हराम हो गई थी। वह आदमी जिसकी वजह से वे लोग 'ख़ूबसूरत' रेमेदियोस की एक झलक पा सके थे, एक विदेशी था। वह ख़ुद उम्र-भर के लिए अपने मन का चैन खो बैठा था। दुर्दशा और विपत्ति के दलदल में फँस गया था और कुछ सालों बाद ट्रेन की पटरियों पर सो जाने से उसकी मौत हो गई थी। जिस पल उसे चर्च में देखा गया था, तभी सबको लग गया था कि वह 'ख़ूबसूरत' रेमेदियोस के जादुई सम्मोहन से आकर्षित होकर बहुत दूर से आया होगा, शायद विदेश के किसी शहर से। वह इतना ख़ूबसूरत और आकर्षक था कि उसके सामने पियेत्रो क्रेस्पी तो मामूली छैला लगता था। उसे देख कई औरतें विद्वेषपूर्ण मुस्कानों के साथ ठंडी आहें भरतीं और कहतीं कि वाक़ई में घूँघट तो उस आदमी को काढ़ना चाहिए था। माकोन्दो में वह किसी से बात नहीं करता था। रविवार की भोर वह किसी परीकथा के राजकुमार की तरह आता, चाँदी के रकाबों और शनील के कम्बल से सजे घोड़े पर सवार, और मिस्सा के बाद शहर से चला जाता था।

उसके व्यक्तित्व में कुछ ऐसा जादू था कि पहली बार उसके चर्च में दिखने के बाद से ही सब मान बैठे थे कि उसके और 'ख़ूबसूरत' रेमेदियोस के बीच, एक ख़ामोश और तनावपूर्ण द्वन्द्व छिड़ गया है। एक गुप्त सन्धि, एक अटल चुनौती जिसकी परिणति न केवल प्रेम में होनी थी बल्कि मृत्यु में भी साथ तय थी। छठे रविवार को वह हाथ में एक पीला गुलाब लेकर चर्च आया। उसने हमेशा की तरह खड़े-खड़े मिस्सा सुना, और अन्त में वह 'ख़ूबसूरत' रेमेदियोस के सामने जा खड़ा हुआ और उसे गुलाब भेंट करने की पेशकश की। 'ख़ूबसूरत' रेमेदियोस ने बड़े सहज अन्दाज़ में उसका निवेदन स्वीकार किया मानो वह इस सम्मान के लिए पहले से ही तैयार थी, और फिर अपना घूँघट हटाकर मुस्कराते हुए उसका शुक्रिया अदा किया। उसने बस इतना ही किया था। लेकिन उन सभी लोगों के लिए वक़्त मानो वहीं ठहर गया था, जिन्हें उसे देखने का अशुभ सौभाग्य प्राप्त हुआ।

उसके बाद उस महाशय ने 'ख़ूबसूरत' रेमेदियोस के दर्शन के लिए काफ़ी प्रपंच किया था। यहाँ तक कि उसकी खिड़की के पास कभी-कभी तो भोर होने तक बैंड भी बजवाया था। केवल औरेलियानो सेगुन्दो को उस आदमी से सहानुभूति थी। उसने उसका संकल्प तोड़ने की कोशिश भी की थी। "अपना समय और बरबाद मत करो," उसने एक रात उस आदमी से कहा, "इस घर की औरतें खच्चरों से

भी बदतर हैं।" उसने दोस्ती का हाथ बढ़ाया, शैम्पेन में डूबने का न्योता दिया, और उसे समझाने की कोशिश की कि उसके परिवार की औरतें अन्दर से चकमक की तरह होती हैं। लेकिन वह उसकी ज़िद न तोड़ सका। रात-भर बजते बैंड की आवाज़ से चिढ़कर कर्नल औरेलियानो बुएन्दीया ने पिस्तौल की कुछ गोलियों से उसकी बीमारी का इलाज करने की धमकी भी दी थी। लेकिन कोई भी चीज़ उसे नहीं डिगा पाई थी। धीरे-धीरे वह एक अच्छे-ख़ासे, साफ़-सुथरे इनसान से गन्दा फटीचर बन गया। उसके बारे में कहा जाता था कि वह किसी दूर देश से राजपाट त्यागकर वहाँ आया था हालाँकि यह अलग बात है कि उसके वंश का कभी पता नहीं चल पाया था। वह चिड़चिड़ा हो गया, शराबघरों में लड़ने-झगड़ने लगा और रोज़ सुबह कातारीनो की दुकान में अपनी ही गन्दगी में लोटता हुआ सोकर उठता। इस ड्रामे का सबसे दुःखद पहलू यह था कि 'ख़ूबसूरत' रेमेदियोस ने उसकी तरफ़ ध्यान तक नहीं दिया था। तब भी नहीं जब वह एक राजकुमार जैसा सजकर चर्च आया था। बिना किसी दुर्भावना के उसने गुलाब का फूल उससे ले लिया था। उसके इस दीवानेपन से वह खिल उठी थी और उसने अपना दुपट्टा उसका चेहरा ठीक से देखने के लिए हटाया था, न कि अपना चेहरा दिखाने के लिए।

वास्तव में, 'ख़ूबसूरत' रेमेदियोस इस दुनिया के लिए बनी ही नहीं थी। यौवनारम्भ के बहुत बाद तक सान्ता सोफ़िया दे ला पियेदाद को ही उसे नहलाना और तैयार करना पड़ता था और जब वह ख़ुद भी यह सब करने लगी थी तो भी उस पर नज़र रखना ज़रूरी था ताकि वह अपने मल को डंडी में लगाकर दीवार पर जानवरों के छोटे-छोटे चित्र न बनाए। बीस साल की उम्र तक उसने न तो पढ़ना-लिखना सीखा था और न ही मेज़ पर क़ायदे से खाना खाना। वह घर में नंगी घूमा करती थी, क्योंकि स्वभावतः वह हर तरह के रिवाज़ के ख़िलाफ़ थी। जब सुरक्षाकर्मियों के युवा कमांडर ने उसके प्रति अपने प्यार का इज़हार किया था, तो उसने सिर्फ़ इसलिए उसे अस्वीकृत कर दिया था कि वह उसके छिछोरेपन से चिढ़ गई थी। "कितना मूर्ख है वह," उसने आमारान्ता से कहा, "वह कहता है कि मेरी वजह से मर रहा है, जैसे मैं कोई गम्भीर बीमारी हूँ।" वास्तव में जब उसकी खिड़की के पास वह मरा हुआ मिला, तो 'ख़ूबसूरत' रेमेदियोस को उसके बारे में अपनी राय पर पूरा विश्वास हो गया।

"देखा," वह बोली, "वह पूरा मूर्ख था।"

ऐसा लगता था मानो एक विलक्षण सूझ उसे सब तरह के दिखावे के पार देखने

की क्षमता प्रदान करती थी। कम-से-कम कर्नल औरेलियानो बुएन्दीया का तो ऐसा ही मानना था। उसकी नज़र में 'ख़ूबसूरत' रेमेदियोस किसी भी तरह से मन्द बुद्धि नहीं थी जैसा कि आमतौर पर माना जाता था। "मानो वह बीस साल की लड़ाई के बाद लौटी है," वह कहता। उधर, उर्सुला ईश्वर का शुक्रिया अदा करती कि उसने असाधारण शुचिता वाला इनसान उस परिवार को दिया था लेकिन साथ ही वह उसकी सुन्दरता से परेशान भी रहती क्योंकि उसे ये ख़ूबियाँ परस्पर विरोधी लगती थीं। 'ख़ूबसूरत' रेमेदियोस की मासूमियत के पीछे एक पैशाचिक जाल था। और इसी वजह से उसने 'ख़ूबसूरत' रेमेदियोस को दुनिया से दूर रखने, हर सांसारिक प्रलोभन से उसको बचाने का फ़ैसला किया। उसे नहीं मालूम था कि माँ की कोख के समय से ही 'ख़ूबसूरत' रेमेदियोस पर किसी भी तरह के संसर्ग का कोई असर नहीं होता था। उसने तो कभी सपने में भी नहीं सोचा था कि आनन्दोत्सव के हुल्लड़ में उसे 'महारानी' चुन लिया जाएगा। लेकिन चीते का वेश धारण करने की सनक में औरेलियानो सेगुन्दो, फादर आन्तोनियो इसाबेल को घर लाया ताकि वह उर्सुला को समझा सके कि यह आनन्दोत्सव एक म्लेच्छ त्योहार नहीं था बल्कि इसका आयोजन ईसाई परम्परा के अनुरूप किया गया था। आख़िरकार उसने अधूरे मन से राज्याभिषेक की इजाज़त दे दी।

चन्द घंटों में ही यह ख़बर कछार की सीमाओं के पार पहुँच गई कि 'ख़ूबसूरत' रेमेदियोस को आनन्दोत्सव में महारानी चुना जाएगा, और उन दूर-दराज़ इलाक़ों में भी जा पहुँची जहाँ उसकी सुन्दरता के क़िस्से किसी ने नहीं सुने थे। वह लोग भी बेचैन हो उठे जो उसके अन्तिम नाम को विनाश का प्रतीक मानते थे लेकिन यह चिन्ता व्यर्थ थी। अगर उस समय कोई अनजान था तो वह था बूढ़ा और निराश होता कर्नल औरेलियानो बुएन्दीया, जो धीरे-धीरे देश की वास्तविकताओं से दूर होता जा रहा था। अपनी वर्कशॉप में बन्द बाहर की दुनिया से उसका एक ही नाता था, छोटी सोने की मछलियों का उसका कारोबार। शान्ति के शुरुआती दिनों में उसके घर की सुरक्षा करनेवाले सुरक्षाकर्मियों में से एक इन मछलियों को कछार के गाँवों में ले जाकर बेचता था और सिक्कों और ख़बरों से लदा हुआ लौटता था। रूढ़िवादी सरकार, वापस लौटकर सुरक्षाकर्मी बताता, उदारवादियों की सहमति से कैलेंडर बदल रही है ताकि प्रत्येक राष्ट्रपति सौ साल तक सत्ता में रह सके; रोम के धर्मपीठ के साथ आख़िरकार धर्मसन्धि पर हस्ताक्षर हो ही गए, हीरों का ताज और ठोस सोने का सिंहासन लेकर रोम से कार्डिनल आया था और उदारवादी मंत्रियों ने घुटने के

बल उसकी अँगूठी को चूमते हुए तस्वीरें खिंचवाई थीं। वह बताता कि राजधानी से गुज़रते समय कुछ नकाबपोश बदमाशों ने स्पैनिश नाटक कम्पनी की नायिका का अपहरण कर लिया था, और उसके अगले रविवार उसने देश के राष्ट्रपति के घर पर नग्न नृत्य किया था। "मुझसे राजनीति की बात मत करो," कर्नल उससे कहता, "हमारा काम है ये छोटी मछिलयाँ बेचना।" यह अफ़वाह जब उर्सुला तक पहुँची कि कर्नल देश की हालत के बारे में कुछ नहीं सुनना चाहता था क्योंकि अपनी वर्कशॉप में वह अमीर हो रहा था, तो उसे हँसी आ गई। अपने व्यावहारिक ज्ञान से वह कर्नल के व्यापार को समझ नहीं पाती थी कि वह कैसे अपनी छोटी मछलियाँ सोने के सिक्कों से बदलता, फिर उन सिक्कों की मछलियाँ बनाता और ऐसे ही चलता रहता[1] और जितना बेचता था उतनी ही मेहनत और करता ताकि वह उस दुश्चक्र में फँसा रहे। वास्तव में उसे व्यापार में नहीं बल्कि उस काम में दिलचस्पी थी। शल्कों को जोड़ने, आँखों में सूक्ष्म मणि बैठाने, गलफड़े की परत बनाने और पंख लगाने में उसे इतना ध्यान देना पड़ता कि लड़ाई की निराशा में डूबने के लिए उसके पास पल-भर भी नहीं बचता था। काम की बारीकी के लिए इतनी ज़बर्दस्त एकाग्रता की ज़रूरत थी कि कुछ ही समय में वह इतना बूढ़ा दिखने लगा जितना वह इतने सालों की लड़ाई में भी नहीं दिखा था। लगातार एक ही स्थिति में बैठने से उसकी रीढ़ की हड्डी में बल पड़ गया था और बारीक काम की वजह से उसकी आँखों की चमक ख़त्म हो गई थी लेकिन उस कठोर एकाग्रता से उसके मन को शान्ति मिलती थी। आख़िरी बार उसने लड़ाई के बारे में तब दिलचस्पी दिखाई थी जब दोनों तरफ़ से पुराने सिपाही उस आजीवन पेंशन की मंज़ूरी के मामले पर उसका समर्थन माँगने आए थे, जिसका हमेशा वायदा किया जाता था और हर बार लगता था कि इस बार से वह मिलने ही लगेगी। "उसके बारे में भूल जाओ," उसने कहा था, "तुम देख सकते हो कैसे मैंने अपनी पेंशन मना कर दी है ताकि मरते दम तक उसका इन्तज़ार करने की यातना से बचा रहूँ।" शुरू में कर्नल खेरिनेल्दो मार्केस शाम के समय उसे मिलने आता था और दोनों बाहर के दरवाज़े के पास बैठकर बीते हुए समय की बातें करते थे। लेकिन आमारान्ता उन यादों को बर्दाश्त नहीं कर पाती थी जो गंजेपन द्वारा असामायिक बुढ़ापे की गर्त में ढकेला गया कर्नल खेरिनेल्दो अपने साथ लाता था। वह अपने तानों से उसे तब तक तड़पाती रही जब

1. सुनहरी मछली को निरन्तार बनाते रहना एक तरह से कर्नल औरेलियानो बुएन्दीया के लिए 'ध्यान' के समान है।

तक सिवाय ख़ास अवसरों के, उसने आना नहीं छोड़ दिया और अन्ततः वह लकवे की मार से बुझकर ग़ायब ही हो गया। घर को हिलानेवाली जीवन-शक्ति से अनभिज्ञ बेपरवाह कर्नल औरेलियानो बुएन्दीया सिर्फ़ यही जान पाया था कि अच्छा बुढ़ापा काटने के लिए एकाकीपन के साथ एक सच्चा समझौता करना ज़रूरी था। हल्की नींद के बाद वह सुबह पाँच बजे उठता, हमेशा की तरह रसोईघर में अपनी कड़वी कॉफ़ी पीता, दिन-भर वर्कशॉप में बन्द रहता, और दोपहर चार बजे स्टूल घसीटता हुआ आँगन में आ जाता जहाँ गुलाब की झाड़ियों की दहकती लालिमा और दिन की चमक से बेख़बर वह बाहर वाले दरवाज़े पर तब तक बैठा रहता जब तक मच्छर उसे बैठने देते। वह उदासीन उबलते पानी जैसी आवाज़ करती आमारान्ता की ज़िद से भी बेख़बर रहता जो शाम के समय एकदम साफ़ सुनाई देती थी। एक बार किसी ने उसके एकाकीपन में दख़ल देने की ज़ुर्रत की थी।

"कैसे हो कर्नल?" उसने चलते-चलते पूछा।

"यहीं हूँ," उसने जवाब दिया, "अपनी शवयात्रा निकलने का इन्तज़ार कर रहा हूँ।"

इसलिए, 'ख़ूबसूरत' रेमेदियोस के राज्याभिषेक से उसके परिवार के नाम के दोबारा उभरने से उत्पन्न चिन्ता एकदम व्यर्थ थी। लेकिन बहुत लोग ऐसा नहीं सोचते थे। त्रासदी की आहट से बेख़बर पूरा शहर आमोद-प्रमोद के जुनून में शहर के प्रमुख चौराहे पर जा पहुँचा। आनन्दोत्सव पागलपन की चरम सीमा पर पहुँच गया था। इस पागलपन में औरेलियानो सेगुन्दो ने चीता बनने की अपनी ख़्वाहिश भी पूरी कर ही ली थी और वह चीता बना भीड़ में घूम रहा था। दहाड़ने से उसका गला बैठ गया था। उसी समय कछार की सड़क पर सोने की पालकी में कल्पना से भी कहीं ज़्यादा 'ख़ूबसूरत' एक अत्यन्त आकर्षक स्त्री आती दिखाई दी। एक पल के लिए माकोन्दो के निवासियों ने पन्ने का ताज और कोट पहने चकाचौंध कर देनेवाली उस सुन्दरी को देखने के लिए अपने नकाब उतार दिए। वह वाक़ई महारानी लगती थी और उसे वैसा दिखने के लिए चूड़ियों और काग़ज़ों की सजावट की ज़रूरत नहीं थी। हालाँकि उस समय भी कई लोगों को उसके अप्रत्याशित आगमन में षड्यंत्र का शक हुआ था लेकिन औरेलियानो सेगुन्दो ने जल्द ही अपनी उलझन को ताक पर रखा और ऐलान किया कि नवागन्तुक उनके माननीय अतिथि थे, और सोलोमन की बुद्धिमत्ता से उसने 'ख़ूबसूरत' रेमेदियोस और उस बिन बुलाई सुन्दरी को एक ही मंच पर बैठाया। मध्यरात्रि तक बद्दुओं

का वेश धारण किए वे अजनबी आनन्दोत्सव में शामिल रहे और अपनी ज़ोरदार आतिशबाज़ी और कलाबाज़ी से न केवल उत्सव की शोभा बढ़ाई, बल्कि बंजारों के करतबों की याद भी ताज़ा कर दी। लेकिन अचानक आनन्दोत्सव के आवेग के नाज़ुक सन्तुलन को किसी ने तोड़ दिया।

"उदारवादी पार्टी ज़िन्दाबाद!" कोई चिल्लाया, "कर्नल औरेलियानो बुएन्दीया ज़िन्दाबाद!" बन्दूक़ की गोलियों ने, आतिशबाज़ी, भव्यता और आतंक की चीख़ों ने संगीत को डुबो दिया और ख़ुशी दहशत में बदल गई। इस हादसे के सालों बाद तक लोग यह दावा करते रहे कि बिन बुलाई सुन्दरी के सुरक्षाकर्मी दरअसल फ़ौजी सैनिक थे जिन्होंने अपने बड़े-बड़े कपड़ों के नीचे सरकार द्वारा दी गईं बन्दूक़ें छिपाई हुई थीं। सरकार ने बाक़ायदा ऐलान करके इस आरोप को ग़लत बताया और इस ख़ूनी वारदात की जाँच के आदेश दिए। लेकिन सचाई कभी सामने नहीं आ पाई। और हमेशा यही माना गया कि सुरक्षाकर्मियों ने अपने कमांडर के इशारे पर, बिना किसी कारण बड़ी बेरहमी से भीड़ पर गोली चलाई थी।[1] दोबारा शान्ति स्थापित होने पर एक भी बहुरुपिया बद्दू शहर में नज़र नहीं आया था और कई मृत और घायल चौराहे पर पड़े थे : नौ जोकर, चार कबूतर, सत्रह ताश के बादशाह, एक शैतान, तीन चारण, दो फ्रांसीसी और तीन जापानी महारानियाँ। दहशत के आलम में खोसे आर्कादियो सेगुन्दो ने 'ख़ूबसूरत' रेमेदियोस को बचाया और औरेलियानो सेगुन्दो बिन बुलाई सुन्दरी को अपनी बाँहों में उठाकर घर ले गया। उसके कपड़े फट गए थे और फ़र वाले कोट पर ख़ून के धब्बे थे। उसका नाम फेर्नान्दा देल कार्पियो था। उसे पाँच हज़ार ख़ूबसूरत लड़कियों में से सुन्दरी चुना गया था और मेडागास्कर की रानी घोषित करने के वादे के साथ उसे माकोन्दो लाया गया था। उर्सुला ने उसकी देखभाल ऐसे की मानो वह उसकी अपनी बेटी हो। उसकी बेगुनाही पर शक करने के बजाय शहर-भर को उसकी मासूमियत पर तरस आया। उस सामूहिक हत्या के छह महीने बाद, जब घायल ठीक हो गए और सामूहिक क़ब्र के आख़िरी फूल मुरझा गए तब औरेलियानो सेगुन्दो उसे लाने दूर शहर गया जहाँ वह अपने पिता के साथ रहती थी और उससे माकोन्दो में शादी कर ली। शादी का जश्न बीस दिन चला।

---

1. माकोन्दो में पहला बड़ा सामूहिक जनसंहार। ऐसा क्यों घटित हुआ इस रहस्य से पर्दा कभी नहीं हटता। इस घटना की वजह से उत्सव शब्द के मायने बदल जाते हैं। उत्सव का स्थान मातम ले लेता है।

II

दो महीनों में ही शादी टूटने की नौबत आ गई, क्योंकि पेत्रा कोतेस को ख़ुश करने के चक्कर में औरेलियानो सेगुन्दो ने उसे मेडागास्कर की रानी की तरह सजाकर उसकी तस्वीर खिंचवाई। जब फेर्नान्दा को इस बात का पता चला, तो उसने अपना सामान बाँधा और बिना कुछ कहे माकोन्दो छोड़कर चली गई। औरेलियानो सेगुन्दो उसके पीछे भागा और कछार की सड़क पर उसे जा पकड़ा। तमाम मिन्नतों और सुधरने के वादों के बाद वह उसे घर वापस ला पाया और उसने अपनी रखैल पेत्रा कोतेस से मिलना-जुलना बन्द कर दिया।

पेत्रा कोतेस इससे बिलकुल परेशान नहीं हुई। उसे अपने पर पूरा भरोसा था क्योंकि उसने औरेलियानो सेगुन्दो को मर्द बनाया था। जब वह बच्चा ही था तब पेत्रा कोतेस ने उसे मेल्कीयादेस के कमरे से उस समय निकाला था जब उसके दिमाग़ में अजीबोग़रीब बातें भरी हुई थीं और वास्तविकता से उसका कोई लेना- देना नहीं था, तब उसी ने उसे इस दुनिया से जोड़ा था। प्रकृति ने औरेलियानो सेगुन्दो को संकोची और ग़ैर-मिलनसार बनाया था—एकाकी चिन्तन में मस्त और अन्तर्मुखी। पेत्रा ने उसका स्वभाव ही बदल डाला था। वह तन-मन से मस्तमौला बन गया। उसने औरेलियानो सेगुन्दो में जीवन के प्रति उल्लास भर उसे ख़र्च करना और ऐश करना सिखाया था और अन्दर से बाहर तक उसे वैसा आदमी बना दिया था जिसके बारे में उसने सालों से सपने सँजोए थे। और फिर जैसा कि सब लड़के देर-सवेर करते हैं, औरेलियानो सेगुन्दो ने शादी कर ली। वह पेत्रा कोतेस को बताने की हिम्मत नहीं कर पाया था। वह उलटी-सीधी हरकतें करने लगा था। कभी ग़ुस्से का नाटक करता और कभी रूठने का ढोंग रचता ताकि रिश्ता तोड़ने की पहल पेत्रा कोतेस ही करे। एक दिन जब औरेलियानो सेगुन्दो ने बेवजह उसे डाँटा, तो पेत्रा कोतेस ने बड़ी नफ़ासत से उसके बिछाए जाल को किनारे करते हुए उससे पूछा,

“इस सबका मतलब है,” वह बोली, “तुम उस रानी से शादी करना चाहते हो?”

लज्जित होकर औरेलियानो सेगुन्दो ने ग़ुस्सा होने का नाटक किया। उसने कहा कि उसे हमेशा ही ग़लत समझा जाता है, कोसा जाता है और फिर लौटकर वह पेत्रा कोतेस के पास नहीं आया। शान्त जंगली जानवर समान क्षण-भर के लिए भी अपना सन्तुलन नहीं खोनेवाली पेत्रा ने शादी की आतिशबाज़ी, संगीत और समारोह की हलचल को ऐसे सुना जैसे यह औरेलियानो सेगुन्दो की कोई नई शरारत हो। जो उसकी क़िस्मत पर तरस खाते, वह मुस्कराकर उन्हें शान्त कर देती। “चिन्ता मत करो,” वह उनसे कहती, “महारानियाँ मेरी ख़िदमत करती हैं।” उसके खोये प्रेमी की तस्वीर के आगे जलाने के लिए मोमबत्तियाँ लानेवाली एक पड़ोसी महिला को उसने रहस्यमय दृढ़ता से कहा :

“उसे वापस लानेवाली मोमबत्तियाँ हमेशा जलती रहती हैं।”

जैसा कि उसे विश्वास था, हनीमून ख़त्म होते ही औरेलियानो सेगुन्दो उसके घर वापस लौट आया। वह अपने एक पुराने घुमक्कड़ फ़ोटोग्राफ़र दोस्त के साथ आया था और आनन्दोत्सव के दौरान पहना फेर्नान्दा का रक्त सना गाउन और एर्मिन फ़र का कोट लेकर आया था। उस शाम ख़ुशी के माहौल में उसने पेत्रा कोतेस को महारानी की तरह तैयार करवाया और उसे मेडागास्कर की आजीवन रानी घोषित कर दिया। उसने अपने दोस्तों में उसकी तस्वीर बाँटी। पेत्रा कोतेस ने न केवल इस खेल में उसका साथ दिया बल्कि, मन-ही-मन यह सोचकर उस पर तरस भी खाया कि मिलाप का यह बेतुका तरीक़ा ढूँढ़ने के लिए वह कितना घबराता रहा होगा। शाम को सात बजे, रानी की तरह सजी हुई वह उसे बिस्तर में ले गई। उसकी शादी को मुश्किल से दो महीने हुए होंगे, लेकिन वह तुरन्त भाँप गई कि उसका वैवाहिक जीवन ख़ुशहाल नहीं है और उसकी इन्तकाम की इच्छा तृप्त हो गई। लेकिन जब दो दिन बाद वह ख़ुद आने की हिम्मत न जुटा पाया और एक दूत को भेजकर उसने सम्बन्ध तोड़ने की बात की, तो वह समझ गई कि उसे कहीं ज़्यादा सब्र से काम लेना होगा क्योंकि दिखावे के लिए वह अपनी बलि चढ़ाने को भी तैयार था। वह परेशान नहीं हुई। एक बार फिर उसने इतनी आसानी से हार मान ली कि सबको विश्वास हो गया कि वह दया की पात्र है। उसने औरेलियानो सेगुन्दो की निशानी के तौर पर चमड़े के वे काले जूते अपने पास रख लिए जिनके बारे में ख़ुद औरेलियानो सेगुन्दो ने कहा था कि वह अपने ताबूत में वही जूते पहनना चाहता है। पेत्रा कोतेस ने जूतों को एक कपड़े में लपेटकर सन्दूक़ में सबसे नीचे रख

दिया और बिना निराश हुए उसकी प्रतीक्षा में यादों के सहारे जीवन बिताने लगी।

"देर-सवेर उसे आना तो है ही," वह ख़ुद से बोली, "भले ही वह केवल जूते पहनने ही आए।"

जितना उसने सोचा था, उसे उतना इन्तज़ार नहीं करना पड़ा। वास्तव में औरेलियानो सेगुन्दो अपनी शादी की रात ही समझ गया था कि उसे पेत्रा कोतेस के घर तो लौटना ही होगा और ऐसा केवल उन जूतों की वजह से नहीं था। फेर्नान्दा की दुनिया ही अलग थी। वह छह सौ मील दूर एक ऐसे उदास शहर में जन्मी और पली थी, जहाँ भुतहा रातों को अब भी वाइसरायों की बग्घियाँ पथरीली सड़कों पर खड़खड़ाती चलती थीं।[1] शाम छह बजे बत्तीस घंटाघरों में शोक के घंटे बजते थे। उस आलीशान मकान में, जिसका फ़र्श मक़बरे वाली पट्टियों से बना था, जहाँ सूरज के कभी दर्शन नहीं हुए थे और आँगन के सरू के पेड़ों में, कमरों के फीके साज-सामान में, बारहमासी पौधों के बग़ीचों की टपकती छतों में हवा भर गई थी। किशोरावस्था तक फेर्नान्दा को दुनिया के बारे में कुछ भी नहीं पता था सिवाय पियानो की उस निरानन्द शिक्षा के, जिसके लिए वह पड़ोस के एक घर में एक ऐसे आदमी के पास जाती थी, जिसने बरसों सिएस्ता न लेने का संकल्प किया था। रंगीन काँच की खिड़की से छनकर आती रोशनी में अपनी हरी-पीली दिखती बीमार माँ के कमरे में वह उन सिलसिलेवार, ज़िद्दी, बेरहम सुरों को सुनती और सोचती कि बाहर की दुनिया में तो संगीत भरा पड़ा है लेकिन उसका जीवन शव के लिए पुष्पमालाएँ बनाते हुए ख़त्म हो रहा है। बुख़ार से तपती हुई उसकी माँ पाँच बजे अतीत के गौरव की चर्चा करती। बचपन में फेर्नान्दा ने सफ़ेद कपड़े पहने एक अत्यन्त सुन्दर महिला को बग़ीचा पार करके पूजाघर की तरफ़ जाते देखा था। एक झलक से उसको लगा था कि वह बिलकुल उसकी तरह थी—उसने मानो अपनी बीस साल बाद की छवि देखी हो। "वह तुम्हारी परदादी थी, रानी," खाँसते हुए उसकी माँ ने बताया, "वह लिली के फूल तोड़ते समय हवा के एक बदबूदार झोंके से मर गई थी।"

सालों बाद, जब उसे लगने लगा कि वह अपनी परदादी की तरह ही है, फेर्नान्दा

---

1. यहाँ उपन्यासकार ने अपने बचपन की उन यादों की तस्वीर प्रस्तुत करने की कोशिश की है, जो पढ़ाई के लिए आरकाताका छोड़कर ज़ीपाकीरा जाते समय बनी थी। *El olor de la guayaba* में मार्केस कहते हैं, 'समुद्र से हज़ार किलोमीटर दूर ज़ीपाकीरा एक उदास गाँव है, जहाँ फेर्नान्दा देल कार्पियो की तलाश में औरेलियानो सेगुन्दो जाता है।'

को अपने बचपन के उस दृश्य पर सन्देह हुआ था, लेकिन उसकी माँ ने उसके अविश्वास के लिए उसे डाँटा था।

"हम लोग अत्यन्त समृद्ध और शक्तिशाली हैं," वह उससे बोली, "एक दिन तुम यक़ीनन रानी बनोगी।"

उसने इस बात की गाँठ बाँध ली। उस वक़्त वे मेज़पोश से ढकी और चाँदी के बर्तनों से सजी, खाने की एक बड़ी मेज़ पर बैठे चाय के साथ मीठी ब्रेड खा रहे थे। अपनी शादी के दिन तक वह एक काल्पनिक राज्य के सपने देखती रहती, हालाँकि उसके पिता दोन फेर्नान्दो को उसके कपड़े ख़रीदने के लिए अपना घर तक गिरवी रखना पड़ा था। यह भोलेपन या भ्रम का बड़प्पन नहीं था। उसे इसी तरह पाला-पोसा गया था। उसे याद था कि जब से उसने होश सँभाला है, तब से अपने कुल चिह्न वाले सोने के चेम्बरपॉट में ही नित्य कर्म किया है।

बारह साल की उम्र में घोड़ों की बग्घी पर सवार होकर पहली बार वह घर से निकली थी—सिर्फ़ दो क़दम दूर कॉन्वेन्ट तक जाने के लिए; और कभी उससे आगे नहीं गई थी। एक बड़ी-सी कुर्सी पर उसे अलग बैठा देख उसके सहपाठियों को आश्चर्य होता था। वह मध्याह्न में अवकाश के दौरान भी उनके साथ घुलती-मिलती नहीं थी। "वह अलग है," वहाँ की नन समझाती, "वह रानी बनेगी।" उसके सहपाठी यह मान भी लेते थे क्योंकि वह तब भी सबसे सुन्दर, विशिष्ट और कुशाग्रबुद्धि थी। आठ साल तक, लैटिन कविताएँ लिखना, क्लेवीकार्ड बजाना, कुलीनों से शिकार, आर्चबिशप से धर्ममंडन, विदेशी शासकों से राजनीति और पोप से ईश्वर के बारे में बात करना सीखने के बाद वह अपने माँ-बाप के पास शवों पर चढ़ाई जानेवाली पुष्पमालाएँ बनाने लौटी थी और उसने घर को तहस-नहस पाया था।[1] केवल ज़रूरत भर का फ़र्नीचर, बत्तीदान और चाँदी के कुछ बर्तन बचे थे, क्योंकि उसकी पढ़ाई का ख़र्च पूरा करने के लिए उसके माता-पिता को रोज़मर्रा के बर्तन एक-एक करके बेचने पड़े थे। उसकी माँ रोज़ पाँच बजे आनेवाले बुख़ार का

1. फेर्नान्दा देल कार्पियो स्पेन की एक लुप्त संस्कृति का प्रतिनिधित्व करती है। फेर्नान्दा देल कार्पियो के पिता फेर्नान्दो देल कार्पियो और माँ रेनेता आरगोते स्पेन के स्वर्णकाल की संस्कृति के वाहक थे। यह संस्कृति आइबेरो-अमेरिकी साहित्य का अहम हिस्सा है। अतिरेक इस संस्कृति का मूल तत्त्व है। लेकिन अतिरेक की वजह से समाज में ढेरों विकृतियाँ पैदा हुईं जिससे समाज में दुःख व्याप्त हो गया। फेर्नान्दा में भी ये लक्षण साफ़ नज़र आते हैं। ख़ास तरह की जीवन-शैली और इस शैली के प्रति अतिशयोक्ति की हद तक कट्टरता उसके व्यक्तित्व को अजीब बना देती है जो दुःख और पीड़ा का कारण बनता है।

शिकार हो गई थी। उसके पिता दोन फेर्नान्दो, काले कपड़े पहने और सोने की चेन वाली घड़ी डाले उसे हर सोमवार घर ख़र्च के लिए एक चाँदी का सिक्का देते थे और पिछले हफ़्ते बनाई गई पुष्पमालाएँ अपने साथ ले जाते थे। वह ज़्यादातर समय अपने अध्ययन कक्ष में बिताते थे। जब कभी भी दोन फेर्नान्दो बाहर जाते, तो शाम को फेर्नान्दा के साथ पूजा करने के लिए लौट आते। फेर्नान्दा की किसी के साथ गहरी दोस्ती नहीं थी। देश को तबाह कर देनेवाली लड़ाइयों के बारे में उसने कुछ सुना ही नहीं था। दोपहर तीन बजे पियानो सीखने का क्रम जारी रहा। रानी बनने का उसका भ्रम भी उस वक़्त टूटने को हुआ जब दरवाज़े पर दस्तक हुई थी और उसने वहाँ पर पूरे सैनिक तामझाम के साथ एक फ़ौजी अफ़सर को खड़े पाया था। फ़ौजी के गाल पर चोट का निशान और छाती पर सोने का तमग़ा था। फिर वह उसके पिता के साथ अध्ययन कक्ष में गुपचुप बातचीत करने लगा था। दो घंटे बाद दोन फेर्नान्दो, उसके पिता, उसके पास आए और उससे कहा, “अपना सामान बाँध लो, तुम्हें एक लम्बे सफ़र पर जाना है।” और इस तरह उसे माकोन्दो लाया गया था। एक ही दिन में, झन्नाटेदार तमाचे के साथ ज़िन्दगी ने वास्तविकता का पूरा भार उस पर डाल दिया था जिसे उसके माँ-बाप ने सालों-साल उससे छुपाए रखा था। माकोन्दो से वापस लौटने पर उसने ख़ुद को कमरे में बन्द कर लिया और रोने लगी। दोन फेर्नान्दो की दुहाई और मिन्नतों का उस पर कोई असर नहीं पड़ा और उसने इस भद्दे मज़ाक़ के निशान मिटाने की पूरी कोशिश की थी। जब औरेलियानो उसे लेने पहुँचा, वह मरते दम तक कमरे से बाहर न निकलने की क़सम खा चुकी थी। यह क़िस्मत का अजब लेखा था, क्योंकि अपने रोष के गड़बड़झाले में, शर्म के आवेश में, उसने औरेलियानो सेगुन्दो से अपनी पहचान के बारे में झूठ बोला था ताकि वह उसकी असलियत कभी न जान पाए। उसको ढूँढ़ निकालने के लिए औरेलियानो सेगुन्दो के पास केवल दो ही सुराग थे, उसका पहाड़ी उच्चारण और शव के लिए पुष्पमालाएँ बनाने का उसका हुनर। उसने उसको ढूँढ़ने में दिन-रात एक कर दिए थे। जिस उग्र दुस्साहस से खोसे आर्कादियो बुएन्दीया ने माकोन्दो की स्थापना करने के लिए पहाड़ लाँघा था, जिस झूठे अहंकार से कर्नल औरेलियानो बुएन्दीया ने अपनी निष्फल लड़ाइयाँ लड़ी थीं, जिस हठीली दृढ़ता से उर्सुला ने अपने वंश की उत्तरजीविता के लिए जद्दोजहद की थी, वैसे ही औरेलियानो सेगुन्दो ने बिना एक पल विश्राम किए फेर्नान्दा को ढूँढ़ा। जब उसने लोगों से पूछा कि शव के लिए पुष्पमालाएँ कहाँ मिलती हैं, तो उसे घर-घर ले जाया गया ताकि वह अच्छे

से अच्छा चुन सके। जब उसने धरती पर सबसे सुन्दर लड़की के बारे में पूछा, तो सब औरतें अपनी बेटियाँ उसके पास ले आईं। वह अँधेरी गलियों, ग़ुमनामी के लिए नियत समय और निराशा की भूल-भुलैया में भटक गया था। उसने एक पीला मैदान पार किया जहाँ आदमी के विचार गूँजते थे और जहाँ चिन्ताएँ पूर्वाभासित मृगतृष्णाओं को जन्म देती थीं। कई नाकाम हफ़्तों के बाद वह एक अनजान शहर में पहुँचा जहाँ शोक की घंटियाँ बज रही थीं। हालाँकि उसने उन्हें कभी देखा नहीं था और न ही उनके बारे में किसी ने उसे बताया ही था। वह भुरभुरी दीवारें, फफूँदी से सड़ी हुई टूटी-फूटी लकड़ी की बालकनियाँ, और दरवाज़े पर टँगा बारिश से लगभग तार-तार हो गया दुनिया का सबसे उदास गत्ते का टुकड़ा जिस पर लिखा था : 'यहाँ शव के लिए हार बिकते हैं' देखते ही पहचान गया। उस पल से लेकर उस बर्फ़ीली सुबह तक जब फेर्नान्दा मदर सुपीरियर की देखरेख में घर से चली थी, उसे बमुश्किल इतना समय मिला कि अपने कपड़े तैयार कर सके, और छह सन्दूक़ों में चाँदी के बत्तीदान, सोने के चैम्बरपॉट समेत दो सदी पुरानी पारिवारिक दुर्दशा के अनगिनत और फ़ालतू अवशेष जोड़ सके। दोन फेर्नान्दो ने साथ जाने का निमंत्रण अस्वीकार कर दिया और अपना कारोबार व्यवस्थित करने के बाद आने का वादा किया। अपनी बेटी को आशीर्वाद देकर विदा करने के बाद उसने अपने आपको अध्ययन कक्ष में बन्द कर लिया और अवसादपूर्ण ख़त लिखने शुरू किए जो फेर्नान्दा और उसके पिता के बीच जीवन-भर एकमात्र इनसानी सम्पर्क सूत्र बने रहे। फेर्नान्दा के लिए यही उसका असली जन्मदिन था। औरेलियानो के लिए यही क्षण उसकी ख़ुशी के अन्त की शुरुआत थी।

फेर्नान्दा अपने साथ एक छोटा-सा कैलेंडर लेकर चली थी जिस पर उसके आध्यात्मिक गुरु ने नीली स्याही से उन दिनों को चिह्नित कर रखा था जब उसे सेक्स से परहेज करना था। पुण्य सप्ताह के अलावा, रविवार, धर्मोत्सव के पुण्यदिवस, प्रथम शुक्रवार, आध्यात्मिक साधन के लिए निर्धारित दिन और मासिक चक्रों के चलते उसका साल नीली स्याही के जाल में फैला केवल बयालीस दिनों[1] तक सिमटकर रह गया था। यह सोचकर कि वक़्त इस बैरी जाल को तोड़ देगा औरेलियानो सेगुन्दो ने शादी के समारोह को तय समय से थोड़ा ज़्यादा चलने दिया था। घर में गन्दगी

1. स्पष्ट है धार्मिक वर्जना की वजह से फेर्नान्दा देल कार्पियो ने साल-भर में सिर्फ़ 42 दिन ही सेक्स के लिए सुनिश्चित किए थे। फेर्नान्दा के इस कट्टर स्वभाव को धर्म की छिपी आलोचना भी माना जा सकता है।

न हो, इसलिए ब्रांडी और शैम्पेन की बोतलें फेंकते-फेंकते उर्सुला परेशान हो गई। नवविवाहित जोड़े के अलग समय और अलग कमरों में सोने से भी उर्सुला की बेचैनी बढ़ गई जबकि अभी आतिशबाज़ी, संगीत और मांस के लिए पशुओं का वध जारी था। उर्सुला को अपना अनुभव याद आया और उसने सोचा कहीं फेर्नान्दा के पास भी कौमार्य बेल्ट तो नहीं थी जो बाद में शहर में मज़ाक़ का कारण बन जाए और फिर एक दु:खद घटना घटे। लेकिन फेर्नान्दा ने उसे बताया कि वह अपने पति के साथ सम्बन्ध केवल दो हफ़्ते बाद ही स्थापित करेगी। वाक़ई दो हफ़्ते बाद, चेहरे पर पश्चात्ताप के उत्पीड़न का भाव लिये फेर्नान्दा ने कमरे का दरवाज़ा खोला और औरेलियानो सेगुन्दो ने डरी हुई सुनहरी आँखों वाली और तकिए पर लम्बे सुनहरे बाल फैलाए दुनिया की सबसे ख़ूबसूरत महिला के दर्शन किए। उस दृश्य ने उसे इतना चमत्कृत कर दिया था कि उसको इस बात का अहसास होने में कुछ समय लगा कि फेर्नान्दा ने लम्बी बाँहों वाला और एड़ियों तक पहुँचने वाला एक सफ़ेद गाउन पहन रखा था और उसके पेट के निचले हिस्से के पास एक बड़ा, गोल काज था। औरेलियानो सेगुन्दो अपनी हँसी नहीं रोक पाया।

"इससे भद्दी चीज़ मैंने कभी नहीं देखी," घर-भर में गूँजती हँसी के बीच उसने कहा, "मैंने तो एक सिस्टर ऑफ़ चैरिटी से शादी की है।"

अपनी पत्नी का गाउन उतरवाने में नाकामयाब रहे औरेलियानो सेगुन्दो ने एक महीने बाद रानी की तरह सजी-धजी पेत्रा कोतेस का फ़ोटो निकलवाया। बाद में, जब वह फेर्नान्दा को घर वापस लाने में सफल हो गया और मेल-मिलाप की विह्वलता से फेर्नान्दा ने उसकी बात मान ली, तो भी औरेलियानो सेगुन्दो को वह शान्ति नहीं मिल सकी, जिसकी उसने तब कल्पना की थी जब वह उसे लाने बत्तीस घंटाघरों वाले शहर गया था। फेर्नान्दा में औरेलियानो सेगुन्दो केवल गहरे सूनेपन को ही तलाश पाया। एक रात, उनके पहले बच्चे के जन्म से थोड़ी देर पहले फेर्नान्दा को पता लग गया कि उसका पति चुपचाप पेत्रा कोतेस के साथ हमबिस्तर होने लगा था।

"हाँ, ऐसा तो है," उसने माना। और निस्सहाय स्वीकृति के अन्दाज़ में उसने कहा, "मुझे ऐसा करना ही पड़ा ताकि जानवर पनपते रहें।"

इस विचित्र तर्क के बारे में फेर्नान्दा को विश्वास दिलाने में औरेलियानो सेगुन्दो को कुछ समय लगा, लेकिन जब अकाट्य सबूत के ज़रिये उसने फेर्नान्दा को इस बात का भरोसा दिला दिया तो फेर्नान्दा ने उससे एक ही वचन माँगा कि वह अपनी रखैल के बिस्तर में मौत को गले नहीं लगाएगा और इस तरह तीनों एक-दूसरे को

परेशान किए बग़ैर ज़िन्दगी काटने लगे। औरेलियानो सेगुन्दो दोनों के प्रति स्नेही बना रहा। पेत्रा कोतेस मिलन की वजह से इठलाती और फेर्नान्दा यह जताती कि उसे कुछ पता ही नहीं है।

लेकिन इस समझौते के बावजूद फेर्नान्दा परिवार का हिस्सा नहीं बन पाई। उर्सुला व्यर्थ ही कहती रह गई कि सुबह उठने पर वह ऊनी रफ़ उतार दिया करे जिसमें उसने प्रेमालाप किया था क्योंकि उसे देखकर पड़ोसी बातें बनाते थे। वह उसे ग़ुसलख़ाना इस्तेमाल करने के लिए भी नहीं मना पाई और न ही उर्सुला का यह सुझाव माना गया कि फेर्नान्दा अपना सोने का चैम्बरपॉट कर्नल औरेलियानो बुएन्दीया को छोटी सुनहरी मछलियाँ बनाने के लिए बेच दे। आमारान्ता उसके अजीब उच्चारण और हर किसी को पुकारने के लिए प्रयुक्त उक्तियों के उसके इस्तेमाल की आदत से इतनी त्रस्त थी कि उसके सामने हमेशा अंड-बंड बकती रहती।

"अकबस" वह कहती, "पफकस मनबत, पाकिचाप ओमसकच पफमस।"

एक दिन अपनी खिल्ली उड़ाए जाने से चिढ़कर फेर्नान्दा ने आमारान्ता से इसका मतलब जानना चाहा और इस बार आमारान्ता ने उसे भी दो टूक जवाब दिया।

"मेरा कहना था," उसने उससे कहा, "तुम उन लोगों में से हो जो राख से अपनी गाँड़ रगड़ते हैं।"

उसके बाद उन दोनों में बातचीत बन्द हो गई। ज़रूरत पड़ने पर वे एक-दूसरे को पर्चियाँ लिखकर भेज देती थीं। घरवालों की स्पष्ट आपत्ति के बावजूद फेर्नान्दा अपने परिवार के क़ायदे-क़ानून लागू करने में ज़रा भी नहीं हिचकी। उसने रसोईघर में खाने का रिवाज़ बन्द कर दिया और बाध्य कर दिया कि सब लोग समय से खाने की मेज़ पर खाना खाएँ जिस पर मेज़पोश, चाँदी के बत्तीदान और बर्तन हों। उर्सुला ने जिस काम को ज़िन्दगी-भर सबसे साधारण काम समझा था उससे सम्बन्धित औपचारिकता ने घर में तनाव पैदा कर दिया, जिसके ख़िलाफ़ सबसे पहले विद्रोह, शान्त चित्त वाले खोसे आर्कादियो सेगुन्दो ने किया। लेकिन परम्परा तो थोपी जा चुकी थी जैसे कि खाने से पहले प्रार्थना करना। पड़ोसी भी इस बदलाव से अनभिज्ञ नहीं थे और शहर-भर में शोर हो गया कि बुएन्दीया परिवार आम इनसानों की तरह खाना मेज़ पर बैठकर नहीं खाता बल्कि, उन लोगों ने खाने के काम को एक बड़े समारोह में बदल दिया है। यहाँ तक कि परम्परा से ज़्यादा, क्षणिक अन्त:प्रेरणा से उपजे उर्सुला के अन्धविश्वास फेर्नान्दा के उन अन्धविश्वासों से टकरा गए जो उसे अपने माँ-बाप से विरासत में मिले थे और जिनकी वह हर

अवसर के लिए सूची बनाकर रखती थी। जब तक उर्सुला के हाथ-पैर चलते रहे तब तक कुछ पुराने रीति-रिवाज़ जीवित रहे और परिवार में उसकी आवेगशीलता का कुछ रस बचा रहा लेकिन जब उसकी आँखों की रोशनी ख़त्म हो गई और उम्र के बोझ ने उसे एक कोने में ढकेल दिया तो फेर्नान्दा के घर में आने के साथ से शुरू हुआ अकड़ का घेरा पूरी तरह से बन्द हो गया और परिवार की नियति का फ़ैसला अकेली फेर्नान्दा के हाथों में आ गया। फेर्नान्दा ने सान्ता सोफ़िया दे ला पियेदाद द्वारा चलाए जा रहे उर्सुला के मिठाइयों के कारोबार को बन्द करवा दिया क्योंकि उसके हिसाब से इस काम में कोई दम नहीं था। घर के दरवाज़े जो कभी सुबह से रात तक खुले रहते थे, अब सिएस्ता के समय इस बहाने से बन्द कर दिए जाते थे कि धूप से कमरे गर्म हो जाते हैं और अन्त में दरवाज़े हमेशा के लिए बन्द कर दिए गए। स्थापना के दिनों से ही दरवाज़े पर लटक रही अगरू की शाख और ब्रेड के टुकड़े को बदल दिया गया, और वहाँ यीशु की मूर्ति लगा दी गई। किसी तरह कर्नल औरेलियानो बुएन्दीया को इन बदलावों का अहसास हो गया और उनके नतीजों का भी। "हम बड़े लोग बन रहे हैं," उसने विरोध प्रकट करते हुए कहा, "इस तरह तो हम दोबारा रूढ़िवादी सरकार से लड़ पड़ेंगे, लेकिन इस बार उसकी जगह एक राजा को गद्दी पर बिठाने के लिए।" बड़ी चतुराई से फेर्नान्दा कर्नल औरेलियानो बुएन्दीया के सामने पड़ने से बचती थी, पर अन्दर ही अन्दर वह कर्नल की स्वतंत्र प्रवृत्ति और सामाजिक रूढ़ि के प्रति उसके प्रतिरोध से विक्षुब्ध थी। सुबह पाँच बजे उसके कॉफ़ी के प्याले, उसके वर्कशॉप की हालत, उसके फटे-पुराने कम्बल और शाम के वक़्त बाहर के दरवाज़े पर उसके बैठने की आदत से उसे बहुत चिढ़ होती। लेकिन परिवार की मशीन में उसे यह ढीला पुर्ज़ा तो बर्दाश्त करना ही था क्योंकि उसे विश्वास था कि ज़िन्दगी और निराशा से निस्तेज पड़ा वह बूढ़ा कर्नल एक ऐसा जानवर था जो बुढ़ाती बग़ावत के एक विस्फोट से घर की नींव हिलाने की क़ाबिलियत रखता था। जब उसके पति ने उनके पहले बेटे को उसके परदादा का नाम देने का फ़ैसला किया तो उसने इस बात का विरोध करने की हिम्मत नहीं की क्योंकि वह तब वहाँ नई-नई आई थी। लेकिन जब बेटी हुई तो उसने साफ़ शब्दों में कह दिया कि वह अपनी माँ के नाम पर उसका नाम रेनाता रखना चाहती है। उर्सुला ने उसे रेमेदियोस बुलाने का फ़ैसला कर लिया था। तनावपूर्ण विवाद के बाद, जिसमें औरेलियानो सेगुन्दो ने हँस-हँसकर बीच-बचाव किया, उसका नाम रेनाता रेमेदियोस रख दिया गया, लेकिन फेर्नान्दा उसे रेनाता

बुलाती रही और उसके पति का परिवार और शहर-भर के लोग उसे रेमेदियोस के प्यार के नाम मेमे से बुलाते रहे।

शुरू में फेर्नान्दा ने अपने परिवार के बारे में कुछ भी नहीं बताया लेकिन समय के साथ वह अपने पिता को एक आदर्श के रूप में प्रस्तुत करने लगी। वह मेज़ पर उनके बारे में ऐसे बातें करती जैसे वह एक असाधारण इनसान हों जिसने हर तरह का दिखावा त्याग दिया और अब सन्त बननेवाला है। अपने ससुर के इस बेलगाम महिमामंडन से चकित औरेलियानो सेगुन्दो अपनी पत्नी की पीठ पीछे उनका मज़ाक़ उड़ाने से नहीं चूकता। परिवार के बाक़ी लोग भी वैसा ही करते। घरेलू शान्ति बनाए रखने के मामले में बहुत सजग रहनेवाली और चुपचाप घरेलू झगड़े बर्दाश्त कर लेनेवाली उर्सुला ने भी एक बार यह कहने की धृष्टता कर दी कि उसके लकड़पोते का प्रतापी भविष्य एकदम सुनिश्चित था क्योंकि "वह एक सन्त का नाती और एक पशुचोर और एक रानी का बेटा था।" मुस्कराहटों के षड्यंत्र के बावजूद, बच्चे अपने नाना को दन्तकथाओं का नायक मानने लगे थे जो अपनी चिट्ठियों में भजन लिखते थे और हर क्रिसमस पर उनके लिए इतने बड़े तोहफ़े भेजते थे कि उन्हें बहुत मुश्किल से दरवाज़े के अन्दर लाया जाता था। हक़ीक़त में वे उनकी राजसी विरासत के अवशेष थे। उन्होंने उनका इस्तेमाल बच्चों के कमरे में सन्तों की आदमक़द मूर्तियाँ बनाने में किया; काँच की आँखों वाले सन्त जो अपने डरावनेपन में जीवित लगते थे और जिनके सुन्दर कढ़े हुए कपड़े माकोन्दो के लोगों के कपड़ों से कहीं बेहतर थे। धीरे-धीरे उस बर्फ़ीली पुरानी हवेली की मातमी भव्यता बुएन्दीया घर की भव्यता में बदल गई। "उन्होंने हमें पूरे परिवार का क़ब्रिस्तान भेज दिया है," एक दिन औरेलियानो सेगुन्दो ने कहा, "बस अब हमें कुछ बदमजनूँ (वीपिंग विलो) और समाधि-प्रस्तर चाहिए।" हालाँकि उन डिब्बों में बच्चों के खेलने की कोई चीज़ नहीं होती, फिर भी वे लोग पूरा साल दिसम्बर की प्रतीक्षा में बिता देते, क्योंकि आख़िरकार, वह पुरातन और हमेशा बेतुके तोहफ़े घर में एक नयापन लेकर आते। दसवें क्रिसमस पर, जब छोटा खोसे आर्कादियो स्कूल जाने के लिए तैयार हो रहा था, उनके नाना के घर से एक बड़ा डिब्बा समय से कुछ पहले ही आ गया। वह डिब्बा अच्छी तरह से बन्द था, डामर से मोहरबन्द और हमेशा की तरह उस पर गॉथिक अक्षरों में लिखा था, 'प्रतिष्ठित श्रीमती दोन्या फेर्नान्दा देल कार्पियो दे बुएन्दीया।' जब वह अपने कमरे में चिट्ठी पढ़ रही थी, बच्चे पैकेट खोलने को दौड़े। हमेशा की तरह औरेलियानो सेगुन्दो की मदद से उन्होंने

सील खोली, काग़ज़ उतारा और अन्दर भरी भूसी निकाली। अन्दर ताँबे के बोल्ट से बन्द सीसे का लम्बा सन्दूक़ निकला। बच्चों की बेताबी बढ़ रही थी। औरेलियानो सेगुन्दो ने नट-बोल्ट खोले और ढक्कन उठाया तो अन्दर काले कपड़े पहने दोन फेर्नान्दो दिखाई दिए। उनकी छाती पर क्रूस टँगा था और उनकी त्वचा पर घातक फोड़े जीवित मोतियों जैसे बुलबुले बनकर रिस रहे थे।[1]

फेर्नान्दा और औरेलियानो सेगुन्दो की बेटी के जन्म के कुछ ही समय बाद, सरकार ने नेएरलान्दिया की सन्धि की एक और वर्षगाँठ मनाने के लिए कर्नल औरेलियानो बुएन्दीया के लिए एक अप्रत्याशित जयन्ती के आयोजन का ऐलान किया। यह फ़ैसला सरकार के रुख के इतना विपरीत था कि कर्नल ने इसका विरोध किया और इस सम्मान को ठुकरा दिया। "मैंने तो पहली बार जयन्ती शब्द सुना है," वह बोला, "ख़ैर, इसका जो भी मतलब हो, यह एक चाल है।" उसकी छोटी-सी सोने की वर्कशॉप राजदूतों से भरी रहने लगी। पहले से ज़्यादा बूढ़े और ज़्यादा गम्भीर दिखनेवाले काले सूट पहने वकील जो कभी कर्नल के इर्द-गिर्द कौवों की तरह घूमा करते थे, अब फिर लौट आए थे।[2] जब उसने उन्हें आते देखा, पहले की तरह जब वे लड़ाई ख़त्म करवाने के लिए आए थे, तो वह उनकी झूठी प्रशंसा बर्दाश्त नहीं कर सका। उसने उन्हें शान्ति में छोड़कर चले जाने को कहा, इस बात पर ज़ोर देते हुए कि वह इस देश का कोई 'नायक' नहीं है जैसा कि वे कह रहे थे, बल्कि वह तो एक कारीगर है जिसका बस एक ही सपना है कि वह ग़ुमनामी में मृत्यु का वरण करे और अपनी सोने की मछलियों के दुःख में समा जाए। उसको सबसे ज़्यादा ग़ुस्सा इस बात पर आया कि समारोह में शामिल होने और उसे ऑर्डर ऑफ़ मेरिट प्रदान करने के लिए राष्ट्रपति ख़ुद माकोन्दो आ रहा था। कर्नल औरेलियानो ने उसे कहलवाया, इन्हीं शब्दों में, कि वह बहुत उत्सुकता से इस बहुप्रतीक्षित लेकिन योग्य अवसर का इन्तज़ार कर रहा था ताकि उस पर निशाना साध सके, उसके निरंकुश कार्य और शासन के कालदोष के लिए नहीं बल्कि एक ऐसे बूढ़े आदमी के प्रति

---

1. ऊपर वर्णित औरेलियानो सेगुन्दो के शब्द कि उन्होंने हमें परिवार का क़ब्रिस्तान भेज दिया है इस सन्दर्भ में देववाणी साबित होते हैं। इस सन्दूक़ का आना चक्रीय क्रम में आवृत्तीय संरचना का एक और उदाहरण है। इस सन्दूक़ का आना दरअसल रेबेका के माता-पिता की अस्थियों के आने का ही दोहराव है।
2. पूरे उपन्यास में वकील काले कपड़े पहने अन्दर-बाहर आते-जाते दिखाई पड़ते हैं। उनका आगमन और उपस्थिति, अशुभ और तबाही का प्रतीक है। वस्त्र की कालिमा दरअसल भ्रष्ट और चरित्रहीन वकीलों की भर्त्सना का प्रतीक है।

अनादर दिखाने के लिए जिसने उसका कुछ नहीं बिगाड़ा था। उसकी धमकी में इतनी कड़वाहट थी कि अन्तिम समय पर राष्ट्रपति ने अपना दौरा रद्द कर दिया और अपने एक दूत के हाथ पदक भेज दिया। सब तरफ़ से पड़ते दबाव से मजबूर होकर कर्नल खेरिनेल्दो मार्केस, लकवारोगी वाला अपना बिस्तर छोड़कर अपने पुराने साथी को समझाने गया। जब उसके दोस्त कर्नल औरेलियानो बुएन्दीया ने चार आदमियों द्वारा उठाई हुई कुर्सी को आते देखा और जवानी में उससे जय और पराजय बाँटनेवाले दोस्त को तकियों के सहारे उस कुर्सी में बैठा पाया तो उसे बिलकुल शक नहीं हुआ कि वह अपनी निष्ठा ज़ाहिर करने आया था। लेकिन जब उसे उसके असली इरादे के बारे में पता चला तो उसने उसे अपनी वर्कशॉप से बेदख़ल कर दिया।

"मुझे थोड़ी देर से विश्वास हुआ है," कर्नल औरेलियानो बुएन्दीया ने कहा, "कि यदि तुम्हें गोली मारने देता तो तुम पर एहसान होता।"

और इस तरह से बुएन्दीया परिवार की अनुपस्थिति में जयन्ती मनाई गई। इत्तेफ़ाक़ से, वही आनन्दोत्सव का सप्ताह भी था। लेकिन कर्नल औरेलियानो बुएन्दीया के दिमाग़ से यह बात कोई नहीं निकाल सका कि इस उपहास की क्रूरता बढ़ाने के लिए ही सरकार ने इस संयोग का फ़ायदा उठाया था।[1] उसे अपनी सुनसान वर्कशॉप में सैनिक संगीत, सलामी, धन्यवाद-भजन की आवाज़ और भाषण के कुछ अंश सुनाई पड़ रहे थे। जब घर के बाहर की सड़क को उसका नाम दिया जा रहा था, रोष और नपुंसक क्रोध से उसकी आँखें भर आई थीं और अपनी हार के बाद उसे पहली बार दु:ख हुआ था कि अब उसमें जवानी की ताक़त नहीं बची थी कि वह रूढ़िवादी शासन के ख़िलाफ़ ख़ूनी लड़ाई छेड़कर उसके अवशेषों को मिटा सके। श्रद्धांजलि की गूँज अभी ख़त्म नहीं हुई थी कि उर्सुला ने वर्कशॉप का दरवाज़ा खटखटाया।

"मुझे तंग मत करो," उसने कहा, "मैं व्यस्त हूँ।"

"दरवाज़ा खोलो," उर्सुला ने बड़ी सहजता से कहा, "इसका समारोह से कोई लेना-देना नहीं है।"

जब कर्नल औरेलियानो बुएन्दीया ने बेड़ा हटाकर दरवाज़ा खोला तो उसे विभिन्न रूप-रंग वाले सत्रह आदमी दिखाई दिए। सब तरह और सब रंग के, लेकिन सब में एक तरह का एकाकीपन साफ़ झलक रहा था, जिससे उन्हें दुनिया के किसी

---

1. आनन्दोत्सव माकोन्दो का अभिन्न अंग बन चुका है। लेकिन यह आनन्दोत्सव भी राजनीतिक घटनाक्रम से अछूता नहीं रहता है। हालाँकि इसके मौक़े पर सत्ता से ज़्यादा सामाजिक मूल्य हावी रहते हैं।

भी कोने में पहचाना जा सकता था। वे उसके बेटे थे। वे समुद्रतट के दूर-दराज़ इलाक़ों से जयन्ती की ख़बर सुनकर बिना किसी पूर्व योजना के ही आ पहुँचे थे। उन्हें औरेलियानो और अपनी माँ के नाम पर गर्व था। वे तीन दिन घर पर रुके। इस दौरान ऐसा लगा मानो लड़ाई छिड़ गई हो, जिससे उर्सुला को सन्तोष और फेर्नान्दा को परेशानी हुई। आमारान्ता ने पुराने काग़ज़ों में वह खाता ढूँढ़ निकाला जहाँ उर्सुला ने उन सबके नाम, जन्मदिन और नामकरण की तारीख़ें लिखी थीं। हर एक के नाम के आगे उसने उनका वर्तमान पता लिख दिया। वह सूची मानो लड़ाई के बीस साल का सार थी। जिस सुबह एक अनोखे विद्रोह के लिए कर्नल ने इक्कीस आदमियों के साथ माकोन्दो छोड़ा था तब से लेकर उस दिन तक का पूरा हिसाब उसमें दर्ज था जब वह आख़िरी बार ख़ून से सने सख़्त कम्बल में लिपटा हुआ लौटा था। उस सूची से कर्नल के रात्रिकालीन यात्राक्रम का हिसाब मिल सकता था। औरेलियानो सेगुन्दो अपने भाइयों को शैम्पेन और संगीत की धमाकेदार दावत देने से नहीं चूका जिसे आनन्दोत्सव का लम्बित समारोह मान लिया गया, जो कि जयन्ती की वजह से गड़बड़ हो गया था। उन लोगों ने सूअर की तरह बाँधने की कोशिश में एक बैल के पीछे भागते हुए क़रीब आधे बर्तन तोड़ दिए और गुलाब के झाड़ ख़राब कर दिए, मुर्ग़ियों को गोली चलाकर मार दिया, आमारान्ता को पियेत्रो क्रेस्पी के दर्द-भरे गानों पर नचाया, 'ख़ूबसूरत' रेमेदियोस को पतलून पहनाकर चिकने खम्बे पर चढ़ाया और खाने के कमरे में चर्बी से सने सूअर को खुला छोड़ दिया जिसने फेर्नान्दा को ज़मीन पर पटक दिया लेकिन किसी को भी इस सब पर कोई खेद नहीं हुआ क्योंकि घर ख़ुशी के भूचाल से हिल रहा था।[1] उनके आगमन को सन्देह की नज़र से देखनेवाले कर्नल औरेलियानो बुएन्दीया ने अपने कई बेटों के पितृत्व पर शक भी किया था। उसे उनके जंगलीपन पर हँसी आई और जब वे जाने लगे तो उसने उन्हें सोने की एक-एक छोटी मछली भेंट में दी। अन्तर्मुखी खोसे आर्कादियो सेगुन्दो तक ने उन्हें मुर्ग़ेबाज़ी के लिए आमंत्रित किया, जिसका दुःखद अन्त होते-होते बचा क्योंकि कुछ औरेलियानो पुत्र अखाड़े के दाँव-पेच में इतने सिद्धहस्त थे कि एक ही नज़र में उन लोगों ने फादर आन्तोनियो इसाबेल की चालाकी पकड़ ली थी। औरेलियानो सेगुन्दो को इन पागल रिश्तेदारों के साथ मौज-मस्ती की अपार

1. औरेलियानो की वजह से बुएन्दीया परिवार एक बार फिर अपने असली रूप में आ गया जो फेर्नान्दा की वजह से कहीं ग़ुम हो गया था। सूअर का फेर्नान्दा को ज़मीन पर चित करना दरअसल फेर्नान्दा के बनाए तंत्र को छिन्न-भिन्न कर बुएन्दीया परिवार के चरित्र की पुनर्स्थापना का प्रतीक है।

सम्भावना नज़र आ रही थी और उसने प्रस्ताव रखा कि वे सब वहीं रुकें और उसके लिए काम करें। अपने दादा की तरह अन्वेषक की मनोवृत्ति वाले एक लम्बे-चौड़े मुलातो औरेलियानो त्रिस्ते ने यह प्रस्ताव स्वीकार किया। वह अपनी क़िस्मत आधी दुनिया में आज़मा चुका था और कहीं भी रहने से उसे कोई फ़र्क़ नहीं पड़ता था। हालाँकि बाक़ी सब कुँवारे थे, लेकिन उन्हें अपनी क़िस्मत कहीं और नज़र आती थी। वे सब हुनरमन्द कारीगर थे, घर में रहनेवाले, शान्तिप्रिय लोग। दूर बिखरने के लिए चलने से पहले बुधवार के दिन आमारान्ता उन्हें अच्छे कपड़े पहनाकर चर्च ले गई। भक्तिभाव से ज़्यादा मस्ती के आलम में वे वेदी तक गए जहाँ फादर आन्तोनियो इसाबेल ने उनके माथे पर राख से क्रूस का निशान बनाया। घर वापस आने पर सबसे छोटे औरेलियानो पुत्र ने अपना माथा साफ़ करने की कोशिश की लेकिन वह निशान नहीं मिटा और उसके भाइयों के निशान भी नहीं मिटे। उन्होंने साबुन, पानी, मिट्टी, ब्रश और अन्त में झामक और सर्फ़ के घोल से उसे धोने की कोशिश की लेकिन वे क्रूस नहीं मिटे। दूसरी तरफ़, आमारान्ता और बाक़ी लोग जो मिस्सा गए थे उनके निशान बिना किसी दिक़्क़त के मिट गए। "यह ठीक है," उन सभी से विदा लेते हुए उर्सुला बोली, "अब से सब जान जाएँगे कि तुम कौन हो।" बैंडवालों के पीछे आतिशबाज़ी करते हुए वे सभी एक टोली में निकले। शहर में लोग कहने लगे थे कि बुएन्दीया वंश कई सदियों तक ज़िन्दा रहेगा। माथे पर राख का क्रूस लिये औरेलियानो त्रिस्ते ने शहर के कोने पर बर्फ़ की फ़ैक्टरी लगा ली जिसका सपना खोसे आर्कादियो बुएन्दीया ने अपने खोजी उन्माद में देखा था।[1]

माकोन्दो आने के कुछ महीने बाद, जब वह अच्छी तरह से जाना और पसन्द किया जाने लगा था, औरेलियानो त्रिस्ते मकान ढूँढ़ने निकला ताकि वह अपनी माँ और कुँवारी बहन को (जो कर्नल की बेटी नहीं थीं) को ला सके। उसकी नज़र एक बड़े टूटे-फूटे मकान पर पड़ी जो चौराहे की एक तरफ़ परित्यक्त-सा दिखता था। खोजबीन करने पर पता चला कि उस मकान का कोई वारिस नहीं था। वहाँ पहले एक विधवा अकेली रहती थी जो मिट्टी और दीवारों की सफ़ेदी खाती थी और अपने जीवन के अन्तिम सालों में नकली फूलों की अपनी छोटी-सी टोपी और पुराने चाँदी के रंग के जूते पहने केवल दो बार सड़क पार करते देखी गई थी। तब वह बिशप को चिट्ठी डालने के लिए चौराहे के पार डाकघर गई थी। उसे बताया गया कि एक

---

1. यहाँ उपन्यास सपने को दोहराता है। वह सपना जो दादा खोसे आर्कादियो बुएन्दीया ने देखा था और जिसे अब औरेलियानो त्रिस्ते पूरा करता है।

निर्दयी नौकरानी उसकी एकमात्र साथी थी जो कुत्ते, बिल्ली और घर में घुसनेवाले सभी जानवरों को मार डालती थी और बदबू से लोगों को परेशान करने के लिए उनकी लाश बीच सड़क पर फेंक देती थी। आख़िरी जानवर की फेंकी हुई लाश को धूप में सूखे हुए काफ़ी समय हो गया था और सबने मान लिया था कि मालकिन और नौकरानी लड़ाई ख़त्म होने से बहुत पहले ही परलोक सिधार चुकी हैं और अगर वह घर अब भी खड़ा था तो इसलिए कि हाल में कड़ी सर्दी या तेज़ तूफ़ान नहीं आया था। क़ब्ज़े ज़ंग से चूर हो गए थे, दरवाज़े तो केवल मकड़जालों के बादलों के बल पर खड़े थे, खिड़कियाँ नमी से बन्द हुई पड़ी थीं, फ़र्श घास और जंगली फूलों से टूटा पड़ा था, और दरारों में छिपकलियों और सब तरह के कीड़े-मकोड़ों ने अपने घर बना रखे थे। इन सब चीज़ों से इस बात की पुष्टि होती थी कि वहाँ कम-से-कम आधी शताब्दी से तो कोई इनसान नहीं आया है। स्वभाव से आवेगी औरेलियानो त्रिस्ते को अन्दर जाने के लिए अनुमति की ज़रूरत नहीं थी। उसने कन्धों से मुख्य द्वार को धक्का दिया और धूल और दीमकों की बाँबियों के सुस्त बवंडर के बीच दीमक लगा लकड़ी का दरवाज़ा बिना आवाज़ किए गिर पड़ा। धूल बैठने तक त्रिस्ते दहलीज़ पर खड़ा रहा और फिर उसने कमरे के बीचोबीच बीती शताब्दी के कपड़े पहनी हुई एक फटेहाल महिला को देखा। उसके सिर पर कुछ पीले धागे थे, दो बड़ी-बड़ी आँखें जो अब भी ख़ूबसूरत थीं लेकिन उनमें आशा की ज्योति बुझ चुकी थी और उसके चेहरे की त्वचा एकाकीपन की नीरसता से झुर्रीदार हो गई थी। किसी दूसरी दुनिया के उस दृश्य को देखकर औरेलियानो त्रिस्ते इतना घबरा गया कि उसने ध्यान नहीं दिया कि उस महिला ने उसकी ओर एक पुरानी पिस्तौल तान रखी थी।

"माफ़ी चाहता हूँ," उसने धीरे-से कहा।

नुमाइशी चीज़ों से सजे कमरे में वह निश्चल बैठी रही, माथे पर राख के गोदनेवाले उस भारी-भरकम आदमी को ऊपर से नीचे तक देखती रही और धूल की धुन्ध में कन्धे पर बन्दूक़ और हाथ में ख़रगोश लिये आदमी को उसने दूसरे समय की धुन्ध से देखा।

"ईश्वर के लिए," वह धीरे-से बोली, "अब उन यादों से मुझे सताना ठीक नहीं है।"[1]

1. रेबेका औरेलियानो त्रिस्ते में अपने पति की छवि देखती है। उसके पति खोसे आर्कादियो ने भी गोदना गुदा रखा था और त्रिस्ते की तरह ही लहीम-शहीम था। त्रिस्ते को देखकर रेबेका को सितम्बर की वह दुपहरी याद हो आई जब खोसे आर्कादियो शिकार से लौटा और मौत की नींद सो गया था।

"मैं यह घर किराये पर लेना चाहता हूँ," औरेलियानो त्रिस्ते ने कहा।

तब उस महिला ने पिस्तौल उठाई, थमे हुए हाथों से राख के क्रूस पर निशाना साधा, ऐसी दृढ़ता से उसने ट्रिगर पर हाथ रखा कि उस समय उससे कुछ भी कहना ख़तरे से ख़ाली नहीं था "यहाँ से निकल जाओ," उसने आदेश दिया।

उस रात औरेलियानो त्रिस्ते ने खाना खाते समय सबको उस घटना के बारे में बताया जिसे सुनकर हतप्रभ उर्सुला रो पड़ी। "हे ईश्वर!" अपना सिर हाथों में पकड़कर वह बोली। "वह अब भी ज़िन्दा है!" समय, लड़ाई और रोज़ाना की अनगिनत समस्याओं में वह रेबेका को भूल गई थी। अगर कोई एक पल के लिए भी उसे नहीं भूला था कि वह ज़िन्दा है और उस घूरे पर सड़ रही है तो वह थी कठोर और बूढ़ी होती आमारान्ता। आमारान्ता उसे हर सुबह याद करती थी जब उसके दिल में जमी बर्फ़ उसे उसके एकाकी बिस्तर में जगाती थी। जब अपने मुरझाए हुए स्तन और पिचके हुए पेट पर वह साबुन लगाती तब उसे याद करती, जब सफ़ेद कलफ़वाला ड्रेस और बुढ़ापे की चोली पहनती तब उसे याद करती और जब अपने हाथ पर प्रायश्चित्त की काली पट्टी बदलती तब उसे याद करती थी। आमारान्ता हमेशा, हर पल, सोते-जागते, उदास और उदात्त पलों में रेबेका को याद करती क्योंकि एकाकीपन ने उसकी कुछ यादों को छाँट लिया था और ज़िन्दगी द्वारा हृदय में इकट्ठा किए गए यादों के कबाड़ के धुँधले पड़ते ढेर को तो जला दिया था लेकिन कुछ सबसे कड़वी यादों को पवित्र, अतिरंजित और अमर बना दिया था। 'ख़ूबसूरत' रेमेदियोस को रेबेका के बारे में आमारान्ता से पता चला था। जब भी वे लोग उस टूटे-फूटे मकान के सामने से गुज़रते आमारान्ता उसे किसी अप्रिय घटना के बारे में बताती थी, नफ़रत का क़िस्सा सुनाती थी। इस तरह अपनी भतीजी को अपने विद्वेष का हिस्सा बनाकर अपनी घृणा को मौत के बाद ज़िन्दा रखने की कोशिश करती, लेकिन उसकी युक्ति क़ामयाब नहीं हुई क्योंकि दूसरों की भावनाएँ अपनाना तो दूर 'ख़ूबसूरत' रेमेदियोस किसी भी प्रकार की मानवीय भावनाओं से अछूती थी। दूसरी तरफ़ आमारान्ता की भावनाओं के एकदम विपरीत उर्सुला की याद में रेबेका अब भी निर्दोष थी, क्योंकि अपने माता-पिता की हड्डियाँ लेकर उनके घर आनेवाली उस बेचारी बच्ची की छवि उस अपराध से कहीं ज़्यादा पुख़्ता थी, जिसकी वजह से उसे परिवार से अलग कर दिया गया था। औरेलियानो सेगुन्दो ने उसे घर लाकर उसकी देखभाल करना तय किया लेकिन उसकी सदिच्छाओं को रेबेका के दृढ़ संकल्प ने मिट्टी में मिला

दिया। जिसे एकाकीपन[1] के विशेषाधिकार अर्जित करने में दु:ख और तकलीफ़ के कई वर्ष लग गए थे वह अब उन्हें परोपकार के झूठे आकर्षण से आक्रान्त बुढ़ापे के लिए त्यागनेवाली नहीं थी।

जब फ़रवरी में माथे पर अब भी क्रूस के निशान उठाए कर्नल औरेलियानो बुएन्दीया के वे सोलह बेटे लौटे, तब जश्न के कोलाहल में औरेलियानो त्रिस्ते ने उन्हें रेबेका के बारे में बताया और आधे दिन में ही दरवाज़े, खिड़की बदलकर, जीवन्त रंग में सामने की दीवार पोतकर, दीवारें कसकर, और फ़र्श में ताज़ा सीमेंट डालकर, उन लोगों ने घर की काया पलट दी। फिर भी अन्दर काम करने की उन्हें आज्ञा नहीं मिली। रेबेका दरवाज़े तक भी नहीं आई थी। उसने उन्हें पागलों की तरह घर की मरम्मत करने दी थी। फिर ख़र्चे का हिसाब लगाया और अपनी बूढ़ी नौकरानी आरखेनीदा के हाथ कुछ सिक्के उन्हें भेज दिए थे। उन सिक्कों का चलन पिछली लड़ाई के बाद बन्द हो चुका था लेकिन रेबेका के हिसाब से अभी वे चल रहे थे। और तब उन लोगों की समझ में आया कि वह वास्तविक दुनिया से कितनी दूर जा चुकी थी और जब तक उसमें साँस थी तब तक उसके ज़िद्दी बाड़े से उसे निकालना नामुमकिन था।

कर्नल औरेलियानो बुएन्दीया के बेटों की माकोन्दो की दूसरी यात्रा पर उनमें से एक और, औरेलियानो सेनतेनो भी औरेलियानो त्रिस्ते के साथ काम करने के लिए रुक गया। नामकरण के लिए लाए गए बच्चों में वह सबसे पहले आनेवालों में से था और उर्सुला और आमारान्ता को वह बहुत अच्छी तरह से याद था क्योंकि कुछ ही घंटों में उसके हाथ लगनेवाली हर चीज़ चकनाचूर हो गई थी। समय ने उसके विकास के प्रारम्भिक आवेश को संयत कर दिया था। वह औसत लम्बाई का आदमी था। उसके चेहरे पर चेचक के दाग़ थे, लेकिन हाथ से कुछ भी तोड़ने की उसकी अनोखी योग्यता जस-की-तस बरकरार थी। उसने बिना छुए इतनी प्लेटें तोड़ी थीं कि फेर्नान्दा ने उसके लिए प्यूटर के बर्तन ख़रीदने का फ़ैसला किया, इससे पहले कि वह उसके महँगे चीनी बर्तनों का नाश कर दे और धातु की प्लेटें भी टेढ़ी-मेढ़ी हो जाएँ। लेकिन ख़ुद के लिए भी मुसीबत उसकी उस असाध्य क्षमता के साथ ही उसमें ऐसा मित्रभाव भी था जिसकी वजह से वह तुरन्त सबका दिल जीत लेता था।

---

1. एक मायने में रेबेका और कर्नल औरेलियानो बुएन्दीया में बड़ा साम्य है। कर्नल को भी रेबेका की तरह चालीस साल लग गए थे, सादगी की महत्ता समझने में और अन्त में उसने एकाकीपन से दोस्ती गाँठ ही ली।

उसमें काम करने की अद्‌भुत शक्ति थी। कुछ ही समय में उसने बर्फ़ का उत्पादन इस क़दर बढ़ा दिया कि स्थानीय बाज़ार के लिए उसे खपा पाना असम्भव हो गया और औरेलियानो त्रिस्ते को अपना व्यापार कछार के दूसरे शहरों में फैलाने के बारे में सोचना पड़ा। और फिर उसने अपने कारोबार के आधुनिकीकरण के साथ-साथ शहर को बाक़ी दुनिया से जोड़ने के बारे में सोचा।

"हमें रेल लानी होगी," उसने कहा।

माकोन्दो में पहली बार लोगों ने यह शब्द सुना था। खोसे आर्कादियो बुएन्दीया द्वारा बनाए गए सौरयुद्ध के चित्रों के वंशज मालूम पड़ते, औरेलियानो त्रिस्ते द्वारा मेज़ पर बनाए गए चित्र को देखकर उर्सुला को यक़ीन हो गया कि समय एक चक्र में घूम रहा है। लेकिन अपने पूर्वज की तरह औरेलियानो त्रिस्ते की न तो नींद हराम हुई, न भूख ख़त्म हुई और न ही अपने सड़े स्वभाव से उसने किसी को सताया। इसके विपरीत उसने कई मूर्खतापूर्ण योजनाओं की तात्कालिक सम्भावनाओं के बारे में सोचा, तारीख़ और ख़र्चे का युक्तिसंगत हिसाब लगाया और बिना किसी मुसीबत के उन्हें निष्पादित भी कर दिया।[1] यदि औरेलियानो सेगुन्दो में अपने परदादा का कोई गुण था और कर्नल औरेलियानो बुएन्दीया का कोई गुण नहीं था, तो वह था उपहास के प्रति पूर्ण उदासीनता, और उसने उसी प्रफुल्ल भाव से रेल लाने के लिए पैसे दे दिए जिस प्रसन्न भाव से उसने अपने भाई की हास्यास्पद नौका-संचालन योजना के लिए दिए थे। कैलेंडर देखकर बरसात के बाद लौटने के इरादे से औरेलियानो त्रिस्ते ने अगले बुधवार को वहाँ से कूच किया। उसके बाद उसकी कोई ख़बर नहीं आई। फ़ैक्टरी की बहुतायत से अभिभूत, औरेलियानो सेनतेनो ने बर्फ़ के उत्पादन में पानी की जगह फल के रस का इस्तेमाल करना शुरू कर दिया था और बिना सोचे या जाने शरबत के आविष्कार की नींव रख दी थी। इस तरह वह उस धन्धे को और क्षेत्रों में फैलाने के बारे में सोचने लगा जिसे वह अपना समझता था।[2] बरसात के बाद भी उसके भाई के लौटने के कोई आसार नज़र नहीं आए थे और साथ ही पूरी गर्मी बीत गई थी और उसकी कोई ख़बर नहीं आई थी। दूसरे जाड़े

1. समय चक्र में घूम रहा है, केन्द्र को कमज़ोर करता हुआ, पुराने की जगह नये को प्रतिस्थापित करता। मिथकीय काल का स्थान ऐतिहासिक काल ने लिया, वैचारिक लड़ाई की जगह उपयोगितावादी रेलवे ने ले ली, उद्यमी दादाओं की जगह शोमैन पोते आ गए।
2. यहाँ दरअसल गार्सीया मार्केस ने औद्योगिक युग में उत्तर-अमेरिकी पूँजीवादी आक्रमण के पहले के स्पैनिश अमेरिकी समाज के आर्थिक विकास को अपनी कल्पना का जामा पहनाया है। उपन्यास की तरह ही यह आर्थिक विकास भी स्थानीय उत्पादों के इस्तेमाल पर आधारित था।

की शुरुआत में, दिन की गर्मी में नदी किनारे कपड़े धोती एक महिला पागलों की तरह सड़क पर चीख़ते हुए दौड़ती आई थी।

"वह आ रहा है," अन्ततः उसने बताने की कोशिश की थी। "कुछ डरावना, जैसे कोई रसोई, अपने पीछे एक गाँव खींचकर ला रही हो।"

उसी क्षण पूरा शहर एक ख़ौफ़नाक गूँज वाली सीटी और एक ज़ोरदार हाँफती साँस से हिल उठा। पिछले दिनों सबने कई दलों को रेल की पटरी बिछाते देखा था और किसी ने यह सोचकर उनकी ओर ध्यान नहीं दिया था कि यह बंजारों की कोई नई चाल होगी, जेरुसलम के विद्वानों द्वारा बनाए गए गाढ़े के बारे में सीटी और डफली बजाते हुए वही पुराना घिसा-पिटा प्रचार करने की। लेकिन जब सीटी और फटफटाहट के शोर से उबरकर नगर निवासी सड़क पर पहुँचे तो उन्होंने वहाँ औरेलियानो त्रिस्ते को इंजन से हाथ हिलाते हुए देखा और मदहोशी में उन लोगों ने फूलों से सजी एक ट्रेन देखी जो आठ महीने देरी से आई थी। वह अबोध पीली ट्रेन जो आगे चलकर माकोन्दो में कई अनिश्चितताओं और निश्चितताओं, कई प्रिय और अप्रिय पलों, ढेर सारे बदलावों, विपत्तियों और अतीत की यादों को लाने के लिए ज़िम्मेदार थी।[1]

1. जो बात पीली ट्रेन के बारे में कही गई है वह बाहर की दुनिया से माकोन्दो में आए दूसरे आविष्कारों के बारे में भी कही जा सकती है।

12

इतने सारे अद्‌भुत आविष्कारों से चकाचौंध माकोन्दो के लोगों के आश्चर्य का ठिकाना ही नहीं रहा। जब ट्रेन दूसरी बार आई, औरेलियानो त्रिस्ते के लाए संयंत्र से जलनेवाले नीले बल्बों की रोशनी देखते हुए सारी रात जगे रहे। उसकी सम्मोहक 'टूम टूम' का आदी होने में उन्हें काफ़ी समय लगा था और इसके लिए उन्हें काफ़ी प्रयत्न करना पड़ा था। वे उन जीवित तस्वीरों से नाराज़ हो उठे जिन्हें वह धनी व्यापारी ब्रूनो क्रेस्पी अपने शेर के सिर के आकार की टिकट खिड़की वाले सिनेमाघर में दिखाता था, क्योंकि एक किरदार जो एक फ़िल्म में मर गया था और जिसे दफ़ना दिया गया था और जिसके दुर्भाग्य पर शोक के आँसू बहाए जा चुके थे वह दूसरी फ़िल्म में अरब की भूमिका में जीवित हो उठा था। कलाकारों की मुसीबतें बाँटने के लिए दो सेनतावो देनेवाले दर्शक इस अनोखी धोखाधड़ी को बर्दाश्त नहीं कर पाए थे और सीटें तोड़ दी थीं। ब्रूनो क्रेस्पी के कहने पर एक मुनादी पिटवाकर मेयर ने समझाया कि सिनेमा तो सम्मोहन की मशीन है और इसके लिए दर्शकों को भावुक होने की ज़रूरत नहीं है। इस निराशाजनक सफाई से कई लोगों को लगा था कि वे बंजारों की किसी नई चाल के शिकार हुए हैं और उन्होंने फिर कभी सिनेमा न देखने का फ़ैसला किया था। उन्होंने यह सोचा था कि रोने के लिए उनकी अपनी ज़िन्दगी में ही बहुत से ग़म हैं और उन्हें इसके लिए काल्पनिक किरदारों के दु:खों की ज़रूरत नहीं है। कुछ इसी तरह का वाक़िया उन ग्रामोफ़ोनों के साथ भी हुआ जिन्हें फ्रांस की दिलफेंक महिलाएँ हाथ के बाजों की जगह लाई थीं और कुछ साल के बाद जिन्होंने बैंड वालों की आजीविका के लिए गम्भीर ख़तरा पैदा कर दिया था। पहले तो स्वाभाविक जिज्ञासा ने उस बदनाम गली के ग्राहक बढ़ा दिए और सुनने में तो यह भी आया था कि अच्छे घर की महिलाएँ भेष बदलकर अपनी आँखों से ग्रामोफ़ोन के नयेपन को देखने के लिए वहाँ आती

थीं, लेकिन काफ़ी ज़्यादा और बेहद क़रीबी निरीक्षण की वजह से लोग इस नतीजे पर पहुँचे कि सबकी सोच के विपरीत उस मशीन में रिझाने की रत्ती-भर भी क्षमता नहीं थी, बल्कि वह तो एक मशीनी युक्ति थी जो संगीतज्ञों के बैंड जैसी इनसानी दिल को छू जानेवाली चीज़ को कभी टक्कर नहीं दे सकती थी।[1]

इस निराशा का बुरा हश्र हुआ था। इसकी परिणति यह हुई कि जब ग्रामोफ़ोन इतने लोकप्रिय हो गए थे कि हर घर में एक मिल जाता था, उन्हें बड़ों के मनोरंजन की चीज़ न मानकर बच्चों के तोड़ने लायक़ बढ़िया चीज़ समझा जाता था। दूसरी तरफ़, स्टेशन में लगे टेलीफ़ोन को परखने का जब किसी को मौक़ा मिला, तो शक्की से शक्की लोग भी परेशान हो गए थे। आकार की वजह से उसे ग्रामोफ़ोन का अल्पविकसित रूप माना जा रहा था। लगता था मानो ईश्वर ने आश्चर्य की सीमा को परखने का फ़ैसला कर लिया था और माकोन्दो के निवासियों को आवेश और निराशा, सन्देह और ज्ञान के प्रत्यावर्तन की स्थायी अवस्था में रखा जा रहा था, इस हद तक कि किसी को पता नहीं था कि वास्तविकता की सीमा क्या थी। सचाई और मृगतृष्णा के इस पेचीदा मामले ने अखरोट के पेड़ तले पड़े खोसे आर्कादियो बुएन्दीया के प्रेत को व्यग्रता से ऐंठ दिया था जिसकी वजह से वह दिन की रोशनी में पूरे घर में घूमा करता था। जब से रेल का औपचारिक रूप से उद्घाटन हुआ था और नियम से बुधवार को ग्यारह बजे ट्रेन आने लगी थी; मेज़, टेलीफ़ोन और टिकट खिड़की के साथ कच्ची लकड़ी का स्टेशन बना था, माकोन्दो की सड़कों पर सामान्य आचरण और तौर-तरीक़े अपनाए मर्द और औरतें नज़र आने लगे थे पर हक़ीक़त में वे सीधे सर्कस से आए मालूम पड़ते थे। बंजारों की युक्तियों से चिड़चिड़ाए गाँव में उन व्यापारिक चलन्त कलाबाज़ों के लिए कोई भविष्य नहीं था जो एक ही साँस में सीटी बजानेवाली केतली और एक ऐसी नियमावली बनाते थे जो सातवें दिन आत्मा की मुक्ति का वादा करती थी। लेकिन जो थक-हार कर उनकी बातों में आ जाते थे या जो बेख़बर थे, उनसे इन लोगों ने बहुत कमाया था। घुड़सवारी की पैंट पहने, मज्जे का टोप और स्टील के फ्रेम वाले चश्मे लगाए,

---

1. कला की दो विधाओं—सिनेमा और ग्रामोफ़ोन के प्रति माकोन्दो के लोगों की प्रतिक्रिया काफ़ी भिन्न दिखाई पड़ती है। सिनेमा ने उन्हें यथार्थ और कल्पना के बीच भटका दिया जबकि ग्रामोफ़ोन से उनका मोह जल्दी ही भंग हो गया। इसका यह अर्थ लगाया जा सकता है कि माकोन्दो को कला की कृत्रिमता रास नहीं आई। कल्पना से ज़्यादा उन्हें जीवन की सचाइयों और सादगी से लगाव है।

हल्की-भूरी आँखें और पतले मुर्ग़े जैसी चमड़ी वाले इन नाटकीय जीवों के बीच इन्हीं बुधवारों में से किसी एक दिन, मोटा-ताज़ा हँसता हुआ मिस्टर हर्बर्ट[1] माकोन्दो आ पहुँचा जिसे घर पर खाना खिलाया गया।

केलों का पहला गुच्छा ख़त्म होने तक किसी की नज़र उस पर नहीं पड़ी थी। जैकब होटल में औरेलियानो सेगुन्दो की उससे संयोगवश मुलाक़ात हुई थी जहाँ वह टूटी-फूटी स्पैनिश में हल्ला कर रहा था क्योंकि वहाँ कोई कमरा ख़ाली नहीं था; और जैसा कि औरेलियानो सेगुन्दो अजनबियों के साथ अक्सर करता था, वह उसे घर ले आया था। वह बँधुआ-गुब्बारों का व्यापार करता था और आधी दुनिया घूम चुका था लेकिन माकोन्दो में उसे कोई ग्राहक नहीं मिला था क्योंकि वहाँ के लोग बंजारों के उड़नक़ालीन देख और आज़मा चुके थे और इस आविष्कार को पिछड़ा हुआ मानते थे।[2] इसलिए वह अगली ट्रेन से वापस जा रहा था। आमतौर पर खानेवाले कमरे में खाने के समय टाँगे जानेवाले बाघ जैसी धारियों वाले केले जब मेज़ पर लाए गए तो उसने बिना किसी ख़ास उत्साह के पहला फल उठाया था। वह बोलते हुए, चबाते हुए, चखते हुए केला खाता गया, खानेवाले की ख़ुशी से कम और एक विद्वान आदमी की व्यग्रता से ज़्यादा। पहला गुच्छा ख़त्म कर लेने के बाद उसने दूसरा माँगा था। फिर उसने प्रकाश यंत्रों का एक छोटा डिब्बा अपने औज़ारों के बक्से से निकाला जो वह हमेशा अपने साथ लेकर चलता था। हीरों के व्यापारी जैसी शक्की निगाह से उसने सतर्कता से केले को जाँचा और एक ख़ास स्कैलपेल से उसे काटा, फार्मेसिस्ट के तराज़ू पर टुकड़ों को तौला और बन्दूक़ बनानेवाले मापक से उनकी चौड़ाई नापी। फिर उसने अपने बक्से से कई तरह के यंत्र निकाले और उनसे तापमान, वातावरण की नमी और रोशनी की तीव्रता नापी।[3] इस समारोह से इतना कुतूहल पैदा हो गया कि मिस्टर हर्बर्ट की केले के बारे में राय जानने की उत्सुकता में कोई चैन से खाना नहीं खा पाया, लेकिन उसने कुछ भी नहीं कहा और लोग उसकी सोच का अन्दाज़ा नहीं लगा सके।

---

1. श्रीमान हर्बर्ट का आगमन माकोन्दो में पूँजीवाद के आविर्भाव का सूचक है। गार्सीया मार्केस की कहानी *El mar del tiempo perdido* (खोये हुए समय का समुद्र) (1961) में भी हर्बर्ट के दर्शन होते हैं।
2. जादू का यह खेल माकोन्दो के लिए नया नहीं है। बंजारे उन्हें बहुत पहले ही उड़नेवाली क़ालीन का तमाशा दिखा चुके थे। ख़ुद माकोन्दो के संस्थापक काफ़ी पहले इसका ज़िक्र कर चुके थे।
3. इस अंश को दक्षिण अमेरिका में उत्तर अमेरिकी पूँजीवादी साम्राज्यवाद के प्रसार का प्रारम्भ माना जा सकता है। उपन्यास में इसके चित्रण की भाषा सरल न होकर काफ़ी गूढ़ है।

आनेवाले दिनों में उसको एक जाल और छोटी टोकरी के साथ शहर के बाहर तितलियाँ पकड़ते हुए देखा गया। बुधवार को इंजीनियरों, कृषिशास्त्रियों, जलविज्ञानियों, भू-विशेषज्ञों और सर्वेक्षकों का एक समूह आया जिसने कई हफ़्तों तक उन जगहों की जाँच-पड़ताल की जहाँ मिस्टर हर्बर्ट ने तितलियाँ पकड़ी थीं। कुछ समय बाद पीली ट्रेन में अलग से जोड़े गए एक डिब्बे में मिस्टर जैक ब्राउन पहुँचा। वह डिब्बा चाँदी मढ़ा था और उसकी सीटें शनील की तथा छत नीले काँच की थी। उसी ख़ास डिब्बे में मिस्टर ब्राउन के चारों तरफ़ मँडराते हुए काले कपड़े पहने वे वकील भी आए जो पहले कर्नल औरेलियानो बुएन्दीया के आगे-पीछे घूमते थे। इससे लोगों को लगा कि गुब्बारे और रंगीन तितलियों वाले मिस्टर हर्बर्ट और चलते-फिरते मक़बरे और ख़ूँख़ार जर्मन शेफर्ड कुत्तों[1] वाले मिस्टर ब्राउन की तरह कृषिशास्त्रियों, जलविज्ञानियों, भू-विशेषज्ञों और सर्वेक्षकों का भी लड़ाई से कुछ नाता था। बहरहाल, इसके बारे में सोचने का ज़्यादा समय नहीं था। माकोन्दो के शंकालु निवासियों ने बमुश्किल यह सोचना शुरू ही किया था कि क्या हो रहा है कि तब तक यह शहर जस्ते की छतों वाले लकड़ी के मकानों के शिविर में बदल गया जहाँ ट्रेन में दूर-दूर से आए विदेशी रहते थे, जो न केवल सीट और फ़र्श बल्कि डिब्बों की छतों पर भी बैठकर आए थे। ये ग्रिंगो[2] बाद में मलमल के कपड़े और ढके हुए बड़े हैट पहने अपनी निस्तेज पत्नियों को भी लाए और इन्होंने रेल की पटरी के दूसरी तरफ़ अपना अलग शहर बसाया जहाँ सड़कों के किनारे ताड़ के पेड़;[3] और परदे लगी खिड़कियों, छज्जों पर छोटी-छोटी सफ़ेद मेज़ों, छत से टँगे पंखों वाले घर थे तथा मोरों एवं बटेरों से आबाद लम्बे-चौड़े घासदार मैदान थे। यह हिस्सा लोहे के बाड़े से घिरा हुआ था जिसके साथ-साथ बिजली की तारें भी लगी थीं जो गर्मी की शीतल सुबहों में भुनी हुई अबाबीलों से काली हो

---

1. ये ख़ूँख़ार जर्मन कुत्ते सर फ्रांसिस ड्रेक के ख़तरनाक कुत्तों की याद दिलाते हैं। ड्रेक ने रिओआचा पर हमला किया था। उपन्यास की आवृत्तीय संरचना की एक और मिसाल। इन कुत्तों को ऐंग्लो-सेक्शन साम्राज्यवाद और उपनिवेशवाद के प्रतीक के तौर पर भी यहाँ इस्तेमाल किया गया है।
2. ग्रिंगो : यह एक तिरस्कारपूर्ण सम्बोधन है जो आदिवासी विदेशियों के लिए प्रयोग करते हैं, ख़ासकर अमेरिकी लोगों के लिए।
3. गार्सीया मार्केस ने उपन्यास में सामाजिक विकास के सापेक्ष ही पेड़ों का ज़िक्र किया है। पहले प्रतीकात्मक अकेसिया वृक्ष, फिर उपयोगी बादाम के पेड़ और अंत सजावटी ताड़ के वृक्ष।

जाती थीं। अभी तक किसी को नहीं पता था कि वे क्या चाहते थे, या वे वास्तव में और कुछ नहीं बस जन-हितैषी थे या नहीं। उन्होंने इतने से समय में ही पुराने बंजारों से कहीं ज़्यादा लेकिन उनके मुक़ाबले कम क्षणिक और बोधगम्य बेचैनी पैदा कर दी थी। पुराने समय में परमात्मा के लिए नियत साधनों से सम्पन्न, उन लोगों ने बारिशों का मौसम बदल दिया, फ़सल कटाई के मौसम की गति बढ़ा दी और हमेशा से बहती अपने सफ़ेद पत्थरों और बर्फ़ीले पानी वाली नदी को वहाँ से हटाकर क़ब्रिस्तान के पीछे, शहर की दूसरी तरफ़ कर दिया। और यही समय था जब उन्होंने खोसे आर्कादियो की विलीन होती क़ब्र पर सीमेंट का क़िला बनाया ताकि लाश से आती बारूद की दुर्गन्ध पानी को दूषित न कर दे। प्रेमिकाओं के बिना आनेवाले विदेशियों के लिए उन लोगों ने फ्रांसीसी महिलाओं की प्रेम गली को एक बड़े शहर में परिवर्तित कर दिया। और एक ख़ुशगवार बुधवार को वे विचित्र वेश्याओं, बेबीलोनी महिलाओं को ट्रेन में भरकर ले आए जो नामर्दों का इलाज करने, संकोचियों की हिम्मत बँधाने, भुक्खड़ों को तृप्त करने, लज्जालुओं को बेधड़क बनाने, बार-बार आने वालों को सबक सिखाने और एकाकी लोगों का सूनापन ख़त्म करने की युगों पुरानी कला में पारंगत तथा मरहमों और उपकरणों से लैस थीं। विदेशी सामानों से सजी जगमगाती दुकानोंवाली तुर्कों की गली, जिसने अपने रंग से पुराने बाज़ारों को फीका कर दिया था, शनिवार की रात उमड़ती उत्साही भीड़ से जी उठती जिसमें जोश और उमंग से लबालब लोग, जुए की मेज़ पर, शूटिंग गैलरियों में और उस गली में जिसमें भविष्य बाँचा जाता था और सपनों की व्याख्या की जाती थी, तथा खाने-पीने की मेज़ों के बीच एक-दूसरे से टकराते रहते थे। रविवार की सुबह फ़र्श पर कई लाशें बिखरी होती थीं जिनमें कभी-कभार ही किसी प्रसन्न शराबी की लाश दिखाई पड़ती थी। अक्सर ये लाशें झगड़ा देखनेवालों की होतीं जो गोलियों, मुक्कों, छुरियों या बोतलों का शिकार बन जाते थे। यह एक ऐसा उत्पाती और उद्धत हमला था कि शुरू में तो फ़र्नीचर और सन्दूक़ों की वजह से, और किसी भी ख़ाली जगह पर बिना किसी की अनुमति के बनाए जा रहे घर से आते बढ़ईगिरी के शोर से, और बादाम के पेड़ के बीच हैमक टाँगकर दिन-दहाड़े सबके सामने प्रेमालाप करते प्रेमियों के कलंकित बर्ताव की वजह से उस गली से गुज़रना मुश्किल था। सिर्फ एक शान्त कोना था जिसे वेस्टइंडीज के शान्ति-पसन्द हब्शियों ने स्थापित किया था। उन्होंने लट्ठों के ऊपर बने लकड़ी के मकानों से लगी गली बनाई थी जहाँ सूर्यास्त के समय बैठकर वे

लोग उदास भजन गाते थे।[1] थोड़े ही समय में इतने बदलाव आ गए कि मिस्टर हर्बर्ट की यात्रा के आठ महीने बाद माकोन्दो के मूल निवासियों को अपना शहर पहचानने में दिक़्क़त होने लगी थी।

"देखो, हमने क्या मुसीबत मोल ले ली है," उस समय कर्नल औरेलियानो बुएन्दीया ने कहा, "सिर्फ़ इसलिए कि हमने एक ग्रिंगो को केले खाने के लिए आमंत्रित किया था।"

दूसरी तरफ़, विदेशियों की इस बरसात से औरेलियानो सेगुन्दो की ख़ुशी का ठिकाना नहीं रहा था। अचानक घर अनजान मेहमानों और दुनिया-भर के शराबियों से भर गया था और आँगन से लगे अतिरिक्त कमरे बनाने पड़े थे, खाने का कमरा चौड़ा करना पड़ा था, पुरानी मेज़ की जगह सोलह कुर्सियों के साथ लगाई जा सकने लायक़ मेज़ लानी पड़ी थी तथा नये बर्तन और चम्मच लाना ज़रूरी हो गया था इसके बावजूद खाना 'शिफ्ट' में खाना पड़ता था। अपने कीचड़ वाले जूतों से आँगन गन्दा करनेवाले, बग़ीचे में पेशाब करनेवाले, सिएस्ता के लिए कहीं भी चादर फैलाकर लेट जानेवाले और औरतों की उपस्थिति की परवाह किए बग़ैर गाली-गलौज करने में नहीं हिचकिचानेवाले उन असभ्य मेहमानों को फेर्नान्दा को

---

1. अमेरिका की खोज के पचास साल के भीतर ही स्पेनवासी कोलम्बिया आकर बसने लगे थे। वे अपने साथ अपने मूल्य, परम्परा और संस्कृति भी लाए थे और उनके साथ आए थे अश्वेत अफ्रीकी ग़ुलाम। सत्ता और समृद्धि की बदौलत स्पैनियों ने समाज के ऊँचे तबक़े पर क़ब्ज़ा जमा लिया जबकि अश्वेत अफ्रीकी ग़ुलाम और मूल निवासी समाज की सबसे निचली सीढ़ी पर पड़े रहे। कोलम्बियाई समाज में विकास के बावजूद यह सामाजिक संरचना टस से मस नहीं हुई। हालाँकि इस दरमियान समाज के बुद्धिजीवी समझदार वर्ग ने उसको बदलने की बहुतेरी कोशिश की। आज़ादी भी इस उपनिवेशवादी सामाजिक ढाँचे का कुछ न बिगाड़ पाई और अश्वेत अफ्रीकी ग़ुलामों और मूल निवासियों के सामाजिक स्तर में रत्ती-भर भी सुधार नहीं हुआ। दोनों ही वर्ग राष्ट्रीय मुख्यधारा से कटे रहे। लेकिन एक वर्ग के रूप में अश्वेत अफ्रीकी ग़ुलामों की हालत मूल निवासियों की तुलना में थोड़ी बेहतर थी। ग़ौरतलब है कि वे अफ्रीकी ग़ुलाम मध्यकाल से ही स्पैनिश समाज का अभिन्न हिस्सा थे। वे स्पैनिश श्वेतों के घरों में नौकर की तरह रहते थे और स्पैनिश सभ्यता और संस्कृति से भली-भाँति परिचित थे। वे स्पैनिश बोलते थे और स्पैनिश तहज़ीब में रचे-बसे थे। इसलिए स्पैनिश श्वेतों के लिए अफ्रीकी ग़ुलाम अजनबी नहीं थे जबकि मूल निवासियों से स्पेनवासियों का साबिक़ा यहीं आकर पड़ा था। उनका अफ्रीकियों की तरह मूल निवासियों से कोई सीधा सम्पर्क नहीं था। मूल निवासी एक संगठित सामाजिक समूह के तौर पर रहते थे और स्पैनियों से भिन्न उनके अपने मूल्य थे, परम्परा और संस्कृति थी। एक लिहाज़ से मूल निवासियों की तरह समाज के हाशिये पर रहने के बावजूद अश्वेत अफ्रीकी अपने को उनसे श्रेष्ठ ही समझते थे। उपन्यास के इस अंश में तीनों वर्गों के बीच शुरुआती तनाव की एक झलक मिलती है।

ख़ून का घूँट पीकर राजा की तरह इज़्ज़त देनी पड़ती थी। आमारान्ता इस गँवारू हमले से इतनी क्षुब्ध हो गई थी कि वह पहले की तरह दोबारा रसोईघर में खाना खाने लगी थी। कर्नल औरेलियानो बुएन्दीया को विश्वास हो गया था कि उसकी वर्कशॉप में उसका अभिनन्दन करने आनेवाले ज़्यादातर लोग किसी सहानुभूति या आदर के भाव से नहीं बल्कि एक ऐतिहासिक यादगार, अजायबघर के जीवाश्म को देखने की जिज्ञासा से आ रहे थे। उसने अपने आपको वहीं बन्द कर लेने का फ़ैसला कर लिया और तब से उसे उन बेहद बिरले मौक़ों को छोड़कर जब वह बाहर के दरवाज़े पर बैठा दिखाई देता था फिर नहीं देखा गया। दूसरी तरफ़, दीवार पकड़-पकड़कर पैर घसीटती चलती उर्सुला, जैसे-जैसे ट्रेन के आने का समय नज़दीक आता बालसुलभ उत्साह महसूस करने लगती थी। "अरे, कुछ मांस और कुछ मछली पकानी है," वह चारों रसोइयों को आदेश देती, जो सान्ता सोफ़िया दे ला पियेदाद की चुस्त निगरानी में काम में जुट जाते। "हमें सब कुछ तैयार करना है," वह ज़ोर देकर कहती, "क्योंकि पता नहीं ये अजनबी क्या खाना चाहें।" ट्रेन भरी दोपहर में आती थी। खाने के समय घर बाज़ार की-सी हलचल से हिल जाता और पसीना बहाते मेहमान जिन्हें यह भी पता नहीं होता कि उनके मेज़बान कौन हैं मेज़ पर बैठने चले अगते और वहीं रसोइए सूप की बड़ी-बड़ी केतलियाँ, मांस-भरे भगोने, सब्ज़ियों के पतीले, चावल की प्लेटें लिये एक-दूसरे से टकराते और करछुल से नीबू का शरबत परोसते थे। वहाँ इतनी अव्यवस्था हो गई थी कि फेर्नान्दा यह सोचकर परेशान हो जाती थी कि कई लोग दो-दो बार खा रहे हैं; और कई बार तो वह सब्ज़ी बेचनेवाली की तरह गाली निकालने को होती क्योंकि शोरगुल में किसी ने उससे बिल माँग लिया था। मिस्टर हर्बर्ट को आए एक साल से ऊपर हो गया था और सिर्फ़ इतना ही पता चल पाया था कि ग्रिंगो लोग उस मनोरम जगह पर केले के पेड़ लगाने के बारे में सोच रहे थे; जहाँ से खोसे आर्कादियो बुएन्दीया और उसके साथी बड़े-बड़े आविष्कारों की खोज में गुज़रे थे।[1] कर्नल औरेलियानो बुएन्दीया के दो और बेटे माथे पर राख का क्रूस लिये, उस ज्वालामुखीय डकार से खिंचते हुए आ पहुँचे थे और उन्होंने एक वाक्य में ही अपना मन्तव्य भी सुना दिया था जो शायद औरों के आने का कारण भी स्पष्ट करता था।

---

1. जिस जंगल का वर्णन पहले मनोरम स्थल के रूप में किया गया था अब वहाँ केले की खेती होनेवाली थी। यह क्षेत्र दरअसल काल की गति को दर्शाता है कि कैसे एक मनोहारी क्षेत्र ग्रिंगो लोगों के स्पर्श से कृषिप्रधान सत्ता में परिवर्तित हो गया।

"हम इसलिए आए," वे बोले, "क्योंकि सब आ रहे हैं।"

बस एक 'ख़ूबसूरत' रेमेदियोस थी, जिस पर इस केले की महामारी[1] का कोई असर नहीं पड़ा था। वह किशोरावस्था की भव्यता में शान्ति से अपनी दुनिया बसाए हुए थी। समय के साथ-साथ औपचारिकता से और ज़्यादा अभेद्य, द्वेष और शक से और ज़्यादा विरक्त, अपनी सहज वास्तविकताओं की दुनिया में ख़ुश। उसे समझ नहीं आता था कि क्यों औरतें चोली और घाघरा पहनकर अपनी ज़िन्दगी को जटिल बनाती हैं, इसलिए उसने अपने लिए एक मोटा चोग़ा सिल लिया था, जो वह अपने ऊपर डाल लेती थी और इस तरह बिना किसी दिक़्क़त के उसने कपड़ों की समस्या हल कर ली थी। कपड़ों का बन्धन महसूस किए बिना उसे नग्नता का अहसास रहता और उसके हिसाब से नग्न रहना घर पर रहने का सबसे अच्छा तरीक़ा था। सबने उस पर घुटनों तक लम्बे हो चुके बाल काटने, कंघी से उसे सँवारने और लाल रिबन लगाकर चोटियाँ बनाने के लिए इतना दबाव डाला कि परेशान होकर उसने अपने बाल मुँड़वा लिये और उन बालों से सन्तों की मूर्तियों के लिए बालों की टोपी बना दी। उसकी सादगी का सबसे जादुई पहलू यह था कि आराम की खोज में वह फ़ैशन का जितना त्याग करती और सहजता की ख़ातिर परम्पराओं से जितना दूर होती उसका असन्दिग्ध सौन्दर्य उतना ही घातक होता जाता और पुरुषों में वह उतनी ही ज़्यादा तड़प पैदा करती। कर्नल औरेलियानो बुएन्दीया के बेटे जब पहली बार माकोन्दो आए तो उर्सुला को ख़याल आया था कि उनकी रगों में भी वही ख़ून था जो उसकी परपोती में था और वह एक विस्मृत डर से काँप गई थी। "अपनी आँखें खुली रखना," उसने उसे सावधान किया था, "इन सबसे तुम्हें सूअर की पूँछ वाले बच्चे पैदा होंगे।" उस लड़की ने इन चेतावनियों की ओर ज़रा भी ध्यान नहीं दिया था और मर्दों के कपड़े पहनकर चिकने खम्भे पर चढ़ने के लिए रेत में लोटी और इस असह्य दृश्य से पगला रहे उन सत्रह भाइयों के बीच त्रासदी लाने वाली थी।[2] इसी वजह से जब वे शहर आते तो घर में नहीं सोते थे और वे

---

1. अनिद्रा रोग और गृहयुद्ध के बाद केले की महामारी माकोन्दो के विनाश का तीसरा कारण बनती है।
2. अपनी मासूमियत की वजह से 'ख़ूबसूरत' रेमेदियोस बुएन्दीया परिवार की सदस्य नहीं लगती है। वह दूसरे बुएन्दीया की तरह ख़ुद कौटुम्बिक व्यभिचार में भी लिप्त नहीं है। फिर भी उसकी वजह से बुएन्दीया परिवार के सदस्यों में कौटुम्बिक व्यभिचार की तरंगों का संचार होता है और इस नाते बुएन्दीया परिवार की उसकी सदस्यता प्रमाणित हो जाती है, क्योंकि उपन्यास की मूल संरचना के मुताबिक़ बुएन्दीया परिवार का कौटुम्बिक व्यभिचार से चोली-दामन का साथ है।

चार जो शहर में रह रहे थे उर्सुला के दबाव से किराये के कमरों में रहते थे। अगर 'ख़ूबसूरत' रेमेदियोस को इस एहतियात के बारे में पता चलता तो हँसते-हँसते मर जाती। अपनी आख़िरी साँस तक वह बेख़बर रही कि घातक स्त्री के बतौर उसकी कभी न बदलनेवाली क़िस्मत रोज़ की दुर्घटना थी। उर्सुला के आदेश का उल्लंघन करके हर बार जब वह खाने के कमरे में आती थी तो बाहर वालों में उत्तेजना का आतंक फैला देती थी। यह बहुत साफ़ था कि चोग़े के नीचे वह एकदम नंगी थी और कोई भी यह नहीं समझ पाता कि उसकी सफ़ाचट खोपड़ी किसी के लिए भी किसी भी तरह की चुनौती या ललकार नहीं थी और न ही जिस धृष्टता से वह गर्मी से छुटकारा पाने के लिए अपनी जाँघों तक वस्त्र हटाती वह कोई आपराधिक उद्दीपन था। खाने के बाद उँगली चूसने में भी उसे कोई रस नहीं मिलता था। परिवार के किसी भी सदस्य को पता नहीं चला था कि अजनबियों को यह जानने में देर नहीं लगती थी कि 'ख़ूबसूरत' रेमेदियोस बेचैनी की साँस उगलती चलती थी। एक यातना देनेवाली हवा उसके जाने के घंटों बाद भी विद्यमान रहती थी। प्यार की व्याकुलता के अनुभवी विशेषज्ञों का कहना था कि उन्होंने ऐसी बेचैनी का सामना पहले कभी नहीं किया था जैसा 'ख़ूबसूरत' रेमेदियोस की प्राकृतिक गन्ध से पैदा होती थी। यह बताना बहुत आसान था कि वह कहाँ से और कितनी देर पहले गुज़री थी, चाहे वह बेगोनिया वाली बरसाती हो, बैठक हो या घर का कोई कोना। वह एक निश्चित, सुस्पष्ट चिह्न था जिसे घर के लोग नहीं पहचानते थे क्योंकि इतने लम्बे समय से वह गन्ध उनकी ज़िन्दगी का हिस्सा बन गई थी लेकिन बाहर वाले उसे तुरन्त पहचान लेते थे। इस वजह से केवल वही लोग समझ पाए थे कि सुरक्षाकर्मियों का युवा कमांडर कैसे प्यार के मारे मरा था, और कैसे दूर देश का एक सज्जन निराशा के दलदल में डूब गया था। अपने चारों ओर फैले बेचैनी के आवरण और अनजाने में आते-जाते अन्तरमन में भड़काती असह्य आपदा से अनभिज्ञ 'ख़ूबसूरत' रेमेदियोस के मन में पुरुषों के प्रति कोई द्वेष नहीं था। अन्त में वह उन्हें अपनी अबोध शिष्टता से दुखी कर देती। जब उर्सुला बाहर वालों की नज़र में पड़ने से बचाने के लिए 'ख़ूबसूरत' रेमेदियोस को आमारान्ता के साथ रसोईघर में खाना खाने के लिए राज़ी कर सकी थी तब उसने चैन की साँस ली थी क्योंकि वह लड़की तो हर प्रकार के अनुशासन के परे थी। वास्तव में, उसे कोई फ़र्क़ नहीं पड़ता था कि वह कहाँ खाए। वह नियमित समय पर खाना नहीं खाती थी। वह तब खाना खाती जब उसे भूख लगती थी। कभी वह रात के तीन बजे

उठकर खाना खाती थी, दिन-भर सोती थी और जब तक कोई आकस्मिक घटना उसे वापस नियमित ज़िन्दगी में नहीं धकेल देती थी, कई महीने इसी तरह बिता देती थी। जब सब ठीक-ठाक होता था वह ग्यारह बजे उठती थी और दो बजे तक ग़ुसलख़ाने में अपने को बन्द कर लेती थी तथा नग्न और अपनी गहरी लम्बी नींद से पार पाते हुए बिच्छू मारती रहती थी, फिर कटोरे से अपने ऊपर पानी डालती थी। यह प्रक्रिया इतनी लम्बी थी, इतनी सतर्क और विधि-विधान से भरपूर कि जो उसे नहीं जानते थे यही सोचते कि वह अपने शरीर की पूजा करती थी। लेकिन उसके लिए यह निःसंग रीति कामुकता से रहित थी और यह केवल एक बहाना था भूख लगने तक समय काटने का।

एक दिन, जैसे ही वह नहाने लगी, एक अजनबी ने छत की ईंट हटाई और उसकी नग्नता के विस्मयकारी दृश्य से स्तब्ध रह गया। 'ख़ूबसूरत' रेमेदियोस ने टूटी हुई ईंट से उसकी बेबस आँखें देखीं और उसे शर्म नहीं डर का अहसास हुआ।

"ध्यान से," वह चिल्लाई, "तुम गिर जाओगे।"

"मैं सिर्फ़ तुम्हें देखना चाहता था," वह विदेशी बोला।

"ओह, ठीक है," वह बोली, "पर सावधान रहना, ये ईंटें गली हुई हैं।"

उस अजनबी का चेहरा अचम्भे से जर्द हो गया। वह अपनी मूल प्रवृत्ति के ख़िलाफ़ एक अन्दरूनी लड़ाई लड़ता मालूम होता था ताकि यह स्वप्न भंग न हो। 'ख़ूबसूरत' रेमेदियोस को लगा कि वह आदमी ईंटें टूटने के ख़याल से भयभीत था और वह जल्दी-जल्दी नहाने लगी ताकि वह आदमी ज़्यादा समय तक ख़तरे में न रहे। टंकी से नहाते हुए उसने उस आदमी को बताया कि छत की हालत ऐसी शायद इसलिए थी कि पत्तियों की परत बारिश से सड़ गई थी और इसी वजह से ग़ुसलख़ाने में बिच्छू भरे पड़े थे। उस अजनबी को लगा कि वह अपनी तत्परता को छिपाने के लिए उससे बात कर रही है। जब वह साबुन लगाने लगी उससे रहा नहीं गया।

"लाओ मैं साबुन लगा देता हूँ," वह धीरे-से बोला।

"शुक्रिया," वह बोली, "लेकिन मेरे दो हाथ काफ़ी हैं।"

"कम-से-कम पीठ पर ही सही," विदेशी गिड़गिड़ाया।

"यह तो बेवक़ूफ़ी होगी," वह बोली, "पीठ पर तो कोई साबुन नहीं लगाता।"

फिर, जब वह अपना शरीर पोंछ रही थी, आँसू भरी नज़रों से उस अजनबी ने उससे शादी की मिन्नत की। उसने बड़ी विनम्रता से जवाब दिया कि वह एक ऐसे आदमी से शादी नहीं कर सकती जो इतना मूर्ख हो कि किसी औरत को नहाते

हुए देखने के लिए अपना एक घंटा बरबाद कर दे और भूखा रहे। अन्त में जब उसने चोग़ा पहना, तो वह आदमी अपना आपा खो बैठा क्योंकि वह इस बात का प्रत्यक्षदर्शी था कि वह वाकई चोग़े के नीचे कुछ भी नहीं पहनती थी। इस राज़ के गर्म दहकते लोहे से उसने अपने आपको दगा हुआ पाया। इसके बाद ग़ुसलख़ाने में कूदने के लिए उसने दो ईंटें और हटाईं।

"अरे, बहुत ऊँचा है," 'ख़ूबसूरत' रेमेदियोस ने डरकर कहा, "तुम मर जाओगे।"

गली हुई ईंटें भयानक आवाज़ के साथ टूटीं और इस आदमी को इतना वक़्त भी नहीं मिला कि भय से चीख़ सके और सीमेंट की ज़मीन पर गिरकर खोपड़ी फूटने से वह मर गया। खाने के कमरे में बैठे जिन विदेशियों ने आवाज़ सुनी और लाश हटाने को दौड़े, उन्हें उसकी त्वचा पर 'ख़ूबसूरत' रेमेदियोस की दमघोंटू गन्ध का अहसास हुआ। वह गन्ध उसके शरीर में इस तरह घर कर गई थी कि उसकी खोपड़ी से ख़ून नहीं बल्कि अम्बर के रंग का एक तेल निकला जो उस गुप्त इत्र से भरा हुआ था और उन्हें समझ आ गया कि 'ख़ूबसूरत' रेमेदियोस की गन्ध उस आदमी को मौत के बाद भी हड्डी के चूरा होने तक सता रही थी। लेकिन, उन लोगों ने इस भयंकर हादसे को उन दो आदमियों की मौत से नहीं जोड़ा जिनकी मृत्यु का कारण 'ख़ूबसूरत' रेमेदियोस थी। दरअसल अभी एक और शिकार की ज़रूरत थी इससे पहले कि बाहर के लोग और माकोन्दो के मूल निवासी इस किंवदन्ती को मान्यता दें कि 'ख़ूबसूरत' रेमेदियोस बुएन्दीया प्रेम की गमक नहीं बल्कि घातक पदार्थ उत्पन्न करती थी। यह मौक़ा भी कुछ महीनों बाद एक दोपहर आ ही गया जब कुछ सहेलियों के साथ 'ख़ूबसूरत' रेमेदियोस नया बाग़ान देखने गई। माकोन्दो की लड़कियों के लिए यह नया खेल हँसी और आश्चर्य, डर और मज़ाक़ का मौक़ा था। रात को वे अपनी सैर के बारे में ऐसे बातें करतीं जैसे कोई सपना देखा हो। उस ख़ामोशी की ऐसी प्रतिष्ठा थी कि 'ख़ूबसूरत' रेमेदियोस का मज़ा किरकिरा करने को उर्सुला का दिल नहीं मानता था और उसने एक दोपहर उसे इस शर्त पर उन सबके साथ जाने दिया कि वह ढंग के कपड़े और हैट पहने। जैसे ही सहेलियों का समूह बाग़ान में घुसा, वहाँ का वातावरण एक घातक सुगन्ध से भर गया। वहाँ काम कर रहे आदमी अपने आपको एक अजीब आकर्षण से पीड़ित, एक अदृश्य ख़तरे से भयभीत महसूस करने लगे। कइयों ने तो रोने की ज़ोरदार इच्छा के आगे हार मान ली। इससे पहले कि उग्र मर्दों का एक झुंड उन पर हमला कर पाता, 'ख़ूबसूरत' रेमेदियोस और उसकी हतप्रभ सहेलियाँ पास के

घर में शरण लेने में क़ामयाब रहीं। कुछ देर बाद उनको चार औरेलियानो पुत्रों ने बचाया, जिनके माथे पर राख के क्रूस आदर का भाव उत्पन्न करते थे, मानो वे कोई वर्ण चिह्न, अभेद्यता की छाप हों। 'ख़ूबसूरत' रेमेदियोस ने किसी को नहीं बताया कि हंगामे का फ़ायदा उठाते हुए एक आदमी ने खड़ी चट्टान पर लटकी चील के पंजे जैसे अपने हाथ से उसके पेट को छुआ था, और उसने बिजली की कौंध से हमलावर का सामना किया था और वे मनहूस आँखें देखी थीं, जो उसके दिल पर दया के दहकते कोयलों की तरह दर्ज हो गई थीं। उस रात जब वह आदमी तुर्कों वाली गली में अपने दुस्साहस की डींग हाँकता हुआ अपनी क़िस्मत पर इठला रहा था, घोड़े की लात ने उसकी छाती चूर कर दी और बाहरी लोगों की भीड़ ने उसे सड़क के बीचोबीच अपने ही ख़ून की उल्टी में डूबकर मरते देखा।

'ख़ूबसूरत' रेमेदियोस के पास मौत की शक्ति होने की अफ़वाह इन चार घटनाओं से पक्की हो गई थी जिन्हें नकारना सम्भव नहीं था। हालाँकि बड़बोले लोगों का कहना था कि इतनी कामुक महिला के साथ प्रणय की एक रात के लिए प्राण देना एकदम सार्थक था, फिर भी सचाई यही थी कि कोई भी ऐसा करने की हिम्मत नहीं जुटा सका था। शायद, न केवल उसे प्राप्त करने के लिए बल्कि उसके इर्द-गिर्द मँडराते ख़तरों को भगाने के लिए, सिर्फ़ आसक्ति जैसे सहज और आदिम भाव की ज़रूरत थी, लेकिन यही एक चीज़ किसी को नहीं सूझी थी। उर्सुला ने उसकी चिन्ता छोड़ दी थी। हालाँकि अब भी उसने दुनिया की व्यावहारिकता से उसका परिचय कराने का विचार नहीं त्यागा था। उर्सुला ने घर के काम-काज में उसकी रुचि जगाने की बहुतेरी कोशिश की। "जितना तुम सोचती हो, मर्द उससे कहीं ज़्यादा अपेक्षा रखते हैं," वह उससे रहस्यमय ढंग से कहती, "खाना बनाना पड़ता है, सफ़ाई करनी पड़ती है और तुम्हारी सोच से कहीं ज़्यादा छोटी-छोटी चीज़ों की वजह से तकलीफ़ें होती हैं।" उसे घर का कामकाज सिखाने की कोशिश करके उर्सुला अन्दर-ही-अन्दर ख़ुद को धोखा दे रही थी, क्योंकि उसे विश्वास था कि कामवासना तृप्त हो जाने के बाद कोई भी ऐसा मर्द नहीं होगा जो एक दिन के लिए भी बेवजह की उपेक्षा बर्दाश्त करेगा। सबसे छोटे खोसे आर्कादियो के जन्म और उसे पोप बनाने के अपने दृढ़ निश्चय के बाद उसने अपनी परपोती की चिन्ता छोड़ दी थी। उसने उसे उसकी क़िस्मत के हवाले कर दिया था, इस विश्वास से कि कभी न कभी तो कोई चमत्कार होगा और इस भरी दुनिया में एक ऐसा काहिल इनसान मिलेगा जो उसे बर्दाश्त कर सकेगा। लम्बे समय से आमारान्ता ने

भी 'ख़ूबसूरत' रेमेदियोस को कामकाजी महिला बनाने की कोशिश छोड़ दी थी, उन भूली हुई दोपहरों के समय से जब उसकी भतीजी को मशीन का हैंडल चलाने में भी दिलचस्पी नहीं रह गई थी।

आमारान्ता को विश्वास हो गया था कि 'ख़ूबसूरत' रेमेदियोस मन्दबुद्धि है। "हमें तुम्हारी लॉटरी निकालनी पड़ेगी," वह उससे कहती, इस बात से परेशान होकर कि पुरुषों की बातों का उस पर कोई फ़र्क़ नहीं पड़ता था। बाद में, जब उर्सुला ने ज़िद की कि 'ख़ूबसूरत' रेमेदियोस अपना चेहरा ढाँपकर चर्च जाए तो आमारान्ता को लगा कि यह रहस्यमय उपाय इतना कारगर होगा कि जल्द ही एक ऐसा आदमी आ पहुँचेगा जो जिज्ञासा के मारे धैर्यपूर्वक उसके दिल का रास्ता खोज लेगा। लेकिन जब उसने देखा कि किस मूर्खता से उसने एक चाहनेवाले को नकार दिया जो राजकुमार से भी बढ़कर था तो उसकी सब उम्मीदें ख़त्म हो गईं। फेर्नान्दा ने तो उसे समझने की कोशिश भी नहीं की थी। उस ख़ूनी आनन्दोत्सव में जब उसने 'ख़ूबसूरत' रेमेदियोस को रानी की तरह सजा देखा था तो उसने उसे एक अनोखा जीव समझा था। लेकिन जब फेर्नान्दा ने उसे हाथ से खाते देखा और पाया कि मन्दबुद्धि न होने के बावजूद वह मामूली सवालों के जवाब नहीं दे पाती है तो उसे सिर्फ़ इस बात पर रोना आता था कि इस परिवार के मूर्ख लोग जल्दी क्यों नहीं मरते। बहरहाल कर्नल औरेलियानो बुएन्दीया अपने विश्वास को दोहराता रहता था कि वास्तव में उसकी जानकारी में 'ख़ूबसूरत' रेमेदियोस सबसे सुबुद्ध इनसान थी और अपनी आश्चर्यजनक क्षमता से सबको चित कर वह यह हर पल साबित भी करती थी, सबने उसे उसके हाल पर छोड़ दिया था। 'ख़ूबसूरत' रेमेदियोस अपनी दुनिया में बनी रही,[1] एकाकीपन के रेगिस्तान में भटकती बिना किसी मानसिक बोझ के, दुःस्वप्न-रहित नींद में परिपक्व होती, अपने दीर्घ स्नानों में, अपने अनियमित भोजन में, अपनी स्मृति-रहित तीव्र और लम्बी ख़ामोशी में। वह अपनी इस दुनिया में मार्च[2] की एक दोपहर तक रही जब फेर्नान्दा ने बग़ीचे में अपनी चादरें तह करनी चाहीं और उसने घर की औरतों से मदद माँगी। उसने शुरू ही किया था कि आमारान्ता ने देखा कि 'ख़ूबसूरत' रेमेदियोस एकदम पीली पड़ गई है।

---

1. हालाँकि रेमेदियोस सक्रिय कौटुम्बिक व्यभिचार से बची रहती है लेकिन प्रेम के अभाव से उपजे एकाकीपन से नहीं बच पाती है जो कि बुएन्दीया परिवार की नियति है।
2. माकोन्दो में मार्च का महीना चमत्कार का महीना मालूम पड़ता है। उदाहरण के लिए—बंजारे हर साल मार्च के महीने में आते थे।

"तबीयत ठीक नहीं है क्या?" आमारान्ता ने उससे पूछा। दूसरे सिरे से चादर पकड़े 'ख़ूबसूरत' रेमेदियोस के चेहरे पर एक फीकी मुस्कान नज़र आई।

"नहीं तो," उसने कहा, "मैं तो एकदम ठीक हूँ।"

उसने बस इतना ही कहा था कि फेर्नान्दा ने एक हल्की हवा को उसके हाथों से चादर खींचकर खोलते हुए महसूस किया। आमारान्ता ने अपने कपड़ों में रहस्यमयी कँपकँपाहट महसूस की और गिरने से बचने के लिए चादर को पकड़ने की कोशिश की। उसी पल 'ख़ूबसूरत' रेमेदियोस ज़मीन से उठने लगी। तब तक लगभग अन्धी हो चुकी उर्सुला ही अकेली शख़्स थी जो संयत मन से उस नियत हवा का स्वरूप पहचान पाई और उसने चादरों को प्रकाश की आगोश में जाने दिया और फड़फड़ाती चादरों के बीच 'ख़ूबसूरत' रेमेदियोस को हाथ हिलाते हुए देखा जो भृंगों और दहेलियों की दुनिया का परित्याग करते हुए दोपहर के चार बजे हवा में विलीन हो रही थी। फिर वह हमेशा के लिए दूर हो गए उस वायुमंडल में गुम हो गई जहाँ यादों की सबसे तेज़ उड़ान भरनेवाली चिड़ियाएँ भी नहीं पहुँच सकती थीं।[1]

लेकिन बाहरी लोगों का मानना था, कि 'ख़ूबसूरत' रेमेदियोस ने आख़िरकार रानी मक्खी की तरह अपनी अपरिवर्तनीय क़िस्मत के आगे हार मान ली थी और आकाश में उड़ जाने की कहानी से उसका परिवार उसकी इज़्ज़त बनाए रखने की कोशिश कर रहा था। ईर्ष्या से जलती फेर्नान्दा ने अन्ततः चमत्कार को स्वीकार कर लिया और

1. उपन्यास का सबसे चर्चित अंश जिसे मार्केस के जादुई-यथार्थवाद का सबसे सशक्त उदाहरण माना जाता है। 'फ्रैगरेंस ऑफ़ ग्वावा' में ख़ुद गार्सीया मार्केस ने इसका विस्तार से वर्णन किया है कि उन्होंने इस अंश की रचना कैसे की। प्लीनियो आपुलेयो मेन्दोजा ने पूछा, " 'ख़ूबसूरत' रेमेदियोस के स्वर्गारोहण की प्रेरणा उन्हें कहाँ से मिली।" मार्केस ने जवाब दिया, "पहले मैंने सोचा था कि घर में रेबेका और आमारान्ता के साथ कढ़ाई करते हुए वह ग़ायब हो जाएगी। लेकिन मुझे ये सिनेमाई अन्दाज़ अच्छा नहीं लगा। फिर मैंने उसके सशरीर स्वर्गारोहण की कल्पना की। कुछ इस तरह जैसे कि किसी की पोती भोर में घर छोड़कर भाग जाती है। बेचारी दादी इस तथ्य को छिपाने के लिए उसके स्वर्गारोहण की कहानी गढ़ती है।...लेकिन इसको शब्दों में बाँधना आसान नहीं था। मुझे कुछ सूझ ही नहीं रहा था कि वह स्वर्ग के लिए कैसे उड़ान भरे। एक दिन इसी उधेड़बुन में मैं अपने बग़ीचे में गया। काफ़ी तेज़ हवा चल रही थी। एक निहायत ख़ूबसूरत अश्वेत महिला चादरें धोकर उन्हें टाँगने की कोशिश कर रही थी लेकिन तेज़ हवा की वजह से चादरें बार-बार उड़ी जा रही थीं। अचानक मेरे दिमाग़ में बिजली कौंधी। विचार आया कि स्वर्गारोहण के लिए रेमेदियोस को चादरों की ज़रूरत होगी। यहाँ चादर यथार्थ के प्रतीक के रूप में सामने आती हैं। मैं वापस कमरे में आया, और टाइप करने लगा और बिना किसी परेशानी के 'ख़ूबसूरत' रेमेदियोस एक के बाद एक ऊँचाइयाँ पार करती गई। उस वक़्त ईश्वर भी उसे नहीं रोक पाता।" (Mendoza, Plinio Apuleyo. (1982), *El olor de la guayaba,* Barcelona : Editorial Bruguera S.A., P. 37)

बहुत समय तक वह ईश्वर से प्रार्थना करती रही कि उसकी चादरें वापस कर दे।[1] ज़्यादातर लोगों ने इस चमत्कार को माना और उन्होंने मोमबत्तियाँ जलाईं और नवाह भी मनाए। शायद यही चर्चा बहुत लम्बे समय तक चलती अगर सभी औरेलियानो के क्रूर विध्वंस का संत्रास, अचम्भे की जगह न ले लेता। हालाँकि उसने कभी उसे पूर्वसूचना नहीं माना था, पर कर्नल औरेलियानो बुएन्दीया को अपने बेटों की कारुणिक मौत का कुछ पूर्वाभास था। जब आनन्दोत्सव के दौरान आ पहुँचे औरेलियानो सेरादोर और औरेलियानो आरकाया ने माकोन्दो में रहने की इच्छा ज़ाहिर की तो उनके पिता ने उन्हें ऐसा करने से मना करने की कोशिश की थी। वह समझ नहीं पा रहा था कि वे लोग ऐसे शहर में क्या करेंगे जो रातोरात एक ख़तरनाक जगह में बदल गया था। लेकिन औरेलियानो सेनतेनो और औरेलियानो त्रिस्ते ने औरेलियानो सेगुन्दो की मदद से उन्हें अपने काम में जोड़ लिया। कर्नल औरेलियानो बुएन्दीया के तर्क सम्भ्रमित थे लेकिन इस इरादे के ख़िलाफ़ थे। माकोन्दो पहुँचनेवाली पहली मोटर कार—एक नारंगी खुली छत वाली कार जिसके हॉर्न की आवाज़ से कुत्ते डर गए—से मिस्टर ब्राउन को आता देख वह पुराना सिपाही लोगों के चापलूसी-भरे उत्साह से चिढ़ गया और उसे अहसास हुआ कि आदमी का स्वभाव उन दिनों की तुलना में काफ़ी बदल गया था जब वे कन्धे पर बन्दूक़ टाँगकर बीवी-बच्चों को छोड़ लड़ाई को चल देते थे। नेएरलान्दिया की सन्धि के बाद स्थानीय प्रशासन शान्तिप्रिय और थके-हारे रूढ़िवादियों के बीच से चुने गए निष्क्रिय मेयर और ऐसे न्यायाधीशों के हाथ में था जो केवल नाम के थे। "यह कमीनों का शासन है," लकड़ी का डंडा लिये नंगे पैर चल रहे पुलिसवालों को गुज़रते देख कर्नल औरेलियानो बुएन्दीया कहता, "हम लोगों ने इतनी लड़ाइयाँ सिर्फ़ लड़ीं भी इसलिए कि हमें अपने घर नीले न रँगने पड़ें।" जब केला कम्पनी के ही स्थानीय कार्यकर्ताओं की जगह तानाशाह विदेशियों ने ले ली, जिन्हें मिस्टर ब्राउन, बिजली के तार से घिरे हुए अहाते में रहने के लिए लेकर आया था, ताकि जैसा कि उसका कहना था, वे अपनी हैसियत के मुताबिक़ सम्मान पा सकें और गर्मी, मच्छर और शहर की अनगिनत मुश्किलों से बचे रहें।[2] पुराने पुलिसकर्मियों की जगह छुरों से लैस पेशेवर हत्यारों को लाया

1. दिलचस्प बात यह है कि फेर्नान्दा रेमेदियोस की वापसी की दुआओं के बजाय ईश्वर से चादरें लौटाने की फ़रियाद करती है। फेर्नान्दा की यह प्रतिक्रिया उसको हास्यास्पद बनाती है।
2. प्रवासियों की इस दूसरी खेप के आगमन के साथ ही माकोन्दो में एक बार फिर सामाजिक परिवर्तन के लक्षण नज़र आने लगते हैं। केले की खेती करनेवाले ग्रिंगो और मज़दूरों के आने से हालाँकि अर्ध सामन्तवादी सामाजिक संरचना पूरी तरह से ग़ायब नहीं होती है लेकिन एक→

गया था। अपनी वर्कशॉप में बन्द कर्नल औरेलियानो बुएन्दीया इन बदलावों के बारे में सोचता और अपने एकाकीपन के निष्क्रिय वर्षों में पहली बार वह इस दृढ़ संकल्प से उत्पीड़ित हो उठा था कि लड़ाई को उसकी तार्किक परिणति तक न ले जाना एक ग़लती थी। उस दौरान जब विस्मृत कर्नल मागनीफिको विसबाल का भाई अपने सात वर्षीय पोते को चौराहे पर एक ठेले पर ठंडा पिलाने ले जा रहा था, एक दुर्घटना हो गई। बच्चा एक हवलदार से ग़लती से टकरा गया था और पेय पदार्थ उसकी वर्दी पर गिर गया था। उस हत्यारे ने अपने छुरे से बच्चे के टुकड़े कर दिए थे और जब उसने अपने पोते को बचाने की कोशिश की तो एक वार में दादा का सिर भी धड़ से अलग कर दिया था। पूरे शहर ने सिर कटे आदमी को गुज़रते देखा जब कुछ आदमी उसे उसके घर तक उठाकर ले जा रहे थे। उन आदमियों के साथ एक महिला भी थी जो बालों से पकड़कर उसका सिर और ख़ून से रँगे बोरे में बच्चे के टुकड़े घसीटे लिये जा रही थी।

कर्नल औरेलियानो बुएन्दीया के लिए यह प्रायश्चित्त की इन्तहा थी। उसने अचानक अपने आपको उतना ही बेचैन महसूस किया जितना जवानी में तब किया था जब एक महिला को इसलिए डंडे से पीट-पीटकर मार दिया गया था कि उसको एक पागल कुत्ते ने काट लिया था।[1] उसने घर के बाहर दर्शकों की भीड़ देखी और ख़ुद अपने से नाराज़गी की वजह से लौट आई अपनी पुरानी बुलन्द आवाज़ में, उसने उन सब पर अपनी घृणा का बोझ उड़ेल दिया जिसे बर्दाश्त करना अब उसके लिए असम्भव था।

"एक दिन," वह चिल्लाया, "मैं अपने लड़कों को हथियार दे दूँगा ताकि हम इन चूतिये ग्रिंगो लोगों को यहाँ से भगा सकें।"

उस हफ़्ते विभिन्न तटवर्ती इलाक़ों में अदृश्य अपराधियों ने उसके सत्रह बेटों को ख़रगोशों की तरह ढूँढ़-ढूँढ़कर मार डाला। निशाना सीधे उनके राख के क्रूस पर साधा गया था।[2] औरेलियानो त्रिस्ते अपनी माँ के साथ शाम सात बजे घर से निकल

→ नये औद्योगिक समाज की नींव पड़ जाती है। धीरे-धीरे पूरा समाज विदेशी पूँजी का उपनिवेश बन जाता है। ग्रिंगो स्थानीय निवासियों से मेलजोल नहीं रखते और धीरे-धीरे आर्थिक और राजनीतिक सत्ता पर क़ब्ज़ा जमा लेते हैं। इस तरह से उदारवादियों या फिर रूढ़िवादियों के प्रभुत्व का अन्त हो जाता है। बुएन्दीया और मोस्कोते इतिहास में दर्ज हो जाते हैं।

1. अन्याय की वह भावना, जिसके वशीभूत हो उसने क्रान्ति का रास्ता अपनाया था, एक बार फिर यहाँ नज़र आती है लेकिन अब ज़माना बदल चुका है।
2. यहाँ गार्सीया मार्केस ने बड़ी नफ़ासत से धर्म और विदेशी पूँजी के इशारों पर नाचनेवाले प्रशासन के बीच मिलीभगत को वारदात के लिए ज़िम्मेदार ठहराया है।

रहा था जब अँधेरे से एक गोली आई और उसके माथे में घुस गई। औरेलियानो सेनतेनो फ़ैक्टरी में टँगे हैमक में पड़ा पाया गया। उसके माथे में बर्फ़ तोड़नेवाला हथौड़ा धँसा हुआ था। औरेलियानो सेरादोर फ़िल्म देखने के बाद अपनी प्रेमिका को उसके घर छोड़कर तुर्कों की जगमग गली से लौट रहा था कि भीड़ से एक अनजान आदमी ने गोली चलाई और वह धक्के से उबलते तेल की कढ़ाई में जा गिरा। कुछ मिनटों बाद किसी ने उस कमरे का दरवाज़ा खटखटाया जहाँ औरेलियानो आरकाया एक महिला के साथ बन्द था, और उससे कहा, "जल्दी करो, तुम्हारे भाई मारे जा रहे हैं।" उस महिला ने बाद में बताया कि औरेलियानो आरकाया बिस्तर से कूदा और जैसे ही उसने दरवाज़ा खोला, माउज़र से हुई गोलियों की बौछार ने उसकी खोपड़ी खोल दी। उस रात जब घर पर उन चार लाशों के लिए जागरण होना था, फेर्नान्दा औरेलियानो सेगुन्दो को ढूँढ़ती हुई घर-भर में पागलों की तरह दौड़ रही थी। पेत्रा कोतेस ने यह सोचकर उसे एक अलमारी में बन्द कर दिया था कि मौत का आदेश उन सबके लिए था जो कर्नल का नाम धारण किए हुए थे। उसने औरेलियानो सेगुन्दो को चौथें दिन तब तक नहीं छोड़ा जब समुद्र तट की अलग-अलग जगहों से आनेवाली तारों ने यह साफ़ नहीं कर दिया कि उस अदृश्य शत्रु का ग़ुस्सा केवल राख के क्रूस से चिह्नित भाइयों के लिए था। आमारान्ता वह खाता-बही ले आई जिसमें उसने अपने भतीजों के नाम-पते लिखे थे और जैसे-जैसे तारें आती गईं वह उनके नाम काटती गई और अन्त में केवल सबसे बड़े का नाम बचा। अपनी काली त्वचा और हरी आँखों के विरोधाभास के कारण उसे वह अच्छी तरह से याद था। उसका नाम औरेलियानो आमादोर था। वह बढ़ई था और पहाड़ियों में छिपे एक गाँव में रहता था। उसकी मौत की ख़बर के तार का दो हफ़्ते इन्तज़ार करने के बाद, औरेलियानो सेगुन्दो ने यह सोचकर उसे सावधान करने के लिए एक दूत भेजा कि शायद उसे ख़तरे का अन्देशा न हो। वह दूत यह ख़बर लेकर आया कि औरेलियानो आमादोर सुरक्षित है। मौत की रात दो आदमी उसे मारने उसके घर गए थे, और उस पर गोलियाँ भी चलाई थीं लेकिन राख के क्रूस पर निशाना नहीं लगा पाए थे। औरेलियानो आमादोर दीवार फाँदकर भाग गया था और उन पहाड़ियों की भूल-भुलैया में खो गया था। उस इलाक़े के लोगों से अच्छी दोस्ती के कारण वह उसके चप्पे-चप्पे से वह वाक़िफ़ था,[1] जिनसे

1. कुछ आलोचकों का मानना है कि औरेलियानो आमादोर का सुरक्षित बच रहना इस बात का द्योतक है कि अपनी जड़ों की ओर लौटने में ही मुक्ति सम्भव है।

वह लकड़ियाँ ख़रीदता था। उसके बाद उसकी कोई ख़बर नहीं मिली थी।

कर्नल औरेलियानो बुएन्दीया के लिए ये बुरे दिन थे। गणराज्य के राष्ट्रपति ने उसे शोक-सन्देश भेजा जिसमें उसने पूरी तहक़ीक़ात का वादा किया और मृतकों को श्रद्धांजलि अर्पित की। उसके आदेश के मुताबिक़ मेयर अन्त्येष्टि के समय पुष्पचक्र लेकर आया लेकिन कर्नल ने उसे घर से निकाल दिया। बेटों को दफ़नाने के बाद उसने ग़ुस्से में गणराज्य के राष्ट्रपति को एक तार लिखा जिसे तार भेजनेवाले ने भेजने से इनकार कर दिया। तब उसने उस सन्देश को कड़वाहट-भरे शब्दों से और पुष्ट किया, लिफ़ाफ़े में डाला और डाक से भेज दिया। उसे वैसा दु:ख नहीं था जैसा अपनी पत्नी की मौत पर या लड़ाई में अपने दोस्तों के मारे जाने पर हुआ था। उसे एक अप्रत्यक्ष और अनियंत्रित क्रोध तथा बेबसी का गहरा अहसास था। उसने फ़ादर आन्तोनियो इसाबेल तक पर षड्यंत्र में शामिल होने का इल्ज़ाम लगाया कि उन्होंने उसके बेटों के माथे पर उस न मिटनेवाली राख का क्रूस बनाया ताकि उनके दुश्मन उन्हें आसानी से पहचान लें। वह जर्जर पादरी, जिसका दिमाग़ ख़राब हो चुका था और जो अपने पैरिशवासियों को मंच से दिए गए अजीबोग़रीब प्रवचन से चौंकाने लगा था, उसी बुधवार को तैयार की गई राख को एक गिलास में लेकर एक दोपहर घर आ पहुँचा ताकि पूरे परिवार का अभिषेक कर सके और उन्हें दिखा सके कि वह राख पानी से धुल जाती थी। लेकिन उस दुर्भाग्य का आतंक सबके मन में ऐसा बैठ गया था कि फेर्नान्दा तक ने उसे ऐसा नहीं करने दिया और उसके बाद कोई भी बुएन्दीया ऐश-बुधवार के दिन वेदी पर माथा टेकने नहीं गया।

कर्नल औरेलियानो बुएन्दीया को अपना सन्तुलन पुन: क़ायम करने में बहुत समय लगा। उसने छोटी मछलियाँ गढ़ना छोड़ दिया। बहुत मुश्किल से खाना खाता, और घर-भर में ऐसे घूमता मानो नींद में चल रहा हो, अपना कम्बल घसीटते हुए और क्रोध को चबाते हुए। तीन महीनों में उसके बाल पक गए थे, उसकी बूढ़ी तनी मूँछें फीके होंठों पर मुरझा गई थीं लेकिन उसकी आँखों में एक बार फिर वही जलते अंगारे चमक रहे थे जिन्होंने पैदाइश के वक़्त सबको चौंका दिया था और जिनकी एक निगाह से कुर्सी हिलने लगती थी। अपने सन्ताप के प्रकोप में उसने बिना सफलता के उन पूर्वाभासों को जगाने की कोशिश की जो उसे जवानी में ख़तरनाक रास्तों से होकर यश के बंजर तक ले गए थे। वह खो गया था, उस अनजान घर में भटक गया था जहाँ न तो किसी चीज़ और न ही किसी इनसान के लिए किसी प्रकार की प्रेम भावना उत्पन्न होती थी। एक बार उसने लड़ाई से

पहले की यादों की खोज में मेल्कीयादेस का कमरा खोला तो सालों से इकट्ठा हुआ मलबा, कूड़ा और कचरे का ढेर ही उसे मिला था। उन किताबों की जिल्द के बीच, जिन्हें दोबारा किसी ने नहीं पढ़ा था, एक सुरमई फूल पनपा था, और वह हवा जो घर में सबसे शुद्ध और उल्लसित होती थी, अब उसमें सड़ी हुई यादों की असह्य दुर्गन्ध थी। एक सुबह उसने उर्सुला को अखरोट के पेड़ के नीचे अपने मृत पति के घुटनों पर सिर रखकर रोते हुए पाया। कर्नल औरेलियानो बुएन्दीया ही घर का एकमात्र ऐसा सदस्य था जिसे अब भी वह प्रभावशाली बूढ़ा आदमी नहीं दिखा था जिसे पचास सालों ने खुली हवा में चूर-चूर कर दिया था। "अपने पिता को हैलो कहो," उर्सुला ने उससे कहा। वह एक पल के लिए अखरोट के पेड़ के सामने ठहरा और फिर उसे प्रतीत हुआ कि उसके आगे का रिक्त स्थान भी उसमें प्रेम की भावना नहीं जगा पाया था।

"क्या कहते हैं वे?" उसने पूछा।

"वे बहुत दुखी हैं," उर्सुला ने जवाब दिया, "क्योंकि उन्हें लगता है कि तुम मरनेवाले हो।"

"उनसे कहो," मुस्कराते हुए कर्नल ने कहा कि "आदमी तब नहीं मरता जब उसे मरना चाहिए बल्कि तब मरता है जब वह मर सकता है।"[1]

उसके मृत पिता के पूर्वाभास ने उसके दिल में बचा हुआ अहं जगा दिया लेकिन उसने उसे ताक़त का आकस्मिक झोंका समझने की ग़लती की। और इसलिए वह यह जानने के लिए उर्सुला के पीछे पड़ गया कि सन्त जोसफ की मूर्ति से मिले सोने के सिक्के कहाँ गाड़े गए थे। "तुम्हें कभी पता नहीं चलेगा," अपने पुराने अनुभव को ध्यान में रखते हुए उसने दृढ़ता से कहा।[2] "एक दिन," वह आगे बोली, "उस पैसे का मालिक आएगा और उसे खोद निकालेगा।" किसी को नहीं समझ आया कि पैसे के मामले में इतना उदार आदमी अचानक इतना लोभी क्यों हो गया था। बात केवल किसी मुश्किल से निपटने के लिए ज़रूरी छोटी-मोटी राशि की नहीं थी बल्कि इतने बड़े धन की थी कि औरेलियानो सेगुन्दो भौचक्का रह गया था। अपने जिन पुराने पार्टी कार्यकर्ताओं के पास वह मदद माँगने गया, वे छुप गए ताकि उसका

1. यह उपन्यास की आवृत्तीय संरचना का एक और उदाहरण है। औरेलियानो ने कुछ ऐसा ही खेरिनेल्दो मार्केस से भी कहा था, "मौत इनसान की सोच से कहीं ज़्यादा मुश्किल होती है।"
2. यहाँ शायद उर्सुला को वह पल याद हो आया जब उसके पति ने उससे वे पैसे लेने के लिए हफ़्तों चिरौरी की थी जो उसके पिता ने उसे दिए थे।

सामना न करना पड़े। इसी दौरान उसे कहते हुए सुना गया था, "आज उदारवादियों और रूढ़िवादियों में इतना ही फ़र्क़ है कि उदारवादी पाँच बजे मिस्सा के लिए जाते हैं और रूढ़िवादी आठ बजे।"[1] फिर भी वह दृढ़ता से जुटा रहा, लोगों से मिन्नतें करता रहा, अपनी मर्यादा को इस हद तक गिरा दिया कि इधर से कुछ मदद और उधर से थोड़ी और मदद के ज़रिये, सब जगह सरकते हुए, एक धूर्त कर्मठता और निर्दयी दृढ़ता से उसने आठ महीनों में उर्सुला के ख़ज़ाने से ज़्यादा पैसा इकट्ठा कर लिया। इसके बाद वह बीमार कर्नल खेरिनेल्दो मार्केस से मिलने गया ताकि पूर्ण युद्ध शुरू करने में वह उसकी मदद कर सके।

उस समय कर्नल खेरिनेल्दो मार्केस ही दरअसल एक ऐसा इनसान था जो अपनी लकवा के मरीजों वाली कुर्सी से विद्रोह के तार छेड़ सकता था। नेएरलान्दिया की सन्धि के बाद जब कर्नल औरेलियानो बुएन्दीया ने अपनी सोने की छोटी मछलियों में शरण ले ली थी, तब भी कर्नल खेरिनेल्दो मार्केस ने अपने उन विद्रोही अफ़सरों से सम्पर्क बनाए रखा था जो पराजय तक उसके प्रति वफ़ादार रहे थे, उनके साथ उसने अपमान की एक दु:खद दैनन्दिन लड़ाई लड़ी थी, अनुनय-विनय और आवेदनों की; मसलन कल आना, अब कभी भी, हम तुम्हारे मामले पर गौर कर रहे हैं वग़ैरह की। यह एक उनके ख़िलाफ़ निराशाजनक लड़ाई जिन्हें पेंशन के काग़ज़ों पर हस्ताक्षर कर देने चाहिए थे, लेकिन जिन्होंने नहीं किए थे। बीस साल की दूसरी ख़ूनी लड़ाई ने उनको उतना परेशान नहीं किया था जितना नित्य स्थगन की इस विनाशक लड़ाई ने कर दिया था। यहाँ तक कि तीन क़ातिलाना हमले, पाँच घावों और अनगिनत लड़ाइयों से बिना खरोंच के निकलनेवाला कर्नल खेरिनेल्दो मार्केस भी इन्तज़ार के इस नृशंस घेरे के आगे झुक गया था। झिलमिलाती रोशनी में आमारान्ता के बारे में सोचता हुआ, वह किराये के घर में बुढ़ापे की दयनीय पराजय में डूब गया था। कुछ पुराने सैनिक जिनकी उसे ख़बर थी, जिनकी फ़ोटो अख़बार में छपी थी—बेशर्मी से चेहरे उठाए गणराज्य के एक राष्ट्रपति के साथ खड़े हुए जिसने उन्हें कोट पर लगाने के लिए अपनी पसन्द के बटन दिए थे और जिसने उन्हें ख़ून और बारूद से सना झंडा लौटाया था ताकि अपने ताबूतों पर रख सकें। दूसरे जो ईमानदार थे, अब भी भूख से मरते, रोष में जीते, शानदार अतीत की ख़ूबसूरत दयनीयता में बुढ़ापे से सड़ते हुए, सार्वजनिक परोपकार की छाया में

---

1. विकास के इस दौर में उदारवादियों और रूढ़िवादियों में वैचारिक मतभेद की विभाजन रेखा लगभग ख़त्म हो गई।

चिट्ठी का इन्तज़ार कर रहे थे, इसलिए जब कर्नल औरेलियानो बुएन्दीया ने उसे विदेशी आक्रमणकारी द्वारा समर्थित भ्रष्टाचार और कलंकित शासन[1] के अवशेष मिटाने के लिए एक प्रचंड अग्निकांड शुरू करने का न्योता दिया तो कर्नल खेरिनेल्दो मार्केस सहानुभूति से काँप उठा।

"ओह औरेलियानो," वह बोला, "मुझे पता था कि तुम बूढ़े हो गए हो लेकिन मुझे अब अहसास हुआ कि तुम जितने बूढ़े लगते हो उससे कहीं ज़्यादा बूढ़े हो।"

1. तात्कालिक राजनीतिक सत्ता पर कर्नल औरेलियानो की यह टिप्पणी 20वीं शताब्दी के लैटिन अमेरिकी समाज का आईना है।

13

ज़िन्दगी के आख़िरी सालों के सम्भ्रम में उर्सुला को समय ही नहीं मिला कि वह खोसे आर्कादियो को धर्मविज्ञान की शिक्षा दे सके, और उसका धर्म विद्यालय जाने का समय आ गया। इसी समय फेर्नान्दा के अनमनेपन और आमारान्ता की कड़वाहट के बीच झूलती उसकी बहन मेमे की भी उम्र अच्छे क्रिश्चियन स्कूल जाने की हो गई थी, जहाँ उसे क्लाविकॉर्ड (एक तरह का पियानो) में माहिर बनाया जाना था। उर्सुला भविष्य के उस पोप का व्यक्तित्व गढ़ने के तरीक़े को लेकर बहुत आशंकित थी, लेकिन वह अपने लड़खड़ाते बुढ़ापे या उन काले बादलों को दोष नहीं दे सकती थी जो उसे कुछ भी ठीक से देखने नहीं देते थे। दोष तो कहीं और था, एक ऐसी चीज़ का जो वह ख़ुद नहीं पहचान पा रही थी। अन्ततः थककर उसने समय के क्रमिक विकार पर दोष मढ़ दिया। "आजकल समय पहले की तरह नहीं गुज़रता,"[1] वह कहती, इस अहसास के साथ कि रोज़मर्रा की वास्तविकता उसके हाथों से फिसल रही थी। उसके हिसाब से पहले बच्चे बड़े होने में बहुत समय लेते थे। इसकी मिसाल तो सबसे बड़ा खोसे आर्कादियो था जिसे बंजारों के साथ जाने लायक़ बड़ा होने के लिए बहुत समय लगा था। और कितना कुछ हुआ था इससे पहले कि वह साँप की तरह रेंगा और खगोलविज्ञानियों जैसी बातें करता लौटा था। घर में आमारान्ता और आर्कादियो के मूल भाषा भूलकर स्पैनिश सीखने के दरमियान कितना कुछ हुआ था। खोसे आर्कादियो बुएन्दीया ने ही अखरोट के पेड़ के नीचे धूप और ओस के कितने दिन बिताए थे। उसका शोक कितना लम्बा खिंचा था। जब मृत्यु शैया पर पड़े कर्नल औरेलियानो बुएन्दीया को लाया गया था, तब वह इतनी लड़ाइयों और इतने दुःख के बाद भी पचास साल

---

1. गार्सीया मार्केस ने बुढ़ापे में कालभ्रम की ओर इशारा किया है कि कैसे कभी मिनट घंटों के समान लगते हैं और कभी घंटे सेकेंडों की तरह फुर्र से उड़ जाते हैं।

का नहीं हुआ था। पहले वह पूरा दिन जानवरों के आकार वाली मिठाइयाँ बनाने के बाद भी बच्चों के लिए समय निकाल लेती थी, ताकि उनकी आँखें देखकर जान ले कि उन्हें अरंडी के तेल की ज़रूरत तो नहीं है।[1] लेकिन, अब जब उसके पास कुछ काम नहीं था और सुबह से शाम तक खोसे आर्कादियो को कमर पर लादे घूमती रहती थी, यह बुरा-सा समय उसे काम अधूरा छोड़ने पर मजबूर कर देता था। हालाँकि सच तो यह था कि वह अपनी उम्र भूल चुकी थी। वह बुढ़ापे से लड़ रही थी और सब तरफ़ टाँग अड़ाने की वजह से सबके लिए एक मुसीबत बन चली थी। वह बाहर से आनेवालों को यह पूछकर परेशान करती थी कि क्या उन्होंने लड़ाई के समय बरसात के ख़त्म होने तक वहाँ सन्त जोसेफ की मूर्ति रखवाई थी? किसी को सही-सही मालूम नहीं था कि कब से उसे कम दिखाई पड़ने लगा था। बाद में भी जब वह बिस्तर से उठ नहीं सकती थी, और ऐसा लगता था कि वह बुढ़ापे से पराजित हो गई है तब भी किसी को पता नहीं चला कि वह अन्धी थी। हालाँकि उसे यह अहसास खोसे आर्कादियो के जन्म से पहले ही हो गया था। पहले तो उसने उसे आती-जाती कमज़ोरी समझा और चुपचाप मज़्ज़े का शीरा पी लिया और आँखों पर शहद लगा लिया, लेकिन बहुत जल्द उसे अहसास होने लगा कि वह अँधेरे में डूबती जा रही है। इस अहसास की हद यह थी कि उसे बिजली के आविष्कार का कोई ख़ास अन्दाज़ा नहीं लगा क्योंकि जब बल्ब लगाए गए तो उसे सिर्फ़ एक चमक ही दिखी। उसने इस बारे में किसी को नहीं बताया क्योंकि ऐसा करना उसकी बेकारी का सार्वजनिक ऐलान होता। उसने चीज़ों की दूरी और लोगों की आवाज़ से अन्दाज़ा लगाने के अभ्यास पर ध्यान लगा दिया ताकि जब वह मोतियाबिन्द की वजह से न देख सके तो अपनी याददाश्त के सहारे देख सके। आगे चलकर उसे गन्धों[2] की अनपेक्षित मदद का भी सहारा मिला, जो अँधेरे में आकार और रंग से ज़्यादा कारगर साबित होतीं और जिन्होंने अन्ततः उसे पराजय स्वीकार करने के कलंक से बचा लिया था। अँधेरे कमरे में वह सूई में धागा पिरो लेती थी, काज काढ़ लेती थी और उसे पता चल जाता था कि दूध उबलनेवाला है। उसे हर

---

1. उपन्यास में इस तरह की घटनाओं के सार-संक्षेप का वर्णन जहाँ एक तरफ़ समय की रचनात्मक बरबादी और चरित्र के मनोवैज्ञानिक विकास की ओर ध्यान आकृष्ट करते हैं वहीं पाठकों को पुराने प्रसंगों की याद दिलाकर घटनाक्रम को ठीक से समझने में मदद भी करते हैं।
2. उपन्यास में चरित्रों के वर्णन के साथ-साथ उनसे सम्बन्धित गन्ध का भी ज़िक्र है जो उन्हें समझने में मदद करते हैं। जैसे पिलार तेर्नेरा की कखौरी से निकलनेवाली गन्ध, 'ख़ूबसूरत' रेमेदियोस की 'दिव्य' सुगन्ध, खोसे आर्कादियो के मृत शरीर की 'धूल' की गन्ध इत्यादि।

चीज़ की जगह का इतना पक्का पता होता था कि कई बार तो वह ख़ुद भूल जाती कि वह अन्धी है। एक बार शादी की अँगूठी खो जाने पर फेर्नान्दा ने पूरे घर को सिर पर उठा लिया था और उर्सुला ने वह अँगूठी बच्चों के कमरे के एक ताखे में ढूँढ़ निकाली। बस, जब सब लोग लापरवाही से इधर-उधर जा रहे होते वह उन्हें अपनी चारों इन्द्रियों से देखती रहती जिससे वे लोग उसे कभी चौंका नहीं सकते थे और कुछ समय बाद उसे मालूम पड़ा कि अनजाने में, परिवार का हर सदस्य रोज़ वही रास्ता दोहराता था, वही काम करता था और उसी समय वही बात कहता था। केवल जब वे अपनी दिनचर्या से हटकर कुछ करते थे, तो उन्हें कुछ खोने का ख़तरा रहता था। इसलिए जब उसने सुना कि फेर्नान्दा की अँगूठी खो गई है, उर्सुला को याद आया कि उस दिन फेर्नान्दा ने रोज़ के काम से हटकर सिर्फ़ गद्दे धूप में डाले थे क्योंकि मेमे को पिछली रात बिस्तर में एक खटमल मिला था। चूँकि बिस्तर को धुआँ दिखाने के समय बच्चे भी मौजूद थे, इसलिए उर्सुला ने अन्दाज़ा लगाया कि फेर्नान्दा ने अँगूठी सिर्फ़ ऐसी जगह रखी होगी जहाँ बच्चे न पहुँच पाएँ। दीवार में बना ताखा ही वैसी जगह थी। दूसरी तरफ़, फेर्नान्दा उसे ख़ामख़्वाह अपनी दिनचर्या के रास्तों पर ढूँढ़ रही थी, इस बात से अनजान कि ग़ुम हुई चीज़ों की खोज में रोज़ की आदतें ही बाधा डालती हैं और इसलिए उन्हें ढूँढ़ना मुश्किल होता है।

खोसे आर्कादियो के पालन-पोषण ने उर्सुला को घर के छोटे से छोटे बदलाव की सुध रखने में मदद की। जब उसे मालूम पड़ा कि आमारान्ता कमरे में सन्तों को कपड़े पहना रही है, तब वह उस बच्चे को रंग में अन्तर सिखाने का नाटक करती।

"चलो देखें," वह उससे कहती, "बताओ सन्त राफायेल आरकांखेल ने क्या पहना है?"

इस तरह वह बच्चा उसे वह सब दिखा देता जो उसकी ख़ुद की आँखें नहीं दिखा पाती थीं और उसके स्कूल जाने से बहुत पहले ही उर्सुला बुनावट के ज़रिये सन्तों के कपड़ों के रंग बता सकती थी। कभी-कभार कुछ गड़बड़ हो जाती थी। एक दोपहर जब आमारान्ता बेगोनिया वाली बरसाती में बैठकर कढ़ाई कर रही थी, उर्सुला उससे टकरा गई।

"ईश्वर के लिए," आमारान्ता चिल्लाई, "देखकर चला करो।"

"तुम्हारी ग़लती है," उर्सुला ने कहा, "तुम अपनी जगह पर नहीं बैठी हो।"

उसके हिसाब से वह एकदम सही थी। लेकिन उस दिन उसे अहसास होने लगा कि किसी ने ध्यान नहीं दिया था कि साल ढलने के साथ-साथ सूरज थोड़ा-थोड़ा

खिसक जाता था और बरसाती में बैठनेवाले लोगों को भी अनजाने अपनी जगह थोड़ी-बहुत बदलनी पड़ती थी। उसके बाद यह जानने के लिए कि आमारान्ता कहाँ बैठी है उर्सुला को केवल तारीख़ याद करनी पड़ती थी। हालाँकि उसके हाथों कीकँपकँपाहट बढ़ गई थी और पैरों का वज़न बर्दाश्त के बाहर होने लगा था, फिर भी वह कुल मिलाकर उन दिनों की ही तरह इधर-उधर घूमती रहती थी जिन दिनों घर का पूरा भार उसके कन्धों पर था। लेकिन जर्जरता के अभेद्य एकाकीपन में वह अपने परिवार की तुच्छ घटनाओं को ऐसी सूक्ष्म दृष्टि से परखती कि पहली बार उसे वे सचाइयाँ नज़र आईं, जिन्हें वह पहले ज़िन्दगी की व्यस्तता की वजह से नहीं देख पाई थी।[1]

जब खोसे आर्कादियो को स्कूल भेजने की तैयारियाँ हो रही थीं तब उसने माकोन्दो की स्थापना के समय से शुरू करके अब तक उस घर में बीती ज़िन्दगी का विस्तृत सार तैयार कर लिया था और अपने पूर्वजों के बारे में अपनी राय पूरी तरह से बदल ली थी। उसे अहसास हुआ कि उसकी सोच के विपरीत कर्नल औरेलियानो बुएन्दीया का अपने परिवार के प्रति प्रेम और लगाव लड़ाई की कठोरता की वजह से ख़त्म नहीं हुआ था। उसे तो कभी किसी से स्नेह था ही नहीं। न अपनी पत्नी रेमेदियोस से, न उन अनगिनत महिलाओं से जो रात-भर के संसर्ग के बाद उसकी ज़िन्दगी से चली गई थीं और अपने बेटों से तो ख़ैर नहीं ही था। उसे महसूस हुआ कि उसने अनगिनत लड़ाइयाँ आदर्शवाद की ख़ातिर नहीं लड़ी थीं, जैसा कि सबका मानना था, न ही उसने थकान के मारे एक निश्चित जीत को हाथ से जाने दिया था बल्कि वह तो एक ही कारण से हारा और जीता था और वह था उसका निपट पापी अहंकार। वह इस निष्कर्ष पर पहुँची कि जिस बेटे के लिए वह जान दे सकती थी, वह प्यार को महसूस करने में असमर्थ था। जब वह उर्सुला के पेट में था, उर्सुला ने उसे रोते हुए सुना था। विलाप इतना सुस्पष्ट था कि उसके बगल में सोया हुआ खोसे आर्कादियो बुएन्दीया जाग गया था और इस कल्पना से ख़ुश हुआ था कि

1. 'एकाकीपन' इस उपन्यास में सर्वव्यापी है। कोई इससे अछूता नहीं रहता, यहाँ तक कि उर्सुला भी नहीं जिसका जीवन दूसरों के लिए समर्पित है। उसका अन्धापन उसे एकाकीपन के जंगल में ढकेल देता है। अपने पुत्र कर्नल औरेलियानो बुएन्दीया की तरह ही उर्सुला ख़ुद में लीन हो जाती है। लेकिन जहाँ बेटे की आत्मलीनता स्व-प्रयास से अर्जित और ध्यान के रूप में सामने आती है वहीं उर्सुला प्रकृति के हाथों मजबूर है। लेकिन जहाँ औरेलियानो अपने एकाकीपन में अपनी दिव्य शक्ति खोने लगता है वहीं उर्सुला अन्धेपन के बावजूद ज़्यादा सफ़ाई से देखती है।

उसका बेटा पेटबोला होगा। दूसरे लोगों ने भविष्यवाणी की थी कि वह पैग़म्बर होगा। दूसरी तरफ़, उर्सुला इस सोच से काँप गई थी कि ऐसा विलाप तो सूअर की पूँछ का पहला संकेत होता है और उसने भगवान से मिन्नत की थी कि उस बच्चे को कोख में ही ख़त्म कर दे। लेकिन बुढ़ापे की स्पष्टता ने उसे समझा दिया, और वह अक्सर कहती भी थी कि कोख में विलाप करना पेटबोले होने या भविष्यवाणी करने की शक्ति से सम्पन्न बच्चा होने का ऐलान नहीं है, बल्कि प्यार महसूस करने की अक्षमता का ठोस सबूत है। उसकी नज़र में बेटे की छवि ख़राब होने के साथ ही उसमें उसके प्रति ज़िन्दगी-भर का प्रेम उमड़ पड़ा। लेकिन आमारान्ता, जिसके हृदय की कठोरता से उसे डर लगता था, जिसकी तीख़ी कड़वाहट उसे दुखी करती थी, उसके अन्तिम निष्कर्ष में सहसा बुएन्दीया परिवार की सबसे सौम्य महिला के रूप में उभरी थी। सहानुभूतिक स्पष्टता से उसे अहसास हुआ था कि आमारान्ता ने पियेत्रो क्रेस्पी पर इतने ज़ुल्म बदले की भावना से नहीं ढाये थे जैसा कि सब मानते थे, न ही खेरिनेल्दो मार्केस पर लादी गई मन्द शहादत उसकी कड़वाहट से उपजी चिढ़ का नतीजा थी जैसा कि आमतौर पर माना जाता था, बल्कि दोनों क़िस्से असीम प्रेम और अजेय कायरता के बीच घातक संघर्ष का परिणाम थे, और अन्त में आमारान्ता के सन्तापी दिल में बसा निर्मूल भय जीत गया था।[1] इसी दौरान उर्सुला ने रेबेका का नाम लेना शुरू कर दिया था, वह विलम्बित पछतावे और एकाएक जगे प्रशंसा भाव से उल्लसित पुराने प्यार से उसकी यादों को ताज़ा करने लगी थी, और इस निष्कर्ष पर पहुँची थी कि केवल रेबेका ही थी, जो उसके दूध की जगह ज़मीन की मिट्टी और दीवारों के रोगन पर पली थी, जिसकी रगों में उसका नहीं बल्कि कुछ अजनबियों का ख़ून दौड़ता था, जिनकी हड्डियाँ अब भी उनकी क़ब्र में खटखटा रही थीं, बेचैन रेबेका, प्रचंड कोख वाली रेबेका ही एक अकेली थी जिसमें वह बेलगाम हिम्मत थी जिसे उर्सुला अपने वंश में देखना चाहती थी।[2]

---

1. उर्सुला के माध्यम से मार्केस यहाँ पाठकों से सम्पर्क स्थापित करते हैं और कुछ उन प्रश्नों और प्रसंगों को स्पष्ट करने की कोशिश करते हैं जो पाठक के मन में उपन्यास पढ़ते समय उठे हों।
2. यहाँ आवृत्तीय लेखन शैली पर, मार्केस के सन्दर्भ में मारियो वार्गास ल्योसा की टिप्पणी को उद्धृत करना समीचीन होगा : " 'पुनरावृत्ति' एक मोहक प्रक्रिया है। एक ख़ास अन्दाज़ में शब्दों और वाक्यों को दोहराना गद्य से संवाद स्थापित करने जैसा है। जो किसी को सम्मोहित करने या किसी से सम्मोहन हटाने का सबसे सशक्त पारम्परिक तरीक़ा है।" Vargas Llosa, Mario. (1971), *Gabriel García Márquez : Historia de un deicidio,* Barcelona : Barral Editors.

"रेबेका," वह दीवारें टटोलते हुए कहती, "हमने तुम्हारे साथ कितनी बेइंसाफ़ी की है!"

घर पर तो सब यही सोचते थे कि वह पगला रही है, ख़ासतौर से, जब से उसने महान फ़रिश्ते गाब्रिएल की तरह अपना दाहिना हाथ उठाकर चलना शुरू किया था। लेकिन, फेर्नान्दा ने भाँप लिया था कि उस प्रलाप की छायाओं में सूक्ष्म दृष्टि की चमक थी क्योंकि, उर्सुला बिना हिचकिचाहट के पिछले साल घर में हुए ख़र्चे के बारे में बता सकती थी। आमारान्ता को भी उस वक़्त ऐसा ही महसूस हुआ, जब उसकी माँ रसोईघर में सूप बनाते हुए एकाएक बोल पड़ी थी कि मक्के की चक्की जो उन्होंने सबसे पहले आनेवाले बंजारों से ख़रीदी थी, और जो खोसे आर्कादियो की पैंसठ विश्व-यात्राओं पर जाने से पहले ही ग़ुम हो गई थी, अब भी पिलार तेर्नेरा के घर में थी। पिलार तेर्नेरा भी क़रीब सौ साल की थी, और अपने कल्पनातीत मोटापे के बावजूद स्वस्थ और सक्रिय थी। उसका मोटापा अब बच्चों को वैसे डराता था, जैसे पहले उसकी हँसी से चिड़ियाँ डर जाती थीं। उसे इस बात से बिलकुल आश्चर्य नहीं हुआ कि उर्सुला का अन्दाज़ एकदम ठीक था, क्योंकि उसके अपने बुढ़ापे का तजुर्बा उसे बता रहा था कि चौकस बुढ़ापा पत्तों से कहीं ज़्यादा सतर्क होता है।

फिर भी जब उर्सुला को अहसास हुआ कि वह खोसे आर्कादियो की शिक्षा को पुष्ट नहीं कर पाई है, वह बेचैन हो उठी। वह आँखों से चीज़ों को देखने की कोशिश में ग़लतियाँ करने लगी जबकि उसकी अन्तर्दृष्टि चीज़ों को ज़्यादा साफ़ दिखाती थी। एक सुबह उसने एक बच्चे के सिर पर गुलाब जल समझकर स्याही की बोतल उड़ेल दी। हर काम में टाँग अड़ाने की ज़िद में वह इतनी गड़बड़ियाँ करती कि बदमिज़ाजी से अशान्त हो जाती और उन परछाइयों से पिंड छुड़ाने की कोशिश करती जो अवरोधों के मकड़जाल में लपेटने लगी थीं। तब उसे समझ में आया कि उसका फूहड़पन जर्जरता और अँधेरे की पहली विजय नहीं बल्कि समय का अभिशाप था। उसने सोचा कि पहले जब ईश्वर साल और महीने नापने में वैसी बेईमानी नहीं करता था जैसा तुर्क कपड़ा नापने में करते थे[1] तो ज़िन्दगी बेहतर थी। अब न केवल बच्चे जल्दी बड़े हो जाते थे बल्कि उनकी अनुभूतियाँ भी अलग क़िस्म की होती थीं। अभी 'ख़ूबसूरत' रेमेदियोस तन-मन से स्वर्ग सिधारी ही थी कि

1. पुराने समय से यह माना जाता रहा है कि वस्त्र विक्रेता कपड़ा नापने में बेईमानी करते हैं और कम नापते हैं।

बेमुरव्वत फेर्नान्दा अपनी चादरें खोने की बात को लेकर बुड़बुड़ाने लगी थी। अभी सभी औरेलियानो पुत्रों की क़ब्र की मिट्टी ठंडी भी नहीं हुई थी कि औरेलियानो सेगुन्दो ने घर में बत्तियाँ लगाना शुरू कर दी थीं और अकॉर्डियन बजाते और शैम्पेन में डूबते शराबियों से घर भरने लगा था। मानो, क्रिश्चियन नहीं कुत्ते मरे हों और जिसने उसे इतने सिरदर्द दिए थे और जिसके लिए उसने जानवर के आकार वाली न जाने कितनी मिठाइयाँ बनाई थीं, उस पागलख़ाने का सर्वनाश तय था। खोसे आर्कादियो के बक्से बाँधते समय इन सब चीज़ों को याद करके उर्सुला को लगा कि यह शायद बेहतर हो, वह हमेशा के लिए अपनी क़ब्र में लेट जाए और उन्हें उस पर मिट्टी डालने दे। उसने ईश्वर से बिना डरे पूछा कि क्या वह वाक़ई मानता है कि लोग इतनी तकलीफ़ें और सन्ताप बर्दाश्त करने के लिए लोहे से बने हैं! बार-बार इस प्रश्न को दोहराकर वह अपनी परेशानी बढ़ाती गई और उसमें उत्कट इच्छा पैदा हुई कि सारी बेड़ियाँ तोड़कर वह विदेशियों की तरह दौड़े और अन्त में ख़ुद को बग़ावत का एक पल निछावर कर दे—वह एक पल जिसकी उसने सालों से न जाने कितनी बार इच्छा की थी और जिसे न जाने कितनी बार उसने मुल्तवी किया था—और अपने सब्र का बाँध तोड़ते हुए आख़िरी बार हर चीज़ पर थूकते हुए अपने दिल से गालियों का वह ज़खीरा निकाल दे जो प्रचलित मान्यताओं के अनुरूप चलने के सौ साला अन्तराल में उसने विवशता से गटके थे।

"क्या नरक है," वह चिल्लाई।

ट्रंक में कपड़े रखती आमारान्ता को लगा कि उसे बिच्छू ने काट लिया है।

"कहाँ है?" उसने चौंककर पूछा।

"क्या?"

"कीड़ा।" आमारान्ता बोली। उर्सुला ने अपने दिल पर उँगली रखी।

"यहाँ," वह बोली।

बृहस्पतिवार को दोपहर दो बजे खोसे आर्कादियो सेमिनरी चला गया। उर्सुला को वह हमेशा वैसा ही याद रहना था, जैसा विदा करते समय था : निस्तेज और गम्भीर, बिना आँसू गिराए, जैसा उर्सुला ने उसे सिखाया था, गर्मी में उबलता हुआ ताँबे के बटन वाला हरा कार्डराय का सूट और गले में टाई पहने। वह खाने के कमरे से गुलाब जल की ख़ुशबू से तर होकर निकला था जो उर्सुला ने उस पर छिड़का था ताकि ख़ुशबू के ज़रिये उसको घर में ढूँढ़ सके। विदाई से पहले, खाने के समय परिवार के लोगों ने हँसी-मज़ाक़ की आड़ में अपने दु:ख छिपा लिये थे

और उन्होंने कुछ ज़्यादा ही ज़ोर-शोर से फादर आन्तोनियो इसाबेल की बातों का स्वागत किया। लेकिन जब शनील में लिपटा, चाँदी के कोनों वाला ट्रंक निकाला गया तब ऐसा लग रहा था मानो कोई ताबूत घर से निकल रहा हो। केवल कर्नल औरेलियानो बुएन्दीया ने विदाई में हिस्सा लेने से इनकार किया।

"बस इसी की कमी थी," वह बुड़बुड़ाया, "एक पोप!"

तीन महीने बाद, औरेलियानो सेगुन्दो और फेर्नान्दा मेमे को स्कूल लेकर गए और क्लाविकॉर्ड लेकर आए और उसे पियोनोला की जगह रख दिया गया। लगभग इसी दौरान आमारान्ता ने अपना कफ़न सिलना शुरू कर दिया। केला बुख़ार ठंडा हो गया था। माकोन्दो के निवासियों ने अपने आपको अजनबियों से घिरे और बीते समय के भाग्याधीन साधनों को बचाए रखने के लिए अधिक मेहनत करते पाया। यह सोचकर कि मानो वे डूबते जहाज़ से जीवित बच निकले थे, उन्हें राहत मिलती। घर में अब भी खाने के लिए मेहमान होते थे लेकिन कई सालों की पुरानी दिनचर्या तब तक दोबारा लागू नहीं हो सकी जब तक कि केला कम्पनी वहाँ से चली नहीं गई। मेहमाननवाज़ी के पारम्परिक तरीक़ों में काफ़ी बदलाव आ चुका था क्योंकि उस समय घर में फेर्नान्दा का हुक्म चलता था। उर्सुला के अँधेरों में खोने और आमारान्ता के कफ़न बनाने में व्यस्त होने से भूतपूर्व प्रशिक्षु महारानी को मेहमान चुनने की और उन पर अपने माँ-बाप द्वारा सिखाए गए कड़े तौर-तरीक़े लागू करने की खुली छूट मिल गई थी। विदेशियों द्वारा आसानी से कमाए गए धन की बेहूदा फ़िज़ूलख़र्ची से आलोड़ित शहर में फेर्नान्दा ने घर को पुराने रिवाजों का गढ़ बना दिया। फेर्नान्दा के हिसाब से ढंग के लोग वही थे जिनका केला कम्पनी से कोई लेना-देना नहीं था। किसी को इस बारे में सवाल पूछने की इजाज़त नहीं थी। यहाँ तक कि खोसे आर्कादियो सेगुन्दो भी उसकी भेदभावमूलक ईर्ष्या का शिकार हो गया क्योंकि शुरुआती के दिनों के जोश में उसने अपने शानदार लड़ाकू मुर्ग़े छोड़कर केला कम्पनी में फोरमैन की नौकरी कर ली थी।

"वह इस घर में दोबारा नहीं आएगा," फेर्नान्दा ने कहा, "जब तक उससे उन विदेशियों की गन्ध आती है, तब तक नहीं।"

घर में इस क़दर कड़ाई बरती जा रही थी कि औरेलियानो सेगुन्दो पेत्रा कोतेस के घर ज़्यादा राहत महसूस करता। पहले अपनी पत्नी का बोझ हलका करने के बहाने से उसने अपनी पार्टियाँ वहाँ करना शुरू कर दीं और फिर इस बहाने से कि जानवरों की प्रजनन क्षमता ख़त्म हो रही है। वह अपने अस्तबल और बखार

वहाँ ले गया। अन्ततः रखैल का घर ज़्यादा ठंडा होने का बहाना करके वह अपना दफ़्तर वहाँ ले गया। फेर्नान्दा को अहसास हुआ कि पति के होते हुए वह विधवा होकर रह गई थी। लेकिन तब तक हालात बदलने के लिए बहुत देर हो चुकी थी। औरेलियानो सेगुन्दो घर पर कभी-कभार ही खाना खाता था। घर पर उसकी उपस्थिति, ज़्यादातर अपनी पत्नी के साथ सोने के लिए ही होती थी और वह किसी की आँखों में धूल नहीं झोंक सकी। एक रात लापरवाही से, भोर ने उसे पेत्रा कोतेस के बिस्तर में पाया। सबकी उम्मीदों के विपरीत फेर्नान्दा ने न उसे डाँटा, न नाराज़गी जताई, लेकिन उसी दिन उसने उसके कपड़ों से भरे दो ट्रंक उसकी रखैल के घर भेज दिए। उसने उन्हें दिन की रोशनी में इस हिदायत के साथ भेजा था कि उन्हें बीच शहर से ले जाया जाए ताकि सब लोग देख सकें उसने सोचा था कि उसका बेवफ़ा पति यह तौहीन बर्दाश्त नहीं कर पाएगा और दबे पाँव सिर झुकाकर चला आएगा। लेकिन यह दुस्साहसिक कारनामा इस बात का एक और सबूत था कि फेर्नान्दा न केवल अपने पति को, बल्कि उस समाज के स्वभाव को भी कितना कम समझती थी जो उसके माँ-बाप से बहुत अलग था। जब लोगों ने ट्रंक जाते देखे तो कहा कि यह तो उस कहानी का एक स्वाभाविक अन्त है जिससे हर कोई बख़ूबी वाक़िफ़ था और औरेलियानो सेगुन्दो ने तीन दिन तक चलनेवाली पार्टी कर अपनी उस आज़ादी का जश्न मनाया। यह उसकी पत्नी के लिए बड़ी तकलीफ़ की बात थी कि जहाँ वह अपनी फीकी लम्बी ड्रेस, पुराने पदक और अनुचित अहंकार लिये दुःखद प्रौढ़ता में क़दम रख रही थी, वहीं ऐसा लगता था जैसे चटकीले रेशमी कपड़े पहने, आँखों में बदले की चमक लिये उसके पति की रखैल पर दुबारा जवानी छा रही थी। औरेलियानो सेगुन्दो किशोरावस्था के आवेश से फिर कामवासना में पहले की तरह जुट गया, जब पेत्रा कोतेस ने उसे उसके लिए नहीं बल्कि इसलिए चाहा था कि वह उसे उसका जुड़वाँ भाई समझती थी और एक ही समय में दोनों के साथ सोती थी और सोचती थी कि ईश्वर ने उसको क्या नसीब दिया था कि दो के बराबर प्रेम करनेवाला प्रेमी मिला। इतने लम्बे समय बाद फिर जगी कामवासना इतनी ज़्यादा थी कि कई बार खाना खाने को होते, नज़रें मिलतीं और बिना कुछ कहे वे लोग अपनी प्लेटें ढक देते और भूख और प्यार से तड़पते हुए कमरे में चले जाते। फ्रांसीसी महिलाओं के यहाँ चोरी-छिपे आने-जाने के दौरान वहाँ देखी चीज़ों से उत्प्रेरित होकर औरेलियानो सेगुन्दो ने पेत्रा कोतेस के लिए महाधर्माध्यक्षीय छतरी वाला पलंग ख़रीदा, खिड़कियों में शनील के परदे लगाए

और कमरे की छत और दीवारों को रॉक क्रिस्टल के बड़े-बड़े शीशों से ढक दिया। अब वह पहले से ज़्यादा पियक्कड़ और फ़िज़ूलख़र्च हो गया। रोज़ ग्यारह बजे आनेवाली ट्रेन से वह शैम्पेन और ब्रांडी के कई डिब्बे मँगवाता। स्टेशन से लौटते वक़्त वह रास्ते के तमाम लोगों को दिखाते हुए परिशोधित कुमबिआम्बा ले जाता, चाहे वे शहर वाले हों या बाहर वाले, जाने या अनजाने, उनमें वह कोई भेदभाव नहीं करता। यहाँ तक कि अजीब-सी भाषा बोलनेवाला चतुरसुजान मिस्टर ब्राउन औरेलियानो सेगुन्दो के लुभावने इशारों से बहक गया। वह कई बार पेत्रा कोतेस के घर में नशे में चूर हो जाता और हर समय अपने साथ रखनेवाले खूँखार जर्मन शेफर्ड कुत्तों को उन टेक्सस गीतों की धुन पर नचाता जिसे वह एक अकॉर्डियन के साथ-साथ गुनगुनाता था।

"ठहरो, गाओ," पार्टी के बीच औरेलियानो सेगुन्दो चिल्लाता, "ठहरो, क्योंकि ज़िन्दगी छोटी है।"

अब वह पहले से ज़्यादा अच्छा दिखता था, उसे ज़्यादा प्यार मिलता था और उसके जानवर पहले से कहीं ज़्यादा बच्चे जन रहे थे। उन असंख्य पार्टियों के लिए इतनी गायें, सूअर और मुर्ग़े काटे गए कि आँगन की ज़मीन ख़ून से लाल और गँदली हो गई। आँगन हड्डियों और अँतड़ियों की मृत्यु भूमि या अवशेषों का गन्दा गड्ढा बन गया और उन्हें सारे समय डायनामाइट बम फोड़ने पड़ते थे ताकि चीलें मेहमानों की आँखें न निकाल लें। औरेलियानो सेगुन्दो की भूख उतनी थी जितनी कि खोसे आर्कादियो की अपनी यात्राओं से लौटने के बाद थी। इस भूख से औरेलियानो सेगुन्दो कछुए की मानिन्द मोटा हो गया, उसकी अनोखी अतृप्ति और फ़िज़ूलख़र्च करने की असीम क्षमता के चर्चे कछार की सीमा के पार दूर-दूर तक फैल गए थे और उसने पूरे समुद्रतट से सबसे योग्य पेटुओं को आकर्षित कर लिया था। सब तरफ़ से खाने की आश्चर्यजनक क्षमता रखनेवाले लोग सहनशक्ति और सामर्थ्य की असंगत प्रतियोगिताओं में हिस्सा लेने आते जो पेत्रा कोतेस के घर में आयोजित की जाती थीं। औरेलियानो सेगुन्दो खाने के मामले में उस मनहूस शनिवार तक अपराजेय रहा, जब देश-विदेश में 'हथिनी' के शुभ नाम से मशहूर एक टोटेमिक महिला, कामिला सागास्तुमे, वहाँ पहुँच नहीं गई। प्रतियोगिता मंगलवार की सुबह तक चली। पहले चौबीस घंटों में, एक हिरण, अरबी और तले हुए केले और साथ में डेढ़ पेटी शैम्पेन पीने के बाद औरेलियानो सेगुन्दो को अपनी जीत का पूरा भरोसा था। वह अपनी उस अविचलित प्रतिद्वन्द्वी से ज़्यादा उत्साही और

दमदार मालूम पड़ रहा था जिसका खाने का ढंग हालाँकि ज़्यादा पेशेवर था लेकिन घर में भरी भीड़ की उम्मीद के हिसाब से कम भावनात्मक था। जहाँ, जीत की चिन्ता में औरेलियानो सेगुन्दो बड़े-बड़े कौर खा रहा था, वहीं हथिनी अपने लिए गोश्त ऑपरेशन करने वाले डॉक्टर की दक्षता से काट रही थी और लुत्फ़ लेते हुए धीरे-धीरे खा रही थी। उसका शरीर भीमकाय और हट्टा-कट्टा था पर उसकी इस विशाल काया में नारीत्व की नज़ाकत भी मौजूद थी और उसका चेहरा इतना सुन्दर, हाथ इतने कोमल और व्यक्तित्व इतना सौम्य था कि जब औरेलियानो सेगुन्दो ने उसे घर में आते देखा तो धीरे से बोला कि यह प्रतियोगिता मेज़ पर नहीं बिस्तर में होनी चाहिए थी। बाद में, जब उसने 'हथिनी' को सुगढ़ और संस्कारित तरीक़े से हिरण का मांस खाते देखा तो उसने गम्भीरता से कहा कि यह सुकुमार, आकर्षक, अप्रतिरोधक हाथीनुमा औरत एक तरह से आदर्श महिला है। वह ग़लत नहीं था। हड्डियाँ रौंदने की उसकी ख्याति बेबुनियाद थी। वह हड्डियाँ चबानेवाली या यूनानी सर्कस से आई कोई दाढ़ी वाली महिला नहीं थी, बल्कि एक स्कूल की अध्यक्ष थी। उसने खाना तब सीखा था जब वह कई बच्चों की माँ बन चुकी थी और अपने बच्चों को बेहतर ढंग से खाना खिलाने का सलीक़ा ढूँढ़ रही थी ताकि उनकी भूख उनकी अन्तरात्मा की अबाध प्रशान्ति के ज़रिये किसी कृत्रिम उद्दीपन से नहीं बढ़े। व्यवहार में प्रदर्शित उसका विश्वास, इस सिद्धान्त पर आधारित था कि जिस इनसान की सब इन्द्रियाँ ठीक-ठाक हों वह तब तक खा सकता है जब तक कि वह थक न जाए। कुछ नैतिक कारणों और खेलों में दिलचस्पी के चलते उसने अपना स्कूल और घर छोड़ा था ताकि वह उस आदमी से मुक़ाबला कर सके जो महा खाऊ के रूप में विख्यात था। जिस क्षण उसने औरेलियानो सेगुन्दो को देखा, उसने भाँप लिया था कि उस आदमी की हार उसके पेट की वजह से नहीं बल्कि चरित्र के कारण होगी। पहली रात ढलने के समय तक जहाँ हथिनी मज़े से खा रही थी, वहीं औरेलियानो सेगुन्दो आवश्यकता से ज़्यादा हँस-बोलकर ख़ुद को थका रहा था। वे चार घंटे सोए। उठने पर दोनों ने चालीस सन्तरों का रस, आठ क्वार्ट कॉफ़ी और तीस कच्चे अंडे खाए। दूसरी सुबह कई घंटे जगे रहने और दो सूअर, एक गुच्छा केले और चार शैम्पेन के बाद हथिनी को सन्देह हुआ कि अनजाने में औरेलियानो सेगुन्दो ने बड़ी ही ग़ैरज़िम्मेदारी से उसका तरीक़ा भाँप लिया है इसलिए वह उसके अनुमान से कहीं ज़्यादा ख़तरनाक था। फिर भी जब पेत्रा कोतेस दो भुनी हुई टर्की लाई तो औरेलियानो सेगुन्दो का पेट बस भरने को था।

"अगर तुम नहीं खा सकते तो रहने दो," हथिनी ने उससे कहा, "चलो बराबरी पर ख़त्म कर दें।"

उसने यह बात दिल से कही थी, यह जानते हुए कि अपने प्रतिद्वन्द्वी की मौत के लिए ज़िम्मेदार होने के पश्चात्ताप से वह ख़ुद भी एक कौर और नहीं खा सकेगी। लेकिन औरेलियानो सेगुन्दो ने उसकी बात को एक और चुनौती माना और अपनी अविश्वसनीय क्षमता से परे जाकर टर्की भकोस ली। वह बेहोश हो गया। हड्डियों से भरी प्लेट पर वह मुँह के बल गिरा, कुत्ते की तरह उसके मुँह से झाग निकलने लगी और वह दर्द में डूब गया। अन्धकार में उसे लगा कि वे उसे किसी मीनार की चोटी से रसातल में फेंक रहे हैं और चेतना के अन्तिम क्षण में उसे लगा कि उस अन्तहीन पतन के दूसरे छोर पर मौत उसका इन्तज़ार कर रही है।

"मुझे फेर्नान्दा के पास ले चलो," वह बस इतना ही कह पाया।

उसके दोस्त उसे घर छोड़ आए। वे सोच रहे थे कि उन्होंने औरेलियानो सेगुन्दो की अपनी पत्नी से किए वादे को पूरा करने में मदद की है कि वह अपनी रखैल के बिस्तर में नहीं मरेगा। पेत्रा कोतेस ने उसके चमड़े के जूते चमका दिए थे जिन्हें वह मरणोपरान्त पहनना चाहता था, और जब उसे ख़बर मिली कि औरेलियानो सेगुन्दो ख़तरे के बाहर है तब वह जूतों को उस तक ले जाने के लिए किसी को ढूँढ़ रही थी। और वाक़ई वह हफ़्ते-भर में एकदम ठीक हो गया और अपने ज़िन्दा बचने की ख़ुशी में उसने ज़बर्दस्त पार्टी दी। वह पेत्रा कोतेस के यहाँ रहता रहा लेकिन रोज़ अपनी पत्नी से मिलने जाता और कभी-कभी परिवार के साथ खाना भी खाता, मानो क़िस्मत ने हालात बदल दिए हों और उसे अपनी रखैल का पति और पत्नी का प्रेमी बना दिया हो।[1]

यह फेर्नान्दा के लिए अच्छा था। अपने अकेलेपन की बोरियत में दोपहर के क्लाविकॉर्ड के पाठ और बच्चों की चिट्ठियाँ ही उसके मन बहलाने के साधन थे। हर दो हफ़्ते पर वह उनको जो लम्बे-लम्बे ख़त लिखती थी उनमें एक भी शब्द सचाई का नहीं होता था। उसने उनसे अपने दु:ख छिपा लिये थे। उनसे वह उस घर की उदासी छिपाती थी जो बेगोनिया पर पड़ती रोशनी, दिन के दो बजे की नीरसता और शहर से अन्दर आनेवाली उत्सव की लहरों के बावजूद, दिन-पर-दिन उसके माँ-बाप की औपनिवेशिक हवेली की तरह होती जा रही थी। फेर्नान्दा अकेले भटकती

---

1. एक बार फिर परिस्थिति के विलोम के दर्शन होते हैं। इसे भी मार्केस की लेखन-शैली का एक ख़ास लक्षण माना जाता है। उपन्यास में अक्सर इस तरह के उदाहरण दिखाई पड़ते हैं।

रहती, तीन ज़िन्दा भूतों और खोसे आर्कादियो बुएन्दीया के मृत भूत के बीच जो कई बार ध्यान लगाकर बैठक की ढलती रोशनी में तब आकर बैठ जाता था जब वह क्लाविकॉर्ड बजा रही होती। कर्नल औरेलियानो बुएन्दीया तो एक परछाईं था। कर्नल खेरिनेल्दो मार्केस के सामने भविष्यहीन युद्ध का प्रस्ताव रखने के बाद से वह वर्कशॉप से केवल अखरोट के पेड़ के नीचे पेशाब करने के लिए ही निकलता था। तीन हफ़्तों में एक बार आनेवाले नाई के अलावा वह किसी से नहीं मिलता था, जो कुछ खाना उर्सुला दिन में लाती, वह खा लेता था। हालाँकि वह पहले वाले उत्साह से ही अब भी सोने की छोटी मछलियाँ बनाता था। लेकिन जब उसे पता चला कि उन्हें गहने के तौर पर नहीं बल्कि ऐतिहासिक स्मृतिचिह्न के तौर पर ख़रीदा जा रहा है तो उसने उन्हें बेचना बन्द कर दिया था। शादी के समय से उसके कमरे में सजी हुई रेमेदियोस की गुड़ियों को उसने आँगन में जला दिया। सजग उर्सुला ने भाँप लिया कि उसका बेटा क्या कर रहा है लेकिन वह उसे रोक नहीं पाई थी।

"तुम पत्थरदिल हो," उसने उससे कहा।

"इसमें दिल की कोई बात नहीं है," वह बोला, "कमरे में कीड़े भर रहे थे।"

आमारान्ता अपना कफ़न बुन रही थी। फेर्नान्दा समझ नहीं पाती थी कि आमारान्ता मेमे को तो कभी-कभार चिट्ठी लिखती और तोहफ़े भेजती, लेकिन खोसे आर्कादियो के बारे में उसे सुनना भी गवारा नहीं था। "वे लोग यह ज़िन्दगी-भर नहीं जान पाएँगे," उर्सुला से पुछवाए जाने पर आमारान्ता ने जवाब दिया था और इस जवाब ने फेर्नान्दा के दिल में एक अबूझ पहेली खड़ी कर दी। वह लम्बी-चौड़ी, अहंकारी, हमेशा अच्छे कपड़े पहनती थी और उसके हाव-भाव में एक अलग तरह की विशिष्टता थी जो उम्र और बुरी यादों के बावजूद सदैव बरकरार रहती थी। ऐसा लगता था मानो आमारान्ता के माथे पर कुँवारेपन की राख का क्रूस था।[1] वास्तव में वह क्रूस तो काली पट्टी के रूप में उसके हाथ में था जिसे वह सोते समय भी नहीं उतारती थी और उसे ख़ुद ही धोती और इस्त्री करती थी। उसकी ज़िन्दगी कफ़न बुनने में बीत रही थी। यह कहना ग़लत नहीं होगा कि वह दिन में बुनती थी और रात में उधेड़ती थी। यह एकाकीपन को दूर करने का नहीं, बल्कि उसे पोसने का एक तरीक़ा था।

---

1. चरित्र के हिसाब से प्रतीकों के अर्थ भी बदल जाते हैं। जैसे कि क्रूस प्रतीक ईसाई परम्परानुरूप औरेलियानो के लिए मृत्यु का संकेत है तो आमारान्ता के लिए वही क्रूस अमरता का प्रतीक हो जाता है।

अपने अकेलेपन के समय फेर्नान्दा को केवल एक ही चिन्ता सताती थी कि मेमे जब छुट्टियों में घर आएगी तब औरेलियानो सेगुन्दो घर पर नहीं होगा। उसके दम घुटने के प्रसंग ने इस आशंका को ख़त्म कर दिया था। मेमे के आने पर उसके माँ-बाप ने समझौता कर लिया था कि न केवल औरेलियानो सेगुन्दो यह जताएगा कि वह अब भी एक पारिवारिक आदमी है बल्कि उसे घर की उदासी का अहसास भी नहीं होने देगा। हर साल दो महीनों के लिए औरेलियानो सेगुन्दो आदर्श पति का रोल अदा करता, आइसक्रीम और मिठाइयों की पार्टियाँ आयोजित करता, जिन्हें वह ज़िन्दादिल और हँसमुख बच्ची क्लाविकॉर्ड बजाकर और जीवन्त कर देती। धीरे-धीरे साफ़ हो गया कि उसने विरासत में अपनी माँ का स्वभाव नहीं पाया था। वह तो आमारान्ता का दूसरा रूप लगती थी, पियेत्रो क्रेस्पी के प्रति गुप्त प्रेम से दिल की दशा बदलने से पहले की आमारान्ता, जिसमें कड़वाहट नहीं थी और जो बारह या चौदह साल की उम्र में अपने नृत्य से पूरे घर को तरंगित कर देती थी। लेकिन आमारान्ता से अलग हटकर, उन सबसे अलग, मेमे में तब तक उस परिवार की एकाकी नियति का कोई लक्षण प्रकट नहीं हुआ था और वह दुनिया के अनुसार जीने में समर्थ प्रतीत होती थी, उस समय भी जब वह कठोर अनुशासन से दोपहर दो बजे क्लाविकॉर्ड बजाने का अभ्यास करने के लिए ख़ुद को बैठक में बन्द कर लेती थी। साफ़ था कि उसे घर पसन्द था और घर आकर नौजवानों के साथ मौज-मस्ती करने के लिए वह साल-भर इस दिन का इन्तज़ार करती थी। वह अपने बाप की तरह ख़ुशियाँ मनाने में माहिर थी और अत्यधिक मेहमाननवाज़ी में विश्वास रखती थी। इस दु:खद विरासत का राज उसकी तीसरी छुट्टियों में तब उजागर हुआ जब मेमे चार ननों और अड़सठ साथियों को लेकर घर आ पहुँची, जिन्हें उसने बिना किसी पूर्वसूचना के एक हफ़्ते के लिए अपने परिवार के साथ रहने के लिए आमंत्रित किया था।

"हे ईश्वर," फेर्नान्दा ने रुआँसी होते हुए कहा, "यह बच्ची तो अपने बाप जितनी ही असभ्य है।" पड़ोसियों से बिस्तर, हैमक माँगने पड़े, मेज़ पर खाने की नौ पालियाँ लगती थीं, नहाने के लिए सबके समय तय करने पड़े और चालीस स्टूल माँगकर लाने पड़े ताकि मर्दाना बटन वाली नीली वर्दी पहने लड़कियाँ पूरा दिन इधर-से-उधर न दौड़ती रहें। उनकी यात्रा असफल रही क्योंकि वे मुखर लड़कियाँ बमुश्किल नाश्ता ख़त्म करती थीं कि उन्हें दोपहर के खाने की बारी लगानी पड़ती और फिर रात के खाने की। पूरे हफ़्ते में वे एक ही बार बाग़ानों की सैर कर पाईं।

रात तक नन थककर चूर हो जातीं, हिलने-बोलने की दशा में नहीं रहतीं और तब भी अथक जवानों की टोली बाहर आँगन में बेसुरे गाने गा रही होती। एक दिन तो उन लोगों ने उर्सुला को लगभग रौंद ही दिया जब उसने ठीक उसी समय उपयोगी होने की कोशिश की, जब उसकी क़तई ज़रूरत नहीं थी। एक अन्य दिन ननें अचानक अपना आपा खो बैठीं जब आँगन में लड़कियों की मौजूदगी से बेख़बर कर्नल औरेलियानो बुएन्दीया ने अखरोट के पेड़ के नीचे पेशाब कर दिया। आमारान्ता ने भी एक दिन लगभग दहशत फैला दी। वह सूप में नमक डाल रही थी। उसी समय रसोई में पहुँची एक नन ने पूछा कि यह पाउडर क्या है। आमारान्ता को जो जवाब सबसे पहले सूझा, उसने वही बोल दिया।

"संखिया," आमारान्ता ने जवाब दिया।

जिस रात वे पहुँची थीं उस दिन सोने से पहले पेशाब करने की लाइन रात के एक बजे तक लगी रही थी। तब फेर्नान्दा ने चैम्बरपॉट ख़रीदे लेकिन वह सिर्फ़ रात्रि की समस्या को सवेरे की समस्या में बदलने में ही सफल रही, क्योंकि भोर होने के साथ ही चैम्बरपॉट धोने के लिए[1] लड़कियों की लाइन लग जाती थी। हालाँकि उनमें से कुछ को बुख़ार हो गया और कुछ मच्छरों के दंश से परेशान थीं लेकिन ज़्यादातर लड़कियों ने तकलीफ़देह मुश्किलों के सामने बड़ी हिम्मत का परिचय दिया। चिलचिलाती दोपहर में वे बग़ीचे में दौड़ती रहतीं। और आख़िरकार जब वे गईं तो फूल बिखर चुके थे, फ़र्नीचर टूट चुका था, दीवारें अक्षरों और चित्रों से अँटी पड़ी थीं। लेकिन उनके जाने से मिली राहत की ख़ातिर फेर्नान्दा ने उनकी सब तोड़-फोड़ माफ़ कर दी। उसने माँगे हुए बिस्तर और स्टूल लौटा दिए और चैम्बरपॉट मेल्कीयादेस के कमरे में रख दिए। वह बन्द कमरा जो एक ज़माने में घर की 'आत्मा' के समान था, अब इन लड़कियों के जाने के बाद से 'चैम्बरपॉट कक्ष' कहलाने लगा था। कर्नल औरेलियानो बुएन्दीया के हिसाब से यह बहुत उपयुक्त नाम था क्योंकि जहाँ सब आश्चर्यचकित रहते थे कि मेल्कीयादेस का कमरा धूल और ध्वंस से मुक्त था, वहीं कर्नल औरेलियानो बुएन्दीया ने उसे घूरे में बदलते देखा था। ख़ैर, उसे कोई फ़र्क़ नहीं पड़ता था कि कौन सही था। अगर उसे उस कमरे की नियति के बारे में पता चला था तो सिर्फ़ इसलिए कि फेर्नान्दा पॉट रखने के लिए

---

1. यह प्रसंग मार्केस की लेखन शैली का अप्रतिम उदाहरण है। मार्केस किसी भी घटना का वर्णन करते समय उसे अविश्वसनीयता के उस बिन्दु तक ले जाते हैं कि विश्वास करना मुश्किल हो जाता है और फिर वापस उस बिन्दु पर लौट आते हैं कि सहसा पूरा वर्णन सहज लगने लगता है।

पूरा दिन उसके काम में बाधा डालते हुए उसके कमरे के सामने से गुज़रती रही।

उन्हीं दिनों खोसे आर्कादियो सेगुन्दो फिर घर वापस लौटा। वह बिना किसी को दुआ-सलाम किए बरसाती से गुज़रा और कर्नल से बात करने के लिए वर्कशॉप में चला गया। उर्सुला उसे देख नहीं सकती थी, इसके बावजूद उसने फ़ोरमैन के बूटों की खटखट की विवेचना की और खोसे आर्कादियो सेगुन्दो और बाक़ी परिवार के बीच की दूरी को देखकर हैरान रह गई। यहाँ तक कि उसके और उसके जुड़वाँ भाई के बीच भी काफ़ी फ़ासला था जिसके साथ वह बचपन में भ्रमित करनेवाले चतुराई भरे खेल खेलता था और अब दोनों में कोई साम्य नहीं रह गया था। वह एक दुबला-पतला, गम्भीर आदमी था, जिसके चेहरे पर विषण्ण भाव के साथ आँखों की उदासी और पतझड़ का रंग था। एक वही था जो अपनी माँ सान्ता सोफ़िया दे ला पियेदाद की तरह दिखता था। उर्सुला वह भूलने के लिए अपने को बार-बार कोसती कि वह भी परिवार का हिस्सा था, लेकिन जब उसे घर में उसकी उपस्थिति का अहसास हुआ और उसने देखा कि कर्नल ने उसे काम के समय भी वर्कशॉप में आने दिया तो उसने अपनी पुरानी यादों को पुनः खँगाला और उसका विश्वास पक्का हो गया कि बचपन में किसी समय उसने अपने जुड़वाँ भाई से जगह बदल ली थी क्योंकि दूसरे का नहीं बल्कि इसी का नाम औरेलियानो होना चाहिए था। किसी को उसकी ज़िन्दगी के बारे में कुछ पता नहीं था। एक बार पता चला था कि उसका कोई ठिकाना नहीं है, वह पिलार तेर्नेरा के यहाँ लड़ाकू मुर्ग़े पालता है और कभी-कभार वहाँ सोता भी है, लेकिन अक्सर वह फ्रांसीसी महिलाओं के कमरों में रात बिताता था। बिना किसी लगाव और महत्त्वाकांक्षा के वह उर्सुला के सौरमंडल में एक ग्रह की तरह था।

खोसे आर्कादियो सेगुन्दो वाक़ई उस परिवार का सदस्य नहीं था, और न ही उस सुबह के बाद से वह किसी दूसरे परिवार का हिस्सा हो सकता था जब कर्नल खेरिनेल्दो मार्केस उसे बैरक ले गया था। इसलिए नहीं कि उसने मौत की सज़ा की तामील जाते हुए देखी थी बल्कि इसलिए कि वह ज़िन्दगी-भर मरनेवाले की उदास और मुँह चिढ़ाती मुस्कान को नहीं भुला पाया था। वह उसकी सबसे पुरानी याद ही नहीं बल्कि उसके बचपन की इकलौती याद बनकर रह गई थी। उसकी दूसरी याद, वह पुरानी बनियान और कौवे के पंख-जैसी टोपी पहने उस बूढ़े आदमी की थी जिसने रोशनी से भरपूर खिड़की में बैठकर उसे आश्चर्यजनक चीज़ों के बारे में बताया था। लेकिन यह कब की बात थी इस बारे में वह यक़ीन से कुछ नहीं

कह सकता था। वह सबक़ और अतीत की ललक से विहीन एक धुँधली याद थी, मृत्युदंड पानेवाले व्यक्ति की याद के विपरीत जिसने उसकी ज़िन्दगी की दिशा तय कर दी थी, और उसकी याद उम्र बढ़ने के साथ-साथ और साफ़ होनी थी मानो वक़्त बीच की दूरियाँ भर देने वाला था। उर्सुला ने खोसे आर्कादियो सेगुन्दो के ज़रिये कर्नल औरेलियानो बुएन्दीया को अपनी क़ैद छोड़ने के लिए प्रेरित करने की कोशिश की। "उसको सिनेमा जाने को कहो," वह उससे कहती, "अगर उसे फ़िल्म पसन्द न भी आए तो कम-से-कम ताज़ी हवा में तो निकलेगा।" लेकिन उसे यह समझने में ज़्यादा देर नहीं लगी कि वह भी उसकी मिन्नतों के प्रति उतना ही उदासीन था जितना कर्नल औरेलियानो बुएन्दीया। और दोनों ने ही स्नेह के ख़िलाफ़ एक ही तरह की अभेद्यता का कवच पहन रखा था। हालाँकि उर्सुला को यह कभी पता नहीं चला, न ही किसी और को कि वे वर्कशॉप में बन्द अपनी लम्बी बैठकों में क्या बातें करते थे, उर्सुला इतना ही समझ पाई कि शायद परिवार के यही दो सदस्य स्नेह के बन्धन से बँधे थे।

सच तो यह है कि खोसे आर्कादियो सेगुन्दो भी कर्नल को उसकी क़ैद से नहीं निकाल पाता। स्कूल की लड़कियों के आक्रमण ने उसका धैर्य ख़त्म कर दिया था। कीड़ों को अपनी ओर आकर्षित करनेवाली रेमेदियोस की गुड़ियाएँ जलाने के बावजूद अपना सोने का कमरा कीड़ों से भरा होने का बहाना करके उसने अपना हैमक वर्क़शॉप में टाँग लिया था। वह केवल अपनी दैनिक ज़रूरतों के लिए ही आँगन में जाता था। उर्सुला उससे बातचीत के मामूली तार भी नहीं जोड़ पाती थी। वह जानती थी कि जो खाना वह उसके लिए ले जाती थी उसे वह एक नज़र देखता भी नहीं था। सोने की छोटी मछलियाँ बनाते समय वह खाने को कार्यशाला के एक कोने में खिसका देता था उसे कोई फ़र्क़ नहीं पड़ता था कि मांस ठंडा हो रहा है या सूप जम रहा है। जब से कर्नल खेरिनेल्दो मार्केस ने उसकी बेतुकी लड़ाई में मदद करने से इनकार कर दिया था वह और कठोर हो गया था। उसने ख़ुद को अपने अन्दर इस क़दर समेट लिया था कि परिवार वाले तो उसे मृत मानने लगे थे। ग्यारह तारीख़ की सुबह जब वह सर्कस परेड देखने के लिए बाहर वाले दरवाज़े तक गया तो पहली बार उसमें कुछ मानवीय संवेदना नज़र आई। कर्नल औरेलियानो बुएन्दीया के लिए वह दिन, बीते हुए कई सालों के अन्य दिनों के समान था। सवेरे पाँच बजे बाहरी दीवार के पार के दादुरों और झींगुरों की आवाज़ों से उसकी नींद टूटी थी। शनिवार से बूँदाबाँदी जारी थी और उसके बग़ीचे की पत्तियों के दरमियान उनकी

मद्धम कानाफूसी सुनने की भी ज़रूरत नहीं थी क्योंकि हर हाल में उस हड्डियों में ठंडक का अहसास तो हो ही जाता। हमेशा की तरह वह अपने ऊनी कम्बल में लिपटा और सूती जाँघिया पहने था जिसे वह अब भी आराम के लिए पहनता था। हालाँकि वे इतने पुराने हो चुके थे कि वह उन्हें 'रूमानी जाँघिया' कहता था। उसने अपनी टाइट पैंट पहनी। लेकिन उन्हें बन्द नहीं किया, न ही हमेशा की तरह कमीज़ के कॉलर में सोने का बटन लगाया क्योंकि वह नहाना चाहता था। फिर उसने टोप की तरह कम्बल सिर पर डाला, झुकी हुई मूँछें उँगलियों से ठीक कीं और पेशाब करने आँगन में गया। अभी सूरज उगने में इतना समय बचा था कि खोसे आर्कादियो बुएन्दीया अभी भी बारिश से सड़ चुके ताड़ के पत्तों के नीचे ऊँघ रहा था। कर्नल औरेलियानो बुएन्दीया को वह दिखाई ही नहीं दिया, जैसे कभी भी दिखाई नहीं दिया था। न ही उसे समझ में न आने वाला वह वाक्य सुनाई दिया जो उसके पिता के भूत ने उसके गर्म पेशाब की धार जूतों पर पड़ने से चौंककर उससे कहा था। ठंड और नमी की वजह से नहीं बल्कि अक्तूबर के उमस-भरे कोहरे की वजह से उसने नहाने का इरादा टाल दिया। वर्कशॉप जाते समय उसका ध्यान उस बाती की गन्ध की तरफ़ गया जिससे सान्ता सोफ़िया दे ला पियेदाद स्टोव जला रही थी और वह रसोईघर में कॉफ़ी उबलने के इन्तज़ार में रुका रहा, ताकि बिना चीनी का अपना प्याला ले जा सके। सान्ता सोफ़िया दे ला पियेदाद ने हर सुबह की तरह उससे पूछा कि कौन-सा दिन था और उसने जवाब दिया कि मंगलवार, ग्यारह अक्टूबर। आग की चमक में लिपटी उस चिरस्थायी महिला को देखकर, जिसका न तो तब, न ही अपनी पूरी ज़िन्दगी के किसी क्षण में कोई वजूद था, कर्नल औरेलियानो बुएन्दीया को अचानक याद आया कि लड़ाई के दौरान ग्यारह अक्टूबर की ही एक रात वह इस क्रूर सचाई के साथ जगा था कि जिस महिला के साथ वह सोया था, वह मर चुकी थी। वह वास्तव में मर गई थी और उसे वह तारीख़ कभी नहीं भूलती थी क्योंकि मरने से एक घंटे पहले ही उस महिला ने उससे पूछा था कि कौन-सा दिन है। उस याद के बावजूद उसे बोध नहीं था कि उसकी पूर्वाभास-क्षमता इस बार किस हद तक उसका साथ छोड़ चुकी थी और जब कॉफ़ी उबल रही थी तब वह बिना किसी लगाव के, महज़ जिज्ञासावश उस महिला के बारे में सोचता रहा जिसे न तो वह जान पाया था, न उसका चेहरा देख पाया था क्योंकि वह अँधेरे में उसके हैमक तक आई थी। तथापि, इसी तरह उसकी ज़िन्दगी में आनेवाली कई महिलाओं के ख़ालीपन में उसे याद नहीं रहा कि यह वही थी जो पहली मुलाक़ात के आवेश में

अपने ही आँसुओं में डूब रही थी, जिसने अपनी मौत के घंटा-भर पहले तक, मरते दम तक उससे प्यार करने की क़सम खाई थी। कॉफ़ी का प्याला लेकर वर्कशॉप में जाने के बाद कर्नल औरेलियानो बुएन्दीया ने उसके या किसी और के बारे में दोबारा नहीं सोचा। लोहे की बाल्टी में रखी छोटी सुनहरी मछलियाँ गिनने के लिए उसने लालटेन जलाया। वे कुल मिलाकर सत्रह थीं। जब से उसने उन्हें न बेचने का फ़ैसला किया था तब से वह दिन में दो मछलियाँ बनाता था और जब पच्चीस पूरी हो जातीं उन्हें पिघलाकर दोबारा बनाना शुरू कर देता। वह पूरी सुबह काम करता रहा। काम में मशगूल, बिना किसी चीज़ के बारे में सोचते हुए, बिना इस अहसास के कि दस बजे बारिश तेज़ हो गई थी और इससे पहले कि घर में पानी भर जाए, कोई दौड़ता हुआ दरवाज़े बन्द करने गया था। यहाँ तक कि उर्सुला के खाना लाने, बत्ती बन्द करने तक उसने अपने बारे में भी नहीं सोचा।

"क्या बारिश है!" उर्सुला ने कहा।

"अक्टूबर," वह बोला।

जवाब देते समय उसने दिन की पहली सुनहरी मछली से नज़रें नहीं हटाईं क्योंकि तब वह उसकी आँखों में मणि जड़ रहा था। उसे ख़त्म करके बाकियों के साथ बाल्टी में रखने के बाद ही उसने सूप पीना शुरू किया। फिर धीमे-धीमे उसने एक ही प्लेट में रखा हुआ भुना मांस, चावल और तले हुए केले के टुकड़े प्याज़ के साथ खाए। उसकी भूख दुःख और सुख में हमेशा एक-सी रहती थी। खाने के बाद उसे निष्क्रियता के उनींदेपन का अहसास हुआ। एक प्रकार के वैज्ञानिक अन्धविश्वास के चलते खाने के कम-से-कम दो घंटे बाद तक वह काम, पढ़ाई, स्नान या प्रेमालाप नहीं करता था। उसका यह विश्वास इतना पक्का था कि कई बार उसने सैनिक कार्रवाई तक रोक दी थी ताकि उसकी फ़ौज को बदहज़मी का ख़तरा न हो। अतः वह पेन-नाइफ से कान साफ़ करते हुए हैमक में लेट गया और चन्द ही मिनटों में सो गया। उसने सपना देखा कि वह सफ़ेद दीवारों वाले एक ख़ाली घर में जा रहा है और इस बात से परेशान हो गया कि उसमें घुसनेवाला वह पहला इनसान था। सपने में उसने याद किया कि यही सपना उसने पिछली रात और बीते सालों में कई बार देखा था और उसे मालूम था कि उठने पर उसे उसकी याद नहीं रहेगी क्योंकि इस बार-बार आनेवाले सपने की ख़ासियत थी कि उसकी बातें सिर्फ़ सपने में ही याद आती थीं। एक पल बाद जब नाई ने वर्कशॉप का दरवाज़ा खटखटाया, कर्नल औरेलियानो बुएन्दीया को लगा कि कुछ क्षणों के

लिए अनायास उसकी आँख लग गई थी और सपना देखने लायक़ लम्बी नींद तो वह सोया ही नहीं था।

"आज नहीं," वह नाई से बोला, "शुक्रवार को रखते हैं।"

उसकी तीन दिन की बढ़ी हुई दाढ़ी थी जिसमें जहाँ-तहाँ सफ़ेद बाल थे। लेकिन उसने हजामत बनवाने की ज़रूरत नहीं समझी क्योंकि शुक्रवार को उसको बाल कटवाने थे और सब कुछ एक साथ हो सकता था। अनचाही नींद के चिपचिपे पसीने ने काँख के घावों की याद ताज़ा कर दी थी। बादल छँट गए थे लेकिन सूरज नहीं निकला था। कर्नल औरेलियानो बुएन्दीया ने ज़ोर की डकार ली, जिससे सूप का स्वाद उसके मुँह में फिर आ गया जो एक तरह से उसके शरीर का हुक्म था। वह कम्बल फेंककर पाखाना जाने को उठ बैठा। उस लकड़ी के डिब्बे से निकलती गन्ध के ऊपर झुका हुआ वह वहाँ ज़रूरत से ज़्यादा तब तक बैठा रहा जब तक आदत ने उसे इशारा नहीं कर दिया कि काम का समय हो गया था। बैठे-बैठे उसे फिर याद आया कि मंगलवार का दिन था और खोसे आर्कादियो सेगुन्दो वर्कशॉप नहीं आया था क्योंकि केला कम्पनी में मंगलवार को तनख़्वाह बँटती थी। पिछले सालों की यादों की तरह इस स्मृति ने भी अनजाने में उसे लड़ाई के दिनों की याद दिला दी थी। उसे याद आया कि कर्नल खेरिनेल्दो मार्केस ने उसे सिर पर सफ़ेद सितारे वाला घोड़ा देने का वादा किया था और फिर दोबारा उसका ज़िक्र भी नहीं किया था। फिर वह बिखरी हुई घटनाओं की तरफ़ गया और बिना किसी निष्कर्ष पर पहुँचे उनको याद किया। चूँकि वह और किसी चीज़ के बारे में नहीं सोच सकता था इसलिए उसने निर्विकार भाव से सोचना सीख लिया था ताकि वे अपरिहार्य यादें उसे कहीं छू न सकें। वर्कशॉप लौटते समय, यह देखकर कि हवा की नमी कम होने लगी थी उसने तय किया कि नहाने के लिए यही ठीक समय था लेकिन आमारान्ता उससे पहले वहाँ पहुँच गई थी। अत: उसने दिन की दूसरी सुनहरी मछली गढ़ना शुरू कर दिया। वह पूँछ में हुक लगा रहा था जब सूरज इतना तेज़ चमका कि रोशनी मछुआरों की नाव की तरह चरमरा उठी। तीन दिन की बूँदा-बाँदी से घुलकर साफ़ हो गई हवा उड़ते काले कीड़ों से भर गई थी। तब उसे अहसास हुआ कि उसे पेशाब लगा था जिसे वह मछली ख़त्म करने तक टालता रहा था। चार बजकर दस मिनट पर वह आँगन में गया। उसे कहीं दूर से आती बैंड की आवाज़ सुनाई दी, और साथ में बच्चों के चिल्लाने की आवाज़ें भी। जवानी से लेकर अब तक पहली बार वह पूरे होशोहवास में अतीत की यादों से घिर गया,

और बंजारों की उस अनोखी दोपहर को याद कर बैठा जब उसके पिता उसे बर्फ़ दिखाने ले गए थे। रसोईघर में अपना काम छोड़कर सान्ता सोफ़िया दे ला पियेदाद दरवाज़े की तरफ़ दौड़ी।

"अरे सर्कस आया है," वह चिल्लाई।

अखरोट के पेड़ तक जाने के बजाय कर्नल औरेलियानो बुएन्दीया बाहर चला गया और परेड देखनेवालों की भीड़ में शामिल हो गया। उसने सोने से सजी एक महिला को हाथी पर बैठे देखा। उसने एक उदास साँड़नी देखी। उसने एक भालू को देखा जिसने डच लड़की की तरह कपड़े पहने थे और थाली और चम्मच से संगीत का साथ देते एक भालू को देखा। परेड के आख़िर में कलाबाज़ी करते जोकर देखे और जब सब कुछ गुज़र गया और सड़क के चमकदार विस्तार और अनिश्चितता की खाई में झाँकते कुछ दर्शकों के साथ उड़नेवाले कीड़ों से भरी हवा के सिवाय कुछ नहीं बचा तो उसने एक बार फिर अपने एकाकीपन का दयनीय चेहरा देखा। तब सर्कस के बारे में सोचता हुआ वह अखरोट के पेड़ तक गया और पेशाब करते समय भी सर्कस के बारे में सोचने की कोशिश करता रहा लेकिन वह कुछ याद नहीं कर पाया। चूजे की तरह उसने अपनी गर्दन कन्धों के बीच खींच ली और पेड़ के तने से सिर टिकाकर शान्त हो गया।[1] घर वालों को उसका पता अगले दिन सुबह ग्यारह बजे तब चला जब सान्ता सोफ़िया दे ला पियेदाद कूड़ा फेंकने पीछे गई और उसका ध्यान वहाँ मँडराती चीलों की तरफ़ गया।

---

1. कर्नल अपने पिता के प्रिय स्थल पर मृत्यु का वरण करता है और एक तरह से अपनी मृत्यु में वह अपने पिता की अगत्यात्मकता को दोहराता है जिसने अखरोट के पेड़ के नीचे बैठकर बरसों गुज़ार दिए थे। यहाँ एक तरह से देखें तो साफ़ पता चलता है कि यहाँ के वर्णन में उपन्यास के पहले वाक्य की पुनरावृत्ति झलकती है। दोनों ही दृश्यों में मृत्यु, सर्कस और बर्फ़ का अद्भुत साम्य है।

14

मेमे की आख़िरी छुट्टियाँ कर्नल औरेलियानो बुएन्दीया के शोक के दौरान पड़ीं। उन दिनों घर में पार्टी के लिए कोई जगह नहीं थी। सब लोग धीमी आवाज़ में बात करते थे, चुपचाप खाते थे और दिन में तीन बार पूजा करते थे। दिन की गर्मी में क्लाविकॉर्ड के अभ्यास में भी शोक-संगीत ही सुनाई पड़ता था। जिस संजीदगी से सरकार ने अपने मृत शत्रु को याद किया था, उससे प्रभावित होकर कर्नल के प्रति अपने विद्वेष के बावजूद फेर्नान्दा ने ही शोक मनाने के लिए इतनी सख़्ती बरती थी। समझौते के अनुसार औरेलियानो सेगुन्दो अपनी बेटी की छुट्टियों के दौरान घर सोने लगा था। फेर्नान्दा ने वैध पत्नी का दर्जा पुनः पाने के लायक़ कुछ-न-कुछ ज़रूर किया था, क्योंकि आनेवाले साल में मेमे को एक छोटी बहन मिली। उसकी माँ की इच्छा के ख़िलाफ़ उसका नाम आमारान्ता उर्सुला रखा गया।

मेमे की पढ़ाई ख़त्म हो गई थी। अपनी पढ़ाई ख़त्म होने की ख़ुशी में आयोजित सभा में उसने अत्यन्त निपुणता से सत्रहवीं सदी की लोकप्रिय धुनें बजाई,[1] जिससे उसके क्लाविकॉर्ड वादक की उपाधि पर प्रशस्ति की मुहर लग गई थी और इससे शोक की अवधि भी ख़त्म हो गई। मेहमानों ने कला से ज़्यादा उसके असाधारण चरित्र की प्रशंसा की। उसके चंचल और बचकाने स्वभाव को देखकर लगता नहीं था कि वह कुछ कर पाने के क़ाबिल होगी लेकिन क्लाविकॉर्ड पर बैठते ही वह एक दूसरी लड़की में तब्दील हो गई, जिसकी अप्रत्याशित परिपक्वता में लोगों को एक वयस्क की झलक दिखाई दी[2] और वह हमेशा ऐसी ही रही। उसमें कोई

1. सत्रहवीं शताब्दी को स्पेन के इतिहास में स्वर्णिम शताब्दी के नाम से जाना जाता है। उस दौरान स्पेन में कला, साहित्य और संगीत का ज़बर्दस्त विकास हुआ। फेर्नान्दा अपनी बेटी में शिक्षा और संस्कृति का वैसा ही परिष्कार देखना चाहती है।
2. चारित्रिक द्वैत बुएन्दीया परिवार की एक और ख़ासियत है। मेमे भी इससे अछूती नहीं है।

ख़ास योग्यता नहीं थी लेकिन कठोर अनुशासन से उसने हमेशा अच्छे नम्बर पाए थे—केवल इसलिए कि उसकी माँ नाराज़ न हो। वे उसे किसी और विषय में तालीम दिलाते, तो भी नतीजा यही होता। बचपन से ही वह फेर्नान्दा की सख़्ती से और उग्र फ़ैसले लेने की उसकी प्रवृत्ति से परेशान रहती थी। फेर्नान्दा की अनम्यता से बचने के लिए मेमे ने क्लाविकॉर्ड के सबक से भी ज़्यादा कठिन परीक्षाएँ पास करने की क्षमता अर्जित कर ली थी। दीक्षान्त समारोह के दौरान उसे लगा कि बड़े आकार के रूमानी अक्षरों से सुशोभित चर्मपत्र उसे उस समझौते से मुक्त कर रहा है ज़िसे उसने आज्ञापालन समझकर नहीं, बल्कि सुभीते की ख़ातिर स्वीकार किया था। उसने सोचा कि अब दुराग्रही फेर्नान्दा भी उस वाद्य की चिन्ता नहीं करेगी, जिसे ननें ख़ुद संग्रहालय की वस्तु मानती थीं। शुरू में तो लगा कि उसका अन्दाज़ा ग़लत था, क्योंकि न केवल घर की बैठक में बल्कि माकोन्दो में होनेवाले हर स्कूली समारोह, देशभक्ति समारोह और ख़ैराती समारोह में आधे शहर को सुला देने के बाद भी उसकी माँ शहर में नये आए हर उस व्यक्ति को घर आमंत्रित करती थी जिसे वह अपनी बेटी की कला की प्रशंसा करने में सक्षम समझती थी। केवल आमारान्ता की मौत के बाद जब वह घर एक बार फिर शोक में बन्द हो गया तभी मेमे क्लाविकॉर्ड को ताला लगाकर उसकी चाबी किसी दराज़ में भूल पाई थी। फेर्नान्दा भी चाबी के ग़ुम होने का पता चलने के बावजूद नाराज़ नहीं हुई। मेमे ने उसके तमाशों को उसी आत्मसंयम से बर्दाश्त किया था, जिस तरह अपनी शिक्षा को किया था। फेर्नान्दा उसकी विनम्रता और कला की प्रशंसा से इतनी ख़ुश थी कि उसने घर में लड़कियों के आने, बग़ीचों में घूमने, या फिर फ़िल्म देखने जाने पर कभी आपत्ति नहीं की, बशर्ते, औरेलियानो सेगुन्दो या फिर घर की कोई भरोसेमन्द महिला उनके साथ हो और फादर आन्तोनियो इसाबेल ने फ़िल्म देखने की स्वीकृति दे दी हो। विश्राम के इन क्षणों में मेमे का असली स्वभाव उजागर हुआ। अनुशासन की दुनिया से दूर शोर-शराबे वाली पार्टियों, प्रेमियों की गप, सखियों के साथ लम्बी बैठकों में वे सिगरेट पीना सीखतीं और मर्दों की बातें करतीं। ऐसी ही बैठकों में एक बार उनके हाथ गन्ने की शराब लग गई और उन लोगों ने नंगे, एक-दूसरे के शरीर के हिस्सों को नापने में मन रमाया। मेमे को वह रात कभी नहीं भूली जब वह मुलेठी चबाती घर आई थी और एक-दूसरे से बिना एक शब्द कहे खाना खा रहीं, उसकी हालत से अनजान आमारान्ता और फेर्नान्दा के साथ बैठ गई थी। उसने डर और हँसी से रोते हुए अपनी एक दोस्त के कमरे में दो आश्चर्यजनक घंटे बिताए थे, और सब

संकटों के परे उसमें वहाँ साहस की इस दुर्लभ भावना का संचार हुआ था जिसकी ज़रूरत उसे स्कूल से भागने के लिए थी और जिसके वशीभूत हो वह किसी तरह अपनी माँ से कह सकती थी कि क्लाविकॉर्ड जाए भाड़ में। मेज़ पर बैठकर, चिकन सूप पीते हुए जो उसके पेट में पुनरुत्थान के अक्सीर की तरह उतरा, मेमे ने फेर्नान्दा और आमारान्ता को वास्तविकता के अभियोगात्मक प्रभामंडल में घिरा देखा। उसे उनके मुँह पर ही उनकी छद्म लज्जा, क्षुद्र मनोवृत्ति और झूठी शान के लिए ताने न मारने के लिए बहुत जतन करना पड़ा। छुट्टियों के दिनों से उसे पता था कि उसका पिता केवल दिखावे के लिए घर पर रह रहा था। फेर्नान्दा को अच्छी तरह समझते हुए, और बाद में पेत्रा कोतेस से मिलकर उसने सोचा कि उसके पिता ने ठीक ही किया था। उसे ख़ुद उस रखैल की बेटी होना स्वीकार था। शराब के नशे में मेमे को यह सोचकर मज़ा आया कि यदि उस समय वह अपनी इच्छा ज़ाहिर कर दे, तो क्या बवाल खड़ा हो जाएगा। उसकी दुष्टता का आन्तरिक सन्तोष इतना तीव्र था कि फेर्नान्दा का ध्यान उस पर चला गया।

"क्या बात है?" उसने पूछा।

"कुछ नहीं," मेमे ने जवाब दिया, "मुझे अब अहसास हो रहा है कि मैं तुम दोनों को कितना चाहती हूँ।"

उसकी नफ़रत-भरी आवाज़ के प्रत्यक्ष बोझ ने आमारान्ता को चौंका दिया। रात में जब मेमे भयंकर सिरदर्द और उल्टी में डूबती हुई उठी, तो फेर्नान्दा इतनी हिल गई कि उसे लगा वह पागल हो जाएगी। उसने मेमे को अरंडी का तेल पिलाया, पेट की सिंकाई की, माथे पर बर्फ़ रखी और पाँच दिन तक उसे बिस्तर से उठने नहीं दिया। उस नये अनोखे फ्रांसीसी डॉक्टर द्वारा बताया गया भोजन उसे दिया गया जो दो घंटे की जाँच-पड़ताल के बाद इस नतीजे पर पहुँचा था कि महिलाओं में इस तरह की बीमारी नहीं होती। हिम्मत टूटने और उत्साह भंग होने पर मेमे के पास इस सबको बर्दाश्त करने के अलावा कोई चारा नहीं था। पूरी तरह से अन्धी हो चुकने के बावजूद सक्रिय और होशमन्द उर्सुला ही ठीक तरह से मर्ज़ का अन्दाज़ा लगा पाई। "जहाँ तक मैं देख सकती हूँ," उसने सोचा, "ये तो वे लक्षण हैं जो शराबियों में पाए जाते हैं।" फिर भी उसने न केवल इस विचार को अपने दिल से निकाल दिया बल्कि अपने ओछे ख़याल के लिए ख़ुद को धिक्कारा भी। मेमे की हालत देखने पर औरेलियानो सेगुन्दो को पछतावा हुआ और उसने भविष्य में उसका ख़याल रखने का फ़ैसला किया। इस तरह बाप-बेटी में दोस्ती का नया रिश्ता

क़ायम हो गया। इसने कुछ समय के लिए बाप को उसकी रँगरलियों के कड़वे एकाकीपन[1] से और घर में बिना कोई नया बवाल खड़ा किए बेटी को फेर्नान्दा की तीखी नज़र से आज़ाद कर दिया जो उस समय अवश्यम्भावी लग रहा था। इस दरमियान औरेलियानो सेगुन्दो ने पहले से तय सारी मुलाक़ातें टाल दीं ताकि वह मेमे के साथ रहे, उसे सिनेमा या सर्कस ले जाए और इस तरह उसने अपना ज़्यादातर ख़ाली समय मेमे के साथ गुज़ारा। कुछ समय से वह अपने हास्यास्पद मोटापे से चिढ़ने लगा था जिसकी वजह से वह अपने जूते के फीते तक नहीं बाँध पाता था और हर तरह की भूख से मिलनेवाला असन्तोष उसको चिड़चिड़ा बना रहा था। बेटी के सामीप्य ने उसकी पुरानी ज़िन्दादिली लौटा दी और उसके साथ रहने का सन्तोष उसे धीरे-धीरे दुराचार से दूर ले जाने लगा। मेमे धीरे-धीरे जवानी की दहलीज़ पर क़दम रख रही थी। आमारान्ता की तरह वह भी बहुत सुन्दर नहीं थी लेकिन सरल और ख़ुशमिज़ाज थी और पहली ही मुलाक़ात में दूसरों का दिल जीत लेती थी। वह स्वभाव से आधुनिक थी और अक्सर फेर्नान्दा की पुरानी गम्भीरता और प्रच्छन्न कृपण हृदय को ठेस पहुँचाती थी, लेकिन औरेलियानो सेगुन्दो उसे प्रोत्साहित करता था। औरेलियानो सेगुन्दो ने मेमे को उस कमरे से निकालने का फ़ैसला किया जहाँ वह बचपन से रह रही थी और जहाँ सन्तों की डरावनी आँखें उसके यौवन की दहशत का भरण-पोषण करती थीं। उसने मेमे के लिए बड़े बिस्तर वाला कमरा तैयार किया, जिसमें एक बड़ी ड्रेसिंग टेबल थी और शनील के पर्दे लगे थे। हालाँकि वह इस बात से अनजान कि वह पेत्रा कोतेस के कमरे का ही रूपान्तर तैयार कर रहा है।[2] वह मेमे के साथ इतना उदार था कि उसे यह भी पता नहीं होता कि उसे कितना पैसा दे रहा है क्योंकि उसकी जेब से मेमे ख़ुद ही पैसे निकाल लेती थी। केला कम्पनी की दुकानों में आनेवाले हर सौन्दर्य प्रसाधन की ख़बर वह रखता था। मेमे का कमरा नाख़ून चमकानेवाले झामक, हेयर-कर्लर, टूथब्रश, आँखों को उनींदा बनानेवाले मशकारे और ऐसे कई नये अंगरागों और सौन्दर्य प्रसाधनों से भर गया था कि फेर्नान्दा जब अपनी बेटी के कमरे में जाती

---

1. यहाँ एक नये तरह के एकाकीपन के दर्शन होते हैं। यह इस बात का प्रतीक है कि बुएन्दीया परिवार में सबसे अधिक बहिर्मुखी होने के बावजूद औरेलियानो सेगुन्दो भी परिवार के इस चिर-परिचित अभिशाप से अछूता नहीं है।
2. यहाँ दबा-छिपा कौटुम्बिक व्यभिचार अपनी उपस्थिति दर्ज कराता है। औरेलियानो सेगुन्दो और उसकी बेटी रेनेता रेमेदियोस कभी-कभी प्रेमी-प्रेमिका की तरह व्यवहार करते हैं। हालाँकि स्पष्ट रूप से नहीं लेकिन औरेलियानो सेगुन्दो का अवचेतन मन इस व्याधि से ग्रस्त लगता है।

तो वह इस विचार से क्षुब्ध रह जाती कि उसकी बेटी की ड्रेसिंग टेबल, फ्रांसीसी महिलाओं की ड्रेसिंग टेबल से कम नहीं थी। उन दिनों फेर्नान्दा अपना समय नटखट और अक्सर अस्वस्थ रहने वाली छोटी आमारान्ता उर्सुला और अदृश्य डॉक्टरों के साथ कारुणिक पत्र-व्यवहार के बीच बाँटती थी। इसलिए जब उसने बाप-बेटी के साहचर्य पर गौर किया तो औरेलियानो सेगुन्दो से एक ही वचन माँगा कि वह मेमे को कभी पेत्रा कोतेस के घर नहीं ले जाएगा। यह माँग निरर्थक थी क्योंकि अपने प्रेमी और उसकी बेटी की दोस्ती से पेत्रा कोतेस इतनी नाराज़ थी कि मेमे का मुँह तक नहीं देखना चाहती थी। पेत्रा एक अनजान भय से त्रस्त थी, मानो उसका मन चुगली कर रहा था कि केवल चाहने-भर से मेमे वह कर सकती है जो फेर्नान्दा कभी नहीं कर पाई थी : मेमे उसे उस प्यार से वंचित कर सकती थी जिसे वह तब तक जीवनपर्यन्त अपने लिए सुनिश्चित मान बैठी थी। पहली बार औरेलियानो सेगुन्दो को अपनी रखैल के कड़े शब्द और तीख़ी फटकार बर्दाश्त करनी पड़ी और उसके भीतर डर बैठ गया कि कहीं उसके घुमन्तू ट्रंक उसकी पत्नी के घर न लौट जाएँ। पर ऐसा नहीं हुआ। कोई भी मानव-स्वभाव को उतनी अच्छी तरह नहीं समझता था जितना पेत्रा कोतेस अपने प्रेमी को समझती थी। वह जानती थी कि ट्रंक वहीं रहेंगे जहाँ भेजे गए थे क्योंकि औरेलियानो सेगुन्दो को अगर किसी एक चीज़ से चिढ़ थी तो वह थी उसकी ज़िन्दगी को उलझानेवाले परिवर्तन और बदलाव। अतः ट्रंक वहीं रहे और प्रेमी को पुनः जीतने के लिए पेत्रा कोतेस ने अपने उन हथियारों को पैना करना शुरू कर दिया जो उसकी बेटी उस पर कभी इस्तेमाल नहीं कर सकती थी। यह भी एक निरर्थक प्रयास था क्योंकि मेमे का अपने पिता की निजी ज़िन्दगी में दख़ल देने का इरादा क़तई नहीं था। और अगर होता भी तो वह रखैल के हक़ में ही होता। उसके पास किसी को तंग करने का समय नहीं था। जैसा कि ननों ने उसे सिखाया था, वह अपने कमरे में ख़ुद झाड़ू लगाती थी और ख़ुद बिस्तर ठीक करती थी। सवेरे वह अपने कपड़े ठीक करती, बरसाती में बैठकर सिलाई करती या आमारान्ता की पुरानी पैर वाली मशीन चलाती। दोपहर में जब सब सिएस्ता कर रहे होते तो फेर्नान्दा को शान्त रखने के लिए वह दो घंटे क्लाविकॉर्ड पर अभ्यास करती। और इसी वजह से वह चर्च के मेलों और स्कूलों के समारोहों में क्लाविकॉर्ड बजाती रही हालाँकि माँग दिन-पर-दिन कम होती जा रही थी। रात होते-होते वह तैयार होती, एक सादा ड्रेस के साथ ऊँची एड़ी वाली चप्पल पहनती और अगर पिता के साथ कोई कार्यक्रम नहीं होता तो अपनी किसी सहेली के घर चली जाती

जहाँ वह खाने के समय तक रुकती। और अक्सर औरेलियानो सेगुन्दो उसे सिनेमा ले जाने के लिए तब तक वहाँ पहुँच जाता।

मेमे की सहेलियों में तीन अमेरिकी लड़कियाँ भी थीं जिन्होंने बिजली लगे तार के बाड़े से बाहर आकर माकोन्दो की लड़कियों से दोस्ती की थी। उनमें से एक पेट्रीसिया ब्राउन थी। औरेलियानो सेगुन्दो की मेहमाननवाज़ी के बोझ से दबे मिस्टर ब्राउन ने अपने घर के दरवाज़े मेमे के लिए खोल दिए और शनिवार के नृत्योत्सव के लिए उसे आमंत्रित किया जहाँ ग्रिंगो और मूल निवासियों को घुलने-मिलने का इकलौता मौक़ा मिलता था।[1] जब फेर्नान्दा को इसका पता चला तो वह एक पल के लिए आमारान्ता उर्सुला और अदृश्य डॉक्टरों को भूलकर भावुक हो उठी। "ज़रा सोचो," उसने मेमे से कहा, "कर्नल अपनी क़ब्र में क्या सोच रहा होगा!" स्वभावत: उसने उर्सुला का समर्थन चाहा। लेकिन सबकी अपेक्षा के विपरीत उस अन्धी बुढ़िया को मेमे के नृत्योत्सव में जाने और अमेरिकी लड़कियों से दोस्ती करने में कुछ ग़लत नहीं लगा, जब तक कि वह अपनी आदतें न बिगाड़े और प्रोटेस्टेंट धर्म न अपनाए। मेमे अपनी लकड़दादी के मन की बात अच्छी तरह समझ गई थी इसलिए पार्टी के अगले दिन वह जल्दी उठकर मिस्सा के लिए चली जाती। फेर्नान्दा का विरोध उस दिन ख़त्म हो गया जब मेमे ने उसे बताया कि अमेरिकी लोग उसका क्लाविकॉर्ड सुनना चाहते हैं। वाद्ययंत्र घर से निकालकर मिस्टर ब्राउन के घर ले जाया गया, जहाँ उस नौजवान वादक को सच्ची शाबाशी और ढेरों बधाइयाँ मिलीं। उसके बाद से उसे न केवल नृत्योत्सवों में बल्कि रविवार की तैराकी पार्टी और हफ़्ते में एक दिन दोपहर के खाने पर भी आमंत्रित किया जाने लगा। मेमे ने पेशेवर की तरह तैरना, टेनिस खेलना और अनन्नास के टुकड़ों के साथ वर्जीनिया हैम (सूअर का गोश्त) खाना सीख लिया। नृत्य, तैराकी और टेनिस के बीच उसने अपने आप अंग्रेज़ी सीखना भी शुरू कर दिया। अपनी बेटी की प्रगति से औरेलियानो सेगुन्दो इतना गद्‌गद हुआ कि उसने एक विक्रेता से रंगीन चित्रों वाला छह खंडों का अंग्रेज़ी विश्वकोश ख़रीद लिया, जिसे मेमे ख़ाली समय में पढ़ती थी।[2] पहले मेमे का जो समय प्रेमियों की गप और जीवन की रहस्यमयता खोजने में ज़ाया

---

1. ग्रिंगो और माकोन्दो के मूल निवासियों के बीच सम्पर्क दरअसल नव-औपनिवेशिक समाज का एक लक्षण है।
2. खोसे आर्कादियो अपने बच्चों को अनन्त ज्ञान से परिपूर्ण करना चाहता था। उसकी यह इच्छा उसकी पड़पोती के रूप में आकर पूरी होती है।

होता था, अब पढ़ने में गुज़रता था। ऐसा इसलिए नहीं था कि उस पर अनुशासन लाद दिया गया था, बल्कि इसलिए कि आम चर्चा में उपस्थित रहने वाले रहस्यों पर बात करने में अब उसकी दिलचस्पी नहीं रह गई थी। शराब के नशे में अपना होश खो देने के प्रसंग को वह एक बचकाना हरकत मानती थी और यह उसे इतना हास्यास्पद लगा था कि इसका ज़िक्र वह औरेलियानो सेगुन्दो से किए बिना नहीं रह सकी। औरेलियानो सेगुन्दो को तो यह और भी दिलचस्प लगा। "सोचो अगर तुम्हारी माँ को पता होता," हँसते-हँसते लोटपोट होते हुए वह बोला, जैसा कि वह हमेशा कहता था जब मेमे उसे भरोसे में लेकर कोई ख़ास बात बताती थी। उसने मेमे से वादा लिया था कि वह इसी विश्वास से उसे अपने पहले प्रेम के बारे में बताएगी। मेमे ने उसे बताया भी कि उसे एक अमेरिकी लड़का पसन्द था जो अपने माँ-बाप के पास छुट्टियाँ बिताने आया था। "क्या बात है," औरेलियानो सेगुन्दो ने हँसते हुए कहा, "सोचो, अगर तुम्हारी माँ को मालूम होता!" लेकिन मेमे ने उसे यह भी बता दिया कि वह लड़का अपने देश वापस चला गया है और अब उसके दिमाग़ से उतर गया है। उसके समझदार फ़ैसले से घर की शान्ति भंग नहीं हुई। तब औरेलियानो सेगुन्दो पेत्रा कोतेस को ज़्यादा समय देने लगा। हालाँकि उसका शरीर और उसकी आत्मा अब पहले जैसी रँगरलियों की इजाज़त नहीं देते थे, फिर भी वह पार्टी आयोजित करने का कोई मौक़ा नहीं छोड़ता और न ही अकॉर्डियन निकालने का जिसके कुछ परदे तब तक फीतों से बँध चुके थे। घर पर आमारान्ता अपना अन्तहीन कफ़न बुनने में जुटी थी और उर्सुला अपने बुढ़ापे के साथ परछाइयों की गहराई में भटक रही थी जहाँ सिर्फ़ अखरोट के पेड़ के नीचे खोसे आर्कादियो बुएन्दीया का प्रेत दिखाई देता था। घर में फेर्नान्दा की पहले से ज़्यादा चलने लगी थी।[1] अब अपने बेटे खोसे आर्कादियो को लिखी गई उसकी चिट्ठियाँ झूठ से भरे पोथे नहीं होते थे। उसने केवल अपने अदृश्य डॉक्टरों का पत्र-व्यवहार ही छिपाया, जिन्होंने उसकी बड़ी आँत में एक फोड़ा खोज निकाला था और अब उसे टेलीपैथिक ऑपरेशन के लिए तैयार कर रहे थे।

कहा जा सकता था कि लम्बे समय तक बुएन्दीया परिवार की थकी-माँदी कोठी में शान्ति और ख़ुशी छाई थी, अगर आमारान्ता की मृत्यु की वजह से वहाँ एक नया

1. परिवार में उर्सुला की सत्ता धीरे-धीरे फेर्नान्दा को हस्तान्तरित हो जाती है। जैसे पहले घर में उर्सुला की हुकूमत चलती थी वैसे ही बाद में फेर्नान्दा की चलने लगी। कोलम्बियाई समाज की पारिवारिक संरचना मातृसत्तात्मक है।

हंगामा खड़ा न हो गया होता। यह एक आकस्मिक घटना थी। हालाँकि वह बूढ़ी हो गई थी और सबसे अलग-थलग पड़ चुकी थी फिर भी दृढ़ और सीधी लगती थी और हमेशा की तरह पत्थर के समान स्वस्थ थी। कर्नल खेरिनेल्दो मार्केस को आख़िरी बार अस्वीकार करने के बाद उसने रोने के लिए ख़ुद को कमरे में बन्द कर लिया था और उस दोपहर के बाद उसके मन की बात कोई नहीं ताड़ पाया था। 'ख़ूबसूरत' रेमेदियोस के स्वर्गारोहण, सभी औरेलियानो-पुत्रों की मौत और यहाँ तक कि उसके चहेते कर्नल औरेलियानो बुएन्दीया की मौत पर भी वह नहीं रोई थी, हालाँकि इसका इज़हार उसने अखरोट के पेड़ के नीचे उसकी लाश मिलने पर किया था। उसने लाश उठवाई। उसे वर्दी पहनाई, दाढ़ी बनाई, कंघी की और उसकी मूँछों को मोम लगाकर इस तरह ताना जैसा कर्नल ने कभी ख़ुद भी, यश के शिखर पर भी, नहीं किया था। किसी को भी नहीं लगा कि वह इस काम को पूरे मनोयोग से कर रही थी। सभी लोग मृत्यु सम्बन्धी धार्मिक अनुष्ठानों के बारे में आमारान्ता की जानकारी से पूर्व परिचित थे। फेर्नान्दा इसको लेकर परेशान थी कि आमारान्ता जीवन से कैथोलिक धर्म के रिश्ते को नहीं समझती थी और वह सिर्फ़ मृत्यु से इसके रिश्ते को ही जानती थी मानो वह धर्म न होकर अन्तिम संस्कार की प्रथाओं का सार-संग्रह हो।[1] अपनी यादों के बवंडर में खोई आमारान्ता इस जटिल धर्ममंडन से बहुत दूर थी। अतीत की समस्त यादें पूरी तरह से सँजोए हुए वह बुढ़ापे तक पहुँची थी। जब वह पियेत्रो क्रेस्पी का संगीत सुनती थी तो जवानी की तरह अब भी उसे वैसे ही रोने की इच्छा होती थी, मानो वक़्त और उसकी ठोकरों का उसके लिए कोई मतलब न हो। सीलन से सड़े होने के बहाने कूड़े में फेंके गए संगीत के रोल उसकी स्मृति में घूमते और बजते रहते थे। उसने अपनी यादों को अपने भतीजे औरेलियानो खोसे के साथ अनुराग के दलदल में डुबोने की कोशिश की थी, कर्नल खेरिनेल्दो मार्केस के शान्त और तेजस्वी संरक्षण में भी शरण लेने की कोशिश की थी लेकिन वह उनसे पीछा नहीं छुड़ा पाई थी, और न ही बुढ़ापे के उस सबसे दुस्साहसिक कर्म से जब सेमिनरी भेजे जाने के तीन साल पहले छोटे-से खोसे आर्कादियो को वह नहलाती और स्पर्श करती थी—एक दादी की तरह नहीं बल्कि वैसे जैसे एक औरत एक मर्द को स्पर्श करती हो, जैसा कि प्रचलित था

---

1. माकोन्दो के लोगों के लिए कैथोलिक धर्म गहरी आस्था का प्रतीक नहीं है। यहाँ इसका स्थान सिर्फ़ एक सामाजिक व्यवहार जैसा है। कर्मकांड और धार्मिक रीति-रिवाज सिर्फ़ नाम के लिए मनाए जाते हैं।

कि फ्रांसीसी महिलाएँ किया करती थीं और जैसे बारह-चौदह साल की उम्र में वह पियेत्रो क्रेस्पी को छूना चाहती थी जब उसने उसे चुस्त नृत्य-पोशाक पहने हाथ में वह जादुई छड़ी लिये देखा था जिससे वह तालमापी के साथ ताल मिला रहा था।[1] कई बार उसे इस बात का दु:ख होता कि उसने दर्द के इस भावोद्‌गार को इस हद तक भटकने दिया था; कई बार उसे इतना ग़ुस्सा आता कि वह उँगलियों में सूई चुभोती लेकिन उसको सबसे ज़्यादा दु:ख, क्रोध और कटुता इस बात से होती कि प्रेम का सुगन्धित और कीड़ों से भरा अमरूद का बग़ीचा उसे मौत की तरफ़ खींच रहा था। जैसे कर्नल औरेलियानो बुएन्दीया अपनी लड़ाई के बारे में सोचने को मजबूर था, उसी तरह आमारान्ता रेबेका के बारे में सोचती थी। लेकिन जहाँ उसका भाई अपनी यादों को अनुर्वर बनाने में सफल रहा था, आमारान्ता ने अपनी यादों को और ज़्यादा भड़का लिया था। कई सालों तक वह ईश्वर से सिर्फ़ एक ही दुआ माँगती रही कि वह उसे रेबेका से पहले मौत का शाप न दे। हर बार जब भी वह उसके घर के सामने से गुज़रती, तो बढ़ती टूट-फूट को देखकर ख़ुश होती कि ईश्वर उसकी सुन रहा है। एक दोपहर, जब वह बरसाती में बैठी सिलाई कर रही थी, उसे इस निश्चितता का अहसास हुआ कि जब उसे रेबेका की मृत्यु की ख़बर मिलेगी तब वह उसी स्थिति में, दिन के उसी उजाले में उसी जगह बैठी होगी। वह इन्तज़ार में बैठ गई, जैसे कोई ख़त का इन्तज़ार करता है; और निष्क्रियता की वजह से प्रतीक्षा और लम्बी और चिन्ताजनक न हो जाए इसलिए वह बटन तोड़ती और उन्हें लगाती। उस समय किसी को पता नहीं चला कि आमारान्ता रेबेका के लिए एक शानदार कफ़न बुन रही है। बाद में, जब औरेलियानो त्रिस्ते ने उसे बताया कि उसने रेबेका को चिमड़ी त्वचा और सिर पर कुछ सुनहरे धागों वाले प्रेत के रूप में देखा है तो आमारान्ता को आश्चर्य नहीं हुआ क्योंकि जो ब्योरा उसे मिला था, वैसी ही कल्पना वह कुछ दिनों से कर रही थी। उसने रेबेका की लाश का जीर्णोद्धार करने का फ़ैसला किया, उसके चेहरे की क्षति को पैराफीन से छिपाने का और उसके लिए सन्तों के बालों से विग बनाने का। उसने तय किया कि शानदार कफ़न और मखमली अस्तर वाली शव पेटी के साथ वह एक सुन्दर लाश तैयार करेगी, और आलीशान तरीक़े से, सभी धार्मिक अनुष्ठानों के साथ उसका अन्तिम संस्कार

1. औरेलियानो खोसे और उसकी दादी आमारान्ता के बीच कौटुम्बिक व्यभिचार का यह प्रसंग बुएन्दीया परिवार की आख़िरी पीढ़ी में कैशोरीय कर्मकांड का प्रतीक है। बिलकुल उसी तरह जैसे बुएन्दीया वंश की पहले की पीढ़ियाँ अपनी तरुणाई में पेत्रा कोतेस के प्रेम में डूबती-उतराती थीं।

कर उसे कीड़ों के हवाले कर देगी। उसने इतनी नफ़रत से अपनी योजना बनाई थी कि उसके बारे में सोचकर वह ख़ुद ही काँप उठती थी और अगर उसे यह काम प्यार की ख़ातिर करना होता तो भी ठीक उसी तरह होता। उसने किसी भी गड़बड़ से अपना सन्तुलन बिगड़ने नहीं दिया और मृत्यु सम्बन्धी संस्कारों में उसने इस क़दर महारत हासिल कर ली थी कि वह उनकी विशेषज्ञ हो गई थी। अपनी योजना बनाते समय उसे सिर्फ़ एक बात का ध्यान नहीं रहा कि ईश्वर से तमाम मिन्नतों के बावजूद अगर वह रेबेका से पहले मर गई तो क्या होगा? वास्तव में, ऐसा ही हुआ। लेकिन अन्तिम समय में आमारान्ता को किसी तरह का क्षोभ नहीं हुआ, उलटे, तमाम कड़वाहट से परे वह शान्तचित्त थी क्योंकि वक़्त से काफ़ी पहले ख़ुद मृत्यु ने उसके सामने प्रस्तुत होने का सौभाग्य उसे प्रदान किया था। एक तपती दोपहर, मेमे के स्कूल चले जाने के बाद जब वह बरसाती में बैठी सिलाई कर रही थी उसने मृत्यु को देखा था। उसका ध्यान उस तरफ़ इसलिए गया क्योंकि मृत्यु पुराने ज़माने की, नीले कपड़े पहने लम्बे बालों वाली एक महिला थी और कुछ-कुछ उस पिलार तेर्नेरा जैसी थी जब वह रसोई में मदद करने आती थी। कई बार वहाँ होने के बावजूद उसके इतना मानवीय और सजीव होने के बाद भी फेर्नान्दा उसे नहीं देख पाई थी, और एक बार तो उसने आमारान्ता से सूई में धागा भी डलवाया था। मृत्यु ने उसे यह नहीं बताया कि वह कब मरेगी, या उसका समय रेबेका से पहले आएगा लेकिन उसे आदेश दिया कि आनेवाले छह अप्रैल को वह अपना कफ़न सिलना शुरू कर दे। उसे अधिकृत किया गया था कि वह अपना कफ़न चाहे जितना जटिल और सुन्दर बना ले लेकिन उतनी ही ईमानदारी से बनाए जितनी उसने रेबेका का कफ़न बनाने में बरती थी। और उसे पहले ही बता दिया गया था कि शाम को जब कफ़न बुनकर तैयार हो जाएगा, वह बिना भय, दर्द या कड़वाहट से मृत्यु का वरण कर लेगी।[1]

ज़्यादा से ज़्यादा समय लगाने के लिए आमारान्ता ने सूत मँगाकर ख़ुद धागा काता। उसने यह काम इतनी सावधानी से किया कि इसी में उसे चार साल लग

---

1. यह प्रसंग एक सच्ची घटना पर आधारित है जो गार्सीया मार्केस के जीवन में घटित हुई थी। मार्केस कहते हैं, मेरी एक चाची एक दिन कफ़न सीने बैठीं, जब मैंने उनसे पूछा, "आप यह क्यों सी रही हैं," तो उन्होंने जवाब दिया, "बच्चे, ऐसा मैं इसलिए कर रही हूँ क्योंकि मैं मरनेवाली हूँ," वह कफ़न सीती रहीं और जब वह पूरा हो गया तो वह सो गईं और मृत्यु को प्राप्त हुईं। Vargas Llosa, Mario and García Márquez, Gabriel. (1968), *La novela en América Latina : diálogo*, Lima: s.l.n.f, (P. 15)

गए। फिर उसने सिलाई शुरू की। जैसे-जैसे वह अन्त के क़रीब पहुँच रही थी, उसे समझ आने लगा कि कोई चमत्कार ही उसका काम रेबेका की मौत के आगे खींच सकता था लेकिन इसी भयाकुलता ने उसे यह सदमा बर्दाश्त करने का सामर्थ्य भी दे दिया था। तब वह कर्नल औरेलियानो बुएन्दीया की सुनहरी मछलियों के दुश्चक्र को समझ पाई। संसार उसकी त्वचा की ऊपरी सतह तक ही सिमटकर रह गया था और उसकी आत्मा से कड़वाहट ग़ायब थी। उसे खेद था कि उसे यह आत्मज्ञान कई साल पहले क्यों नहीं हुआ जब यादों की परिशुद्धि और नई रोशनी में सृष्टि का पुनर्सृजन और शाम को बिना कँपकँपाए पियेत्रो क्रेस्पी के चमेली के इत्र की ख़ुशबू का स्पर्श सम्भव था, साथ ही सम्भव था रेबेका को उसके दुःख के दलदल से निकालना, नफ़रत या प्यार की भावना से नहीं बल्कि एकाकीपन की असीम समझ से। मेमे के शब्दों में भरी नफ़रत से उसे इसलिए दुःख नहीं हुआ था कि मेमे उससे नफ़रत करती थी बल्कि इसलिए हुआ कि उसे एक और कैशोर्य की प्रतिकृति का अहसास हुआ जो विद्वेष से भरी होने के बावजूद उतनी ही पाक लगती थी जितनी कि उस उम्र में वह ख़ुद रही होगी। लेकिन तब तक वह उसकी नियति को लेकर इतनी आश्वस्त हो चुकी थी कि उसे इस तथ्य से ज़रा भी अफ़सोस नहीं हुआ कि उसके लिए सामंजस्य के सारे रास्ते बन्द हो गए हैं। उसका मक़सद केवल कफ़न पूरा करना था। शुरुआत की तरह फ़ालतू की बारीकियों में समय गुज़ारकर काम में देरी करने के बजाय उसने बुनाई तेज़ कर दी। एक हफ़्ते पहले उसने अनुमान लगा लिया कि आख़िरी टाँका वह चार फ़रवरी की रात को लगाएगी। बिना अपने मन्तव्य का खुलासा किए उसने मेमे को सुझाव दिया कि उसकी मौत के एक दिन बाद के लिए रखा गया क्लाविकॉर्ड वादन समारोह वह पहले कर ले लेकिन उस लड़की ने ध्यान नहीं दिया। तब आमारान्ता अड़तालीस घंटों के लिए मौत को टालने का रास्ता खोजने में लग गई। उसे लगा भी कि मौत ने शायद उसकी सुन ली है जब तूफ़ान की वजह से बिजली संयंत्र में ख़राबी आ गई। लेकिन अगले दिन, सुबह आठ बजे, किसी भी औरत द्वारा तैयार की गई सबसे ख़ूबसूरत चीज़ में उसने आख़िरी टाँका लगाया और बड़े इत्मीनान से ऐलान किया कि वह सूर्यास्त के समय मरनेवाली है। आमारान्ता ने न केवल घरवालों को बल्कि पूरे शहर को बता दिया क्योंकि उसको विश्वास हो गया था कि वह एक उपकार करके ज़िन्दगी-भर की नीचता की भरपाई कर सकती है, और उसने सोचा कि मृतकों को ख़त पहुँचानेवाला भला उससे बेहतर कौन होगा!

दोपहर तक माकोन्दो में यह समाचार आग की तरह फैल गया कि आमारान्ता बुएन्दीया सूर्यास्त के समय, मृतकों की चिट्ठियाँ लेकर स्वर्ग सिधारनेवाली है और दोपहर तीन बजे डब्बा-भर चिट्ठियाँ बैठक में इकट्ठा हो गई थीं।[1] जो लिखना नहीं चाहते थे, उन्होंने आमारान्ता को ज़बानी सन्देशे दे दिए जिन्हें आमारान्ता ने प्राप्तकर्ता के नाम और मृत्यु-तिथि के साथ एक कॉपी में लिख लिया। "घबराओ मत," वह सन्देश देनेवालों से बोली, "वहाँ पहुँचने पर मैं सबसे पहले उसे ढूँढूँगी और तुम्हारा सन्देशा दूँगी।" बड़ी विचित्र स्थिति थी। आमारान्ता बिलकुल भी परेशान या दुखी नहीं लग रही थी बल्कि काम पूरा होने पर कुछ युवा ही लग रही थी। वह हमेशा की तरह दुबली और तनी हुई थी। यदि उसके गाल सख़्त और उभरे और कुछ दाँत टूटे न होते तो वह अपनी उम्र से कहीं कम लगती। उसने ख़ुद तैयारी की कि चिट्ठियों को बन्द करके उसकी क़ब्र में रख दिया जाए और आदेश दिया कि उन्हें सीलन से बचाने का सबसे बेहतर उपाय किया जाए। सवेरे उसने बढ़ई को बुलाया और बैठक में खड़े होकर इस तरह नाप दिया मानो नये कपड़े सिलवा रही हो। अपने आख़िरी चन्द घंटों में उसने इतनी जीवन्तता दिखाई कि फेर्नान्दा को लगा कि वह लोगों का मज़ाक़ उड़ा रही है। उर्सुला को कोई शक नहीं रह गया था कि आमारान्ता को मृत्यु का पूर्वाभास हो गया है क्योंकि उसे तजुर्बा था कि बुएन्दीया परिवार के सदस्य बीमारी से नहीं मरते थे—लेकिन वह इस बात से ज़्यादा भयभीत थी कि चिट्ठी भेजनेवाले जल्दबाज़ी में कहीं उसे ज़िन्दा ही न दफ़ना दें! इसलिए उसने घर ख़ाली करवाना शुरू किया और चिल्लाकर तथा समझाकर चार बजे तक वह अन्दर घुस आए लोगों से घर ख़ाली कराने में सफल रही। उस समय तक आमारान्ता ने अपना सामान ग़रीबों में बाँट दिया था, और अधूरे ताबूत पर मौत के समय पहननेवाले कपड़ों का एक जोड़ा और कपड़े की सादा चप्पलें रख ली थीं। उसने इस बात पर ख़ास ध्यान दिया था क्योंकि कर्नल औरेलियानो बुएन्दीया के मरने पर उन्हें नये जूते ख़रीदने पड़े थे। उसके पास सिर्फ़ एक जोड़ी पुरानी चप्पल थी जिसे वह वर्कशॉप में पहनता था। पाँच बजे के क़रीब जब औरेलियानो सेगुन्दो मेमे को वादन क्लाविकॉर्ड समारोह के लिए लेने आया तो घर-भर को अन्तिम संस्कार के लिए तैयार देखकर

1. उपन्यास की एक और ख़ास बात यह लगती है कि माकोन्दो में कुछ भी असाधारण होता प्रतीत नहीं होता। टेलीग्राफ़, टेलीफ़ोन, ट्रेन जैसे आधुनिकता के प्रतीकों के साथ-साथ माकोन्दो निवासी अलौकिक चीज़ों को भी बड़े सामान्य भाव से स्वीकार करते हैं। सब कुछ सहज। जैसे कि मनुष्यों के साथ भूतों का डेरा। माकोन्दो में एक ही नियम व्याप्त है—सब कुछ सम्भव है, विचित्र कुछ भी नहीं।

हैरान रह गया। उस समय अगर कोई जीवित लग रहा था तो वह थी शान्त आमारान्ता जो अपने घट्टे काट रही थी। औरेलियानो सेगुन्दो और मेमे ने दिखावटी विदाई ली और वादा किया कि आनेवाले शनिवार को उसके पुनर्जीवन का समारोह आयोजित करेंगे। फादर आन्तोनियो इसाबेल ने जब सुना कि आमारान्ता बुएन्दीया मृतकों के लिए चिट्ठियाँ ले जा रही है, तो वह पाँच बजे क्रियाकर्म के लिए आ पहुँचा। उसे पन्द्रह मिनट इन्तज़ार करना पड़ा क्योंकि चिट्ठियाँ ले जानेवाली नहा रही थी। जब उसने उसे नहाने के बाद सफ़ेद सूती रात्रि परिधान और कन्धों पर झूलते खुले बालों में देखा तो उस बूढ़े पादरी को सब कुछ छलावा-सा लगा और उसने वेदी सेवक को वापस भेज दिया। फिर भी उसने सोचा कि वह मौक़े का फ़ायदा उठाकर बीस साल की चुप्पी के बाद आमारान्ता से पाप स्वीकार करवा लेगा। आमारान्ता ने उसे टका-सा जवाब दिया कि उसकी अन्तरात्मा निर्मल है और उसे किसी तरह की आध्यात्मिक सहायता की ज़रूरत नहीं है।[1] फेर्नान्दा भौचक्की रह गई। सुनने वालों की परवाह किए बिना उसने ज़ोर से पूछा कि आमारान्ता ने ऐसा कौन-सा पाप किया था कि पाप स्वीकार करने के बजाय उसे एक अधर्मी मौत मंज़ूर थी। तब आमारान्ता लेट गई और रूप से अपने कुँवारेपन की उर्सुला से सरेआम गवाही दिलवाई।

"कोई भी ग़लतफ़हमी में न रहे," वह ज़ोर से चिल्लाई ताकि फेर्नान्दा सुन सके, "आमारान्ता बुएन्दीया यह घर उसी हाल में छोड़ रही है जिस हाल में वह इस दुनिया में आई थी।"

वह फिर नहीं उठी। गद्दियों पर इस तरह लेटी, जैसे वह वाक़ई बीमार हो। मृत्यु के कहने के मुताबिक़ उसने बाल गूँथकर कानों के पास लपेट लिये थे। फिर उसने उर्सुला से शीशा माँगा और चालीस सालों में पहली बार उम्र और यातना से म्लान अपना चेहरा देखा उसे यह देखकर आश्चर्य हुआ कि उसका चेहरा काफ़ी कुछ वैसा ही लगता था जैसा उसने सोचा था।[2] कमरे की शान्ति से उर्सुला समझ गई कि अँधेरा होने लगा है।

---

1. अपनी मृत्यु के समय आमारान्ता बुएन्दीया परिवार के दूसरे सदस्यों और अपनी उत्पत्ति की तरफ़ लौटती है। धर्म का नकार बरबस उसके पिता की याद दिलाता है। जैसे कि माकोन्दो के संस्थापक, पहले निवासी खोसे आर्कादियो बुएन्दीया ने अपने अन्तिम समय में धर्म को ठुकरा दिया था, आमारान्ता भी वैसा ही करती प्रतीत होती है।
2. शीशे में ख़ुद को देखने के बाद आमारान्ता की बिलकुल वैसी ही प्रतिक्रिया थी जैसी उसने उस वक़्त की थी जब औरेलियानो त्रिस्ते ने रेबेका के बारे में उसे बताया था। "आमारान्ता को बिलकुल भी आश्चर्य नहीं हुआ क्योंकि उसका चेहरा काफ़ी कुछ वैसा ही था जैसा →

"फेर्नान्दा से विदा ले लो," उर्सुला ने आमारान्ता से आग्रह किया, "समझौते का एक पल ज़िन्दगी-भर की दोस्ती से ज़्यादा मायने रखता है।"

"अब कोई फ़ायदा नहीं," आमारान्ता ने जवाब दिया।

समारोह का दूसरा भाग शुरू करने के लिए जब स्टेज की बत्तियाँ जलीं तो मेमे को एकाएक आमारान्ता का ख़याल आया। एक धुन के बीच किसी ने उसके कान में ख़बर दी और समारोह वहीं ख़त्म हो गया। घर पहुँचने पर, शानदार कफ़न में लिपटी, हाथ पर काली पट्टी बाँधे उस अक्षत बुड्ढी की लाश देखने के लिए, औरेलियानो सेगुन्दो को भीड़ के बीच से रास्ता बनाना पड़ा था। उसकी लाश बैठक में चिट्ठियों के डब्बे के बगल में रखी हुई थी।

आमारान्ता के लिए नौ रातों के शोक के बाद उर्सुला फिर बिस्तर से नहीं उठी। सान्ता सोफ़िया दे ला पियेदाद ने उसकी देखभाल की। वह उर्सुला का खाना और मुँह-हाथ धोने के लिए अनातो-पानी[1] भी उसके कमरे में ले जाती और माकोन्दो की पूरी खोज-ख़बर भी उसे देती। औरेलियानो सेगुन्दो अक्सर उससे मिलने जाता था और कपड़े भी लाता था। कपड़े वह पलंग के बगल में रोज़मर्रा की ज़रूरत की चीज़ों के साथ रख देती। इस तरह कुछ ही समय में उसने हाथ-भर की दूरी पर एक दुनिया बना ली थी। उसने छोटी आमारान्ता उर्सुला[2] को पढ़ना-लिखना सिखाया था और उसके प्रति काफ़ी स्नेह भी महसूस करती थी। उसकी स्पष्टता और आत्मनिर्भरता देखकर यही लगता था कि वह सौ साल की अपनी उम्र के बोझ तले दब रही थी। लेकिन यह जानने के बाद भी कि उसे देखने में दिक़्क़त होती है, किसी को भी शक नहीं हुआ कि वह अन्धी है। तब उसके पास, घर के जीवन की देखरेख के लिए इतना समय था, उसका अन्तरमन इतना निर्मल था कि सबसे पहले उसी ने मेमे के मौन क्लेश की तरफ़ ध्यान दिया।

"यहाँ आओ," वह उससे बोली, "अब अकेले में इस बुढ़िया को बताओ, तुम्हें क्या तकलीफ़ है।"

→ उसने लम्बे समय से सोच रखा था।" एक तरह से यह इस बात का भी प्रतीक है कि अन्त में जीवन-भर एक-दूसरे से घृणा करनेवाली दोनों महिलाओं यानी आमारान्ता और रेबेका का मिलन हो ही गया।

1. एशियोते पेड़ के बीजों का रस।
2. आमारान्ता उर्सुला में परदादी उर्सुला और अपने पिता की बुआ आमारान्ता के लक्षण नज़र आते हैं। एक तरह से वह दोनों का मिश्रण प्रतीत होती है। एक अन्य सन्दर्भ में आमारान्ता उर्सुला आमारान्ता की निरन्तरता का प्रतीक भी है क्योंकि आमारान्ता की मृत्यु और आमारान्ता उर्सुला का जन्म लगभग एक ही समय में होता है।

मेमे हँसी में बात टाल गई। उर्सुला ने ज़ोर नहीं दिया लेकिन जब मेमे दोबारा उससे मिलने नहीं आई तो उसका शक यक़ीन में बदल गया। उसे मालूम था कि मेमे अब सवेरे जल्दी उठने लगी थी और बाहर जाने के लिए बेचैन रहती थी। बगल वाले कमरे में पूरी रात चहलक़दमी करते गुज़ार देती थी और किसी तितली का फड़फड़ाना उसे परेशान कर देता था। एक बार मेमे औरेलियानो सेगुन्दो से मिलने की बात कहकर बाहर गई और उर्सुला को उस समय हैरत हुई कि फेर्नान्दा की समझ कितनी कम है जब उसका पति अपनी बेटी को ढूँढ़ता हुआ घर आया था। जिस रात फेर्नान्दा ने मेमे को सिनेमाघर में एक आदमी का चुम्बन लेते देखने के बाद घर सिर पर उठा लिया, मेमे उससे बहुत पहले से ही जीवन के गुप्त ज्ञान और दमित वासनाओं में उलझी हुई थी।

उस समय मेमे अपने आप में इतनी डूबी हुई थी कि उसने उर्सुला पर चुगलख़ोरी का इल्ज़ाम लगाया। असल में, उसने ही ख़ुद अपना राज़ खोला था। लम्बे समय से वह ऐसे सबूत छोड़ रही थी जो किसी अन्धे को भी नज़र आ जाते। फेर्नान्दा को इस बात का पता लगने में इतनी देर इसलिए लगी क्योंकि अदृश्य डॉक्टरों से अपने रिश्ते में वह ख़ुद भी बहकी हुई थी। आख़िरकार जब उसका ध्यान अपनी बेटी की गहरी चुप्पी, आकस्मिक क्रोध, बदलते मूड और अन्तर्विरोधी बातों की तरफ़ गया तो उसने चोरी-छिपे कड़ी निगरानी रखना शुरू की। हमेशा की तरह उसे सहेलियों के साथ जाने दिया, शनिवार की पार्टियों के लिए तैयार होने में उसकी मदद की और शक पैदा करनेवाला कोई भी ऐसा सवाल नहीं पूछा जिससे मेमे भड़क जाए। उसके पास वैसे भी काफ़ी सबूत थे जो बताते थे कि मेमे बहुत कुछ कर रही है और तब भी उचित समय के इन्तज़ार में उसने अपना शक क़तई ज़ाहिर नहीं होने दिया। एक रात मेमे ने कहा कि वह अपने पिता के साथ सिनेमा जा रही है। कुछ देर बाद फेर्नान्दा को पेत्रा कोतेस के घर की तरफ़ से लम्पटों की आतिशबाज़ी और औरेलियानो सेगुन्दो के अकॉर्डियन की आवाज़ सुनाई पड़ी। तब वह तैयार हुई, सिनेमाघर गई और सीटों के अँधेरे में अपनी बेटी को पहचाना। निश्चितता की परेशानी में वह उस आदमी को नहीं देख पाई थी जिसे उसकी बेटी चूम रही थी, लेकिन दर्शकों के ऊँचे शोरगुल और कोलाहलपूर्ण हँसी के बीच में उसकी काँपती हुई आवाज़ ज़रूर सुन पाई थी। "मुझे माफ़ कर दो, जान," उसने उसे कहते हुए सुना और बिना एक शब्द कहे, फेर्नान्दा ने मेमे को वहाँ से निकाला और तुर्कों की गली से चलाकर शर्मसार करती हुई घर लेकर आई और कमरे में बन्द कर दिया।

अगले दिन, शाम छह बजे उससे मिलने घर आए आदमी की आवाज़ फेर्नान्दा ने पहचान ली। वह फीके-से रंग का जवान था, और उसकी काली उदास आँखें थीं, जिन्हें देखकर वह चौंकती नहीं अगर उसने बंजारों को देखा होता। उसका स्वप्निल रूपरंग ऐसा था कि कम कठोर दिल औरतें उसकी बेटी की हालत समझ सकती थीं। उसने फटा-पुराना सूती सूट पहना हुआ था और सफ़ेद जस्ते की चकत्तियाँ उसके जूतों की ज़बर्दस्त सुरक्षा कर रही थीं। उसके हाथ में पिछले शनिवार को ख़रीदा पुआल का हैट था। अपनी पूरी ज़िन्दगी में उसे कभी इतना डर नहीं लगा। कठोर परिश्रम से बदरंग उसके हाथों और नाख़ूनों को अगर नज़रअन्दाज़ कर दिया जाए तो उसके व्यक्तित्व में कुछ ऐसा आकर्षण और ऐसी गरिमा थी कि अपमान उसे छू तक नहीं गया। बहरहाल, फेर्नान्दा की एक ही नज़र यह भाँपने के लिए काफ़ी थी कि वह पेशे से मिस्त्री था। उसने देखा कि वह अपना इकलौता सूट पहने हुए था और कमीज़ के नीचे उसे केला कम्पनी के ददोरे साफ़ नज़र आ रहे थे। फेर्नान्दा ने उसे कुछ भी कहने नहीं दिया। उसे दरवाज़े से अन्दर भी नहीं घुसने दिया। दरवाज़ा भी उसे अगले ही क्षण बन्द करना पड़ा क्योंकि घर पीली तितलियों से भर गया था।

"चले जाओ यहाँ से," फेर्नान्दा उससे बोली, "किसी शरीफ़ आदमी के घर आने की तुम्हारी हिम्मत कैसे हुई!"

उसका नाम मौरीसियो बाबिलोनिया था।[1] वह माकोन्दो में ही जन्मा और पला था और केला कम्पनी के गैराज में प्रशिक्षु मिस्त्री था। मेमे की उससे मुलाक़ात एक दोपहर संयोगवश तब हुई थी जब वह पैट्रीशिया ब्राउन के साथ बाग़ानों में सैर करने

1. गार्सीया मार्केस ने यह चरित्र भी अपने अतीत से खोज निकाला है। वह कहते हैं—आरकाताका के अपने घर में जब मैं पाँच साल का था तो एक दिन एक इलेक्ट्रीशियन मीटर बदलने के लिए आया। यह घटना मेरे दिमाग़ में इस तरह ताज़ा है मानो कल ही घटित हुई हो। मैं बिजली के खम्भे को बाँधनेवाली उसकी बेल्ट को देखकर चमत्कृत था। उसने घर के कई चक्कर लगाए। एक बार उसके आने पर तितली पकड़नेवाला नेट लिये मेरी नानी बोली, "जब भी यह आदमी यहाँ आता है घर पीली तितलियों से भर जाता है।" मौरीसियो बाबिलोनिया की उत्पत्ति यहाँ होती है। Mendoza, Plinio Apuleyo. (1982), *El olor de la guayaba,* Barcelona : Editorial Bruguera S.A., (P. 50).

जर्मनी के साहित्यिक आलोचक जेत्र लुडिमर के मुताबिक़ "मार्केस ने बाबिलोनिया शब्द पश्चिम एशियाई शहर बेबिलोन से लिया है। बेबिलोन जहाँ एक तरफ़ भ्रष्टाचार और पाप की नगरी के रूप में जाना जाता है वहीं यह ज्ञान और चमत्कार के शहर के रूप में भी मशहूर है।" उपन्यास में भी देखा गया है कि मौरीसियो बाबिलोनिया के आगमन के साथ ही माकोन्दो की बरबादी शुरू होती है। Ludmer, J. (1972), *Cien años de soledad : una interpretación*, Bogotá : Ed. Tiempo Contemporáneo, (P. 113).

के लिए कार लेने गई थी। चूँकि कार का ड्राइवर बीमार था, इसलिए उन्हें घुमाने का काम उसे सौंप दिया गया था और ड्राइवर के बगल में बैठकर उसके कामकाज को देखने की मेमे की तमन्ना आख़िरकार पूरी हो गई थी। असली ड्राइवर के विपरीत उसने मेमे को गाड़ी चलाने दी। यह उस समय की बात है जब मेमे ने मिस्टर ब्राउन के घर आना-जाना शुरू ही किया था और किसी महिला का गाड़ी चलाना ठीक नहीं माना जाता था। अत: वह तकनीकी जानकारी से सन्तुष्ट हो गई थी और कई महीनों तक मौरीसियो बाबिलोनिया से नहीं मिली थी। बाद में उसे ख़याल आया था कि उस सैर के दौरान उसका ध्यान हाथों के खुरदरेपन को छोड़कर उसकी मर्दानी ख़ूबसूरती की तरफ़ खिंचा था। यह अलग बात है कि उसने पैट्रीशिया ब्राउन से कहा था कि मौरीसियो बाबिलोनिया के आत्मविश्वास का अहंकार उसे पसन्द नहीं आया। पहले शनिवार को जब वह अपने पिता के साथ सिनेमा गई थी तो उसने मौरीसियो बाबिलोनिया को दूसरी बार देखा। सूती कपड़ों में वह कुछ दूरी पर बैठा था और फ़िल्म के बजाय उसे ही मुड़-मुड़कर देख रहा था। मेमे को यह अशिष्टता अच्छी नहीं लगी थी। बाद में, मौरीसियो बाबिलोनिया औरेलियानो सेगुन्दो को नमस्कार करने आया था और तब मेमे को पता चला था कि वे एक-दूसरे से परिचित थे। मौरीसियो बाबिलोनिया औरेलियानो त्रिस्ते के बिजली संयंत्र में काम कर चुका था और वह उसके पिता को मालिक के समान समझता था। यह सुनते ही उसकी वह घृणा जो मौरीसियो के अहंकार के कारण जन्मी थी, ख़त्म हो गई। वे लोग कभी अकेले नहीं मिले थे, न ही उन लोगों ने हैलो करने के अलावा कभी एक-दूसरे से बात की थी। जब रात को मेमे ने सपना देखा कि वह उसे डूबते जहाज़ से बचा रहा है तो बजाय कृतज्ञ होने के वह क्रोधित हो उठी। लगता था मानो मेमे ने उसे वह मौक़ा दे दिया था जिसका वह इन्तज़ार कर रहा था, क्योंकि मेमे एकदम उलटा चाहती थी, न केवल मौरीसियो बाबिलोनिया के साथ बल्कि उन सब मर्दों के साथ जो उसे पसन्द करते थे। इसी कारण सपना देखने के बाद वह इतनी क्रुद्ध हुई कि उससे नफ़रत करने के बजाय उसमें उससे मिलने की तीव्र इच्छा हुई। हफ़्ते-भर में उसकी चाहत और तीव्र हो गई और शनिवार को इतनी ज़्यादा बढ़ गई कि जब मौरीसियो बाबिलोनिया ने उससे हैलो किया तो उसे अपना मनोभाव छिपाने के लिए काफ़ी प्रयत्न करना पड़ता कि मौरीसियो बाबिलोनिया को पता न चले कि उसका कलेजा उसके मुँह को आ रहा था। आनन्द और क्रोध से स्तब्ध उसने अपना हाथ आगे बढ़ाया और तब जाकर मौरीसियो बाबिलोनिया ने उससे हाथ मिलाने की ज़ुर्रत

की। एक पल में ही मेमे को अपने आवेग पर पछतावा हुआ लेकिन उसका हाथ भी नम और सर्द पाकर उसका पछतावा तुरन्त ही एक क्रूर सन्तुष्टि में बदल गया। उस रात उसने निश्चय किया कि जब तक वह मौरीसियो बाबिलोनिया को उसकी आकांक्षाओं की व्यर्थता नहीं दिखा देगी, उसे एक पल भी चैन नहीं पड़ेगा। पूरे हफ़्ते वह इस मन:स्थिति को झेलती रही। उसने कई तरह की उलटी-सीधी चालें चलीं ताकि पैट्रीशिया ब्राउन उसके साथ कार लेने जाए। आख़िरकार उसने उस अमेरिकी लड़के का सहारा लिया जो छुट्टियाँ बिताने माकोन्दो आया था। कारों के नये मॉडल के बारे में जानकारी हासिल करने के बहाने वह उसके साथ गैराज गई। उसे देखते ही मेमे ख़ुद को बहकाने लगी और ख़ुद को विश्वास दिलाया कि असलियत में वह मौरीसियो बाबिलोनिया के साथ अकेले होना बर्दाश्त नहीं कर सकती थी और उसे क्रोध आया कि उसे आता देख वह निश्चित रूप से यह बात समझ गया था।

"मैं नये मॉडल देखने आई हूँ," मेमे बोली।

"अच्छा बहाना है," वह बोला।

मेमे को लगा कि वह अपने अहंकार की आग में जल रहा है। वह उसे नीचा दिखाने के तरीक़े ढूँढ़ने लगी। लेकिन उसने मेमे को मौक़ा ही नहीं दिया। "परेशान मत हो," धीमे से वह बोला, "यह पहला मौक़ा तो नहीं है जब कोई औरत किसी मर्द के लिए दीवानी हुई है।" मेमे ने ख़ुद को इस क़दर पराजित महसूस किया कि नये मॉडल देखे बिना ही गैराज से लौट गई और रात-भर करवट बदलते, अपमान की आग में सुलगते हुए रोती रही। वह अमेरिकी लड़का अब पोतड़ा पहना बच्चा लगने लगा था और तब उसे अहसास हुआ कि पीली तितलियाँ मौरीसियो बाबिलोनिया के आने का ऐलान करती थीं। उसने उन्हें पहले भी देखा था, ख़ासतौर पर गैराज के ऊपर और सोचा था कि वे पेंट की ख़ुशबू से आकर्षित होकर आई होंगी। एक बार उसने सिनेमाघर में घुसने से पहले उन्हें अपने ही सिर पर मँडराते देखा था। लेकिन जब मौरीसियो बाबिलोनिया किसी भूत की तरह उसका पीछा करने लगा, भीड़ में जिसे केवल वही पहचान पाती थी, तब उसकी समझ में आया कि तितलियों का उसी से कुछ नाता था। मौरीसियो बाबिलोनिया हर गोष्ठी, फ़िल्म, मिस्से में उपस्थित होता। मेमे को उसकी उपस्थिति महसूस करने के लिए उसे ढूँढ़ने की ज़हमत नहीं उठानी पड़ती क्योंकि वह जहाँ होता वहाँ हमेशा तितलियाँ होतीं। एक बार औरेलियानो सेगुन्दो उस दमघोंटू फड़फड़ाहट से इस क़दर व्यग्र हो उठा कि मेमे को अपने वादे के मुताबिक़ उसे सब कुछ बताने की इच्छा हुई लेकिन उसके

अन्तरमन ने कहा कि वह हमेशा की तरह हँसकर कहेगा, "अगर तुम्हारी माँ को पता चल जाए तो?" एक सुबह, गुलाबों की छँटाई करते समय फेर्नान्दा एकाएक डर से चीख़ उठी और मेमे को उस जगह से हटाया जहाँ वह खड़ी थी। दरअसल यह वही जगह थी जहाँ से 'ख़ूबसूरत' रेमेदियोस स्वर्ग सिधारी थी। एक पल के लिए उसे लगा था कि वही चमत्कार उसकी बेटी के साथ दोहराया जानेवाला है क्योंकि वह परों के फड़फड़ाने से घबरा गई थी। फड़फड़ाहट तितलियों की थी। मेमे ने उन्हें ऐसे देखा मानो वह एकाएक रोशनी से उत्पन्न हुई हों और उसका दिल तेज़ी से धड़कने लगा। उसी पल, मौरीसियो बाबिलोनिया पैट्रीशिया ब्राउन की तरफ़ से एक पैकेट के रूप में तोहफ़ा लेकर आया था। मेमे ने अपनी झेंप निगल ली और तकलीफ़ को जज्ब किया और हाथ गन्दे होने की वजह से स्वाभाविक मुस्कान के साथ पैकेट को रेलिंग पर छोड़ने की गुज़ारिश की। फेर्नान्दा का ध्यान केवल उस आदमी की पीली त्वचा पर गया था, जिसे कुछ महीने बाद, यह भूलकर कि उसे कहाँ देखा था वह घर से निकालनेवाली थी।

"यह आदमी बहुत अजीब है," फेर्नान्दा ने कहा, "उसके चेहरे से लगता है कि वह मरनेवाला है।"

मेमे ने सोचा कि तितलियाँ देखकर उसकी माँ को ऐसा लगा होगा। गुलाबों की छँटाई के बाद मेमे ने अपने हाथ धोये और खोलने के लिए पैकेट अपने कमरे में ले गई। पैकेट में पाँच वृत्ताकार डिब्बों से बना एक क़िस्म का चीनी खिलौना था, और सबसे अन्दर वाले डिब्बे में एक पर्चे पर मेहनत से किसी ने लिखा था, 'हम लोग शनिवार को सिनेमाहॉल में मिलेंगे।'

मेमे को अचानक ख़याल आया कि डिब्बा काफ़ी समय तक रेलिंग पर रखा हुआ था, जहाँ फेर्नान्दा का ध्यान जा सकता था। हालाँकि मेमे मौरीसियो बाबिलोनिया की हिम्मत और भोलेपन से ख़ुश हुई, साथ ही उसकी मासूमियत से प्रभावित हुए बिना नहीं रही कि उसे उम्मीद थी कि वह वहाँ पहुँचेगी। उस समय मेमे को मालूम था कि औरेलियानो सेगुन्दो को शनिवार रात कहीं जाना था। इसके बावजूद उत्तेजना की आग में वह पूरे हफ़्ते इस क़दर जलती रही कि शनिवार को उसने अपने पिता को मना लिया कि वह उसे सिनेमाघर में अकेले छोड़ दे और फ़िल्म ख़त्म होने पर उसे लेने आए। जब तक बत्तियाँ जली हुई थीं, एक पतंगा उसके सिर के ऊपर मँडराता रहा। और जब बत्तियाँ बन्द हुईं मौरीसियो बाबिलोनिया उसकी बगल में बैठ गया। मेमे ने ख़ुद को झिझक के दलदल में धँसते हुए पाया, जिससे (जैसा कि

उसके सपनों में होता था) उसको ग्रीस से महकनेवाला वह आदमी ही बचा सकता था जिसे वह अँधेरे में बड़ी मुश्किल से देख पा रही थी।

"अगर तुम न आतीं," वह बोला, "तो मुझे दोबारा कभी न देख पातीं।"

मेमे ने उसके हाथ के वज़न को अपने घुटने पर महसूस किया और उसे अहसास हुआ कि उस पल वे स्वच्छन्दता के दूसरे किनारे पर पहुँच गए थे।

"तुम मुझे इसलिए चौंका देते हो," वह मुस्कराते हुए बोली कि "तुम ठीक वही बोलते हो जो तुम्हें नहीं बोलना चाहिए।"

वह उसकी दीवानी हो गई। उसकी नींद हराम हो गई, भूख ख़त्म हो गई और वह एकाकीपन में इस क़दर डूब गई कि उसे अपने पिता से भी खीज होती। फेर्नान्दा को गुमराह करने के लिए उसने झूठी तारीख़ों का जटिल जाल बुना। सहेलियों से उसकी दूरी बढ़ गई और मौरीसियो बाबिलोनिया से कभी भी कहीं भी मिलने के लिए वह मर्यादाओं को भी तोड़ने लगी। शुरू में, उसके गँवारपन से वह परेशान होती। पहली बार गैराज के पीछे बंजर ज़मीन पर जब वे अकेले थे तो उसने उसको इस क़दर जानवरों की तरह खींचा कि वह पस्त हो गई। उसको समझने में समय लगा कि यह भी उसकी नज़ाकत की एक झलक थी और यह समझते ही वह अपना आपा खो बैठी; सर्फ़ के पानी में घुली ग्रीस की सम्मोहक गन्ध में समाने की इच्छा से अशान्त वह केवल उसके लिए जीने लगी। आमारान्ता की मृत्यु से कुछ पहले वह पागलपन के बीच सुबुद्धि के खुले मैदान में संयोगवश पहुँच गई और भविष्य की अनिश्चितता से काँपने लगी। फिर उसने ताश के पत्तों द्वारा भविष्य बतानेवाली एक महिला के बारे में सुना और चोरी से उससे मिलने गई। वह महिला पिलार तेर्नेरा थी। जैसे ही पिलार ने उसे आते देखा, वह उसका मक़सद समझ गई। "बैठ जाओ," उसने मेमे को कहा, "किसी बुएन्दीया का भविष्य बताने के लिए मुझे पत्तों की ज़रूरत नहीं है।" मेमे को न तो पता था, न कभी पता चलना था कि सौ साल की वह जादूगरनी उसकी परदादी थी। न ही उसे इस बात पर विश्वास हुआ जब पिलार ने उसे बताया कि प्यार की आग केवल बिस्तर में ही शान्त हो सकती थी। मौरीसियो बाबिलोनिया का भी यही मानना था, लेकिन मेमे विश्वास करने को तैयार नहीं थी क्योंकि उसका मानना था कि यह एक मिस्त्री की तुच्छ सोच का नतीजा है। उसका सोचना था कि एक तरफ़ का प्यार दूसरी तरफ़ के प्यार को पराजित कर रहा है क्योंकि पेट भरने के बाद भूख को याद नहीं रखना मर्द का स्वभाव है। पिलार तेर्नेरा ने न केवल उसकी ग़लतफ़हमी दूर की बल्कि वह पुराना बिस्तर इस्तेमाल करने का प्रस्ताव भी

रखा जहाँ उसने मेमे के दादा आर्कादियो से गर्भधारण किया था, और जहाँ बाद में औरेलियानो खोसे से भी गर्भ धारण किया था। उसने मेमे को सरसों के मरहम के वाष्प द्वारा अनचाहे गर्भ को गिराने के तरीक़े सिखाए तथा कई और मरहम बनाने के तरीक़े भी उसे बताए जो गड़बड़ होने पर अन्तःकरण के अनुताप तक को मिटा देते थे। इस मुलाक़ात ने मेमे में वही आत्मविश्वास जगा दिया जैसा उसमें उस रात जगा था जब उसने शराब पी थी। बहरहाल, आमारान्ता की मौत के कारण उसे अपना फ़ैसला टालना पड़ा। नौ रातों के जागरण के दौरान घर आनेवालों की भीड़ में शामिल मौरीसियो बाबिलोनिया के बगल से वह ज़रा भी नहीं हटी। फिर शोक का लम्बा समय आया और उन्हें जबरन एक-दूसरे से दूर रहना पड़ा। वे दिन इतनी ज़्यादा आन्तरिक अशान्ति, अदम्य उत्तेजना और इतनी दमित कामनाओं के थे कि जिस शाम मेमे पहली बार बाहर निकल पाई, वह सीधी पिलार तेर्नेरा के घर गई। उसने मौरीसियो बाबिलोनिया के आगे बिना प्रतिरोध, बिना शर्म, बिना औपचारिकताओं के और इतनी प्रवाहमयी निष्ठा और विवेकपूर्ण अनुराग से अपने को समर्पित किया कि अगर कोई दूसरा मर्द होता तो वह उसके अनुभवी होने का शक करता। तीन महीनों तक वे हफ़्ते में दो बार कामक्रीड़ा के लिए मिलते। उन्हें औरेलियानो सेगुन्दो की भोली मिलीभगत का संरक्षण प्राप्त था जो बिना शक किए अपनी बेटी की बहानेबाज़ी पर विश्वास कर लेता था, ताकि उसे उसकी माँ की सख़्ती से छुटकारा मिल सके।

जिस रात फेर्नान्दा ने उन्हें सिनेमाघर में रँगे हाथों पकड़ा था, औरेलियानो सेगुन्दो अपनी अन्तरात्मा के बोझ तले दबा जा रहा था। वह मेमे से मिलने उसके कमरे में गया, जहाँ फेर्नान्दा ने उसे बन्द कर रखा था। उसे उम्मीद थी कि अपने वादे के मुताबिक़ मेमे उसे अपने दिल की बात बता देगी। लेकिन मेमे ने सब कुछ नकार दिया। वह इतनी आश्वस्त थी, अपने एकाकीपन में इस क़दर खोई हुई थी कि औरेलियानो सेगुन्दो को लगा कि अब उन दोनों के बीच कोई तालमेल नहीं रह गया है और जो दोस्ती और साहचर्य था, वह और कुछ नहीं अतीत का एक भ्रम था। उसने मौरीसियो बाबिलोनिया से बात करने की सोची, यह सोचकर कि एक बार मालिक होने की हैसियत और अधिकार से वह उसका इरादा बदलवा लेगा। लेकिन पेत्रा कोतेस ने उसे समझाया कि यह औरतों का मामला है। अतः उम्मीद की एक पतली डोर पकड़कर कि क़ैद उसकी बेटी की मुसीबतों का अन्त कर देगी, वह अनिश्चय के सागर में तैरता रह गया।

मेमे में दुःख के कोई लक्षण नहीं थे। उलटा, बगल वाले कमरे से उर्सुला ने

उसकी नींद की शान्त लय, उसके कार्यों की गम्भीरता, खाने की नियमितता और हाज़मे की तन्दुरुस्ती को महसूस किया। क़ैद को दो महीने से ऊपर हो गए थे और उर्सुला केवल इस बात से परेशान थी कि मेमे सब लोगों की तरह सुबह की जगह शाम को सात बजे स्नान क्यों करती है। एक बार उसने मेमे को बिच्छुओं से सावधान करने की भी सोची, लेकिन मेमे इतनी रुखाई से पेश आई कि उर्सुला को यक़ीन हो गया कि उसे वह खो चुकी है और फिर उसे एक लकड़दादी की गुस्ताख़ी से तंग न करने का फ़ैसला किया। सूर्यास्त के समय पीली तितलियाँ घर पर धावा बोल देतीं। फेर्नान्दा हर रात नहाकर लौटते समय मेमे को दवाई से तितलियाँ मारती दिखती। "यह बहुत ख़राब है," वह कहती, "ज़िन्दगी-भर मैंने सुना है कि यदि रात को तितलियाँ आएँ तो कुछ बुरा होता है।" एक रात जब मेमे ग़ुसलख़ाने में थी, फेर्नान्दा संयोगवश उसके कमरे में चली गई, और वहाँ इतनी तितलियाँ थीं कि उसके लिए साँस लेना मुश्किल हो गया। उसने उन्हें उड़ाने के लिए हाथ बढ़ाकर कपड़ा उठाया और डर के मारे उसकी धड़कन रुक गई जब उसने अपनी बेटी के सायंकालीन स्नान को फ़र्श पर पड़े सरसों के मरहम से जोड़ा। इस बार उसने पहले की तरह सही मौक़े का इन्तज़ार नहीं किया। अगले दिन उसने शहर के नये मेयर को खाने पर बुलाया। उसकी तरह, मेयर भी पहाड़ों से आया था और फेर्नान्दा ने उससे पीछे वाले आँगन के लिए सुरक्षाकर्मी यह कहकर माँगा कि उसे लगता था कि कोई वहाँ से मुर्ग़ियाँ चुरा रहा है। उस रात उस सुरक्षाकर्मी ने मौरीसियो बाबिलोनिया को तब टपका दिया जब वह ग़ुसलख़ाने में घुसने के लिए ईंटें हटा रहा था जहाँ मेमे बिच्छुओं और तितलियों के बीच पूरी तरह नग्न, वासना से थरथराती उसका इन्तज़ार कर रही थी, जैसा वह पिछले कुछ महीनों से लगभग हर रात करती आई थी। रीढ़ में धँसी एक गोली से मौरीसियो बाबिलोनियो ने हमेशा के लिए बिस्तर पकड़ लिया। वह मुर्ग़ी चोर का कलंक लिये समाज से बहिष्कृत एकाकीपन में बुढ़ापे से मरा, बिना कराहे, बिना कोई विरोध जताए, यादों और पीली तितलियों से उत्पीड़ित जिसने उसे पल-भर भी शान्ति से जीने नहीं दिया था।[1]

---

1. मेमे दूसरी औरतों की तरह न तो सिलाई-बुनाई करती है और न ही गाना गाती है। वह पढ़ी-लिखी है, अंग्रेज़ी बोलती और लिखती है। बाबिलोनिया का सान्निध्य उसके अन्दर की औरत को जगा देता है। लेकिन वह बुएन्दीया परिवार की दूसरी महिलाओं से अलग एक मज़दूर से दिल लगा बैठती है जिसे माकोन्दो में एक तरह का सामाजिक व्यभिचार-सा माना जाता है। मेमे इस बात का प्रतीक है कि माकोन्दो में औरत अब एक 'वस्तु' न होकर 'कर्ता' है। हालाँकि अब भी मेमे के ज़रिये मज़दूर वर्ग बुएन्दीया परिवार में प्रवेश नहीं कर पाता लेकिन उसके पुत्र को परिवार की सदस्यता मिल जाएगी।

15

मेमे बुएन्दीया के बेटे को घर लाने के साथ ही माकोन्दो पर घातक प्रहार करनेवाली घटनाओं की आहट आना शुरू हो गई थी।[1] उस समय किसी की भी मनोदशा ऐसी नहीं थी कि वह दूसरों के निजी मामलों में टाँग अड़ाए, अतः फेर्नान्दा ने इस माहौल का फ़ायदा उठाकर बच्चे को इस तरह छुपा दिया मानो वह था ही नहीं। जिन हालात में उस बच्चे को लाया गया था, उनमें उसको अपना लेने के अलावा और कोई विकल्प नहीं था। फेर्नान्दा को न चाहते हुए ज़िन्दगी-भर उसकी उपस्थिति बर्दाश्त करनी पड़ी। वह बच्चे को ग़ुसलखाने के हौदे में डुबाना चाहती थी लेकिन जब ऐसा कुछ करने का समय था तो उसकी हिम्मत जवाब दे गई। फेर्नान्दा ने उस बच्चे को कर्नल औरेलियानो बुएन्दीया की पुरानी वर्कशॉप में बन्द कर दिया। उसने सान्ता सोफ़िया दे ला पियेदाद को विश्वास दिला दिया था कि उसे वह बच्चा एक टोकरी में तैरता हुआ मिला था। उर्सुला को तो उसकी असलियत जाने बिना ही स्वर्ग सिधार जाना था। छोटी आमारान्ता उर्सुला को भी जो एक दिन उस समय वर्कशॉप में पहुँची जब फेर्नान्दा बच्चे को दूध पिला रही थी, तैरती टोकरी की कहानी पर कोई शक नहीं हुआ। औरेलियानो सेगुन्दो ने आख़िरकार अपनी पत्नी से नाता तोड़ ही लिया, क्योंकि फेर्नान्दा ने मेमे की दुःखद घटना के समय बहुत मूर्खतापूर्ण व्यवहार किया था। घर लाए जाने के तीन साल बाद उसे अपने पोते के बारे में पता चला, वह भी तब, जब फेर्नान्दा की लापरवाही से वह क़ैद से निकल भागा और बरसाती में पल-भर के लिए नज़र आया—नंगा, उलझे हुए बाल वाला मगर उसकी जननेंद्रियाँ टर्की के लोलक की तरह शानदार थीं, मानो वह इनसानी बच्चा न होकर विश्वकोश में आदमख़ोर की परिभाषा का मूर्त रूप हो।

---

1. एक तरह से उपन्यास की समाप्ति की पहली घोषणा। औरेलियानो परिवार के आख़िरी चिराग़ मेमे के पुत्र को माकोन्दो के विनाश से जोड़ा गया है।

फेर्नान्दा नियति के दुश्चक्र से अनभिज्ञ थी। वह बच्चा उस शर्म की वापसी का प्रतीक था, जिसे उसने अपनी समझ से अपने घर से हमेशा के लिए बेदख़ल कर दिया था। जैसे ही चकनाचूर रीढ़ वाले मौरीसियो बाबिलोनिया को वहाँ से ले जाया गया, फेर्नान्दा ने उसके पाप का नामोनिशान मिटाने के लिए एक योजना बनाई। अपने पति से सलाह-मशविरा किए बिना उसने अपना सामान बाँधा, बेटी की ज़रूरत-भर के तीन जोड़ी कपड़े एक छोटी अटैची में रखे और ट्रेन आने से आधा घंटे पहले अपनी बेटी को लेने उसके कमरे में गई।

"चलो रेनाता," वह बोली।

उसने कोई सफ़ाई नहीं दी। अपनी तरफ़ से मेमे को भी न तो किसी स्पष्टीकरण की उम्मीद थी और न ही कोई चाह। मेमे को यह भी पता नहीं था कि वे कहाँ जा रही थी। अगर उसे कसाईख़ाने ले जाया जा रहा होता तो भी उसे कोई फ़र्क़ नहीं पड़ता। आँगन में गोली की आवाज़ और मौरीसियो बाबिलोनिया की भयाक्रान्त चीख़ सुनने के बाद मेमे के मुँह से एक शब्द भी नहीं निकला था और ज़िन्दगी-भर निकलना भी नहीं था।[1] जब उसकी माँ ने उससे चलने को कहा, उसने न बाल सँवारे, न मुँह धोया और ट्रेन में ऐसे चढ़ी मानो नींद में चल रही हो और अब तक अपने साथ चल रही पीली तितलियों की तरफ़ भी उसने ध्यान नहीं दिया। फेर्नान्दा को कभी पता नहीं चला और न ही उसने जानने की कोशिश की कि यह चुप्पी उसके अभिप्राय की दृढ़ता थी, या फिर त्रासदी के आघात ने उसे गूँगा कर दिया था। उस पुराने मनोहारी क्षेत्र की तरफ़ मेमे ने नज़र तक उठाकर नहीं देखा। उसने पटरी के दोनों तरफ़ फैले केले के अनगिनत छायादार बाग़ नहीं देखे। उसने ग्रिंगो लोगों के सफ़ेद घर या बग़ीचे नहीं देखे और न ही छत पर ताश खेलतीं, निक्कर और नीली धारीदार कमीज़ें पहने महिलाओं को देखा। उसने धूल-धूसरित सड़कों पर केले के गुच्छों से लदी बैलगाड़ियों को नहीं देखा। उसने अपने शानदार स्तनों की बदौलत ट्रेन के यात्रियों के होश उड़ाती लड़कियों को भी नहीं देखा जो पारदर्शी नदी में तारपोन मछली की तरह डुबकी लगा रही थीं—न ही मज़दूरों की टूटी-फूटी झोंपड़ियाँ देखीं, जहाँ मौरीसियो बाबिलोनिया की पीली तितलियाँ फड़फड़ा रही थीं

---

1. उपन्यास की आवृत्तीय संरचना का एक और उदाहरण। जिस तरह से खोसे आर्कादियो की मृत्यु के बाद रेबेका अपने मुँह पर ताला लगा लेती है उसी की पुनरावृत्ति मेमे के आचरण में भी होती है। हालाँकि मेमे की चुप्पी रेबेका की तुलना में ज़्यादा कठोर और श्रमसाध्य प्रतीत होती है क्योंकि रेबेका दो मौक़ों पर बोलती दिखाई पड़ती है—एक बार कर्नल औरेलियानो बुएन्दीया से और दूसरी बार औरेलियानो त्रिस्ते से लेकिन मेमे के साथ ऐसा नहीं होता।

और जिनके दरवाज़ों पर टट्टी करते हरे गन्दे बच्चे बैठे थे और गर्भवती महिलाएँ ट्रेन को गालियाँ बक रही थीं। वह क्षणिक दृश्य, जो एक समय स्कूल से वापस लौटते समय उसके लिए उत्सव समान था, मेमे के दिल में कसक पैदा किए बिना ही गुज़र गया। उसने खिड़की के बाहर नहीं देखा, तब भी नहीं जब बाग़ों की दहकती नमी भी ख़त्म हो गई और ट्रेन पोस्त-भरे मैदान से गुज़री, जहाँ स्पैनिश जहाज़ का कोयला बन चुका ढाँचा अब भी खड़ा था। ट्रेन फिर गन्दे झागदार समुद्र के समीप साफ़ हवा में निकली, जहाँ क़रीब एक सदी पहले खोसे आर्कादियो बुएन्दीया के सपने टूटे थे।[1]

शाम पाँच बजे, जब वे कछार के आख़िरी स्टेशन पर पहुँचे तो फेर्नान्दा के कहने पर मेमे ट्रेन से उतरी। वे एक बड़े से चमगादड़ जैसी दमाग्रस्त घोड़े वाली छोटी बग्घी में बैठीं और सुनसान शहर से गुज़रीं जिसकी खारेपन की वजह से टूटी अन्तहीन सड़कों पर पियानो के वैसे ही सुर सुनाई दिए जैसे फेर्नान्दा ने बचपन में दोपहर के समय सुने थे। वे लोग एक नाव पर चढ़ीं, जिसकी लकड़ी से बनी चकरी से आग के चटकने की आवाज़ आ रही थी और जिसके ज़ंग लगे लोहे के पत्तर किसी भट्टी के मुँह की तरह गूँज रहे थे। मेमे ने ख़ुद को अपने केबिन में बन्द कर लिया। दिन में दो बार फेर्नान्दा उसके बिस्तर के पास खाने की प्लेट रख जाती और वैसी ही भरी प्लेट उठाकर ले जाती, इसलिए नहीं कि मेमे ने भूख से मरने का निश्चय कर लिया था, बल्कि इसलिए कि खाने की महक तक से उसे घिन आती थी और यहाँ तक कि पानी भी उसे नहीं पच रहा था। ख़ुद उसे भी नहीं पता था कि उसकी प्रजनन-क्षमता ने सरसों के मरहम को मात दे दी थी। फेर्नान्दा को भी लगभग एक साल बाद ही बच्चे का पता चला था जब उसे उसके पास लाया गया। उस दमघोंटू केबिन में लोहे के पत्तरों की गूँज और चप्पू द्वारा खँगाली गई मिट्टी की असहनीय गन्ध से पगलाकर मेमे दिन-रात की सुध खो बैठी। उसे आख़िरी तितली को पंखे में फँसकर मरते देखे एक लम्बा अरसा बीत गया था और आख़िरकार उसने यह सचाई स्वीकार कर ही ली कि मौरीसियो बाबिलोनिया स्वर्ग सिधार गया है। फ़िलहाल उसने निराशा को अपने ऊपर हावी नहीं होने दिया। खच्चर पर सवार होकर दुर्गम यात्रा करने के दौरान मायावी पठार पार करती हुई, जहाँ औरेलियानो सेगुन्दो दुनिया की सबसे ख़ूबसूरत औरत को ढूँढ़ते हुए खो गया

---

1. मेमे की यात्रा एक तरह से स्थानीय आदिवासियों की परिशुद्धता और ख़ामोशी की वापसी का संकेत है।

था, वह उसके बारे में ही सोचती रही। वह तब भी उसकी सोच में डूबी रही, जब उन्होंने स्थानीय निवासियों द्वारा बनाई गई पगडंडियों से चलकर पहाड़ पार किया और उस उदास शहर में प्रवेश किया जिसके पथरीले रास्तों पर बत्तीस गिरजाघरों की मनहूस घंटियाँ बजती थीं। वह रात उन्होंने जंगली घास से भरे फ़र्श वाली एक सुनसान हवेली के कमरे में काटी जहाँ सोते वक़्त उन्होंने खिड़की से उतारकर पर्दे ओढ़े थे जो हर करवट में फटते जाते थे। मेमे को पता चल गया था कि वे कहाँ हैं क्योंकि अनिद्रा के संत्रास में उसने काले कपड़ों वाले उस सज्जन को जाते हुए देखा जिसे क्रिसमस की एक पूर्वसंध्या पर बड़े डिब्बे में उनके घर पहुँचाया गया था। अगले दिन मिस्सा के बाद फेर्नान्दा उसे एक उदास इमारत में ले गई जिसे मेमे तुरन्त पहचान गई। उसकी माँ कॉन्वेंट के क़िस्सों में अक्सर उस इमारत का ज़िक्र करती थी जहाँ उसे रानी बनने की शिक्षा दी गई थी और तब मेमे की समझ में आया कि उनकी यात्रा ख़त्म हो गई है। जब फेर्नान्दा बगल के ऑफ़िस में किसी से बात कर रही थी, मेमे उपनिवेशी धर्माध्यक्षों के बड़े तैल चित्रों से भरी बैठक में बैठी रही। वह अब भी छोटे फूलों वाली काली ड्रेस और पहाड़ की ठंड से फूले ऊँची एड़ी वाले काले जूते पहने हुए थी। वह उस वक़्त बैठक के बीच रंगीन काँच की खिड़की से आती पीली धूप में मौरीसियो बाबिलोनिया की याद में तन्हा खड़ी थी, जब एक अत्यन्त सुन्दर नवशिष्या तीन जोड़ी कपड़ों वाली उसकी अटैची लेकर ऑफ़िस से निक ली। मेमे की बगल से गुज़रते हुए उसने बिना रुके उसका हाथ थामा।

"चलो रेनाता," वह उससे बोली।

मेमे ने उसका हाथ पकड़ा और पीछे-पीछे चल दी। आख़िरी बार जब फेर्नान्दा ने उसे नवशिष्या से क़दम मिलाने की कोशिश करते हुए देखा था, तब कॉन्वेन्ट के लोहे के दरवाज़े बन्द हो रहे थे। मेमे तब भी मौरीसियो बाबिलोनिया के बारे में ही सोच रही थी, उसकी महक, उसके तितलियों वाले प्रभामंडल के बारे में। उसे यह ज़िन्दगी-भर सोचते रहना था। शरत की उस सुबह तक, जब उसे बुढ़ापे से मरना था। बदले हुए नाम और सिर मुड़ाए हुए, बिना एक शब्द बोले क्राकोव[1] के एक उदास अस्पताल में उसने अन्तिम साँस ली।

1. नाम में परिवर्तन और क्राकोव में मृत्यु इस बात का प्रतीक है कि मेमे को परिवार से अलग कर दिया गया। ग़ौरतलब है कि बुएन्दीया परिवार के सदस्यों की मौत उनके जन्मस्थान पर ही होती है लेकिन मेमे इसका अपवाद है। वह क्राकोव में मृत्यु का वरण करती है, जो इस बात का प्रमाण है कि मौत से पहले ही उसे परिवार से अलग कर दिया गया था।

फेर्नान्दा पुलिस वालों द्वारा रक्षित ट्रेन में माकोन्दो लौटी। यात्रा के दौरान यात्रियों की व्यग्रता और रास्ते-भर सैनिक तैयारियों ने फेर्नान्दा का ध्यान अपनी ओर खींचा था। माहौल देखकर लगता था कि ज़रूर कुछ होनेवाला है, लेकिन क्या होनेवाला है, उसे इस बात की भनक माकोन्दो पहुँचने तक नहीं लगी। वहाँ उसे पता चला कि खोसे आर्कादियो सेगुन्दो मज़दूरों को हड़ताल के लिए उकसा रहा है।[1] "बस इसी की कमी थी," फेर्नान्दा ने अपने आपसे कहा, "घर में एक अराजकतावादी।" हड़ताल दो हफ़्ते बाद शुरू हुई लेकिन जिसकी आशंका थी वह नहीं हुआ। मज़दूरों की माँग थी कि रविवार को उन्हें केले काटने और लादने से छुट्टी दी जाए। उनकी माँग लोगों को जायज़ लगी यहाँ तक कि फादर आन्तोनियो इसाबेल को भी उनकी माँग ईश्वर के नियमों के अनुरूप लगी थी। इससे मिलनेवाली जीत और आनेवाले महीनों में शुरू किए गए कार्यक्रमों ने रूखे खोसे आर्कादियो सेगुन्दो को उसकी गुमनामी से बाहर खींच लिया। लोगों को यह कहने की आदत पड़ गई थी कि वह शहर में सिर्फ़ फ्रांसीसी वेश्याएँ लाने के योग्य ही था। जिस उत्कट निश्चय से उसने समुद्री जहाज़ लाने के लिए अपने लड़ाकू मुर्ग़े नीलाम कर दिए थे, उसी जोश से उसने केला कम्पनी में फोरमैन की नौकरी छोड़ दी और मज़दूरों के साथ शामिल हो गया। बहुत जल्द उसे सार्वजनिक शान्ति भंग करने की अन्तर्राष्ट्रीय साज़िश का हिस्सेदार ठहराया गया। एक रात, बेतुकी अफ़वाहों से उदास हफ़्ते के दौरान, जब वह एक गुप्त बैठक से निकल रहा था तभी उस पर किसी अजनबी ने चार गोलियाँ चलाईं। वह बाल-बाल बचा। आनेवाले महीनों का माहौल इतना तनावपूर्ण था कि उर्सुला तक ने अपने अँधेरे कोने में उसे महसूस किया और उसे लगा कि एक बार फिर वह उस ख़तरनाक समय से गुज़र रही है जब उसका बेटा औरेलियानो बग़ावत की होमियोपैथिक गोलियाँ लेकर घूमा करता था। उसने खोसे आर्कादियो सेगुन्दो से औरेलियानो के बारे में बात करने की कोशिश की, लेकिन औरेलियानो सेगुन्दो ने उर्सुला को बताया कि वह क़ातिलाना हमले की रात से ही लापता था।

---

1. उपन्यास के पहले अंश में सैनिक शासन का प्रतीक कर्नल औरेलियानो बुएन्दीया नैतिकता और नागरिक गुणों के प्रतिनिधि के रूप में दिखाई पड़ता है, वहीं उपन्यास के दूसरे हिस्से में खोसे आर्कादियो सेगुन्दो कर्नल का स्थान ले लेता है लेकिन उसमें और कर्नल में काफ़ी अन्तर है। वह पितृसत्ता के प्रतीक के रूप में नहीं, केला कम्पनी के एक साधारण फोरमैन के रूप में सामने आता है। एक मामूली मज़दूर होने के बावजूद, वह संघर्ष की गरिमा को बनाए रखता है और उसूलों के लिए लड़ता है।

"एकदम औरेलियानो की तरह,"[1] उर्सुला बोली, "यह तो ऐसा है मानो दुनिया ख़ुद को दोहरा रही हो।"

फेर्नान्दा उन दिनों की अनिश्चितता से बेपरवाह थी। पति की मर्ज़ी के बग़ैर मेमे की ज़िन्दगी का फ़ैसला करने के सवाल पर औरेलियानो सेगुन्दो से उसकी जमकर लड़ाई हुई थी। इसके बाद फेर्नान्दा का बाहर की दुनिया से कोई वास्ता नहीं रह गया था। औरेलियानो सेगुन्दो पुलिस की मदद से अपनी बेटी को छुड़ाना चाहता था लेकिन फेर्नान्दा ने उसे कुछ ऐसे काग़ज़ात दिखाए जो इस बात का सबूत थे कि मेमे अपनी मर्ज़ी से कॉन्वेंट गई थी। मेमे ने वाक़ई पहले ही एक बार दस्तख़त किया था, जब वह उदासीनता के बन्द दरवाज़ों के पीछे थी और उसी उदासीनता से उसने यह किया जिससे वह कॉन्वेंट के अन्दर तक चली गई थी। औरेलियानो सेगुन्दो को इस सबूत की सचाई पर यक़ीन नहीं था, वैसे ही जैसे कि उसे विश्वास था कि मौरीसियो बाबिलोनिया मुर्ग़ियाँ चुराने नहीं आया था। लेकिन बात मानकर अपने दिल का बोझ हल्का करके वह बिना किसी पछतावे के पेत्रा कोतेस की छत्रच्छाया में लौट आया और एक बार फिर उसने अपनी शोर-शराबे वाली रँगरलियाँ और असीम पेटूपन का सिलसिला शुरू कर दिया। शहर की बेचैनी से परे उर्सुला की शान्त मन से की गई भविष्यवाणियों को अनसुना करते हुए फेर्नान्दा ने अपनी सोची-समझी योजना का आख़िरी पेच भी कस दिया। उसने अपने बेटे खोसे आर्कादियो को एक लम्बी चिट्ठी में लिखा कि उसकी बहन रेनाता काली उल्टी के कारण स्वर्ग सिधार गई है। फिर उसने छोटी आमारान्ता उर्सुला को सान्ता सोफ़िया दे ला पियेदाद के हवाले किया और अदृश्य डॉक्टरों के साथ अपने पत्र-व्यवहार को बहाल करने में जुट गई जो मेमे के चलते से टूट गया था। सबसे पहले उसने स्थगित टेलीपैथिक ऑपरेशन के लिए एक तारीख़ तय की। लेकिन अदृश्य डॉक्टरों ने जवाब दिया कि जब तक माकोन्दो में सामाजिक अशान्ति है, ऐसा करना उपयुक्त नहीं होगा। वह इतनी जल्दी में थी और इतनी बेख़बर भी कि अगली चिट्ठी में उसने उन्हें समझाया कि ऐसी कोई अशान्ति वहाँ नहीं थी। यह सब उसके देवर के पागलपन का नतीजा था जो उस समय मज़दूर यूनियनों जैसे अनाप-शनाप चक्करों में पड़ा हुआ था, जैसे पहले वह मुर्ग़े लड़ाने और समुद्री जहाज़ चलाने में लगा था। जब एक गर्म बुधवार को हाथ में छोटी-सी टोकरी लिये

1. उर्सुला उस क्षण को याद कर रही है जब औरेलियानो घर छोड़कर क्रान्तिकारियों के साथ जा मिला था।

एक बूढ़ी नन ने दरवाज़ा खटखटाया तब तक वे राज़ी नहीं हुए थे। सान्ता सोफ़िया दे ला पियेदाद ने दरवाज़ा खोला तो उसे लगा कि नन कोई तोहफ़ा लाई है और जालीदार कपड़े से ढकी उस टोकरी को लेने के लिए उसने हाथ बढ़ाया। लेकिन उस नन ने उसे रोक दिया क्योंकि उसे निर्देश थे कि टोकरी पूरी गोपनीयता के साथ दोन्या फेर्नान्दा देल कार्पियो दे बुएन्दीया को ही दी जाए। टोकरी में मेमे का बेटा था। फेर्नान्दा के पूर्व आध्यात्मिक गुरु ने एक ख़त में लिखा था कि वह दो महीने पहले ही पैदा हुआ था और उन्होंने दादा के नाम पर बच्चे का नाम औरेलियानो कर दिया था क्योंकि बच्चे की माँ ने नाम रखने के लिए मुँह नहीं खोला था। फेर्नान्दा अन्दर ही अन्दर नियति के इस छलावे से जल-भुन गई लेकिन उसने इस बात का ख़याल रखा कि नन उसके मन की बात न जान सके।

"हम सबसे कह देंगे कि वह हमें एक टोकरी में तैरता हुआ मिला था," वह मुस्कराती हुई बोली।

"कोई नहीं मानेगा," नन ने जवाब दिया।

"अगर बाइबिल में पढ़कर विश्वास कर लेते हैं," फेर्नान्दा ने जवाब दिया, "तो फिर हमारी बात क्यों नहीं मानेंगे!"

ट्रेन की वापसी के इन्तज़ार में नन ने घर पर खाना खाया और अपेक्षित समझदारी के मुताबिक़, उसने बच्चे का नाम दोबारा नहीं लिया लेकिन फेर्नान्दा की नज़रों में वह उसकी शर्म की अवांछनीय गवाह थी। उसे इस बात का दु:ख हुआ कि बुरी ख़बर लानेवालों को मारने की मध्यकालीन प्रथा ख़त्म कर दी गई है। उसने फ़ैसला किया कि नन के जाते ही वह बच्चे को हौदे में डुबो देगी, लेकिन वह इतनी पत्थरदिल नहीं थी और उसने तय किया कि वह इस मुसीबत से छुटकारा पाने के लिए ईश्वर की असीम अनुकम्पा पर भरोसा करेगी।

नया औरेलियानो साल-भर का था जब बिना किसी पूर्वसूचना के अशान्ति भड़क उठी। अब तक भूमिगत रहे खोसे आर्कादियो सेगुन्दो और दूसरे यूनियन नेता एकाएक एक दिन निकल आए और उन्होंने केले के क्षेत्र में कई शहरों में प्रदर्शन किए। पुलिस केवल क़ानून-व्यवस्था बनाए रखने में लगी थी। सोमवार की रात नेताओं को उनके घर से पकड़कर पैरों में पाँच किलो का लोहा बाँधकर जेल में डाल दिया गया। पकड़े जानेवालों में खोसे आर्कादियो सेगुन्दो और लोरेंसो गाविलान भी थे। लोरेंसो मेक्सिको की क्रान्ति का एक कर्नल था। वह माकोन्दो में निर्वासित था और दावा करता था कि उसने अपने कॉमरेड आरतेमियो क्रूस की बहादुरी अपनी

आँखों से देखी थी। बहरहाल, वे तीन महीनों के अन्दर ही छोड़ दिये गए क्योंकि केला कम्पनी और सरकार में इस बात पर सहमति नहीं बन पाई कि उन्हें जेल में खाना कौन खिलाएगा। इस बार मज़दूरों ने अपने घरों में सफ़ाई की सुविधाओं की कमी, चिकित्सा सुविधाओं की कमी और काम करने के ख़राब माहौल के ख़िलाफ़ आवाज़ उठाई थी। इसके अलावा उनका कहना था कि उनको वास्तविक पैसों की जगह पावती-पत्र में पगार मिल रही थी जो कम्पनी की दुकानों में केवल 'वर्जीनिया हैम' ख़रीदने के काम आ सकता था।[1] खोसे आर्कादियो सेगुन्दो को इसलिए जेल में डाला गया क्योंकि उसने यह उजागर किया था कि पावती पत्रों से कम्पनी के फल के जहाज़ों का ख़र्चा निकाला जाता था जिसके बिना उन्हें न्यू आरलियांस से केलों के बन्दरगाह तक ख़ाली लौटना पड़ता था। बाक़ी शिकायतों की जानकारी सबको थी। कम्पनी के डॉक्टर बीमारों की जाँच-पड़ताल नहीं करते थे, बल्कि उन्हें दवाख़ाने में एक-दूसरे के पीछे क़तार में खड़ा कर दिया जाता था और नर्स आकर उनकी जीभ पर नीले रंग की एक गोली रख देती, चाहे उन्हें मलेरिया हो या गनोरिया या फिर क़ब्ज़। यह इलाज इतना आम था कि बच्चे कई बार क़तार में खड़े हो जाते और गोलियाँ निगलने के बजाय घर ले आते और उनसे खेलते। बैरक में ठुँसे हुए कम्पनी के मज़दूरों की हालत दयनीय थी। ग़ुसलख़ाने बनाने की जगह इंजीनियरों ने क्रिसमस के समय कैंप के पचास लोगों के बीच एक पोर्टेबल लैट्रीन मँगवाई थी, जिसके इस्तेमाल का सार्वजनिक प्रदर्शन कर उन्होंने बताया कि इसको वह ज़्यादा दिन तक किस प्रकार चलाया जा सकता है। एक समय कर्नल औरेलियानो बुएन्दीया को घेरे रहनेवाले काले कपड़े पहने जर्जर वकील, अब केला कम्पनी के प्यादे बन गए थे। मज़दूरों की माँगों को ऐसे ख़ारिज कर दिया गया मानो जादुई छड़ी घुमा दी गई हो। मज़दूरों ने आम राय से तैयार याचिका को केला कम्पनी को औपचारिक रूप से अधिसूचित करने में काफ़ी समय लगा दिया। जैसे ही मिस्टर ब्राउन को इस समझौते के बारे में पता चला, उन्होंने अपना राजसी शीशे वाला डिब्बा ट्रेन से जोड़ा और कम्पनी के प्रमुख प्रतिनिधियों के साथ माकोन्दो से ग़ायब हो गया। फिर भी उनमें से एक प्रतिनिधि को कुछ मज़दूरों ने दूसरे दिन

---

1. मेमे 'वर्जीनिया हैम' के साथ अनन्नास खाने की आदी थी। दिलचस्प बात यह है कि ये भोज्य पदार्थ कोलम्बिया के न होकर उत्तरी अमेरिकी लोगों द्वारा साथ लाए गए थे। यह इस बात की ओर इंगित करता है कि कैसे उपनिवेशवाद अपने आगमन के साथ ही उपनिवेशों (कोलम्बिया) की पूरी संस्कृति यहाँ तक कि खान-पान तक को प्रभावित करता है और धीरे-धीरे उन पर हावी हो जाता है।

शनिवार को उस समय एक कोठे पर ढूँढ़ निकाला, जब वह उन महिलाओं के साथ नंगा था जिन्होंने उसे फँसाने में मदद की थी। मज़दूरों ने उससे ज़बरदस्ती अपनी माँगों की याचिका पर दस्तख़त करवा लिये। दुखी वकीलों ने अदालत में साबित कर दिया कि उस आदमी का कम्पनी से कोई लेना-देना नहीं था। उनकी बात पर कोई शक न करे, इसलिए उन्होंने उसे धोखाधड़ी के इल्ज़ाम में जेल की सज़ा भी दिलवा दी। बाद में, मिस्टर ब्राउन को उस समय अचानक पकड़ लिया गया जब वह तीसरी श्रेणी के डिब्बे में गुपचुप यात्रा कर रहा था। उससे माँगों की एक और प्रति पर हस्ताक्षर करवाए गए। अगले दिन वह बालों को काले रंग में डाई करवाकर फर्राटेदार स्पैनिश बोलता हुआ जज के सामने हाज़िर हुआ। वकीलों ने साबित कर दिया कि वह प्रैटविले, अलबामा में पैदा होनेवाला, केला कम्पनी का अधीक्षक जैक ब्राउन नहीं था बल्कि माकोन्दो में जन्मा, औषधीय पौधों का विक्रेता दागोबेर्ता फ़ोनसेका था। कुछ समय बाद मज़दूरों के पुन: प्रयास के जवाब में वकीलों ने वाणिज्यदूतों और विदेशमंत्रियों द्वारा अभिप्रमाणित मिस्टर ब्राउन के मृत्यु प्रमाण-पत्र को सार्वजनिक रूप से प्रदर्शित किया जो यह प्रमाणित करता था कि बीते नौ जून को मिस्टर ब्राउन की शिकागो में एक दमकल के नीचे दबने से मौत हो गई थी। इस अनर्गल प्रलाप के व्याख्यात्मक उन्माद से थककर मज़दूरों ने माकोन्दो के अधिकारियों से मुँह मोड़ लिया और अपनी माँगें उच्च न्यायालयों में ले गए। वहाँ भी हाथ की सफ़ाई में उस्ताद इन वकीलों ने साबित कर दिया कि सारी माँगें बेबुनियाद थीं क्योंकि केला कम्पनी में न मज़दूर हैं, न कभी थे और न ही कभी होंगे क्योंकि उनके यहाँ मज़दूर तो कभी-कभार ही और अस्थायी रूप से रखे जाते हैं। इसलिए वर्जीनिया हैम की कहानी बकवास थी, वैसे ही जैसे कि चमत्कारी गोलियों और बड़े दिन पर लाई गई पोर्टेबल लैट्रीन की कहानियाँ; और अदालत के फ़ैसले से यह सिद्ध हो गया और क़ानूनी विज्ञप्ति में निर्धारित भी कर दिया गया कि मज़दूरों का कोई अस्तित्व ही नहीं था।

बड़ी हड़ताल शुरू हो गई।[1] खेती बीच में रुक गई। फल पेड़ों पर सड़ गए और एक सौ बीस ट्रेन के डिब्बे किनारे पड़े रहे। बेरोज़गार मज़दूर शहर से भागने लगे। तुर्कों की गली कई दिनों तक चलनेवाले शनिवार से गूँजती रही और होटल जैकब

1. इस हड़ताल की प्रेरणास्रोत 1928 की वह हड़ताल है जो कोलम्बिया के अटलांटिक तट पर यूनाइटेड फ्रूट कम्पनी के मज़दूरों ने की थी। इस हड़ताल ने कम्पनी में कामकाज को पूरी तरह से ठप्प कर दिया था। इस हड़ताल को सेना की मदद से बड़ी क्रूरता से कुचला गया था।

के पूल रूम में चौबीस घंटे की ड्यूटियाँ लगानी पड़ीं। खोसे आर्कादियो सेगुन्दो उस वक़्त वहीं था जब घोषणा हुई कि शान्ति क़ायम करने के लिए फ़ौज को बुला लिया गया है। हालाँकि वह अपशकुनों में विश्वास नहीं करता था पर यह ख़बर मृत्यु के ऐलान की तरह थी जिसका उसे तब से इन्तज़ार था जब कर्नल खेरिनेल्दो उसे 'मृत्युदंड' दिखाने ले गया था। लेकिन इस अपशकुन ने उसके गाम्भीर्य को नहीं बदला। उसने अपना निशाना ठीक वैसे ही साधा जैसा उसने सोचा था और वाक़ई बहुत अच्छा निशाना साधा था। कुछ ही देर में, ढोल की आवाज़, बिगुल की तीखी गूँज, लोगों का दौड़ना और चिल्लाना खोसे आर्कादियो सेगुन्दो को सूचित कर गए कि न केवल पूल का खेल ख़त्म हो गया था बल्कि वह मौन और निःसंग खेल भी ख़त्म हो गया था जो वह ख़ुद के साथ खेल रहा था। तब वह बाहर सड़क पर गया। वहाँ उसने तीन रेजीमेंटें देखीं जिनके ढोल की ताल के साथ मार्च करने पर धरती काँप उठती थी। कई सिर वाले परदार साँप सरीखी उनकी फुफकार ने दोपहर की चमक में एक घातक धुआँ घोल दिया था। वे लोग नाटे व गठीले शरीर के थे और देखने में क्रूर लगते थे। घोड़े की तरह उनका पसीना चू रहा था और धूप में तपी उनकी चमड़ी से पहाड़ियों जैसी अभेद्य दृढ़ता की बू आ रही थी। हालाँकि उन्हें गुज़रने में एक घंटे से ज़्यादा समय लगा, मगर उन्हें देखकर कोई भी यह सोच सकता था कि कुछ ही टुकड़ियाँ एक घेरे में चक्कर लगा रही थीं क्योंकि वे सब एक जैसे थे—एक ही कुतिया के बच्चों सरीखे, जो एक-सी भावशून्यता से अपने पिट्ठू और थैले, संगीन जड़ी राइफ़लों की शर्म, आँखें मूँदकर हुक्म बजाने के रतिज फोड़े और प्रतिष्ठा का वज़न उठाए हुए थे। अँधेरे में उर्सुला ने अपने बिस्तर से उनके गुज़रने की आवाज़ सुनी और उँगलियों से क्रूस बना लिया। सान्ता सोफ़िया दे ला पियेदाद एक पल के लिए ज़िन्दा हुई, उसने तुरन्त इस्त्री किए हुए मेज़पोश के ऊपर झुकते हुए अपने बेटे खोसे आर्कादियो सेगुन्दो के बारे में सोचा। उसका बेटा चेहरे के भाव बदले बिना होटल के दरवाज़े के सामने से आख़िरी सैनिक टुकड़ी को जाते देख रहा था।

सैनिक शासन ने फ़ौज को इस विवाद में पंच बनने का अधिकार दे दिया था। लेकिन समझौता करने की कोई कोशिश नहीं की गई। जैसे ही सैनिक माकोन्दो आए, उन्होंने अपनी बन्दूक़ें एक तरफ़ रख दीं, केले काटे, ट्रेन में लादे और ट्रेनें चालू कर दीं। तभी केलों की फ़सल देखकर ख़ुश हो रहे मज़दूरों ने जंगल में अपने काम वाले छुरे लेकर धावा बोल दिया और तोड़-फोड़ शुरू कर दी। उन्होंने बग़ीचे

जला दिए, कमिसारियाँ जला दीं, पटरियाँ उखाड़ दीं ताकि वे उन ट्रेनों का रास्ता रोक सकें जो मशीनगन की गोलियों के साये में चल रही थीं। उन्होंने टेलीग्राफ़ और टेलीफ़ोन के तार भी काट दिए। सिंचाई की नहरें ख़ून से रँग गईं। बिजली लगे, मुर्ग़ी के दड़बे में साँस ले रहे मिस्टर ब्राउन को उसके परिवार और उसके देशवासियों के परिवारों के साथ माकोन्दो के बाहर ले जाकर सेना के संरक्षण में एक सुरक्षित जगह पर रखा गया। अधिकारियों ने मज़दूरों का माकोन्दो में इकट्ठा होने का आह्वान किया। एक ख़ूनी और असमान गृहयुद्ध के पूरे आसार नज़र आ रहे थे। लड़ाई में बीच-बचाव करने के लिए प्रदेश के असैनिक एवं सैनिक पदाधिकारियों को अगले शुक्रवार को माकोन्दो पहुँचने के निर्देश दिए गए।

शुक्रवार को सुबह से स्टेशन पर एकत्रित भीड़ में खोसे आर्कादियो सेगुन्दो भी था। उसने यूनियन नेताओं की बैठक में भाग लिया था और उसे अधिकृत किया गया था कि वह कर्नल गाविलान के साथ भीड़ में मिल जाए और फिर परिस्थिति के अनुसार भीड़ को सँभालने की कोशिश करे। उसकी तबीयत ठीक नहीं थी और उसके तालू पर नमक की परत जमने लगी थी। तभी उसने देखा कि सेना ने छोटे चौराहे के चारों ओर मशीनगनों से लैस सैनिक खड़े कर दिए थे और बिजली के तारों से घिरी केला कम्पनी के शहर की सुरक्षा में तोपें तैनात थीं, उस ट्रेन का इन्तज़ार करते हुए जो आ ही नहीं रही थी। तीन हज़ार से ज़्यादा लोग, मज़दूर, औरतें और बच्चे, स्टेशन के बाहर खुली जगह में उमड़ पड़े और बगल की गलियों में फैलने लगे जिन्हें सेना ने मशीनगनों की क़तारों से बन्द कर दिया था। उस समय तो ऐसा लग रहा था मानो वहाँ इन्तज़ार करती हुई कोई भीड़ न हो, बल्कि मेला लगा हो। तुर्कों की गली से खाने-पीने की चलती-फिरती दुकानें वहाँ आ पहुँची थीं, और इन्तज़ार की ऊब व तपती धूप को बर्दाश्त करते लोग प्रसन्नचित्त थे। तीन बजे से थोड़ा पहले अफ़वाह उड़ी कि सरकारी ट्रेन अगले दिन आएगी। भीड़ निराश हो उठी। तब एक फ़ौजी लेफ़्टिनेंट स्टेशन की छत पर चढ़ा जहाँ भीड़ पर निशाना साधे चार मशीनगनें रखी गई थीं। उसने सबको शान्त होने के लिए कहा। खोसे आर्कादियो सेगुन्दो की बगल में नंगे पैर, एक बहुत मोटी महिला चार और सात साल की उम्र के बीच के दो बच्चों के साथ खड़ी थी। उसने छोटे वाले को गोदी में उठा रखा था उसने खोसे आर्कादियो सेगुन्दो को जाने बिना उससे दूसरे बच्चे को उठाने के लिए कहा ताकि वह ठीक से सुन सके।

खोसे आर्कादियो सेगुन्दो ने बच्चे को अपने कन्धे पर बैठा लिया। आज से कई साल बाद लोग शायद विश्वास नहीं करेंगे जब वह बच्चा उन्हें बताएगा कि उसने

लेफ़्टिनेंट को एक पुराने फ़ोनोग्राफ़ के हॉर्न के ज़रिये शहर के असैनिक एवं सैनिक नेताओं की विज्ञप्ति नम्बर चार को पढ़ते हुए देखा था। उस पर जनरल कार्लोस कोर्तेस वार्गास और उसके सेक्रेटरी मेजर एनरीके गार्सीया इसासा के दस्तख़त थे। अस्सी शब्दों के तीन अनुच्छेदों में उन्होंने हड़तालियों को 'गुंडों का गिरोह' क़रार दिया और सेना को गोली चलाने के लिए अधिकृत किया।

विज्ञप्ति पढ़े जाने के बाद, विरोध में उठे ज़ोरदार शोर के बीच स्टेशन की छत पर लेफ़्टिनेंट की जगह एक कैप्टन ने ली और भोंपू से इशारा किया कि वह कुछ कहना चाहता है। भीड़ फिर शान्त हो गई।

"देवियो और सज्जनो," उसने थकी और धीमी आवाज़ में धीरे-से कहा, "आपके पास पीछे हटने के लिए पाँच मिनट हैं।"

दोगुने शोरगुल ने गिनती शुरू होने के संकेत को दबा दिया। कोई भी नहीं हिला।

"पाँच मिनट हो चुके हैं," कैप्टन ने उसी अन्दाज़ में कहा, "एक मिनट और, और हम फायरिंग शुरू कर देंगे।"

ठंडे पसीने से भीगे खोसे आर्कादियो सेगुन्दो ने बच्चे को उतारकर उसकी माँ के हवाले कर दिया। "ये हरामी कहीं गोली चला ही न दें," वह बुड़बुड़ाई। खोसे आर्कादियो सेगुन्दो के पास कुछ कहने का समय नहीं था क्योंकि उसी क्षण उसने कर्नल गाविलान की आवाज़ सुनी—ज़ोर से उस औरत के वही शब्द दोहराते हुए। तनाव से मदहोश ख़ामोशी की चमत्कारिक गहराई और इस बात से निश्चिन्त कि मौत से मंत्रमुग्ध भीड़ को कोई नहीं हिला सकता था, खोसे आर्कादियो सेगुन्दो ने पैरों पर उचककर ज़िन्दगी में पहली बार ऊँची आवाज़ में कहा।

"हरामियो!" वह चिल्लाया, "तुम्हारा एक मिनट, तुम्हारी गाँड़ में।"

उसके चिल्लाने से भय नहीं बल्कि एक प्रकार का भ्रम फैल गया। कप्तान ने गोली चलाने के आदेश दिए और चौदह मशीनगनों ने तत्काल उसका पालन किया। लेकिन वहाँ ऐसा लगा मानो कोई तमाशा हो। मानो उन मशीनगनों में ढक्कन भरे हों क्योंकि उनकी हाँफती खड़खड़ाहट तो सुनाई दे रही थी, उनकी उद्दीप्त चिनगारियाँ तो दिखाई दे रही थीं लेकिन तात्कालिक अभेद्यता से सन्न उस भीड़ में कोई प्रतिक्रिया नहीं थी। उस भीड़ से एक चीख़, एक आह तक नहीं निकली। अचानक स्टेशन के एक कोने से मौत की चीख़ ने सम्मोहन की चादर फाड़ दी, "ओह, माँ।" एक जलजले-सी आवाज़, एक ज्वालामुखी की तरह उगलती साँस और भीड़ के बीच तबाही की दहाड़ सुनाई दी जिसमें विस्तार की अपार सम्भावना

थी। खोसे आर्कादियो सेगुन्दो मुश्किल से बच्चे को उठा पाया था कि दूसरे बच्चे को लिये उसकी माँ आतंक से भगदड़ मचाती भीड़ में गुम हो गई।

कई साल बाद यही बच्चा पागल बूढ़ा कहलाए जाने के बावजूद बताएगा कि कैसे खोसे आर्कादियो सेगुन्दो ने उसे अपने सिर के ऊपर उठाया था, मानो भीड़ के भय पर तैरते हुए हवा में घसीटा था और पास की गली में ले गया था। अपने विशेष स्थान (कन्धे पर होने की वजह से) से बच्चा देख पाया था कि वह बेलगाम भीड़ एक कोने की तरफ़ भाग रही थी और उसने मशीनगन को गोलियाँ छोड़ते देखा था। एक साथ कई आवाज़ें गूँज उठी थीं।

"लेट जाओ! लेट जाओ!"

आगे वाले लोग गोलियों की लहर से चित पहले ही लेट चुके थे। लेटने की बजाय, बचनेवाले लोगों ने छोटे चौराहे तक वापस जाने की कोशिश की थी लेकिन आतंक ड्रैगन की पूँछ बन गया जहाँ एक सघन लहर दूसरी दिशा को जाती लहर से टकराती, जो दूसरे ड्रैगन की पूँछ से सड़क के पार टकराती। वहाँ भी मशीनगनें बिना रुके आग उगल रही थीं। वे लोग घिर गए थे और एक विराट बवंडर में चक्कर खा रहे थे जो धीरे-धीरे अपने केन्द्र के ऊपर संकुचित हो रहा था और उसके किनारे बाक़ायदा कुतरे जा रहे थे मानो मशीनगनें अनुशासित ढंग से प्याज़ के छिलके निकाल रही हों। उसने खुली जगह में हाथ से क्रूस बनाए एक महिला को घुटनों के बल बैठे देखा। इससे पहले कि वह विशाल सैन्यदल उस खुली जगह को निगल जाता, घुटनों के बल बैठी उस महिला को खा जाता, शुष्क आसमान की रोशनी और उस लम्पट दुनिया को निगल जाता जहाँ उर्सुला इगुआरान ने जानवरों के आकार वाली मिठाइयाँ बेची थीं, लहूलुहान खोसे आर्कादियो सेगुन्दो ने बच्चे को नीचे रखा और मुँह के बल गिर पड़ा।

जब खोसे आर्कादियो सेगुन्दो को होश आया तो वह अँधेरे में पीठ के बल लेटा था। उसे अहसास हुआ कि वह एक अन्तहीन ख़ामोश ट्रेन पर सवार है। उसका सिर सूखे ख़ून से अकड़ा हुआ था और उसकी सब हड्डियाँ दु:ख रही थीं। उसे सोने की असह्य इच्छा हुई। कई घंटों तक सोने को तैयार, आतंक व भय की सीमा से परे उसने उस तरफ़ करवट ली जहाँ सबसे कम दर्द था और तब जाकर उसे पता चला कि वह लाशों के बीच पड़ा था। बीच के गलियारे को छोड़कर डिब्बे में कोई जगह ख़ाली नहीं थी। जनसंहार को काफ़ी समय हो चुका होगा क्योंकि सभी लाशों का तापमान उतना ही था जितना शरद में पलस्तर का होता है। और

जिन्होंने उन लाशों को डिब्बे में डाला था, उनके पास इतना समय था कि लाशों को केले की तरह लाद सकें। इस बुरे सपने से भागने की कोशिश में खोसे आर्कादियो सेगुन्दो ने अपने आपको एक डिब्बे से दूसरे डिब्बे तक घसीटा। सोते हुए शहरों से गुज़रते हुए, लकड़ी के पट्टों से छनकर पल-भर के लिए आती रोशनी में उसने आदमियों, औरतों और बच्चों की लाशें देखीं जो सड़े हुए केलों की तरह समुद्र में फेंक दी जाने वाली थीं। उस लाशों के ढेर में, वह सिर्फ़ चौराहे पर पेय पदार्थ बेचनेवाली एक महिला और कर्नल गाविलान को ही पहचान सका था। कर्नल के हाथ में अभी चाँदी के बक्कल वाली बेल्ट थी जिससे उसने भगदड़ के बीच रास्ता बनाने की कोशिश की थी। पहले डिब्बे तक पहुँचकर वह अँधेरे में कूद गया और ट्रेन के गुज़रने तक पटरी की बगल में लेटा रहा। वह उसकी ज़िन्दगी की सबसे लम्बी ट्रेन थी, लगभग दो सौ माल-डिब्बों वाली, दोनों तरफ़ एक-एक इंजन और तीसरा बीच में। उसमें कोई बत्ती नहीं थी, लाल और हरी बत्ती तक नहीं और फिर ट्रेन रात के अँधेरे में चुपके से ग़ायब हो गई। डिब्बों के ऊपर मशीनगनों के साथ सैनिकों की आकृतियाँ देखी जा सकती थीं।

आधी रात के बाद तेज़ बारिश शुरू हो गई। खोसे आर्कादियो सेगुन्दो को पता नहीं था कि वह कहाँ कूदा था लेकिन उसे अन्दाज़ा था कि विपरीत दिशा में चलने से वह माकोन्दो पहुँच जाएगा। तीन घंटे से भी अधिक देर तक चलने के बाद, भीगे हुए, भयंकर सिरदर्द लिये, भोर की रोशनी में उसे कुछ घर दिखाई देने लगे। कॉफ़ी की सुगन्ध से खिंचकर वह एक रसोईघर में गया जहाँ गोदी में बच्चा लिये एक औरत चूल्हे पर झुकी हुई थी।

"हैलो," वह थककर बोला, "मैं खोसे आर्कादियो सेगुन्दो हूँ।"

उसने अपना नाम अक्षर-दर-अक्षर बोला, ताकि उसे विश्वास दिला सके कि वह ज़िन्दा है। ऐसा करके उसने अक्लमन्दी की क्योंकि रक्त से सना चेहरा और लथपथ वस्त्र, ऊपर से मौत की गम्भीरता ओढ़े उस गन्दी मायावी आकृति को देखकर उस औरत ने उसे भूत ही समझा था। वह उसे पहचान गई थी। आग के पास कपड़े सूखने तक उस महिला ने उसे कम्बल दे दिया, उसने ऊपरी घाव को धोने के लिए पानी गर्म किया, और सिर पर पट्टी बाँधने के लिए एक साफ़ पोतड़ा भी दिया। फिर बिना चीनी की एक कप कॉफ़ी दी, जैसा कि उसने सुना था कि बुएन्दीया परिवार ऐसी ही कॉफ़ी पीता था और उसके कपड़े आग के पास फैला दिए।

कॉफ़ी ख़त्म होने तक खोसे आर्कादियो सेगुन्दो ने कुछ नहीं कहा।

"तीन हज़ार तो रहे होंगे," वह बुड़बुड़ाया।

"क्या।"

"मरनेवाले," उसने स्पष्ट किया, "स्टेशन पर मौजूद सभी मरे होंगे।"

उस औरत ने उसे दया की नज़र से देखा। "यहाँ कोई नहीं मरा है," वह बोली, "तुम्हारे ताऊ कर्नल के समय से माकोन्दो में कुछ नहीं हुआ है।" घर पहुँचने से पहले जिन तीन रसोईघरों में खोसे आर्कादियो सेगुन्दो रुका उसे यही बात कही गई, "कोई नहीं मरा है।" वह छोटे चौराहे से निकला, वहाँ उसने एक के ऊपर एक रखे खोखे देखे और उसे जनसंहार का कोई निशान नहीं मिला।[1] निरन्तर बारिश से

---

1. विश्लेषक अक्सर कोलम्बियाई मज़दूर आन्दोलन की इस बात के लिए तीख़ी आलोचना करते हैं कि वह सही मायनों में मज़दूरों की नुमाइन्दगी नहीं कर पाया। कोलम्बिया में पहला मज़दूर संघ 1857 में बना था। बगोटा आर्टिजन सोसाइटी के नाम से जाना जानेवाला यह संघ स्वतंत्र व्यापार के लिए कोलम्बियाई अर्थव्यवस्था को खोलने हेतु शुरू किए गए उदारवादी सुधारों के विरोध में बना था। लेकिन यह संघ सिर्फ़ मज़दूरों के आक्रोश को राजनीतिक असन्तोष की ज़ुबान भर दे पाया, उनके अधिकारों को पाने और तकलीफ़ों को दूर करने की उसने कोई सार्थक कोशिश नहीं की। उन्नीसवीं शताब्दी में इसके बाद बने दूसरे संघों ने भी कोई ख़ास काम नहीं किया। मज़दूरों की माँगों को सशक्त ढंग से उठाने की जगह ये सिर्फ़ कुछ मामूली संयुक्त बचत और बीमा स्कीम की बात करके ही सन्तुष्ट हो गए। इस दौरान इन संगठनों ने पूँजीपतियों से टकराव का रास्ता अपनाने की जगह उनके साथ परस्पर फ़ायदे वाली योजनाओं और माँगों पर ही ज़ोर दिया। हालाँकि बीच में मज़दूरों के वेतन और बेहतर माहौल के लिए इक्का-दुक्का आन्दोलन हुए लेकिन प्रथम विश्वयुद्ध तक मज़दूर आन्दोलन अपनी छाप नहीं छोड़ पाया। मज़दूरों और प्रबन्धन के बीच टकराव और हिंसा के पहले उदाहरण तेल और केले का निर्यात करनेवाली विदेशी कम्पनियों के परिसर में देखे गए। इनमें सबसे ज़्यादा ध्यान खींचा नवम्बर 1928 में यूनाइटेड फ्रूट कम्पनी के सान्ता मार्ता परिसर में हुई केला, रेल, बन्दरगाह के कर्मियों की हड़ताल ने। इन मज़दूरों ने बेहतर वेतन, काम के घंटों को कम करने और दूसरी सुविधाओं की माँग को लेकर आवाज़ बुलन्द की थी। इस हड़ताल को ख़त्म करने के लिए सरकार ने यूनाइटेड फ्रूट कम्पनी का पक्ष लेते हुए मज़दूरों पर भारी ज़ुल्म ढाए। जनरल कार्लोस कोर्तेस कासि के नेतृत्व में सेना ने सिएनागा (मागदलीना) रेलवे स्टेशन पर 5 दिसम्बर, 1928 को जनसंहार किया। इस क्षेत्र में क़रीब तीस हज़ार मज़दूर हड़ताल पर थे जिनमें से क़रीब चार हज़ार सिएनागा रेलवे स्टेशन पर प्रदर्शन कर रहे थे। सेना ने इन पर अन्धाधुन्ध गोलियाँ बरसाईं। मिगेल आबादिया मेन्देस की रूढ़िवादी सरकार (1926-30) की रिपोर्ट के मुताबिक़ इस जनसंहार में सिर्फ़ नौ मज़दूरों की जान गई। बाद की सरकारों ने भी इस घटना की असली तस्वीर कभी सामने नहीं आने दी। सितम्बर 1929 में कोलम्बिया की संसद में मामूली बहस के बाद इस घटना को दबा दिया गया। केला उत्पादक कम्पनी ने भी मज़दूरों के असन्तोष से निबटने के लिए उनकी छँटनी का रास्ता चुना। बाद में इस घटना की पहली तस्वीर जनता के सामने 1928 में *La Masacara en los bananeros* (केला बाग़ान में जनसंहार) के रूप में आई। इस अध्ययन में 1929 की संसदीय बहस, ख़ासकर →

सड़कें ख़ाली थीं और बन्द घरों में जीवन का कोई संकेत नहीं था। केवल मिस्सा के लिए बजती घंटियाँ ही वहाँ इनसानों की उपस्थिति का एकमात्र सबूत थीं। उसने कर्नल गाविलान के घर का दरवाज़ा खटखटाया। एक गर्भवती महिला ने उसके मुँह पर दरवाज़ा बन्द कर दिया। "वह चला गया," वह डरकर बोली, "वह अपने देश वापस लौट गया।" हमेशा की तरह तारों वाले मुर्ग़ी के दड़बे के दरवाज़े पर बरसाती कोट और रबर के बूट पहने दो पुलिसवाले पहरा दे रहे थे जो बारिश में पत्थर के बुत मालूम होते थे। गली में वेस्टइंडीज़ के अश्वेत शनिवार की प्रार्थना कर रहे थे। खोसे आर्कादियो सेगुन्दो आँगन के कुएँ को फलाँगते हुए रसोईघर के रास्ते घर में दाख़िल हुआ। सान्ता सोफ़िया दे ला पियेदाद ने आवाज़ ऊँची नहीं की। "फेर्नान्दा की नज़र से बचे रहना," वह बोली, "वह बस उठने ही वाली है।" जैसे कि वह किसी अघोषित समझौते का पालन कर रही हो, वह अपने बेटे को 'चैम्बरपॉट कमरे' में ले गई, मेल्कीयादेस की टूटी हुई चारपाई उसके लिए लगाई और दोपहर दो बजे, जब फेर्नान्दा सिएस्ता कर रही थी उसने खिड़की से एक प्लेट खाना उसे सरका दिया।

औरेलियानो सेगुन्दो घर पर सोया हुआ था। वह बारिश की वजह से फँस गया था और दोपहर तीन बजे बादल छँटने का इन्तज़ार कर रहा था। सान्ता सोफ़िया दे ला पियेदाद से अपने भाई के बारे में गुप्त सूचना मिलने पर वह उससे मिलने मेल्कीयादेस के कमरे में गया। उसने भी जनसंहार या लाशों से भरी ट्रेन की समुद्र की तरफ़ की दुःस्वप्न-यात्रा की कहानी पर विश्वास नहीं किया। पिछली रात उसने देश के नाम एक निराला घोषणा-पत्र पढ़ा था जिसमें कहा गया था कि मज़दूर स्टेशन से निकलकर छोटे-छोटे गुटों में शान्तिपूर्वक अपने घर लौट गए थे। घोषणा-पत्र का यह भी कहना था कि यूनियन नेताओं ने देशभक्ति की ख़ातिर अपनी माँगें दो मुद्दों तक ही सीमित कर दी थीं : चिकित्सा सुविधाओं में सुधार और घरों में

→ खोसे एलिएसे गायतान और गाब्रिएल तोरबे के भाषणों और इस घटना के कुछ प्रत्यक्षदर्शियों विशेषकर आरकातका के पादरी फादर फ्रांसिस्को आंगरिता के बयानों को उद्धृत किया गया था। इस दस्तावेज़ी अध्ययन की प्रस्तावना में सम्पादकों ने दावा किया कि सरकार और अधिकारियों ने कोलम्बियाई इतिहास के इस हिस्से को हर तरह से दबाने की कोशिश की। 1979 में एच रोद्रीगेज़ आकोस्ता ने अपनी पुस्तक *Elementos Críticos Para una nueva interpretación de la historia Colombiana* (1979) में भी इसी तथ्य की तरफ़ इशारा किया, "कोलम्बियाई इतिहास के इस अंश को हमारे इतिहासकारों ने काफ़ी नज़रअन्दाज़ किया है क्योंकि अगर सत्य उजागर हुआ तो शासकीय वर्ग की प्रतिष्ठा ख़ाक में मिल जाएगी।"

लैट्रीन का निर्माण। बाद में कहा गया कि जब सैनिक अधिकारियों का मज़दूरों के साथ समझौता हो गया तो वे दौड़े-दौड़े मिस्टर ब्राउन के पास गए और मिस्टर ब्राउन ने न केवल माँगें मान लीं बल्कि उसने लड़ाई ख़त्म होने की ख़ुशी में तीन दिन के उत्सव का ख़र्चा देने का भी प्रस्ताव दिया था। जब सेना ने उससे पूछा कि समझौते पर हस्ताक्षर होने का ऐलान कब होगा तो उसने बिजली की कड़क से गूँजते आसमान की तरफ़ खिड़की से देखा और शक का इज़हार किया।

"जब बारिश रुकेगी," उसने कहा, "जब तक बारिश हो रही है, हम सब काम रोक रहे हैं।"

तीन महीने से बारिश नहीं हुई थी और अकाल पड़ा था। लेकिन जब मिस्टर ब्राउन ने अपना फ़ैसला सुनाया तो पूरे केले क्षेत्र में मूसलाधार वर्षा शुरू हो गई। इसी बारिश में खोसे आर्कादियो सेगुन्दो माकोन्दो आते समय भीगा था। एक हफ़्ते बाद तक भी बारिश जारी थी। हज़ारों बार हर तरीक़े से दोहराए जाने के बाद अन्तत: सरकारी बयान ही माना गया : कोई मरा नहीं था, सन्तुष्ट मज़दूर अपने परिवारों के पास लौट गए थे और केला कम्पनी बारिश रुकने तक सब काम रोक रही है। अन्तहीन मूसलाधार बारिश के चलते सार्वजनिक संकट में आपातकालीन सेवाएँ प्रदान करने के लिए सैनिक-शासन जारी रहा लेकिन सैनिक अपने क्वार्टरों में ही रहे। सैनिक दिन के दौरान बौछार में सड़कों पर घूमते, पैंट मोड़कर बच्चों के साथ नाव बनाकर खेलते और रात में दरवाज़े पर दस्तक देने के बाद, राइफ़ल मारकर दरवाज़े तोड़ते, सन्दिग्ध व्यक्तियों को बिस्तर से खींचते और ऐसी यात्रा पर ले जाते जहाँ से कोई वापसी नहीं थी। गुंडों, क़ातिलों, आगजनी करनेवालों और चौथी विज्ञप्ति के विरोधियों की खोज और सफ़ाया जारी था लेकिन सेना उसे नकारती रही, उन रिश्तेदारों के सामने भी जो ख़बर की खोज में कमांडेंट के दफ़्तर में भरे हुए थे। "तुम्हें सपना आया होगा," अधिकारी ज़ोर देकर कहते, "माकोन्दो में कुछ नहीं हुआ है, कभी नहीं हुआ और कभी नहीं होगा। यह तो ख़ुशहाल शहर है।" इस तरह वे लोग आख़िरकार यूनियन नेताओं का सफ़ाया कर सके।

इकलौता खोसे आर्कादियो सेगुन्दो ही था जो बचा हुआ था। फ़रवरी की एक रात दरवाज़े पर राइफ़ल की स्पष्ट दस्तक सुनाई पड़ी। बारिश रुकने का इन्तज़ार कर रहे औरेलियानो सेगुन्दो ने दरवाज़ा खोला। वहाँ एक अफ़सर की कमान में बारिश से भीगे छह सैनिक खड़े थे। बिना एक शब्द कहे उन्होंने घर की तलाशी ली—कमरा- दर-कमरा, अलमारी-दर-अलमारी, बैठक से लेकर रसोई-भंडार तक।

जब उन्होंने उर्सुला के कमरे की बत्ती जलाई तो वह उठ गई। जब तक खोज जारी रही, उसने साँस नहीं ली लेकिन अपनी उँगलियों से क्रूस बनाया और उस तरफ़ घुमाती रही जिस तरफ़ सैनिक जाते थे। सान्ता सोफ़िया दे ला पियेदाद ने मेल्कीयादेस के कमरे में सोते हुए खोसे आर्कादियो सेगुन्दो को सचेत तो कर दिया लेकिन वह समझ गया था कि भाग पाना नामुमकिन था। अतः सान्ता सोफ़िया दे ला पियेदाद ने दोबारा ताला लगा दिया और खोसे आर्कादियो सेगुन्दो अपनी कमीज़ और जूते पहनकर इन्तज़ार में चारपाई पर बैठ गया। उस समय वे सोने की वर्कशॉप की तलाशी ले रहे थे। अफ़सर ने उनसे ताला खुलवाया और लालटेन की एक नज़र में बेंच, तेज़ाब की बोतलों वाली शीशे की अलमारी और औज़ार देखे जो अब भी वैसे ही पड़े थे जैसे उनका मालिक छोड़ गया था। अफ़सर समझ गया कि उस कमरे में कोई नहीं रहता। उसने अक्लमन्दी से औरेलियानो सेगुन्दो से पूछा कि क्या वह जौहरी है, और औरेलियानो सेगुन्दो ने बताया कि यह कर्नल औरेलियानो बुएन्दीया की वर्कशॉप है। "ओहो," अफ़सर बोला, उसने बत्ती जलाई और इतनी बारीक तलाशी का आदेश दिया कि उन्हें बोतलों के पीछे अपने डिब्बे में छुपी हुई वे अठारह छोटी सुनहरी मछलियाँ मिल गईं जो पिघली नहीं थीं। अफ़सर ने उन्हें बेंच पर रखकर एक-एक करके देखा और फिर उसकी इनसानियत जाग उठी। "अगर इजाज़त हो तो मैं इनमें से एक रख लूँ," उसने कहा, "एक समय पर ये विद्रोह का प्रतीक थीं, लेकिन अब ये यादगार हैं।" वह जवान था, एक किशोर युवक-सा, जिसमें संकोच का कोई भी लक्षण नहीं था, और वह ख़ुशमिज़ाज भी था जिसका पता अभी चला था। औरेलियानो सेगुन्दो ने उसे एक छोटी मछली दे दी। अफ़सर ने अपनी आँखों में बालसुलभ चमक के साथ उसे जेब में रख लिया और शेष को डिब्बे में डालकर उनकी जगह पर रख दिया।

"यह एक शानदार यादगार है," वह बोला, "कर्नल औरेलियानो बुएन्दीया हमारे महापुरुषों में से एक थे।"

बहरहाल, इनसानियत का आवेश उसके काम के आड़े नहीं आया। दुहरे ताले से बन्द मेल्कीयादेस के कमरे को लेकर, सान्ता सोफ़िया दे ला पियेदाद ने अपनी उम्मीद से आख़िरी कोशिश की। "इस कमरे में तो सौ साल से कोई नहीं गया है," उसने कहा। उस अफ़सर ने कमरा खुलवाया और लालटेन की रोशनी अन्दर डाली। औरेलियानो सेगुन्दो और सान्ता सोफ़िया दे ला पियेदाद ने खोसे आर्कादियो सेगुन्दो की अरबी आँखें उस क्षण देखीं जब रोशनी उसके चेहरे से गुज़री और वे

समझ गए कि उनके लिए यह एक चिन्ता का अन्त और दूसरी की शुरुआत था जिसकी मुक्ति केवल त्याग में होनी थी। लेकिन उस अफ़सर ने लालटेन से कमरे का मुआयना जारी रखा और तब तक कोई दिलचस्पी नहीं दिखाई जब तक उसकी नज़र अलमारी में पड़े बहत्तर चैम्बरपॉटों पर नहीं पड़ी। तब उसने बत्ती जलाई। खोसे आर्कादियो सेगुन्दो पहले से ज़्यादा गम्भीर और विचारमग्न मुद्रा में चारपाई के किनारे बैठा था, वह उनके साथ जाने को तैयार था। उसके पीछे फटी किताबों से भरे शेल्फ़, चर्मपत्र के गट्ठर और साफ़-सुथरी काम की मेज़ थी जिसकी दवात में अभी भी ताज़ी स्याही थी। और फिर कमरे की हवा में वही शुद्धता, वही स्पष्टता, धूल और विनाश से वैसी ही राहत थी जो औरेलियानो सेगुन्दो ने बचपन में महसूस की थी और जिसे केवल कर्नल औरेलियानो बुएन्दीया ही महसूस नहीं कर पाया था। लेकिन उस अफ़सर को केवल 'चैम्बरपॉट' में दिलचस्पी थी।

"इस घर में कितने लोग रहते हैं?" उसने पूछा।

"पाँच।"

ज़ाहिर था कि अफ़सर की समझ में कुछ नहीं आया। उसकी नज़र उस जगह पर रुकी जहाँ औरेलियानो सेगुन्दो और सान्ता सोफ़िया दे ला पियेदाद को अब भी खोसे आर्कादियो सेगुन्दो दिख रहा था। उसे अहसास हुआ कि हालाँकि उस अफ़सर की निगाह वहीं थी पर वह उसे देख नहीं रहा था। फिर उसने बत्ती बुझा दी और दरवाज़ा बन्द कर दिया। जब उसने सैनिकों से बात की तो औरेलियानो सेगुन्दो समझ गया कि उसने कमरे को उसी नज़रिये से देखा था जिससे कर्नल औरेलियानो बुएन्दीया ने देखा था।

"ज़ाहिर है कि इस कमरे में कम-से-कम सौ सालों से कोई नहीं गया है," उस अफ़सर ने अपने सैनिकों से कहा, "यहाँ तो साँप भी ज़रूर होंगे।"

जब दरवाज़ा बन्द हुआ तो खोसे आर्कादियो सेगुन्दो को विश्वास हो गया कि लड़ाई ख़त्म हो गई। कई साल पहले कर्नल औरेलियानो बुएन्दीया ने उसे युद्ध के सम्मोहन के बारे में बताया था और अपने अनगिनत अनुभवों से ही उसे सम्मोहन दिखाने का प्रयास किया था। खोसे आर्कादियो सेगुन्दो ने उस पर विश्वास किया था। लेकिन जिस रात सैनिकों ने उसे बिना देखे तब देखा था, जब वह पिछले महीनों के तनाव, जेल की तकलीफ़, स्टेशन के आतंक और लाशों से लदी ट्रेन के बारे में सोच रहा था तब खोसे आर्कादियो सेगुन्दो इस नतीजे पर पहुँचा कि कर्नल औरेलियानो बुएन्दीया और कुछ नहीं बस एक ढोंगी या फिर मूर्ख था। उसे समझ

नहीं आया कि युद्ध के बारे में अपने भाव व्यक्त करने के लिए उसे इतने शब्दों की ज़रूरत क्यों पड़ी जबकि एक ही लफ़्ज़ काफ़ी था : डर। दूसरी तरफ़, मेल्कीयादेस के कमरे में अलौकिक रोशनी, बारिश की आवाज़, अदृश्य होने के अहसास से संरक्षित उसे वह शान्ति मिली जो पिछली ज़िन्दगी में एक पल के लिए भी नसीब नहीं हुई थी। अब उसे सिर्फ़ एक ही डर सताता था कि वे उसे ज़िन्दा दफ़ना देंगे। उसने सान्ता सोफ़िया दे ला पियेदाद से भी यही कहा जब वह उसका खाना लेकर आई। सान्ता सोफ़िया दे ला पियेदाद ने उससे वादा किया कि वह अपने प्राकृतिक सामर्थ्य के परे भी ज़िन्दा रहेगी ताकि सुनिश्चित कर सके कि उसे मृत दफ़नाया जाए। हर तरह के डर से मुक्त खोसे आर्कादियो सेगुन्दो मेल्कीयादेस की हस्तलिपि पढ़ने में जुट गया। अब उसे इसमें पहले से बहुत ज़्यादा मज़ा आता, जबकि पहले उसे उसका अर्थ समझ में नहीं आता था। उसे बारिश की आवाज़ की आदत पड़ गई, जो दो महीने बाद ख़ामोशी का ही एक रूप बन गई थी। उसके एकाकीपन में केवल सान्ता सोफ़िया दे ला पियेदाद के आने-जाने की इजाज़त थी। इसलिए उसने उससे खाना खिड़की पर छोड़ने और दरवाज़े पर ताला लगाने के लिए कहा था। बाक़ी का परिवार उसके बारे में भूल गया था। फेर्नान्दा ने भी उसके रहने पर कोई एतराज नहीं किया था जब उसने देखा कि सैनिकों ने उसे देखा तो था पर पहचाना नहीं था। छह महीने बाद, सैनिकों के माकोन्दो से कूच करने के पश्चात् खोसे आर्कादियो सेगुन्दो की क़ैद ख़त्म हुई और बारिश रुकने तक उससे बात करने के लिए खोसे औरेलियानो सेगुन्दो ने ताला खोल दिया। जैसे ही उसने दरवाज़ा खोला, उसे चैम्बरपॉटों का घातक भभका लगा, जो ज़मीन पर रखे थे और सब के सब कई बार इस्तेमाल हो चुके थे। गंजेपन से पीड़ित खोसे आर्कादियो सेगुन्दो, इस बात से विरक्त था कि हवा जी मिचलाने वाली गन्ध से तीक्ष्ण हो गई थी, वह अब भी बैठा बार-बार वह अपठनीय चर्मपत्र पढ़ रहा था। उस समय उसका चेहरा चमक रहा था। दरवाज़ा खुलने की आवाज़ पर उसने जरा-सी आँखें उठाईं लेकिन उतनी नज़र काफ़ी थी उसके भाई के लिए, उसमें अपने परदादा की नियति की छवि देखने के लिए।

"तीन हज़ार से ज़्यादा थे," खोसे आर्कादियो सेगुन्दो ने बस इतना ही कहा, "मुझे अब यक़ीन है कि स्टेशन पर जितने थे, सब के सब रहे होंगे।"

16

चार साल, ग्यारह महीने और दो दिन बरसात होती रही।[1] बीच-बीच में जब बारिश थोड़ी थमती और बूँदा-बाँदी होती तब लोग अच्छे कपड़े पहनते और बादल छँटने की ख़ुशी मनाते, लेकिन जल्दी ही लोग इन विरामों को मूसलाधार बारिश का संकेत मानने के आदी हो गए। ताबड़तोड़ विनाशकारी आँधियों से आसमान थक जाता और उत्तर से आए तूफ़ानों से घरों की छतें उड़ जातीं, दीवारें ढह जातीं। केले के बग़ीचों का एक-एक पेड़ उखड़ गया। अनिद्रा की महामारी के समय की तरह ही, जैसा कि उर्सुला को याद आया, इस विपत्ति ने भी बोरियत दूर करने के तरीक़े ख़ुद ही ढूँढ़ निकाले थे। इस दौरान निष्क्रियता से बचने के लिए औरेलियानो सेगुन्दो ने सबसे ज़्यादा कोशिश की। जिस रात मिस्टर ब्राउन के घर की तरफ़ से आँधी उठी थी, वह किसी छोटे-से काम के लिए घर गया था और फेर्नान्दा ने अलमारी में मिले एक अधखुले छाते से उसे ढकने की कोशिश की थी। "मुझे इसकी ज़रूरत नहीं है," उसने कहा, "मैं बारिश थमने तक रुक लूँगा।" वाक़ई, उसने झूठ के कवच का सहारा नहीं लिया था। उसने अपनी बात अक्षरशः निभाई। चूँकि उसके कपड़े पेत्रा कोतेस के घर पर थे, हर तीसरे

---

1. बाइबिल के अनुसार जब ईश्वर ने मनुष्य में दिन-प्रतिदिन अशुभ का विस्तार होते देखा तो उसने मानवता को ख़त्म करने का, और सिर्फ़ अच्छे लोगों को बचाने का फ़ैसला किया। उसने अच्छा आदमी होने की वजह से नोआ को चुना और अपने बेटों शेम हैम और जैफेथ की मदद से अपने बताए तरीक़े से नाव बनाने का आदेश दिया। नोआ को यह आदेश भी मिला कि वह हर जानवर के एक नर और एक मादा को नाव में शरण दे। इसके बाद बारिश हुई। यह बारिश चालीस दिनों तक जारी रही जिससे चारों तरफ़ बाढ़ आ गई। बाढ़ भी काफ़ी दिनों तक बनी रही।

   उपन्यास के इस हिस्से में जिस तरह से बारिश के दिनों का वर्णन किया गया है वह एक तरह से बाइबिल में चालीस दिनों और चालीस रातों की बारिश के वर्णन की पैरोडी मालूम पड़ती है। इसका यह भी निष्कर्ष निकाला जा सकता है कि माकोन्दो में अशुभ का समावेश काफ़ी हो गया है और अब यह बरबादी के रास्ते पर निकल पड़ा है।

दिन वह पहने हुए कपड़े उतारकर, उनके धुलने तक नेकर में घूमता। बोरियत से बचने के लिए वह घर की उन चीज़ों को ठीक करने में जुट गया जिनको मरम्मत की ज़रूरत थी। क़ब्ज़े ठीक किए, तालों में तेल डाला, कुंडियों के पेच कसे और दरवाज़ों के गुटकों को ठीक किया। महीनों तक वह औज़ारों का एक डिब्बा लिये घूमता नज़र आया जिसे बंजारे खोसे आर्कादियो बुएन्दीया के समय में छोड़ गए होंगे और जिसके बारे में कोई नहीं जानता था।

यह इत्तेफ़ाक़ी क़वायद थी या जाड़ों की नीरसता या फिर ज़बरदस्ती किया गया परहेज़ कि उसकी तोंद धीरे-धीरे अंगूर की तरह पिचकने लगी और आनन्दप्रद कछुए जैसी उसके चेहरे की रक्तिम लालिमा उतरने लगी, और दोहरी ठुड्डी धँसने लगी और वह इकहरे बदन का हो गया। एक बार फिर वह अपने जूते के फीते ख़ुद बाँधने लगा। उसे कुंडियाँ लगाते और घड़ियाँ बनाते देख फेर्नान्दा को सन्देह हुआ कि कहीं वह भी तो निर्माण के व्यसन में नहीं पड़ गया जैसे कि कर्नल औरेलियानो बुएन्दीया और उसकी छोटी सुनहरी मछलियाँ, आमारान्ता का कफ़न और उसके बटन, खोसे आर्कादियो सेगुन्दो और उसके चर्मपत्र, उर्सुला और उसकी यादें। लेकिन ऐसा नहीं था। सबसे ख़राब यह था कि बारिश का असर हर चीज़ पर हो रहा था। सूखी से सूखी मशीन से भी फूल निकल पड़ते अगर हर तीसरे दिन उसके गेयर में तेल नहीं पड़ता। नमी से ज़री के धागों में ज़ंग लग जाता और गीले कपड़ों में सुनहरे रंग की फफूँदी झट से लग जाती। हवा में इतनी नमी थी कि मछलियाँ दरवाज़ों से अन्दर आकर कमरों की हवा में तैरते हुए खिड़की से बाहर जा सकती थीं। एक सुबह उठने पर अपनी सौम्य मूर्च्छा में उर्सुला को लगा कि उसके जीवन का अन्त क़रीब है। उसने उन लोगों को उसे फादर आन्तोनियो इसाबेल के पास ले जाने के लिए भी कह दिया, भले ही वे उसे स्ट्रेचर पर ही ले जाएँ। तभी सान्ता सोफ़िया दे ला पियेदाद ने पाया कि उर्सुला की पीठ जोंकों से भरी हुई थी। उसने एक-एक करके उन्हें निकाला और जलती लकड़ी से कुचलकर मार दिया। घर से पानी निकालने और मेढकों और घोंघों से छुटकारा पाने के लिए घर में ही नाली खोदनी पड़ी, ताकि फ़र्श सुखा सकें, पलंग के पायों के नीचे रखी ईंटें निकाल सकें और एक बार फिर जूते पहन सकें। इतने सारे छोटे-छोटे कामों में व्यस्त औरेलियानो सेगुन्दो को बूढ़े होने का अहसास तब हुआ जब एक शाम वह कुर्सी पर बैठा कच्ची गोधूलि बेला को निहार रहा था और बिना स्थितप्रज्ञ हुए पेत्रा कोतेस की सोच में डूबा हुआ था।

फेर्नान्दा के फीके प्यार में दोबारा रमने में उसे कोई दिक़्क़त नहीं थी क्योंकि उम्र के साथ उसका सौन्दर्य और पवित्र हो गया था। लेकिन बारिश ने शारीरिक इच्छाओं को धो दिया था और उसके मन में क्षुधा की कमी से मिलनेवाली स्पंजी शान्ति भर दी थी। वह अपना मनोरंजन उन चीज़ों के बारे में सोचकर करता जो वह उस एक साल से हो रही बारिश में एक ज़माने में कर सकता था। माकोन्दो में जस्ते की चद्दर लानेवाला वह पहला शख़्स था। केला कम्पनी द्वारा उन्हें लोकप्रिय करने से पहले ही वह पेत्रा कोतेस के कमरे की छत पर लगाने के लिए उन्हें लाया था ताकि उस पर पड़ती बारिश की आवाज़ से उत्पन्न आत्मीयता का लुत्फ़ उठा सके। लेकिन जवानी के पागलपन की उन बीहड़ यादों का भी उस पर कोई असर नहीं हुआ, मानो अपने आख़िरी व्यभिचार में उसने अपने हिस्से की पूरी कामुकता ख़त्म कर दी थी और अब उसके पास कटुता और पश्चात्ताप से रहित केवल शानदार यादें ही शेष थीं। यह कहा जा सकता था कि जल-प्रलय ने उसे बैठकर सोचने का मौक़ा दे दिया था। चिमटी व तेल के डिब्बे के साथ काम करने से उसमें उन व्यवसायों के प्रति दमित इच्छाएँ जाग उठी थीं जिन्हें वह अपने जीवन में कर सकता था, मगर किया नहीं था। लेकिन ये दोनों ही बातें सच नहीं थीं क्योंकि घरघुस्सू जीवन का जो प्रलोभन उसे घेरे हुए था वह किसी आत्मालोचना या नैतिक सीख का नतीजा नहीं था। इसकी वजह तो बहुत दूर बरसात के पाँचे द्वारा खोदे गए उन दिनों में समाई हुई थी जब मेल्कीयादेस के कमरे में वह उड़नेवाले क़ालीनों और समुद्री जहाज़ खानेवाली व्हेल मछलियों के बारे में अनोखी कहानियाँ पढ़ता था। उन दिनों एक क्षण की लापरवाही से छोटा औरेलियानो बरसाती में निकल आया था और उसका नाना उसका राज़ जान गया था। उसने उसके बाल काटे, कपड़े पहनाए, उसे निडरता का पाठ पढ़ाया और बहुत जल्द ही वह चमकती आँखों और एकाकीपन का भाव लिये असली औरेलियानो बुएन्दीया बन गया। फेर्नान्दा को थोड़ी राहत मिली। कुछ समय से वह अपने अभिमान की हद को नापने की कोशिश कर रही थी लेकिन उसे सुधारने का कोई तरीक़ा उसे नहीं सूझ रहा था। वह जितना ही समाधानों के बारे में सोचती वे उसे उतने ही अतार्किक लगते। अगर उसे अन्दाज़ा होता कि नाना होने के सुख से औरेलियानो सेगुन्दो चीज़ों को इस प्रकार क़बूल कर लेगा तो वह इतना न घूमी होती और न ही इतना उलझी होती, बल्कि एक साल पहले ही ख़ुद को सन्ताप से मुक्त कर लेती। दूध के दाँत खो चुकी आमारान्ता उर्सुला अपने भतीजे को बरसात की बोरियत दूर करने का

खिलौना मानती थी। औरेलियानो सेगुन्दो को मेमे के पुराने कमरे में अब भी रखा हुआ अंग्रेज़ी विश्वकोश याद आया। वह बच्चों को उसमें बने चित्र दिखाने लगा, ख़ासकर जानवरों के। बाद में वह उन्हें दूर देशों के मानचित्र और नामी लोगों के फ़ोटो भी दिखाने लगा। चूँकि उसे अंग्रेज़ी नहीं आती थी और वह केवल जाने-माने शहरों और लोगों को ही पहचानता था इसलिए बच्चों की जिज्ञासाओं को शान्त करने के लिए वह फ़र्ज़ी नाम और दन्तकथाएँ गढ़ता।[1]

फेर्नान्दा वाक़ई मानती थी कि उसका पति बारिश रुकने का इन्तज़ार कर रहा है ताकि अपनी रखैल के पास लौट सके। शुरू के महीनों में उसे डर था कि कहीं वह उसके कमरे में आने की कोशिश न करे और उसे यह बताने की शर्मिन्दगी न झेलनी पड़े कि आमारान्ता उर्सुला के जन्म के बाद से ही वह प्रेम के क़ाबिल नहीं रह गई थी। अदृश्य डॉक्टरों के साथ चिन्ताग्रस्त पत्र-व्यवहार का यही कारण था जिस पर अक्सर डाक की गड़बड़ी से विराम लग जाता था। बरसात शुरू होने के चन्द महीनों में जब पता चला कि बरसात के चलते ट्रेनें पटरियाँ छोड़ रही हैं, अदृश्य डॉक्टरों की एक चिट्ठी ने उसे सूचित किया कि उसकी चिट्ठियाँ उन तक नहीं पहुँच रही थीं। बाद में जब पत्र-व्यवहार करने वाले इन अनजान लोगों के साथ सम्पर्क टूट गया तो उसने पूरी गम्भीरता से ख़ूनी उत्सव में अपने पति द्वारा पहने गए चीते के मुखौटे को पहन, काल्पनिक नाम धारण कर केला कम्पनी के डॉक्टरों से जाँच कराने की सोची। लेकिन जल-प्रलय की निरन्तर बुरी ख़बर लानेवालों में से एक आदमी ने उसे बताया कि कम्पनी अपना दवाख़ाना हटाकर ऐसी जगह ले जा रही थी जहाँ बारिश नहीं हो रही थी। तब उसने उम्मीद छोड़ दी। उसने बरसात रुकने और डाक सेवा नियमित होने का इन्तज़ार करना ही उचित समझा। इन्तज़ार के दौरान अपनी गुप्त बीमारियों से राहत पाने के लिए उसने कल्पना का सहारा लिया। माकोन्दो में बचे, गधे की तरह घास खानेवाले उस इकलौते बेतुके फ़्रांसीसी डॉक्टर के पास जाने के बजाय उसे मौत मंज़ूर थी। वह यह सोचकर उर्सुला के क़रीब आने लगी कि उसकी बीमारी का इलाज उर्सुला को ज़रूर पता होगा। लेकिन चीज़ों को सही नाम से न पुकारने की उसकी गन्दी आदत से बात बिगड़ गई। लाज से बचने के

1. यह इस बात का प्रतीक है कि बुएन्दीया परिवार के आख़िरी सदस्यों को भी वही शिक्षा दी गई जो खोसे आर्कादियो और औरेलियानो को मिली थी। यहाँ औरेलियानो सेगुन्दो वही भूमिका निभा रहा है जो पहले माकोन्दो के संस्थापक खोसे आर्कादियो बुएन्दीया ने निभाई थी।

लिए 'जन्म दिया' के लिए 'निकालना,' 'बहने' के लिए 'जलना' जैसे शब्दों के इस्तेमाल से उर्सुला इस निष्कर्ष पर पहुँची कि उसकी तकलीफ़ गर्भाशय की नहीं बल्कि आँत की थी, और उसने फेर्नान्दा को ख़ाली पेट कैलोमल लेने की सलाह दी। यदि उसे वह तकलीफ़ न होती, जो किसी ऐसे व्यक्ति के लिए क़तई लज्जाजनक नहीं थी जो ख़ुद लज्जा से पीड़ित न हो, और अगर चिट्ठियाँ गुम नहीं होतीं तो फेर्नान्दा को बारिश से दिक़्क़त नहीं होती क्योंकि देखा जाए तो उसकी पूरी ज़िन्दगी ही मानो बरसात में बीती थी। उसने न अपना कार्यक्रम बदला और न ही अपने कर्म-कांड में परिवर्तन किया। जब खाने की मेज़ ईंटों पर रखी थी और कुर्सियाँ फट्टों पर ताकि बैठनेवालों के पैर गीले न हों, तब भी वह मेज़पोश बिछाकर, मोमबत्ती जलाकर, चीन के अच्छे बर्तनों में खाना परोसती थी। उसका मानना था कि विपत्तियों को रिवाज़ों में ढील का कारण नहीं बनना चाहिए। अब सड़कों पर कोई नहीं निकलता था। यदि फेर्नान्दा का बस चलता तो बारिश शुरू होने के समय से नहीं बल्कि उसके पहले से ही वह लोगों के घर से बाहर क़दम रखने पर रोक लगा देती। उसका मानना था कि दरवाज़े तो बने ही इसलिए थे कि लोग घरों में बन्द रहें, और सड़कों पर क्या हो रहा है इसकी जिज्ञासा केवल रंडियों को होती है। बहरहाल, कर्नल खेरिनेल्दो मार्केस की शवयात्रा की सूचना मिलने पर सबसे पहले उसी ने बाहर झाँका था हालाँकि तब भी उसने आधी खुली खिड़की से ही बाहर देखा था, उसे इतना अफ़सोस हुआ कि लम्बे समय तक उसे अपनी कमज़ोरी पर पछतावा होता रहा।

वह इससे ज़्यादा एकाकी जलूस की कल्पना नहीं कर सकती थी। उन्होंने ताबूत को एक बैलगाड़ी में रखा था जिसके ऊपर केले के पत्तों से छतरी बनाई गई थी। मगर बारिश की वजह से सड़कों पर इतना कीचड़ हो गया था कि हर क़दम पर पहिया अटक रहा था और छतरी बिखरने को हो रही थी। ताबूत पर गिरती पानी की उदास बूँदें पुराने ईमानदार सिपाहियों द्वारा ठुकराए गए बारूद और ख़ून के धब्बों से गन्दे हो गए झंडे को भिगो रही थी। ताबूत के ऊपर उन्होंने चाँदी और ताँबे के फुन्दने वाली तलवार रख दी थी। यह वही तलवार थी जिसे कर्नल खेरिनेल्दो आमारान्ता के सिलाई के कमरे में निहत्था जाने के लिए बाहर कोट के स्टैंड पर टाँग देता था। बैलगाड़ी के पीछे पैंट को ऊपर मोड़े हुए नंगे पैर कीचड़ में छप-छप करते कुछ लोग चल रहे थे। वे नेएरलान्दिया में आत्मसमर्पण करने वाले उन लोगों में से थे जो अब भी जीवित थे। उनके एक हाथ में चरवाहे की

लाठी थी और दूसरे में काग़ज़ के फूलों के गुलदस्ते थे। बारिश के पानी से फ़ूल बदरंग हो गए थे। वे लोग किसी काल्पनिक दृश्य के किरदारों जैसे लग रहे थे। अब भी कर्नल औरेलियानो बुएन्दीया के नाम की उस सड़क पर गुज़रते हुए उन लोगों ने घूमकर घर की तरफ़ देखा और चौराहे से मुड़ गए जहाँ उन्हें कीचड़ में फँसी बैलगाड़ी को चलाने के लिए मदद माँगनी पड़ी। उर्सुला ख़ुद सान्ता सोफ़िया दे ला पियेदाद की मदद से दरवाज़े तक गई। उर्सुला को जलूस की दिक़्क़तों का अन्दाज़ा था। इस वजह से किसी को उसके अन्धे होने का शक नहीं हुआ, ख़ासतौर पर इसलिए भी कि बैलगाड़ी के डोलने के साथ-साथ उसका आशीर्वाद देता हाथ भी हिलता जाता था।

"अलविदा, खेरिनेल्दो, मेरे बच्चे," वह चिल्लाई, "मेरे लोगों को मेरा हैलो कहना और उन्हें कहना कि मैं बारिश रुकने पर आऊँगी।"

औरेलियानो सेगुन्दो उसे वापस बिस्तर तक लाया और जिस अनौपचारिकता से वह हमेशा उससे बात करता था, उसी अनौपचारिकता से उसकी विदाई का सबब पूछा।

"सच तो है," वह बोली, "मैं मरने के लिए सिर्फ़ बारिश रुकने का इन्तज़ार कर रही हूँ।"

औरेलियानो सेगुन्दो सड़कों की हालत से डर गया। आख़िरकार उसे अपने जानवरों की चिन्ता हुई और मोमजामा ओढ़कर वह पेत्रा कोतेस के घर गया। वह आँगन में कमर तक पानी में खड़ी, घोड़े की लाश को बहाने की कोशिश कर रही थी। औरेलियानो सेगुन्दो ने डंडे से उसकी मदद की। वह विशाल फूली हुई लाश घंटी की तरह घूमी और कीचड़ की प्रचंड धारा में बह गई। बारिश शुरू होने के समय से पेत्रा कोतेस ने अपने आँगन से मरे जानवरों को हटाने के अलावा और कुछ नहीं किया था। शुरुआती हफ़्तों में उसने औरेलियानो सेगुन्दो को वहाँ आकर जानवरों को बचाने के ज़रूरी उपाय करने के लिए सन्देश भेजे थे। लेकिन उसने जवाब भिजवाया था कि ऐसी कोई जल्दी नहीं है क्योंकि हालात अभी ज़्यादा ख़राब नहीं हुए, और बारिश रुकने पर बहुत समय होगा कुछ-न-कुछ करने के लिए। पेत्रा कोतेस ने कहलवाया था कि घोड़ों के चरागाहों तक बाढ़ आ गई है और ढोर ऊँची ज़मीन की तरफ़ भाग रहे हैं, जहाँ खाने के लिए कुछ नहीं है, और वहाँ वे आसानी से तेंदुओं और बीमारी के शिकार बन सकते हैं। "कुछ नहीं किया जा सकता," औरेलियानो सेगुन्दो ने जवाब में कहलवाया, "बारिश रुकने पर और

पैदा हो जाएँगे।" पेत्रा कोतेस ने उन्हें झुंड में मरते देखा और केवल उन्हें ही मार सकी जो कीचड़ में फँसे रह गए थे। उसने बड़ी लाचारी से जल-प्रलय के क्रूर हाथों वह सम्पत्ति बरबाद होते देखी जिसे एक ज़माने में माकोन्दो में सबसे बड़ी और ठोस सम्पत्ति माना जाता था और अब जिसके पीछे महामारी के अलावा कुछ नहीं रह गया था। जब औरेलियानो सेगुन्दो ने ख़ुद जाकर हालात का जायज़ा लेने का फ़ैसला किया तो उसे अस्तबल के खँडहरों में केवल घोड़े की लाश और सड़ा हुआ खच्चर मिला। बिना किसी आश्चर्य, ख़ुशी या नाराज़गी से पेत्रा कोतेस ने उसे आते देखा। उसके चेहरे पर सिर्फ़ व्यंग्यात्मक मुस्कान थी।

"चलो, आए तो सही," वह बोली।

वह बूढ़ी हो गई थी। हड्डियों और चमड़ी का ढाँचा मात्र। आदमख़ोर जानवर जैसी उसकी पतली आँखें बारिश को देखते-देखते उदास और निस्तेज हो चली थीं। औरेलियानो सेगुन्दो तीन महीने से ज़्यादा उसके घर रहा इसलिए नहीं कि उसे अपने परिवार के घर से ज़्यादा अच्छा वहाँ लगता था बल्कि इसलिए कि उसे मोमजामा वापस सिर पर डालने का फ़ैसला करने में उतना समय लग गया। "कोई जल्दी नहीं," वह कहता, जैसे उसने दूसरे घर में कहा था, "देखो, शायद कुछ घंटों में बारिश रुक जाए।" पहले हफ़्ते के दौरान ही उसे उन अत्याचारों की आदत पड़ गई जो समय और बारिश ने उसकी रखैल की सेहत पर किए थे और धीरे-धीरे फिर उसे पहले वाली पेत्रा कोतेस के दर्शन हुए। उसके प्रमुदित सान्निध्य और प्यार से प्रेरित जानवरों की प्रलापी उर्वरता को याद करते हुए, तनिक स्नेह और तनिक कामवासना से दूसरे हफ़्ते की एक रात उसने पेत्रा कोतेस को अपने प्रेमस्पर्श से जगा दिया। पेत्रा कोतेस ने ज़रा भी दिलचस्पी नहीं दिखाई। "सो जाओ," वह बुड़बुड़ाई, "यह समय इन सब चीज़ों के लिए नहीं है।" छत में जड़े शीशों में औरेलियानो सेगुन्दो ने ख़ुद को देखा, पेत्रा कोतेस की रीढ़ को देखा जो मुरझाई नसों के झुंड के साथ-साथ पिरोई हुई फिरकियों जैसी हो गई थी और उसे महसूस हुआ कि वह ठीक कह रही थी, इस वजह से नहीं कि हालात ऐसे थे बल्कि वह अब इन चीज़ों के क़ाबिल ही नहीं रह गई थी।[1]

1. उपन्यास के इस अंश से साफ़ है कि माकोन्दो में अपकर्ष अपने चरम पर पहुँचता जा रहा है। इसकी सबसे स्पष्ट प्रतिच्छाया प्रेम में परिलक्षित होती है। जलप्लावन ने हर चीज़ को अपने आगोश में ले लिया। हर चीज़ पर इसके कुप्रभाव दिखाई पड़ने लगे। प्रेमाग्नि सूख गई, औरेलियानो और पेत्रा कोतेस जैसे प्रेमी सिर्फ़ हाड़-मांस के कंकाल भर रह गए थे, भावहीन, प्रेमहीन जीवन जीते हुए।

इस यक़ीन के साथ औरेलियानो सेगुन्दो अपने ट्रंकों के साथ घर लौट आया कि न केवल उर्सुला बल्कि माकोन्दो के सभी निवासी मरने के लिए[1] बारिश रुकने का इन्तज़ार कर रहे हैं। उसने रास्ते में गुज़रते समय लोगों को अपनी बैठकों में बैठे देखा जो दीन भाव से हाथ जोड़कर अखंडित समय, अनवरत समय का गुज़रना महसूस कर रहे थे। क्योंकि वक़्त को महीनों और सालों में, और दिन को घंटों में बाँटना व्यर्थ था क्योंकि इनसान बारिश को निहारने के अलावा और कुछ नहीं कर सकता था। बच्चों ने औरेलियानो सेगुन्दो का गर्मजोशी से स्वागत किया क्योंकि वह उनके लिए फिर से दमाग्रस्त अकॉर्डियन बजा रहा था। लेकिन उनकी रुचि वादन में कम और विश्वकोश पढ़ने में ज़्यादा थी और एक बार फिर वे मेमे के कमरे में एकत्र हुए जहाँ औरेलियानो सेगुन्दो की कल्पना ने वायुपोत को एक उड़ते हुए हाथी में बदल दिया जो बादलों में सोने की जगह ढूँढ़ रहा था। एक बार उसे घोड़े पर सवार एक आदमी का चित्र दिखा जो अजीबोग़रीब वर्दी के बावजूद जाना-पहचाना लग रहा था। ध्यान से देखने पर वह इस नतीजे पर पहुँचा कि वह कर्नल औरेलियानो बुएन्दीया का चित्र था। उसने वह चित्र फेर्नान्दा को दिखाया और उस घुड़सवार की सिर्फ़ कर्नल औरेलियानो बुएन्दीया से ही नहीं बल्कि पूरे परिवार से समानता को उसने भी स्वीकार किया। हालाँकि हक़ीक़त में वह एक तातारी योद्धा था। इस तरह रोड्स के महापुरुष और सँपेरों के साथ समय बीतता गया और फिर उसकी पत्नी ने उसे बताया कि घर में सिर्फ़ छह किलो मांस और एक बोरा चावल बचा है।

"तो तुम क्या चाहती हो, मैं क्या करूँ?" उसने पूछा।

"पता नहीं," फेर्नान्दा ने जवाब दिया, "यह सोचना तो आदमियों का काम है।"

"ख़ैर," औरेलियानो सेगुन्दो बोला, "जब बारिश थम जाएगी तो कुछ कर लिया जाएगा।"

घरेलू दिक़्क़तों से ज़्यादा उसकी रुचि विश्वकोश में थी, हालाँकि उसे मांस के एक टुकड़े और थोड़े से चावल से ही पेट भरना पड़ रहा था। "अभी कुछ करना तो नामुमकिन है," वह कहता, "ज़िन्दगी-भर तो नहीं हो सकती बारिश।" और जैसे-जैसे रसोईघर की ज़रूरतें बढ़ती गईं, फेर्नान्दा का क्रोध भी बढ़ता गया।

---

1. औरेलियानो सेगुन्दो अपनी पत्नी को दिया वह वादा निभाना चाहता है कि उसकी मौत उसकी रखैल के बिस्तर में नहीं होगी। उसे यह वादा हमेशा याद रहा और इसीलिए वह अपना सामान समेटकर माकोन्दो आता है।

उसके सम्भावित ग़ुस्से व क्रोध का विकराल विस्फोट अचानक निर्द्वन्द्व और मुक्त प्रवाह में फट पड़ा जो एक सुबह गिटार की नीरस भुनभुनाहट की तरह शुरू हुआ और दिन बीतते-बीतते जिसका सुर तेज़, और तेज़, और और तेज़ होता गया। औरेलियानो सेगुन्दो को इस एकसुरी लय का पता अगले दिन सुबह नाश्ते के समय तब चला जब उसने ख़ुद को एक भुनभुनाहट से परेशान होते पाया जो बारिश के शोर से ज़्यादा तरल और तीव्र थी। यह भुनभुनाहट फेर्नान्दा की थी, जो घर-भर में कुड़कुड़ाती घूम रही थी कि कहाँ उसकी परवरिश रानी बनने के लिए हुई थी, और कहाँ अब वह इस पागलख़ाने में नौकरानी बनकर रह गई है—एक आलसी, मूर्तिपूजक, लम्पट पति के चलते जो आसमान से रोटी बरसने के इन्तज़ार में पड़ा रहता है और इधर वह तिनकों से जुड़े उस घर को चलाने में मरी जा रही है, जहाँ इतना काम था, सुबह ईश्वर की दी हुई रोशनी से सोने के समय तक, इतना कुछ ठीक करने को था। जब वह सोने भी जाती तो लगता जैसे उसकी आँखों में काँच का चूरा भरा है लेकिन कोई उससे इतना भी नहीं कहता था कि "नमस्ते फेर्नान्दा, ठीक से सोईं?" किसी ने उससे यह भी नहीं पूछा था, औपचारिकतावश भी नहीं, कि वह इतनी कमज़ोर क्यों थी, या फिर उसकी आँखों के नीचे गड्ढे क्यों थे; ज़ाहिर था उस परिवार से उसे ऐसी उम्मीद ही नहीं थी जिसने उसे हमेशा एक मुसीबत समझा था, एक पुरानी टूटी-फूटी दीवार पर रँगा एक चंडूल, और जो पीठ पीछे उसकी बुराई करते रहते थे, छछूँदर कहते थे, फरीसी कहते थे, धूर्त कहते थे; और आमारान्ता तक ने, ईश्वर उसकी आत्मा को शान्ति दे, आख़िर कहा ही था कि फेर्नान्दा उन लोगों में से है जो अपने मलाशय और राख के बीच अन्तर नहीं जानते; ईश्वर भला करे, ऐसे शब्द, और उसने ईश्वर की ख़ातिर सब कुछ बर्दाश्त किया था, पर उसकी बर्दाश्त की हद तब टूट गई थी जब बदमाश खोसे आर्कादियो सेगुन्दो ने कहा कि उस परिवार को नरकदंड मिला था, जब उसने एक घमंडी पहाड़ी के लिए अपने दरवाज़े खोले थे; जरा सोचो, एक रोब जतानेवाली पहाड़ी, ईश्वर बचाए, उस दुष्ट शूक पहाड़ी की बेटी, जिस वर्ग के पहाड़ियों को मारने के लिए सरकार ने मज़दूरों को भेजा था; जरा बताओ, और उसका इशारा कहीं और नहीं था, बल्कि उसी की तरफ़ था, आलबा के ड्यूक की धर्मपुत्री, जिसका वंश इतना शानदार था कि राष्ट्रपतियों की पत्नियों के कलेजे काँप जाते थे, जिसका ख़ून राजसी था, जिसे ग्यारह प्रायद्वीपीय नाम लिखने का हक़ था और जो हरामियों के इस शहर में इकलौती शख़्स थी जो चाँदी की सोलह चीज़ें देखकर

घबराती नहीं थी, कहीं बाद में उसका व्यभिचारी पति हँसकर लोट-पोट होकर न कहे कि इतने छुरी-काँटे आदमी के इस्तेमाल के लिए नहीं, बल्कि कनखजूरे के लिए थे; और एक वही अकेली थी जो आँख बन्द करके बता सकती थी कि सफ़ेद वाइन कब परोसी जाए, किस तरफ़ और किस गिलास में परोसी जाए और कब लाल वाइन परोसी जाए, किस तरफ़ और किस गिलास में, उस गँवार आमारान्ता की तरह नहीं, ईश्वर उसकी आत्मा को शान्ति दे, जो यह सोचती थी कि सफ़ेद वाइन दिन में और लाल वाइन रात में पिलाई जाती थी; और पूरे तटीय इलाक़े में वही अकेली ऐसी इनसान थी जो इस बात पर गर्व कर सकती थी कि वह पाखाना सोने के चैम्बरपॉट में करती थी, ताकि कर्नल औरेलियानो बुएन्दीया, ईश्वर उसकी आत्मा को शान्ति दे, एक उदारवादी के भद्दे अन्दाज़ में मज़ाक़ करते हुए यह पूछने की गुस्ताख़ी कर सके कि उसे यह सौभाग्य कहाँ से मिला था और क्या उसकी टट्टी टट्टी नहीं तुलसी थी; जरा सोचो, उन शब्दों को, और उसकी अपनी बेटी रेनाता जिसने ग़लती से उसे कमरे में शौच करते देख लिया था, उसने जवाब दिया था कि हालाँकि पॉट सोने का था और उस पर कुलचिह्न भी अंकित था, पर उसके अन्दर तो शुद्ध टट्टी, भौतिक टट्टी थी जो बाक़ी सब टट्टियों से बदतर थी क्योंकि वह दंभी पहाड़ी टट्टी थी; जरा सोचो, ख़ुद अपनी बेटी ने यह कहा था, इसलिए परिवार के बाक़ी लोगों के बारे में उसे ग़लतफ़हमी नहीं थी। फिर भी अपने पति से थोड़े और लिहाज की उम्मीद रखने का उसका हक़ बनता था क्योंकि अच्छा हो या बुरा, वह धर्मानुसार उसका जीवनसाथी था, वैधानिक तौर पर उसका सहयोगी, उसका कुँवारापन लूटनेवाला जिसने अपनी स्वच्छन्द और स्वतंत्र मर्ज़ी से फेर्नान्दा को उसके माँ-बाप के घर से ले जाने की ज़िम्मेदारी ली थी, जहाँ उसे कभी किसी चीज़ की कमी या तकलीफ़ नहीं हुई थी, जहाँ वह समय बिताने के लिए पुष्पचक्र बनाती थी, उसके धर्मपिता ने चिट्ठी भेजी थी, लाख पर अपनी अँगूठी से मोहर लगाकर, केवल इतना कहने के लिए कि उसकी धर्मपुत्री के हाथ क्लाविकॉर्ड बजाने के अलावा इस दुनिया का कोई और काम करने के लिए नहीं थे फिर भी उसका पागल पति उसे उस घर से ले आया था, हर तरह की डाँट-फटकार और चेतावनी के साथ और इस नरक की आग में झोंक दिया था जहाँ गर्मी की वजह से साँस लेना दूभर था, और इससे पहले कि उसका पंतकोस्त का उपवास पूरा होता, वह अपने घुमन्तू ट्रंक और छोकरों के अकॉर्डियन को लेकर परगमन में उस चुड़ैल के संग आवारागर्दी करने चला गया था जिसका घोड़ी जैसा

चूतड़ हिलता देखना ही काफ़ी था, इस बात का अन्दाज़ा लगाने के लिए कि वह क्या थी, फेर्नान्दा से एकदम विपरीत जो चाहे महल हो या सूअरबाड़ा, मेज़ हो या बिस्तर, सब जगह एक भद्र महिला थी—एक शिक्षित महिला, धार्मिक, ईश्वर के बनाए क़ायदे-क़ानूनों का पालन करनेवाली, उसकी इच्छाओं के आगे नतमस्तक, और इन कारणों से वह उसके साथ अपनी कलाबाज़ियाँ और मटरगश्तियाँ नहीं कर सकता था जो दूसरी के साथ करता था, और उस चुड़ैल को तो कहने की ज़रूरत ही नहीं थी, फ्रांसीसी रंडियों की तरह वह सब कुछ करने को तैयार थी और यह तो ज़्यादा शर्म की बात थी क्योंकि अगर खुले दिमाग़ से सोचा जाए तो कम-से-कम उन फ्रांसीसी रंडियों में इतनी ईमानदारी तो थी कि वे अपने दरवाज़े पर लाल बत्ती लगा देती थीं; ज़रा सोचो, इस तरह की गन्दगी, और बस इसी की ज़रूरत थी दोन्या रेनाता आरगोते और दोन फेर्नान्दो देल कार्पियो की इकलौती और दुलारी बेटी को, वो दोन फेर्नान्दो देल कार्पियो, जो एक सच्चा इनसान था, एक अच्छा क्रिश्चियन, ऑर्डर ऑफ़ होली सेपुलचेर[1] का नाईट था, उनमें से एक जिन्हें सीधे ईश्वर से यह विशेषाधिकार प्राप्त होता कि क़ब्र में अक्षुण्ण रहें, जिनकी त्वचा दुलहन के गालों की तरह मुलायम और आँखें पन्ने की तरह जीवन्त और चमचमाती रहती थीं।

"यह ग़लत है," औरेलियानो सेगुन्दो ने बीच में उसे टोका, "यहाँ लाते समय से ही उनमें सड़ाँध आने लगी थी।"

पूरे दिन औरेलियानो सेगुन्दो ने उसकी बुड़बुड़ाहट बहुत इत्मीनान से सुनी थी और ग़लती करने पर उसे पकड़ लिया। फेर्नान्दा ने उसकी बात को अनसुना कर दिया लेकिन आवाज़ धीमी कर ली। उस रात खाने के समय तक, उस एकसुरी लय की चिढ़ानेवाली भनभनाहट के आगे बारिश की आवाज़ दब गई थी। औरेलियानो सेगुन्दो ने सिर झुकाकर बहुत कम खाया और जल्दी सोने चला गया। अगले दिन सुबह नाश्ते पर फेर्नान्दा काँप रही थी, चेहरे से लग रहा था कि वह ठीक से सोई नहीं थी और अपने विद्वेष से थककर चूर थी। जब उसके पति ने नाश्ते में आधा उबला अंडा माँगा, तो उसने सीधा जवाब नहीं दिया कि अंडे तो पिछले हफ़्ते ही ख़त्म हो गए थे, बल्कि, एक उग्र भाषण शुरू कर दिया उन आदमियों के ख़िलाफ़, जो हाथ पर हाथ धरे बैठे रहते हैं और खाने में पकवान माँगने की जुर्रत करते हैं। औरेलियानो सेगुन्दो, हमेशा की तरह बच्चों को विश्वकोश दिखाने

---

1. पोप के द्वारा दी हुई उपाधि या सम्मान जो विशेषकर पन्द्रहवीं शताब्दी से काफ़ी प्रचलन में है।

में जुट गया और फेर्नान्दा मेमे का कमरा ठीक करने का नाटक करने लगी ताकि वह उसे अपनी बुड़बुड़ाहट सुना सके, और ताना मारे कि उसके पति में वाक़ई इतनी हिम्मत थी कि वह बेचारे अनजान बच्चों को दिखा सके कि उस शब्दकोश में कर्नल औरेलियानो बुएन्दीया का चित्र था। दोपहर को जब बच्चे सो रहे थे और औरेलियानो सेगुन्दो बरसाती में बैठा था, फेर्नान्दा उसके पीछे वहाँ भी पहुँच गई और उसे सताती रही, भड़काती रही, लगातार बड़बड़ाती हुई उसके चारों तरफ़ घूमती रही, यह कहते हुए कि जब घर में खाने को पत्थरों के अलावा और कुछ नहीं था, उसका पति फारस के सुलतान की तरह आराम से बैठा, बारिश को निहार रहा था, क्योंकि वह और कुछ नहीं था, बस एक मूर्ख था, स्पंज था, बेकार था, रूई के गद्दे से भी ज़्यादा नाज़ुक, औरतों के पैसों पर जीने का आदी, मानो उसने जोना की पत्नी से शादी की थी जो व्हेल की कहानी से ख़ुश थी। औरेलियानो सेगुन्दो ने शान्ति से उसकी बात दो घंटे से ज़्यादा सुनी, मानो वह बहरा हो। उसने दोपहर बाद उसे टोका जब वह सिर को सताती मन्द ड्रम की गूँज जैसे इसके सुर को बर्दाश्त नहीं कर पाया।

"कृपा करके, अब चुप भी हो जाओ," उसने आग्रह किया।

फेर्नान्दा उलटे और उग्र हो गई, "मैं क्यों चुप हो जाऊँ," वह बोली, "जो कोई मेरी बात न सुनना चाहता हो, कहीं और जा सकता है।" तब औरेलियानो सेगुन्दो के सब्र का बाँध टूट गया। वह धीरे-से खड़ा हुआ, मानो अँगड़ाई ले रहा हो, फिर एक नियंत्रित और सुव्यवस्थित प्रचंडता से उसने बेगोनिया फर्न और ओरेगानों के गमले एक-एक करके उठाए और उन्हें ज़मीन पर पटक दिया। फेर्नान्दा डर गई क्योंकि तब तक उसे अपनी एकसुरी लय की अन्दरूनी ताक़त का पूरा अन्दाज़ा नहीं था। लेकिन अब कुछ किया भी नहीं जा सकता था। राहत के बेलगाम प्रवाह से मदहोश औरेलियानो सेगुन्दो ने शीशे की अलमारी का काँच तोड़ दिया और आराम से, एक-एक करके, उसने चीनी मिट्टी के बर्तन निकाले और ज़मीन पर पटक दिए। बड़े सुव्यवस्थित ढंग से शान्तिपूर्वक, उसी मितव्ययी ढंग से जिससे उसने घर में नोट चिपकाए थे, उसने दीवारों में मारकर बेरहमी से काँच की सब चीज़ें तोड़ डालीं—हस्तचित्रित गुलदान, फूलों से भरी नावों में सुन्दरियों के चित्र, बैठक से लेकर रसोई-भंडार तक हर वह चीज़ जो टूट सकती थी, और रसोई के बड़े से मर्तबान को तोड़ने के साथ उसने तोड़-फोड़ का काम ख़त्म किया जो आँगन के बीच एक खोखली आवाज़ के साथ टूटा। फिर उसने अपने हाथ धोये,

मोमजामा ओढ़ा और आधी रात से पहले कुछ सूखा गोश्त, कई बोरे चावल, घुन लगा भुट्टा और कुछ सूखे-से केलों का गुच्छा लेकर लौटा। तब से घर में खाने की कमी नहीं हुई।

आमारान्ता उर्सुला और औरेलियानो के लिए बारिश मस्ती का समय था। फेर्नान्दा की सख़्ती के बावजूद, वे लोग आँगन में कीचड़ में छपछपाते, छिपकलियाँ पकड़कर उनकी चीड़-फाड़ करते और जब सान्ता सोफ़िया दे ला पियेदाद देख नहीं रही होती थी, तितली के पंखों की धूल से सूप में ज़हर घोलने का नाटक करते। उर्सुला उनका सबसे मनोरंजक खिलौना थी। वे उसे रंगीन कपड़े में लिपटी हुई एक बड़ी, टूटी हुई गुड़िया मानते थे, जिसका चेहरा काजल और अनारों से रँगा हुआ था जिसे वे एक कोने से दूसरे तक उठाकर ले जाते थे। एक बार तो इन बच्चों ने कैंची से उसकी आँखें ही लगभग निकाल ली थीं, जैसे कि उन्होंने मेढक की निकाली थीं। उनको सबसे ज़्यादा मज़ा उसके दिमाग़ की उलटी-सीधी यात्राओं में आता था। बरसात के तीन सालों में शायद उसके दिमाग़ को वाक़ई कुछ हो गया था क्योंकि उसका यथार्थबोध ख़त्म हो रहा था। वह इस हद तक वर्तमान और अपनी ज़िन्दगी के दूरवर्ती समय के बीच घालमेल कर बैठी कि एक बार, वह तीन दिनों तक एक शताब्दी पहले ही दफ़नाई जा चुकी अपनी परदादी पेत्रोनीला इगुआरान की मौत पर रोती रही। वह इस हद तक सम्भ्रम में पड़ गई थी कि उसे छोटा औरेलियानो बर्फ़ देखने जानेवाला उस समय का उसका बेटा कर्नल औरेलियानो बुएन्दीया लगा। उसे लगा कि सेमिनरी में पढ़ रहा खोसे आर्कादियो बंजारों के साथ भाग जानेवाला उसका सबसे बड़ा बच्चा था। वह परिवार के बारे में इतना कुछ कहती थी कि बच्चों ने उन लोगों के साथ काल्पनिक यात्राएँ गढ़नी शुरू कर दी थीं जो न केवल बहुत पहले मर गए थे, बल्कि जो बिलकुल दूसरे युग के थे। बिस्तर पर बैठकर, राख से भरे बाल और चेहरे पर लाल रूमाल लपेटे उर्सुला उन काल्पनिक रिश्तेदारों के बीच बहुत ख़ुश थी जिनका विस्तृत वर्णन बच्चे ऐसे करने लगे थे मानो उन्हें जानते हों। उर्सुला अपने पूर्वजों से उन घटनाओं के बारे में बात करती जो उसके पैदा होने से पहले घटित हुई थीं, उनकी ख़बरों में मज़ा लेती, और उनके साथ उन मौतों का शोक मनाती जो इन मेहमानों से ज़्यादा हाल की थीं। बच्चों को समझने में बहुत समय नहीं लगा कि इन भुतहा यात्राओं के दौरान उर्सुला हमेशा एक सवाल पूछती थी—उस इनसान का पता लगाने के लिए, जो बरसात रुकने तक वहाँ रखने के लिए सन्त जोसफ का आदमक़द बुत लाया था। इस बीच औरेलियानो सेगुन्दो को

उस ख़ज़ाने की याद आई जो कहीं गड़ा हुआ था और जिसके बारे में सिर्फ़ उर्सुला ही जानती थी। लेकिन उसे सूझनेवाले हर सवाल और तिकड़म बेकार थे क्योंकि पागलपन की भूल-भुलैया में भी उसमें इतना होश शेष था कि वह अपने राज़ को राज़ रख सके और उसका खुलासा सिर्फ़ उस इनसान से करे जो यह साबित कर दे कि गड़े हुए सोने का असली हक़दार वही है। वह इतनी चतुर और सख़्त थी कि जब औरेलियानो सेगुन्दो ने अपने एक साथी को उस ख़ज़ाने का मालिक बनाकर भेजा तो उर्सुला ने बारीक पूछताछ के जटिल जाल में फँसाकर एक मिनट में ही उसे चारों खाने चित कर दिया।

जब औरेलियानो सेगुन्दो को पूरा यक़ीन हो गया कि उर्सुला इस राज़ को क़ब्र तक ले जाएगी, तो उसने आँगन और बरामदे में नालियाँ खुदवाने के बहाने बेलदारों को बुलवाया। उसने ख़ुद लोहे की छड़ और हर तरह के मेटल डिटेक्टर से ज़मीन बजा-बजाकर देखी लेकिन तीन महीने की निःशेष खोज के बाद सोने जैसा कुछ भी नहीं मिला। बाद में इस उम्मीद में वह पिलार तेर्नेरा के घर गया कि बेलचे न सही, शायद पिलार तेर्नेरा के (ताश के) पत्ते ही सोने को ढूँढ़ सकें। लेकिन पेत्रा कोतेस ने शुरू में ही बता दिया कि जब तक उर्सुला पत्ते नहीं काटती, सब कोशिशें व्यर्थ हैं। हालाँकि, उसने इस बात की पुष्टि कर दी थी कि ख़ज़ाना वाक़ई था। यहाँ तक बता दिया था कि ताँबे के तार से बँधी तीन बोरियों में सात हज़ार दो सौ चौदह सिक्के थे, और वह उर्सुला के बिस्तर से तीन सौ अट्ठासी फ़ीट पर घर में ही गड़े हुए थे। लेकिन पिलार तेर्नेरा ने उसे सचेत किया कि वह ख़ज़ाना तब तक नहीं मिलेगा जब तक बरसात रुक नहीं जाती, और लगातार तीन साल जून महीने की धूप कीचड़ के ढेर को धूल में नहीं बदल देती। जानकारी की अधिकता और अत्यधिक अस्पष्टता औरेलियानो सेगुन्दो को एकदम अध्यात्मवादियों की कहानियों जैसी लगी और वह अपने काम में जुटा रहा बिना इस बात की परवाह किए कि वह अगस्त का महीना था और भविष्यवाणी की शर्तों के पूरा होने के लिए उसे कम-से-कम तीन साल इन्तज़ार करना था। सबसे पहले वह इस बात से चौंका और चकरा गया कि उर्सुला के बिस्तर से पिछवाड़े की दीवार का फ़ासला ठीक तीन सौ अट्ठासी फ़ीट का था। उसे नाप लेते देख फेर्नान्दा को लगा कि वह अपने जुड़वाँ भाई की तरह पागल हो गया, ख़ासतौर पर तब तो उसे और भी यक़ीन हो गया जब उसने बेलदारों को नालियाँ तीन फ़ीट और गहरी करने को कहा। उस खोजी सनक की गिरफ़्त में, जिसकी तुलना नये आविष्कारों की खोज में जुटे

परदादा की सनक से ही हो सकती थी,[1] औरेलियानो सेगुन्दो ने अपने शरीर की चर्बी की आख़िरी परत भी गँवा दी और एक बार फिर अपने जुड़वाँ भाई की तरह दिखने लगा, न केवल दुबलेपन की वजह से बल्कि उदासीनता और एकाकीपन की वजह से भी। उसे बच्चों से कोई मतलब नहीं रह गया था। उलटे-सीधे समय पर खाना खाता, सिर से पैर तक मिट्टी में सना हुआ वह रसोईघर के एक कोने में सान्ता सोफ़िया दे ला पियेदाद के इक्के-दुक्के सवालों का जवाब देते हुए भोजन करता। उसे इस तरह काम करते देख, जैसा उसने अपने सपनों में भी कल्पना नहीं की थी, फेर्नान्दा ने सोचा कि उसकी ज़िद अध्यवसाय थी, उसका लालच आत्मत्याग और उसकी मन्दबुद्धिता उसकी दृढ़ता। उसे अपनी उस कटुता पर पछतावा हुआ जिससे उसने औरेलियानो सेगुन्दो को आलसी कहा था। लेकिन उस समय औरेलियानो सेगुन्दो को किसी तरह के मेल-मिलाप में दिलचस्पी नहीं थी। वह गर्दन तक सूखी टहनियों और सड़े फूलों के दलदल में समाया हुआ था और आँगन तथा बरामदे की खोज ख़त्म करने पर उसने बग़ीचे की गन्दगी सब तरफ़ फैला दी थी। उसने घर के पूर्वी भाग को इतना गहरा खोद दिया कि एक रात वहाँ भूकम्प आता प्रतीत हुआ तथा थरथराहट और उसकी भूमिगत चरचराहट के कारण सब डरकर जाग उठे। तीन कमरे ढह रहे थे और बरसाती से लेकर फेर्नान्दा के कमरे तक एक दहलानेवाली भयंकर दरार पड़ गई थी। औरेलियानो सेगुन्दो ने तब भी अपना काम बन्द नहीं किया जब उसकी आख़िरी उम्मीद भी बुझ गई। जब पत्तों की भविष्यवाणी सच साबित होती दिखने लगी तो उसने घर की काँटेदार नींव को मज़बूत कराया, दरार को खरल से भरा और पश्चिम की तरफ़ काम जारी रखा। आगामी जून के दूसरे हफ़्ते में जब बारिश रुकने लगी और बादल छँटने लगे तब वह वहीं था। शुक्रवार की एक दोपहर दो बजे पागल किरमिजी सूरज की रोशनी से दुनिया जगमगा उठी—ईंट की धूल की तरह रुक्ष और पानी जैसी शीतल; और फिर दस साल तक बारिश नहीं हुई।

1. यहाँ औरेलियानो सेगुन्दो की सनक की तुलना खोसे आर्कादियो से की जा सकती है। लेकिन जहाँ खोसे आर्कादियो अपनी सनक में रचनात्मक कार्य करता है वहीं औरेलियानो उसके विपरीत विध्वंस में व्यस्त है। यहाँ यह भी ग़ौरतलब है कि उपन्यास में औरेलियानो नाम वाले चरित्र शान्त स्वभाव के हैं। वहीं आर्कादियो स्वभावत: उग्र हैं। ऐसे में इस जगह औरेलियानो सेगुन्दो का विध्वंस में जुटना यह सवाल खड़ा करता है कि कहीं वह हक़ीक़त में आर्कादियो सेगुन्दो तो नहीं है? आर्कादियो सेगुन्दो और औरेलियानो सेगुन्दो बिलकुल एक से लगनेवाले जुड़वाँ हैं। ऐसे में कहीं बचपन में दोनों के नाम तो ग़फ़लत में नहीं बदल गए? और अब मृत्यु के क़रीब होने पर उनकी असली प्रकृति सतह पर आ गई!

माकोन्दो खँडहर हो चुका था। कीचड़-भरी सड़कों पर फ़र्नीचर के टुकड़े, लाल लिली से ढके जानवरों के कंकाल और नवागन्तुकों के झुंडों की यादें शेष थीं जो उसी तेज़ी से वहाँ से भागे थे जिस गति से वहाँ आए थे। केला बुख़ार के दौरान जल्दबाज़ी में बने मकान अब ख़ाली पड़े थे। केला कम्पनी ने अपना डेरा-डंडा समेट लिया था। उस पुराने तार से घिरे शहर में अब केवल खँडहर ही बचे रह गए थे। हवा वाली दोपहरों में ताश खेलने के लिए बने लकड़ी के मकान और ठंडी छतें, लगता था कि उस भविष्यसूचक हवा की प्रत्याशा में उड़ गए थे जो कई साल बाद माकोन्दो का इस धरती से नामोनिशान मिटा देनेवाली थी।[1] उस अतिभक्षक झोंके में केवल एक ही इनसानी निशानी छूटी थी और वह था जंगली फूलों से ढकी कार में पैट्रीशिया ब्राउन का दस्ताना। स्थापना के दिनों में खोसे आर्कादियो बुएन्दीया द्वारा अन्वेषित वह मनमोहक क्षेत्र जहाँ बाद में केले के बग़ीचे फले थे, अब सड़ती जड़ों का दलदल बन गया था जिसके क्षितिज पर अब भी समुद्र की शान्त झाग देखी जा सकती थी। बारिश थमने के बाद जब पहले रविवार को सूखे कपड़े पहनकर वह शहर में लोगों से मिलने गया तो औरेलियानो सेगुन्दो मनःस्ताप से बिलबिला उठा। इस विनाश से वे लोग बच निकले जो केला कम्पनी का तूफ़ान आने से पहले माकोन्दो में रह रहे थे। वह अब सड़क के बीचोबीच बैठे पहली धूप का आनन्द ले रहे थे। अब भी उनकी त्वचा पर शैवाल की हरियाली और बारिश द्वारा उन पर थोपी गई सीलन की गन्ध फैली थी फिर भी अपने पैदाइश के शहर को वापस पाकर वे प्रसन्नचित्त थे। तुर्कों की गली वैसी ही हो गई जैसी पहले उन दिनों में थी, जब चप्पल और कानों में बालियाँ पहने अरब मकाआ के बदले नुमाइशी चीज़ें बदलते घूमते और जिन्हें माकोन्दो की सड़क पर वह नुक्कड़ मिल गया था जहाँ वे पुश्त-दर-पुश्त भटकने की अपनी प्रथा से पीछा छुड़ा सकते थे। बारिश से दुकानों का सामान चूर-चूर हो रहा था, दरवाज़ों पर फैले कपड़ों पर काई के दाग़ लगे थे, काउंटर दीमक से भरे थे, दीवारें सीलन से सनी थीं। लेकिन तीसरी पीढ़ी के अरब अपने बाप-दादाओं की जगह उन्हीं की तरह बैठे थे, अल्पभाषी, निडर, समय और विपत्ति से अविचलित, उतने ही ज़िन्दा या मुर्दा जितने वे अनिद्रा की महामारी और कर्नल औरेलियानो बुएन्दीया

1. उपन्यास का यह अंश अपने आपमें काफ़ी दिलचस्प है और इस बात का सूचक भी कि ज़िन्दगी का चक्र पूरा होने के क़रीब है। जब माकोन्दो में लोग आए थे तब वहाँ ऐसा ही नज़ारा था जैसा अभी बारिश रुकने के बाद दिखाई पड़ता है यानी सर्वत्र विनाश के लक्षण बिखरे पड़े हैं। लेकिन वह एक शुरुआत थी माकोन्दो के पुनर्जन्म की। इस समय यह एक शुरुआत है लेकिन यह शुरुआत माकोन्दो के अन्त की, विनाश की, बरबादी की है।

की बत्तीस लड़ाइयों के बाद थे। जुए की मेज़, साथ ही बन्दूक़ से शौक़िया निशाना लगाने की दुकानें और वह गली जहाँ वे सपनों की व्याख्या और भविष्यवाणी करते थे, इन सबके विध्वंस के बावजूद उनकी आत्मा की शक्ति देखकर औरेलियानो सेगुन्दो उनसे पूछे बिना न रह सका कि वे किस गुप्त चीज़ की बदौलत उस तूफ़ान में बहने से बच गए थे। उन्होंने ऐसा क्या किया था कि वे डूबे नहीं? और एक के बाद एक, हर दरवाज़े पर एक धूर्त मुस्कान और धुँधली नज़र से बिना एक-दूसरे से कोई पूर्व चर्चा किए सबने एक ही जवाब दिया, "तैराकी।"

पेत्रा कोतेस ही शायद एक ऐसी मूल निवासी थी जिसका दिल अरब निवासियों की तरह था। उसने अपने तबेलों का विनाश देखा था, बखारों को तूफ़ान में बहते देखा था फिर भी वह अपने घर को सही-सलामत रखने में सफल रही थी। दूसरे साल ही उसने औरेलियानो सेगुन्दो को आग्रही सन्देश भेजे थे और उसने जवाब दिया था कि उसे नहीं मालूम कि वह कब उसके घर लौटेगा, लेकिन जब भी आएगा कमरे के फ़र्श पर लगाने के लिए सोने के सिक्कों का एक डिब्बा लेता आएगा। इस दुर्भाग्य से निकलने की हिम्मत जुटाने के लिए उस समय उसने अपना दिल टटोला था और अपने तार्किक और सात्त्विक क्रोध के वशीभूत हो क़सम खाई थी कि प्रेमी द्वारा उड़ाई गई और जल-प्रलय द्वारा बहाई गई सम्पत्ति को वह पुन: स्थापित करेगी। उसका इरादा इतना दृढ़ था कि उसका आख़िरी सन्देश मिलने के आठ महीने बाद जब औरेलियानो सेगुन्दो वहाँ लौटा तो उसने उसे हरा और अस्त-व्यस्त पाया। उसकी आँखें धँसी हुई थीं और त्वचा खाज से भरी थी लेकिन वह लॉटरी बनाने के लिए काग़ज़ के टुकड़ों पर नम्बर लिखने में व्यस्त थी। औरेलियानो सेगुन्दो आश्चर्यचकित रह गया। उस वक़्त वह इतना गन्दा और गम्भीर लग रहा था कि पेत्रा कोतेस को लगा कि उससे मिलने उसका ज़िन्दगी-भर का प्रेमी नहीं बल्कि उसका जुड़वाँ भाई आया है।

"तुम पागल हो," वह उससे बोला, "हाँ, वह बात अलग है यदि तुम हड्डियों की लॉटरी करने जा रही हो।"

तब पेत्रा कोतेस ने उसे कमरे में नज़र डालने को कहा और औरेलियानो सेगुन्दो ने वहाँ एक खच्चर देखा। मालकिन की तरह उसकी त्वचा भी हड्डियों से चिपकी हुई थी लेकिन वह उसी की तरह ज़िन्दा और दृढ़ था। पेत्रा कोतेस ने उसे अपना रोष खिलाया था और जब खाने के लिए भूसी-मक्की और जड़ें नहीं बचीं तो उसने उसे अपने कमरे में शरण दी थी और चादरें, ख़ूबसूरत क़ालीन, शनील के परदे और बिस्तर के ऊपर लगी सुनहरे धागों से कढ़ी, रेशमी फुँदनों वाली छतरी खिलाई थी।

17

बारिश ख़त्म होने पर उर्सुला को मरने का वादा पूरा करने के लिए काफ़ी जतन करना पड़ा।[1] बारिश के दौरान लगभग ग़ायब सुबोधता की लहरें अगस्त के बाद निरन्तर आने लगी थीं। यह वह समय था जब गुलाब की झाड़ियों को सुखानेवाली, मिट्टी के ढेरों को अश्मीभूत करनेवाली, माकोन्दो में जलती धूप बिखेरनेवाली और ज़ंग लगी जस्ते की छतों और बादाम के पेड़ों को हमेशा के लिए ढकनेवाली शुष्क हवा चलने लगी थी। उर्सुला को जब पता चला कि तीन साल से वह बच्चों के लिए एक खिलौना-भर बनकर रह गई थी तो वह बिलखने लगी। उसने अपना रँगा हुआ चेहरा धोया, रंगीन कपड़ों के किनारों को निकाला, पूरे शरीर पर लटकी सूखी हुई छिपकलियाँ व मेढक, जपमालाएँ व पुरानी अरबी मालाएँ उतारीं और आमारान्ता की मौत के बाद एक बार फिर परिवार का हिस्सा बनने के लिए पहली बार बिना किसी की मदद के बिस्तर से उठी। उसकी अजेय और दृढ़ इच्छाशक्ति ने उसे अँधेरे में रास्ता दिखाया। उसके सिर तक उठे दैवीय हाथों से टकरानेवालों को लगता कि उसे शारीरिक कष्ट है, पर किसी ने भी यह नहीं सोचा कि वह अन्धी है। यह महसूस करने के लिए उर्सुला को नेत्रों की ज़रूरत नहीं थी कि पहली पुनर्स्थापना के समय बड़े प्यार से बनाई गईं फूलों की क्यारियाँ बारिश से बरबाद और औरेलियानो सेगुन्दो की खुदाई से नष्ट हो गई थीं, दीवारों और फ़र्श का सीमेंट चटक गया था, फ़र्नीचर के चिथड़े उड़ गए थे, दरवाज़े क़ब्ज़ों से निकल आए थे और पूरा परिवार विवशता और निराशा से आक्रान्त माहौल में जी रहा था जो उसके समय में अकल्पनीय था। ख़ाली कमरों

---

1. उपन्यास अपने को एक बार फिर दोहराता है। उपन्यास के शुरू में उर्सुला का बेटा कर्नल औरेलियानो बुएन्दीया कहता है कि व्यक्ति को तब मृत्यु का वरण नहीं करना चाहिए जब ऐसा करना ज़रूरी हो, बल्कि तब करना चाहिए जब वह ऐसा कर सकता हो। उर्सुला भी यहाँ यही कहती है।

में रास्ता टटोलते हुए उसे जल-प्रलय के दौरान पनपे और घर की नींव को खोखला करते लकड़ी खाते दीमक की शाश्वत गरगराहट, कपड़ों की अलमारी में कीड़ों के कुतरने की आवाज़, बड़े लाल चींटों का विध्वंसक शोर सुनाई पड़ता था। एक दिन उसने वह ट्रंक खोला, जिसमें सन्त रखे हुए थे और सान्ता सोफ़िया दे ला पियेदाद से ट्रंक से निकलकर उसके ऊपर चढ़ रहे तिलचट्टे हटाने को कहा। उन तिलचट्टों ने कपड़ों को कुतरकर धूल बना दिया था। "इस लापरवाही में तो कोई भी नहीं जी सकता," वह बोली, "अगर ऐसे ही चलता रहा तो जीव-जन्तु हमें हज़म कर जाएँगे।" तब से उसे एक पल का भी चैन नहीं रहा। वह भोर से पहले उठ जाती और जो कोई मिलता, चाहे बच्चे ही क्यों न हों, उसकी मदद लेती। जो थोड़े-बहुत कपड़े अभी इस्तेमाल के लायक़ थे, उन्हें धूप में डालती, प्रभावी कीटनाशक से तिलचट्टों को मारती, दरवाज़ों और खिड़कियों में दीमकों द्वारा बनाई धारियों को नोच डालती और चींटों की बाँबियों में चूना डालकर उन्हें मारने की कोशिश करती। सब कुछ दुरुस्त करने के जोश[1] में वह उन कमरों में पहुँची जिस कमरे में पारस पत्थर ढूँढ़ते हुए खोसे आर्कादियो बुएन्दीया पागल हुआ था। उसने वहाँ से मलबा और जाले साफ़ किए, सैनिकों द्वारा अस्त-व्यस्त की गई चाँदी की वर्कशॉप को व्यवस्थित किया और अन्त में मेल्कीयादेस की हालत देखने के लिए उसके कमरे की चाबी माँगी। खोसे आर्कादियो सेगुन्दो की हिदायत थी कि तब तक कोई उस कमरे में न जाए, जब तक कि उसकी मौत का साफ़ संकेत न मिल जाए। सान्ता सोफ़िया दे ला पियेदाद ने खोसे आर्कादियो सेगुन्दो की इच्छा पूरी करने के लिए उर्सुला का ध्यान वहाँ से हटाने की पूरी कोशिश की। लेकिन कीड़ों को घर के हर एक कोने से मार भगाने का उसका निश्चय इतना दृढ़ था कि उर्सुला ने सारी बाधाएँ ख़त्म कर दीं और तीन दिन के लगातार प्रयास के बाद उसने दरवाज़ा खुलवा ही लिया। बदबू के भभके का सामना करने के लिए उसे दरवाज़े का सहारा लेना पड़ा। लेकिन उसे तुरन्त ही याद आ गया कि अन्दर लड़कियों के बहत्तर चैम्बरपॉट रखे थे और बरसात की एक रात सैनिकों के एक दल ने खोसे आर्कादियो सेगुन्दो को ढूँढ़ने के लिए घर की तलाशी ली थी पर वे उसे ढूँढ़ नहीं पाए थे।

1. अपने घर को बनाए रखने के लिए उर्सुला प्रारम्भ से ही ये सारे काम करती है। एक तरह से अगर देखें तो उस घर का वृत्तान्त और उर्सुला का जीवन चरित्र, दोनों ही एक-दूसरे के समानान्तर चलते जाते हैं।

"ईश्वर बचाए," वह बोली, मानो सब कुछ देख रही हो। "इतनी मेहनत की थी तुम्हें तमीज़ सिखाने में और तुम सूअर की तरह रह रहे हो।"

खोसे आर्कादियो सेगुन्दो अब भी चर्मपत्र पढ़ने में जुटा हुआ था। चेहरे पर फैली जटाओं के बीच केवल हरी लसलसी धारियों वाले दाँत और स्थिर आँखें नज़र आ रही थीं। जब उसने अपनी परदादी की आवाज़ पहचानी तो अपना सिर दरवाज़े की तरफ़ घुमाया, मुस्कराने की कोशिश की और अनजाने में उर्सुला का ही वाक्य दोहराया।

"तुमने क्या सोचा था?" वह बोला, "समय बीत जाता है।"

"वह तो बीतता ही है," उर्सुला बोली, "लेकिन इतना नहीं।"[1]

जब उसने यह कहा तो उसे अहसास हुआ कि वह वही जवाब दे रही थी जो कर्नल औरेलियानो बुएन्दीया ने अपनी कालकोठरी में दिया था और एक बार फिर वह इस साक्ष्य से काँप गई कि समय बीत नहीं रहा था, जैसा उसने अभी कहा था, बल्कि वह तो एक चक्र में घूम रहा था। लेकिन तब भी उसने विवशता को अपने ऊपर हावी नहीं होने दिया। उसने खोसे आर्कादियो सेगुन्दो को बच्चे की तरह डाँटा, नहाकर और हजामत बनाकर घर ठीक करने में मदद करने को कहा। उस सुकून देनेवाले कमरे का परित्याग करने के ख़याल ने, खोसे आर्कादियो सेगुन्दो को भयभीत कर दिया। वह चिल्लाया कि कोई माई का लाल उसे वहाँ से नहीं निकाल सकता क्योंकि वह लाशों से भरी दो सौ डिब्बों वाली ट्रेन नहीं देखना चाहता जो रोज़ शाम माकोन्दो से समुद्र की तरफ़ जाती है। "स्टेशन पर मौजूद सब के सब मारे गए थे," वह चिल्लाया, "तीन हज़ार चार सौ आठ।"[2] और तब उर्सुला को अहसास हुआ कि उसकी दुनिया तो उसके ख़ुद के अँधेरों से ज़्यादा काली थी, उतनी ही अलंघ्य और एकान्त जितनी उसके परदादा की। उर्सुला ने उसे वहीं छोड़ दिया लेकिन ताला नहीं लगने दिया। वह रोज़ कमरा साफ़ करवाती। एक को छोड़कर उसने बाक़ी सारे चैम्बरपॉट फिंकवा दिए। खोसे आर्कादियो सेगुन्दो को उतना ही

---

1. आवृत्तीय लेखन शैली का एक और उदाहरण। उर्सुला और खोसे आर्कादियो सेगुन्दो के बीच यह संवाद काफ़ी समय पहले उर्सुला और कर्नल औरेलियानो बुएन्दीया के बीच हुए संवाद की प्रतिध्वनि की तरह है। जब कर्नल बुएन्दीया को सज़ा देने के लिए क़ैदी की तरह माकोन्दो लाया जाता है तो उर्सुला और उसमें ऐसी ही बातचीत होती है।
2. चार साल के एकान्तवास के बाद खोसे आर्कादियो सेगुन्दो को जनसंहार में मारे गए लोगों की सही-सही संख्या का अनायास ही भान हो जाता है। यहाँ यह बताना उचित होगा कि पूरे उपन्यास में कहीं भी अनुमानित संख्या नहीं बताई गई है बल्कि एकदम सही आँकड़े बताए गए हैं।

साफ़-सुथरा रखती जितना अखरोट के पेड़ तले क़ैद में उसके परदादा को रखा जाता था। शुरुआत में फेर्नान्दा ने इस हरकत को पागलपन का दौरा समझा और अपने ग़ुस्से पर क़ाबू पाना उसके लिए मुश्किल हो गया था। लेकिन उस दौरान खोसे आर्कादियो ने उसे बताया कि व्रत ग्रहण करने से पहले वह रोम से माकोन्दो आने की सोच रहा था। इस ख़ुशख़बरी ने उसमें इस क़दर नया जोश भर दिया कि वह सुबह से रात तक दिन में चार बार फूलों को पानी देती ताकि उसका बेटा घर के बारे में बुरी राय न बना ले। इसी प्रेरणा से उसने अदृश्य डॉक्टरों के साथ अपना पत्र-व्यवहार और तेज़ कर दिया और इससे पहले कि उर्सुला को यह पता चलता कि औरेलियानो सेगुन्दो के विध्वंसक क्रोध ने फर्न, आरेगानो और बेगोनिया के गमले चकनाचूर कर दिए थे उसने बरसाती पर नये गमले रख दिए। बाद में उसने चाँदी के बर्तन बेच दिए और मिट्टी के बर्तन, जस्ते के कटोरे और सूप पीने के चम्मच और आलापाका मेज़पोश ले आई, और इन सब चीज़ों के साथ इंडिया कम्पनी के चीनी मिट्टी के बर्तन और बोहीमिया के शीशे की अभ्यस्त अलमारियों में ग़रीबी सजा दी। उर्सुला हमेशा एक क़दम आगे जाने की कोशिश करती। "दरवाज़े और खिड़कियाँ खोल दो," वह चिल्लाई, "मांस-मछली पकाओ, सबसे बड़ा कछुआ ख़रीदो, आने दो अजनबियों को, ताकि वे अपनी दरियाँ बिछाएँ, गुलाब की झाड़ियों में मूतें और जितनी बार चाहें खाना खाएँ, डकारें लें, प्रलाप करें, जूतों से सब जगह कीचड़ फैलाएँ और उनका जैसा जी चाहे करें क्योंकि तबाही से बचने का यही एक तरीक़ा है।" लेकिन उसके इस भ्रम का अब कोई मतलब नहीं था। छोटे जानवरों जैसी मिठाई का चमत्कार दोहराने के लिए वह अब बूढ़ी हो चुकी थी वह उधार की साँसों पर ज़िन्दा थी। उसके किसी वंशज ने विरासत में उसकी हिम्मत नहीं पाई थी। फेर्नान्दा के आदेशों के मुताबिक़ घर बन्द रहा।

पेत्रा कोतेस के पास अपना ट्रंक वापस ले जानेवाले औरेलियानो सेगुन्दो के पास अपना घर-परिवार चलाने के लिए बहुत थोड़े पैसे बचे थे। खच्चर की लॉटरी के बाद, पेत्रा कोतेस और उसने कुछ और जानवर ख़रीदे, जिससे उन्होंने लॉटरी का एक छोटा-मोटा काम शुरू किया। औरेलियानो सेगुन्दो टिकट बेचने ख़ुद घर-घर जाता था। टिकट को और ज़्यादा आकर्षक बनाने के लिए उसने उसे रंगीन स्याही से रँग दिया था; और उसे शायद इस बात की भनक नहीं थी कि कई लोग कृतज्ञतावश और ज़्यादातर लोग तरस खाकर टिकट ख़रीदते थे। बहरहाल सबसे ज़्यादा तरस खानेवाला भी बीस सेंट में सूअर या बत्तीस में बछड़ा पा सकता था। सबकी उम्मीदें

इतनी बढ़ गई थीं कि मंगलवार की रातों को पेत्रा कोतेस का आँगन उस पल के इन्तज़ार में लोगों से खचाखच भर जाता था जब कोई बच्चा एक थैले से विजयी नम्बर निकालता था। इस मौक़े को साप्ताहिक मेला बनने में ज़्यादा समय नहीं लगा, क्योंकि शाम को आँगन में खाने-पीने की दुकानें लग जातीं और जीतनेवालों में से कई उसी जगह पर जीते हुए जानवर को इस शर्त पर काट देते कि शराब और संगीत का इन्तज़ाम दूसरा कोई करे। इस तरह न चाहते हुए भी औरेलियानो सेगुन्दो फिर अकॉर्डियन बजाने लगा और पेटूपन के छोटे मुक़ाबलों में हिस्सा लेने लगा। बीते दिनों की रँगरलियों की इन साधारण क्रियाओं से औरेलियानो सेगुन्दो को अहसास हुआ कि उसका मिज़ाज कितना बदल चुका था और किस हद तक उस जैसे शराबी की प्यास सूख चुकी थी। वह बदल गया था। जब हथिनी ने उसे ललकारा था तब उसका वज़न एक सौ बीस किलो था और अब वह मात्र अठहत्तर किलो रह गया था। कछुए जैसा चमकता फूला हुआ उसका चेहरा अब एक गोह के चेहरे में बदल गया था, और वह हरदम थका-सा महसूस करता था। लेकिन पेत्रा कोतेस की नज़र में वह पहले से कहीं ज़्यादा बेहतर इनसान हो गया था, शायद इसलिए कि उसके मन में अनायास ही प्रेम हिलोरें मारने लगा था और इसलिए भी कि विपत्ति ने दोनों के मन में एक-दूसरे के प्रति कर्तव्यबोध को जगा दिया था। टूटा हुआ पलंग वहशी क्रियाओं की जगह न होकर एक आत्मीय आश्रय बन गया था। लॉटरी के लिए जानवर ख़रीदने के लिए नीलाम किए गए पुनरावर्ती शीशों और खच्चर को खिला दिए गए कामुक शनील के पलंगपोश के बिना वे लोग बुज़ुर्गों की तरह देर रात तक जगे रहते और इस समय का फ़ायदा उठाकर हिसाब-किताब करते। वे ज़रूरत-भर ख़र्च कर देते थे और बाक़ी पैसे बचा लेते थे। कभी-कभी सुबह में मुर्ग़े के बाँग देने तक वे सिक्कों के ढेर बनाते-बिगाड़ते रहते। एक से निकाल दूसरे में डालते ताकि एक ढेर फेर्नान्दा को ख़ुश कर दे और दूसरे से आमारान्ता उर्सुला के जूते आ जाएँ। यह ढेर हल्ला शुरू होने के समय से ही नये कपड़े नहीं लेनेवाली सान्ता सोफ़िया दे ला पियेदाद के लिए था और वह ढेर उर्सुला की मौत के बाद उसका ताबूत ख़रीदने के लिए; यह हर तीन महीने में महँगी होती कॉफ़ी के लिए और वह रोज़ कम मीठी होती चीनी के लिए और यह ढेर अब भी बारिश की वजह से गीली इमारती लकड़ी के लिए और वह दूसरा ढेर टिकट बनाने के काग़ज़ और रंगीन स्याही के लिए और बचे हुए पैसे 'अप्रैल का बछड़ा' जीतनेवाले के लिए। वह बछड़ा जिसे उन्होंने बड़े करामाती ढंग से बचाया था। ग़रीबी की ये रस्में इतनी पवित्र थीं कि वे लगभग

हमेशा सबसे बड़ा हिस्सा फेर्नान्दा के लिए रख देते, और ऐसा वे किसी पछतावा या दयाभाव से नहीं करते थे, बल्कि इसलिए करते थे कि उसकी ख़ुशहाली दोनों के लिए ख़ुद की ख़ुशहाली से ज़्यादा महत्त्वपूर्ण थी। हालाँकि उन्हें ख़ुद इस बात का अहसास नहीं था लेकिन वे दोनों फेर्नान्दा को उस बेटी की तरह मानने लगे थे जिसकी उन दोनों ने इच्छा तो की थी लेकिन वह इच्छा कभी पूरी नहीं हुई थी। इस हद तक कि कई बार वे तीन-तीन दिनों तक सूखे टुकड़े खाकर रहते थे ताकि डच मेज़पोश ख़रीद सकें। फिर भी उन लोगों के तमाम काम करने, पैसा कमाने और युक्तियाँ सोचने के बावजूद उनके फ़रिश्ते उस वक़्त थककर सो रहे होते थे जब वे ज़िन्दगी चलाने के लिए पैसों की जोड़-तोड़ करते थे। जाग्रत अवस्था में जब हिसाब नहीं बैठता, वे सोचते कि दुनिया को क्या हो गया है जो जानवर पहले की तरह पैदा नहीं हो रहे हैं, क्यों पैसा हाथ से पानी की तरह बह जाता है, और ऐसा क्यों है कि जिन लोगों ने शराब के नशे में रँगरलियाँ मनाते हुए नोट जलाए थे, उन्हें छह मुर्ग़ी की लॉटरी के लिए बारह पेसो अदा करना डकैती मालूम पड़ती थी। मन-ही-मन औरेलियानो सेगुन्दो ने सोचा कि बुराई दुनिया में नहीं बल्कि पेत्रा कोतेस के रहस्यमय दिल के किसी गुप्त कोने में थी, जहाँ जल-प्रलय के दौरान ऐसा कुछ घटा था कि जानवर बाँझ हो गए थे और पैसा दुर्लभ। इस पहेली से हैरान वह उसके दिल में इतने गहरे उतर गया कि उसकी रुचि की तलाश करते हुए उसने प्यार ढूँढ़ लिया। पेत्रा कोतेस के दिल में प्यार जगाते-जगाते, वह ख़ुद उससे प्यार कर बैठा था। दूसरी तरफ़ पेत्रा कोतेस ने जैसे-जैसे औरेलियानो सेगुन्दो के प्यार को बढ़ते हुए महसूस किया, उसका प्यार भी बढ़ता गया और ज़िन्दगी की शाम में उसे जवानी के अन्धविश्वास पर दोबारा यक़ीन हो गया कि मुफ़लिसी मोहब्बत की बाँदी थी। दोनों अतीत की ज़ाहिल रँगरलियों, भड़कीली दौलत और बेलगाम व्यभिचार को सन्ताप मानने लगे और उन्हें पछतावा होता कि उन्होंने साझे एकाकीपन के स्वर्ग को पाने के लिए इतनी ज़िन्दगी गँवा दी थी। इतने सालों के निर्जीव तालमेल के बाद, प्यार में पागल उन दोनों ने प्यार के चमत्कार का मेज़ और बिस्तर में बराबर मज़ा लिया। वे आनन्द से इतने भर उठे थे कि जब वे बूढ़ों की तरह थक-हार जाते तब भी बच्चों की तरह किलकते और पिल्लों की तरह खेलते रहते।

लॉटरी का धन्धा बहुत क़ामयाब नहीं रहा। शुरू में औरेलियानो सेगुन्दो हफ़्ते के तीन दिन उस कमरे में बन्द रहता जो पशुपालन के समय उसका दफ़्तर था। वहाँ वह टिकटें बनाता और उन पर लॉटरी के लिए रखे जानवर के हिसाब से

काफ़ी निपुणता से लाल गाय, हरा सूअर या नीली मुर्ग़ियाँ बनाता, टिकटों पर छपे हुए नम्बर और पेत्रा कोतेस द्वारा सुझाए गए धन्धे का नाम—'विधाता की लॉटरी' की बहुत सफ़ाई से नकल उतारता लेकिन समय के साथ हफ़्ते में लगभग दो हज़ार टिकट बनाते-बनाते वह इतना थक गया कि उसने जानवर, नाम और नम्बर की रबर की मोहरें बनवा लीं, और फिर, केवल उन्हें अलग-अलग स्याही से गीला करने का काम ही रह गया। आख़िरी सालों में उसे नम्बरों की जगह पहेली रखने की सूझी ताकि पहेली बूझनेवाले इनाम की राशि आपस में बाँट लें, लेकिन यह तरीक़ा इतना पेचीदा था और लोगों ने इस पर इतना शक किया कि दूसरी पारी के बाद ही उसने इसे त्याग दिया।

औरेलियानो सेगुन्दो अपनी लॉटरी की प्रतिष्ठा बनाए रखने में इतना व्यस्त हो गया था कि बच्चों से मिलने का उसे समय नहीं मिलता था। फेर्नान्दा ने आमारान्ता उर्सुला को एक छोटे-से ग़ैरसरकारी स्कूल में भर्ती करा दिया था जहाँ केवल छह बच्चियों को ही प्रवेश दिया जाता था। लेकिन वह औरेलियानो को पब्लिक स्कूल भेजने को क़तई तैयार नहीं थी। उसका मानना था कि उसे कमरे से बाहर जाने की अनुमति देकर उसने पहले ही उसे काफ़ी छूट दे दी थी। इसके अलावा उन दिनों स्कूल केवल कैथोलिक जोड़ों के जायज़ बच्चों को ही दाख़िला देते थे और औरेलियानो को जब वहाँ लाया गया था, तो उस वक़्त उसके कपड़ों से नत्थी जन्म प्रमाण-पत्र के अनुसार वह एक परित्यक्त शिशु था। अतः वह औरेलियानो सान्ता सोफ़िया दे ला पियेदाद की स्नेहिल आँखों और उर्सुला के व्यवहार-वैचित्र्य की मर्ज़ी पर घर में बन्द रहा, घर की सिमटी हुई दुनिया में वही सब सीखते हुए जो उसकी नानियाँ उसे समझातीं। वह सुकुमार और दुबला था लेकिन उसके प्रश्न बड़ों को बेचैन कर देते थे। जहाँ उस उम्र में कर्नल की नज़र जिज्ञासु और सूक्ष्मदर्शी थी, इसकी नज़र अस्थिर और कुछ-कुछ अन्यमनस्क-सी थी। जब आमारान्ता उर्सुला स्कूल में होती वह केंचुओं का शिकार करता और बग़ीचे में कीड़ों को सताता। लेकिन एक बार जब फेर्नान्दा ने उसे एक डिब्बे में बिच्छू रखते पकड़ा जो वह उर्सुला के बिस्तर में रखने जा रहा था, तो उसने उसे मेमे के पुराने कमरे में बन्द कर दिया, जहाँ वह अपना एकाकी समय विश्वकोश के चित्र देखने में बिताता। एक दोपहर जब उर्सुला घर-भर में आसुत जल और बिच्छू बूटी छिड़कती घूम रही थी तो उसने उसे वहाँ पाया और कई बार उसके साथ बातचीत कर चुकने के बाद भी उर्सुला ने उससे उसका परिचय पूछा।

"मैं औरेलियानो बुएन्दीया हूँ," उसने कहा।

"सही है," उसने जवाब दिया, "और अब समय आ गया है कि तुम चाँदी का काम सीखना शुरू कर दो।"

एक बार फिर वह उसे अपना बेटा समझ बैठी थी क्योंकि जल-प्रलय के बाद आनेवाली गर्म हवा के झोंकों से उर्सुला के दिमाग़ में स्पष्टता की जो अवसरोचित लहरें उत्पन्न हुई थीं वे अब ख़त्म हो गई थीं। वह अपना सन्तुलन फिर खो बैठी थी। जब वह अपने कमरे में लौटती तो वहाँ उसे तंग घेरे वाली स्कर्ट और मोतियों वाला जैकेट पहने पेत्रोनीला इगुआरान मिलती और उसे अपनी रोगी वाली आरामकुर्सी में मोर के पंखों से हवा करते हुए उसकी दादी त्रानकीलीना मारिया मिनियाता आलकोके बुएन्दीया मिलती। उसे उपराजा के पहरेदार की तरह लम्बा चोग़ा पहने अपना परदादा औरेलियानो आर्कादियो बुएन्दीया भी मिला। उसका पिता औरेलियानो इगुआरान[1] मिला जिसने एक ऐसी प्रार्थना तैयार की थी जिससे कीड़े निस्तेज होकर गायों के शरीर से गिर जाते थे। उसकी संकोची माँ मिली, सूअर की पूँछ वाला भाई मिला और खोसे आर्कादियो बुएन्दीया मिला। उसके मरे हुए बेटे मिले। सब के सब दीवार से लगी कुर्सियों पर ऐसे बैठे थे मानो किसी जागरण में बैठे हों, न कि उससे मिलने आए हों। वह अलग-अलग देश और काल की चीज़ों पर टिप्पणी करते हुए मज़ेदार कथ्यों की लड़ी बनाती रहती और जब आमारान्ता उर्सुला स्कूल से लौटती और औरेलियानो का विश्वकोश से मन भर जाता तो उन्हें अपने आप से बातें करती, मृतकों की भूल-भुलैया में खोई हुई उर्सुला बिस्तर पर बैठी मिलती। 'आग' एक बार वह डरकर चिल्लाई और पल-भर के लिए घर में आतंक फैल गया लेकिन वह तो भुसौरे में लगी उस आग के बारे में सोचकर चिल्ला रही थी जो उसने चार साल की उम्र में देखी थी। अन्ततः उसने भूत और वर्तमान को इस क़दर गड्डमड्ड कर दिया कि मौत से पहले उसने होश के दो या तीन झोंकों में क्या कहा और क्या महसूस किया यह किसी की समझ में नहीं आया। धीरे-धीरे वह सिकुड़ रही थी। भ्रूण में बदल रही थी। इस हद तक जीवित शव में तब्दील हो रही थी कि ज़िन्दगी के आख़िरी दिनों में वह अपने कपड़ों में ग़ुम एक किशमिश बन गई थी और उसका हमेशा उठा हाथ अब बन्दर का पंजा लगता था। कई दिनों तक वह निश्चल पड़ी रहती। सान्ता सोफ़िया दे ला पियेदाद उसे हिलाकर ख़ुद

1. यह अंश माकोन्दो आने के पूर्व उर्सुला और खोसे आर्कादियो के पूर्वजों का परिचय कराता है। ग़ौरतलब है कि माकोन्दो आने के पहले भी इस परिवार के लोगों के नाम एक जैसे ही थे।

को आश्वस्त करती कि वह ज़िन्दा है और गोदी में बैठाकर चम्मच से मीठा पानी पिलाती। वह एक नवजात बुढ़िया लगती थी। आमारान्ता उर्सुला और औरेलियानो उसे कमरे से अन्दर-बाहर ले जाते, उसे वेदी पर लिटाकर देखते कि वह छोटे यीशु से बड़ी थी या नहीं, और एक दोपहर उन्होंने उसे रसोईघर की अलमारी में बन्द कर दिया जहाँ उसे चूहे खा सकते थे। एक पवित्र रविवार के दिन जब फेर्नान्दा चर्च में थी वे उर्सुला को गर्दन और टखनों से उठाकर बाहर ले गए।

"बेचारी लकड़दादी," आमारान्ता उर्सुला बोली, "वह बुढ़ापे से मर गई।"

उर्सुला चौंक गई, "मैं ज़िन्दा हूँ," वह बोली।

"देखो," आमारान्ता उर्सुला हँसी रोकते हुए बोली, "वह साँस भी नहीं ले रही।"

"मैं बात कर रही हूँ," उर्सुला चिल्लाई।

"वह बात भी नहीं कर सकती," औरेलियानो बोला, "वह एक छोटे-से झींगुर की तरह मर गई।"

तब उर्सुला ने साक्ष्य के आगे हार मान ली। "हे ईश्वर," वह धीमे स्वर में बोली, "तो यह होता है मरना" उसने एक अन्तहीन, लड़खड़ाती, गहरी प्रार्थना शुरू की जो दो दिन से ज़्यादा चली और जो मंगलवार तक विकृत होकर ईश्वर से कुछ मिन्नतों और थोड़ी-बहुत उपयोगी सलाह की खिचड़ी बन गई[1] कि घर को लाल चींटों से कैसे बचाए रखना है, रेमेदियोस की फोटो के आगे चिराग़ जलाए रखना है और कभी किसी बुएन्दीया को बुएन्दीया से शादी मत करने देना वरना सूअर के पूँछ वाले बच्चे पैदा होंगे। औरेलियानो सेगुन्दो ने उसकी बदहवाशी का फ़ायदा उठाकर यह पता लगाने की कोशिश की कि सोना कहाँ गड़ा है लेकिन एक बार फिर उसकी कोशिशें बेकार रहीं। "जब असली मालिक आएगा," उर्सुला बोली, "ईश्वर उसे ख़ज़ाना ढूँढ़ने का रास्ता दिखा देगा।" सान्ता सोफ़िया दे ला पियेदाद को यक़ीन था कि उर्सुला किसी भी पल मर जाएगी क्योंकि उसे उन दिनों प्रकृति में कुछ गड़बड़ दिख रही थी : गुलाब बदबू कर रहे थे, मटर की फली गिरी और दाने ज़मीन पर तारामीन की शक्ल में छितर गए और एक रात उसने चमकते नारंगी छल्लों की कतार को आसमान में निकलते देखा।

1. यह प्रसंग काफ़ी दिलचस्प है। बुएन्दीया परिवार की प्रथम सदस्य उर्सुला अपने परिवार के अन्तिम सदस्य औरेलियानो सेगुन्दो को कौटुम्बिक व्यभिचार के अभिशाप से सतर्क करती है। लेकिन जैसा कि उपन्यास से स्पष्ट है कि बुएन्दीया परिवार इस बीमारी से बुरी तरह पीड़ित है और कोई भी सदस्य उससे अछूता नहीं है। ऐसे में अगर दूसरे अर्थ में देखें तो उर्सुला इस मनोग्रंथि को सेगुन्दो तक स्थानान्तरित करने का कारण बनती है क्योंकि इस परिवार की यही नियति है।

गुड फ्राइडे की सुबह वह मृत मिली।[1] आख़िरी बार केला कम्पनी के समय जब उसकी उम्र गिनने में सबने मदद की थी तब उसने अन्दाज़ा लगाया था कि वह एक सौ पन्द्रह और एक सौ बाईस बरस के बीच होगी। उसका ताबूत उस टोकरी से बहुत ज़्यादा बड़ी नहीं थी जिसमें औरेलियानो आया था। उसकी अन्त्येष्टि के समय बहुत कम लोग मौजूद थे, कुछ तो इस वजह से कि उसे जाननेवाले अब बहुत कम लोग बचे थे और कुछ इस वजह से कि उस दोपहर इतनी गर्मी थी कि पक्षी तक घबराकर दीवारों से सिर टकरा रहे थे, और शीशे तोड़कर शयनकक्षों में गिरकर जान दे रहे थे।[2]

पहले उन लोगों ने सोचा कि कोई महामारी है। घर की महिलाएँ ख़ासतौर पर सिएस्ता के समय मरी हुई चिड़ियों को हटा-हटाकर थक गई थीं जबकि पुरुष उन्हें ठेले में भरकर नदी में डालते। ईस्टर के दिन सौ वर्षीय फादर आन्तोनियो इसाबेल ने प्रवचन मंच से कह दिया कि चिड़ियों की मौतें घुमन्तू यहूदी के बुरे प्रभाव के कारण थीं। उसने उस घुमन्तू यहूदी को एक बकरे और मादा विधर्मी की दोगली सन्तान और अपनी बुरी साँस से हवा को झुलसा देनेवाला एक नारकीय जानवर बताया जिसकी नज़र-भर पड़ने से नवविवाहित महिलाएँ शैतान को जन्म देती थीं। उसकी भविष्यसूचक बात पर ध्यान देनेवाले लोग ज़्यादा नहीं थे, क्योंकि शहर वालों को विश्वास था कि पादरी अपनी पकी उम्र की वजह से बक-बक कर रहा था। लेकिन बुधवार को भोर में एक महिला ने सबको उठा दिया क्योंकि उसे फटे खुर के दो पैर वाले प्राणी के पदचिह्न मिले थे। वे इतने साफ़ और सुस्पष्ट थे कि जो भी उन्हें देखने गया, उसे यक़ीन हो गया जैसा कि पादरी ने बताया था कि वाक़ई वैसा कोई ख़तरनाक जानवर था और वे लोग अपने आँगन में जाल बिछाने में जुट गए। और उसे पकड़ लिया। उर्सुला की मौत के दो हफ़्ते बाद पेत्रा कोतेस और औरेलियानो सेगुन्दो कहीं पास से ही आ रही बछड़े की कुछ ज़्यादा ही तेज़ चीख़ से जग गए। जब वे वहाँ पहुँचे तो आदमियों का एक झुंड उस शैतान को सूखे

1. 'गुड फ्राइडे' को मौत इस बात को इंगित करती है कि माकोन्दो के संस्थापक की पत्नी को आसमानी क्षणों में एक पवित्र दिन ही मरना था।
2. सातवें अध्याय में रेबेका के घर से बाहर जाने के समय का वर्णन किया गया है—"जब वह बहुत बूढ़ी हो गई थी, सिर्फ़ तब वह एक बार पुरानी चाँदी के से रंग के जूते पहने, छोटे फूलों से बनी टोपी लगाए, सड़क पर निकली थी। उस दौरान घुमन्तू यहूदी शहर से गुज़रा था और गरमी की ऐसी भीषण लहर लाया था कि कमरों के अन्दर घुसने के लिए चिड़ियों ने खिड़कियों के शीशे तोड़ डाले थे।" उर्सुला की अन्त्येष्टि के समय बिलकुल वैसा ही दृश्य साकार हो जाने से प्रतीत होता है कि रेबेका उसकी अन्तिम यात्रा में शामिल होने आई थी।

पत्तों से ढके गड्ढे में लगे नुकीले खूँटे से निकालने में जुटा था। बछड़े ने रँभाना बन्द कर दिया। वह शैतान बैल की तरह भारी था हालाँकि आकार में वह एक बछड़े से बड़ा नहीं था। उसके घावों से हरा चीकट द्रव बह रहा था। उसका शरीर खुरदुरे बालों से ढका और किलनियों से भरा हुआ था और त्वचा रेमोरा मछली के शल्क की तरह कठोर हो गई थी। लेकिन पादरी के विवरण से भिन्न, उसके शरीर के इनसानी हिस्से आदमी के कम और एक अस्वस्थ फ़रिश्ते जैसे ज़्यादा लग रहे थे। उसके हाथ काफ़ी शक्तिशाली थे। उसकी आँखें बड़ी-बड़ी और उदास थीं और कन्धे की हड्डियों पर दो ठूँठ थे जो लकड़हारे की कुल्हाड़ी से काटे गए लगते थे। पैरों से बाँधकर उस जानवर को चौराहे पर बादाम के पेड़ से लटका दिया गया, ताकि सब देख सकें। और जब वह सड़ने लगा, तो उसे आग लगाकर जला दिया गया क्योंकि लोग यह तय नहीं कर पाए कि उसका स्वरूप जानवर का था, जिसे नदी में फेंका जाए या फिर आदमी का था जिसे दफ़नाया जाए। यह कभी साबित नहीं किया जा सका कि चिड़ियाँ उसकी वजह से मरी थीं लेकिन नव विवाहित स्त्रियों ने भविष्यवाणी के मुताबिक़ शैतानों को जन्म नहीं दिया और न ही इस वजह से गर्मी कम हुई।

रेबेका की मृत्यु उस साल के अन्त में हुई। उसकी आजीवन नौकरानी रही आरखेनीदा ने अपनी मालकिन के तीन दिन से बन्द कमरे का दरवाज़ा तोड़ने के लिए अधिकारियों से मदद माँगी थी। वह उस कमरे में झींगे की तरह अपने एकाकी बिस्तर में सिकुड़ी हुई मिली। उसका सिर दाद से गंजा हो गया था और उँगली मुँह में थी। औरेलियानो सेगुन्दो ने उसकी अन्त्येष्टि की और बेचने के लिए घर की मरम्मत कराने की कोशिश की लेकिन वह घर इस हद तक तबाह हो चुका था कि दीवारें रंग-रोगन के तुरन्त बाद ही पपड़ियाँ छोड़ने लगतीं, और जंगली पौधों को फ़र्श में दरार बनाने और शैवाल को बीम सड़ाने से रोकने के लिए पर्याप्त चूना भी उपलब्ध नहीं था।

जल-प्रलय के बाद सबका यही हाल था। विस्मृति की अतृप्ति के विपरीत लोगों की अकर्मण्यता धीरे-धीरे बेरहमी से यादों को दुर्बल बना रही थी। उस दौरान, जब नेएरलान्दिया के समझौते की एक वर्षगाँठ पर गणराज्य के राष्ट्रपति का एक दूत आख़िरकार वह पदक प्रदान करने माकोन्दो आया जिसे कर्नल औरेलियानो बुएन्दीया कई बार ठुकरा चुका था। शहर के लोगों को एक ऐसे व्यक्ति को ढूँढ़ने में पूरी दोपहर लग गई जो उन्हें यह बता सके कि कर्नल के वंशज कहाँ मिलेंगे।

ठोस सोने के पदक के बारे में सोचकर औरेलियानो सेगुन्दो को लालच तो हुआ, लेकिन पेत्रा कोतेस ने उसे समझाया कि उसको स्वीकार करना ठीक नहीं होगा, क्योंकि दूतों के पास समारोह के लिए पहले से ही कई घोषणाएँ और भाषण तैयार थे। इसी दौरान मेल्कीयादेस के विज्ञान के आख़िरी वारिस बंजारे लौट आए। उन्होंने शहर को इतना हताश और वहाँ के लोगों को बाक़ी दुनिया से इतना कटा पाया कि वे एक बार फिर चुम्बक की सिल्लियाँ घसीटते हुए घर-घर गए मानो वह वाक़ई बेबीलोन के विवेकी का सबसे नया आविष्कार हो। एक बार फिर उन्होंने एक बड़े आवर्धक लेंस से सूर्य की किरणों को संकेन्द्रित किया और अब भी वहाँ अवाक् मुँह बाए केतलियाँ गिरते और भगोने हिलते देखनेवालों की कमी नहीं थी, और न ही ऐसे लोगों की जो पचास सेनतावो देकर एक बंजारन के नकली दाँत मुँह में डालने और निकालने के खेल को देखकर चमत्कृत होने को तैयार थे।[1] टूटी-फूटी पीली ट्रेन जो न किसी को लाती थी न ले जाती थी और जो उजाड़ स्टेशन पर कभी-कभार ही रुकती थी, उस लम्बी ट्रेन की बची-खुची निशानी थी जिससे मिस्टर ब्राउन अपना शीशों वाला डिब्बा जोड़ता था, जिसमें धर्माध्क्षों वाली आरामकुर्सियाँ थीं, और उस एक सौ बीस डिब्बों वाली फल की ट्रेन की भी जिसे स्टेशन पार करने में पूरी दोपहर लग जाती थी। चिड़ियों की विचित्र मौत और घुमन्तू यहूदी की बलि की ख़बर की जाँच करने आए चर्च के प्रतिनिधियों ने फ़ादर आन्तोनियो इसाबेल को बच्चों के साथ आँख-मिचौली खेलते पाया। यह सोचकर कि उसकी रिपोर्ट उसके भ्रम का नतीजा थी वे उसे पागलख़ाने ले गए। कुछ समय बाद उन लोगों ने नई पीढ़ी के धर्मयोद्धा फादर आऊगुस्तो आंखेल[2] को भेजा जो कट्टर, निर्भीक और साहसी था। वह ख़ुद दिन में कई बार घंटियाँ बजाता था ताकि लोगों की अन्तरात्माएँ निष्क्रिय न हो जाएँ। सोनेवालों को मिस्सा के लिए उठाने वह घर-घर जाता था लेकिन साल बीतते-बीतते हवा में व्याप्त लापरवाही, हर चीज़ को पुराना और बन्द करनेवाली गर्म धूल और सिएस्ता की असह्य गर्मी में दोपहर में खाये कीमे के कोफ़्तों द्वारा उत्पन्न उनींदेपन ने उस पर भी विजय पा ही ली।

उर्सुला की मौत के बाद वह घर दोबारा उपेक्षा का शिकार हो गया। कई साल

1. ऐसी ही घटना प्रारम्भ में होती है, जब मेल्कीयादेस अपने आविष्कार के साथ घर-घर जाता है तब वह प्रगति और विकास का सूचक होता है। लेकिन सभ्यता के विकास के इस पड़ाव पर इस घटना का दोहराव वास्तव में अपकर्ष का प्रतीक है।
2. यह अंश इस बात का द्योतक है कि समाज की अवनति के असर से धर्म भी अछूता नहीं रह गया था।

बाद एक ख़ुशमिज़ाज, रागद्वेष रहित आधुनिक महिला के रूप में अवतरित हुई आमारान्ता उर्सुला की दृढ़ और कर्मठ इच्छाशक्ति भी उसको नहीं बचा पाई।[1] तबाही दूर भगाने के लिए उसने दरवाज़े और खिड़कियाँ खोले, बग़ीचा ठीक किया, दिन में बरसाती में खुलेआम घूमनेवाले लाल चींटों को ख़त्म किया और मेहमाननवाज़ी के मनोभावों को जगाने की व्यर्थ कोशिश की। उर्सुला के सौ वेगवान वर्षों के आगे फेर्नान्दा के हठी मनोवेग ने अभेद्य बाँध बना दिया था। सूखी हवा चलने पर उसने न केवल दरवाज़े खुले रखने से इनकार कर दिया बल्कि ज़िन्दा दफ़नाए जाने के पैतृक आदेश की आज्ञा का पालन करने के लिए क्रूस के आकार की लकड़ी लगवाकर खिड़कियाँ पक्के तौर पर बन्द करवा दीं। अदृश्य डॉक्टरों के साथ उसके महँगे पत्र-व्यवहार भी नाकाम साबित हुए थे। अनेकानेक स्थगनों के बाद, तय तारीख़ और समय पर उत्तर दिशा में सिर कर, सिर्फ़ एक सफ़ेद चादर ओढ़े हुए उसने ख़ुद को कमरे में बन्द कर लिया। और दूसरे दिन सुबह एक बजे उसे लगा कि बर्फ़ीले पानी में भीगे रूमाल से उसका सिर ढका जा रहा था। जब वह उठी तो खिड़की पर सूरज चमक रहा था और उसके शरीर पर नाभि से छाती तक चाप के आकार का एक बर्बर टाँका लगा था। लेकिन वह डॉक्टरों द्वारा बताए गए समय तक आराम कर पाती इससे पहले ही उसे अदृश्य डॉक्टरों की ओर से भेजा गया एक बेचैनी भरा ख़त मिला। उसमें लिखा था कि उन्होंने छह घंटों तक उसकी जाँच-पड़ताल की लेकिन उन्हें उसके द्वारा कई बार विस्तार से बताए गए लक्षणों से मेल खाता कोई रोग नहीं मिला था। वास्तव में, चीज़ों को उनके नाम से न बुलाने की उसकी बेहूदा आदत ने एक नई गड़बड़ शुरू कर दी थी, क्योंकि उन टेलीपैथिक सर्जनों को उसके गर्भाशय में केवल एक बूँद मिली थी जिसे पेसरी के इस्तेमाल से ठीक किया जा सकता था। मोहभंग होने के बाद फेर्नान्दा ने और सुस्पष्ट जानकारी पाने की कोशिश की लेकिन उन अदृश्य पत्र-लेखकों ने उसकी चिट्ठियों का जवाब ही नहीं दिया। उस अनजान शब्द के बोझ से वह इतनी दब गई थी कि उसने शर्म त्यागकर उस फ्रांसीसी डॉक्टर से यह पूछने का निश्चय किया कि पेसरी होती क्या है, जिसने तीन महीने पहले फाँसी लगाकर ख़ुदकुशी कर ली थी और शहरवासियों की मर्ज़ी के ख़िलाफ़ कर्नल औरेलियानो बुएन्दीया के पुराने साथी ने उसे दफ़नाया था। तब उसने अपने बेटे खोसे आर्कादियो को बताया

---

1. स्पष्ट है आमारान्ता उर्सुला तमाम कोशिशों के बावजूद उर्सुला का स्थान ग्रहण नहीं कर सकी। उर्सुला की मौत के साथ ही घर की आत्मा का भी पलायन हो गया।

और उसने रोम से फेर्नान्दा को इस्तेमाल का तरीक़ा बतानेवाले पर्चे के साथ पेसरी भेज दी, जिसे फेर्नान्दा ने याद करने के बाद टॉयलेट में बहा दिया था ताकि कोई उसकी बीमारी के बारे में न जान सके। लेकिन यह सावधानी व्यर्थ थी क्योंकि घर में रहनेवाले उस पर ध्यान ही नहीं देते थे। सान्ता सोफ़िया दे ला पियेदाद अपने एकाकी बुढ़ापे में घर में डोल रही थी, वह थोड़ा-बहुत कुछ पकाती जिसे वे खाते और पूरी तरह खोसे आर्कादियो सेगुन्दो की देखरेख में पूरी तरह समर्पित रहती। आमारान्ता उर्सुला ने 'ख़ूबसूरत' रेमेदियोस के कुछ मनोहर लक्षण पाए थे, और जो समय वह पहले उर्सुला को सताने में लगाती थी, अब स्कूल का काम करने में लगाती। उसने पढ़ाई में ऐसी रुचि और समर्पण दिखाया कि औरेलियानो सेगुन्दो में वही अरमान जाग उठे जो पहले मेमे ने जगाए थे।[1] केला कम्पनी के समय स्थापित अनुरूप रिवाज़ के उसने उसे पढ़ाई ख़त्म करने के लिए ब्रुसेल्स भेजने का वायदा किया था। और इसी भ्रम के चलते उसने जल-प्रलय से तबाह हुए खेतों को फिर सँवारने की कोशिश भी की थी। वह सिर्फ़ आमारान्ता उर्सुला से मिलने के लिए कभी-कभार घर जाता क्योंकि समय के साथ वह फेर्नान्दा के लिए बेगाना-सा हो गया था। किशोरावस्था के नज़दीक पहुँचकर छोटा औरेलियानो ग़ैर-मिलनसार होता जा रहा था। औरेलियानो सेगुन्दो को विश्वास था कि फेर्नान्दा का दिल पिघल जाएगा और वह उस बच्चे को आम जीवन का हिस्सा बनने देगी जहाँ कोई उसके वंश के बारे में शक ज़ाहिर नहीं करेगा। लेकिन औरेलियानो को मठ का एकाकीपन ही पसन्द था[2] और घर की चारदीवारी की दुनिया के बारे में जानने में उसने ज़रा भी दिलचस्पी नहीं दिखाई। जब उर्सुला ने मेल्कीयादेस के कमरे का दरवाज़ा खोला तो अब खुले दरवाज़े से झाँकता हुआ वह वहाँ डोलने लगा और किसी को पता नहीं चला कब वह परस्पर स्नेह के बन्धन से खिंचकर खोसे आर्कादियो सेगुन्दो के क़रीब हो गया। औरेलियानो सेगुन्दो को इस दोस्ती का पता शुरू होने के काफ़ी समय बाद चला, जब उसने उस बच्चे को स्टेशन पर हुई मौतों के बारे में बात करते सुना। एक बार ऐसा तब हुआ जब किसी ने केला कम्पनी के जाने के बाद हुई शहर की बरबादी के बारे में दुखड़ा रोया और औरेलियानो ने एक बड़े बुज़ुर्ग

1. 'ख़ूबसूरत' रेमेदियोस और मेमे के साथ आमारान्ता उर्सुला की तुलना इस बात को पुष्ट करती है कि न केवल नाम में बल्कि अपने चारित्रिक गुणों में भी आमारान्ता उर्सुला में बुएन्दीया परिवार का अंश है।
2. कर्नल औरेलियानो बुएन्दीया के साथ छोटे औरेलियानो की तुलना दोनों में परस्पर समानता को दर्शाती है, जिसका और ब्योरा आगे के अध्याय में भी मिलता है।

की समझदारी और बारीक़ी से उसका खंडन किया। लोगों की राय के विपरीत उसका मानना था कि जब केला कम्पनी ने माकोन्दो को अस्त-व्यस्त, भ्रष्ट और बरबाद किया था तब माकोन्दो ख़ुशहाल और उन्नति की राह पर अग्रसर था। दरअसल जल-प्रलय कम्पनी के इंजीनियरों की कारस्तानी थी ताकि उन्हें मज़दूरों से किए वादे पूरे न करने पड़ें। वह इतनी बुद्धिमानी से बात कर रहा था कि फेर्नान्दा को वह समझदारों के बीच यीशु की धर्मविरोधी पैरोडी के समान लगा। उस बच्चे ने सिलसिलेवार पूरा ब्योरा दिया कि कैसे फ़ौज ने स्टेशन में फँसे तीन हज़ार से ज़्यादा मज़दूरों को मशीनगन की गोलियों से छलनी कर दिया था और लाशें दो सौ डिब्बों वाली ट्रेन में लादकर समुद्र में फेंक दी थीं। सब लोगों की तरह औपचारिक सरकारी बयान को सही माननेवाली फेर्नान्दा इस बात से चौंक गई कि उस बच्चे ने कर्नल औरेलियानो बुएन्दीया के अराजकतावादी विचारों को विरासत में पाया था और उसने उसे चुप होने के लिए कहा। दूसरी ओर, औरेलियानो सेगुन्दो ने अपने जुड़वाँ भाई के वृत्तान्त को पहचान लिया।

हालाँकि सब लोग उसे पागल समझते थे जबकि हक़ीक़त में खोसे आर्कादियो सेगुन्दो उस घर का सबसे सुबुद्ध प्राणी था। उसने छोटे औरेलियानो को पढ़ना-लिखना सिखाया, उसे चर्मपत्र पढ़ने में दीक्षित किया और केला कम्पनी का माकोन्दो पर जो प्रभाव पड़ा उसकी ऐसी निजी व्याख्या उसके मन में बैठा दी कि कई साल बाद जब औरेलियानो दुनिया का हिस्सा बन गया तब उसके कथन को एक भ्रान्तिजनक बयान माना गया क्योंकि स्कूल की किताबों में जो झूठा वृत्तान्त इतिहासकारों ने लिखा था उसका वर्णन उसके एकदम विपरीत था। उसे छोटे-से सुनसान कमरे में, जहाँ शुष्क हवा का आना-जाना नहीं था, न ही धूल और गर्मी का, वहाँ दोनों को, खिड़की की तरफ़ पीठ किए बैठे, कौवे के पर जैसी टोपी पहने एक पूर्वज जैसे बूढ़े की छवि दिखाई देती थी, जो उनकी पैदाइश के कई साल पहले की दुनिया की बातें करता था। दोनों बात करते थे कि वहाँ कैसे हमेशा मार्च का महीना होता था, और कैसे हमेशा सोमवार का दिन,[1] और उन्हें समझ आ गया था कि खोसे आर्कादियो बुएन्दीया उतना सनकी नहीं था जितना कि परिवार वाले मानते थे, इसके विपरीत पूरे घर-परिवार में वह अकेला ऐसा शख़्स था जिसमें

1. मार्च का महीना बुएन्दीया परिवार के लिए काफ़ी महत्त्वपूर्ण है, क्योंकि इसी दौरान मेल्कीयादेस माकोन्दो आया करता था। मेल्कीयादेस का आगमन उपन्यास में प्रगति का सूचक है। और सोमवार के दिन ही खोसे आर्कादियो ईश्वर को प्यारा हुआ था।

इस सत्य को महसूस करने की क्षमता थी कि समय भी लड़खड़ाता और ठोकरें खाता था, और इस वजह से बिखरकर कमरे में आन्तरिक अंश छोड़ सकता था। इसके अतिरिक्त खोसे आर्कादियो सेगुन्दो चर्मपत्र की रहस्यमय लिखावट का वर्गीकरण करने में भी सफल हो गया था। उसे यक़ीन था कि वे सैंतालीस से तिरपन वर्णों की वर्णमाला के अनुकूल थे, जो अलग करने पर खरोंचों और घसीटों जैसे प्रतीत होते थे, और जो मेल्कीयादेस की बारीक लिखावट में रस्सी पर सूखते कपड़ों की तरह लगते थे। औरेलियानो को याद आया कि उसने ऐसी ही सारणी विश्वकोश में देखी थी, तो वह मिलाने के लिए उसे कमरे में ले आया। वाक़ई दोनों एक थे।

पहेली वाली लॉटरी के धन्धे के दौरान, औरेलियानो सेगुन्दो को उठने पर लगता था कि उसके गले में गाँठ बन गई है, मानो वह रोना रोक रहा हो। पेत्रा कोतेस ने उसे बुरे वक़्त की एक और मुसीबत माना और साल-भर तक हर सुबह वह उसके तलवे पर शहद लगाती और उसे मूली का रस देती रही। जब गले की गाँठ इतनी कष्टप्रद हो गई कि साँस लेना दूभर हो गया, तब औरेलियानो सेगुन्दो यह सोचकर पिलार तेर्नेरा से मिलने गया कि शायद उसे कोई जड़ी-बूटी मालूम हो, जिससे आराम मिल जाए। एक छोटा, प्रच्छन्न कोठा चलाते हुए सौ साल की हो चली खुर्राट बुढ़िया को चिकित्सीय अन्धविश्वास पर भरोसा नहीं था और उसने मामला अपने पत्तों के सुपुर्द कर दिया। उसने देखा कि हुकुम के ग़ुलाम के फ़ौलाद ने ईंट की बेगम का गला ज़ख़्मी कर दिया था और वह इस नतीजे पर पहुँची कि फेर्नान्दा उसकी तस्वीर में पिन चुभोने का बदनाम तरीक़ा अख़्तियार कर अपने पति को घर वापस लाने की कोशिश कर रही थी। लेकिन काले जादू की अधूरी जानकारी के चलते उसने गले में ट्यूमर पैदा कर दिया था। चूँकि शादी की फ़ोटो के अलावा औरेलियानो सेगुन्दो की और तस्वीरें नहीं थीं, और सभी प्रतियाँ घर पर एलबम में ही थीं, जब उसकी पत्नी वहाँ नहीं होती, वह उन्हें ढूँढ़ता। आख़िरकार, ड्रेसर में नीचे उसे आधा दर्जन पेसरी मिली। यह सोचकर कि रबर के वे छोटे लाल छल्ले काले जादू में काम आते होंगे उसने उन्हें जेब में रख लिया ताकि पिलार तेर्नेरा उनकी जाँच-परख कर सके। पिलार तेर्नेरा उन्हें नहीं समझ सकी लेकिन वे उसे इतने सन्दिग्ध लगे कि उसने आँगन में उन्हें आग के हवाले कर दिया। फेर्नान्दा के तथाकथित अभिशाप को ख़त्म करने के लिए उसने औरेलियानो सेगुन्दो को सलाह दी कि वह अंडों पर बैठी एक मुर्ग़ी को भिगोकर उसे अखरोट के पेड़ के नीचे

ज़िन्दा दफ़ना दे,[1] और उसने यह काम इतने मन से किया कि जब वह खुदी हुई मिट्टी को सूखे पत्तों से ढककर छिपा रहा था तो उसे लगा कि अब वह आसानी से साँस ले पा रहा है। उधर, फेर्नान्दा ने पेसरी के ग़ायब होने को अदृश्य डॉक्टरों का प्रतिशोध माना और अपनी चोली में उसने कपड़े की छोटी-सी जेब सिल ली और वहाँ उसने अपने बेटे की भेजी नई पेसरियाँ छिपा लीं।

मुर्ग़ी दफ़नाने के छह महीने बाद, एक रात औरेलियानो ज़बर्दस्त खाँसी और इस अहसास से उठ बैठा कि केकड़े के पंजे अन्दर से उसका गला घोंट रहे थे और तब उसकी समझ में आया कि वह चाहे जितनी ही जादुई पेसरियाँ क्यों न नष्ट कर दे, चाहे जितनी ही मायावी मुर्ग़ियाँ क्यों न भिगो दे, दु:खद सच तो यही है कि वह मर रहा है। उसने किसी से कुछ नहीं कहा। आमारान्ता उर्सुला को ब्रुसेल्स भेजने के पहले ही मर जाने के डर से वह काम में ज़्यादा जुट गया और एक की जगह तीन साप्ताहिक लॉटरियाँ निकालने लगा। सुबह-सुबह वह शहर में घूमता नज़र आता। सुदूर और पिछड़े इलाक़ों में मौत की कगार पर बैठे इनसान की घबराहट से टिकटें बेचता। "यह विधाता है," वह बेचते हुए कहता, "इसे हाथ से जाने न दो क्योंकि सौ साल में केवल एक बार ऐसा मौक़ा आता है।" उसने ख़ुश, स्नेही, बातूनी दिखने की दयनीय कोशिश की लेकिन उसका पसीना और चेहरे की सफ़ेदी इस बात का सबूत थे कि उसका मन कहीं और था। कभी-कभी वह उन सुनसान जगहों पर जाता जहाँ उसे देखनेवाला कोई नहीं होता और अन्दर से चीर रहे पंजों से राहत पाने के लिए बैठ जाता। आधी रात को भी वेश्याओं के इलाक़े में घूम-घूमकर वह फ़ोनोग्राफ़ के बगल में विलाप करती हुई तनहा महिलाओं को अच्छे भविष्य का स्वप्न दिखाकर दिलासा देने की कोशिश करता। "यह नम्बर चार महीनों से नहीं निकला है," वह टिकट दिखाकर उनसे कहता, "इस मौक़े को मत जाने दो, ज़िन्दगी बहुत छोटी है।" अन्तत: उनके मन में उसके लिए जो सम्मान बचा था वह भी ख़त्म हो गया। वे उसका मज़ाक़ उड़ातीं और उसके जीवन के अन्तिम दिनों में उन्होंने उसे मिस्टर दोन औरेलियानो पुकारना भी बन्द कर दिया। इसकी जगह वे उसे मिस्टर विधाता कहकर बुलातीं। उसकी आवाज़ कुत्ते की गुर्राहट जैसी बेसुरी होती जा रही थी। फिर भी वह इस प्रयास में लगा था कि पेत्रा कोतेस के आँगन से लगी लोगों की उम्मीद ख़त्म न होने पाए। जैसे-जैसे उसकी आवाज़ ख़त्म होती

1. अशुभ को भगाने या फिर उससे छुटकारा पाने के लिए किसी चौराहे पर एक काली मुर्ग़ी को दफ़नाने का अनुष्ठान लैटिन अमेरिकी परम्परा का एक सर्वमान्य हिस्सा है।

गई, उसे अहसास हुआ कि कुछ ही समय में वह दर्द बर्दाश्त नहीं कर पाएगा और बख़ूबी उसकी समझ में आ गया कि सूअर और बकरियों की लॉटरी से उसकी बेटी ब्रुसेल्स नहीं जा पाएगी। अत: उसने जल-प्रलय से नष्ट हुई उन जगहों की शानदार लॉटरी निकालने की तरक़ीब सोची जिसे पैसे वाला कोई भी आदमी पुन: प्रतिष्ठित कर सकता था। यह ऐसा शानदार उपक्रम था कि मेयर ने भी एक उद्घोषणा में अपनी मदद का ऐलान कर दिया, और सौ-सौ पेसों की टिकटें ख़रीदने के लिए संस्थाएँ बनाई गईं। सारी टिकटें एक हफ़्ते में बिक गईं। लॉटरी खुलने पर जीतनेवालों ने वैसे ही विशाल उत्सव आयोजित किए जैसे केला कम्पनी के अच्छे दिनों में होते थे और औरेलियानो सेगुन्दो ने, आख़िरी बार फ्रांसिस्को एल ओम्ब्रे के गीत अकॉर्डियन पर बजाए, जिन्हें वह अब गा नहीं सकता था।

दो महीने बाद आमारान्ता उर्सुला ब्रुसेल्स गई। औरेलियानो सेगुन्दो ने न केवल उसे ख़ास लॉटरी से कमाए पैसे दिए बल्कि वह पैसा भी सौंप दिया जो पिछले कुछ महीनों में उसने बचाया था और साथ ही वह सारा धन जो उसे पियानोला, क्लाविकॉर्ड और बाक़ी कबाड़ को बेचने पर मिला था। उसके हिसाब से, यह पैसा उसकी पढ़ाई के लिए काफ़ी था। केवल उसकी वापसी की यात्रा के किराए का इन्तज़ाम करना बाक़ी था। फेर्नान्दा आख़िरी क्षण तक उसके ब्रुसेल्स जाने के ख़िलाफ़ थी। वह इस बात से विक्षुब्ध थी कि ब्रुसेल्स पेरिस और उसके नरकवास के इतना क़रीब था, लेकिन जब फादर आनखेल ने कैथोलिक लड़कियों के लिए नन द्वारा चलाए गए एक छात्रावास के नाम उसे एक चिट्ठी दी जहाँ पढ़ाई पूरी होने तक आमारान्ता उर्सुला ने रहने का वादा किया गया तो वह शान्त हो गई। इसके अलावा, पैरिश पादरी ने तोलेदो जा रहीं फ्रांसीसी ननों के एक समूह के साथ उसकी यात्रा का इन्तज़ाम भी कर दिया था। इन ननों ने बेल्जियम तक उसके साथ जाने के लिए कुछ ज़िम्मेदार लोगों को ढूँढ़ने का वादा भी किया था। यात्रा के इन्तज़ाम के लिए चल रहे इस पत्र-व्यवहार के बीच पेत्रा कोतेस की मदद से औरेलियानो सेगुन्दो ने आमारान्ता उर्सुला का सामान तैयार कर दिया। जिस रात वे फेर्नान्दा के वैवाहिक बक्सों में से एक में सामान रख रहे थे, चीज़ें इस क़दर व्यवस्थित हो चुकी थीं कि उस लड़की को अच्छी तरह से याद हो गया कि अटलांटिक पार करते समय उसे कौन-से कपड़े और कौन-सी चप्पलें पहननी थीं और वहाँ पहुँचने पर उसे ताँबे के बटनों वाला नीला कोट और कोरडोवन जूते पहनने थे। उसे यह भी मालूम था कि जहाज़ से उतरने पर पटरे पर कैसे चले ताकि पानी में न गिरे, और सिवाय खाने

के लिए कभी भी नन का साथ न छोड़े, न अपने केबिन से निकले और किसी भी सूरत में किसी के भी सवाल का जवाब न दे, चाहे सवाल करनेवाला मर्द हो या औरत। जहाज़ी मतली के लिए उसके पास एक छोटी-सी शीशी में दवाई थी और एक कॉपी में फादर आनखेल की लिखावट में तूफ़ान के समय पढ़ी जानेवाली छह प्रार्थनाएँ। फेर्नान्दा ने पैसे रखने के लिए उसे एक कैनवस की पेटी बना दी थी, जिसे सोते समय भी उतारने की ज़रूरत नहीं थी। फेर्नान्दा ने उसे खारे घोल से धुला और अल्कोहल द्वारा रोगाणुओं से मुक्त चैम्बरपॉट देने की भी कोशिश की, लेकिन आमारान्ता उर्सुला ने उसे ले जाने से इस डर से साफ़ इनकार कर दिया कि कहीं स्कूल के साथी उसका मज़ाक़ न उड़ाएँ। जीवन के अन्तिम क्षणों में औरेलियानो सेगुन्दो को आमारान्ता उर्सुला वैसी ही याद आती थी जैसी वह आख़िरी बार दिखी थी। फेर्नान्दा की आख़िरी हिदायत सुनने की कोशिश करती हुई, गुलाबी ड्रेस पहने हुए और बाएँ कन्धे पर नकली पैनसी का गुलदस्ता लगाए, जाँघों तक इलास्टिक गेटिस बाँधे और बकल वाले नीची एड़ी के चमड़े के जूते और साटिन की जुराबें पहने हुए। दुबली-पतली, खुले और लम्बे बाल, वैसी ही सजीव आँखें जैसी उर्सुला की उसकी उम्र में थीं और जिस तरह उसने बिना रोये, बिना मुस्कराए लोगों से विदा ली थी उससे एक बार फिर उसमें उर्सुला के चरित्रबल की झलक दिखाई दी थी। डिब्बे के गति पकड़ने के साथ-साथ चलते हुए, फेर्नान्दा का हाथ पकड़े हुए ताकि वह गिरे नहीं, औरेलियानो सेगुन्दो अपनी बेटी को विदा करते समय ठीक से हाथ भी नहीं हिला पाया था और जाते-जाते उसे सिर्फ़ उँगलियों से हवाई चुम्बन दे पाया था। झुलसती गर्मी में वे दोनों निश्चल खड़े रहे, क्षितिज के अँधेरों में गुम होती ट्रेन को देखते हुए, शादी के दिन के बाद पहली बार एक-दूसरे का हाथ पकड़े हुए।

नौ अगस्त को, ब्रुसेल्स से पहली चिट्ठी आने के पहले, खोसे आर्कादियो सेगुन्दो मेल्कीयादेस के कमरे में औरेलियानो से बात कर रहा था कि तभी वह अनजाने में बोल पड़ा :

"हमेशा याद रखना कि वे तीन हज़ार से ज़्यादा थे और उन्हें समुद्र में फेंक दिया गया था।"

फिर वह चर्मपत्र पर गिर पड़ा और आँखें खुली रखे ही मृत्यु की गोद में समा गया। ठीक उसी क्षण, फेर्नान्दा के बिस्तर में, उसके जुड़वाँ भाई को गले का भक्षण करते फौलादी केकड़ों की लम्बी और कष्टदायक यातना से निजात मिल गई। वह एक हफ़्ते पहले ही अपने ट्रंक और छोकरों वाला अकॉर्डियन लेकर, अपनी पत्नी

के पास मरने का वादा पूरा करने घर लौटा था। उसकी आवाज़ ग़ुम हो गई थी, वह साँस भी नहीं ले पा रहा था और निरा कंकाल लग रहा था। पेत्रा कोतेस ने उसे सामान बाँधने में मदद की थी और आँसू का एक क़तरा बहाए बिना उसे अलविदा कहा था। लेकिन वह उसका काले चमड़े के वे जूते देना भूल गई थी जिन्हें वह ताबूत में पहनना चाहता था। अत: जब उसे पता चला कि उसने शरीर त्याग दिया है, उसने काले कपड़े पहने, जूतों को अख़बार में लपेटा और उसका पार्थिव शरीर देखने के लिए फेर्नान्दा से इजाज़त माँगी। फेर्नान्दा ने उसे घर में घुसने नहीं दिया।

"तुम मेरी नज़र से देखने की कोशिश करो," पेत्रा कोतेस ने मिन्नत की, "सोचो, मैं उससे कितना प्यार करती थी कि यह अपमान भी सहने को तैयार हूँ।"

"ऐसा कोई अपमान नहीं है जो किसी रखैल के लिए कम हो," फेर्नान्दा ने जवाब दिया, "इसलिए अपने किसी और आदमी के मरने का इन्तज़ार करो और ये जूते उसे पहना देना।"

अपने वादे के मुताबिक़ सुनिश्चित करने के लिए कि वह ज़िन्दा न दफ़ना दिया जाए सान्ता सोफ़िया दे ला पियेदाद ने रसोई की छुरी से खोसे आर्कादियो सेगुन्दो की लाश का गला काट दिया। दोनों शवों को एक-से ताबूतों में रखा गया और फिर देखा जा सकता था कि एक बार फिर वे वैसे ही समरूप हो गए थे जैसे किशोरावस्था तक थे। औरेलियानो सेगुन्दो के पुराने शराबी दोस्तों ने उसके ताबूत पर फूल माला चढ़ाई, जिसके बैगनी फीते पर छपा था : *रुको, गायों, ज़िन्दगी छोटी है।* फेर्नान्दा इस अनादर से इतनी नाराज़ हो गई कि उसने वह फूल-माला कूड़े में फिंकवा दी। अन्तिम समय के हो-हल्ले में घर के बाहर ताबूतों को ले जाते समय उदास शराबियों ने गड़बड़ कर दी और उन्हें ग़लत क़ब्रों में दफ़ना दिया।

18

औरेलियानो बहुत लम्बे समय तक मेल्कीयादेस के कमरे से नहीं निकला। जर्जर होती किताब की अनोखी दन्तकथाएँ, हेरमान और क्रिपल के अध्ययनों के संश्लेषण, भूतविद्या पर टीकाएँ, पारस पत्थर की कुंजी, नोस्त्रेदमस की 'शताब्दियाँ' और महामारी पर उसके शोध[1] उसे जबानी याद हो गए। इस तरह वय:सन्धि के पड़ाव तक पहुँचते-पहुँचते वह मध्यकालीन मनुष्य का तो ज्ञाता हो गया लेकिन उसे ख़ुद अपना ज्ञान नहीं था।[2] सान्ता सोफ़िया दे ला पियेदाद जब भी उसके कमरे में जाती, उसे पढ़ाई में जुटा पाती। सवेरे वह उसके लिए एक प्याला बिना चीनी के कॉफ़ी बनाकर लाती और दोपहर को एक प्लेट चावल और केले के तले हुए टुकड़े। औरेलियानो सेगुन्दो की मौत के बाद यही दो चीज़ें उस घर में खाई जाती थीं। वह उसके बालों को बढ़ने से पहले ही काट देती। उनमें पड़ी लीखें निकाल देती, एक कोने में पड़े ट्रंक से कपड़े निकाल उनको काट-छाँटकर उसके नाप के बना देती, और जब उसकी मूँछ आने लगी तो उसने दाढ़ी-मूँछ बनाने के लिए उसे कर्नल औरेलियानो बुएन्दीया का उस्तरा और पानी के लिए कर्नल द्वारा इस्तेमाल किया गया तूम्बा लाकर दे दिया। कर्नल की सन्तानों में सिर्फ़ औरेलियानो[3] ही था जो बिलकुल उस जैसा दिखता था, यहाँ तक कि औरेलियानो खोसे भी नहीं। ख़ासतौर पर औरेलियानो की गाल

1. उपन्यास में पहली बार इस बात का ज़िक्र होता है कि नोस्त्रेदमस चिकित्साशास्त्र का भी ज्ञाता है।
2. औरेलियानो बाबिलोनिया माकोन्दो के संस्थापक खोसे आर्कादियो का प्रतिरूप है। वह बरबादी की ओर अग्रसर माकोन्दो की पुरानी गरिमा को वापस लौटाने की कोशिश करता है। उपन्यास में उसमें आविष्कारक मेल्कीयादेस और माकोन्दो के संस्थापक खोसे आर्कादियो की छाया देखने को मिलती है।
3. आख़िरकार उपन्यासकार ख़ुद ही इस तथ्य का खुलासा कर देता है कि कर्नल औरेलियानो बुएन्दीया और औरेलियानो बाबिलोनिया एक-दूसरे के प्रतिरूप हैं।

की उभरी हुई हड्डियाँ और खिंचे हुए कड़कदार होंठ तो बिलकुल कर्नल सरीखे थे। सान्ता सोफ़िया दे ला पियेदाद को भी वैसा ही अनुभव हुआ जैसा कि उर्सुला को औरेलियानो सेगुन्दो के साथ हुआ था। जब औरेलियानो उस कमरे में पढ़ रहा होता सान्ता सोफ़िया दे ला पियेदाद को लगता कि वह अपने आपसे बात कर रहा है। असल में वह मेल्कीयादेस से बात कर रहा होता था। जुड़वाँ भाइयों की मौत के कुछ ही समय बाद एक तपती दोपहरी में खिड़की से छनकर आती रोशनी में उसने कौवे के पर वाली टोपी पहने उदास बूढ़े को देखा और उसे अपनी पैदाइश के काफ़ी पहले से ज़हन में समाई तस्वीर के साक्षात् दर्शन हो गए। औरेलियानो ने चर्मपत्र की वर्णमाला का वर्गीकरण ख़त्म कर लिया था, अत: जब मेल्कीयादेस ने उससे पूछा कि क्या उसे मालूम है कि वे किस भाषा में लिखे गए हैं तो उसने बिना किसी झिझक के जवाब दिया।

"संस्कृत," वह बोला।

मेल्कीयादेस ने उसे बताया कि हालाँकि उस कमरे में लौटने की उसकी उम्मीद काफ़ी कम थी फिर भी वह शान्ति से परम मृत्यु के चरागाह में जा सकेगा क्योंकि तब तक औरेलियानो संस्कृत सीख लेगा। इससे पहले कि चर्मपत्र सौ साल पुराने हो जाएँ और उनके रहस्य सबको मालूम हो जाएँ उसी ने औरेलियानो को बताया कि नदी तक जानेवाली पतली गली में, जहाँ केला कम्पनी के समय में सपनों की व्याख्या की जाती थी, कातालून्या के एक विद्वान की किताबों की दुकान पर उसे संस्कृत प्राइमर मिल जाएगी, और अगर उसने वह पुस्तक जल्दी नहीं ख़रीदी तो छह साल में कीड़े उसे हजम कर जाएँगे। जब औरेलियानो ने रैक के दूसरे ख़ाने में दाईं तरफ़ 'जेरूसालेन लिबेरतादा'[1] और मिल्टन[2] की कविताओं के बीच रखी किताब लाने को कहा तो इतनी लम्बी ज़िन्दगी में पहली बार सान्ता सोफ़िया दे ला पियेदाद के चेहरे पर कुछ भाव नज़र आए। वह चमत्कृत थी। वह पढ़ नहीं सकती थी। इसलिए जो कुछ औरेलियानो ने कहा उसने याद कर लिया और वर्कशॉप में बची उन सत्रह छोटी सुनहरी मछलियों में से एक को बेचकर कुछ पैसों का इन्तज़ाम कर लिया। उस रात से जब सैनिकों ने घर की तलाशी ली थी सिर्फ़ औरेलियानो और सान्ता सोफ़िया दे ला पियेदाद को ही मालूम था कि ये मछलियाँ कहाँ रखी थीं।

1. *ला जेरूसालेन लिबेरतादा* एक महाकाव्य है। इसकी रचना तोरकातो तास्सो ने 1575 में की थी।
2. जॉन मिल्टन (1608-1674) एक अंग्रेज़ कवि जिन्होंने *Paradise Lost* जैसी मशहूर काव्य कृति की रचना की।

औरेलियानो जैसे-जैसे संस्कृत की पढ़ाई में प्रवीण होता गया, मेल्कीयादेस का आना कम होता गया। दोपहर की चमकती रोशनी में उसकी छवि धुँधली होती गई। अन्तिम बार जब औरेलियानो ने उसे एक अदृश्य अहसास के रूप में महसूस किया, वह धीमी आवाज़ में कह रहा था, "मैं सिंगापुर की रेत में बुख़ार से मर गया।" तब कमरा धूल, गर्मी, दीमक, लाल चींटों और कीड़ों के लिए सुभेद्य हो गया, जो आगे चलकर चर्मपत्र की प्रज्ञा को बुरादे में बदल देने वाले थे।

घर में खाने की कोई कमी नहीं थी। औरेलियानो सेगुन्दो की मौत के एक दिन बाद, असम्मानजनक फूलमाला लानेवाले एक दोस्त ने फेर्नान्दा को वे पैसे देने की पेशकश की जो उसने उसके पति से कभी लिये थे। उसके बाद से हर बुधवार को एक लड़का एक टोकरी खाना लेकर आने लगा। यह खाना हफ़्ते-भर चलता। किसी को कभी पता नहीं चला कि इस तरह भिक्षा के रूप में निरन्तर राशन भेजकर पेत्रा कोतेस दरअसल उस इनसान का अपमान कर रही थी जिसने कभी उसका अपमान किया था। बहरहाल, उसके मन की कटुता उसकी उम्मीद से भी पहले ख़त्म हो गई और पहले उपकृत करने के भाव से और अन्त में करुणा से वशीभूत हो वह भोजन भेजती रही। कई बार जब उसके पास लॉटरी के लिए जानवर नहीं होते और बाद में जब लोगों की लॉटरी में रुचि ही ख़त्म हो गई, तब वह भूखी रहती ताकि फेर्नान्दा को खाना मिल सके, और वह तब तक अपने से किया वादा निभाती रही जब तक उसने फेर्नान्दा की शवयात्रा निकलते नहीं देख ली।

घर के लोगों के कम होने का मतलब था आधी शताब्दी के कठोर परिश्रम के बाद सान्ता सोफ़िया दे ला पियेदाद को थोड़ा आराम मिलना। उस रहस्यमय और अन्तर्मुखी महिला के मुँह से कभी उफ़ तक नहीं निकली थी, जिसने उस घर में 'ख़ूबसूरत' रेमेदियोस का दिव्य बीज और खोसे आर्कादियो सेगुन्दो की रहस्यमय गम्भीरता बोयी थी, जिसने एकाकीपन और कर्मनिष्ठा की अपनी पूरी ज़िन्दगी बच्चों को पालने में लगा दी थी। हालाँकि उसके लिए यह याद रखना भी मुश्किल था कि वे उसके बेटा-बेटी थे या पोता-पोती। उसने औरेलियानो को इस तरह से पाला-पोसा था कि मानो वह उसकी ही कोख से जन्मा हो, पर इस बात से अनजान कि वह उसकी परनानी थी, उसकी नानी की माँ। उसी घर में यह मुमकिन था कि वह रात-भर चूहों के शोर-शराबे के बीच हमेशा रसोई भंडार के फ़र्श पर दरी बिछाकर सोती थी और उसने कभी किसी से इस बात का ज़िक्र तक नहीं किया कि कैसे वह एक रात इस डरावने अहसास के साथ जगी थी

कि कोई अँधेरे में उसे घूर रहा है और वास्तव में वह एक ज़हरीला साँप था जो उसके पेट पर रेंग रहा था। उसे पता था कि अगर उसने उर्सुला से इस बात का ज़िक्र किया तो वह उसे अपने बिस्तर में सुला देगी, लेकिन ये वे दिन थे जब किसी को तब तक कुछ पता नहीं होता था जब तक कि बरसाती पर खड़े होकर चिल्लाया नहीं जाए। वस्तुत: बेकरी की हलचल, बच्चों की देखरेख और लड़ाई के शोरगुल में दूसरों की ख़ुशी के बारे में सोचने की गुंजाइश उस घर में नहीं थी। अकेली पेत्रा कोतेस थी जिसे उसकी परवाह थी हालाँकि वह उससे कभी मिली नहीं थी। पेत्रा कोतेस हमेशा इस बात का ख़याल रखती कि उसके पास बाहर पहनने के अच्छे जूते हों, कपड़े हों, उन दिनों में भी जब उसकी लॉटरी का धन्धा किसी चमत्कार से ही चल रहा होता। फेर्नान्दा ने उस घर में आने के साथ ही सोच लिया कि सान्ता सोफ़िया दे ला पियेदाद घर की चिरयुवा पुश्तैनी नौकरानी थी। हालाँकि उसने कई बार सुना था कि वह उसके पति की माँ थी लेकिन यह बात उसे इतनी अविश्वसनीय लगती थी कि सचाई जानने से पहले ही वह इस तथ्य को भूल जाती। सान्ता सोफ़िया दे ला पियेदाद को इस नीची हैसियत से कोई फ़र्क़ नहीं पड़ता था। उलटे ऐसा लगता था कि उसे बिना विश्राम, बिना किसी शिकायत के, उस घर को साफ़-सुथरा रखकर कोनों में रहना ज़्यादा पसन्द था, जिसमें वह जवानी के दिनों से रह रही थी और जो, ख़ासकर केला कम्पनी के समय में, घर कम और बैरक ज़्यादा लगता था। लेकिन उर्सुला की मृत्यु के बाद सान्ता सोफ़िया दे ला पियेदाद की अतिमानवीय कर्मठता और काम करने की अपार क्षमता बिखरने लगी। बुढ़ापे और थकान से अकेली सिर्फ़ वह नहीं टूटी थी बल्कि रातोरात पूरा घर बुढ़ापे की चपेट में आ गया था।[1] दीवारों पर काई जम गई। जब आँगन में ख़ाली जगह नहीं बची तब जंगली-पौधे, बरसाती की सीमेंट को काँच की तरह फोड़कर निकलने लगे और दरारों से वही पीले फूल[2] उगने लगे जिन्हें एक सदी पहले उर्सुला ने मेल्कीयादेस के नकली दाँतों वाले गिलास

1. आश्चर्यजनक रूप से सान्ता सोफ़िया दे ला पियेदाद को आलोचकों और समीक्षकों ने पूरी तरह से नज़रअन्दाज़ कर दिया है। उसके चरित्र को पूरी तरह से समझने की कोशिश समीक्षकों ने नहीं की।
2. वर्तमान प्रसंग इस बात का प्रमाण है कि मकान और उर्सुला का जीवन-इतिहास एक-दूसरे के समानान्तर चलता है। जब उर्सुला मर रही थी तब मकान भी ढह रहा था। अवनति के समय मिले पीले फूल की उपस्थिति इस बात का परिचायक है कि पूरे पाठ में यह बरबादी का प्रतीक है। खोसे आर्कादियो बुएन्दीया की मौत के समय भी इनका ज़िक्र आया था।

में पाया था। प्रकृति की चुनौती का सामना करने के लिए पर्याप्त समय और साधनों के अभाव की वजह से सान्ता सोफ़िया दे ला पियेदाद का पूरा दिन कमरे से छिपकलियाँ भगाने में बीतता जो रात को फिर लौट आतीं। एक सुबह उसने देखा कि खुदी हुई नींव से निकलकर लाल चींटे बग़ीचे के पार आ गए थे और जहाँ बेगोनिया मिट्टी के रंग की हो गई थी, वहाँ जँगले से चढ़कर घर के अन्दर घुस गए थे। पहले उसने उन्हें झाड़ू से मारने की कोशिश की, फिर कीटनाशक दवा से और फिर चूने के घोल से, लेकिन अगले दिन वे फिर वहीं दिखाई दिये, अटल और अपराजेय। अपने बच्चों को चिट्ठियाँ लिखने में व्यस्त फेर्नान्दा को इस ख़तरनाक हमले का अन्दाज़ा ही नहीं था। सान्ता सोफ़िया दे ला पियेदाद जंगली घास को रसोई में आने से रोकती, दीवारों से जालों के फुँदनों को उखाड़ती, जो चन्द घंटों में दोबारा बन जाते, दीमक को खरोंचती हुई अकेले संघर्ष करती रही। लेकिन जब उसने देखा कि दिन में तीन बार झाड़ू लगाने और सफ़ाई करने के बावजूद मेल्कीयादेस का कमरा भी धूल और जालों से भर गया था, इतनी सफ़ाई के बावजूद वह कमरा विपत्ति के मलबे और हवा के उस संकट से घिर गया था जिसका पूर्वाभास केवल कर्नल औरेलियानो बुएन्दीया और जवान अफ़सर को हुआ था। तब उसे लगा कि वह पराजित हो गई है। तब उसने अपनी पुरानी ड्रेस, उर्सुला के पुराने जूते और आमारान्ता उर्सुला की दी हुई पुरानी जुराबें पहनीं और बचे हुए दो-तीन जोड़ी कपड़ों का बंडल बनाया।

"मैं हार गई," वह औरेलियानो से बोली, "मेरी बूढ़ी हड्डियों के लिए यह घर कुछ ज़्यादा ही है।"

औरेलियानो ने उससे पूछा कि वह कहाँ जा रही है तो उसने बस कन्धे उचका दिए, मानो उसे अपनी मंज़िल का कोई अन्दाज़ा ही न हो। बहरहाल उसने इतना बताने की कोशिश की कि वह अपने जीवन के अन्तिम साल रियोआचा में रह रही रिश्ते की एक बहन के साथ गुज़ारने जा रही थी। उसका जवाब सही नहीं था। अपने माँ-बाप की मौत के बाद से उसका उस शहर में किसी से कोई नाता नहीं रह गया था। वहाँ से न कोई चिट्ठी आई थी न कोई सन्देशा और न ही उसने कभी किसी रिश्तेदार की बात ही की थी। औरेलियानो ने उसे ज़बरदस्ती चौदह छोटी सुनहरी मछलियाँ दीं क्योंकि वह सिर्फ़ अपनी जमा-पूँजी—एक पेसो और पच्चीस सेंट—लेकर ही जाना चाहती थी। कमरे की खिड़की से औरेलियानो ने उसे अपने कपड़ों की पोटली लिये, पैर घसीटते हुए, उम्र के बोझ तले दबी हुई, आँगन पार करते और

अपने पीछे दरवाज़ा बन्द करते देखा। फिर उसकी कभी कोई ख़बर नहीं मिली।[1]

जब उसके जाने के बारे में फेर्नान्दा को पता चला तो वह पूरे दिन बड़बड़ाती रही। उसने ट्रंक, ड्रेसर और अलमारी में एक-एक चीज़ देखी, ताकि सुनिश्चित कर ले कि सान्ता सोफ़िया दे ला पियेदाद अपने साथ कुछ ले तो नहीं गई। ज़िन्दगी में पहली बार जब उसने आग जलाने की कोशिश की तो अपनी उँगलियाँ जला बैठी। उसने औरेलियानो से कॉफ़ी बनाने में मदद माँगी। समय के साथ औरेलियानो ने रसोई का काम सँभाल लिया। फेर्नान्दा को उठने पर नाश्ता तैयार मिलता और वह कमरे से केवल खाना लेने के लिए निकलती जिसे औरेलियानो अंगारों पर ढककर रखता था। वह मेज़पोश पर चाँदी के मोमबत्ती स्टैंड के बीच खाने के लिए खाना मेज़ पर ले जाती, पन्द्रह ख़ाली कुर्सियों के बीच मेज़ पर अकेली खाना खाती। इस परिस्थिति में भी औरेलियानो और फेर्नान्दा ने अपना एकाकीपन नहीं बाँटा। दोनों अपनी तरह से दिन गुज़ारते रहे, अपना-अपना कमरा साफ़ करते जबकि गुलाब की झाड़ियों पर जाले बर्फ़ की तरह जमने लगे थे, बीम और दीवारों पर जालों की परत-पर-परत बिछती जा रही थी। इसी दौरान फेर्नान्दा को लगने लगा कि घर में भूत बसने लगे हैं। प्रतीत होने लगा कि मानो चीज़ों में, ख़ासतौर से रोज़मर्रा की चीज़ों में ख़ुद ही जगह बदलने की क्षमता आ गई थी। फेर्नान्दा इस यक़ीन के साथ कैंची खोजने में घंटों वक़्त ज़ाया करती कि उसने उसे पलंग पर रखा था और सब कुछ उलटने-पलटने के बाद वह उसे रसोईघर के एक ताखे पर पड़ी मिलती जहाँ वह अपने हिसाब से चार दिन से नहीं गई थी।[2] अचानक चाँदी के बर्तनों वाली दराज़ से काँटे ग़ुम हो जाते और उनमें से वह उसे वेदी पर मिलते और तीन शौचघर में। चीज़ों का ग़ुम होना सबसे ज़्यादा तब परेशान करता जब वह लिखने बैठती थी। स्याही की बोतल जो उसने दाहिनी तरफ़ रखी थी वह बाईं तरफ़ मिलती, सोख़्ता

---

1. सोफ़िया दे ला पियेदाद के इस तरह ग़ायब होने के बारे में ख़ुद गार्सीया मार्केस ने लिखा है—"आम जिन्दगी की तरह उपन्यास में भी मैंने सोचा था कि जब उसे इस बात का पता चलता है कि उसे कोढ़ है तो वह बिना किसी से कुछ कहे, बिना विदा लिये घर छोड़कर चली जाती है। उसका पूरा चरित्र त्याग और आत्मदमन का आईना है। ऐसे में उसकी ऐसी विदाई पर भी लोग विश्वास करते लेकिन मुझे लगा ऐसा करना कुछ ज़्यादा ही क्रूर होगा, इसलिए मैंने कथ्य में थोड़ा बदलाव किया।" Mendoza, Plinio Apuleyo. (1982), *El Olor de la Guayaba*, Barcelona : Editorial Bruguera S.A., (P. 57).
2. उपन्यास एक बार फिर अपनी ख़ासियत दोहराता है। पहले की तरह एक बार फिर निर्जीव चीज़ें जीवित हो उठती हैं और महामारी के दर्शन होते हैं। फेर्नान्दा भुलक्कड़पन की महामारी का शिकार हो जाती है।

ग़ुम हो जाता और वह उसे दो दिन बाद तकिए के नीचे मिलता। उसे लगता कि खोसे आर्कादियो को लिखी चिट्ठी आमारान्ता उर्सुला के नाम लिखी चिट्ठी से मिल गई है और वह हमेशा इस सन्ताप से पीड़ित रहती कि उसने ग़लत लिफ़ाफ़ों में चिट्ठियाँ डाल दी थीं। हक़ीक़त में ऐसा कई बार हुआ भी। एक बार उसकी क़लम खो गई जो दो हफ़्ते बाद डाकिए ने लौटाई जिसे वह क़लम अपने झोले में मिली थी। क़लम के मालिक को खोजने वह घर-घर गया था। पेसरी के ग़ुम होने की वारदात की तरह, पहले उसे लगा कि यह खुराफ़ात उन अदृश्य डॉक्टरों की है; और उसे अकेला छोड़ देने की मिन्नत करते हुए वह उन्हें चिट्ठी लिखने भी बैठ गई थी कि तभी किसी काम से बीच में उठी और जब कमरे में वापस लौटी तो उसे न तो चिट्ठी मिली और न ही यह याद रहा कि किस वजह से उसने चिट्ठी लिखनी शुरू की थी। कुछ समय के लिए उसे लगा कि यह सब औरेलियानो का काम है। वह उसकी जासूसी करने लगी, वह उसके रास्ते में सामान रख देती ताकि उसे उस समय रँगे हाथों पकड़ सके, जब वह उनकी जगह बदले। लेकिन उसे जल्दी ही विश्वास हो गया कि औरेलियानो बाथरूम या रसोईघर जाने के अलावा मेल्कीयादेस के कमरे से ही नहीं निकलता था और वह ऐसी हरकतें करनेवालों में से नहीं था। इस तरह अन्त में उसे यक़ीन हो गया कि भूत उसके साथ खिलवाड़ कर रहे हैं और उसने हर चीज़ को वहाँ बाँधने का फ़ैसला किया जहाँ वह उसका इस्तेमाल करती थी। कैंची को उसने लम्बी रस्सी से अपने पलंग से बाँध दिया। क़लम और सोख़्ते को उसने पलंग के पाए से बाँध दिया और अक्सर जहाँ वह बैठकर लिखती थी, स्याही की शीशी वहाँ ऊपर दाहिनी तरफ़ चिपका दी। ये मुश्किलें रातोरात हल नहीं हुईं क्योंकि जिस रस्सी से उसने कैंची बाँधी थी, वह कुछ ही घंटों में इतनी छोटी हो गई कि वह कैंची का इस्तेमाल नहीं कर सकती थी, मानो भूतों ने रस्सी छोटी कर दी हो। और यही उसके क़लम की रस्सी के साथ हुआ, और उसके अपने हाथ के साथ भी, जो कुछ देर लिखने के बाद स्याही की शीशी तक नहीं पहुँचते थे। ब्रुसेल्स में आमारान्ता उर्सुला को और रोम में खोसे आर्कादियो को इन छोटी-छोटी विपत्तियों का कभी पता नहीं चला। फेर्नान्दा ने उनसे कहा कि वह ख़ुश है और वाक़ई वह ख़ुश थी, क्योंकि वह ख़ुद को हर तरह के समझौते से मुक्त महसूस करती, मानो ज़िन्दगी उसे एक बार फिर अपने माँ-बाप की दुनिया की तरफ़ खींच रही थी, जहाँ इनसान को रोज़ाना की मुश्किलों से जूझना नहीं पड़ता था क्योंकि मुश्किलों को पहले ही ख़यालों में सुलझा लिया जाता था। उस अनन्त पत्र-व्यवहार के चलते उसे

समय का बोध ही नहीं रहा, ख़ासकर सान्ता सोफ़िया दे ला पियेदाद के जाने के बाद। उसे दिन, महीने और सालों का हिसाब बच्चों के लौटने की तारीख़ से रखने की आदत पड़ गई थी। जब वे अपने कार्यक्रम बदलते तब तारीख़ें गड़बड़ हो जातीं, समय खो जाता और हर दिन एक जैसा लगता। समय गुज़रने का अहसास ही नहीं होता था। बेचैन होने के बजाय उसे इस विलम्ब में आनन्द आता था। उसे ज़रा भी चिन्ता नहीं थी कि अपने व्रत ग्रहण की घोषणा के बाद खोसे आर्कादियो अब भी यही कहता था कि उसे उच्च धर्मशास्त्र की पढ़ाई ख़त्म होने का इन्तज़ार है ताकि वह राजनय की शुरुआत कर सके। फेर्नान्दा अच्छी तरह जानती थी कि सन्त पीटर के सिंहासन तक ले जानेवाली राजनय की सर्पीली सीढ़ी काफ़ी रपटीली और दुरूह थी। दूसरी तरफ़ उसका मन उन ख़बरों से ख़ुश हो जाता जो दूसरों के लिए कोई महत्त्व नहीं रखती थीं। जैसे कि उसके बेटे का पोप से मिलना। उसे इसी तरह की ख़ुशी का अहसास तब भी हुआ जब आमारान्ता उर्सुला ने उसे लिखा कि उसकी पढ़ाई में अनुमान से ज़्यादा समय लगेगा क्योंकि बढ़िया नम्बरों की वजह से उसे ऐसे विशेषाधिकार प्रदान किए गए थे जिनका उसके पिता ने हिसाब नहीं लगाया था।

सान्ता सोफ़िया दे ला पियेदाद के व्याकरण की किताब लाने के तीन साल बाद औरेलियानो पहला पन्ना अनुवाद करने में सफल रहा। यह काम व्यर्थ नहीं था, लेकिन उस रास्ते पर मात्र पहला क़दम था जिसकी दूरी का अन्दाज़ा लगाना नामुमकिन था क्योंकि स्पैनिश में उस मूल पाठ का कुछ मतलब नहीं निकलता था : पंक्तियाँ कूट भाषा में थीं। औरेलियानो के पास वह कुंजी नहीं थी जिससे वह उनको समझ सके। लेकिन मेल्कीयादेस ने उसे बताया था कि चर्मपत्र समझने के लिए ज़रूरी किताबें उसे कातालून्या निवासी विद्वान की दुकान पर मिल जाएँगी। अत: उसने फेर्नान्दा से उन्हें लाने की अनुमति माँगने का फ़ैसला किया। विध्वंस से लगभग मलबे में तब्दील हो गए उस कमरे में वह फेर्नान्दा से बात करने के तरीक़े बूझता रहा लेकिन जब उसने फेर्नान्दा को अँगीठी से अपना खाना उठाते पाया, जो उसके लिए बात करने का बेहतरीन मौक़ा था, तब तमाम कोशिशों के बावजूद उसके मुँह से बोल नहीं फूटे और उसकी आवाज़ ग़ुम हो गई। यही एकमात्र मौक़ा था जब उसने फेर्नान्दा को देखा था। फेर्नान्दा को बच्चों की चिट्ठियों का इन्तज़ार करने और डाकिये को अपनी चिट्ठियाँ देने दरवाज़े की ओर जाते समय औरेलियानो अपने कमरे से उसके क़दमों की आहट सुनता। वह रात में देर तक काग़ज़ पर उसकी क़लम की कर्कश और जोशीली खुरदन सुनता और फिर बत्ती बुझने की आवाज़ और अँधेरे में उसकी

प्रार्थना की मरमराहट सुनता। उसके बाद वह इस उम्मीद से सोता कि अगले दिन प्रतीक्षा की वह घड़ी ज़रूर आएगी। एक सुबह वह यह सोचकर बेहद उत्साहित हो गया कि उसे अनुमति मिल ही जाएगी, उसने कन्धों तक लटके अपने बाल काटे, अपनी उलझी दाढ़ी बनाई और न जाने किससे मिली टाइट पैंट और नकली कॉलर की कमीज़ पहनी और रसोईघर में उस घड़ी का इन्तज़ार करने लगा जब फेर्नान्दा नाश्ता लेने आती थी। हर रोज़ सिर ऊँचा उठाए कठोर क़दमों से चलनेवाली वह महिला तो उस दिन नहीं आई, उसकी जगह आई, पीला पड़ा श्वेत आभा का लबादा और गत्ते का सुनहरा ताज पहने, अलौकिक ख़ूबसूरती वाली एक महिला जिसके चेहरे पर अकेले में रोनेवाले इनसान जैसे उदासीन भाव थे। जब से औरेलियानो सेगुन्दो के ट्रंक में फेर्नान्दा को कीड़े लगी रानी की वह पोशाक मिली थी, तब से वह अक्सर उसे पहन लेती थी और अगर कोई उसे शीशे के सामने खड़े होकर ख़ुद के राजसी हावभावों से आनन्द-विह्वल होते देखता तो यही सोचता कि फेर्नान्दा पागल हो गई है। लेकिन वह पागल नहीं थी। उसने केवल राजसी वैभव को अपनी याददाश्त के एक यंत्र में बदल दिया था।[1] पहली बार जब उसने वह सब पहना तो उसका दिल भर आया और आँखें डबडबा उठीं, क्योंकि उस पल उसे एक बार फिर उस अफ़सर के जूतों की पॉलिश की गन्ध महसूस हुई जो उसे रानी बनाने के लिए घर से लेने आया था, और खोये हुए सपनों की यादों से उसका मन गा उठा। उसने ख़ुद को इतना बूढ़ा, इतना थका-माँदा, अपनी ज़िन्दगी के अच्छे दिनों से इतना दूर महसूस किया कि उसे अपने सबसे ख़राब दिन की भी चाह होने लगी और तब उसे अहसास हुआ कि बरसाती पर मरूवक की गमक, सूर्यास्त के समय की गुलाबों की महक और घुसपैठियों के पाशविक स्वभाव की कमी वह कितनी शिद्दत से महसूस करती थी। दबी हुई राख का उसका दिल, जिसने रोज़मर्रा के यथार्थ के सबसे मज़बूत प्रहारों को भी बिना घबराए बर्दाश्त किया था, यादों की पहली लहर से ही बिखर गया। जैसे-जैसे साल कटते गए, दु:ख महसूस करने की आवश्यकता एक नशा बनती गई। अपने एकाकीपन में वह मानवीय हो गई। बहरहाल, जिस सुबह रसोईघर में घुसने पर उसने आँखों में भ्रामक चमक वाले एक दुर्बल हड़ीले किशोर को उसे कॉफ़ी का प्याला पेश करते पाया उस सुबह से उपहास के पंजे

1. याददाश्त यंत्र का ज़िक्र उपन्यास में कई बार होता है। इसका सबसे पहले ज़िक्र खोसे आर्कादियो के सपने में मिला। लेकिन यहाँ इसका वर्णन बदले सन्दर्भ में है। पहले जहाँ यह सामूहिकता (उत्सव) से जुड़ता है वहीं यहाँ यह एकाकीपन का सूचक है। उपन्यास के इस पड़ाव पर याददाश्त यंत्र का जुड़ाव उत्सव की विकृत याद से है।

उसे खसोट रहे थे। न केवल उसने अनुमति नहीं दी, बल्कि उसके बाद से वह घर की चाबियाँ उस गुप्त जेब में रखने लगी, जिसमें वह नई पेसरियाँ रखती थी। यह एहतियात व्यर्थ थी क्योंकि अगर चाहता तो औरेलियानो घर से भागकर लौट सकता था और किसी को पता भी नहीं चलता। लेकिन लम्बी क़ैद, दुनियावी अनिश्चितता और आज्ञापालन की आदत ने उसके दिल में विद्रोह के हर बीज को सुखा दिया था। अत: वह अपने बाड़े में लौट गया, चर्मपत्र को बार-बार पढ़ता और देर रात तक अपने कमरे में फेर्नान्दा के सिसकने की आवाज़ सुनता। एक सुबह, रोज़ की तरह वह चूल्हा जलाने गया तो उसने बुझी हुई राख पर वह खाना रखा पाया जो रात में फेर्नान्दा के लिए छोड़ा था। तब उसने फेर्नान्दा के कमरे में झाँका और वहाँ उसने फेर्नान्दा को पलंग पर श्वेत आभा का लबादा ओढ़े लेटे पाया। वह पहले से कहीं ज़्यादा सुन्दर थी। उसकी त्वचा हाथी दाँत के खोल-सी चमक रही थी।[1] चार महीने बाद, जब खोसे आर्कादियो आया तो उसे वह वैसे ही मिली।

कोई कल्पना भी नहीं कर सकता था कि किसी आदमी की शक्ल अपनी माँ से इतनी ज़्यादा मिलती होगी। उसने ताफ्ता का एक मलिन सूट और गोल कड़े कॉलर की कमीज़ पहन रखी थी और नेकटाई की जगह एक पतला रेशमी फीता बाँध रखा था। वह सुस्वस्थ और निस्तेज था, उसकी आँखों में ख़ौफ़ झलक रहा था और उसके होंठ दुर्बल थे। सन्तों के नकली बालों की तरह दिखते। उसके काले, चमकीले चिकने बाल बीच में एक सीधी थकी माँग से बँटे हुए थे। उसके चमकदार चेहरे पर अच्छी तरह उखाड़ी गई दाढ़ी की परछाईं अन्तरात्मा की आवाज़ की तरह लगती थी। उसके हाथ पीले थे, नसें हरी और उँगलियाँ परजीवी की माफ़िक़, और बाएँ हाथ की पहली उँगली पर उसने बड़े सूरजमुखी के आकार वाली दूधिया ठोस सोने की अँगूठी पहन रखी थी।[2] बाहर का दरवाज़ा खोलने पर औरेलियानो को यह

---

1. फेर्नान्दा की मौत कहीं ज़्यादा गरिमामय है। वह गरिमा जो उसे जीते जी ज़्यादा नसीब नहीं हुई। हालाँकि गार्सीया मार्केस ने उसके चरित्र को काफ़ी ख़ूबसूरती से गढ़ा है। मार्केस का यह कथन यहाँ सही मायने में चरितार्थ होता दिखता है कि "सभी चरित्रों, पात्रों में लेखक की संवेदनशीलता झलकती है।"
2. प्लीनियो आपुलेयो मेन्दोजा के साथ इंटरव्यू में गार्सीया मार्केस कहते हैं कि खोसे आर्कादियो का चरित्र वह जिस तरह से गढ़ना चाहते थे वैसा वह नहीं कर पाए। वह उनके हाथ से फिसल गया। वह कहते हैं, "पोप बनने का ख़्वाब देखनेवाला खोसे आर्कादियो एक विकृत कामदेवता (ऐडोनिस) के रूप में सामने आता है। जो उपन्यास के मिज़ाज से मेल नहीं खाता।"
   Mendoza, Plinio Apuleyo. (1982), *El olor de la guayaba,* Barcelona : Editorial Bruguera S.A., (P. 110).

जानने की ज़रूरत नहीं पड़ी कि आनेवाला कौन था, और कितनी दूर से आया था। उसके क़दमों से घर में उस पानी की ख़ुशबू फैल गई जो बचपन में उर्सुला उस पर छिड़कती थी, ताकि अँधेरों में उसे ढूँढ़ सके। घर से इतने लम्बे समय तक दूर रहने के बाद भी खोसे आर्कादियो अब भी शायद एक बच्चा था, बेहद दुखी और एकाकी। वह सीधे अपनी माँ के कमरे में गया जहाँ औरेलियानो मेल्कीयादेस के नुस्ख़े के मुताबिक़ शव को सुरक्षित रखने के लिए अपने नाना के दादा की पानी की नली में चार महीने से पारा उबाल रहा था। खोसे आर्कादियो ने उससे कोई सवाल नहीं किया। उसने लाश का माथा चूमा और उसकी स्कर्ट की जेब से तीन नई पेसरी और अलमारी की चाबी निकाली। अपने उदासीन हावभाव के बावजूद उसने सब कुछ बड़े अधिकारपूर्ण और सधे अन्दाज़ में किया। अलमारी से उसने एक छोटा दमिश्की सन्दूक़ निकाला जिसमें परिवार का किरीट था, उसके अन्दर चन्दन की ख़ुशबू वाला एक लम्बा ख़त मिला, जिसमें फेर्नान्दा ने अपने वे सारे सच उगलकर दिल का बोझ हल्का किया था जो उसने उससे छुपाए थे। उत्सुकता से लेकिन बिना किसी चिन्ता के उसने खड़े-खड़े ख़त पढ़ा और तीसरे पन्ने पर रुककर उसने औरेलियानो को पहचानने के अन्दाज़ में देखा।

"अच्छा," वह कुछ तीख़ी आवाज़ में बोला, "तो तुम वह हरामी हो!"

"मैं औरेलियानो बुएन्दीया हूँ।"

"अपने कमरे में जाओ," खोसे आर्कादियो बोला।

औरेलियानो वहाँ से चला गया और फिर वापस नहीं आया, जिज्ञासावश तब भी नहीं, जब उसने एकाकी अन्तिम, संस्कार का शोर सुना। कभी-कभार, रसोईघर से वह खोसे आर्कादियो को उसकी चिन्तित श्वास से अभिभूत हो, घर में टहलते देखता, और आधी रात के बाद जर्जर कमरों में उसकी आहट सुनता। महीनों तक उसने उसकी आवाज़ नहीं सुनी, इसलिए नहीं कि खोसे आर्कादियो ने कभी उससे बात नहीं की बल्कि इसलिए कि उसकी ऐसी कोई इच्छा ही नहीं थी। न ही चर्मपत्र के अलावा किसी और चीज़ के बारे में सोचने का उसके पास समय था। फेर्नान्दा की मौत पर वह एक छोटी सुनहरी मछली लेकर अपनी ज़रूरत की किताबें ढूँढ़ने क़ातालून्या के विद्वान की दुकान पर गया था। रास्ते में किसी चीज़ ने उसे आकर्षित नहीं किया इसकी वजह शायद यह थी कि तुलना करने के लिए उसके पास यादें ही नहीं थीं और सुनसान सड़कें और निर्जन मकान वैसे ही थे जैसा उसने उस समय सोचा था जब वह उन्हें जानने के लिए अपना ईमान बेचने को भी तैयार हो जाता।

उसने ख़ुद को सिर्फ़ वह अनुमति दी थी जो फेर्नान्दा ने देने से मना कर दिया था, केवल एक बार और केवल न्यूनतम आवश्यक समय के लिए अतः घर से उस पतली गली तक जहाँ बीते दिनों में सपनों की व्याख्या की जाती थी, उसने बिना रुके ग्यारह मकान पार किए और हाँफते हुए उस अव्यवस्थित उदास जगह पहुँचा जहाँ हिलने तक की जगह नहीं थी। किताब की दुकान से ज़्यादा वह पुरानी किताबों का कूड़ाघर लग रहा था, जहाँ किताबें दीमक लगे ताखों पर उलटी-सीधी, जालों से चिपचिपे कोनों में आने-जानेवालों के रास्ते में पड़ी थीं। पुरानी किताबों और काग़ज़ों से भरी लम्बी मेज़ पर दुकानदार भड़कीले बैगनी अक्षरों में स्कूल-पुस्तिका के पन्नों पर अथक गद्य लिख रहा था। उसके सुन्दर माथे पर काकातुआ के पंख की तरह सफ़ेद बाल और उसकी नीली ज़िन्दादिल छोटी आँखें उस आदमी की सज्जनता का बखान कर रही थीं, जिसने उन सारी किताबों को पढ़ रखा था।

पसीने से भीगी निक्कर पहने उस शख़्स ने यह देखना गवारा नहीं किया कि कौन अन्दर आया और उसने लिखना जारी रखा। उस शानदार अव्यवस्था में औरेलियानो को वे पाँच किताबें निकालने में कोई मुश्किल नहीं हुई जिनकी उसे ज़रूरत थी क्योंकि वे ठीक उसी जगह रखी थीं जहाँ मेल्कीयादेस ने बताया था। बिना एक शब्द कहे उसने छोटी सुनहरी मछली के साथ उन्हें कातालून्या के विद्वान को दे दिया, जिसने दो बड़ी सीपियों की तरह पलकें सिकोड़ते हुए उन्हें परखा। "तुम पागल हो," कन्धे उचकाते हुए उसने अपनी भाषा में कहा, और औरेलियानो को वे पाँच किताबें और छोटी मछली वापस पकड़ा दी।

"तुम रख लो," वह स्पैनिश में बोला, "इन किताबों को आख़िरी बार 'अन्धे आइसेक' ने पढ़ा होगा, इसलिए अच्छी तरह से सोच लो कि तुम क्या कर रहे हो।"

खोसे आर्कादियो ने मेमे के कमरे को ठीक किया और शनील के पर्दे और राजसी पलंग की जामदानी छतरी की मरम्मत करवाई और एक बार फिर कुछ समय से इस्तेमाल न हुए बाथरूम का इस्तेमाल करने लगा जिसके नहाने के टब का सीमेंट रेशेदार खुरदुरी काई से काला हो गया था। उसने अपने सारे पुराने, विदेशी कपड़े, नकली इत्र और सस्ते आभूषणों को वहाँ सहेजकर रख दिया। घर के बाक़ी हिस्से में उसे केवल घर की वेदी पर टँगी सन्तों की तस्वीरों की ही चिन्ता होती। उन्हें उसने एक दोपहर आँगन में आग के हवाले कर दिया और वे राख हो गए। वह ग्यारह बजे तक सोता रहता। फिर ड्रैगन की छाप वाला एक फटा पुराना

चोग़ा पहनता और पीले फुँदने वाली चप्पलें पहनकर ग़ुसलख़ाने में घुस जाता और नित्यकर्म में इस बारीकी से और देर तक समय लगाता कि 'ख़ूबसूरत' रेमेदियोस की याद आ जाती।[1] नहाने से पहले वह सिलखड़ी के तीन इत्रदानों में रखे जुलाबी नमक से टब को सुवासित करता। वह तूम्बे से नहाने के बजाय सीधे सुगन्धित पानी में उतर शीतलता और आमारान्ता की याद में डूबा हुआ दो घंटे तक पीठ के बल तैरता रहता। आने के कुछ दिनों बाद उसने अपना ताफ़ता का सूट एक किनारे रख दिया क्योंकि उस शहर के लिए वह काफ़ी गर्म था हालाँकि उसके पास वही इकलौता सूट बचा था। उसके बदले वह पियेत्रो क्रेस्पी की तरह टाइट पैंट और ज़िन्दा इल्ली के धागों से बुनी रेशमी कमीज़ पहनने लगा। हफ़्ते में दो बार, वह अपने कपड़े टब में धोता और उनके सूखने तक अपना चोग़ा पहने रहता क्योंकि उसके पास पहनने को और कुछ था ही नहीं। घर पर खाना कभी नहीं खाता। जब दोपहर को सिएस्ता की गर्मी ख़त्म होती वह बाहर चला जाता और देर रात गए लौटता। फिर वह तेज़ गति से चहलक़दमी करता बिल्ली की तरह साँस भरता और आमारान्ता के बारे में सोचता। रात में दीपक की रोशनी में डरावना नज़र आनेवाला सन्तों का रूप और आमारान्ता ही उस घर की ऐसी दो यादें थीं जो उसके पास बची रह गई थीं। मनोहारी अगस्त के दौरान अक्सर गहरी नींद में उसकी आँखें खुलतीं और लेस वाला घाघरा और हाथ पर पट्टी बाँधे निर्वासन की चिन्ता से ओतप्रोत आमारान्ता उसे संगमरमर लगे टब से निकलती दिखाई देती। औरेलियानो खोसे के विपरीत, जिसने उसकी छवि को युद्ध के ख़ूनी दलदल में डुबोने की कोशिश की थी, उसने अपनी माँ को अपने धार्मिक कर्तव्य की अनन्त कहानियाँ सुनाने के साथ-साथ आमारान्ता की याद को कामुकता के दलदल में सँजोए रखा था। न उसे और न ही फेर्नान्दा को कभी सूझा कि उनका पत्राचार महज़ स्वैर कल्पनाओं की अदला-बदली था। रोम पहुँचते ही सेमिनरी छोड़नेवाला खोसे आर्कादियो ऊपरी तौर पर धार्मिक कामकाज से जुड़ा रहा ताकि वह अपनी माँ की शानदार विरासत से हाथ न धो बैठे, जिसका ज़िक्र उसकी माँ अपनी प्रलापी चिट्ठियों में किया करती थी। वह विरासत उसे उस संत्रास और दुर्दशा से निकालने में सक्षम थी जो वह त्रासतेवेरे की अटारी में दो दोस्तों के साथ झेल रहा था। जब मौत के पूर्वाभास से

1. जब सब कुछ ठीक था तब 'ख़ूबसूरत' रेमेदियोस ग्यारह बजे उठती और दो घंटे तक नग्नावस्था में बाथरूम में बन्द रहती थी। खोसे आर्कादियो के सन्दर्भ में यह वृत्तान्त सिर्फ़ खोसे आर्कादियो के स्त्रियोचित गुणों को रेखांकित करने के लिए है।

प्रेरित होकर लिखी गई फेर्नान्दा की आख़िरी चिट्ठी उसे मिली तो उसने अपने झूठे वैभव के अवशेष एक अटैची में डाले और कसाईख़ाने में ढोर की तरह भरे ठूँसे, ठंडी मैकरोनी और कीड़े लगा पनीर खा रहे प्रवासियों से भरे जहाज़ पर सवार होकर समुद्र पार किया। फेर्नान्दा की वसीयत पढ़ने से पहले ही (जो और कुछ नहीं केवल उसके दु:खों का लम्बा वृत्तान्त थी) टूटे-फूटे फ़र्नीचर और बरसाती की झाड़-झंखाड़ ने उसे संकेत दे दिया था कि रोमन वसन्त की हीरक रोशनी और शाश्वत वायु से सदैव के लिए निर्वासित वह एक ऐसे जाल में फँस गया था, जिससे अब वह कभी निकलने वाला नहीं था। दमे की वजह से वह अनिद्रा का शिकार हो गया था। अक्सर नींद की ग़ैरमौजूदगी में वह उस अँधेरे घर में, जहाँ उर्सुला के अनर्गल प्रलाप ने उसमें दुनिया का डर बैठा दिया था, चहलक़दमी करते हुए अपने दुर्भाग्य की गहराई को नापता रहता। उसे अँधेरे में खोने के डर से, उर्सुला ने उसके लिए कमरे का एक कोना तय कर दिया था। एक इकलौता कोना जहाँ वह उन मृतकों से सुरक्षित रहने वाला था जो सूर्यास्त के बाद घर में घूमा करते थे। "यदि तुम कुछ बुरा करोगे" उर्सुला उससे कहती, "तो ये सन्त मुझे बता देंगे।" उसके बचपन की डरावनी रातें उस कोने तक सिमटकर रह गई थीं जहाँ वह डर के मारे पसीने से तर चुगलख़ोर सन्तों की बर्फ़ीली और चौकस निगरानी में सोने के समय तक निश्चल पड़ा रहता था। उसका सन्ताप व्यर्थ था क्योंकि उस समय तक उसे अपने आसपास की हर चीज़ से दहशत होने लगी थी और ज़िन्दगी में मिलनेवाली हर चीज़ उसका दिल दहलाने के लिए पर्याप्त थी, चाहे वह सड़क पर चलती महिलाएँ हों, जो उसका ख़ून ख़राब कर देतीं या फिर घर की महिलाएँ, जो सूअर की पूँछ वाले बच्चे पैदा या लड़ाकू मुर्ग़े करतीं, जो आदमी की मौत और ज़िन्दगी-भर के पछतावे के लिए ज़िम्मेदार होते या हथियार जो मात्र छूने-भर से बीस साल की लड़ाई ख़त्म कर देते, या वे अनिश्चित कार्य, जो केवल मोहभंग और पागलपन लाते थे—सब कुछ, या यूँ कहिए, सब कुछ जो ईश्वर ने अपनी असीम अनुकम्पा से बनाया था और शैतान ने बिगाड़ा था। जब वह दु:स्वप्नों के शिकंजे में जकड़ा हुआ उठता, खिड़की से छनकर आती रोशनी और ग़ुसलख़ाने में आमारान्ता का प्रेमस्पर्श और पैरों के बीच रेशमी पफ से लगाए पाउडर का स्पर्श उसे भय से मुक्त कर देता था। बग़ीचे की कान्तिमय रोशनी में उर्सुला भी अलग लगती थी क्योंकि वहाँ वह डरावनी बातें नहीं करती बल्कि कोयले से उसके दाँत माँजती ताकि उसकी मुस्कान पोप की तरह कान्तिमय हो, उसके नाख़ून काटकर

पॉलिश करती ताकि दुनिया-भर से रोम आनेवाले यात्री आशीर्वाद देनेवाले पोप के हाथों की सुन्दरता को देखकर चौंक जाएँ। वह उसके बाल पोप के बालों की तरह ही सँवारती और उसके जिस्म और कपड़ों पर इत्र छिड़कती ताकि उससे पोप की सुवास आए। कास्तेल गानदोल्फो के आँगन में यात्रियों के एक समूह के लिए सात भाषाओं में एक ही भाषण देते हुए उसने पोप को छज्जे पर देखा था। और वाक़ई सर्फ़ के पानी से धुले पोप के हाथों का गोरापन और पोप के कपड़ों की चकाचौंध और इत्र की ख़ुशबू से यक़ीनन आकर्षित हुआ था।

घर लौटने के क़रीब एक साल बाद, पेट भरने के लिए उसने चाँदी के बत्तीदान और कुलचिह्न वाले चैम्बरपॉट बेच दिए। चैम्बरपॉट बेचते समय उसे पता चला कि उसके कुलचिह्न पर सोने का पानी चढ़ा था। खोसे आर्कादियो के लिए मनबहलाव का एक ही तरीक़ा था—शहर के बच्चों को खेलने के लिए घर लाना। वह सिएस्ता के समय उनके साथ घुल-मिल जाता और उन्हें बग़ीचे में रस्सी कुदाता, बरसाती में गाना गाने को कहता और बैठक के फ़र्नीचर पर कलाबाज़ियाँ लगवाता और छोटे-छोटे समूहों में उन्हें शिष्टाचार सिखाता। उस समय उसने टाइट पैंट और रेशमी कमीज़ पहनना छोड़ दिया था, उसकी जगह वह अरब की दुकान से ख़रीदा हुआ साधारण सूट पहनता था। लेकिन अब भी उसमें पोप की तरह एक ख़ास तरह की गरिमा विद्यमान थी। मेमे की स्कूल की सहेलियों की तरह बच्चे दिन-भर धमा-चौकड़ी मचाते। देर रात तक उनकी बकबक, नाचने और गाने की आवाज़ सुनाई पड़ती, और घर एक ऐसा छात्रावास मालूम पड़ता जहाँ कोई अनुशासन ही नहीं था। औरेलियानो को बच्चों की इस धमाचौकड़ी के धावे से तब तक कोई फ़र्क़ नहीं पड़ता जब तक मेल्कीयादेस के कमरे में उसे कोई तंग नहीं करता। एक सुबह दो बच्चों ने दरवाज़ा खोला और मेज़ पर चर्मपत्र का अर्थ खोजने में जुटे, गन्दे बिखरे बालों वाले एक आदमी को देखकर चौंक गए। उनकी अन्दर जाने की हिम्मत नहीं होती फिर भी वे ताक-झाँक करते रहते। फुसफुसाते हुए वे दरवाज़ों की दरारों से अन्दर झाँकते, सरदल से ज़िन्दा जानवर फेंकते, और एक बार तो उन बच्चों ने कीलें ठोंककर खिड़की और दरवाज़े बन्द कर दिए जिन्हें खोलने में औरेलियानो को आधा दिन लग गया।

इन शैतानियों के लिए सज़ा नहीं मिलने से वे काफ़ी उद्दंड हो गए और एक सुबह जब औरेलियानो रसोईघर में था, चर्मपत्र नष्ट करने के इरादे से चार बच्चे उस कमरे में घुस गए। लेकिन जैसे ही उन लोगों ने उन पीले पन्नों पर हाथ रखा,

एक दिव्य शक्ति ने उन्हें हवा में उठा लिया और वहीं टाँगे रखा जब तक कि औरेलियानो ने लौटकर उनके हाथों से वे पन्ने नहीं ले लिये। उसके बाद उन बच्चों ने उसे कभी तंग नहीं किया।

उम्र में चार सबसे बड़े बच्चे किशोर होने को थे फिर भी निक्कर पहने घूमते थे और खोसे आर्कादियो को सजाने-सँवारने में जुटे रहते। वे बाक़ी बच्चों से पहले आ जाते और पूरी सुबह उसकी हजामत बनाने, गर्म तौलिए से मालिश करने और इत्र वाले पानी से सुवासित करने और हाथ और पैरों के नाख़ून काटने में बिताते। कई बार वे टब में घुसकर सिर से पैर तक उसे साबुन लगाते और वह पीठ के बल तैरते हुए आमारान्ता के बारे में सोचता रहता। वे तौलिए से उसके बदन का पानी पोंछते, पाउडर लगाते और कपड़े पहनाते। इनमें घुँघराले सुनहरे बालों और ख़रगोश जैसी गुलाबी काँच की आँखों वाले एक बच्चे को घर में सोने की आदत थी। वह खोसे आर्कादियो से इतना घुल-मिल गया था कि खोसे आर्कादियो की दमाग्रस्त अनिद्रा में भी उसका साथ देता था; अँधेरे में चुपचाप, उसके साथ टहलता था। एक रात उर्सुला के कमरे में उन्होंने भुरभुरे सीमेंट से पीली रोशनी निकलती देखी, मानो भूमिगत सूरज ने कमरे के फ़र्श को खिड़की का शीशा बना दिया हो। उन्हें बत्ती जलाने की ज़रूरत नहीं पड़ी। जिस कोने में उर्सुला का पलंग रहता था और जहाँ रोशनी सबसे ज़्यादा तेज़ थी, वहाँ से केवल कुछ पटियाँ हटाना ही उस गुप्त तहख़ाने को ढूँढ़ने के लिए काफ़ी था जिसको खोजने के जुनून में औरेलियानो सेगुन्दो ने पूरा घर खोद डाला था और थककर चूर हो गया था। ताँबे के तारों से बँधे तीन बोरे वहाँ रखे थे और उनमें सात हज़ार दो सौ चौदह सोने के सिक्के थे जो अँधेरे में अंगारों की तरह चमक रहे थे।

ख़ज़ाने की खोज आग की प्रचंड लपटों की तरह थी। अचानक मिलनेवाली उस दौलत के साथ रोम लौटने के अपने ग़रीबी के समय के सपने को साकार करने के बजाय खोसे आर्कादियो ने घर को पतित स्वर्ग में बदल दिया। उसने शनील के नये पर्दे और पलंग की नई छतरी बनवाई, बाथरूम में फ़र्शी पत्थर और दीवारों पर टाइलें लगवाईं। खाने के कमरे की अलमारियों को, फलों, सूअर के सूखे मांस और अचारों से भर दिया गया और ख़ाली पड़ा रसोई भंडार एक बार फिर शराब रखने के लिए खोल दिया गया। खोसे आर्कादियो ख़ुद स्टेशन से इन पेटियों को लेकर आया। एक रात उसने और चार सबसे बड़े बच्चों ने सवेरे तक जश्न मनाया। सवेरे छह बजे वे कमरे से नंगे निकले, टब ख़ाली किया और उसमें

शैम्पेन भर दी। वे उसमें एक साथ कूदे और सुगन्धित बुलबुलों से भरे आकाश में उड़ती चिड़ियों की तरह तैरने लगे, और जश्न के नशे में खोसे आर्कादियो पीठ के बल तैरता हुआ, आँखें खोले आमारान्ता को याद करता रहा। वह उसी तरह अपने आप में खोया हुआ, अपने अनेकार्थक विलासों की कड़वाहट के बारे में सोचता हुआ पड़ा रहा। उसे पता ही नहीं चला कि कब बच्चे थककर कमरे में चले गए। वहाँ उन लोगों ने बदन सुखाने के लिए परदे खींचकर फाड़ डाले, धमाल में एक क्रिस्टल शीशे के चार टुकड़े कर दिए और दूसरों से पहले लेटने की जल्दी में पलंग की छतरी तोड़ दी। जब खोसे आर्कादियो ग़ुसलख़ाने से निकला तो उसने उन्हें कमरे में एक-दूसरे के ऊपर नंगे सोते पाया। टूट-फूट से कम और आनन्दोत्सव के ख़ालीपन में ख़ुद पर आई घृणा और दया से ग़ुस्से में लाल, उसने नौ तसमों वाली कलीसियाई चाबुक उठाई जिसे वह रोमच्छद (हेयर शर्ट), और आत्मदमन और प्रायश्चित्त के दूसरे उपकरणों के साथ अपने सन्दूक़ में सबसे नीचे रखता था। उसने पागल आदमी की तरह चिल्लाते हुए, इतनी बेरहमी से बच्चों पर चाबुक बरसाए कि जितनी आदमी भेड़िये को भी न मारे। उसने बच्चों को घर से भगा दिया। फिर कई दिनों तक पड़ते दमे के दौरों की वजह से वह मृत्युशैया पर पड़े आदमी की तरह दिखने लगा। तकलीफ़ की तीसरी रात साँस की बीमारी से परेशान वह औरेलियानो के कमरे में गया और, उससे पास की दवा की दुकान से सूँघने के लिए कुछ पाउडर ख़रीदकर लाने की गुजारिश की। इस तरह औरेलियानो दूसरी बार घर से बाहर गया। उस धूल-धूसरित खिड़की और लैटिन में लेबल लगी शीशियों वाले औषधालय तक पहुँचने के लिए उसे केवल दो ब्लाक चलकर जाना था जहाँ नील नदी के साँप की गुप्त सुन्दरता वाली लड़की ने उसे वह दवा दी जिसका नाम खोसे आर्कादियो ने एक काग़ज़ पर लिखा था। सड़क के पीले बल्बों की रोशनी में टिमटिमाते उस उजाड़ शहर की दूसरी झाँकी ने औरेलियानो में पहली झाँकी से ज़्यादा जिज्ञासा पैदा नहीं की। जब तक वह जल्दी के मारे हाँफता हुआ, घर की चारदीवारी और गतिशून्यता से कमज़ोर और भारी पैरों को घसीटते हुए वापस घर आता तब तक खोसे आर्कादियो ने सोच लिया था कि औरेलियानो भाग गया है। दुनिया के प्रति उसकी उदासीनता इतनी बढ़ गई थी कि कुछ दिनों बाद खोसे आर्कादियो ने अपनी माँ से किया वादा तोड़ दिया और औरेलियानो को जहाँ चाहे वहाँ जाने के लिए खुला छोड़ दिया।

"बाहर मेरे लिए कुछ नहीं है," औरेलियानो ने जवाब दिया।

वह अन्दर बन्द रहा, चर्मपत्रों में डूबा हुआ, जिन्हें वह धीरे-धीरे सुलझा रहा था, फिर भी जिनका अर्थ अभी वह नहीं समझ पा रहा था। खोसे आर्कादियो उसके लिए कमरे में सूअर का मांस खाने को लाता, मुँह में बसन्त-सा स्वाद छोड़नेवाले चीनी लगे फूल लाता और दो बार तो वह अच्छी शराब भी लाया। उसे चर्मपत्रों में कोई दिलचस्पी नहीं थी। उसे वह एक गूढ़ मनबहलाव मानता था, हालाँकि वह अपने उस एकाकी रिश्तेदार की असाधारण प्रज्ञा और अबोध ज्ञान की तरफ़ आकर्षित हुए बिना नहीं रह सका था। तब उसे पता चला कि वह अंग्रेज़ी पढ़ सकता था। चर्मपत्र की गुत्थी सुलझाने के दौरान उसने विश्वकोश के छह खंडों को पहले से लेकर आख़िरी पन्ने तक इस तरह पढ़ा था मानो वह कोई उपन्यास हो। पहले तो उसे लगा कि औरेलियानो रोम के बारे में ऐसी बातें इसीलिए कर सकता था कि मानो वह कई साल वहाँ रहा हो, लेकिन जल्द ही उसे अहसास हुआ कि उसे ऐसी कई चीज़ों की जानकारी थी जो विश्वकोश में नहीं थीं। जैसे चीज़ों के दाम। "सब कुछ आम जानकारी है।" उसकी जानकारी के बारे में पूछताछ करने पर औरेलियानो ने जवाब दिया। दूसरी तरफ़, औरेलियानो इस बात से चकित था कि पास से देखने पर खोसे आर्कादियो कितना अलग लगता था, उस छवि से भिन्न जो उसने उसे घर में घूमता देखकर बनाई थी। वह हँस सकता था, समय-समय पर घर के अतीत की यादों को अपने पास भटकने देता था, और मेल्कीयादेस के कमरे की दुर्दशा पर चिन्तित होता था। एक ही ख़ून के दो लोगों का क़रीब आना दोस्ती तो नहीं थी, लेकिन इससे दोनों को न केवल अपने नितान्त एकाकीपन को बर्दाश्त करने की हिम्मत मिली बल्कि वे एकजुट भी हो गए। परेशान करनेवाली कोई घरेलू मुश्किल हल करने के लिए खोसे आर्कादियो औरेलियानो की मदद ले सकता था। दूसरी तरफ़ औरेलियानो बरसाती में बैठकर पढ़ सकता था, आमारान्ता उर्सुला की चिट्ठियों का इन्तज़ार कर सकता था जो अब भी ठीक समय से आते थे, और ग़ुसलख़ाना इस्तेमाल कर सकता था जिससे खोसे आर्कादियो ने पहले उसे दूर कर रखा था।

गर्मी की एक सुबह बाहर के दरवाज़े पर तेज़ दस्तक सुनकर दोनों उठ बैठे। वहाँ गहरे वर्ण का बूढ़ा आदमी खड़ा था। उसकी बड़ी-बड़ी हरी आँखें उसके चेहरे को एक भुतहा चमक दे रही थीं, और उसके माथे पर राख का क्रूस बना था। फटेहाल कपड़े, टूटे जूते और पीठ पर टँगा एकमात्र झोला देखकर लगता था कि वह कोई भिखारी है, लेकिन उसके रंग-रूप के ठीक विपरीत उसकी चाल-ढाल में

अजीब तरह की गरिमा थी। बैठक के अँधेरे में यह जानने के लिए उसे केवल एक बार देखना काफ़ी था कि उसे ज़िन्दा रहने की गुप्त ऊर्जा आत्मरक्षा की मूल प्रवृत्ति से नहीं बल्कि भय की आदत से मिलती थी। वह औरेलियानो आमादोर था, कर्नल औरेलियानो बुएन्दीया के सत्रह बेटों में से ज़िन्दा बचनेवाला इकलौता। एक भगोड़े की लम्बी और जोख़िम-भरी ज़िन्दगी से राहत की खोज में भटकता हुआ। उसने अपना परिचय दिया और उस घर में पनाह माँगी जो लावारिस रातों में उसे ज़िन्दगी में सुरक्षा का आख़िरी आश्रय लगा था। उसे आवारा समझकर दोनों ने सड़क पर धकेल दिया और फिर दरवाज़े की चौखट से दोनों ने उस नाटक का अन्त देखा जो तब शुरू हुआ था जब खोसे आर्कादियो गोद खेलता बच्चा था। कई सालों से औरेलियानो आमादोर का पीछा कर रहे दो पुलिसवाले, जिन्होंने भेड़ियों और कुत्तों की तरह दुनिया-भर में उसका पीछा किया था, सड़क की दूसरी तरफ़ बादाम के पेड़ों के पीछे से निकले और अपनी माउजर से दो गोलियाँ दागीं जो सीधे राख के क्रूस को भेदती हुई निकल गईं।[1]

बच्चों को घर से निकालने के बाद से खोसे आर्कादियो वास्तव में उस समुद्री जहाज़ की ख़बर का इन्तज़ार कर रहा था जिसे क्रिसमस से पहले नेपल्स के लिए रवाना होना था। उसने औरेलियानो को इस बारे में बता दिया था और उसकी रोज़ी-रोटी के लिए कारोबार शुरू करने की योजना भी बना ली थी क्योंकि फेर्नान्दा की मौत के बाद खाने की टोकरियाँ आना बन्द हो गई थीं। लेकिन यह आख़िरी सपना भी पूरा नहीं होना था। सितम्बर की एक सुबह, औरेलियानो के साथ रसोईघर में कॉफ़ी पीने के बाद, खोसे आर्कादियो ने अभी नहाना ख़त्म ही किया था कि खपड़ों के बीच बनी दरार से वे चार बच्चे घुस आए जिन्हें उसने घर से निकाला था। उसे बचाव करने का मौक़ा दिए बग़ैर वे कपड़े पहने हुए ही टब में कूद पड़े—उसे बालों से अपनी ओर खींचा और उसका सिर पानी में तब तक डुबोये रखा जब तक कि सतह पर उसकी मौत की कसक के बुलबुले शान्त नहीं हो गए और उसका शान्त म्लान शरीर सुगन्धित पानी में डूब नहीं गया। तब उन लोगों ने गुप्त स्थान से सोने के तीन बोरे निकाले जिनके बारे में केवल उन्हें और उनके शिकार को ही पता था। इस काम को सैनिक कार्यवाही की तरह काफ़ी तेज़, सुव्यवस्थित और क्रूर ढंग से अंजाम दिया गया था। अपने कमरे में बन्द औरेलियानो को कुछ पता ही नहीं

---

1. एक आदर्श बुएन्दीया पुत्र की तरह औरेलियानो आमादोर अपने अन्तिम दिनों में माकोन्दो आ जाता है और अपने सत्रह भाइयों की ही तरह काल का ग्रास बन जाता है।

चला। उस दोपहर, रसोईघर में नहीं पाकर उसने खोसे आर्कादियो को घर-भर में ढूँढ़ा और फिर टब के सुगन्धित पानी में तैरते हुए पाया, विशाल और फूला हुआ, अब भी आमारान्ता के बारे में सोचते हुए। और केवल तब उसे अहसास हुआ कि वह उसे कितना चाहने लगा था।[1]

1. बुएन्दीया वंशजों में ऐसे भाव की उत्पत्ति जीवन में काफ़ी देर से होती है। अमूमन मृत्यु से थोड़ा पहले। आर्कादियो को भी अहसास होता है कि वह आमारान्ता को कितना चाहता था, जिसे वह सबसे ज़्यादा नफ़रत करता था।

19

दिसम्बर में सबसे पहले प्रकट होनेवाले फ़रिश्तों के आगमन के साथ ही आमारान्ता उर्सुला जहाज़ियों वाली हवा पर सवार, अपने पति को गले में रेशमी डोरी बाँधकर, खींचते हुए आ पहुँची। वह बिना किसी पूर्व सूचना के, हाथीदाँत के रंग के कपड़े, मोतियों की घुटनों तक लम्बी माला, पन्ना और पुखराज की अँगूठियाँ पहने और अपने सीधे बाल पीछे जूड़े में बाँधे हुए अवतरित हुई।[1] छह महीने पहले उसने एक जहाज़ के समान दिखनेवाले प्रौढ़ मरियल बंजारे से शादी की थी। दरवाज़ा खोलते ही उसे यह अहसास हो गया कि उसकी अनुपस्थिति उसकी कल्पना से कहीं ज़्यादा लम्बी और विध्वंसक सिद्ध हुई थी।

"हे ईश्वर," वह चिल्लाई, ख़ुशी से ज़्यादा और आश्चर्य से कम, "ज़ाहिर है कि इस घर में कोई महिला नहीं है।"

उसका सामान बरसाती में पूरा नहीं अँट पाया। उस समय उसके पास स्कूल भेजते समय उसे दिए गए फेर्नान्दा के पुराने ट्रंकों के अलावा दो और ट्रंक थे; चार बड़ी अटैचियाँ, छतरियों के लिए झोला, टोपियों के आठ डिब्बे और एक विशाल पिंजरा था, जिसमें पचास केनेरी चिड़ियाँ थीं; एक ख़ास डिब्बे में खोलकर रखी गई उसके पति की तिपहिया साइकिल थी, जिसे बाजे की तरह उठाया जा सकता था। लम्बे सफ़र के बावजूद उसने एक दिन भी आराम नहीं किया। उसने पति के लाए फटे-पुराने कपड़े पहने और घर साफ़ करने में जुट गई। उसने उन लाल चींटों को मार भगाया जिन्होंने बरसाती पर क़ब्ज़ा कर लिया था, गुलाब की झाड़ियों में दोबारा जान फूँकी; झाड़-झंखाड़ उखाड़ फेंके; फर्न, गमलों में ओरेगानों और बेगोनिया बोये। बढ़ई, तालासाज़ और मिस्त्रियों को काम पर लगाया, जिन्होंने फ़र्श की दरारें पाटीं, दरवाज़ों-खिड़कियों के क़ब्ज़ों को कसा, फ़र्नीचर ठीक किया और

1. आमारान्ता उर्सुला की पोशाक और साज-सज्जा 1930 के समय के फ़ैशन के अनुरूप है।

अन्दर-बाहर की दीवारों की पुताई करवाई ताकि उसके आगमन के तीन महीने बाद एक बार फिर वहाँ पियानोला के ज़मानेवाली मस्ती और जश्न के दिन वापस लौट सकें। उस घर में पहले कभी भी कोई हर समय इतना ख़ुश नज़र नहीं आया था, न ही उसके पहले कभी कोई नाचने-गाने और अतीत की वस्तुओं और रस्मों को कूड़ेदान में डालने को इतना उत्सुक दिखा था। झाड़ू की एक बुहार से उसने घर के कोनों में जमा हो रहे अन्तिम संस्कार के चिह्नों और अन्धविश्वास का कूड़ा-करकट निकाल फेंका, उर्सुला के प्रति अपने स्नेह और सम्मान की वजह से उसने बस एक ही चीज़ बाहर नहीं फेंकी, और वह थी बैठक में रखी रेमेदियोस की डैगेरोटाइप तस्वीर।[1] "वाह, क्या ऐश है," ज़ोर-ज़ोर से हँसते हुए कहती, "चौदह साल की परदादी।"[2] जब एक मिस्त्री ने उसे बताया कि वह घर भूत-प्रेतों से भरा हुआ है और उन्हें भगाने का एक ही तरीक़ा है, उनके द्वारा ज़मीन में दबाए ख़ज़ाने को ढूँढ़ना। इस पर वह ज़ोर से हँसते हुए बोली कि मनुष्य के लिए अन्धविश्वासी होना ठीक नहीं है। वह इतनी सहज, आज़ाद ख़याल थी कि औरेलियानो समझ नहीं पाता था कि उसको आता देख वह क्या करे। "आह-हा," बाँह पसारे वह ख़ुशी से चिल्लाई, "देखो मेरा प्यारा आदमख़ोर कितना बड़ा हो गया है।" इससे पहले कि वह कुछ कह पाता, उसने अपने साथ लाए फ़ोनोग्राम में रिकॉर्ड लगाया और उसे नये नृत्य सिखाने लगी। उसने कर्नल औरेलियानो बुएन्दीया से विरासत में मिली गन्दी पैंट उतरवाई और नौजवानों वाली कुछ कमीज़ें और दो रंग के जूते दिए। जब भी वह उसे मेल्कीयादेस के कमरे में ज़रूरत से ज़्यादा समय बिताते देखती तो कमरे से बाहर कर देती। उर्सुला की तरह कामकाजी, छोटी और अदम्य और 'ख़ूबसूरत' रेमेदियोस की तरह सुन्दर और आकर्षक आमारान्ता उर्सुला फ़ैशन का पूर्वानुमान लगाने में काफ़ी माहिर थी। जब भी डाक से नये फ़ैशनों के फ़ोटो आते, तब यही साबित होता कि उसने अपने लिए जो कपड़े आमारान्ता की पुरानी पैर वाली मशीन पर सिले थे, वे फ़ैशन के बिलकुल अनुकूल थे। वह यूरोप की हर फ़ैशन पत्रिका, कला सम्बन्धी प्रकाशन और संगीत समीक्षा मँगाती थी, और एक नज़र देखकर ही

---

1. उर्सुला ने मृत्यु के समय पहले कहा था कि 'ख़ूबसूरत' रेमेदियोस की तस्वीर के आगे हमेशा दीया जलता रहे। आमारान्ता उर्सुला ने इस अन्तिम इच्छा का सम्मान किया था।
2. "आनेवाली पीढ़ियाँ, जिन्होंने कभी भी उस दीये को बुझने नहीं दिया, स्कर्ट पहने, सफ़ेद जूतों वाली उस लड़की को देखकर काफ़ी हैरान होती थीं और उसकी फ़ोटो को एक आम परदादी की छवि से नहीं जोड़ पाती थीं।" उपन्यास के शुरू में कही गई यह बात अन्त में सच साबित होती है।

जान लेती थी कि दुनिया में वैसा ही चलन था जैसा वह सोचती थी। यह समझ के परे था कि उस जैसी महिला ने क्यों धूल और गर्मी के बोझ से त्रस्त उस मृत शहर में लौटना पसन्द किया था। ख़ासतौर से इसलिए भी कि उसके पति के पास इतना पैसा था कि वे दुनिया में कहीं भी रह सकते थे; और वह उससे इतना प्रेम करता था कि उसके लिए रेशमी पट्टा बाँधकर घूमने तक को तैयार था। जैसे-जैसे समय गुज़रता गया, वहाँ रहने का उसका मक़सद स्पष्ट होता गया। उसने सारी योजनाएँ लम्बे भविष्य के मद्‌देनज़र बनाई थीं और उसका एकमात्र इरादा था कि माकोन्दो में अपना बुढ़ापा वह आराम से, शान्तिपूर्वक काट सके। केनेरी चिड़ियों का पिंजरा इस बात का सबूत था कि वह योजना बनाने में वक़्त ज़ाया नहीं करती थी और पल-भर में फ़ैसले करती थी। यह याद आने पर कि उसकी माँ ने किसी चिट्ठी में चिड़ियों के ख़त्म होने का ज़िक्र किया था, उसने अपनी यात्रा कई महीने टाल दी थी और वहाँ से तब रवाना हुई थी जब उसे शुभ द्वीप[1] पर रुकनेवाला जहाज़ मिला और वहाँ उसने सबसे बढ़िया केनेरी चिड़ियों के पच्चीस जोड़े चुने ताकि वे माकोन्दो के आकाश को एक बार फिर आबाद कर सकें। यह उसकी सबसे विफल और दयनीय योजना थी। जैसे-जैसे चिड़ियों के अंडों से बच्चे निकलते, आमारान्ता उर्सुला उन्हें जोड़ों में छोड़ती जाती और वे आज़ादी की अनुभूति होते ही शहर छोड़कर उड़ जातीं। उसने उनमें प्यार जगाने के लिए उन पिंजरों के इस्तेमाल की व्यर्थ कोशिश भी की जिन्हें उर्सुला ने घर के पहले पुनर्निर्माण के समय बनाया था। बादाम के पेड़ों पर एसपारतो घास के नकली घोंसले बनाना, छत पर दाने डालना और पिंजरों में क़ैद चिड़ियों को ज़बरदस्ती चहचहाने के लिए मजबूर करना ताकि उनकी आवाज़ भगोड़े पक्षियों को रोक ले, जैसी उसकी दूसरी तरक़ीबें भी व्यर्थ साबित हुईं क्योंकि छूटते ही वे उड़तीं और आकाश में चक्कर लगाकर शुभ द्वीप का रास्ता ढूँढ़ लेतीं।

हालाँकि माकोन्दो लौटने के एक साल बाद भी आमारान्ता उर्सुला किसी को दोस्त नहीं बना पाई थी, न ही पार्टी आयोजित कर सकी थी, फिर भी उसे विश्वास था कि बदक़िस्मती का शिकार हुए नगरवासियों को अब भी बचाया जा सकता है। उसका पति गास्तोन इस बात का पूरा ख़याल रखता कि वह नाराज़ न हो। हालाँकि उस बदक़िस्मत दोपहर ट्रेन से उतरते ही उसे अहसास हो गया था कि उसकी पत्नी ने यादों की मृग-मरीचिका में फँसकर वहाँ आने का फ़ैसला किया था। इस बात

---

1. केनेरी द्वीप का पुरातन नाम।

का क़ायल होते हुए भी कि आख़िर में हक़ीक़त के आगे आमारान्ता उर्सुला को हार माननी ही पड़ेगी उसने अपनी तिपहिया साइकिल नहीं जोड़ी, और वह मिस्त्रियों द्वारा तोड़े गए मकड़जालों में मकड़ी के सबसे बड़े अंडे ढूँढ़ने में जुटा रहता। उन्हें नाख़ून की मदद से खोलता और उनमें से निकलती छोटी-छोटी मकड़ियों को आवर्धक लेंस से घंटों देखता रहता। बाद में, यह सोचकर कि आमारान्ता उर्सुला इसलिए मरम्मत का काम जारी रखे हुए थी ताकि वह ख़ाली न रहे, उसने अपनी इस शानदार तिपहिया साइकिल के पुरज़े जोड़ना शुरू किया जिसका अगला पहिया, पिछले पहिये से काफ़ी बड़ा था, इसके अलावा वह उस क्षेत्र में मिलनेवाले हर कीड़े को पकड़ता और उन्हें जैम की बोतलों में बन्द कर लिएज विश्वविद्यालय में कीटविज्ञान पर शोध कर रहे प्रकृतिविज्ञान के अपने अध्यापक को भेजता, जिनका असली व्यवसाय हवाई जहाज़ उड़ाना था। जब वह तिपहिया साइकिल चलाता तो वह कलाबाज़ों वाली पैंट, भड़कीले मोज़े और शरलोक होम्स वाली टोपी पहनता था, लेकिन जब पैदल होता तो वह चमकता सफ़ेद सूट, सफ़ेद जूते, रेशमी टाई, पुआल की टोपी पहनता और हाथ में छड़ी लिये रहता। उसकी फीकी आँखें उसकी जहाज़ी की छवि को और निखार देतीं और उसकी छोटी मूँछें गिलहरी की खाल की तरह लगती थीं। हालाँकि वह अपनी पत्नी से उम्र में पन्द्रह साल बड़ा था, लेकिन हमेशा उसे ख़ुश रखने की आतुरता और ख़ुद को अच्छा प्रेमी साबित करने की उसकी कोशिशें उम्र के इस अन्तर को ख़त्म कर देती थीं। असलियत में सर्कस वाली साइकिल चलाते, गले में रेशमी पट्टे वाले उस चालीस वर्ष के संजीदा इनसान को देखकर कोई नहीं कह सकता था कि उसने अपनी पत्नी के साथ बेपनाह मोहब्बत करने का क़रार कर रखा था। दोनों परस्पर प्रेम की सहज प्रवृत्ति को कहीं भी, जब जी चाहे प्रबल हो जाने देते थे। दरअसल वे अपने साहचर्य की शुरुआत एक ऐसे अनुराग से करते आए थे, जो असामान्य स्थितियों में और गहरा और समृद्ध होता जा रहा था। गास्तोन न केवल अत्यन्त कुशाग्र, कल्पनाशील और उत्कट प्रेमी था बल्कि वह शायद दुनिया का पहला ऐसा मर्द था, जिसने नीलपुष्पों के खेत में अपनी महबूबा के साथ प्रेम करने के लिए नन्हा हवाई जहाज़ उतार दिया था और दोनों मरने से बाल-बाल बचे थे। वे शादी के तीन साल पहले मिले थे, जब वह आमारान्ता उर्सुला के स्कूल के ऊपर नन्हे हवाई जहाज़ से कलाबाज़ियाँ दिखा रहा था। ध्वजदंड से बचने के लिए उसने हवाई जहाज़ को ख़तरनाक गोता लगाया था और कैनवस और एलुमिनियम की पतली चद्दर के बने उस अनगढ़ ढाँचे की पूँछ

बिजली के तारों में फँस गई थी। उसके बाद से, खपच्ची बँधी टाँगों के बावजूद वह हर सप्ताहान्त आमारान्ता उर्सुला को क्लब ले जाने के लिए ननों के छात्रावास जाता, जहाँ वह रहती थी और जहाँ के नियम उतने कठोर नहीं थे जितने फेर्नान्दा चाहती थी। उन्होंने एक रविवार पन्द्रह सौ फ़ीट की ऊँचाई पर बंजर ज़मीन की खुली शीतल हवा में एक-दूसरे से प्यार करना शुरू किया और जैसे-जैसे धरती पर लोग छोटे होते गए, वे अपने को एक-दूसरे के और क़रीब महसूस करते गए। आमारान्ता उर्सुला ने उसे बताया कि माकोन्दो विश्व का सबसे प्रकाशमान और शान्त शहर है। ओरेगानो की सुगन्ध से सुवासित विशाल घर में वह बुढ़ापे तक एक निष्ठावान पति और दो बलिष्ठ बेटों और एक बेटी के साथ रहना चाहती थी, बेटों के नाम औरेलियानो और खोसे आर्कादियो की जगह रोद्रीगो और गोनसालो[1], और बेटी का नाम रेमेदियोस के बदले वर्जीनिया रखना तय किया गया था। उसने अपनी याददाश्त के बूते उस शहर का ऐसा चित्र पेश किया था कि गास्तोन समझ गया कि वह शादी तब तक नहीं करेगी जब तक वह उसे माकोन्दो नहीं ले जाएगा। वह वैसे ही मान गया जैसे वह बाद में गले में पट्टा बाँधने के लिए भी तैयार हो गया था, क्योंकि उसने सोचा था कि यह केवल एक क्षणिक हठ है जो वक़्त के साथ ख़त्म हो जाएगी। लेकिन माकोन्दो में दो साल गुज़र जाने के बाद भी जब उसे आमारान्ता उर्सुला उतनी ही प्रसन्न दिखी जितनी कि वह पहले दिन दिखी थी तो वह परेशान हो गया। तब तक उसने उस क्षेत्र के चीर-फाड़ करने लायक़ हर कीड़े की चीर-फाड़ कर ली थी, वहाँ के मूल निवासी की तरह वह स्पैनिश बोलने लगा था और डाक से आनेवाली सभी पत्रिकाओं की वर्ग-पहेलियाँ उसने हल कर ली थीं। वह वहाँ से जाने के लिए मौसम का बहाना भी नहीं बना सकता था क्योंकि प्रकृति की कृपा से उसका जिगर इतना मज़बूत था कि न तो उस पर सिएस्ता की सुस्ती का असर होता और न ही पानी के कीड़े उसका कुछ बिगाड़ पाते थे। उसे वहाँ का स्थानीय खाना इतना पसन्द था कि एक बार उसने एक ही खुराक में गोह के बयासी अंडे खा लिये। दूसरी तरफ़, आमारान्ता उर्सुला ट्रेन से बर्फ़ के डिब्बों में मछली और शंख-मीन, डिब्बाबन्द मांस और परिरक्षित फल मँगवाती थी क्योंकि वह केवल यही चीज़ें खा सकती थी। वह अब भी यूरोपीय

---

1. मार्केस ने ये नाम अपने दो पुत्रों के नाम पर रखे। मार्केस के एक बेटे का नाम रोद्रीगो है, जो 24 अगस्त, 1959 को पैदा हुआ था जबकि दूसरे बेटे का नाम गोनसालो है जिसका जन्म 16 अप्रैल, 1962 को हुआ था। मार्केस की पत्नी का नाम मर्सेदेस बार्चा है।

ढंग के कपड़े पहनती थी और डाक से नये फ़ैशन के कपड़ों के डिजाइन मँगवाती थी, हालाँकि उसे कहीं आना-जाना नहीं होता था और उसका पति भी तब तक उसकी छोटी स्कर्ट, तिरछी फैल्ट हैट और सात लड़ियों की मालाओं से ऊब चुका था। उसकी ख़ुशी का राज़ था उसका अपने को व्यस्त रखने के लिए कोई-न-कोई तरीक़ा ढूँढ़ निकालना, ख़ुद खड़ी की गई घरेलू मुश्किलों को सुलझाना और हज़ार चीज़ों पर खराब ढंग से काम करना जिन्हें अगले दिन दुरुस्त करना पड़ता था। इससे फेर्नान्दा और ध्वंस के लिए निर्माण के पैतृक व्यसन की याद हो आती। उसका मस्त स्वभाव इतना प्रबल था कि जब भी नये रिकॉर्ड आते वह देर रात तक उन नृत्यों के अभ्यास के लिए गास्तोन को बैठक में बुलाती जिनके बारे में उसकी स्कूल की सहेलियों ने रेखांकनों के ज़रिये उसे बताया था, और अक्सर अन्त में वे वियेना वाली कुर्सियों या फिर नंगे फ़र्श पर प्रेम करते पाए जाते। उसके जीवन में अब केवल बच्चों की कमी थी लेकिन उसने अपने पति के साथ क़रार कर रखा था कि शादी के पाँच साल पूरे होने तक वे बच्चे नहीं पैदा करेंगे और उसने इस समझौते को तोड़ने की कोशिश नहीं की।

ख़ाली समय काटने की गरज से गास्तोन को शर्मीले औरेलियानो के साथ मेल्कीयादेस के कमरे में सुबह गुज़ारने की आदत पड़ गई थी। जब गास्तोन ने पूछा कि उसने वह जानकारी कैसे हासिल की थी जो विश्वकोश में भी नहीं थी, तो उसे वही जवाब मिला जो खोसे आर्कादियो को मिला था, "सबको इसकी जानकारी है।" संस्कृत के साथ-साथ उसने अंग्रेज़ी, फ्रांसीसी और थोड़ी-बहुत लैटिन और यूनानी भी सीखी थी। चूँकि उन दिनों वह रोज़ दोपहर में बाहर जाता था; और आमारान्ता उर्सुला ने उसके निजी ख़र्चे के लिए हफ़्तावार पैसा अलग रखा हुआ था, उसका कमरा कातालून्या के विद्वान की दुकान की एक शाखा लगने लगा था। वह देर रात तक तल्लीनता से पढ़ता। हालाँकि जिस तरह वह अपनी पढ़ाई की बात करता, उससे गास्तोन को लगता था कि वह किताबें ज्ञानार्जन के लिए नहीं बल्कि अपने ज्ञान की सचाई को परखने के लिए ख़रीदता था, और चर्मपत्र से ज़्यादा उसकी दिलचस्पी किसी और चीज़ में नहीं थी, जिसे पढ़ने में वह सुबह का ज़्यादातर समय लगाता था। गास्तोन और उसकी पत्नी दोनों को उसे अपनी पारिवारिक ज़िन्दगी का हिस्सा बनाना अच्छा लगता लेकिन औरेलियानो स्वभाव से सन्त था। उसके चारों ओर रहस्य के बादल छाये हुए थे जो समय गुज़रने के साथ घने होते जा रहे थे। यह स्थिति इतनी विषम थी कि उसके क़रीब होने की गास्तोन की सारी कोशिशें नाकाम

रहीं और समय बिताने के लिए उसे मनबहलाव के दूसरे तरीक़े खोजने पड़े। इसी दौरान उसे हवाई डाक सेवा शुरू करने की सूझी।

यह कोई नई योजना नहीं थी। वास्तव में, जब वह आमारान्ता उर्सुला से मिला था, तभी वह इस दिशा में काफ़ी काम कर चुका था, फ़र्क़ केवल इतना था कि तब वह योजना माकोन्दो के लिए नहीं बल्कि बेल्जियन कांगों के लिए बनाई गई थी, जहाँ उसके परिवार ने खजूर-तेल के व्यवसाय में पैसा लगा रखा था। शादी, और पत्नी को ख़ुश करने के लिए माकोन्दो में कुछ समय बिताने के अपने फ़ैसले की वजह से उसे यह योजना स्थगित करनी पड़ी थी। जब उसने देखा कि आमारान्ता उर्सुला जन-सुधार के लिए एक समिति बना रही है, और जब उसके वापस लौटने की बात करने पर वह उस पर हँस पड़ी तो वह समझ गया कि अभी उसे वहाँ काफ़ी वक़्त गुज़ारना था। तब उसने ब्रुसेल्स में अपने पुराने साझीदारों के साथ यह सोचकर सम्पर्क स्थापित किया कि अफ़्रीका की तरह कैरेबियन में भी नाम कमाने में कोई बुराई नहीं है। काम शुरू करने के साथ ही उसने पुराने ख़ूबसूरत इलाक़े में हवाई जहाज़ उतारने का मैदान तैयार किया जो देखने में पिसे हुए चकमक का मैदान लगता था, और उसने हवा की दिशा, तटीय क्षेत्र के भूगोल और विमान यात्रा के लिए उपर्युक्त मार्गों का अध्ययन किया। वह इस बात से अनजान था कि मिस्टर हर्बर्ट की तरह उसके अध्यवसाय की वजह से शहर में यह ख़तरनाक अफ़वाह फैल रही थी कि उसका असली ध्येय हवाई मार्ग स्थापित करना न होकर केले के पेड़ लगाना था। इस बात से उत्साहित होकर कि यह योजना शायद माकोन्दो में उसके स्थायी निवास का सबब बन जाए, उसने राज्य की राजधानी के कई चक्कर लगाए, अधिकारियों से मिला, लाइसेंस हासिल किया और विशेष अधिकारों के लिए संविदा-पत्र बनाए। इस दौरान उसने ब्रुसेल्स में अपने साझीदारों के साथ पत्र-व्यवहार भी क़ायम रखा जो अदृश्य डॉक्टरों के साथ फेर्नान्दा के पत्र-व्यवहार सरीखा लगता था। अन्ततः उसने एक ऐसे निपुण मैकेनिक की देखरेख में समुद्री जहाज़ से पहला हवाई जहाज़ भेजने के लिए उन्हें मना ही लिया जिसे सबसे नज़दीक के बन्दरगाह से हवाई जहाज़ के पुरजे जोड़कर माकोन्दो तक उड़ाकर लाना था। इस योजना की कल्पना और मौसमी अनुमान के एक साल बाद, अपने सहसम्बन्धियों के वादों पर यक़ीन करके, उसे आसमान को देखते हुए हवा की ध्वनि पर पलटकर हवाई जहाज़ आने की आस में सड़कों पर टहलने की आदत हो गई थी।

हालाँकि उसने ध्यान नहीं दिया था, आमारान्ता उर्सुला का आगमन औरेलियानो की ज़िन्दगी में अत्यधिक बदलाव लाया था। खोसे आर्कादियो की मौत के बाद वह कातालून्या के विद्वान की किताब की दुकान का नियमित ग्राहक बन गया था। और फिर, नई-नई मिली आज़ादी और ख़ाली समय ने उसमें शहर के प्रति एक जिज्ञासा जगा दी, जिसे समझने के लिए वह धूल-भरी, उजाड़ सड़कों पर घूमता रहता, विनष्ट घरों की वैज्ञानिक रुचि से पड़ताल करते, जंग और मरती चिड़ियों से टूटी खिड़कियों पर धातु के परदे और पुरानी यादों से निढाल निवासियों को देखते हुए। उसने अपनी कल्पना में केला कम्पनी के शहर की भव्यता को पुनः सृजित करने की कोशिश की—उस शहर की भव्यता जिसका सूखा तरणताल सतह तक सड़ते हुए मर्दाने और जनाने जूतों से अटा पड़ा था, और जिसके 'राई' घास से ध्वस्त घरों में उसे एक जर्मन शेफर्ड कुत्ते का कंकाल मिला था जो अब भी एक स्टील की चेन से लगे छल्ले से बँधा हुआ था और जहाँ एक टेलीफ़ोन बजता जा रहा था, बजता जा रहा था और बजता चला गया जब तक कि उसने रिसीवर नहीं उठा लिया। दूसरी तरफ़ से एक दुखी और अजनबी महिला ने अंग्रेज़ी में बात की और उसने कहा कि हाँ, हड़ताल ख़त्म हो गई थी, तीन हज़ार मृत लोगों को समुद्र में फेंक दिया गया था, केला कम्पनी जा चुकी थी और माकोन्दो को कई साल बाद अन्ततः शान्ति नसीब हुई थी। इस भ्रमण के दौरान वह वेश्याओं के सुनसान इलाक़े में भी गया जहाँ किसी ज़माने में रँगरलियों में रौनक़ लाने के लिए नोटों की गड्डियाँ जलाई गई थीं और जो अब बाक़ी सड़कों से ज़्यादा क्लान्त और निस्सहाय भूल-भुलैया जैसा मालूम पड़ता था, जहाँ कुछ लाल बत्तियाँ जल रही थीं और उजाड़ नाचघरों के कमरे मालाओं के अवशेषों से सजे थे, जहाँ पीली, मोटी बिन ब्याही विधवाएँ, फ्रांसीसी परदादियाँ और वेश्याओं की कुलमाताएँ अब भी अपने फ़ोनोग्रामों के बगल में इन्तज़ार कर रही थीं। औरेलियानो को ऐसा कोई आदमी नहीं मिला जो उसके परिवार को जानता हो। यहाँ तक कि कर्नल औरेलियानो बुएन्दीया को जाननेवाला भी कोई नहीं था सिवाय वेस्टइंडीज के उस सबसे वृद्ध अश्वेत बुड्ढे के जो रूई जैसे सफ़ेद अपने बालों के चलते फ़ोटो के नेगेटिव की तरह लगता था, और जो अब भी अपने घर की चौखट पर शोकगीत गा रहा था। औरेलियानो उससे टूटी-फूटी पापियामेन्तो में बात करता जो उसने कुछ ही हफ़्तों में सीखी थी। कभी-कभार वह अपनी परपोती द्वारा बनाया चिकन सूप औरेलियानो को पीने को देता। वह मज़बूत हड्डियों वाली लम्बी-चौड़ी अश्वेत महिला थी, जिसके घोड़ी

जैसे कूल्हे और ताज़ा खरबूजे जैसे स्तन थे और सिर गोल था जिस पर तार जैसे कड़कदार बालों की परत जमी थी जो एक मध्यकालीन योद्धा के सिर के कवच की तरह लगता था। उसका नाम निग्रोमान्ता था। उन दिनों औरेलियानो चाँदी के बर्तन, बत्तीदान और घर की दूसरी चीज़ें बेचकर अपना गुज़ारा कर रहा था। जब उसके पास पैसे नहीं होते, जैसा कि अक्सर होता था, तो वह बाज़ार के पिछवाड़े जाकर लोगों से मुर्ग़ों के सिर माँग लेता जिसे वे फेंक देते थे। उन्हें निग्रोमान्ता के पास ले जाकर लुनिया और पुदीना डलवाकर सूप बनवाता। हालाँकि अपने परदादा की मौत के बाद औरेलियानो ने उस घर की तरफ़ जाना छोड़ दिया था लेकिन चौराहे पर स्थित बादाम के पेड़ों के नीचे अँधेरे में वह अक्सर निग्रोमान्ता से टकरा जाता था, जो इस वक़्त जंगली जानवरों वाली सीटी बजाकर रात के उल्लू फाँसने की कोशिश कर रही होती थी। कई बार वह उसके साथ रुक भी जाता था। पापियामेन्तो में वह मुर्ग़े के सिर के सूप और ग़रीबी के अन्य स्वादिष्ट व्यंजनों की बातें तब तक करता रहता जब तक वह उसे यह न बताती कि उसकी उपस्थिति की वजह से ग्राहकों का आना बन्द हो गया था। हालाँकि कभी-कभार उसने वासना का अनुभव किया और सम्भवत: ख़ुद निग्रोमान्ता उसे साझी यादों की स्वाभाविक परिणति लगी फिर भी वह उसके साथ हमबिस्तर नहीं हुआ। अत: आमारान्ता उर्सुला के माकोन्दो लौटने तक उसका यौवन अक्षत ही था और बहन के नाते जब उसने उसे गले लगाया था तो वह स्तब्ध रह गया था। वह जब भी उसे देखता था, उसकी हालत ख़राब हो जाती थी ख़ासकर तब जब वह उसे नये-नये नृत्य दिखाती थी, उसने अपनी हड्डियों में वैसा ही गीलापन महसूस किया जैसा उसके लकड़नाना ने तब महसूस किया था जब पिलार तेर्नेरा ने कोठार में पत्तों का बहाना बनाया था। उस उत्पीड़न को कुचलने के प्रयास में वह चर्मपत्रों में डूबता गया और उस मौसी की मासूम ख़ुशामद को टालता गया जो आफत के प्रवाह से उसकी रातों में ज़हर घोल रही थी। लेकिन वह जितना उससे बचने की कोशिश करता, उतनी ही बेसब्री से हर समय प्रेम में तड़पते हुए घर के अनचाहे हिस्सों में वह उसके ठहाके का, एक प्रफुल्लित बिल्ली जैसी उसकी गुर्राहट का, उसके कृतज्ञता गीतों का इन्तज़ार करता। एक रात उसके बिस्तर से तीस फ़ीट दूर चाँदी के काम वाली बेंच पर, अतृप्त वासना से पीड़ित दम्पति ने शीशियाँ तोड़ दीं और म्यूरीएटीक एसिड के तालाब में प्रेमक्रीड़ा में डूब गए। उस रात औरेलियानो एक सेकेंड भी न सो सका। अगले दिन भी वह ज्वर से पीड़ित रहा और उसका पूरा दिन क्रोध से सिसकते हुए

बीता। उस पहली रात, बादाम के पेड़ों के नीचे अँधेरे में निग्रोमान्ता का इन्तज़ार करते हुए उसे लग रहा था कि वक़्त कट ही नहीं रहा है। उसे अनिश्चितता की सूइयाँ चुभ रही थीं। उसकी मुट्ठी में एक पेसो और पचास सेनतावो थे जो उसने आमारान्ता उर्सुला से माँगे थे, ज़रूरत से नहीं बल्कि इसलिए कि वह उसे किसी भी तरह अपने अनुभव में शामिल करना चाहता था, उसे दूषित करना चाहता था, उससे वेश्यावृत्ति करना चाहता था। निग्रोमान्ता उसे नकली मोमबत्तियों से प्रकाशित अपने कमरे की उस मुड़वा चारपाई पर ले गई जिसका बिस्तर अकुशल प्रेम के धब्बों से भरा पड़ा था। भयाक्रान्त बच्चे की तरह किनारे लगाने के अन्दाज़ में उसने जंगली कुत्ते जैसे कठोर और भावहीन अपने जिस्म के क़रीब उसे खींचा। अचानक उसे एक मर्द मिल गया जिसकी आश्यर्चजनक शक्ति ने उसे अपने अन्दर भूकम्पीय बदलाव करने के लिए बाध्य कर दिया।[1]

वे प्रेमी बन गए। औरेलियानो सुबह चर्मपत्रों में अर्थ ढूँढ़ता और सिएस्ता के समय उस कमरे में जाता जहाँ निग्रोमान्ता उसे प्रेम-विहार सिखाने के लिए उसका इन्तज़ार कर रही होती। पहले केंचुओं की तरह, फिर घोंघों की तरह और आख़िरकार केकड़ों की तरह, और वह तब तक उसे सिखाती रहती जब तक कि औरेलियानो को छोड़कर अनियमित प्रेमियों का इन्तज़ार करने जाने का समय न हो जाता। कई हफ़्ते बीतने पर औरेलियानो को पता चला कि निग्रोमान्ता अपनी कमर पर स्टील की तरह सख़्त, वायलिन के तार जैसी एक छोटी पेटी बाँधती थी, मानो उसी के साथ वह पैदा हुई और उसी के साथ बड़ी हुई थी। प्रेमालाप के बीच अक्सर वे चकाचौंध गर्मी में और जस्ते की छत पर ज़ंग की वजह से चमकते दिन के तारों तले बिस्तर में नंगे बैठकर खाना खाते। यह पहला मौक़ा था जब निग्रोमान्ता को एक नियमित प्रेमी मिला था और हँसी से लोट-पोट होते हुए उसने ख़ुद क़बूल किया था कि वह सिर से पैर तक उसकी हड्डियों को चूर कर देता था। वह भावुक भी हुई थी जब औरेलियानो ने उसे आमारान्ता उर्सुला के प्रति अपनी दमित वासना के बारे में बताया, जिसे वह निग्रोमान्ता के साहचर्य के बावजूद दूर नहीं कर पाया था। जैसे-जैसे अनुभव द्वारा उसके प्रेम का क्षितिज बड़ा हो रहा था, उसकी वासना उसे अन्दर से और मरोड़ रही थी। इसके बावजूद निग्रोमान्ता उसी गर्मजोशी से उसका स्वागत करती। हालाँकि अपनी ख़िदमत के लिए इस सख़्ती से उससे पैसे लेती कि जब औरेलियानो के पास पैसे नहीं होते थे तो वह

1. औरेलियानो बेबीलोनियो में खोसे आर्कादियो की अद्‌भुत 'काम-शक्ति' के दर्शन होते हैं।

उसके खाते में लिख देती थी। यह हिसाब नम्बरों में नहीं लिखा जाता था बल्कि दरवाज़े के पीछे नाख़ून से दर्ज़ किया जाता था। सूर्यास्त के समय जब निग्रोमान्ता चौराहे के अँधेरों में घूम रही होती, औरेलियानो बरसाती से एक अजनबी की तरह निकलता, आमारान्ता उर्सुला और गास्तोन को बमुश्किल नमस्ते करता जो आमतौर पर उसी समय खाना खा रहे होते और ख़ुद को कमरे में बन्द कर लेता। उन दोनों की हँसी, मस्ती और घर की रातों पर छाई ख़ुशी के चलते न वह पढ़ पाता था न लिख पाता था, यहाँ तक कि सोच भी नहीं पाता था। गास्तोन के हवाई जहाज़ का इन्तज़ार शुरू करने से पहले दो साल तक औरेलियानो की ज़िन्दगी ऐसे ही कट रही थी और उस दोपहर तक ऐसे ही कटती रही जब वह कातालून्या के विद्वान की किताबों की दुकान पर पहुँचा और वहाँ चार लड़कों को मध्यकालीन समय में तिलचट्टे मारने के तरीक़ों पर बहस करते पाया। केवल 'बेदा एल वेनेराबले'[1] द्वारा पढ़ी किताबों के लिए औरेलियानो की रुचि जानते हुए, उस बुड्ढे दुकानदार ने पितृवत् द्वेष से उसे बहस में हिस्सा लेने के लिए उकसाया और बिना साँस लिए समझाया कि दुनिया के सबसे पुराने पंखदार कीड़े तिलचट्टे, 'ओल्ड टेस्टामेंट' में चप्पलों का शिकार हो चुके थे। पर चूँकि यह जाति हर तरह के उन्मूलन—बौरक्स लगे टमाटर के टुकड़ों से लेकर आटे और चीनी का सामना करने में बेहद सक्षम थी और उसकी एक हज़ार छह सौ तीन उपजातियों ने उन सबसे पुराने, ख़तरनाक और जघन्य अत्याचारों को विफल कर दिया था, जो इनसान ने आदिकाल से ख़ुद आदिम जाति समेत किसी भी जीव के ख़िलाफ़ किए थे। जैसे प्रजनन की मूल प्रवृत्ति का सेहरा आदमी के सिर बँधता है, उसी तरह एक और ज़्यादा निश्चित और दुराग्रही मूल प्रवृत्ति इनसानों में पाई जाती है और वह प्रवृत्ति है तिलचट्टों को मारने की। अगर तिलचट्टे इनसान की क्रूरता से बच निकलने में सफल हुए हैं तो इसलिए कि वे अँधेरे में छिप जाते थे, जहाँ वे सुरक्षित रहते थे क्योंकि इनसान अँधेरे से डरता है। लेकिन दूसरी तरफ़ दिन की रोशनी उनके लिए जानलेवा है, अत: मध्यकालीन समय से ही, और अब भी, और वास्तव में सदी-दर-सदी तिलचट्टों को मारने का सबसे बेहतरीन तरीक़ा सूरज की रोशनी ही रहा है।

यह अद्भुत संयोग एक बढ़िया दोस्ती की शुरुआत थी। औरेलियानो दोपहर में आल्वारो, खेर्मान, आलफोंसो और गाब्रिएल नाम के उन चारों बहसबाज़ों से

---

1. बेदा एल वेनेराबले : एक अंग्रेज़ इतिहासकार (673-735) *एकेलिएस्टिक हिस्ट्री ऑफ़ द इंग्लिश पीपुल* का लेखक। वह ख़ासतौर पर अपने विश्वकोशीय ज्ञान के लिए प्रख्यात था।

मिलता। वे उसकी ज़िन्दगी के पहले और आख़िरी दोस्त थे।[1] लिखित वास्तविकता में बन्द उस आदमी के लिए किताबों की दुकान में शुरू होने और कोठों पर ख़त्म होनेवाली उत्तेजनापूर्ण बैठकें एक नया अनुभव थीं। उसे तब तक नहीं सूझा था कि साहित्य लोगों का मज़ाक़ उड़ाने का सबसे अच्छा खिलौना था, जब तक कि आल्वारो ने एक रात मस्ती में ऐसा करके न दिखा दिया। कुछ समय गुज़रने के बाद ही औरेलियानो को अहसास हुआ कि उस स्वेच्छाचारी मनोवृत्ति का उद्गम स्थल कातालून्या के विद्वान के उदाहरण थे, जिसके लिए ज्ञान का कोई अर्थ नहीं था अगर उससे चने बनाने का कोई नया तरीक़ा न निकाला जा सके।

---

1. उपन्यास के इस हिस्से में मार्केस ने अपने कुछ मित्रों और ख़ुद को उपन्यास के पात्रों के रूप में पेश किया है। मार्केस ने अपनी पढ़ाई बारानकील्या शहर में की थी। वहाँ उनके दोस्तों का एक छोटा-सा समूह था। इनके नाम थे—दोन रामोन विनियेस (कातालान का पुस्तक विक्रेता), आल्वारो सेप्राता (आल्वारो), आलफोंसो क्यूनमायोर (आलफोंसो), खेर्मान वार्गास (खेर्मान) और ख़ुद गाब्रिएल गार्सीया मार्केस (गाब्रिएल)। बारानकील्या में ये सभी अक्सर मिला करते थे और जमकर बहस करते थे। बीसवीं शताब्दी की शुरुआत में बारानकील्या देश के दूसरे हिस्सों से आनेवाले लोगों का स्वर्ग था। 1950 के दशक में मार्केस की यहाँ साहित्यानुरागी मित्रों से मुलाक़ात हुई। इनमें से कुछ मित्र लैटिन अमेरिकी साहित्य के बड़े हस्ताक्षर बने और यूरोपीय तथा अमेरिकी विश्वविद्यालयों में इनके साहित्य पर बाक़ायदा अध्ययन हो रहा है। ये लोग अक्सर रात-भर मदिरापान करते और जोयस, वर्जीनिया वुल्फ, स्टेनबेक, काल्डवेल, हेमिंग्वे और फॉकनर जैसे साहित्यकारों और उनकी रचनाओं पर चर्चा करते। दिलचस्प तथ्य यह है कि उपन्यास की ही तरह ये लोग भी चिड़ियों और पौधों वाले वेश्यालयों की कल्पना करते और कल्पना में ही भूख मिटाने के लिए जिस्मफरोशी करनेवाली छोटी लड़कियों को डराते। मार्केस ख़ुद उन दिनों की याद कर कहते हैं, "यह मेरे जीवन का बहुत हैरतअंगेज़ समय था...यह वह समय था जब न केवल हमने साहित्य की नई ज़मीन की तलाश की बल्कि जीवन के नये आयाम से भी रू-ब-रू हुए। हमारे दोस्तों में एक पुस्तक विक्रेता था और हम उसके काम में उसकी मदद करते थे।..." Mendoza, Plinio Apuleyo. (1982), *El olor de la guayaba,* Barcelona : Editorial Bruguera S.A., (P. 43-44). दोस्तों के इस समूह में एक था दोन रामोन विनियेस। दोन रामोन विनियेस अपने मित्रों से उम्र में बड़ा था। कातालान में रिपब्लिकन की पराजय के बाद उसे वह जगह छोड़नी पड़ी और बाद में नाज़ियों के आने के बाद उसे पेरिस को भी अलविदा कह बारानकील्या आना पड़ा। उपन्यास में मार्केस उसे कातालून्या के विद्वान के रूप में प्रस्तुत कर एक तरह से उसके प्रति सम्मान प्रदर्शित करते हैं। श्रद्धांजलि के तौर पर दोन रामोन विनियेस की याद में लिखे एक लेख में गार्सीया मार्केस लिखते हैं, "वह किताबों से भरे एक कमरे में रहता था, जहाँ, एक बिस्तर था, एक अलमारी थी, एक ट्रंक था, दो पेंटिंग थीं, एक पानी का जग था, लिखने की एक मेज़ और एक टाइपराइटर था।" दूसरे नज़रिये से देखें तो पाते हैं कि उपन्यास के अन्तिम हिस्से में माकोन्दो 1950 के दशक के बारानकीलिया में तब्दील हो जाता है, जबकि शुरू में माकोन्दो आरान्ताका मालूम पड़ता है।

जिस दोपहर औरेलियानो ने तिलचट्टों पर भाषण दिया था उस दिन उनकी बहस माकोन्दो के बाहरी इलाक़े के एक कोठे में उन लड़कियों के यहाँ ख़त्म हुई जो दो वक़्त की रोटी जुटाने के लिए वेश्यावृत्ति करती थीं। वहाँ की मालकिन 'मामा सान्ता' को दरवाज़े खोलने और बन्द करने की सनक थी। वह ऐसे ग्राहकों के भोलेपन के कारण सदैव मुस्कराती रहती थी, जो एक ऐसी व्यवस्था को सचाई मानते थे जो केवल कल्पना में ही विद्यमान थी, क्योंकि वहाँ की ठोस चीज़ें तक मिथ्या थीं। बैठते ही टूटनेवाला फ़र्नीचर, फ़ोनोग्राम जिसके अंजर-पंजर निकले हुए थे और जिसके अन्दर मुर्ग़ी अंडे दे रही थी, काग़ज़ के फूलों का बग़ीचा, केले की कम्पनी आने से पहले के कैलेंडर, चौखटों में लगे चित्र जो ऐसी पत्रिकाओं के थे जो कभी छपी ही नहीं। यहाँ तक कि आस-पड़ोस से आनेवाली संकोची वेश्याएँ भी मिथ्या ही थीं : जब कोठे की मालकिन उन्हें ख़बर देती कि ग्राहक आ गए हैं तो वे अपनी पाँच साल पुरानी छोटी फूल वाली फ्रॉक पहने बिना अभिवादन किए आती थीं और उन्हें उसी मासूमियत से उतार देती जैसे पहनती थीं और प्यार के आवेग में वे कहतीं, "हे ईश्वर, देखो कैसे छत गिर रही है।" और जैसे ही उनको मेहनताने के रूप में एक पेसो और पचास सेनतावो मिलता वे तुरन्त चीज़ वाला रोल उस मालकिन से ख़रीद लेतीं, जो पहले से कहीं ज़्यादा मुस्कराती रहती क्योंकि केवल वही जानती थी कि यह खाना भी सच नहीं था। औरेलियानो की दुनिया उन दिनों मेल्कीयादेस के चर्मपत्र से शुरू होती थी और निग्रोमान्ता के बिस्तर में ख़त्म होती थी। उसने काल्पनिक कोठे में संकोच का एक मूर्खतापूर्ण इलाज ढूँढ़ निकाला। पहले वह इन कमरों में कुछ नहीं कर पाता था जहाँ प्रेम के बेहतरीन क्षणों में मालकिन घुस आती और नायक-नायिकाओं की निजी ख़ूबियों पर टिप्पणियाँ करती। लेकिन समय के साथ-साथ वह दुनिया के इन दुर्भाग्यों का इतना आदी हो गया कि एक रात जो दूसरी रातों से ज़्यादा असन्तुलित थी, औरेलियानो ने आगे के कमरे में कपड़े उतारे और अपने अकल्पनीय पौरुष पर बियर की बोतल रखकर घर-भर में दौड़ गया। वही था जिसने अमर्यादाओं को प्रचलित किया जिसका वहाँ की मालकिन अपनी शाश्वत मुस्कान से बिना प्रतिवाद के, बिना उन पर विश्वास किए अनुष्ठान करती। बिलकुल वैसे ही मुस्कराते हुए जैसे उस समय किया था, जब खेर्मान ने यह दिखाने के लिए घर को जलाने की कोशिश की कि उसका कोई अस्तित्व नहीं है, और तब भी वैसे ही मुस्कराती रही थी जब आलफोंसो ने तोते की गर्दन मरोड़कर उस भगोने में डाल दिया जहाँ मुर्ग़े का सूप उबलने लगा था।

हालाँकि औरेलियानो चारों दोस्तों से ख़ुद को एक-से प्यार और भाईचारे से जुड़ा महसूस करता था, इस हद तक कि वह उनके बारे में ऐसे सोचता था मानो वे एक ही इनसान हों, लेकिन वह औरों के मुक़ाबले गाब्रिएल के ज़्यादा क़रीब था। यह नाता उस रात जुड़ा जब उसने ऐसे ही कर्नल औरेलियानो बुएन्दीया का नाम लिया और सिर्फ़ गाब्रिएल ने यह नहीं सोचा कि वह किसी का मज़ाक़ उड़ा रहा था। यहाँ तक कि आमतौर पर बातचीत में हिस्सा नहीं लेनेवाली वहाँ की मालकिन ने भी कर्नल औरेलियानो बुएन्दीया का नाम सुन रखा था। उसने एक 'मैडम' जैसे कुपित आवेश से कहा कि उदारवादियों को मारने का बहाना बनाने के लिए सरकार ने कर्नल औरेलियानो बुएन्दीया की कल्पना की थी। दूसरी तरफ़, गाब्रिएल को कर्नल औरेलियानो बुएन्दीया की सचाई पर सन्देह नहीं था क्योंकि वह उसके लकड़दादा कर्नल खेरिनेल्दो मार्केस का युद्ध का साथी और गहरा दोस्त था। स्मृति की छोटी-छोटी चालबाज़ियाँ और भी नाज़ुक हो गईं जब मज़दूरों को मारने की बात उठी। जितनी बार औरेलियानो यह बात उठाता, न केवल कोठे की मालकिन बल्कि कुछ दूसरे बुज़ुर्ग भी स्टेशन में फँसे मज़दूरों और लाशों से भरी दो सौ डिब्बों वाली ट्रेन के मिथक को नकार देते और यह दोहराते कि आख़िरकार सब कुछ न्यायिक दस्तावेज़ों और स्कूल की किताबों में साफ़-साफ़ लिखा था कि केला कम्पनी कभी थी ही नहीं। इस तरह औरेलियानो और गाब्रिएल वास्तविक तथ्यों पर आधारित एक ऐसी सहभागिता के रिश्ते से जुड़ गए थे जिन्हें कोई नहीं मानता था, इस रिश्ते ने दोनों की ज़िन्दगी को इस हद तक प्रभावित किया था कि उन्होंने ख़ुद को ख़त्म हो चुकी एक ऐसी दुनिया के ज्वार में डूबा पाया, जिसकी केवल यादें ही शेष थीं। जब समय आ घेरता गाब्रिएल सो जाता। औरेलियानो ने कई बार उसे वर्कशॉप में ठहराया, लेकिन वह उन मृतात्माओं के शोर से विक्षुब्ध होकर रात-भर जगा रहता, जो सुबह होने तक कमरों में घूमते रहते थे। बाद में उसने गाब्रिएल को निग्रोमान्ता के हवाले सौंप दिया, जो ख़ाली समय में उसे अपने कमरे में ले जाती और दरवाज़े के पीछे, उस थोड़ी-सी जगह में खड़ी लकीरें खींचकर उसका खाता लिखती, जो औरेलियानो के क़र्ज़े से अभी ख़ाली पड़ी थी।

अपनी अव्यवस्थित ज़िन्दगी के बावजूद, उस समूह ने कातालून्या के विद्वान के उकसाने पर कुछ ठोस करने की कोशिश की। प्राचीन उच्च साहित्य का प्राध्यापक होने और असाधारण किताबों की दुकान का मालिक होने के नाते, उसने उन्हें पूरी रात सैंतीसवीं नाटकीय स्थिति ढूँढ़ने उस शहर भेजा जहाँ किसी को प्राइमरी स्कूल

से आगे पढ़ने में दिलचस्पी ही नहीं थी। दोस्ती की ईजाद से मंत्रमुग्ध और फेर्नान्दा की क्षुद्रता की वजह से निषिद्ध उस दुनियावी सम्मोहन से हतप्रभ औरेलियानो ने चर्मपत्र की छानबीन ठीक उस समय छोड़ दी थी जब कविता की चिह्नित पंक्तियों से भविष्यवाणियाँ निकलने लगी थीं। लेकिन जब उसे अहसास हुआ कि कोठे पर जाने के साथ-साथ और कामों के लिए भी उसके पास काफ़ी समय था तो वह फिर मेल्कीयादेस के कमरे में लौटने के लिए प्रेरित हुआ। उसने तय किया कि जब तक उस पहेली को सुलझा न लेगा वह अपनी कोशिशें शिथिल नहीं करेगा। यह बात उस समय की थी जब गास्तोन ने हवाई जहाज़ का इन्तज़ार करना शुरू कर दिया था और आमारान्ता उर्सुला इतनी अकेली थी कि एक सुबह उसके कमरे में आ पहुँची।

"हैलो आदमख़ोर," वह उससे बोली, "लौट आए वापस अपनी गुफा में?"

ख़ुद बनाई ड्रेस और मछली की हड्डियों की माला पहने वह अत्यन्त आकर्षक लग रही थी। अपने पति की निष्ठा पर यक़ीन करके उसने पट्टा इस्तेमाल करना बन्द कर दिया था, और माकोन्दो लौटने के बाद पहली बार वह फ़ुरसत में लग रही थी। उसकी उपस्थिति को महसूस करने के लिए औरेलियानो को उसे देखने की ज़रूरत नहीं थी। आमारान्ता उर्सुला ने चर्मपत्र देखने के लिए मेज़ पर कोहनियाँ इतनी पास और इतने निष्क्रिय ढंग से रखीं कि औरेलियानो को उसकी हड्डियों की आवाज़ तक सुनाई दी, अपनी बेचैनी पर क़ाबू पाने की चेष्टा में उसने अपनी गुम होती आवाज़, शरीर छोड़ने को बेताब जीवन और सड़ी हुई पपड़ी बनती याददाश्त को सँभाला और उसे संस्कृत के पुरोहितों द्वारा तय की गई नियति के बारे में बताया, और जैसे काग़ज़ के पीछे लिखे अक्षर रोशनी पार करके पढ़े जा सकते थे उसी तरह समय की मदद से भविष्य जानने की वैज्ञानिक सम्भावना के बारे में उसे बताया। फिर उसने भविष्यवाणियों का खुलासा करने की ज़रूरत के बारे में बताया ताकि उनका मक़सद नाकाम न हो, और नोस्त्रेदमस की 'शताब्दियाँ' (सेनतूरियास) और सन्त मिलानस द्वारा कानताब्रिया के नाश की भविष्यवाणी के बारे में भी उसे समझाया। एकाएक, अपनी बात रोके बग़ैर, जन्म से ही दिल में छिपे आवेग के वशीभूत हो कुछ सोचकर उसने अपना हाथ आमारान्ता के हाथ पर रख दिया कि अन्तिम फ़ैसला उसकी शंकाओं का अन्त कर देगा। आमारान्ता उर्सुला ने स्नेही मासूमियत से उसकी उँगली पकड़ ली जैसे वह बचपन में पकड़ती थी और तब तक उसे थामे रही जब तक वह सवालों के जवाब देता रहा। दोनों वैसे ही रहे, बर्फ़ीली उँगलियों से जुड़े हुए जिनसे किसी भी तरह का कोई संकेत सम्प्रेषित नहीं हो रहा

था। तभी अचानक वह अपने क्षणिक सपने से जागी और अपना माथा पीटती हुई चिल्लाई—"चींटे!।" फिर वह पांडुलिपि के बारे में भूल गई, थिरकती हुई दरवाज़े तक गई और वहाँ से अपनी उँगलियों से औरेलियानो की तरफ़ हवाई चुम्बन उड़ाया जैसे उसने अपने पिता को उस दोपहर दिया था जब उन्होंने उसे ब्रुसेल्स भेजा था।

"बाद में बताना," वह बोली, "मैं तो भूल ही गई थी कि आज चींटियों की बाँबियों में चूना डालने का दिन है।"

जब घर के उस हिस्से में उसे कुछ काम होता वह कभी-कभार उसके कमरे में आ जाती थी और कुछ पल के लिए वहाँ ठहरती थी जबकि उसका पति आसमान में नज़रे गड़ाए रहता था। इस बदलाव से प्रोत्साहित औरेलियानो उन दिनों परिवार के साथ खाना खाने लगा, जो उसने आमारान्ता उर्सुला के लौटने के कुछ महीनों बाद बन्द कर दिया था। गास्तोन ख़ुश हो गया। खाने के बाद, क़रीब घंटा-भर चलनेवाली बातचीत के दौरान गास्तोन ने शिकायत की कि उसके साझीदार उसे धोखा दे रहे हैं। उन्होंने उसे ख़बर भेजी थी कि समुद्री जहाज़ पर लाद कर हवाई जहाज़ रवाना कर दिया गया था। लेकिन वह जहाज़ अब तक नहीं पहुँचा था और उसके शिपिंग एजेंट का कहना था कि वह जहाज़ कभी आएगा भी नहीं क्योंकि उसका नाम कैरेबियन के जहाज़ों की सूची में शामिल ही नहीं था। लेकिन उसके साझीदार कहते कि ऐसा नहीं है, और उन्होंने तो अपनी चिट्ठियों में सन्देह भी जताया था कि गास्तोन झूठ बोल रहा है। पत्र-व्यवहार आपसी सन्देह की इस हद तक पहुँच गया था कि गास्तोन ने पत्र न लिखने का फ़ैसला कर लिया था और मामला सुलझाकर हवाई जहाज़ लाने के लिए ब्रुसेल्स जाने की बात भी करने लगा था पर वहाँ जाने की उसकी योजना तब हवा हो गई, जब आमारान्ता उर्सुला ने माकोन्दो से न जाने की अपनी हठ दोहराई। उसका कहना था कि भले ही उसे अपना पति ही क्यों न खोना पड़े वह वहाँ से नहीं जाएगी। शुरू में औरेलियानो लोगों की इस राय से सहमत था कि साइकिल की सवारी करनेवाला गास्तोन एक बेवकूफ़ आदमी था और इससे उसके प्रति उसमें सहानुभूति भी पैदा हुई थी। बाद में, जब उसे कोठों में आदमियों के स्वभाव के बारे में ज़्यादा जानकारी हासिल हुई, उसने सोचा कि गास्तोन का दब्बूपन उसके अनियंत्रित आवेश की वजह से था। जब वह उसे अच्छी तरह जान गया और उसे पता चला कि उसका वास्तविक स्वभाव उसके दब्बूपन के एकदम उलटा था तो उसके मन में विद्वेषपूर्ण शंका पैदा हुई कि हवाई जहाज़ का उसका इन्तज़ार महज़ एक नाटक था। फिर उसने सोचा

कि गास्तोन उतना बेवकूफ़ नहीं था जितना कि वह लगता था, इसके उलट उसमें गजब का स्थायित्व, योग्यता और धैर्य था। वह लगातार अपनी पत्नी की हाँ में हाँ मिलाकर, कभी 'नहीं' न बोलकर, एक शाश्वत समझौते की थकान से उसका दिल जीतने में लगा था ताकि वह ख़ुद अपने ही जाल में फँसकर, भ्रम की नीरसता के भार से थककर ख़ुद यूरोप जाने के लिए तैयार हो जाए। औरेलियानो की दया घृणा में बदल गई। उसे गास्तोन का तरीक़ा इतना विकृत लगा और साथ ही इतना प्रभावी भी कि उसने आमारान्ता उर्सुला को उसके मन्तव्यों से सचेत कर दिया। आमारान्ता उर्सुला ने उसके शक को मज़ाक़ में उड़ा दिया। उसे औरेलियानो के अन्दर छिपे प्यार, अनिश्चितता और ईर्ष्या के बोझ का अहसास नहीं था, न ही उसे तब तक इस बात का अहसास था कि वह औरेलियानो के हृदय में भ्राता-प्रेम के अलावा कोई और भाव जगा रही थी जब तक कि एक दिन आडू का डिब्बा खोलते हुए उसकी उँगली नहीं कट गई और वह इस लोभ और निष्ठा से ख़ून चूसने को दौड़ा कि उसकी रीढ़ की हड्डी में सिहरन पैदा हो गई।

"औरेलियानो!" विक्षुब्ध हँसी के साथ वह बोली, "एक अच्छा चमगादड़ होने के लिए तुम कुछ ज़्यादा ही शक्की हो।"

और औरेलियानो अपनी सुध-बुध खो बैठा। ज़ख़्मी हाथ की हथेलियों में छोटे-छोटे चुम्बन देते हुए, उसने अपने दिल के सबसे गोपनीय गलियारे खोल दिए और बहुत लम्बी और चिरी-फटी अपनी अँतड़ी निकालकर सामने रख दी। वह परजीवी जानवर जो उसकी शहादत के ताप से जल रहा था उसने आमारान्ता उर्सुला को अपनी पूरी व्यथा बता डाली कि कैसे वह आधी रात को उठकर ग़ुसलख़ाने में सूख रहे उसके अंडरवियर को लेकर बिलखता था। उसने अपने उस पागलपन के बारे में उसे बताया जिसके वशीभूत हो उसने निग्रोमान्ता को बिल्ली की तरह रोने और उसके कान में गास्तोन, गास्तोन, गास्तोन कहने को कहा था और किस चालाकी से उसने उसकी इत्र की शीशियों को टटोला था ताकि वह वही ख़ुशबू उन छोटी लड़कियों की गर्दन पर सूँघ सके जो भूख की वजह से लोगों के साथ हमबिस्तर होती थीं। इस भावुक विस्फोट से भयभीत आमारान्ता उर्सुला अपना ज़ख़्मी हाथ घोंघे की तरह खोलती बन्द करती रही जब तक वह दर्द और दया के अवशेषों से मुक्त होकर, पन्ना, पुखराज और कठोर निष्ठुर हड्डियों की गाँठ नहीं बन गया।

"बेवकूफ़," वह थूककर बोली, "मैं बेल्जियम जानेवाले पहले जहाज़ से वापस जा रही हूँ।"

उन्हीं दिनों एक दोपहर आल्वारो कातालून्या के विद्वान की दुकान पर आया और ज़ोर-ज़ोर से अपनी नई खोज का ऐलान किया : एक प्राणिवैज्ञानिक वेश्यालय। उसका नाम था 'स्वर्ण शिशु।' वह एक बड़ा खुला कमरा था जहाँ कम-से-कम दो सौ बगुले खुलेआम टहलते थे और कर्कश कुड़कुड़ाहट से समय बताते थे। नृत्य मंच के चारों तरफ़ बने तार के बाड़े में आमाजोनिया कामेलिया पौधों के बीच कई रंग के बगुले, सूअर की तरह मोटे मगरमच्छ, बारह फनों वाले साँप और मुलम्मा चढ़े खोल वाला एक कछुआ था जो उस छोटे नकली समुद्र में डुबकी लगाता था। एक बड़ा सफ़ेद कुत्ता भी था, दब्बू और समलैंगिक, जो खाने के लालच में साँड़ का काम भी करता था। वहाँ के वातावरण में एक अजीब सा भारीपन था और ऐसा लगता था कि हाल ही में बना हो। ख़ूबसूरत मुलातो लड़कियाँ ख़ूनी लाल रंग की पंखुड़ियों और पुराने फ़ोनोग्रामों के बीच निराश बैठी इन्तज़ार करती रहती थीं। वे मर्दों को प्यार करने के वे तरीक़े जानती थीं जिन्हें आदमी स्वर्गलोक में भूल आया था। पहली रात जब वे पाँचों उस मायावी काँचघर में पहुँचे और खपच्ची की दोलन कुर्सी पर बैठी, दरवाज़े की चौकीदारी करती उस रोबीली अल्पभाषी बुढ़िया ने जैसे ही आनेवाले उन पाँच आदमियों में एक पतले-दुबले, तातारी गालों वाले आदमी को देखा जो हमेशा के लिए, सृष्टि के प्रारम्भ से ही एकाकीपन की फुंसी से अभिशप्त था, तो उसे लगा कि समय अपने मूल स्रोत की तरु लौट रहा है।

"हे ईश्वर," उसने लम्बी साँस ली, "औरेलियानो!"

वह एक बार फिर कर्नल औरेलियानो बुएन्दीया को देख रही थी जैसे उसने उसे चिराग़ की रोशनी में देखा था, लड़ाइयों से बहुत पहले, यश की उदासी और मोहभंग के निर्वासन से बहुत पहले, उस झिलमिलाती भोर में जब वह उसके कमरे में अपनी ज़िन्दगी का पहला हुक्म सुनाने गया था कि वह उससे प्यार करे। वह बुढ़िया पिलार तेर्नेरा थी। बरसों पहले उम्र का एक सौ पैंतालीसवाँ साल पार होते ही उसने अपनी उम्र का हिसाब रखने की ख़तरनाक बीमारी त्याग दी थी और पूर्व परिचित, पूर्व निर्धारित भविष्य में यादों के गतिहीन और हाशिए पर चले गए समय में जीने लगी थी, और उसने अपने पत्तों की भूल-भुलैया से लोगों को त्रस्त करना छोड़ दिया था।

उस रात औरेलियानो ने अपनी अनजान लकड़दादी की ममता और स्नेह में आश्रय खोज लिया। अपनी दोलन कुर्सी में बैठकर, वह बीते समय को याद करती, उस परिवार की शान और दुर्भाग्य और माकोन्दो के गौरव का बखान करती जो अब

ख़त्म हो चुका था, जबकि आल्वारो अपनी ज़ोरदार हँसी से मगरमच्छों को डराता, आलफोंसो उन बगुलों के बारे में कहानियाँ गढ़ता जिन्होंने पिछले हफ़्ते बदतमीज़ी करनेवाले चार ग्राहकों की आँखें निकाल ली थीं। गाब्रिएल एक ऐसी दुखी मुलातो लड़की के कमरे में समय बिताता जो पैसे के बदले अपने तस्कर-व्यापारी प्रेमी को चिट्ठी पहुँचाने की गुज़ारिश करती। उसका प्रेमी ओरीनोको के दूसरे हिस्से में एक जेल में क़ैद था। उसे सीमा की रक्षा कर रहे पहरेदारों ने रँगे हाथों पकड़ा था और जब उसे ज़बरदस्ती एक चैम्बरपॉट पर बैठाया गया तो वह चैम्बरपॉट टट्टी और हीरों के मिश्रण से भर गया था। औरेलियानो ने अपनी नज़रबन्दी के दौरान जिस मातृत्व भाव से परिपूर्ण कोठे की कल्पना की थी यह बिलकुल वैसा ही था। उसे वहाँ इतना अच्छा लगता था, पूरा माहौल इतना दोस्ताना कि जिस दोपहर आमारान्ता उर्सुला ने उसका भ्रम चकनाचूर किया, वह सीधे वहीं गया। वह शब्दों के ज़रिये अपने मन का बोझ हल्का करने को तैयार था ताकि कोई उसकी छाती में जकड़ी गाँठें खोल दे, लेकिन पिलार तेर्नेरा की गोदी में वह सिर्फ़ रोने के अलावा और कुछ न कर सका। पिलार तेर्नेरा ने उसे जी-भर रोने दिया, वह उँगलियों से उसका सिर सहलाती रही और उसके बिना बताए कि वह प्यार के मारे आँसू बहा रहा है, वह तुरन्त आदिम जाति के इतिहास की सबसे पुरानी सिसकियों को पहचान गई।

"कोई बात नहीं बेटा," वह उसे दिलासा देते हुए बोली, "अब मुझे बताओ कौन है वह?"

जब औरेलियानो ने उसे बताया तो पिलार तेर्नेरा ज़ोर से हँसी। वही पुरानी खिलखिलाहट जो कबूतर की गुटरगूँ की तरह सुनाई पड़ी। किसी बुएन्दीया के दिल में ऐसा कोई राज़ नहीं था जिसे वह न भेद पाए क्योंकि पत्तों की एक शताब्दी और अनुभव ने उसे सिखा दिया था कि उस परिवार का इतिहास एक मशीन की तरह था जिसमें अपरिहार्य दोहराव थे। एक घुमावदार पहिया जो अनन्त में समा जाता अगर धुरी लगातार अपूरणीय ढंग से न घिसती जाती।

"चिन्ता मत करो," वह मुस्कराकर बोली, "वह इस वक़्त जहाँ भी है, तुम्हारा इन्तज़ार कर रही है।"

दोपहर के सवा चार बजे थे। आमारान्ता उर्सुला नहाकर ग़ुसलख़ाने से निकली थी। औरेलियानो ने उसे अपने कमरे के सामने से कोमल लबादा और सिर पर तौलिए की पगड़ी बाँधे हुए गुज़रते देखा। नशे में लड़खड़ाते और पंजों पर चलते हुए वह उसके पीछे गया, और उसके कमरे में जा पहुँचा। जैसे ही आमारान्ता ने

अपना लबादा खोला डर के मारे उसने फिर बाँध लिया। औरेलियानो ने बगल वाले कमरे की तरफ़ इशारा किया, जिसका दरवाज़ा आधा खुला था। उसे पता था कि गास्तोन ने अभी चिट्ठी लिखनी शुरू ही की थी।

"जाओ यहाँ से," उसने फुसफुसाते हुए कहा।

औरेलियानो मुस्कराया, बेगोनिया के गमले की तरह कमर से पकड़कर उसे दोनों हाथों से उठाया और पीठ के बल पलंग पर पटक दिया। इससे पहले कि वह प्रतिरोध कर पाती औरेलियानो ने एक झटके से उसका लबादा उतार दिया और तत्काल धुली उस नग्नता की गहराई में उतर गया जिसकी त्वचा का रंग, रोओं की रेखाएँ और गुप्त तिलों की कल्पना वह दूसरे कमरों के अँधेरों में न जाने कब से करता रहा था। आमारान्ता उर्सुला ने एक चतुर स्त्री की तरह पूरी ईमानदारी से अपने को उसके चंगुल से छुड़ाने की भरपूर कोशिश की। उसने अपने चिकने, लचकदार सुगन्धित जिस्म को वीजल की तरह मरोड़ा। उसके शरीर पर घुटनों से वार भी किया, अपने नाख़ूनों से उसका चेहरा नोचने की भी कोशिश की। इस दौरान दोनों के मुँह से इतनी भी आवाज़ नहीं निकली कि वह अप्रैल के महीने में खिड़की से सूर्यास्त देखते हुए आदमी की श्वास पर भारी पड़ सके। यह भीषण संघर्ष था। मौत का संघर्ष, लेकिन हिंसारहित, क्योंकि हमले मिथ्या थे और बचाव अत्यन्त काल्पनिक, मन्द, सचेत और आडम्बरपूर्ण। हमलों के बीच इतना समय होता कि संध्या मालती के फूल खिल सकें, और बगल के कमरे में गास्तोन हवाई जहाज़ के स्वप्न को भूल सके। दोनों मछलीघर की तलहटी में सुलह-सफ़ाई की तलाश करते शत्रु प्रेमी प्रतीत हो रहे थे। उस हिंस्र और आनुष्ठानिक मुक़ाबले के आवेग में आमारान्ता उर्सुला को अहसास हुआ कि उसकी सायास ख़ामोशी इतनी अतार्किक थी कि अनायास ही उसका पति उस संघर्ष के शोर, जिसे वे दबाने की चेष्टा कर रहे थे, से कहीं ज़्यादा उसकी शान्ति से सशंकित हो सकता था। तब उसने बिना संघर्षविराम किए अपने होंठ कसकर भींचे और हँसने लगी और कृत्रिम वारों और मद्धम गति से अपने शरीर को झटकते हुए तब तक अपना झूठा बचाव करती रही जब तक कि उन दोनों को यह अहसास नहीं हो गया कि वे शत्रु होने के साथ-साथ सह-अपराधी भी हैं, और सहसा वह हंगामा पारम्परिक उछल-कूद में बदल गया और हमले प्रेम-स्पर्श बन गए। अचानक, लगभग मज़ाक़ में, शरारती अन्दाज़ में आमारान्ता उर्सुला ने अपनी ओर से लड़ाई रोक दी और जब तक उसे यह अनुभूति होती कि उसने क्या कर दिया तब तक तो बहुत देर हो चुकी थी। उसके गुरुत्व

केन्द्र में एक उत्तेजना ने उसे गतिहीन कर दिया, वह अपनी जगह पर जड़ हो गई और आत्मरक्षा की उसकी इच्छाशक्ति इस सम्मोहक जिज्ञासा से परास्त हो गई कि मौत की दूसरी तरफ़ नारंगी सीटियाँ और अदृश्य ग्लोब कैसे होंगे। उसके पास बमुश्किल इतना समय था कि हाथ बढ़ाकर तौलिया ले ले और अपने दाँतों के बीच दबा ले ताकि उसको अन्दर से चीरती बिल्ली की चीख़ें बाहर न निकल जाएँ।[1]

---

1. इस तरह से बुएन्दीया परिवार में कौटुम्बिक व्यभिचार का चक्र पूरा होता है—बुएन्दीया परिवार का इतिहास कौटुम्बिक व्यभिचार से शुरू होकर उर्सुला और खोसे आर्कादियो के कौटुम्बिक व्यभिचार से ही ख़त्म होता है।

20

जश्न की एक रात अपनी जन्नत के प्रवेशद्वार पर खपच्ची वाली दोलन कुर्सी पर बैठी पिलार तेर्नेरा चौकीदारी करते-करते चल बसी। उसकी अन्तिम इच्छा के अनुरूप उसे ताबूत में नहीं, बल्कि उसी कुर्सी पर बैठे हुए, दफ़नाया गया। आठ आदमियों ने रस्सी के सहारे नृत्य मंच के बीच खोदे गए बड़े गड्ढे में उसे उतारा था। रोने से पीली पड़ गई मुलातो लड़कियों ने काले कपड़ों में कुछ रहस्यमय रस्में अदा कीं। गड्ढे पर पटियाँ रखे जाने से पहले, जिस पर न नाम लिखा था, न तारीख़ें, और जो बड़े कामेलिया पौधों से ढका गया था, उन लड़कियों ने अपनी बालियाँ, जड़ाऊ पिन और अँगूठियाँ उतारकर उसमें डाल दिए। जानवरों को ज़हर देने के बाद, उन्होंने दरवाज़े और खिड़कियों को ईंट और गारे से बन्द कर दिया। सन्तों की तस्वीरें, पत्रिकाओं के चित्र और उन पुराने प्रेमियों के फ़ोटो से भरे लकड़ी के सन्दूक़ लिये वे वहीं ग़ुम हो गईं। जो किन्हीं दूर देशों के वासी थे और इतने अनोखे थे कि हीरों की टट्टी करते थे, या फिर आदमख़ोरों को खाते थे या ताश के बादशाहों को समुद्र में ताज पहनाते थे।

पिलार तेर्नेरा की क़ब्र में, स्तोत्रों और रंडियों के घटिया आभूषणों के बीच अतीत के वे बचे-खुचे खँडहर भी सड़ रहे थे, जो कातालून्या के विद्वान के अपनी किताबों की दुकान नीलाम करने और चिरस्थायी बसन्त की लालसा से वशीभूत होकर भूमध्यसागरीय इलाक़े के उस गाँव लौटने के बाद शेष रह गए थे जहाँ वह पैदा हुआ था। किसी को भी उसके फ़ैसले की पहले से जानकारी नहीं थी। उस समय हो रही लड़ाइयों से आजिज़ आकर वह केला कम्पनी के वैभवकाल में माकोन्दो आया था, और उसे पन्द्रहवीं शताब्दी से पहले की किताबों और कई भाषाओं में प्रथम संस्करणों की पुस्तकों की दुकान खोलने से ज़्यादा आसान और दूसरा कोई काम नहीं सूझा था। सड़क पार वाले घर में अपने सपनों की व्याख्या करवाने के

लिए अपनी बारी आने का इन्तज़ार करते लोग इतने अनमनेपन से उन किताबों को उलटते-पलटते मानो वे कूड़ा-करकट हों।

कातालून्या के विद्वान ने अपनी आधी ज़िन्दगी दुकान के पिछवाड़े बैगनी स्याही से स्कूल पुस्तिका से फाड़े पन्नों पर ज़रूरत से ज़्यादा साफ़-सुथरी अपनी लिखावट में लिखते हुए गुज़ार दी, और कोई कभी यह नहीं जान पाया कि वह आख़िर क्या लिखा करता था। जब औरेलियानो उससे पहली बार मिला तब उसके पास उन रंग-बिरंगे पन्नों के दो सन्दूक़ थे जिन्हें देखकर मेल्कीयादेस के चर्मपत्र का ख़याल आ जाता था। तब से लेकर वहाँ से रवाना होने तक कातालून्या के विद्वान ने उन पन्नों से तीसरा सन्दूक़ भी भर लिया था। अत: यह मानना स्वाभाविक ही था कि माकोन्दो में रहने के दौरान उसने लिखने के अलावा और कुछ नहीं किया था। उसने केवल उन चार दोस्तों से नाता रखा था, जिन्हें वह लट्टू और पतंग के बदले किताबें देता और जिन्हें उसने हाईस्कूल में ही सेनेका और ओविड की किताबें पढ़वा दी थीं। वह उन प्रख्यात लेखकों के बारे में इस घरेलू बेतकल्लुफ़ी से बातें करता था मानो वे कभी एक कमरे में उसके साथ रह चुके थे, उसे उनके बारे में ऐसी कई बातें मालूम थीं जो कि उसे मालूम नहीं होनी चाहिए थीं। जैसे, कि सन्त आगस्तीन अपने लबादे के नीचे एक गर्म जैकेट पहनते थे जिसे उन्होंने चौदह सालों तक नहीं उतारा था। जादूगर आरनाल्दो दे विलानोवा,[1] बचपन से एक बिच्छू के डंक मारने की वजह से नपुंसक हो गया था। लिखे हुए शब्दों के प्रति उसके उत्साह में जहाँ एक तरफ़ ख़ास तरह की संजीदगी नज़र आती थी वहीं दूसरी तरफ़ एक गपोड़ी का खिलन्दड़ापन भी दिखाई पड़ता था। यहाँ तक कि उसकी ख़ुद की पांडुलिपि में भी यह दुविधा साफ़ झलकती थी। एक बार कुछ ऐसा हादसा हुआ कि आलफोंसो ने कातालान की भाषा सीखने के बाद अनुवाद करने के लिए कुछ पन्नों को अपनी उन जेबों में रख लिया, जो अक्सर अख़बार की कतरनों और अजीबोग़रीब उद्योग-धन्धों की पुस्तिकाओं से भरी रहती थीं। वे सभी पन्ने रात में उन छोटी लड़कियों के घर में गुम हो गए जो भूख के कारण लोगों के साथ हमबिस्तर होती थीं। तब वह समझदार बूढ़ा आलफोंसो की आशंका के विपरीत नाराज़ नहीं हुआ बल्कि हँसी से लोट-पोट होते हुए बोला कि साहित्य की यही नियति है। दूसरी तरफ़, दुनिया

1. आरनाल्दो दे विलानोवा : एक डॉक्टर, धर्मशास्त्री और कीमियागर (1235-1313) एल्कोहल के अध्ययन के साथ-साथ उसने धार्मिक सुधारों की भी वकालत की। सोलहवीं शताब्दी के मध्य में प्रकाशित पुस्तक 'रोज़ेरियम फ़िलोसोफ़ोरियम' उनकी लिखी हुई मानी जाती है।

की कोई ताक़त उसे अपने पैतृक गाँव जाते समय उन तीन सन्दूकों को ले जाने से नहीं रोक सकी, और उसने उन रेलवे निरीक्षकों पर गालियों की बौछार कर दी जब उन्होंने उन सन्दूकों को मालगाड़ी से भेजने की कोशिश की। आख़िरकार वह उन्हें अपने साथ रेलगाड़ी में ले जाने में सफल हुआ। "अगर आदमी प्रथम श्रेणी में सफ़र करे और साहित्य मालगाड़ी में तो यक़ीनन यह दुनिया चुद जाएगी," वह बोला। लोगों के कानों में पड़नेवाले यही उसके आख़िरी शब्द थे। वहाँ से चलने के पहले के उसके दिन काफ़ी ख़राब बीते थे। सफ़र की तैयारी करते समय वह काफ़ी उदास था, क्योंकि जैसे-जैसे जाने का समय नज़दीक आ रहा था उसका मूड ख़राब होता गया और चीज़ें ग़ुम होने लगीं, और जो कुछ वह एक जगह रखता वह उसे दूसरी जगह मिलता, बिलकुल उसी तरह जैसे फेर्नान्दा को भूतों ने सताया था।

"हरामी" वह कोसता, "मैं लन्दन की धर्मसभा के सत्ताईसवें सिद्धान्त पर थूकता हूँ।"

खेर्मान और औरेलियानो ने उसका ख़याल रखा। उन्होंने एक बच्चे की तरह उसकी मदद की, टिकट और आप्रवासन के काग़ज़ात को पिन के ज़रिये जेबों में टाँका और विस्तृत सूची तैयार करके उसे दी। उस सूची में लिखा था कि माकोन्दो से चलने के समय से लेकर बार्सीलोना पहुँचने तक उसे क्या करना था, लेकिन तब भी, बेध्यानी में, उसने अपनी वह पैंट फेंक दी जिसमें उसने अपनी आधी कमाई रखी थी। यात्रा से एक रात पहले बक्से बन्द करने और उस अटैची में कपड़े रखने के बाद जिसमें वह उन्हें भरकर लाया था, उसने अपनी सूनी आँखें सिकोड़ीं और गुस्ताख़ निगाहों से किताबों के ढेर की तरफ़ देखा जिनकी बदौलत वह माकोन्दो में अपना प्रवास काट सका था और अपने दोस्तों से बोला :

"यह सारा कूड़ा-करकट मैं तुम लोगों के लिए छोड़ रहा हूँ।"

तीन महीने बाद उन्हें एक बड़े लिफ़ाफ़े में उनतीस चिट्ठियाँ और पचास से ज़्यादा तस्वीरें मिलीं जो उसने समुद्री यात्रा के दौरान ख़ाली समय में लिखी थीं। हालाँकि उसने उन चिट्ठियों पर तारीख़ें नहीं डाली थीं, लेकिन जिस क्रम में वे चिट्ठियाँ लिखी गई थीं वह सुस्पष्ट था। पहली कुछ चिट्ठियों में, अपने चिरपरिचित मज़ाक़िया अन्दाज़ में उसने यात्रा की कठिनाइयों के बारे में वर्णन किया था। उसने उस माल अधिकारी को जहाज़ से समुद्र में फेंकने के अपने आवेग के बारे में बताया था जिसने उसके तीन सन्दूकों को केबिन में रखने से मना कर दिया था। उसने उस औरत की मूर्खता के बारे में लिखा था जो तेरह नम्बर से भयभीत थी,

अन्धविश्वास की वजह से नहीं बल्कि इसलिए कि उसका सोचना था कि इस नम्बर का कोई अन्त नहीं था। उसने उस शर्त का भी ज़िक्र किया जो उसने पहली रात खाने के दौरान जीती थी क्योंकि पीने के पानी में उसने लेरीदा के रात्रिकालीन चुकन्दरों का स्वाद पहचान लिया था। लेकिन, समय के साथ-साथ जहाज़ की ज़िन्दगी की वास्तविकता का महत्त्व उसके लिए कम होता गया और सबसे नई और तुच्छ घटनाओं की याद भी उसे सताने लगी। जैसे-जैसे जहाज़ दूर होता गया उसकी यादें उदास होने लगीं। यादों का यह सिलसिला उसकी तस्वीरों में भी दिखता था। पहली कुछ तस्वीरों में वह ख़ुश लग रहा था। झागदार लहरों से भरे अक्टूबर के कैरेबियन सागर में बर्फ़ीले बाल और अस्पताल की जैकेट जैसी अपनी ढीली-ढाली कमीज़ में, उसकी ख़ुशी साफ़ झलकती थी। बाद की कुछ तस्वीरों में, वह एक गहरे रंग का कोट और रेशमी गुलूबन्द पहने हुए था। उसका चेहरा निस्तेज था। शरत्कालीन सागर पर एक निद्राचारी की तरह गतिमान जहाज़ के डेक से ग़ैरहाज़िर रहने का असर उसके चेहरे पर साफ़ नज़र आ रहा था और वह चुप-चुप लग रहा था। खेर्मान और औरेलियानो ने उसकी चिट्ठियों का जवाब दिया। उसने शुरू के कुछ महीनों में इतनी चिट्ठियाँ लिखीं कि वे ख़ुद को उससे उन दिनों से कहीं ज़्यादा क़रीब महसूस करने लगे जब वह माकोन्दो में रहता था। वे उस विद्वेष से भी लगभग मुक्त हो गए जो वह अपने पीछे छोड़ गया था। शुरू में उसने कहा कि अब भी सब कुछ पहले जैसा ही था, कि वे गुलाबी घोंघे अब भी उस घर में थे जहाँ वह पैदा हुआ था, कि टोस्ट की सूखी हिलसा में अब भी वही स्वाद था, कि गाँव के झरने अब भी शाम को गमगमा उठते थे। बैगनी स्याही की लिखावट से सजे उन पन्नों पर वह हर एक के लिए अलग से लिखता था। हालाँकि उसने ख़ुद इस बात पर कभी ध्यान नहीं दिया, लेकिन उत्साहवर्धन और उद्दीपन से भरी ये चिट्ठियाँ धीरे-धीरे मोहभंग की ग्रामीण चिट्ठियों में तब्दील होने लगीं। जाड़े की एक रात जब चूल्हे पर सूप उबल रहा था, उसे अपनी दुकान के पिछवाड़े की गर्मी, धूलग्रस्त बादाम के पेड़ों पर सूरज का भिनभिनाना, सिएस्ता की सुस्ती के दौरान ट्रेन की सीटी की याद आने लगी, बिलकुल उसी तरह जैसे माकोन्दो में उसे चूल्हे पर उबलता सूप, कॉफ़ी बेचनेवालों की आवाज़ें और बसन्त ऋतु का आमोद-प्रमोद याद आता था। आईने की तरह आमने-सामने खड़ी दो यादों से परेशान वह अपना अद्भुत मिथ्याबोध गँवा बैठा और अन्ततः उसने सभी को माकोन्दो छोड़ने की सलाह दे डाली। वह सब कुछ भूलने की सलाह भी उसने दी जो उसने उन्हें

सिखाया था चाहे वह दुनिया के बारे में हो, इनसानी दिल के बारे में हो, या फिर कि वे होरेस पर थूकें और जहाँ कहीं भी वे हों, ये याद रखें कि अतीत एक झूठ है। यादें कभी वापस नहीं आतीं, कि हर बीता बसन्त दुबारा कभी नहीं आता, कि सबसे सघन और अटल प्रेम अन्त में सिर्फ़ एक क्षणिक सत्य ही साबित होता है।

सबसे पहले आल्वारो ने माकोन्दो छोड़ने की उसकी सलाह मानी। उसने सब कुछ बेच दिया जिसमें घर के आँगन से राहगीरों को छेड़ने वाला उसका पालतू तेंदुआ भी था और उसने एक ऐसी ट्रेन का एक ऐसा टिकट ख़रीदा जिसकी यात्रा कभी ख़त्म ही नहीं होती थी। रास्ते के स्टेशनों से भेजे पोस्टकार्डों में वह चीख़कर उन क्षणिक चित्रों का वर्णन करता था जो ट्रेन के डिब्बे की खिड़की से उसने देखे थे। लगता था मानो वह ग़ुमनामी में एक लम्बी कविता फाड़-फाड़कर फेंक रहा हो : लूसियाना के कपास के खेतों के काल्पनिक अश्वेत, केंटकी की नीली घास में पंख वाले घोड़े, आरीजोना के नारकीय सूर्यास्तों में यूनानी प्रेमी, मिशिगन के सरोवर किनारे लाल स्वेटर पहने चित्र बना रही वह लड़की जिसने उसकी तरफ़ अपने ब्रश से इशारा किया था, विदाई में नहीं बल्कि उम्मीद से, क्योंकि उसे पता नहीं था कि वह एक ऐसी ट्रेन को जाते देख रही थी जो कभी वापस नहीं आने वाली थी। फिर सोमवार को लौटने के इरादे से शनिवार को आलफोंसो और खेर्मान निकले लेकिन फिर उनकी कोई ख़बर नहीं आई। कातालून्या के विद्वान के जाने के एक साल बाद माकोन्दो में केवल गाब्रिएल बचा था जो अब भी निग्रोमान्ता की सांयोगिक उदारता के चलते ज़िन्दगी काट रहा था और फ्रांसीसी पत्रिका की प्रतियोगिता के प्रश्नों का जवाब दे रहा था जिसमें पहला इनाम था पेरिस की यात्रा। औरेलियानो यह पत्रिका मँगवाता था और जवाब लिखने में उसकी मदद करता था, कभी-कभार घर में लेकिन ज़्यादातर माकोन्दो में बचे इकलौते औषधालय में, काँच की शीशियों और वैलेरियन के वातावरण के बीच, जहाँ गाब्रिएल की गुप्त प्रेमिका मेरसेदेस[1] रहती थी। अतीत में अभी सिर्फ़ इतना ही शेष था जिसका सर्वनाश नहीं हुआ था। अभी सर्वनाश की प्रक्रिया जारी थी, ख़ुद को अन्दर से नष्ट करते हुए हर पल समाप्त होते हुए, लेकिन अन्त का अन्त नहीं करते हुए। वह शहर निष्क्रियता की इस पराकाष्ठा तक पहुँच गया था कि जब गाब्रिएल ने

1. मेरसेदेस मार्केस की पत्नी का भी नाम है। मार्केस ख़ुद लिखते हैं, "उपन्यास में एक रसायनज्ञ के रूप में दो बार उसका पदार्पण होता है।" Mendoza, Plinio Apuleyo.(1982), *El olor de Guayaba*, Barcelona : Ed. Bruguera S.A., (P. 23)

प्रतियोगिता जीती और दो जोड़ी कपड़े, एक जोड़ी जूते और रेबले[1] की कृतियाँ लेकर वह पेरिस रवाना हुआ तो उसे ट्रेन को रोकने के लिए ख़ुद इशारा करना पड़ा था। तुर्कों की वह पुरानी गली अब उजड़ चुकी थी जहाँ दरवाज़ों में बैठने की पुरानी रस्म अदा करते हुए, बचे-खुचे अरबवासी मौत की तरफ़ घिसट रहे थे, हालाँकि उन्हें आख़िरी बार तिरछा कपड़ा बेचे काफ़ी समय हो गया था, और दुकानों की खिड़कियों में केवल सिर कटे पुतले बचे थे। जिस केला कम्पनी के शहर की तस्वीर पैट्रीशिया ब्राउन प्रैट्विल, अलबामा में अपने नाती-पोतों के साथ अनुदार रातों और सिरके वाले खीरों के बीच लगाने की कोशिश करती होगी, वह अब केवल जंगली घास का खेत भर रह गया था। फादर आनखेल की जगह दूसरा बुड्ढा पादरी आया था और उसका नाम पता करने का कष्ट किसी ने नहीं किया था। वह गठिया और सन्देह के अनिद्रा रोग से उत्पीड़ित हैमक में लेटे ईश्वर की अनुकम्पा का इन्तज़ार कर रहा था, जबकि समीप के चर्च की विरासत के लिए छिपकलियों और चूहों में दंगल चल रहा था। उस माकोन्दो को चिड़ियों ने भी भुला दिया था, जहाँ धूल और गर्मी इतनी कड़ी थी कि साँस लेना तक दूभर था, और जो एकाकीपन और प्यार और प्यार के एकाकीपन से विरक्त हो गया था। उस घर में जहाँ लाल चींटों के शोर की वजह से सोना मुश्किल था, वहाँ केवल औरेलियानो और आमारान्ता उर्सुला ही दो सुखी इनसान थे, और दुनिया के सबसे ख़ुश इनसान भी।[2]

गास्तोन ब्रुसेल्स लौट गया था। हवाई जहाज़ की प्रतीक्षा से थककर उसने एक दिन ज़रूरी चीज़ें एक छोटी अटैची में डालीं, पत्र-व्यवहार की फ़ाइल ली और इससे पहले कि उसको दी गई मंजूरी जर्मनी के पायलटों के एक समूह को दे दी जाए जिन्होंने प्रान्तीय अधिकारियों के सामने उसकी योजना से ज़्यादा बड़ी योजना प्रस्तुत की थी, वह हवाई जहाज़ से लौटने के इरादे से निकल पड़ा। प्रेमक्रीड़ा की उस पहली दोपहरी के बाद से औरेलियानो और आमारान्ता उर्सुला उन विरल क्षणों का लाभ उठाने से नहीं चूकते थे जब उसके पति का ध्यान कहीं और होता, और

---

1. गाब्रिएल गार्सीया मार्केस कई बार कह चुके हैं कि रेबले का ज़िक्र एक छलावा मात्र है। "उदाहरण के तौर पर मुझे ऐसा एक समीक्षक याद पड़ता है जिसने उपन्यास के एक पात्र गाब्रिएल को रेबले की कृतियों को पेरिस ले जाते देख सोचा कि उसे उपन्यास की कुंजी हाथ लग गई है। यह अहसास होते ही उसने उपन्यास की समस्त अतिरंजना को रेबले का साहित्यिक प्रभाव क़रार दिया। मैंने दरअसल जानबूझकर केले के छिलके की तरह रेबले को फेंका जिस पर ढेरों समीक्षक फिसल गए।" Mendoza, Plinio Apuleyo. ob.cit. (P. 72-73)
2. पूरे उपन्यास में यही दो पात्र हैं जिन्हें 'प्रेम के एकाकीपन' में ख़ुश पाया गया।

मौक़ा मिलते ही वे दमघोंटू उत्ताप से कामक्रीड़ा में लीन हो जाते, जिसमें अक्सर गास्तोन की वापसी से व्यवधान उत्पन्न होता था। लेकिन जब वे ख़ुद को घर में अकेला पाते तो, खोये समय की भरपाई करने को उद्धत प्रेमियों जैसे पागलपन में डूब जाते। उनकी वासना उन्मुक्त और विक्षिप्त कर देनेवाली थी, जिसकी वजह से क़ब्र में फेर्नान्दा का रोम-रोम काँप उठता था और जो उन दोनों को निरन्तर काम-ज्वर से पीड़ित रखता था। आमारान्ता उर्सुला की चीख़ें, उसके यंत्रणा-गीत दोपहर दो बजे खाने की मेज़ पर और रात दो बजे रसोई भंडार में एक-से होते। "मुझे सबसे ज़्यादा कष्ट इस बात का है," वह हँसते हुए कहती, "हमने कितना वक़्त बरबाद कर दिया।" वासना के सम्भ्रम में उसने चींटों को बग़ीचे का नाश करते देखा, अपनी प्रागैतिहासिक भूख को घर की धरन से तृप्त करते हुए, और उसने चींटों के ज़िन्दा लावा के प्रवाह को बरसाती पर दोबारा क़ब्ज़ा करते देखा लेकिन उसने केवल तब उनसे लड़ने की ज़हमत उठाई जब वे उसके कमरे में घुस आए। इस दरमियान औरेलियानो ने चर्मपत्र त्याग दिए, पूरी तरह से त्याग दिए, दोबारा घर से नहीं निकला और कातालून्या के विद्वान की चिट्ठियों का जवाब बेरुखी से दिया। यथार्थबोध, समय की धारणा और दिनचर्या की उनकी आदत ख़त्म हो गई। उन्होंने एक बार फिर खिड़कियों और दरवाज़ों को बन्द कर दिया ताकि कपड़े उतारने में वक़्त बरबाद न हो और वे घर में वैसे घूमते जैसे 'ख़ूबसूरत' रेमेदियोस घूमना चाहती थी। आँगन की मिट्टी में नंगे लोटते, और एक दोपहर तो पानी के हौज़ में प्यार करते हुए लगभग डूब ही गए। उन दोनों ने घर को लाल चींटों से ज़्यादा क्षति पहुँचाई : बैठक का फ़र्नीचर तोड़ दिया, पागलपन में उस हैमक के चिथड़े कर दिए जिसने कर्नल औरेलियानो बुएन्दीया की उदासी झेली थी और गद्दों की चिंदियाँ उड़ा दीं और रूई की आँधी में घुटते हुए उसे फ़र्श पर बिखेर दिया। हालाँकि औरेलियानो अपनी प्रतिद्वन्द्वी के बराबर का उग्र प्रेमी था, लेकिन अपनी प्रलापी प्रतिभा और प्रगीतात्मक अतृप्ति के बल पर आमारान्ता उर्सुला उस विपत्ति की जन्नत पर राज़ करती थी। प्रतीत होता था मानो अपनी कामशक्ति में उसने वह सारी अविजेय शक्ति केन्द्रित कर दी जो उसकी लकड़दादी ने जानवरों जैसी मिठाई बनाने में लगाई थी।[1] मगर जिस पल वह विलास से गुनगुना रही होती या

1. आमारान्ता उर्सुला और औरेलियानो के कौटुम्बिक व्यभिचार का वृत्तान्त उपन्यास में आख़िरी बार एक साथ पूरे परिवार—'ख़ूबसूरत' रेमेदियोस, खोसे आर्कादियो, पोप का प्रशिक्षु, औरेलियानो सेगुन्दो, कर्नल, उर्सुला...की याद ताज़ा कर देता है। ऐसा लगता है कि उनके माध्यम से एक बार फिर पूरा परिवार जीवित हो उठा है।

अपने आविष्कारों पर हँसी के मारे दोहरी हो रही होती उस पल औरेलियानो और अन्तर्मुखी होता जाता, क्योंकि उसका प्यार आत्मकेन्द्रित और तीव्र था। बहरहाल, दोनों काम-प्रवीणता के उस शिखर पर पहुँच गए थे कि जब वे अपने आवेग से थक जाते तो इस थकान का फ़ायदा उठाते। वे अपने जिस्मों की उपासना में लग जाते, और उन्हें अनुभव होता कि प्रेम के दौरान विराम में अन्वेषित सम्भावनाएँ भी कामना की सम्भावनाओं से कहीं ज़्यादा समृद्ध थीं। जहाँ वह आमारान्ता उर्सुला के ऊर्ध्व स्तनों पर अंडे की सफ़ेदी मलता या उसकी लचीली जाँघों और कोमल उदर पर मक्खन लगाता, वहीं आमारान्ता उर्सुला, औरेलियानो के चमत्कारी अंग से गुड़ियों की तरह खेलती और उस पर अपनी लिपस्टिक से जोकर की आँखें बनाती, काजल से तुर्कों जैसी मूँछें बनाती, और औरगेंजा की छोटी टाई और छोटी टिन की पन्नी की टोपियाँ पहनाती। एक रात दोनों ने एक-दूसरे पर सिर से पैर तक आड़ू का जैम लगाया और कुत्तों की तरह एक-दूसरे को चाटा और फ़र्श पर पागलों की तरह प्रेम किया और उनकी नींद तब खुली जब मांसभक्षी चींटे उनका भक्षण करने के लिए उन पर हमले की तैयारी कर रहे थे।

अपने पागलपन के मध्य विराम क्षणों में, आमारान्ता उर्सुला गास्तोन की चिट्ठियों का जवाब देती। वह उसे इतना दूर और व्यस्त प्रतीत होता था कि उसका लौटना नामुमकिन लगता था। शुरू के एक ख़त में उसने बताया कि उसके साझीदारों ने वाक़ई हवाई जहाज़ भेजा था, लेकिन ब्रुसेल्स के एक प्रेषण अधिकारी ने ग़लती से उसे तागानईका भेज दिया था जहाँ उसे माकोन्दो वालों के बिखरे हुए समुदाय को सौंप दिया गया था। इस गड़बड़ से इतनी मुश्किलें खड़ी हुई थीं कि गास्तोन को वापस आने में दो साल तो लगने ही थे। अत: आमारान्ता उर्सुला ने असामयिक वापसी की सम्भावना को नकार दिया। दूसरी तरफ़, औरेलियानो का कातालून्या के विद्वान की चिट्ठियों और रहस्यमय दवासाज मेरसेदेस द्वारा प्राप्त गाब्रिएल की ख़बरों के अलावा बाहर की दुनिया से कोई सम्पर्क नहीं रह गया था। शुरुआत में ये सम्पर्क सच्चे थे। गाब्रिएल ने पेरिस में रहने के लिए अपनी वापसी का टिकट लौटा दिया था। वह वे पुराने अख़बार और ख़ाली बोतलें बेचकर गुज़ारा कर रहा था जिन्हें नौकरानियाँ डाऊफीन मार्ग स्थित बदरंग होटल के बाहर फेंक देती थीं। औरेलियानो बड़ी आसानी से उसके रहन-सहन की कल्पना कर सकता था। बन्द गले का स्वेटर गाब्रिएल केवल तब उतारता था जब मोंतपारनास की सड़क किनारे की दुकानें बसन्त ऋतु में घूमते प्रेमियों से भर जाती थीं। वह दिन-भर कमरे में

सोता और रात में लिखता था ताकि भूख को गुमराह किया जा सके। उसके कमरे में उबली गोभी की गन्ध बसती थी और जहाँ रोकामाडोर को मरना था। बहरहाल, धीरे-धीरे उसकी ख़बरों का आना इतना अनिश्चित होता जा रहा था और कातालून्या के विद्वान की चिट्ठियाँ इतनी कम और उदास हो गईं कि औरेलियानो उनके बारे में वही सोचने लगा जो आमारान्ता उर्सुला अपने पति के बारे में सोचती थी। दोनों एक सृष्टि की निरर्थकता में डूबते-उतराते रहे जहाँ सामान्य और शाश्वत सचाई केवल प्रेम था।

अचानक, अनजान ख़ुशी की दुनिया में भगदड़ की तरह गास्तोन की वापसी की ख़बर आई। औरेलियानो और आमारान्ता उर्सुला ने आँखें खोलीं, अपनी आत्माओं में झाँका, दिल पर हाथ रखकर चिट्ठी को देखा और उन्हें अहसास हुआ कि वे एक-दूसरे के इतने क़रीब आ गए थे कि अब जुदाई के मुक़ाबले उन्हें मौत ही मंज़ूर थी। तब उसने अपने पति को परस्पर विरोधी सचाइयों की चिट्ठी लिखी, जिसमें उसने उसके प्रति अपने प्रेम का ढिंढोरा पीटा और कहा कि वह उससे मिलने को काफ़ी बेचैन है। लेकिन साथ ही उसने क़िस्मत के उस निराले खेल का भी बयान किया कि वह औरेलियानो के बिना ज़िन्दा नहीं रह सकती थी। लेकिन उनकी आशंका के विपरीत गास्तोन ने उन्हें एक धीर-गम्भीर, लगभग पितातुल्य जवाब लिख भेजा, जिसमें उसने पूरे दो पन्नों में कामवासना की अस्थिरता से सावधान किया और एक अन्तिम अनुच्छेद में उन्हें उसी तरह ख़ुश रहने की शुभकामनाएँ दीं जैसी ख़ुशी उसने अपने छोटे-से वैवाहिक जीवन में भोगी थी। उसका जवाब इतना अप्रत्याशित था कि आमारान्ता उर्सुला ने अपने आपको इस बात से अपमानित महसूस किया कि उसने अपने पति को ख़ुद उसे अपने हाल पर छोड़ने का बहाना दे दिया था जो वह ढूँढ़ रहा था। छह महीने बाद कड़वाहट तब और बढ़ गई जब लेयोपोलदविले से गास्तोन ने उन्हें एक दूसरा ख़त लिखा, केवल इतना कहने के लिए कि वे उसकी साइकिल भेज दें, जो माकोन्दो में छूटी सब चीज़ों में अब भी उसे प्रिय थी। औरेलियानो ने आमारान्ता उर्सुला के ख़राब मूड को बड़े सब्र से झेला और उसे दिखाने की चेष्टा की कि वह अच्छे दिनों की तरह, बुरे दिनों में भी एक अच्छा पति बन सकता था। गास्तोन के पैसे ख़त्म होने के साथ ही दैनिक ज़रूरतों के लिए आन खड़ी हुई मुश्किल ने उन दोनों के बीच परस्पर निर्भरता का ऐसा बन्धन पैदा कर दिया जो कामोद्दीपन की तरह प्रचंड और विस्मित करनेवाला तो नहीं था, लेकिन उनमें उतना ही अनुराग पैदा करता था और उन्हें उनके कोलाहलपूर्ण और कामुक दिनों

जितना ही ख़ुश रखता था।[1] जब पिलार तेर्नेरा का देहान्त हुआ, आमारान्ता उर्सुला गर्भवती थी। गर्भावस्था की अकर्मण्यता में आमारान्ता उर्सुला ने मछलियों की रीढ़ की हड्डी से बनी मालाओं का कारोबार शुरू करने की कोशिश की।[2] क़रीब एक दर्जन मालाएँ ख़रीदनेवाली मेरसेदेस के अलावा उसे कोई दूसरा ग्राहक नहीं मिला। पहली बार औरेलियानो को महसूस हुआ कि भाषाओं का उसका अगाध ज्ञान, और बिना कहीं गए सुदूर जगहों और वहाँ के बारे में जानकारी रखने की असाधारण क्षमता उसी तरह व्यर्थ थी जिस तरह उसकी पत्नी के सच्चे आभूषणों के डिब्बे जिनका मूल्य वहाँ उतना ही था जितना माकोन्दो के बाक़ी बचे निवासियों के पास जमा पूँजी थी। वे किसी चमत्कार के चलते ही जीवित थे। आमारान्ता उर्सुला ने अभी भी अपनी विनोदप्रियता नहीं छोड़ी थी और न ही कामुक शरारतों की अपनी प्रवृत्ति ही। बस उसे दोपहर को खाने के बाद बरसाती में उनींदे और विचारमग्न सिएस्ता की आदत पड़ गई थी। औरेलियानो उसका साथ देता था। कभी-कभार वे लोग ख़ामोशी से रात होने तक वहीं बैठे रहते, एक-दूसरे के सामने, आँखों में आँखें डाले, एक-दूसरे से उतना ही प्यार करते हुए जितना कि अपने लज्जाजनक दिनों में वे करते थे। भविष्य की अनिश्चितता ने उनको अतीत की तरफ़ मोड़ दिया। उन्होंने ख़ुद को जल-प्रलय की खोई हुई जन्नत में पाया, कीचड़ भरे आँगन में कूदते हुए, उर्सुला पर टाँगने के लिए छिपकलियाँ मारते हुए, उसे ज़िन्दा दफ़नाने का नाटक करते हुए, और उन यादों ने उन्हें सचाई का अहसास कराया कि जहाँ तक याद पड़ता है दोनों साथ-साथ हमेशा ख़ुश रहे थे। आमारान्ता उर्सुला को वह दोपहर याद आई जब वह वर्कशॉप गई थी और उसकी माँ ने बताया था कि छोटा औरेलियानो उस परिवार का सदस्य नहीं था क्योंकि वह एक टोकरी में तैरता हुआ मिला था। हालाँकि यह कहानी उन्हें झूठी लगती थी, लेकिन उसे ग़लत साबित करने की कोई और युक्ति उनके पास नहीं थी। समस्त सम्भावनाएँ टटोलने के बाद उन्हें केवल इतना यक़ीन था कि फेर्नान्दा औरेलियानो की माँ नहीं थी। आमारान्ता उर्सुला को कुछ शक था कि वह पेत्रा कोतेस का बेटा था, जिसके बारे में उसने

1. प्रेम का यह अनूठा बन्धन और इस वजह से ख़ुशी दरअसल बुएन्दीया परिवार के आख़िरी जोड़े के लिए एक ख़ज़ाने से कम नहीं हैं, क्योंकि पूरी एक शताब्दी बुएन्दीया परिवार इस ख़ुशी की तलाश में नाकाम भटकता रहा था।
2. आवृत्तीय शैली का एक और रूप। कर्नल बुएन्दीया की सुनहरी मछली और जानवरों के आकार वाली मिठाई की तरह मछली की रीढ़ की हड्डी से बनी मालाओं का कारोबार। लेकिन यह पहले की तुलना में एक भोथरी नकल मालूम पड़ता है।

केवल बदनामी के क़िस्से सुने थे, और इस वजह से उसके दिल में डर की लहर दौड़ पड़ी थी।

औरेलियानो इस बात से व्याकुल था कि वह अपनी प्रेमिका का भाई था। उन पुराने कीड़े लगे अभिलेखों में अपने पितृत्व के बारे में कुछ सुराग ढूँढ़ने वह चर्च गया। सबसे पुराने नामकरण संस्कार का प्रमाणपत्र जो उसे मिला वह आमारान्ता बुएन्दीया का था, जिसका फादर निकोनार रेयना ने तब बपतिस्मा किया था जब वह चॉकलेट के ज़रिये भगवान का अस्तित्व साबित करने की कोशिश कर रहा था। उसे लगने लगा था कि वह उन सत्रह औरेलियानो में से एक था, जिनके प्रमाणपत्र उसने चार खंडों को पढ़कर ढूँढ़ निकाले थे, लेकिन बपतिस्मा की तारीख़ें उसकी उम्र के लिहाज़ से काफ़ी पुरानी थीं। रिश्तों की भूल-भुलैया में खोये, अनिश्चितता से थरथराते उसे देख हैमक पर लेटे गठिया रोग से पीड़ित पादरी ने सहानुभूति जताते हुए उससे उसका नाम पूछा।

"औरेलियानो बुएन्दीया," वह बोला।

"तब खोजने में अपने आपको मत थकाओ," पादरी ने पक्के विश्वास से कहा, "कई साल पहले यहाँ इस नाम की सड़क हुआ करती थी और उन दिनों बच्चों का नाम सड़कों के नाम से रखने का चलन था।"

औरेलियानो ग़ुस्से से काँप उठा।

"अच्छा," वह बोला, "तो तुम भी नहीं मानते।"

"क्या नहीं मानता?"

"कि कर्नल औरेलियानो बुएन्दीया ने बत्तीस गृह-युद्ध लड़े और सब में मुँह की खाई," औरेलियानो ने जवाब दिया, "और कि फ़ौज ने तीन हज़ार मज़दूरों को घेरकर मशीनगन से भून डाला और लाशों को दो सौ डिब्बों वाली ट्रेन में लादकर समुद्र में फेंकने के लिए ले जाया गया था।"

पादरी ने उसे दया-भरी नज़र से देखा।

"मेरे बच्चे," वह लम्बी साँस लेकर बोला, "मेरे लिए इतना जानना ही काफ़ी है कि इस पल तुम और हम ज़िन्दा हैं।"

अन्ततः औरेलियानो और आमारान्ता उर्सुला ने टोकरी वाली कहानी मान ली। इसलिए नहीं कि उन्हें उस पर भरोसा था बल्कि इसलिए कि उसे मान लेने से वे भयमुक्त हो सकते थे। जैसे-जैसे गर्भ बढ़ता गया, वे एक ही नज़र आने लगे। वे उस घर के एकाकीपन में और समाते जा रहे थे जिसे भरभराकर गिरने

के लिए बस एक आख़िरी फूँक की ज़रूरत थी। उन दोनों ने अपने को फेर्नान्दा के कमरे, जहाँ घरघुस्सू प्रेम का तिलिस्म दिखाई देता था, से लेकर जहाँ बैठकर आमारान्ता नवजात शिशु के लिए बूटी और टोपियाँ सिलती थी, के शुरू के हिस्से तक के सीमित दायरे में समेट लिया था और औरेलियानो कातालून्या के विद्वान की कभी-कभार आनेवाली चिट्ठियों का जवाब लिखता था। घर का बाक़ी हिस्सा, विनाश के ज़िद्दी हमलों के हवाले कर दिया गया था। चाँदी की दुकान, मेल्कीयादेस का कमरा, सान्ता सोफ़िया दे ला पियेदाद का पुरातन और ख़ामोश राज्य घरेलू जंगल की गिरफ़्त में था जिसमें घुसने की हिम्मत किसी में नहीं थी। प्रकृति की अतृप्ति से घिरकर औरेलियानो और आमारान्ता उर्सुला चूने से अपनी दुनिया का सीमांकन करते हुए चिरकालीन समय से आदमी और चींटों की लड़ाई में आख़िरी खाई खोदते हुए ओरेगानो और बेगोनिया उगाते रहे। आमारान्ता उर्सुला के लम्बे और उपेक्षित बाल, चेहरे पर उभरते धब्बे, पैरों की सूजन, उसकी पुरानी वीजल जैसे कामुक जिस्म के विरूपण ने अपनी अभागी कैनेरी चिड़ियों और बन्दी पति के साथ उस घर में आई उस जवान लड़की को बदल दिया था, लेकिन उसकी ज़िन्दादिली ज्यों-की-त्यों थी। "साला," वह हँसते हुए कहती, "कौन कह सकता था कि हमारी नियति वाक़ई आदमख़ोरों जैसी हो जाएगी।" उन्हें दुनिया से जोड़नेवाली आख़िरी डोर भी गर्भ के छठे महीने में टूट गई जब उन्हें एक चिट्ठी मिली। यह चिट्ठी कातालून्या के विद्वान की नहीं थी। इसे बार्सेलोना से भेजा गया था, लेकिन लिफ़ाफ़े पर पता परम्परागत रूप से नीली स्याही में सरकारी लिखावट में लिखा गया था, और जो अपने मासूम और अवैयक्तिक अन्दाज़ में दुःखद मजमून छिपाए हुए था। जैसे ही आमारान्ता उर्सुला उसे खोलने लगी, औरेलियानो ने उसके हाथ से चिट्ठी छीन ली।

"नहीं, इसे मत खोलो," उससे बोला, "मैं नहीं जानना चाहता कि इसमें क्या है।"

जैसा उसका अन्दाज़ा था, कातालून्या के विद्वान ने फिर कोई चिट्ठी नहीं लिखा। उस अजनबी की चिट्ठियों को फिर कभी किसी ने नहीं पढ़ा। वे उसी दराज़ में कीड़ों के रहमोकरम पर पड़ी रहीं जहाँ एक बार फेर्नान्दा अपनी शादी की अँगूठी भूल गई थी, और वह चिट्ठी भी वहीं पड़ी रही, अपनी बुरी ख़बर की आग में जलती हुई और वे एकाकी प्रेमी उस आख़िरी दौर में समय के प्रवाह के प्रतिकूल तैरते रहे, उस पश्चात्तापहीन और अभागे काल में जिसे मोहभंग और विस्मृति के रेगिस्तान की तरफ़ बहाने में गँवा दिया गया था।

औरेलियानो और आमारान्ता ने आख़िर के महीने एक-दूसरे का हाथ थामे बिताए, उस बच्चे के प्रेम की निष्ठा में जिसकी सृष्टि व्यभिचार के उन्माद में हुई थी। रात में, बिस्तर में एक-दूसरे को थामे उन प्रेमियों को चींटों के लौकिक विस्फोट, या कीड़ों के शोर या फिर बगल के कमरों में झाड़-झंखाड़ के उगने की निरन्तर और साफ़ सीटी जैसी आवाज़ से डर नहीं लगता था। कई बार वे मृतकों की आवाजाही से जग जाते। वे उर्सुला को अपना वंश बरकरार रखने की जिजीविषा से सृष्टि के नियमों के ख़िलाफ़ लड़ते हुए, और खोसे आर्कादियो बुएन्दीया को महत्त्वपूर्ण आविष्कारों की पौराणिक सचाई को खोजते सुन सकते थे। उन्हें पूजा करती फेर्नान्दा और युद्ध के छल और छोटी सुनहरी मछलियों से ख़ुद को संवेदनशून्य करता कर्नल औरेलियानो बुएन्दीया और अपनी विलासिता के विक्षोभ में एकाकीपन से मरते औरेलियानो सेगुन्दो सुनाई पड़ता। तब उन्होंने जाना कि प्रभुत्ववादी सनक मौत पर भी हावी रहती है और एक बार फिर वे यह सोचकर ख़ुश हो गए कि भविष्य में भी, वे एक-दूसरे को प्रेत के रूप में भी प्यार करते रहेंगे, जब पशुओं की प्रजातियाँ कीड़े-मकोड़ों से उस दु:ख की जन्नत चुरा लेंगी जिन्हें कीड़े-मकोड़े मनुष्यों से चुरा ही रहे थे।

रविवार को शाम छह बजे, आमारान्ता उर्सुला को प्रसव पीड़ा शुरू हुई। पेट भरने के लिए लोगों के साथ हमबिस्तर होनेवाली लड़कियों की मैडम ने खाने की मेज़ पर उसे लिटाया, टाँगें फैलाकर उसके पेट पर बैठ गई और हिंस्र उछल-कूद से उसके साथ तब तक दुर्व्यवहार किया जब तक कि उसकी चीख़ें एक विकट बच्चे की धौंकनी के सामने दब नहीं गईं। आँसुओं के बीच आमारान्ता उर्सुला देख सकती थीं कि वह बच्चा खोसे आर्कादियो जैसा लम्बा-चौड़ा, हृष्ट-पुष्ट, हठीला, बुएन्दीया था। औरेलियानो की खुली, सूक्ष्मदर्शी आँखों वाला; और फिर नये सिरे से वंश की शुरुआत करने को तत्पर और परिवार को उन घातक व्यसनों और एकाकीपन से मुक्त करने को प्रवृत्त क्योंकि पूरी शताब्दी में एक वही अपवाद था जिसकी उत्पत्ति प्रेम में हुई थी।[1]

---

1. उपन्यास का यह वाक्य तमाम विरोधाभासों से अभिशप्त है। यह एक सचाई है कि बुएन्दीया परिवार के इस आख़िरी चिराग़ की उत्पत्ति प्रेम में हुई थी। इसलिए उससे यह अपेक्षित है कि वह बुएन्दीया परिवार को एक नई दिशा देगा, उसे उसके तमाम अवगुणों, दुर्गुणों और अभिशापों से मुक्त कराएगा। लेकिन यह भी सच है कि वह भी दूसरे बुएन्दीया परिवार के सदस्यों की तरह ही कौटुम्बिक व्यभिचार से अछूता नहीं है। इस वजह से वह भी उन सभी विकारों से पीड़ित है जो बुएन्दीया परिवार की पहचान बन चुके हैं।

"यह असली आदमख़ोर है," आमारान्ता उर्सुला बोली, "हम इसका नाम रोद्रीगो रखेंगे।"

"नहीं," उसके पति ने जवाब दिया, "हम इसका नाम औरेलियानो रखेंगे और यह बत्तीस लड़ाइयाँ जीतेगा।"

गर्भ-नाल काटने के बाद औरेलियानो द्वारा पकड़ी लालटेन की रोशनी में दाई उसके शरीर पर लगी नीली चिकनाई साफ़ करने लगी। जब उस बच्चे को दाई ने पेट के बल लिटाया तब उसने देखा कि उसके शरीर पर आम आदमी से अलग हटकर कोई चीज़ थी और वे उसे देखने के लिए झुके। वह सूअर की पूँछ थी।

उन्हें उससे कोई फ़र्क़ नहीं पड़ा। औरेलियानो और आमारान्ता उर्सुला पारिवारिक नज़ीर के बारे में नहीं जानते थे, न ही उन्हें उर्सुला की डरावनी चेतावनी याद थी, और दाई ने उन्हें यह कहकर सान्त्वना भी दी थी कि बच्चे के दूध के दाँत टूटकर असली दाँत निकलने पर इस पूँछ को काटा जा सकता था। और उन्हें इसके बारे में आगे सोचने का मौक़ा ही नहीं मिला क्योंकि आमारान्ता उर्सुला का रक्तस्राव रुकने का नाम ही नहीं ले रहा था। उन लोगों ने मकड़ी के जाले और राख के ढेर के गोले लगाकर रक्तस्राव रोकने की कोशिश की लेकिन यह कोशिश एक हाथ से झरने को रोकने जैसी थी। शुरू के घंटों में उसने अपना मानसिक सन्तुलन ठीक रखने का प्रयास किया। उसने भयाक्रान्त औरेलियानो का हाथ पकड़ा और कहा कि उसे भयभीत होने की ज़रूरत नहीं है, क्योंकि उसके जैसे लोग अपनी इच्छा के विपरीत मृत्यु का वरण नहीं करते और बीच-बीच में वह दाई के दारुण इलाजों के बावजूद, खिलखिलाकर हँस पड़ती। लेकिन जैसे-जैसे औरेलियानो की उम्मीद उसे छोड़ती गई, आमारान्ता उर्सुला की चमक कम होती गई, मानो उसकी रोशनी मन्द पड़ रही हो, और वह गहरी नींद में डूब गई। सोमवार की भोर एक औरत को लाया गया जिसने उसके पलंग की बगल में दाहक प्रार्थना का जाप किया जिसे आदमी और जानवर दोनों के लिए अचूक माना जाता था। लेकिन आमारान्ता उर्सुला का उत्कट रक्त उस हर युक्ति से उदासीन हो चुका था जिसकी उत्पत्ति प्रेम में नहीं हुई थी। दोपहर को, नैराश्य के चौबीस घंटों के बाद, उन्हें अहसास हो गया कि वह जीवित नहीं है क्योंकि रक्तस्राव बिना किसी इलाज के थम गया था। उसका ज़िस्म फिर दमकने लगा

था, उसके चेहरे के धब्बे सिलखड़ी के प्रभामंडल में विलीन हो गए थे और वह दोबारा मुस्करा रही थी।[1]

औरेलियानो को तब तक अहसास नहीं था कि वह अपने मित्रों को कितना चाहता था, उसे उनकी कितनी याद आती थी, और उस क्षण उनके सामीप्य के लिए वह कोई भी क़ीमत चुका सकता था। उसने बच्चे को उस टोकरी में रखा, जो उसकी माँ ने उसके लिए बनाई थी, शव को कम्बल से ढका और शहर में अतीतगामी रास्ता खोजते हुए यूँ ही घूमता रहा। उसने औषधालय का दरवाज़ा खटखटाया, जहाँ वह काफ़ी दिनों से नहीं गया था, और उसे वहाँ बढ़ई की दुकान मिली। हाथ में लालटेन लिये जिस बुढ़िया ने औषधालय का दरवाज़ा खोला, उसने उसके प्रलाप पर दया खाकर कई बार कहा कि नहीं, वहाँ कभी कोई औषधालय था ही नहीं, न ही वह किसी मेरसेदेस नाम की पतली गर्दन और उनींदी आँखों वाली महिला को जानती थी। कातालून्या के विद्वान की पुरानी दुकान की चौखट से सिर लगाकर वह रो पड़ा, इस बात से वाक़िफ़ कि अपनी विलम्बित सिसकियों से वह उस मौत के लिए रो रहा था, जिस पर उसने कभी रोने से इनकार कर दिया था ताकि प्रेम का मायाजाल न टूट जाए। पिलार तेर्नेरा का नाम लेते हुए उसने 'सुनहरे बच्चे' की सीमेंट की दीवार में मुक्का मारा, आसमान पार करते प्रदीप्त नारंगी चक्रों

1. माकोन्दो में मृत्यु का आगमन काफ़ी देर से होता है लेकिन एक बार प्रवेश करने के बाद यह काफ़ी तीव्र गति से पूरे माकोन्दो को अपने आगोश में ले लेती है। जब खोसे आर्कादियो और उर्सुला माकोन्दो की स्थापना करते हैं, जीवन एक 'यूटोपिया' की तरह प्रतीत होता है। ज़िन्दगी ख़ुशहाल है और इस ख़ुशी का अन्त नज़र नहीं आता। माकोन्दो में कहीं भी क़ब्रगाह नहीं है। खोसे आर्कादियो बुएन्दीया और उर्सुला ने मृत्यु और परिवार में शादी के पाप से छुटकारा पाने के लिए ही माकोन्दो की खोज की थी। लेकिन वे इस तथ्य से अनजान थे कि वे अपने में इन दोनों अभिशापों के बीज सँजोए हुए हैं। एकाकीपन के रूप में मृत्यु उनका पीछा करती है। एकाकीपन मृत्यु की तरह शारीरिक, मानसिक और मनोवैज्ञानिक स्तर पर उन्हें संसार से अलग कर देता है और एकाकीपन क़ब्र की ठंड की तरह अनुभूत होता है। हर पीढ़ी में आर्कादियो नामरूपी बुएन्दीया हिंसक मौत का शिकार बनते हैं। जबकि एकाकीपन के अभिशाप से पीड़ित सभी औरेलियानो धीरे-धीरे विनष्ट होते हुए मृत्यु का वरण करते हैं। आख़िरी औरेलियानो भी इससे बच नहीं पाता। हालाँकि उसकी उत्पत्ति पवित्र प्रेम में होती है लेकिन वह सूअर की पूँछ लिये पैदा होता है जिसकी आशंका बुएन्दीया परिवार को काफ़ी अरसे से थी। वह बुएन्दीया परिवार को सभी विकारों से मुक्त कराने को कटिबद्ध प्रतीत होता है लेकिन वह अपने मक़सद में क़ामयाब नहीं होता है। उसकी उत्पत्ति के चन्द घंटों के अन्दर ही उसकी माँ स्वर्ग सिधार जाती है और दुखी पिता नन्हे औरेलियानो को अकेला छोड़कर चला जाता है। इस तरह से अपने पूर्वजों की तरह वह भी एकाकीपन के चंगुल में फँस जाता है और संघर्ष न कर पाने की वजह से वह भी काल-कवलित हो जाता है।

से बेपरवाह जिन्हें उसने गुलिन्दा के आँगन से कितनी बार छुट्टियों की रातों में बालसुलभ उत्सुकता से देखा था। वेश्याओं के पुराने टूटे-फूटे इलाक़े के खुले हॉल में एक संगीत मंडली फ्रांसिस्को एल ओम्ब्रे की विरासत के वारिस और बिशप के भतीजे, राफायेल एसकालोना[1] के गीत गा रही थी। शराब पिलानेवाले विक्रेता ने औरेलियानो को गन्ने की मदिरा पीने के लिए आमंत्रित किया। औरेलियानो ने भी उसके लिए शराब की एक बोतल ख़रीदी। उस विक्रेता के हाथ मुरझाए हुए से और सिलवटदार थे क्योंकि उसने अपनी माँ पर हाथ उठाया था। दुकानदार ने अपने हाथ का दुखड़ा रोया। औरेलियानो ने भी उसे अपने दिल की व्यथा के बारे में बताया। उसका भी दिल मुरझा गया था और उस पर सिलवटें पड़ गई थीं क्योंकि उसने अपनी बहन पर हाथ उठाया था। दोनों साथ-साथ रोने लगे और एक पल के लिए औरेलियानो को लगा कि दर्द ख़त्म हो गया था। लेकिन माकोन्दो की आख़िरी भोर में एक बार फिर बिलकुल अकेले हो गए औरेलियानो ने चौराहे के बीचोबीच खड़े होकर हाथ फैलाए और पूरी ताक़त से चिल्लाया :

"दोस्त, साले सब हरामी होते हैं।"

निग्रोमान्ता ने उसे उल्टी और आँसुओं के तालाब से निकाला। उसे वह अपने कमरे में ले गई, नहलाया-धुलाया और एक प्याला शोरबा पीने को दिया। यह सोचकर कि उसे सान्त्वना मिलेगी उसने कोयले का एक टुकड़ा लिया और उन अनगिनत प्यार की लकीरों को मिटा दिया जो उस पर बकाया थीं, और अपनी मर्ज़ी से उसने ख़ुद ही अपने सबसे एकाकी दु:खों का इज़हार उस पर कर डाला ताकि औरेलियानो अपने विलाप में अकेला न रहे। जब वह अपनी अधपकी नींद से जागा तो उसे अपना सिर भारी लगा। उसने अपनी आँखें खोलीं और उसे बच्चा याद आ गया।

उसे टोकरी नहीं मिली। पहले तो यह सोचकर उसकी ख़ुशी का फव्वारा छूटने को हुआ कि आमारान्ता उर्सुला बच्चे की देखभाल करने के लिए मौत की नींद से जग गई थी। लेकिन उसका शव तो कम्बल के नीचे पत्थरों का ढेर था। उसे याद था कि जब वह आया था तो कमरे का दरवाज़ा खुला हुआ था। औरेलियानो ओरेगानो की प्रात:कालीन सरसराहट से भरी बरसाती में गया, उसने खाने के कमरे में झाँका, जहाँ जन्म के अवशेष अब भी पड़े थे : एक बड़ा भगोना, ख़ून से सनी

1. राफायेल एसकालोना : मशहूर संगीतज्ञ और मार्केस का दोस्त। मार्केस की रचनाओं में अक्सर उसका ज़िक्र होता है।

चादरें, राख की बोतलें और कैंची की बगल में मेज़ पर खुली लँगोट में बच्चे की मुड़ी हुई गर्भनाल। शायद दाई बच्चा लेने लौट आई होगी, इस विचार ने उसे सोचने का समय दिया। वह दोलन कुर्सी पर बैठ गया, उसी कुर्सी पर जिसमें रेबेका उस घर के शुरुआती दिनों में कढ़ाई सिखाने के लिए बैठती थी, और जिसमें बैठकर आमारान्ता ने कर्नल खेरिनेल्दो मार्केस के साथ चाइनीज़ चेकर्स खेला था, और जिसमें बैठकर आमारान्ता उर्सुला ने बच्चे के लिए छोटे-छोटे कपड़े सिले थे, और आत्मज्ञान के एक पल में उसे अहसास हुआ कि वह अपनी आत्मा पर अतीत का इतना अधिक बोझ नहीं सह सकता। अपनी और दूसरों की यादों के घातक बल्लम से ज़ख़्मी उसने गुलाब की झाड़ियों पर मकड़ी के जालों की दृढ़ता का, राई घास की ज़िद का और फरवरी की भोर की हवा के संयम का समादर किया और फिर बच्चे को देखा। वह त्वचा का सूखा फूला हुआ झोला था जिसे दुनिया-भर के सब चींटे बग़ीचे के पथरीले रास्ते से अपने गड्ढों की तरफ़ खींच रहे थे। औरेलियानो हिल नहीं सका। इसलिए नहीं कि वह संत्रास से जड़ रह गया था बल्कि इसलिए कि उस क्षण उसे मेल्कीयादेस की पहेलियों का अर्थ मालूम हो गया था और उसने चर्मपत्र के पुरालेख को मनुष्य के देश और काल के क्रम में रखा पाया : वंश का प्रथम सदस्य वृक्ष से बँधा है और अन्तिम को चींटे खा रहे हैं।

औरेलियानो अपनी ज़िन्दगी के किसी भी काम में इतना प्रकृतिस्थ नहीं हुआ था, जितना कि वह उस वक़्त था। अपने मृत प्रियजनों और उनके ग़म को भुलाकर उसने एक बार फिर फेर्नान्दा के फट्टों से खिड़की और दरवाज़े बन्द कर दिए, ताकि दुनिया के प्रलोभन उसे परेशान न करें, क्योंकि उसे पता था कि उसकी क़िस्मत मेल्कीयादेस के चर्मपत्रों में लिखी हुई थी। उसने उन्हें सही-सलामत पाया, प्रागैतिहासिक पौधों, बजबजाते कीचड़ और चमकते कीड़ों के बीच, जिन्होंने उस कमरे से इनसान के अस्तित्व का नामोनिशान मिटा दिया था। उसमें उन काग़ज़ों को प्रकाश में लाने का धैर्य नहीं था, लेकिन वहीं पर खड़े-खड़े, बिना किसी मुश्किल के, जैसे वो स्पैनिश में लिखे हों और दोपहर की चमकदार धूप में पढ़े जा रहे हों, उसने चर्मपत्रों को ज़ोर-ज़ोर से पढ़ना शुरू कर दिया। उनमें परिवार का सौ साल का इतिहास दर्ज था। मेल्कीयादेस ने मामूली से मामूली घटना का विस्तृत विवरण अपनी मातृभाषा संस्कृत में लिख रखा था। उसने सम पंक्तियों को सम्राट ऑगस्टस के निजी बीज लेख में कूटबद्ध किया था और विषम पंक्तियों को लेसेडेमोनिया की सैन्य कूट भाषा में अंकित किया था। जब औरेलियानो आमारान्ता उर्सुला के प्रेम

में पागल होने लगा था तब उसे मेल्कीयादेस की अन्तिम सुरक्षा युक्ति का आभास हुआ था। मेल्कीयादेस ने दरअसल घटनाओं को मनुष्य के औपचारिक समय-क्रम में नहीं रखा था बल्कि शताब्दी-भर की दैनिक घटनाओं को इस तरह संकेन्द्रित किया था कि वे एक क्षण में एक-दूसरे के सहवर्ती थे। इस खोज से उत्साहित हो, औरेलियानो ने वे सार्वभौम पत्र ज़ोर से पढ़े जो मेल्कीयादेस ने आर्कादियो को सुनाए थे और जो वास्तव में उसकी मौत की भविष्यवाणी थी, और उसे दुनिया की सबसे ख़ूबसूरत महिला के जन्म की सूचना भी मिली जो सशरीर स्वर्ग सिधार रही थी और उसे मिला उन मृत जुड़वाँ भाइयों का ज़िक्र जिन्होंने चर्मपत्र की गुत्थी सुलझाने का काम बीच में ही छोड़ दिया था, इसलिए नहीं कि वे अयोग्य और आलसी थे बल्कि इसलिए कि उनकी कोशिशें समसामयिक नहीं थीं। उस समय, अपना वंश जानने की जल्दी में औरेलियानो आगे बढ़ गया। तब गर्म, आरम्भिक, अतीत की आवाज़ों, पुराने जेरेनियमों की सरसराहट और मोहभंग की आस से भरी हवा फिर चलने लगी, जो कभी न विस्मृत होनेवाली यादों के आने से पहले आती थी। उसने ध्यान नहीं दिया क्योंकि उस क्षण उसे अपने अस्तित्व के बीज एक लम्पट दादा में दिखाई पड़े थे जो एक ख़ूबसूरत स्त्री की तलाश में, जिससे उसे ख़ुशी भी नहीं मिलनी थी, एक मायावी पठार पर भटक रहा था। उसने अवरोह की लुकी-छिपी राह पर चलकर अपने गर्भाधान का क्षण तलाश लिया जो सूर्यास्त के समय स्नानघर में पीली तितलियों और बिच्छुओं के बीच सम्पन्न हुआ था। एक मिस्त्री ने अपनी वासना एक ऐसी स्त्री के संसर्ग में तृप्त की थी जिसने केवल विद्रोह करने के लिए अपने को समर्पित किया था। वह चर्मपत्र में इस क़दर डूब गया था कि उसे हवा के दूसरे झोंके का अहसास तक नहीं हुआ, और जब उस हवा ने तूफ़ानी शक्ति से दरवाज़ों और खिड़कियों को क़ब्ज़ों से उखाड़ दिया, पूर्वी तरफ़ की छत उड़ा दी और नींव को उखाड़ फेंका तब उसे पता चला कि आमारान्ता उर्सुला उसकी बहन नहीं, मौसी थी, और सर फ्रांसिस ड्रेक ने रियोआचा पर हमला केवल इसलिए किया था कि वे सबसे पेचीदा रक्तरंजित भूलभुलैया में एक-दूसरे को पा सकें और एक ऐसा मिथकीय प्राणी उत्पन्न करें जो पूरे वंश को समाप्त कर दे। माकोन्दो तब बाइबिल के तूफ़ान के रोष से उड़ती धूल और मलबे का ख़ौफ़नाक बवंडर बन चुका था जब औरेलियानो ग्यारह पन्ने छोड़ आगे पढ़ने लगा ताकि उन बातों में समय न गँवाए जिनसे वह भलीभाँति परिचित था, और वह उस क्षण के बारे में पढ़ने लगा जिसमें वह जी रहा था। चर्मपत्र के आख़िरी पन्ने को पढ़ने की

प्रक्रिया में ख़ुद से भविष्यवाणी करते, उसे लगा मानो वह बोलनेवाला आईना देख रहा हो।[1] उसने अपनी मृत्यु की तारीख़ और परिस्थिति से पूर्वविदित होने के लिए कुछ और पन्ने छोड़ दिए। लेकिन अन्तिम पंक्ति पढ़ने से पहले ही वह समझ गया था कि अब उस कमरे से निकलना नामुमकिन था क्योंकि यह पहले से ही तय था कि जिस पल औरेलियानो बाबिलोनिया चर्मपत्र का अर्थ जान जाएगा ठीक उसी पल हवा के झोंके से न केवल मृग-मरीचिकाओं का शहर लुप्त हो जाएगा बल्कि मनुष्य जाति की यादों से भी वह बेदख़ल हो जाएगा, और उन पर लिखे शब्दों की आदि से अनन्तकाल तक फिर कभी पुनरावृत्ति नहीं होगी क्योंकि जो जातियाँ सौ वर्ष के एकाकीपन को भोगने के लिए अभिशप्त हैं, उन्हें इस धरा पर दूसरा अवसर नहीं मिलता।[2]

✪✪✪

1. बोलनेवाले आईने का बिम्ब एक तरह से उपन्यास की लेखन संरचना के मूल तत्त्व—घटनाओं के दोहराव और प्रतिबिम्बन का प्रतीक है।
2. उपन्यास के आख़िरी पन्ने और आख़िरी वाक्य पर समीक्षकों की ढेरों टीकाएँ हैं। उदाहरण के तौर पर इनमें से एक पेश है। E. Rodriguez Monegal, Books Abroad, XLVII, 1973, p. 485-489. "उपन्यास एकाकीपन की कहानी है जो मर्दों की लम्बी श्रृंखला के ज़रिये एक पीढ़ी से दूसरी पीढ़ी तक तब तक गतिमान रहता है जब तक कि उस अन्तिम पुरुष तक वह नहीं पहुँच जाता जो परिस्थितियों और एकाकीपन के रिश्ते को प्रेम में बदलने का सामर्थ्य रखता है। और जैसे ही सच्चे प्रेम की तलाश पूर्ण होती है इतिहास का चक्र पूरा हो जाता है गार्सिया मार्केस यह दिखाना चाहते हैं कि सच्चे, प्रामाणिक समग्र प्रेम की खोज ख़त्म होते ही समस्त दोहरावों का अन्त हो जाता है और जीवन-चक्र पूरा हो जाता है।"

परिशिष्ट

समय-सन्दर्भ

वर्ष	**गाब्रिएल गार्सीया मार्केस का जीवन**	**साहित्यिक सन्दर्भ**	**ऐतिहासिक घटनाएँ**
1927	6 मार्च को गाब्रिएल खोसे गार्सीया मार्केस का उत्तरी कोलम्बिया के आरकाताका में जन्म।	विलियम फ़ॉकनर का उपन्यास *मॉस्किटोज़* प्रकाशित। फ्रैंज काफ़्का का उपन्यास *अमेरिका* प्रकाशित।	*नेशनल फ़ेडरेशन ऑफ़ कॉफी ग्रोअर्स ऑफ़ कोलम्बिया* का गठन। सोवियत संघ में स्टालिन ने अपनी सत्ता दृढ़ की।
1928		डी.एच. लारेंस : *लेडी चैटर्ली'ज़ लवर*, मेसेडोनियो फेर्नान्देज़ : *वी आर नॉट ऑलवेज़ अवेक व्हेन आवर आइज़ आर ओपेन* प्रकाशित। मिखाइल बुल्गाकोव ने *मास्टर एंड मार्गरीटा* लिखनी शुरू की।	अर्जेंटीना में, इरिगोएन चुनाव जीतकर दुबारा राष्ट्रपति बने। सोवियत संघ में पहली पंचवर्षीय योजना लागू। पेनिसिलिन की खोज।
1929		फ़ेदेरियो गार्सीया लोर्का : *जिप्सी बैलेड्स*, विलियम फ़ॉकनर : द *साउंड एंड द फ़्योरी*, अर्नेस्ट हेमिंग्वे : *ए फ़ेयरवेल टू आर्म्स*, आर्टेगा वाइ गैसेट : द *रिबेलियन ऑफ़ द मासेज़* प्रकाशित।	*मैक्सिकन नेशनल रिवोल्यूशनरी पार्टी* का गठन, ट्राट्स्की सोवियत संघ से निष्कासित, ब्रिटेन में हंगर मार्च, न्यूयॉर्क स्टॉक एक्सचेंज धराशायी।

1933		पाब्लो नेरूदा : *रेसिडेंस ऑन अर्थ* (1935 तक), एफ़. स्कॉट फ़त्ज़जेराल्ड : *टेंडर इज द नाइट* प्रकाशित।	जर्मन राइख में नाजी इकलौती सबसे बड़ी पार्टी के रूप में उभरे। हिटलर जर्मनी का चांसलर बना।
1936		व्लादीमिर नाबोकोव : *डेस्पेयर* प्रकाशित।	चिली में मार्शल लॉ। स्पैनिश गृहयुद्ध (1939 तक)। ब्रिटेन में एडवर्ड अष्टम का पदत्याग।
1936-1946	कोलम्बिया के उच्च भू-क्षेत्र में पढ़ाई।		
1939-1940		जेम्स जॉयस : *फ़िनगैंस वेक,* बायो कैसरेस : *द इन्वेंशन ऑफ़ मोरेल,* ग्राहम ग्रीन : *द पॉवर एंड द ग्लोरी,* अर्नेस्ट हेमिंग्वे : *फ़ॉर हूम द बेल टॉल्स* प्रकाशित।	पोलैंड, चेकोस्लोवाकिया पर जर्मनी का हमला। दूसरे विश्वयुद्ध की शुरुआत। पेरिस पर जर्मनी का कब्ज़ा। शेष फ्रांस विची से शासित। विंस्टन चर्चिल ब्रिटेन के प्रधानमंत्री बने।
1941			जापान ने पर्ल हार्बर पर हमला किया।
1944		खोर्खे लुईस बोर्खेस : *फ़िक्शंस,* ज्याँ-पाल सार्त्र : *हुइस क्लोस* प्रकाशित।	कोलम्बिया में सैन्य तख़्तापलट की कोशिश, नॉरमंडी अभियान और पेरिस की मुक्ति।

1945		ज्याँ-पाल सार्त्र : *रोड्स टू फ्रीडम* (1947 तक), जॉर्ज ऑरवेल : *एनिमल फ़ार्म* प्रकाशित।	जर्मनी का बिना शर्त समर्पण; हिटलर ने आत्महत्या की। अमेरिका ने हिरोशिमा और नागासाकी पर परमाणु बम गिराया। संयुक्त राष्ट्र का गठन।
1946			पेरॉन अर्जेंटीना के राष्ट्रपति बने।
1947-1949	बोगोटा में कानून की पढ़ाई, *एल एस्पेक्तादोर* अखबार के लिए लेखन।		
1948		ज्याँ-पाल सार्त्र : *व्हाट इज़ लिटरेचर?* प्रकाशित।	कोलम्बिया में गाइतान की हत्या; विद्रोह और गृहयुद्ध। लगभग दो लाख लोगों की मौत (1953 तक)। महात्मा गांधी की हत्या। दक्षिण अफ्रीका में रंगभेद नीति को औपचारिक रूप से अपनाया गया। इज़रायल की स्थापना।
1949		खोर्खे लुईस बोर्खेस : *द अलेफ़,* सिमोन द बुवा : *द सेकेंड सेक्स,* जॉर्ज ऑरवेल : 1984 प्रकाशित।	नाटो की स्थापना। हंगरी में साम्यवादी शासन।
1950	पूर्णकालिक पत्रकार बने।		कोरियाई युद्ध (1953 तक)।
1953		हाइडेगर : *बीइंग एंड टाइम,* साल बैलो : *द एडवेंचर्स ऑफ़ ऑगी मार्च* प्रकाशित।	कोलम्बिया में जनरल पिनिल्ला के नेतृत्व में तख़्तापलट।

1955	यूरोप में काम। पहले उपन्यास *लीफ़ स्टॉर्म* का कोलम्बिया में प्रकाशन।	व्लादिमिर नाबोकोव : *लोलिता* प्रकाशित।	
1956	जनरल पिनिल्ला द्वारा *एल एस्पेक्तादोर* को बन्द कर दिया गया। पेरिस में रहते हुए पूर्वी यूरोप की यात्रा। *नो वन राइट्स टु द कर्नल* और 90 *डेज़ बिहाइंड द आयरन कर्टेन* लिखा। पिनिल्ला का इस्तीफ़ा। मार्केस कराकास (वेनेजुएला) लौटे। *मोमेन्टो* के सम्पादन में सहयोग।	अल्बैर कामू : द *फ़ॉल* प्रकाशित।	कोलम्बिया में पिनिल्ला और नेशनल फ्रंट के उदारवादियों तथा रूढ़िवादियों के बीच सत्ता के लिए संघर्ष। स्वेज संकट।
1958	मेरसेदेस बारचा से विवाह। *बिग मामा'ज़ फ़्यूनरल* लिखी। विभिन्न पत्रिकाओं के लिए कार्य।	बोरिस पास्टरनाक : *डॉक्टर जिवागो,* सैमुएल बैकेट : द *अननेमेबल,* टोमासी डी. लैम्पेडुसा : द *लियोपर्ड* विलियम एस. बरोग्स : *नेकेड लंच* प्रकाशित।	
1959	बोगोटा में क्यूबाई प्रेस एजेंसी खोली।	ग्युंटर ग्रास : द *टिन ड्रम* प्रकाशित।	फ़िदेल कास्त्रो ने क्यूबा में नई सरकार का गठन किया।
1960		बोर्खेस : द *मेकर,* ग्वेवारा : *गुरिल्ला वारफ़ेयर,* जॉन अपडाइक : *रैबिट, रन* प्रकाशित।	जॉन एफ़. केनेडी अमेरिका के राष्ट्रपति चुने गए।

1961	मेक्सिको सिटी गए। *नो वन राइट्स टु द कर्नल* प्रकाशित।	जोसेफ़ हेलर : *कैच-22*, वी.एस. नायपॉल : *ए हाउस फ़ॉर मिस्टर विस्वास* प्रकाशित।	अमेरिका-क्यूबा सम्बन्धों में दरार; 'बे ऑफ़ पिग्स'। बर्लिन की दीवार का निर्माण। यूरी गागिरन अन्तिरक्ष में जानेवाले पहले इनसान बने।
1962	*इन इविल ऑवर* को कोलम्बिया में पुरस्कार लेकिन मार्केस ने सम्पादित संस्करण को ठुकरा दिया। *बिग मामा'ज़ फ़्यूनरल* प्रकाशित।	ब्लादीमिर नाबोकोव : *पेल फ़ायर*, मारियो वार्गास ल्योसा : *द टाइम ऑफ़ द हीरो*, अलेक्जेंडर सोल्ज़ेनित्सिन : *वड डे इन द लाइफ़ ऑफ़ इवान दानिसोविच* प्रकाशित।	क्यूबाई मिसाइल संकट।
1963		जुलियो कोर्ताज़ार : *होप्सकॉच*, प्रिमो लेवी : *द ट्रुस* प्रकाशित।	जॉन एफ़. केनेडी की हत्या।
1965	*वन हंड्रेड इयर्स ऑफ़ सॉलिट्यूड* लिखना शुरू किया	इतालो काल्विनी : *कॉस्मिकोनिक्स*, हेरॉल्ड पिंटर : *द होमकमिंग* प्रकाशित।	अमेरिका ने उत्तर वियतनाम पर बमबारी शुरू की
1966		रोला बार्थ : *क्रिटिसिज़्म एंड ट्रुथ*, नाबोकोव : *स्पीक, मेमोरी*, मिखाइल बुल्गाकोव : *द मास्टर एंड मार्गरीटा* प्रकाशित।	*रिवोल्युशनरी ऑर्म्ड फ़ोर्स ऑफ़ कोलम्बिया* का गठन।
1967	*वन हंड्रेड ईयर्स ऑफ़ सॉलिट्यूड* प्रकाशित। कई अन्तरराष्ट्रीय पुरस्कार मिले। बार्सेलोना गए।	जॉक देरिदा : *ऑफ़ ग्रामेटोलॉजी*, प्रिमो लेवी : *नेचुरल स्टोरीज़*, काब्रेरा इन्फ़ैंट : *थ्री ट्रैप्ड टाइगर्स* प्रकाशित।	इज़रायल और अरब देशों के बीच छह दिन का युद्ध। पहला सफल हृदय प्रत्यारोपण।

1968		अलेक्ज़ेंडर सोल्जेनित्सिन : *कैंसर वार्ड* प्रकाशित।	चेकोस्लोवाकिया पर रूसी हमला। मार्टिन लूथर किंग की हत्या।
1969		मारियो वार्गास ल्योसा : *कन्वर्सेशन इन द कैथेड्रल* प्रकाशित।	अमेरिका ने चाँद पर इनसान को उतारा।
1972	*इनोसेंट एरेन्दिरा* प्रकाशित।	इतालो काल्विनो : *इनिविज़बल सिटीज़* प्रकाशित।	सोवियत संघ और अमेरिका के बीच रणनीतिक हथियार परिसीमन संधि (एसएएलटी) पर हस्ताक्षर।
1974	बोगोटा में वामपन्थी अख़बार *अल्टरनेटिवा* शुरू किया।	कारपेंटर : *रिजंस ऑफ़ स्टेट,* साल बैलो : *हमबोल्ट्स गिफ़्ट* प्रकाशित।	वाटरगेट कांड; रिचर्ड निक्सन ने अमेरिका के राष्ट्रपति पद से इस्तीफ़ा दिया।
1975	*दि ऑटम ऑफ़ द पेट्रियार्क* प्रकाशित।	बोर्खेस : द *बुक ऑफ़ सैंड,* प्रिमो लेवी : द *पीरियोडिक टेबल,* कार्लोस फ़न्तेस : *टेरा नोस्त्रा* प्रकाशित।	वियतनाम युद्ध समाप्त।
1977	*ऑपरेशियॉन कारलोटा* (अफ्रीका में क्यूबा की भागीदारी पर निबन्ध) का प्रकाशन।	टोनी मॉरीशन : *सॉन्ग ऑफ़ सोलोमन* प्रकाशित।	पाकिस्तान में सैन्य तख्तापलट।
1978		प्रियो लेवी : द रेंच प्रकाशित।	
1980			कोलम्बिया में सैंडिनिस्टा समर्थक शहरी गुरिल्ला आन्दोलन, 'मिग' द्वारा डोमिनिकन रिपब्लिक के दूतावास में लोगों को बन्धन बनाया गया।

1981	*क्रॉनिकल ऑफ़ ए डेथ फ़ोरटोल्ड* प्रकाशित। फ्रांस के *लिजन ऑफ़ ऑनर* से सम्मानित किए गए।	मारियो वार्गास ल्योसा : *द वार ऑफ़ द एंड ऑफ़ द वर्ल्ड,* जॉन अपडाइक : *रैबिट इज़ रिच,* सलमान रुश्दी : *मिडनाइट चिल्ड्रन* प्रकाशित।	रोनाल्ड रीगन अमेरिका के राष्ट्रपति निर्वाचित। मिस्र में राष्ट्रपति अनवर सादात की हत्या।
1982	साहित्य के लिए नोबेल पुरस्कार से सम्मानित। *द फ्रेगरेंस ऑफ़ ग्वावा* (पी.ए. मेन्दोज़ा के साथ साक्षात्कार) प्रकाशित। निकारागुआ के बारे में *विवा सैन्डनो* नामक किताब का लेखन।	इसाबेल अलेन्दे : द *हाउस ऑफ़ द स्पीरिट्स,* प्रिमो लेवी : *इफ़ नॉट नाउ, व्हेन?* प्रकाशित।	कंजरवेटिव बेतान्कुर कोलम्बिया के राष्ट्रपति निर्वाचित। ब्रिटेन और अर्जेंटीना के बीच फ़ॉकलैंड युद्ध।
1984		इसाबेल अलेन्दे : *ऑफ़ लव एंड शैडोज़* प्रकाशित।	कोलम्बिया में राष्ट्रपति बेतान्कुर और गुरिल्ला आन्दोलनों के बीच समझौता।
1985	*लव इन द टाइम ऑफ़ कॉलेरा* प्रकाशित।		एफ़एआरसी कोलम्बिया में युद्ध-स्थिति को निलम्बित कर वैध राष्ट्रवादी संघीय पार्टी बन गया। मिग समूह ने युद्ध-विराम को नकारा और 300 लोगों को बोगोटा अदालत में बन्धक बना लिया। सरकारी सैनिकों ने कोर्ट को उड़ा दिया। 100 से अधिक लोग मारे गए।

1986		प्रिमो लेवी : *द ड्राउनेड एंड द सेव्ड* प्रकाशित।	
1989	*द जनरल इन हिज़ लेब्रियान्थ* प्रकाशित।		बर्लिन की दीवार ढही। चीन में तियानमेन चौक पर संहार। डे क्लार्क दक्षिण अफ़्रीका के राष्ट्रपति बने।
1990		जॉन अपडाइक : *रैबिट एट रेस्ट* प्रकाशित।	नेल्सन मंडेला जेल से 27 वर्ष बाद रिहा।
1991		बेन ओकरी : *सौंग्स ऑफ़ एन्चैंटमेंट* प्रकाशित।	खाड़ी युद्ध। भारत के पूर्व प्रधानमंत्री राजीव गांधी की हत्या।
1992	*स्ट्रेंज पिलग्रिम्स* प्रकाशित	माइकल ऑन्डट्जी : *द इंग्लिश पेशेंट* प्रकाशित।	पूर्ववर्ती युगोस्लाविया में गृहयुद्ध।
1994	*ऑफ़ लव एंड अदर डेमंस* प्रकाशित।		दक्षिण अफ़्रीका में मंडेला और अफ़्रीकन नेशनल कांग्रेस को चुनाव में ऐतिहासिक जीत। रवांडा में जनसंहार।
1996	*न्यूज ऑफ़ ए किडनैपिंग* प्रकाशित।	मारियो वार्गास ल्योसा : *मेकिंग वेव्स* प्रकाशित।	
1998		इसाबेल अलेन्दे : *डॉटर ऑफ़ फ़रच्यून,* फ़िलिप रॉथ : *आइ मैरेड कम्युनिस्ट* प्रकाशित।	
1999	लिम्फ़ोमेटिक कैंसर की शिकायत, उपचार।		
2000		फ़न्तेस : *द टीयर्स विद लाउरा डियाज़* प्रकाशित।	अमेरिका में जॉर्ज डब्ल्यू. बुश राष्ट्रपति निर्वाचित।

2001		इसाबेल अलेन्दे : *पोर्ट्रेट इन सीपिया* प्रकाशित।	9/11 का आतंकी हमला। अमेरिका और उसके सहयोगी देशों का अफ़गानिस्तान में सैन्य अभियान।
2003	*लिविंग टु टेल द टेल* प्रकाशित।	मारियो वार्गास ल्योसा : *वे टु पैराडाइज़,* फ़न्तेस : *इनेज़* प्रकाशित।	ईराक युद्ध।
2004	*मेमोरीज़ ऑफ़ माई मेलांकली व्होर्स* प्रकाशित।		
2014	17 अप्रैल को मेक्सिको सिटी में निधन।		

उत्तर कथन

मार्केस का संसार

गाब्रिएल गार्सीया मार्केस का जन्म 6 मार्च, 1927* में आरकाताका में हुआ था। उनकी परवरिश उनके नाना कर्नल मार्केस और नानी दोन्या त्रानकीलीना ने की। जब वे आठ साल के थे उनके नाना का देहान्त हो गया और नानी के बढ़ते अन्धेपन की वजह से वे अपने माता-पिता के पास सुक्र रहने चले गए। यहाँ से उन्हें पढ़ाई करने के लिए बारानकील्या भेज दिया गया। (बारानकील्या मागदालीना नदी पर बसा एक शहर है) वहाँ से वह ज़ीपाकीरा गए—बोगोता से तीस मील दूर। 1946 में उन्होंने बोगोता में राष्ट्रीय विश्वविद्यालय (Universidad Nacional) में वकालत पढ़ने के लिए दाख़िला लिया, हालाँकि उनका झुकाव पत्रकारिता की तरफ़ था। उस समय उनकी उम्र 18 साल थी। उसी समय उनकी मुलाक़ात 13 वर्षीय मेरसेदेस बारचा पारदा से हुई, जिससे 14 साल बाद उन्होंने शादी की।

इस दौरान मार्केस का ध्यान वकालत की जगह कविता करने, बोगोता घूमने, कलाकारों और पत्रकारों के साथ समय बिताने में लगने लगा। उन्होंने काफ़्का की *मेटामोरफोसिस* पढ़ी, जिसका अनुवाद बोर्खेस ने किया था। इसे पढ़ने के बाद उन्हें अहसास हुआ कि साहित्य को पारम्परिक पद्धति से लिखना ज़रूरी नहीं है। "मैंने सोचा कि ये तो मुझे पता ही नहीं था कि इस तरह लिखा जा सकता है। यदि मुझे पता होता तो मैंने बहुत पहले लिखना शुरू कर दिया होता।...काफ़्का में मुझे नानी की आवाज़ सुनाई देती है...वह भी इसी तरह कहानियाँ सुनाती थीं, अविश्वसनीय

---

* मार्केस के जन्मवर्ष को लेकर हमेशा एक विवाद बना रहा है। उनकी जीवनियों में 1928 लिखा गया है लेकिन 1978 में प्रकाशित एक साक्षात्कार में उनके पिता ने कहा था कि मार्केस का जन्म केला कम्पनी की 1928 की हड़ताल से एक वर्ष पहले हुआ था। आरकाताका के सान खोसे चर्च के पादरी द्वारा हस्ताक्षरित बैप्टिज़्म सर्टिफिकेट के अनुसार मार्केस की जन्म तिथि 6 मार्च 1927 है।

कहानियाँ एकदम सहज भाव में बताती थीं।"[1] और वे साहित्य पढ़ने और लिखने में जुट गए।

1946 में बोगोता के अख़बार *एल एस्पेक्तादोर* (El Espectador) में उनकी पहली कहानी छपी। अगले कुछ सालों में मार्केस ने उस अख़बार के लिए दस कहानियाँ और लिखीं।

1948 में गाईतान की हत्या का उदारवादी परिवेश में पले-बढ़े मार्केस पर काफ़ी असर पड़ा। उन्होंने दंगों में भी भाग लिया। राष्ट्रीय विश्वविद्यालय बन्द हो गया। और उन्होंने कारताखेना विश्वविद्यालय (Universidad de Cartegena) में दाख़िला ले लिया। पढ़ाई के साथ-साथ वे एक अख़बार के लिए लगातार लिखते रहे। सन् 1950 में उन्होंने वकालत पढ़ने का इरादा छोड़ दिया और लेखन को अपनी ज़िन्दगी का मक़सद बनाकर बारानकील्या में रहने लगे।

अगले कुछ सालों में वे *बारानकील्या का ग्रुप* (El Grupo de Barranquilla) नामक साहित्यिक टोली से जुड़ गए और हेमिंग्वे, जॉयेस, वूल्फ और फॉकनर की कृतियों का अध्ययन करने लगे। '50 और '60 के दशकों में फॉकनर और सोफोक्लीस का उनके लेखन पर बहुत असर पड़ा। फॉकनर द्वारा कल्पित *योकनापाताफा* में मार्केस को 'माकोन्दो' के बीज मिले और सोफोक्लीस के नाटकों *ओडीपस रेक्स* और *आन्तीगोन* से उन्हें समाज और सत्ता के दुरुपयोग पर उपन्यास लिखने की प्रेरणा मिली।

उसी दौरान वे अपनी माँ के साथ अपने नाना के घर लौटे। मकान बेचने की कोशिश के दौरान वे यादों के बवंडर में ऐसा घूमे कि उनका सिर चकरा गया। लौटकर उन्होंने अपना पहला उपन्यास *पतझड़* (La hojarasca) लिखा। यह उपन्यास मिथकीय शहर माकोन्दो में स्थित है। माकोन्दो उस केले के बग़ीचे का नाम था जो आरकाताका में उनके घर के क़रीब था और जहाँ बचपन में वे अक्सर जाया करते थे। (बन्तू भाषा में माकोन्दो का मतलब केला होता है।) सन् 1952 में प्रकाशक ने उस उपन्यास को छापने से मना कर दिया।

सन् 1954 में वह बोगोता लौटे और *एल एस्पेक्तादोर* अख़बार में कहानी-लेखक की नौकरी कर ली। उसी समय वे तानाशाह शासक गुस्तावो रोखास से टकरा गए

1. Mendoza, Plinio Apuleyo. (1982), El olor de la guayaba, Barcelona : Editorial Bruguera S.A., (P. 46)

और उन्हें कोलम्बिया छोड़कर जाना पड़ा। फिर सन् 1955 में उन्होंने अख़बार की नौकरी अचानक छोड़ दी और अपने दोस्तों के साथ एन्साइक्लोपीडिया बेचने चल दिए। इसी दौरान उनकी मेरसेदेस बारचा से सगाई हो गई। उनकी अनुपस्थिति में उनके दोस्तों ने उनकी किताब *पतझड़* प्रकाशित करवा दी।

मार्केस जिनेवा, रोम, पोलैंड और हंगरी होते हुए पेरिस पहुँचे। उनकी नौकरी छूट चुकी थी और मकान मालकिन की दया और कर्ज़ के बल पर किसी तरह जीवनयापन करते हुए उन्होंने हेमिंग्वे की कृतियों से प्रभावित होकर *कर्नल को कोई नहीं पूछता* (El coronel no tiene quien le esciba) लिखी और कचड़े का ये शहर (Este pueblo de mierda) को आधा-अधूरा लिखा जो आगे चलकर *बुरे समय में* (En la hora mala) नाम से प्रकाशित हुई।

किताब लिखने के बाद वे अपने गृह महाद्वीप वापस लौटे लेकिन कोलम्बिया न जाकर वे वेनेजुएला गए। वेनेजुएला में अपने पुराने मित्र प्लीनियो आपुलेयो मेनदोसा के साथ वे यूरोप के साम्यवादी देशों के दौरे पर निकल पड़े। इस दौरान वे दक्षिण अमेरिका के विभिन्न प्रकाशनों के लिए लेख लिखते रहे। उसी समय मार्केस को अहसास हुआ कि समाजवाद तो ठीक था, लेकिन साम्यवाद में तानाशाही का ख़तरा हो सकता है। सन् 1958 में वे चुपचाप कोलम्बिया लौटे और उन्होंने मेरसेदेस बारचा से शादी की। वे वेनेजुएला में Momento (मोमेन्टो) नामक अख़बार की अपनी नौकरी पर फिर लौटे। यहाँ उनके मित्र मेनदोसा भी काम करते थे। लेकिन राजनैतिक दबाव में आकर जब अख़बार अमेरिका के पक्ष में लिखने लगा, गार्सीया मार्केस और मेनदोसा ने नौकरी छोड़ दी। नौकरी छोड़ने के कुछ ही समय में मार्केस और उनकी पत्नी फिदेल कास्त्रो की साम्यवादी क्रान्ति की ख़बरें इकट्ठा करने क्यूबा गए। वहाँ वे क्रान्ति से इतना प्रभावित हुए कि कास्त्रो की न्यूज़ एजेंसी की बोगाता में Prensa Latina (प्रेंसा लातीनो) के नाम से शाखा खोली और इस तरह कास्त्रो के साथ दोस्ती की शुरुआत हुई जो अन्त तक क़ायम रही।

सन् 1959 में गार्सीया के बेटे रोद्रीगो का जन्म हुआ और वे सपरिवार न्यूयार्क चले गए जहाँ उन्होंने Prensa Latina की अमेरिकी शाखा स्थापित की। हालाँकि इस दौरान उन्हें लगातार जान से मारने की धमकियाँ मिलती रहीं लेकिन वे अपने काम में जुटे रहे। इस दौरान क्यूबा की साम्यवादी पार्टी में निरन्तर बढ़ते झगड़ों से उनका मोह भंग होने लगा था। आख़िरकार वे इस्तीफा देकर मैक्सिको सिटी चले गए। इसके बाद उन्हें 1971 तक अमेरिका का वीज़ा नहीं दिया गया।

मैक्सिको सिटी में उन्होंने फ़िल्मों के उपशीर्षक और फ़िल्में लिखीं और उनके कुछ लेख भी प्रकाशित हुए। सन् 1961 में दोस्तों के कहने पर साहित्यिक प्रतियोगिता में En la hora mala (बुरे समय में) भेजकर भाग लिया। वे जीत गए और इनाम के तौर पर कहानी को मैड्रिड में प्रकाशित किया गया। सन् 1962 में जब दुनिया के सामने यह उपन्यास आया तो मार्केस काफ़ी निराश हुए। प्रकाशकों ने हर तरह की दक्षिणी अमेरिकी बोली को हटाकर चरित्रों की भाषा शुद्ध स्पैनिश कर दी थी। अगले कुछ साल मायूसी और निराशा में बीते। असफलता उन्हें अन्दर ही अन्दर खाने लगी थी।

1965 में जनवरी की एक सुबह जब वे परिवार के साथ आकापुलको जा रहे थे, उन्हें माकोन्दो की तस्वीर साफ़ दिखाई दी। उन्हीं के शब्दों में "अचानक...पता नहीं क्यों...मुझे किताब का रूप एकदम साफ़ दिखाई दिया... रूपरेखा इतनी साफ़ थी कि मैं उसी समय किसी टाइपिस्ट को शब्द-दर-शब्द पूरा पहला अध्याय लिखवा सकता था। *एकाकीपन के सौ वर्ष* (Cien años de soledad) की भाषा वैसी ही है जैसी मेरी नानी की कहानियाँ हुआ करती थीं। वह ऐसी चीज़ें बताती थीं जो अविश्वसनीय होती थीं। लेकिन उनके चेहरे के भाव एकदम साधारण होते थे। कहानी सुनाते वक़्त उनके भाव एकदम नहीं बदलते थे और लोग हैरान होते थे। पहले मैं बिना विश्वास किए कहानी लिखने की कोशिश करता था। मुझे बाद में अहसास हुआ कि पहले मुझे उन कहानियों पर विश्वास करना होगा और फिर उसी तरह लिखना होगा जैसे नानी कहानियाँ सुनाती थीं—बिना भाव बदले।"[1]

उन्होंने कार मोड़ी और घर लौट आए। गृहस्थी मेरसेदेस को सौंप कर वे लिखने में जुट गए। अठारह महीने तक, दिन में छह पैकेट सिगरेट पीकर वे लिखते रहे। घर की कई चीज़ें बिक गईं ताकि ख़र्चा चलता रहे। आख़िरकार हाथ के लिखे 1300 पन्नों के साथ वे अठारह महीने बाद अपने कमरे से निकले। दस हज़ार डॉलर उधार में डूबे हुए, लेकिन सन्तुष्ट।

जून 1967 में *एकाकीपन के सौ वर्ष* उपन्यास प्रकाशित हुआ और पहले हफ़्ते में ही उसकी सारी 8000 प्रतियाँ बिक गईं। 39 साल की उम्र में सफलता ने उनके क़दम चूमे। उपन्यास को कई पुरस्कार मिले। तानाशाह शासक के बारे में

---

1. Mendoza, Plinio Apuleyo. (1982), *El olor de la guayaba*, Barcelona : Editorial Bruguera S.A., (P. 112).

उपन्यास लिखने के ख़याल से मार्केस अपने परिवार को बार्सेलोना ले गए। 1975 में *पितामह का शरत् काल* (El otoño del Patriarca) उपन्यास प्रकाशित हुआ जिसकी भाषा *एकाकीपन के सौ वर्ष* से एकदम हटकर थी।

तानाशाही के दबाव से तंग आकर मार्केस ने तय किया कि वे तब तक कोई उपन्यास नहीं लिखेंगे जब तक चिले के तानाशाह शासक पिनोशे गद्दी से हट नहीं जाते। लेकिन कुछ समय बाद उन्होंने अपना फ़ैसला बदल दिया। मैक्सिको सिटी लौटकर वे फिर लिखने में जुट गए। अपने लेखन और पैसों से उन्होंने कोलम्बिया, वेनेज़ुएला, निकारागुआ, अर्जेंटीना और अंगोला में वामपन्थी विचारधारा की मदद की। वे 'HABEAS' नामक एक संस्था की स्थापना करने में भी मददगार रहे। यह संस्था दक्षिण अमेरिका में सत्ता के दुरुपयोग के ख़िलाफ़ और राजनैतिक बन्धकों की रिहाई के लिए आन्दोलन चलाती रही। ज़ाहिर है कि इन तमाम गतिविधियों की वजह से वह अमेरिका और कोलम्बिया, दोनों की सरकारों के लिए अप्रिय हो गए। सन् 1981 में उन्हें फ्रेंच लीजियन ऑफ़ ऑनर प्रदान किया गया। लेकिन कोलम्बिया में वे राजनैतिक षड्यंत्र का शिकार हो गए और उन्हें मातृभूमि छोड़कर मैक्सिको जाना पड़ा।

सन् 1982 में उन्हें साहित्य का नोबेल पुरस्कार प्रदान किया गया। कोलम्बिया सरकार को उन्हें वापस बुलाना पड़ा। 1986 में उनका उपन्यास *महामारी में मोहब्बत* (El amor en los tiempos de colera) प्रकाशित हुआ। 1990 में *भ्रमजाल में खोया जनरल* (El general en su laberinto) प्रकाशित हुआ। साहित्यिक जगत में उन्होंने अपनी ख़ास जगह बना ली और उनके उपन्यास दुनिया के हर कोने में उतने ही उत्साह से पढ़े जाते हैं। ग़ौरतलब है कि यह मात्र उनकी संक्षिप्त जीवनी है—यहाँ उनकी कुछ कृतियों का ही उल्लेख है। हमने उनके प्रत्येक लेख और उपन्यास का ज़िक्र नहीं किया है।

गाब्रिएल गार्सीया मार्केस को 'मैज़िक रियलिज़्म' के साथ जोड़ा जाता है। 'मैज़िक रियलिज़्म' शब्द का प्रयोग सबसे पहले 1920 के दशक में कुछ चित्रकारों के लिए हुआ था। उसके बाद उसे अर्जेंटीना के खोर्खे लुईस बोर्खेस, गाब्रिएल गार्सीया मार्केस, जर्मनी के गुन्टर ग्रास और इंग्लैंड के जॉन फाऊल्स के लेखन के लिए इस्तेमाल किया गया। ये लेखक आम चीज़ों को लोक कथाओं की मदद से मिथकीय अन्दाज़ में या रोज़मर्रा की चीज़ों को

अविश्वसनीय ढंग से बताते हैं। यह मात्र एक सरल परिभाषा है, एक जटिल शैली के लिए।

एकाकीपन के सौ वर्ष गाब्रिएल गार्सीया मार्केस की सबसे प्रसिद्ध रचना, माकोन्दो शहर के सौ साल की कहानी है। माकोन्दो की स्थापना खोसे आर्कादियो बुएन्दीया और उसके इक्कीस साथियों ने की थी। साथ ही यह कहानी बुएन्दीया परिवार की भी है। यहाँ हमें समाज के उद्‌भव से विलोप तक, आज़ादी से नव उपनिवेशवाद तक की दुनिया का दृष्टान्त मिलता है। यह उपन्यास एक सभ्यता की प्रचलित मान्यताओं के बदलने के सफर, पारदर्शिता से अपारदर्शिता, बचपन की मासूमियत से वयस्कता के अपराधों केसफ़र और लकीरों और चक्रों का भूलभुलैया बनने के सफ़र की कहानी है और इसी सबको 'मैज़िक रियलिज़्म' कहा गया है। माकोन्दो की स्थापना महज़ एक घटना नहीं है। यह एक आदर्श लोक की शुरुआत का प्रतीक है और शायद इसलिए इस उपन्यास में मार्केस 'प्रागैतिहासिक अंडों' का ज़िक्र करते हैं। और बाइबल के हिसाब से देखें तो खोसे आर्कादियो बुएन्दीया आदम है और उर्सुला हव्वा।

आदर्श लोक के बाद उपन्यास में महाकाव्य जैसी स्थिति आती है। यह है बुएन्दीया परिवार का आम आदमी के साथ घुलना, लड़ाइयाँ और केले की कम्पनियों द्वारा किए गए ज़ुल्म। कर्नल औरेलियानो बुएन्दीया इंसाफ़ के लिए लड़ता है। लेकिन अन्ततः ख़ुद एक तानाशाह बन जाता है। नायक खलनायक बन जाता है। और फिर आता है मिथक चरण। यहाँ पता लगता है कि मेल्कीयादेस को पहले ही पूरी कथा के बारे में पूर्वाभास था और वह उसे लिखता है और पाठक को इसका पता अन्त में चलता है जब औरेलियानो संस्कृत में लिखे चर्मपत्र पढ़ने में सफल हो जाता है।

जैसा कि पहले कहा गया है, माकोन्दो का इतिहास मानवीय इतिहास का संक्षिप्त रूप है। सामान्य तौर पर किसी भी समाज की तरह इसमें भी उतार-चढ़ाव देखने को मिलते हैं। यह सौ साल का इतिहास है अपने में जन्म-मरण, विकास, उत्कर्ष-अपकर्ष समेटे हुए।

फ्रांसीसी, अंग्रेज़ी और स्पैनिश उपनिवेशियों की तरह खोसे आर्कादियो बुएन्दीया और उसके साथी बाहर से आकर माकोन्दो की स्थापना करते हैं। माकोन्दो की पहली सामाजिक ऐतिहासिक छवि एक आदर्श पितृसत्तात्मक समाज की तरह है जहाँ इसके सभी निवासी आर्थिक और सामाजिक स्तर पर बराबर हैं

और आपस में परस्पर स्नेह रखते हैं। लेकिन कुछ समय बाद जब बंजारे वहाँ पहुँचते हैं तो समाज बदल जाता है। कृषि प्रधान पितृसत्तात्मक समाज एक उद्यमी समाज में बदल जाता है। माकोन्दो के निवासी कारीगर और व्यापारी बन जाते हैं। बुएन्दीया परिवार भी इस बदलाव के दायरे में आता है। जहाँ पहले उर्सुला और बच्चे सब्ज़ियाँ उगाते थे अब औरेलियानो चाँदी का काम सीखता है और उर्सुला मिठाइयों का कारोबार शुरू करती हैं। समाज बदलता रहता है। आदिवासी शासन-व्यवस्था की जगह नया शासन तंत्र ले लेता है। पहले ज़िलाधीश आता है, दोन अपोलिनार मोस्कोते। फिर चर्च का प्रतिनिधि फादर निकोनार रेयना आता है। साथ ही शहर में पुलिस दस्ते का गठन होता है। फिर शहर में गृहयुद्ध शुरू हो ज़ाता है जो बीस साल चलता है। इस दौरान माकोन्दो का विकास ठप हो जाता है और गृहयुद्ध के दौरान ही टेलीग्राफ़ के दर्शन होते हैं। युद्ध ख़त्म होने पर नगरपालिका की स्थापना होती है और शान्ति के पदार्पण के साथ ही माकोन्दो में समृद्धि का आविर्भाव होता है ट्रेन, बिजली, सिनेमा, ग्रामोफ़ोन और टेलीफ़ोन जैसे यंत्र समाज में नज़र आते हैं। कारीगर और व्यवसायियों का समाज एक औद्योगिक शहर में बदलने लगता है, जहाँ औरेलियानो त्रिस्ते बर्फ़ की फैक्टरी लगाता है और औरेलियानो सेनतानो उस बर्फ़ की फैक्टरी को आइसक्रीम की फैक्टरी में तब्दील कर देता है।

इस समाज में दूसरे ऐतिहासिक परिवर्तन के लक्षण तब दिखाई देते हैं जब उत्तर अमेरिका की केला कम्पनी वहाँ पहुँचती है। माकोन्दो एक विदेशी ताक़त के लिए एक ख़ास तरीक़े का कच्चा माल पैदा करनेवाला उत्पादन केन्द्र बन जाता है। केला समृद्धि और परिश्रम का एकमात्र साधन रह जाता है। समाज के इस बदलाव के साथ ही पुराने कारीगर, व्यापारी और ज़मींदार वेतनभोगी किसान बन जाते हैं।

समाज प्रवेश करता है फ़िज़ूलख़र्ची और टकराव के नये दौर में। कम्पनी के मज़दूर हड़ताल करते हैं। सेना उनके साथ बहुत ही अमानवीय व्यवहार करती है।

माकोन्दो का अन्तिम चरण एक प्राकृतिक विपदा से शुरू होता है। अतिवृष्टि होती है और आर्थिक जीवन ठप हो जाता है। ग़रीबी, तबाही, बरबादी छा जाती है और माकोन्दो श्मशान बन जाता है। और अन्त में चक्रवात के संग सब बचे-खुचे लोग समाप्त हो जाते हैं।

एकाकीपन के सौ वर्ष में कुछ भी पात्रों की अपेक्षा के मुताबिक़ नहीं होता। हर घटना उन्हें चौंका देती है, सभी पात्र हतोत्साहित रहते हैं, कोई भी पात्र दूसरे के साथ किसी भी प्रकार की घनिष्ठता स्थापित नहीं कर पाता है। उपन्यास की संरचना की तरह पात्रों के कर्म भी वृत्तीय हैं। पूरी संरचना यह जताती है कि सभी कार्य व्यर्थ करने के लिए किए जाते हैं जैसे उधेड़ने के लिए बुनना। सभी पात्र अपना जीवन अर्थपूर्ण बनाने में असफल रहते हैं, उत्पादकता हासिल नहीं कर पाते हैं और हर तरह की कोशिश के बाद भी वे अपनी नियति के दुश्चक्र से बाहर नहीं आ पाते।

सभी पात्र सोचते हैं कि उनके कार्य अर्थपूर्ण और उत्पादक हैं लेकिन जब भी वे अपना काम उसके तार्किक अन्त तक ले जाते हैं तो उन्हें अहसास होता है कि वह परिक्रमा करके शुरुआती बिन्दु पर लौट आए हैं। लेकिन इस ऐतिहासिक सुस्थिरता के बावजूद कहानी पूरी तरह क्रियाशील है।

उपन्यास में क्रिया का महत्त्व अत्यधिक है। क्रिया शब्द उन कार्यों की तरफ़ इशारा करते हैं जो व्यक्तिपरक हैं और इनका व्यक्तिपरक होना संकेत देता है कि ये कार्य एक ही बार होते हैं लेकिन जब पाठक उपन्यास पढ़ता है तो हर कार्य उसे किसी और कार्य की याद दिलाता है जैसे वह शीशे में छवि देख रहा हो। हर कार्य दोहराया जाता लगता है। खोसे आर्कादियो नाम के सभी पात्र एक ही प्रवृत्ति के होते हैं और सभी औरेलियानो एक तरह के। इस वजह से सौ सालों में हालाँकि पात्र बदलते रहते हैं, उनके कार्य व्यक्तिपरक होने के बावजूद एक समान होते हैं। और इसी वजह से उपन्यास की संरचना वृत्तीय है। सभी कथांश भविष्य की तरफ़ जाते हैं, वहाँ से भूत में और फिर लौटकर उसी कथांश पर आ जाते हैं।

दक्षिण अमेरिका के मूल निवासियों के शारीरिक रंग-रूप के मद्‌देनज़र परिकल्पना की जाती है कि कई सौ साल पहले अलास्का से होते हुए एशियाई लोग यहाँ आकर बस गए थे। शायद यही वजह है कि कहीं न कहीं दक्षिण अमेरिका की संस्कृति में एशियाई संस्कृति का प्रभाव और उसके कुछ तत्त्व मिलते हैं। मूल निवासियों की अपनी अलग एक संस्कृति है, अपना रहन-सहन, सोच-विचार। दूसरी तरफ़ सोलहवीं शताब्दी से उन्नीसवीं शताब्दी तक दक्षिण अमेरिका पर स्पेन का शासन रहा। इस लम्बे अन्तराल में स्पेन का ऐसा प्रभाव रहा कि यहाँ की भाषा और संस्कृति दोनों ही स्पैनिश हो गई। मूल निवासी अल्पसंख्यक बनकर रह गए। उन्नीसवीं शताब्दी के बाद कुछ समय तक दक्षिण अमेरिका की संस्कृति पर फ्रांस

का बौद्धिक प्रभाव बहुत महत्त्वपूर्ण रहा है। बीसवीं शताब्दी में अमेरिका के रास्ते आई उत्तर यूरोपीय संस्कृति ने भी दक्षिण अमेरिका पर गहरा असर डाला है। अत: दक्षिण अमेरिका की संस्कृति में एशिया, यूरोप (फ्रांस, जर्मनी और इटली) और स्पेन की संस्कृतियों का अनोखा मिश्रण है। यहाँ की संस्कृति इतनी अनूठी है कि इसे समझ पाना काफ़ी मुश्किल है। इसी संस्कृति के चलते यहाँ इतिहास भी रोचक और आश्चर्यजनक प्रतीत होता है।

—मनीषा तनेजा

अनुवादकीय

यह अनुवाद एक शोधकार्य के रूप में शुरू हुआ था। पाँच साल में अनुवाद और टिप्पणियों का काम पूरा हुआ था। लगभग बीस साल लग गए छपने में। इतना लम्बा सफ़र जिसमें भाषा भी बदली, समझ भी बदली और नज़रिया भी। इन बीस सालों में एक चीज़ बनी रही तो वह थी उम्मीद। उम्मीद कि एक दिन यह छपेगा ज़रूर। आज अशोक महेश्वरी का तहे दिल से शुक्रिया कि उन्होंने भी यह उम्मीद नहीं छोड़ी और न ही छोड़ने दी।

सैद्धान्तिक तौर पर किसी भी साहित्यिक अनुवाद में अनुवादक को मूल रचना का पुन:सर्जन करने की स्वतंत्रता होती है। किसी एक विशेष संस्कृति में रची गई कहानी का जब हम अनुवाद करते हैं तो हमारे सामने कई विकल्प होते हैं और कई चुनौतियाँ भी। क्योंकि अनुवाद का सम्बन्ध सिर्फ़ भाषा से नहीं होता, बल्कि एक पूरी वैचारिक, राजनैतिक और सांस्कृतिक व्यवस्था और इतिहास से सम्बन्ध होता है। नामवर सिंह का सुझाव था कि शीर्षक का अनुवाद 'तनहाई के सौ साल' होना चाहिए। और यहीं से शुरू हुई थीं चुनौतियाँ। हमें एकाकीपन शब्द ज़्यादा सही लगा क्योंकि हमारे ज़हन में तनहाई शब्द प्रेम और विरह से जुड़ा है। शायद बचपन में ग़ज़ल सुनने का असर है। इसलिए हम एकाकीपन पर अटके रहे। जेएनयू के साथी, डॉ. राजीव सक्सेना तो आज भी इस बात से नाख़ुश हैं, लेकिन उनके साथ और हौसला अफ़ज़ाई का बहुत शुक्रिया। चेतनक्रान्ति ने शानदार एडिटिंग की और उपन्यास के लिए शीर्षक सुझाया 'सौ साल एकाकी'। शायद यह ज़्यादा काव्यमय था लेकिन 20 साल जो शीर्षक हमारे ज़हन में बसा था उसे छोड़ न सके! चेतन से माफ़ी और उनको शुक्रिया भी! शुक्रिया बलवन्त का जिसने साथ दिया!

इस अनुवाद के दौरान हमारी पूरी कोशिश रही है कि पाठकों को एक नई और अलग संस्कृति से अवगत कराएँ और साथ ही निश्चित करें कि पाठक उस संस्कृति

को विचित्र या अजनबी न समझें और उससे जुड़ सकें। कुछ साल पहले, एक कॉन्फ्रेंस के लिए दक्षिण अमेरिका जाना हुआ था। मार्केस के देश कोलम्बिया तो नहीं जा पाए लेकिन अर्जेंटीना, ब्राज़ील और पारागुआय गए। और कर्नाटक बराबर यह देश, जिसकी आबादी 70 लाख है, वहाँ भी आम जनता गांधी, योग, गीता, अहिंसा, इन्दिरा गांधी के बारे में जानती थी और हम लोगों को यहाँ उनके बारे में कुछ नहीं पता। उम्मीद है कि इस अनुवाद से शुरू हुआ सिलसिला ज़ोर पकड़ेगा और दक्षिण अमेरिका हमारे साहित्य का हिस्सा तेज़ी से बनेगा।

इस अनुवाद को सुधारने के लिए महत्त्वपूर्ण सुझाव दो अत्यन्त व्यस्त लेखकों से मिले। उनका तहे दिल से शुक्रिया। मृणाल पांडे उस दौरान 'दैनिक हिन्दुस्तान' की सम्पादक थीं, उन्होंने अपना कीमती वक़्त दिया और इसे पढ़ा और सुझाव दिए। राजेन्द्र यादव ने भी इसे पढ़ा था और उनका मार्गदर्शन बहुत ही मददगार रहा।

उस समय पत्रकार रहीं और अब लेखक के रूप में कमाल कर रहीं गीताश्री ने साथ बैठकर पहली प्रूफ़ रीडिंग की थी। शुक्रिया दोस्त। विजया वेंकटरमन और विभा मौर्या, दोनों ने न केवल हौसला बढ़ाया बल्कि बहुत कुछ सिखाया। उनका शुक्रिया।

मेरा परिवार मेरी शक्ति है। माँ, पापा, सुवीषा, आनन्द और अमन अनुवाद के समय तो साथ नहीं थे लेकिन इन बीस सालों में उन्होंने उम्मीद नहीं छोड़ी कि यह छपेगा ज़रूर। और सच कहें तो यह अनुवाद आशुतोष का भी उतना है जितना हमारा। उनके साथ चलते हुए 25 साल से ऊपर हो गए और इस दौरान उनसे मिले प्रोत्साहन, साथ और प्यार ने हमको न अकेले होने दिया और न ही एकाकी। शुक्रिया कहें तो कैसे?

उन तमाम पाठकों का शुक्रिया जिन्होंने इस अनुवाद का इन्तज़ार किया और इसे पढ़ा। आप हैं तो हम हैं।

—मनीषा तनेजा

मनीषा तनेजा जवाहरलाल नेहरू विश्वविद्यालय से पी-एच.डी. करने के बाद दिल्ली विश्वविद्यालय में स्पैनिश भाषा और साहित्य पढ़ाती हैं। उन्होंने अंग्रेज़ी, हिन्दी और स्पैनिश में कई कृतियों का अनुवाद किया है जिनमें नोबेल पुरस्कार विजेता पाब्लो नेरूदा के संस्मरण *हाँ, मैंने ज़िन्दगी जी है* और नादीन गॉर्डिमर का कहानी-संग्रह *छलांग* शामिल हैं। उन्होंने तुर्की लेखक हकान गुंडे, स्पैनिश लेखिका मेर्से रूदोरेदा की कृतियों का अनुवाद भी किया है। हाल में अमिताभ घोष के उपन्यास *गन आइलैंड* का उनका अनुवाद *बन्दूक द्वीप* बहुचर्चित रहा है।

गाब्रिएल गार्सीया मार्केस

अपने नोबेल पुरस्कार भाषण में, 1982

आज की ही तरह एक दिन, मेरे उस्ताद विलियम फॉकनर ने कहा, 'मैं मनुष्य के अन्त को स्वीकार करने से इनकार करता हूँ'। मैं इस जगह, जो कि उनकी थी, खड़ा होने के नाकाबिल हो जाता, अगर मैं उस विराट त्रासदी से पूरी तरह तरह वाक़िफ नहीं होता जिसे उन्होंने बत्तीस साल पहले स्वीकार करने से इनकार कर दिया था। वह अब, मानवता की शुरूआत के बाद से पहली बार, एक सामान्य वैज्ञानिक सम्भावनाओं से ज्यादा कुछ नहीं है। यह भयानक वास्तविकता समूचे इनसानी समय में महज एक यूटोपिया मालूम होती है। इसका सामना करते हुए हम, क़िस्सों के अन्वेषक जो किसी भी चीज़ में भरोसा करेंगे, यह विश्वास करने के हक़दार हैं कि विपरीत यूटोपिया के सृजन में जुट जाने में अभी देर नहीं हुई है। जीवन का एक नया और व्यापक यूटोपिया, जहाँ कोई भी दूसरों के लिए यह तय करने में सक्षम नहीं होगा कि वे कैसे मरते हैं, जहाँ प्यार सच्चा साबित होगा और खुशी मुमकिन होगी और जहाँ सौ वर्षों का एकाकीपन झेल रही अभिशप्त नस्लों को, आखिरकार और हमेशा के लिए, पृथ्वी पर एक और मौका मिलेगा।